HEYNE BÜCHER

Das Buch

Auf Geheiß des Königs soll die schöne, eigenwillige Jasmine de Marisco James Leslie heiraten, den Earl of Glenkirk, mit dem sie schon seit längerem ihr kokettes Spiel treibt. Doch Jasmine wäre nicht die Enkelin ihrer Großmutter, der legendären Freibeuterin Skye O'Malley, würde sie sich diesem Befehl einfach beugen. Stattdessen flieht sie kurzerhand nach Frankreich. Doch sie hat die Rechnung ohne James Leslie gemacht, der gar nicht daran denkt, Jasmine kampflos aufzugeben. Er ist fest entschlossen, ihr mit allen Mitteln zu zeigen, dass sie mit ihm nicht Katz und Maus spielen kann. Und tatsächlich entflammt in Jasmine kurze Zeit später die Leidenschaft. Doch da drohen tödliche Intrigen von anderen Seite …

Die Autorin

Bertrice Small, eine der international bekanntesten Autorinnen des historischen Liebesromans, lebt mit ihrer Familie in einer kleinen Stadt im Staat New York. Im Heyne Verlag sind zahlreiche ihrer Romane erschienen, zuletzt *Geliebte Sklavin* (01/13102).

BERTRICE SMALL

GELIEBTE JASMINE

Roman

Aus dem Amerikanischen
von Martina Bernhard

WILHELM HEYNE VERLAG
MÜNCHEN

HEYNE ALLGEMEINE REIHE
Band-Nr. 01/13228

Titel der Originalausgabe
DARLING JASMINE

Umwelthinweis:
Dieses Buch wurde auf
chlor- und säurefreiem Papier gedruckt.

Deutsche Erstausgabe 3/2001

Printed in Norway 2001
Umschlagillustration: Pino Daeni/Agentur Schlück
Umschlaggestaltung: Nele Schütz Design, München
Satz: Buch-Werkstatt GmbH, Bad Aibling
Druck und Bindung: AIT, Trondheim

ISBN 3-453-17769-X

http://www.heyne.de

Für Carol Stacy und Kathe Robin

Queen's Malvern

Dreikönigsfest, 1615

Prolog

Adam de Marisco war tot. Eben war er noch am Kopfende der Festtafel in seinem Haus gesessen, umgeben von den zahlreichen Mitgliedern seiner Familie, die sich um ihn versammelt hatte, um die Feiertage zu begehen. Drei seiner Stiefsöhne und zwei seiner Stieftöchter mit ihren Familien, Enkeln und Urenkeln hatten bis vor einer Minute den Saal mit ihrem Lachen gefüllt. *Adams Lachen.* Auch im fortgeschrittenen Alter von fünfundachtzig übertönte Adam de Mariscos Lachen alle anderen. Es war ein besonders schlüpfriger Witz seiner Schwiegertochter Valentina Burke, der diesen Lachanfall ausgelöst hatte.

Sich mit einer Hand die Augen reibend, hatte er mit der anderen die Hand seiner Frau genommen und einen zärtlichen Kuss darauf gedrückt. Lächelnd hatte er sich an die Festteilnehmer gewandt und gesagt: »Gott segne euch alle, ihr Lieben!« Dann war sein löwenmähniges Haupt auf seine Brust gesunken, und im Saal herrschte plötzlich Totenstille.

Sie wusste es! Mit Entsetzen hatte Skye gesehen, wie das Lebenslicht in seinen blauen Augen erloschen war, gerade als er ihre Hand geküsst hatte. Im selben Moment schon dachte sie, *Adam, mein Liebster, wie kannst du mich so verlassen*? Und dennoch war es eine würdige Art, aus dem Leben zu scheiden. Er war nicht krank gewesen, hatte nicht gelitten und war mit seinen Segensworten auf den Lippen gestorben. Das passte so recht zu Adam. Sein Herz war schon immer übervoll aus Liebe zu seinen Nächsten gewesen. Gott hatte ihm die Gnade verliehen, dass er bei seinem Ableben alle seine Lieben um sich hatte.

»Mama?« Das war die Stimme ihrer Tochter Deidre Blakeley. Skye blickte mit Tränen in den Augen auf. *Wie soll ich damit nur fertig werden?*, fragte sie sich. Doch sie wusste auch,

dass sie nicht trauern konnte, bevor sie allen anderen Trost gespendet und ihnen versichert hatte, dass alles gut werden würde, trotz des großen Verlustes, den sie gerade erlitten hatten. Sie liebte ihre Familie sehr, doch würde je der Augenblick kommen, in dem sie in der Lage war, auf sich selbst aufzupassen? Einen kurzen Moment stieg Bitterkeit in ihr auf, dann verdrängte sie ihre Trauer und sagte: »Es ist gut, Deidre.« Und plötzlich waren alle ihre Kinder um sie und schenkten ihr Liebe, Geborgenheit und Hilfe. Doch in Skye O'Malleys Herz war eine große Leere, die nie wieder gefüllt werden konnte. Adam de Marisco war tot, und sie musste ohne ihn weiterleben.

Belle Fleurs

Winter 1615

1

»Du kannst einfach nicht allein hier bleiben, Mama!« Willow, Lady Edwards, sagte es in jenem bestimmten Ton, von dem jeder wusste, dass er keinen Widerstand zuließ. Skye O'Malley de Marisco starrte aus dem Fenster ihres Zimmers. Es hatte leicht zu schneien begonnen, und der Schnee bedeckte bereits Adams Grab oben auf dem Hügel. Schnee war besser als der Anblick der frisch aufgeworfenen Erde. Er machte alles sanfter.

»Du bist bald fünfundsiebzig, Mama«, sagte Willow.

»Ich habe erst vor einem Monat meinen vierundsiebzigsten Geburtstag gefeiert, Willow.« Skye drehte sich nicht um und blickte weiter auf die Landschaft vor dem Fenster. Es wurde dunkel. Bald würde sie Adams Grab nicht mehr sehen können. Nicht bis zum nächsten Morgen.

»Eine Frau in deinem Alter sollte nicht mehr allein leben«, entgegnete Willow hartnäckig.

»Warum nicht?«

»*Warum nicht?*« Willow zögerte einen Moment. Sie war auf diese Frage nicht vorbereitet. »Es gehört sich einfach nicht für eine Frau, die so alt ist wie du.«

Inzwischen war es völlig dunkel geworden. Skye drehte sich um und sah ihre älteste Tochter an. »Geh nach Hause, Willow«, sagte sie. »Ich möchte, dass du und deine Familie mich allein lassen, damit ich um meinen Mann trauern kann, mit dem ich zweiundvierzig Jahre verheiratet war. Seit Adams Tod vor vier Tagen habt ihr mir keine Ruhe gegönnt. Ich möchte endlich allein sein. *Geh nach Hause.*«

»Aber ... aber ...« Willow verstummte, als sie den wilden Blick ihrer Mutter sah.

»Ich bin nicht hilflos, Willow. Und ich habe nicht den Verstand verloren. Ich habe nicht vor, mein Haus aufzugeben, meine Dienstboten zu entlassen und zu *irgendeinem* meiner Kinder zu ziehen. Ich will hier auf Queen's Malvern bleiben bis zu meinem Tod. Habe ich mich deutlich genug ausgedrückt?«

Daisy Kelly, Skyes treue Dienerin, musste schmunzeln, während sie neben dem Kamin saß und den Saum eines Kleides ihrer Herrin flickte. Sie war erstaunt, wie wenig doch Willow ihre Mutter zu kennen schien, wenn sie annahm, Skye würde tatsächlich mitkommen und bei einem ihrer Kinder wohnen. Daisy wusste, dass sie nicht mehr die Jüngsten waren, doch sie und ihre Herrin fühlten sich durchaus in der Lage, für sich selbst zu sorgen.

»Aber Mama«, beharrte Willow, »Queen's Malvern gehört dir nicht mehr. Es gehört dem jungen Herzog von Lundy, Charles Frederick Stuart.«

»Du glaubst wohl nicht im Ernst, dass entweder meine Enkelin oder des Herzogs Vormund, der Graf von Glenkirk, mich von hier vertreiben werden?«, sagte Skye. »Es scheint mir fast so, als hättest *du* den Verstand verloren.«

»Jemmie Leslie kam diesen Herbst zurück, Mama«, entgegnete Willow. »Er war sehr erzürnt darüber, dass er Jasmine in Frankreich nicht gefunden hat. Es werden im Frühjahr bereits zwei Jahre vergangen sein, seit sie ihn mit ihren Kindern verlassen hat.«

Skye musste kichern. »Ich weiß gar nicht, warum er sie nicht gefunden hat«, sagte sie. »Schließlich hat ihm Adam genau gesagt, wo er sie suchen muss. Andererseits habe ich sie durch einen Boten warnen lassen.«

»Mein Gott, Mama, wie konntest du nur?«, klagte Willow. »Du wirst dir den König zum Feind machen, wenn er von deinem Streit mit James Stuart hört. Reicht es denn nicht, dass du bereits mit der Königin, Bess, zerstritten bist? Hast du denn nichts in deinem Alter dazugelernt?«

»Das gute Mädchen ist zwei Ehen eingegangen, um die Familie zufrieden zu stellen«, sagte Skye bestimmt. »Ich hoffe, dass sie diesmal ihre eigene Wahl trifft. Niemand, nicht einmal der König, kann Jasmine an den Altar zwingen. Es war unsinnig von James Stuart und der Königin, überhaupt den Versuch zu machen.«

»Aber Jemmie Leslie liebt Jasmine, Mama«, sagte Willow leise.

»Ich weiß«, antwortete Skye, »aber das heißt nicht, dass Jasmine *ihn* liebt. Ich werde im Frühjahr nach Frankreich reisen und meiner Enkelin vom Tod ihres Großvaters berichten. Dann werden wir sehen, was sie entscheidet. Obwohl ich sie vermisse, soll allein sie die Wahl treffen.«

»Du willst nach Frankreich gehen?«, fragte Willow entsetzt.

»Wenn du behauptest, ich sei zu klapprig, um noch länger zu reisen, dann bekommst du eine Ohrfeige, Willow!« Skyes blaue Augen blitzten kampfeslustig.

»Das habe ich nicht gemeint«, antwortete Willow, obwohl sie genau daran gedacht hatte.

»Und wenn es aufhört zu schneien, gehst du nach Hause«, sagte Skye. »Du und die ganze Familie. Ich brauche Zeit, um ich mit dem Ableben Adams auseinander zu setzen. Ich muss allein sein. Ich weiß, dass du das nicht akzeptierst, aber es ist nun einmal so.«

Willow nickte, verbeugte sich vor ihrer Mutter und verließ den Raum, um in die Halle hinunterzugehen, wo sie ihre Familie und ihre Brüder und die Schwester erwarteten.

»Nun«, wollte der Graf von Lynmouth, Robin Southwood, wissen, »wird Mutter zu dir ziehen?«

»Sei still, Robin!«, giftete Willow zurück. »Ich hasse es, wenn du so sarkastisch bist. Mama ist immer widerspenstig, wenn man von ihr verlangt, vernünftig zu sein. Ich habe nichts bei ihr erreicht, wie du ganz richtig angenommen hast, aber ich musste es wenigstens versuchen. Sie möchte, dass wir alle abreisen, sobald es zu schneien aufhört.«

»Sollen wir sie wirklich allein lassen?«, fragte Angel, Gräfin von Lynmouth.

»Sie beharrt darauf«, sagte Willow.

»Ich kann sie verstehen«, meinte Deidre, Lady Blackthorne, die mittlere Tochter von Skye.

»Mama will keine Schwäche zeigen, nicht einmal ihren Kindern gegenüber. Hat sie je eine von euch weinen sehen? Wir fahren alle, sobald es möglich ist, nach Hause, dann kann sie endlich um Adam trauern.«

Ihre Kinder, die Männer und sogar Willow nickten.

»Der Sturm ist nicht so schlimm«, sagte Padraic, Lord Burke. »Er wird bald vorüber sein, wir sollten unsere Dienstboten packen lassen.«

»Mama will selbst nach Frankreich reisen, um es Jasmine zu sagen«, warf Willow ein. »Irgendwann im Frühling.«

»Hat jemand meine Mutter und meinen Vater verständigt?«, fragte Sybilla, Gräfin von Kempe, eine Enkelin der de Mariscos.

»Ich habe einen Tag nach dem Tod einen Boten geschickt«, sagte Robin Southwood zu seiner Nichte. »Zwar glaube ich nicht, dass er bei diesem Wetter schon Dun Broc erreicht hat, aber spätestens in ein paar Tagen wird Velvet wissen, dass ihr Vater gestorben ist.«

»Arme Mama«, sagte Sybilla leise, und ihr Mann legte zärtlich seinen Arm um ihre Schultern.

»Velvet wird erschüttert sein«, meinte Murrough O'Flaherty. »Sie hat Adam vergöttert. Wir alle haben ihn verehrt, nicht wahr? Er war der einzige Vater, an den wir uns alle erinnern können. Kein anderer Ehemann von Mutter lebte lange genug, als dass wir eine Erinnerung an ihn hätten.«

Alle nickten.

»Adam war ein Vater für uns«, sagte Lord Burke. »Und er war ein guter Vater. Wir haben sehr viel von ihm gelernt.«

»Glaubt ihr, dass Mama diesen Verlust überleben wird?«, fragte Deidre.

»Sie wird ihn bestimmt sehr vermissen«, antwortete Robin, »aber ich bin sicher, dass Skye O'Malley niemals aufgeben wird; sie hat auch die anderen ganz gut überlebt.«

»Da war sie aber noch jünger«, sagte Willow.

»Das stimmt«, gab Robin zu, »aber sie ist im Moment stärker denn je. Wir lassen sie jetzt allein in ihrer Trauer, dann werden wir sehen.«

»Ob sie wohl noch einmal heiraten wird?«, überlegte Valentina Burke.

»*Niemals!*«, rief Robin. »Da bin ich mir ganz sicher.«

Es hatte zu schneien aufgehört, als am nächsten Morgen die gesamte Verwandtschaft Queen's Malvern verließ. Jeder einzelne verabschiedete sich von Skye, bevor er oder sie in die jeweilige Kutsche stieg, die sie nach Hause bringen würde.

»Du wirst mich sofort benachrichtigen, wenn du Hilfe brauchst, ja?«, sagte Conn O'Malley St. Michael, Skyes jüngerer Bruder.

»Wenn es nötig ist«, antwortete seine Schwester.

Conn schüttelte den Kopf. Seine Schwester war eine stolze Frau, trotzdem war er froh, dass er und seine Gattin, Aidan, nicht weit von hier wohnten.

»*Cardiff Rose* wird immer für dich da sein, Mama«, sagte Murrogh O'Flaherty so leise, dass nur sie es hören konnte.

Skye nickte und küsste ihren zweitgeborenen Sohn und dessen Frau.

»Gott möge euch sicher nach Hause geleiten«, sagte sie.

»Ich weiß wirklich nicht, was ich noch zu dir sagen soll, Mama«, erklärte Willow, noch immer an ihre Auseinandersetzung vom Vortag denkend.

»Auf Wiedersehen genügt, Willow«, entgegnete Skye und küsste ihre Tochter auf die Wange. Sie wandte sich an ihren Schwiegersohn James. »Ich beneide euch wirklich nicht um die lange Reise.«

»Ich kann ganz gut unterwegs schlafen«, sagte er mit einem Augenzwinkern.

»Das ist ein Glück«, erwiderte Skye und betrachtete ihre Enkelin Sybilla. »Bekommst du schon wieder ein Kind, Sibby?«

Sybilla lachte. »Ja, es sieht ganz danach aus. Das wäre dann das fünfte. Es sollte Anfang Juni so weit sein. Ich hoffe, meine Mutter freut sich darüber.«

Skye nickte. »Passt auf euch auf«, sagte sie zu Sybilla und ihrem Mann, Tom Ashburne, Graf von Kempe.

Deidre Burke hatte Tränen in den Augen, als sie sich von ihrer Mutter verabschiedete.

»Aber Deidre«, tröstete sie Skye, »du wohnst doch nahe genug, dass du mich immer besuchen kannst, wenn dir danach ist.«

Deidre schluckte hart und nickte, als ihr Mann, John ihr in die Kutsche half.

»Ich lasse dich nur ungern allein«, sagte Padraic Burke.

»Ich möchte es aber so«, antwortete Skye ihrem jüngsten Sohn. »Es sind genügend Familienmitglieder in der Nähe, wenn ich jemanden brauche.« Sie umarmte ihn. »Du bist wie dein Vater. Auch er hat immer gemeint, ich könne nicht auf mich selbst aufpassen. Aber das stimmt nicht, Padraic.«

»Komm in die Kutsche!«, rief Valentina, seine Frau, und winkte Skye noch einmal zu.

Als letzter war der Graf von Lynmouth und dessen Familie an der Reihe. Angel und die Kinder hatten sich bereits verabschiedet. Jetzt stand Robin Southwood vor seiner Mutter. »Versprichst du mir, dass du mir Bescheid sagst, bevor du etwas unternimmst?«, fragte er.

»Wahrscheinlich nicht, Robin«, sagte sie mit einem Lächeln.

»Du und deine Ränke«, meinte Robin anklagend.

»Wie kannst du das nur behaupten? Es ist Jahre her, dass ich wirklich Ränke geschmiedet habe, Robin.«

Er musste lachen. »Ich kenne diesen Ausdruck an dir!« Dann wurde er ernst. »Ich bin froh, dass ich hierher gekommen bin und nicht unser Fest wie üblich in London gefeiert habe. Außerdem ist es dort inzwischen sehr teuer geworden.«

»Ich habe die Feste deines Vaters immer sehr genossen«, sagte Skye. »Besonders das Dreikönigsfest. Ich sehe noch immer das Schiff mit der Königin an Bord, wie es den Fluss aufwärts bis Lynmouth House fuhr. Das Dreikönigsfest hatte schon immer besondere Bedeutung für mich. Einmal war ich bei diesem Fest mit dir schwanger, Robin. Und weißt du noch, wie vor ein paar Jahren Jasmine beinah einen Skandal ausgelöst hat, weil sie von Sybilla mit Lord Leslie im Bett erwischt wurde? Und jetzt wird das Dreikönigsfest für immer mit dem Tod von Adam verknüpft sein.« Sie zog ihren Mantel enger um die Schultern. »Ich werde diesen Tag nie mehr genießen können.«

»Obwohl ich weiß, dass du allein sein willst, habe ich

kein gutes Gefühl dabei«, sagte Robin und legte den Arm um sie.

»Ich bin im Moment etwas schwach, Robin«, gab Skye zu, »aber das wird vorbeigehen. Das war so bei deinem Vater, und ebenso bei Niall.«

Aber da hattest du noch Adam als Trost, dachte Robin. »Gib mir Bescheid, bevor du England verlässt«, sagte er. »Und sag meiner Nichte, dass sie nach Hause kommen soll.« Er küsste sie auf die Wange und drückte sie noch einmal an sich.

»Gute Reise, Robin«, sagte Skye und blickte dann der Kutsche nach, wie sie um eine Wegbiegung verschwand.

»Sie sind eine listige alte Frau«, sagte Daisy zu ihrer Herrin, als sie beide ins Haus zurückgingen. »Sie haben nicht die geringste Absicht, ihm mitzuteilen, wann Sie nach Frankreich reisen.«

Skye schmunzelte. »Natürlich nicht«, antwortete sie. »Wenn ich es Robin erzähle, wird er es an den Grafen von Glenkirk weitergeben, und der wird versuchen, mir zu Jasmine und ihren Kindern zu folgen. Nein, kein Sterbenswörtchen wird er von mir erfahren!«

»Er wird es dem Grafen ohnehin sagen, wenn er in den nächsten Tagen nach London kommt«, meinte Daisy.

»Aus diesem Grund werde ich da schon auf dem Weg nach Frankreich sein«, sagte Skye. »Sie werden mich nicht dazu bringen, dass ich Jasmine zwinge, hierher zurückzukommen – nicht, wenn sie es nicht selbst will.«

»Sie können es nicht lassen«, antwortete Daisy und kicherte. Dann wurde sie ernst. »Aber wie steht es mit der Trauer um Ihren Gatten, wenn Sie auf der Reise sind?«

»Ich muss nicht auf Queen's Malvern bleiben, um zu trauern, Daisy. Adam wird immer bei mir sein, wo ich mich auch aufhalte.«

»Ich werde heute noch packen, Mylady«, sagte Daisy. »Und ich hoffe auf eine ruhige See, wenn wir den Kanal nach Frankreich überqueren.«

»Du musst nicht mit mir kommen, Daisy. Ich kann eines der jüngeren Mädchen mitnehmen, das mir zur Hand geht. Ich denke Martha wäre die Richtige, was meinst du?«

»Um Himmels willen!«, rief Daisy entsetzt. »Diesmal werden Sie nicht ohne mich fahren, Mylady. Wir beide sind gleich alt. Und wenn Sie noch so weit reisen können, dann kann ich es auch. Martha! Das freche Gör ist schlampig und nicht einmal in der Lage, sich um ein kleines Kind zu kümmern. Martha!«, wiederholte Daisy mit Verachtung. Dann ließ sie Skye stehen und ging weg, um für die Reise zu packen.

Skye hatte noch immer ihren Mantel an. Sie zog die Kapuze hoch, ging aus dem Haus und watete durch den knöcheltiefen Schnee den Hügel hoch zum Grab ihres Mannes. Ein schlichtes Holzkreuz stand an der Grabstelle, wo später ein Steinmonument errichtet werden sollte. Sie blieb stehen und starrte auf den Erdhügel.

»Nun, alter Mann«, sagte sie sanft, »du hast uns Feiertage beschert, an die wir uns noch lange erinnern werden. Wie konntest du mich nur verlassen, Adam?« Sie seufzte tief. »Ich weiß, es war nicht dein Fehler. Und jetzt sind sie alle fort. Eigentlich ist mir gar nicht klar, warum mich gerade Willow so aufregt. Ja, ja, sie meint es gut, das weiß ich, aber du kennst mich doch und weißt auch, dass ich es nicht leiden kann, wenn jemand versucht, mein Leben zu bestimmen. Drei Töchter! Eine, die ständig den Mund offen hat. Die andere eine graue Maus, und die dritte in Schottland. Mein Gott!«

Ein leichter Wind zupfte am Pelzbesatz ihrer Kapuze, und Skye lächelte nachdenklich. »Versuch ja nicht, mir zu widersprechen, Adam de Morisco«, sagte sie. »Du weißt, ich habe Recht. Keine meiner Töchter gleicht mir. Nur Jasmine kann mir das Wasser reichen. Ich muss dich nun für eine Zeit lang verlassen, um nach Frankreich zu reisen. Sie weiß noch gar nicht, was mit dir geschehen ist. Sie genießt ihre Freiheit, aber sie wird nicht zur Ruhe kommen, bevor sie ihren Frieden mit Lord Leslie gemacht hat. Du hattest Recht, alter Mann. Ich hätte sie schon früher auffordern sollen, nach Hause zurückzukehren, anstatt sie in ihrer Rebellion zu unterstützen. Ja, Adam, ich kann dich genau hören, wie du jetzt über mein Zugeständnis lachst. Du warst selten klüger als ich, aber diesmal muss ich dir Recht geben.«

Zwei Tage später bestieg der Kutscher Thistlewood im Morgengrauen den Kutschbock, wo sein Gehilfe bereits wartete. »Nun, mein Junge«, sagte er, und sein Atem bildete in der Kälte kleine Wölkchen, »wir reisen also nach Frankreich. Wenigstens wird es ein schöner Tag, aber bei Gott, es ist kalt! Bist du so weit?« Und als sein Gehilfe nickte, schwang er die Peitsche. Die Kutsche fuhr los, die Auffahrt hinunter und auf die Hauptstraße zu.

Im Whitehall Palast in London traf der Earl von Lynmouth auf seinen Freund, den Earl von Glenkirk. »Bist du bereit, ein störrisches Füllen zur Räson zu bringen, Jemmie?«, fragte er mit einem Grinsen im Gesicht.

»Du weißt also, wo sie ist?«, antwortete James Leslie mit kaltem Unterton.

»Nein, aber wenn du schnell bist, weiß ich, wie du sie finden kannst«, sagte Robin Southwood. Dann erzählte er, dass sein Schwiegervater gestorben war, und dass Skye erwähnt habe, sie wolle nach Frankreich, um es Jasmine zu berichten.

»Im Frühjahr?«, sagte James Leslie. »Dann ist noch genügend Zeit.«

»Meine Mutter sagte im Frühjahr, aber sie ist hinterlistig wie immer. Ich würde wetten, dass sie bereits in diesem Moment auf dem Weg zur Küste ist, weil sie genau weiß, dass ich nach London gefahren bin und dich hier treffen und es dir sagen werde. Ich habe zwei Reiter auf meinen Bruder Murrough angesetzt, der nicht, wie er behauptete, nach Hause geritten ist, sondern nach Harrow. So berichteten mir heute meine Informanten. Mama will von dort aus nach Calais. Du musst also so schnell wie möglich nach Dover und versuchen, ihr von dort aus zum Versteck meiner Nichte zu folgen.«

Der Earl von Glenkirk schloss seine grünen Augen und dachte nach. Durch Robin Southwood würde er endlich auf die Spur der aufsässigen Witwe Jasmine de Marisco Lindley kommen. Einer Frau, die er einst meinte zu lieben und die er nun aus tiefstem Herzen zu hassen bereit war, nachdem sie ihn in aller Öffentlichkeit vor Gericht lächerlich gemacht hatte, als er sie nach dem Gesetz zu seiner Ehefrau machen wollte. Noch schlimmer, sie hatte auch den Enkel des Königs, den Sohn des verstorbenen Prinzen Henry, mit sich genommen. Doch der König hatte Lord Glenkirk als dessen legalen Vormund eingesetzt. Und jetzt endlich, nach zwei Jahren, hatte er die Chance, Jasmine zu fassen!

Er wusste schon seit langem, dass sie sich in Frankreich aufhielt, aber drei Versuche, sie dort dingfest zu machen, waren fehlgeschlagen, nachdem sie jeweils von Verwandten Wind bekommen hatte, dass er ihr auf der Spur war. Sie hatten ein regelrechtes Katz-und-Maus-Spiel mit ihm getrieben, und immer hatte Jasmine erfahren, dass er ihr auf den Fersen war und mit ihren Kindern rechtzeitig die Flucht ergriffen. Diesmal würde es anders sein, denn er konnte der alten Skye folgen, die ihn direkt vor das Haus Jasmines führen würde. Er grinste voller Vorfreude.

»Noch etwas, Mylord«, fügte der Graf von Lynmouth mit ernstem Unterton hinzu. »Charles Frederick Stuart ist jetzt Herzog von Lundy, aber Queen's Malvern ist das Haus meiner Mutter, und das seit Jahrzehnten. Du kannst, auf welche Art auch immer, Rache nehmen an Jasmine, aber behandle meine Mutter mit Respekt und Anstand. Und lasse ihr ihren Besitz! Wenn du das nicht tust, wirst du mit mir Streit bekommen. Denk daran, dass BrocCairn, ihr Schwiegersohn, mit dem König verwandt und zugleich Jasmines Stiefvater ist. Vergiss auch nicht Alcester, Kempe und Lord Burke. Sie alle werden nicht gut auf dich zu sprechen sein, wenn du meiner Mutter in irgendeiner Form Schaden zufügst.«

Der Graf von Glenkirk schenkte ihm ein eisiges Lachen. »Ich weiß nur zu gut um Madame Skyes familiäre Verbindungen, Robin. Ich habe auch keinerlei Streit mit deiner Mutter, obwohl ich glaube, dass sie mehr in diese Geschichte verwickelt ist, als wir beide ahnen. Außerdem weißt du doch, dass Queen's Malvern in jedem Fall ihr gehört, es ist nicht im Erbe enthalten.«

»Eben doch!«, rief Robin. »Sie und Adam kauften es vor Jahren von der Königin. Bess hatte nie genug Geld. Als es noch königlicher Besitz war, verpachtete sie es an die beiden, und als Bess ihre Schulden nicht mehr zahlen konnte, verkaufte sie es an meine Mutter und Adam. Sie brauchte immer Bargeld.«

»Dann musst du dir wohl Sorgen machen, dass deine Mutter bald bei dir einzieht«, versuchte Glenkirk seinen Freund zu hänseln.

»Bei mir einzieht!« Robin lachte. »Meine Schwester hat schon versucht, Mama zu überreden, nicht mehr allein zu leben und bei ihr zu wohnen. Ich muss dir wohl kaum schildern, was meine Mutter dazu gesagt hat! Seit ihrer Geburt hat sie gemacht, was sie für richtig hielt, und das wird sie beibehalten bis zu ihrem letzten Tag. Aber ich bin nicht einmal sicher, dass Gott sie so schnell bei sich haben will.«

Glenkirk lachte lauthals. »Da könntest du allerdings Recht haben«, sagte er.

Robin Southwood reiste nach diesem Gespräch mit seiner Familie von London nach Hause in Devon. Dort war gerade eine Stunde vor ihm sein Gefolgsmann eingetroffen.

»Ihre Ahnung hat sich bestätigt, Mylord«, sagte der Diener. »Die *Cardiff Rose* liegt im Hafen von Harwick und soll heute noch bei Flut auslaufen. Ihre Mutter wird an Bord erwartet. Ich habe ihre Kutsche vor zwei Tagen überholt.«

»Glaubst du, dass James Leslie Jasmine diesmal finden wird?«, fragte Angel, die Gräfin von Lynmouth, ihren Mann.

»Wenn er nicht trödelt, kann er von Dover aus vor meiner Mutter in Calais sein«, antwortete Robin. »Sogar mit gutem Wind braucht Mama die ganze Nacht für die Überfahrt. Von Dover aus geht es viel schneller.«

»Warum hat nicht auch sie diesen Weg genommen?«, fragte Angel.

»Weil Mama nicht in die Nähe von London kommen

wollte, um nicht von irgendjemandem erkannt zu werden. Sie wollte lieber die längere Strecke nehmen, als ein Risiko einzugehen. Doch diesmal, so fürchte ich, wird ihr Plan nicht in ihrem Sinne aufgehen.«

»Aber Jemmie wird sich ganz bestimmt erst dann bei ihr zu erkennen geben, wenn er genau weiß, wo Jasmine steckt«, sagte Angel.

»Ehrlich gesagt habe ich keine Ahnung was er vorhat. Klar ist nur, dass Jasmine sich einen Feind aus dem Mann gemacht hat, der ihr Ehegatte werden soll. Sie wird sich sehr anstrengen müssen, um ihn wieder für sich einzunehmen.«

»Ich glaube eher, dass James Leslie sich bemühen und seinen Stolz zurückstellen sollte, sonst wird ihr gemeinsames Leben zur Hölle.«

Robin lachte. »Du bist eine weise Frau, Liebling«, sagte er. »Und du klingst schon fast wie meine Mutter.«

»Mein Gott, Robin, was für ein schönes Kompliment.« Angels Augen blitzten schalkhaft.

Er kicherte. »Bei jeder anderen Frau würde ich glauben, dass sie mich auf den Arm nehmen will, meine Liebe, aber bei dir weiß ich, dass du über den Vergleich mit meiner Mutter wirklich glücklich bist.«

Angel nickte. »Sie ist tatsächlich eine großartige Frau, Robin.«

»Ja, das stimmt. Aber sie ist ganz gewiss durch ihr Alter nicht einfacher geworden.« Wieder kicherte er. »Ich beneide James wirklich nicht, wenn er es mit diesen beiden zu tun kriegt.«

2

James Leslie hatte London gleich nach diesem Gespräch mit seinem Diener Fergus More verlassen. In Dover hatten sie die Fähre bestiegen und warteten jetzt im Schatten der

Docks, als die *Cardiff Rose* im Hafen von Calais festmachte. Die Gangway wurde heruntergelassen, und das Entladen des Schiffes begann. Skyes große Reisekutsche war auf dem Deck vertäut und wurde nun losgemacht. Langsam rollte sie die Gangway herunter und hielt nahe einem Ladeschuppen. Sofort öffneten sich dessen Tore, und schwere Zugpferde wurden herausgeführt und vor die Kutsche gespannt. Doch der Graf von Glenkirk schenkte diesem ganzen Treiben nur wenig Aufmerksamkeit, sein Augenmerk galt der Gangway, auf der nach einiger Zeit Madame Skye auftauchte, begleitet vom Kapitän des Schiffes. Ihre Bediensteten folgten.

Erst als sie in der Kutsche saß, sagte der Graf leise zu seinem Begleiter: »Wir müssen zu unseren Pferden, Fergus, sonst verlieren wir noch ihre Spur.«

»Es gibt nur einen Weg aus den Docks hinaus, Mylord. Am besten ist es, wir reiten voraus und erwarten sie am Eingang. Hier sind zu viele Leute, die uns sehen könnten, wenn wir ihnen folgen.«

James Leslie nickte. Sie bestiegen ihre Pferde und ritten aus dem Hafen hinaus; im Schutz von Bäumen warteten sie auf die Kutsche. Wenig später kam sie die Straße in Richtung der Stadt herunter, und sie folgten ihr in einigem Abstand.

Von Calais ging es über Amiens nach Paris. James Leslie verfolgte mit Staunen, wie rastlos Skye ihre Reise vorantrieb. Sie verbrachte nie mehr als eine Nacht in einem Gasthaus, gerade so lange, dass sie und ihre Pferde sich ein wenig erholen konnten. Selbst in Paris, wo sie bei einem Verwandten ihres verstorbenen Mannes übernachtete, hielt sie sich nicht länger auf.

»Sie hatten Recht«, sagte Fergus am folgenden Tag, als sie die Fährte wieder aufnahmen.

»Ja, sie schlau«, stimmte der Graf zu. »Und sie hat es eilig, an ihr Ziel zu kommen. Sie reist gerade so schnell, wie es ihre Pferde zulassen.«

Von Paris ging es über Fontainbleu nach Montargis weiter nach Orléans und Blois. »Sie ist auf dem Weg nach Archambault«, sagte der Graf.

»Da waren wir schon einmal und konnten sie nicht finden«, antwortete Fergus. »Sie wird doch nicht gemerkt haben, dass wir hinter ihr her sind?«

»Nein, dazu waren wir zu vorsichtig.«

Aber sie ließen auch Archambault hinter sich. Doch endlich, wenige Meilen hinter dem Dorf, das zum Schloss gehörte, bog die Kutsche in einen schmalen Seitenpfad ab. James Leslie hielt sein Pferd an. Ein leichter Regen fiel, wie schon die ganzen vergangenen Tage. Mit einer Handbewegung befahl er Fergus an seine Seite. »Dieser Weg kann nur zu einem einzigen Gebäude führen«, sagte der Graf. »Wir warten hier, bis Madame Skye ihr Ziel erreicht hat.« Er zog den Mantel enger um sich, weil ihn fröstelte.

»Ich habe vorhin im Dorf ein Gasthaus gesehen«, sagte Fergus voller Hoffnung.

James Leslie schüttelte den Kopf. »Nein, ich möchte nicht, dass die Kunde von Fremden die Runde macht, bevor ich nicht weiß, was sich am Ende dieser Straße befindet. Wie warten hier.«

Fergus seufzte.

Nach ungefähr einer halben Stunde schien es dem Grafen sicher genug, die Verfolgung wieder aufzunehmen. Als sie um eine Kurve bogen, lag plötzlich vor ihnen ein kleiner See. Fast in der Mitte darin, von drei Seiten vom Wasser umgeben, stand ein malerisches kleines Schoß. Erbaut aus rötlich-grauem Schiefergestein wies das Hauptgebäude an jeder der vier Ecken einen Turm mit weit heruntergezogenem Dach auf. Zutritt erhielt man nur durch ein vorgebautes befestigtes Torgebäude, das an jeder Seite des Eingangs von einem runden Wehrturm flankiert wurde. James Leslie verharrte eine Weile und genoss die Schönheit der Anlage. Hinter dem Schloss befand sich ein kleiner Garten, eingefasst von einer niedrigen Mauer, der ihn gegen den dahinter liegenden Wald schützte. Selbst jetzt im Winter konnte man ahnen, wie schön er im Frühjahr und im Sommer sein musste.

»Mylord?«, fragte Fergus leise.

Der Graf gab ihm mit der Hand das Zeichen weiterzureiten. Die Zugbrücke hallte von den Hufen der Pferde, als sie darüber ritten und gleich danach in den Schlosshof kamen. Die große Reisekutsche wurde gerade ausgeladen. Die Diener musterten die Ankömmlinge neugierig, und zwei Stallknechte kamen heran und nahmen die Pferde in Empfang. James Leslie betrat, gefolgt von Fergus, das Gebäude.

»O Gott!« Thistlewood kam gerade aus dem Stall, wo er zusammen mit seinem Gehilfen die Zugpferde untergebracht hatte. »Das ist doch der Graf von Glenkirk!«

»Ich hatte schon während der Reise ein paar Mal das Gefühl, das uns jemand folgt«, sagte der Gehilfe und stolperte gleich darauf, weil ihm der Kutscher einen heftigen Schlag gegen den Kopf versetzte.

»Du Schwachkopf! Warum hast du mir nichts davon gesagt?«

»Ich war mir doch nicht sicher«, verteidigte sich der Junge und rieb sich die Schläfe. Thistlewood schüttelte den Kopf. Nun, das alles ging ihn in Wirklichkeit nichts an. Seine Herrin würde sich darum kümmern, und bestimmt hatte sie eine Lösung für das Problem. Ihr Alter hatte sie bisher nicht weniger schlau gemacht. »Gehen wir in die Küche und besorgen uns was Warmes zu essen und zu trinken«, sagte er zu seinem Gehilfen.

Adali sah den Grafen als erster, weil er gerade mitten in der Halle stand, und die Diener mit dem Gepäck herumkommandierte. Die Überraschung war ihm anzusehen, obwohl er sie gleich zu verbergen suchte.

James Leslie lächelte mit kalter Miene. »Sag deiner Mistress, dass ich hier bin«, befahl er dem Mann. »Nein warte noch! Ich glaube, es ist besser, du bringst mich gleich zu ihr. Ich will nicht riskieren, das sie wieder weg ist, bevor ich sie überhaupt gesehen habe.«

»Folgen Sie mir, Mylord«, sagte Jasmines treuester Diener.

Hinter dem Eingangsbereich war eine kleine Halle, in die Adali den Grafen und Fergus führte. Es war ein warmer und freundlicher Raum. Skye saß in einem hochlehnigen Stuhl neben dem Kamin. Sie hatte ihre Stiefel ausgezogen, und in der Hand hielt sie einen Becher. Ihre Füße ruhten auf dem Sims vor dem Kamin. Neben ihr saß Jasmine auf einem Stuhl. Sie sah fast wie ein junges Mädchen aus, obwohl sie inzwischen bereits fünfundzwanzig war und vier Kinder hatte. Ihr dunkles Haar war zu einem dicken Zopf geflochten und mit roten Bändern geschmückt. Für einen kurzen Moment erhellte sich James Leslies Miene, um gleich darauf wieder einen grimmigen Ausdruck anzunehmen.

»Der Graf von Glenkirk«, sagte Adali.

Jasmine sprang vom Stuhl hoch und drehte sich um.

»Du!«, stieß sie wütend hervor.

»Ja, meine Liebe. Ich bin's. Du hast mich ganz schön in die Irre geführt, aber damit ist jetzt Schluss.«

»Verschwinde sofort aus meinem Haus!«, schrie Jasmine. »Du hast keinerlei Macht über mich. Wir sind hier in Frankreich und nicht in England!«

»Ich glaube, du bist im Irrtum. Der König von England hat diese Ehe vor zwei Jahren befohlen. Er ist mit Frankreich befreundet und verhandelt zurzeit mit König Louis, weil er nämlich Prince Charles mit dessen Tochter verheiraten will.«

»König James will eine spanische Hochzeit mit der Infantin Maria«, zischte Jasmine. »Das hat sich sogar bis hierher herumgesprochen.«

»Willst du es wirklich darauf ankommen lassen?«, fragte Glenkirk. »Du bist von unserem König für mich bestimmt worden, und du wirst mich heiraten, ob du willst oder nicht. Vergiss auch nicht, dass ich der Vormund deiner Kinder bin.«

»Du bist nur der Vormund von Charles Frederick Stuart«, antwortete Jasmine. »Obwohl es gar keinen Grund dafür gibt.«

»Falsch, meine Liebe. Ich bin Vormund für *alle* deine Kinder. Dein törichtes und ungesetzliches Verhalten überzeugte den König davon, dass du nicht in der Lage bist, deine Kinder richtig zu erziehen, daher hat er mir auch die Vormundschaft über den jungen Westleigh, Lady India und Lady Fortune Lindley übertragen.«

»Du Bastard!«

»Falsch, meine Liebe. Meine Eltern haben gerade noch rechtzeitig vor meiner Geburt geheiratet«, antwortete der Graf grinsend.

Jasmine wandte sich an ihre Großmutter. »Wie konntest du ihn nur hierherbringen?«, fragte sie. »Bist du deswegen gekommen? Das verzeihe ich dir nie!«

»Ich habe ihn nicht hergebracht, mein liebes Mädchen«, entgegnete Skye leise.

»Ich bin deiner Großmutter bereits von Calais aus gefolgt«, sagte der Graf.

»Robin?«, fragte Skye.

Der Graf nickte. »Er hat gleich vermutet, dass Sie nicht erst im Frühjahr reisen werden und war sicher, dass Sie von Harwich aus den Kanal überqueren wollten.«

Skye nickte mit schmalen Lippen. »Robert Southwood ist wirklich mein Sohn«, sagte sie. »Und er verfügt über die Gerissenheit seines Vaters.«

Jasmine hielt den Atem an, und ihre Augen füllten sich mit Tränen. »O Gott, Großvater«, flüsterte sie. Dann wandte sie sich an den Grafen von Glenkirk. »Das ist allein deine Schuld!«, rief sie. »Hättest du mich nicht von England aus verfolgt, hätte ich wenigstens die letzten paar Monate bei ihm verbracht. Jetzt werde ich ihn nie wieder sehen, und das nur wegen dir, James. Ich *hasse* dich!«

»Nein, meine Liebe«, entgegnete er in eisigem Ton. »Es ist alles *dein* Fehler, nicht meiner. Du hast dich dem Befehl des Königs widersetzt und bist vor fast zwei Jahren davongelaufen. Unsere Hochzeit war besprochen. Ich liebte dich. Und ich war bereit, dir genügend Zeit zu lassen, um den Tod von Prinz Henry Stuart zu betrauern. Ich wollte dich nicht mit Gewalt vor den Traualtar zerren, Jasmine. Du allein hast beschlossen, mit deinen Kindern aus England zu fliehen – und zwar gegen den ausdrücklichen Befehl des Königs. Ich wusste, dass du in Frankreich bist. Dreimal habe ich dich hier gesucht, und jedes Mal haben dich deine Verwandten versteckt. Jetzt ist das Spiel aus. Wir werden nach England zurückkehren, und du wirst mich vor aller

Öffentlichkeit heiraten, vor dem selben Gericht, vor dem du mich vor so vielen Monaten zum Narren gemacht hast.«

»Das werde ich nicht tun.«

»Ganz bestimmt, meine Liebe.«

»Ich bin eine Prinzessin von Mughal …«, begann sie.

»Die nicht nach Indien zurück kann«, unterbrach er sie. »Du bist seit zehn Jahren wieder in Europa. Du bist eine englische Adelige und nicht mehr in Mughal. Deine Großmutter braucht nur ein paar Tage Ruhe, und dann werden wir nach England aufbrechen. Versuche ja nicht, mir noch einmal zu entkommen! Cadby braucht seinen jungen Herren; außerdem – möchtest du Rowan Lindleys Sohn von seinem Erbe fern halten? Und was ist mit deinen Töchtern? Wahrscheinlich hast du sie mit den Bauernkindern herumlaufen lassen. Vermutlich ist keine von ihnen je von einem Hauslehrer unterrichtet worden. Sie stammen von englischem Adel ab, vergiss das nicht.«

»Ich bringe dich um, wenn du über meine Kinder verfügen willst«, schnaubte sie ihn an.

»Hört sofort auf, alle beide!«, sagte plötzlich Skye mit schneidender Stimme. »Adali, bring dem Grafen einen Becher Wein und zeig seinem Diener, wo die Küche ist. Wie heißt du überhaupt?«, fragte sie.

»Fergus More, Mylady.«

»Geh mit Adali, Fergus. Dein Herr ist hier sicher.« Dann wandte sie sich an Jasmine und sagte: »Ich bin gekommen, um dir vom Tod deines Großvaters zu berichten, mein liebes Mädchen, aber auch, um dir zu sagen, dass es Zeit ist, deinen Streit mit dem Grafen von Glenkirk zu beenden. Du musst einen Schlussstrich ziehen. Auch wenn es nicht in Ordnung war, dass der König diese Hochzeit befohlen hat, so glaube ich inzwischen, dass es gar keine so schlechte Idee ist. Du kannst nicht hier in Belle Fleurs bleiben, allein mit deinen Kindern und den Dienstboten. Das ist nicht gut für dich, und schon gar nicht für meine Enkel. James Leslie hat Recht. Henry Lindley ist der Marquis von Westleigh, wie sein Vater vor ihm. Er wird bald sieben Jahre alt, und wahrscheinlich ist sein Französisch inzwischen besser als sein

Englisch. Er muss heim nach Cadby und muss lernen, sich wie ein Adliger zu benehmen. India wird im nächsten Monat acht, und Fortune ist fünf. Kann eine von ihnen schon schreiben? Und was ist mit dem Enkel des Königs, mit Charles Frederick Stuart? Was wird mit ihm passieren, wenn er nicht nach England zurückkehrt und versucht, die Gunst seines Großvaters zu gewinnen? Du musst an deine Kinder denken, Jasmine.«

Sie wusste, dass ihre Großmutter Recht hatte, doch es fiel ihr schwer, das einzugestehen. Aus tränenverschleierten Augen sah sie James Leslie an. Er war noch immer ein stattlicher Mann, auch wenn er im Augenblick einen grimmigen Eindruck machte.

»Ein einziges Mal nur«, sagte sie, »nur einmal möchte ich mir meinen Ehemann selbst aussuchen. Mein Vater wählte Jamal Khan für mich, und du, Großmutter, Rowan Lindley. Wann darf ich endlich selbst entscheiden?«

»Und warst du mit einem deiner Ehemänner je unglücklich?«, fragte Skye.

»Nein«, gab Jasmine zu.

»Dom O'Flaherty«, fuhr Skye fort, »meinen ersten Mann – er möge übrigens in der Hölle schmoren –, suchte mein Vater aus. Willows Vater wiederum rettete mich vor der Sklaverei in Algier und heiratete mich dann. Niall Burke war die Wahl meines Onkels, des Bischofs. Fabron de Beaumont hatte die alte Königin für mich bestimmt. Nur Geoffrey Southwood und dein Großvater waren meine eigenen Entscheidungen, Jasmine.«

»Und genau die beiden waren deine glücklichsten Ehen«, entgegnete ihre Enkelin. »Ich will keine sechs Ehemänner, Großmutter. Ich will selbst entscheiden und nicht zu irgendetwas gezwungen werden.«

»Du hast keine andere Möglichkeit, als den Anweisungen des Königs zu folgen«, meinte der Graf leise. »Genauso wie ich. Sich zu widersetzen, bedeutet Hochverrat. Wenn du das willst, ist es deine Sache. Ich werde jedenfalls mit deinen Kindern in ein paar Tagen nach England zurückreisen. Wenn du ihnen eine Mutter bleiben willst, wirst du uns begleiten. Wenn nicht, werde ich dafür sorgen, dass du sie nie wieder sehen darfst und dass du für immer vom Herrschaftsgebiet des englischen Königshauses verbannt bleibst.«

Jasmines türkisgrüne Augen weiteten sich im Schock. »Du Bastard!«, zischte sie. »Das wirst du nicht wagen.«

Er sah sie emotionslos an. »Ich werde dem Befehl des Königs gehorchen.«

Sie wollte ihm das Weinglas an den Kopf werfen, doch er packte ihr Handgelenk und hielt es in eisernem Griff fest. Langsam drehte er ihren Arm nach hinten und zog sie an sich. Dann küsste er sie hart auf die Wange, mehr eine Kriegserklärung als eine liebevolle Geste. Jasmine zappelte, konnte aber seinen Griff nicht lockern. Als er sie endlich freigab, holte sie aus und schlug ihm mit aller Kraft ins Gesicht. Dann lief sie aus der Halle.

»Hassen Sie Jasmine eigentlich, oder lieben Sie sie?«, fragte Skye.

James Leslie schüttelte seine dunklen Locken. »Ich habe sie einst über alles geliebt. Als ich heute hier ankam, dachte ich, ich würde sie hassen, doch jetzt weiß ich nicht mehr, welches von beidem zutrifft, Madame. Warum widersetzt sie sich so sehr ihrem Schicksal?«

»Sie haben sicher schon festgestellt, dass Jasmine eine stolze Frau ist und einen starken Willen hat«, antwortete Skye. »Wir wissen beide, dass der König mit seiner Anordnung nur ihr Wohl im Sinn hatte. Und tatsächlich ist es für Jasmine die beste Lösung. Selbst ich bin dieser Meinung. Sie sind ein idealer Ehemann für sie, und Sie stehen beim König in höchster Gunst. *Und* Sie haben genug eigenes Vermögen.«

»Sie erstaunen mich, Madame«, antwortete der Graf. »Wenn mich nicht alles täuscht, haben gerade Sie Jasmines Flucht vor zwei Jahren durchaus unterstützt.«

»Das stimmt«, gab Skye zu. »Doch ich wollte nur, dass Jasmine etwas Zeit gewinnt, um ihre Gedanken zu ordnen. Doch dann folgte ein Monat dem anderen, und bald war es ein Jahr. Ich schwöre Ihnen, ich wollte sie wieder zurückholen, doch ich habe eine große Familie und musste mich immer wieder um andere Dinge kümmern. Es tut mir wirklich Leid, dass ich nicht früher gehandelt habe. Inzwischen, so fürchte ich, hat Jasmine Gefallen an ihrer Unabhängigkeit gefunden.«

»Liebt sie ihre Kinder genug, um ihnen nach England zu folgen?«, fragte James.

»Was immer passiert, Mylord, geben Sie Ihre Absicht nicht auf. Ich werde Sie, so gut ich kann, unterstützen.«

»Sie haben meine Frage aber nicht beantwortet, Madame.«

»Sie liebt ihre Kinder über alles«, erklärte Skye. »Und ich werde zusehen, dass sie nicht wieder überstürzt handelt. Dazu brauche in allerdings auch die Hilfe ihrer Diener. Alle drei kennen sie seit ihrer Geburt. Sie sind mit allen ihren Marotten vertraut. Adali ist fast wie ein Vater für sie. Er will nur das Beste, ebenso wie ihre zwei Zofen. Und Ihnen, Graf Leslie, möchte ich den Rat geben, sie nicht zu sehr unter Druck zu setzen. Vollblüter wie Jasmine reagieren störrisch auf zu stramme Zügel oder gar die Peitsche. Als Pferdezüchterin weiß ich Bescheid, und Sie wären gut beraten, auf mich zu hören.« Etwas schwerfällig stand sie auf und dachte dabei, dass zwar ihr Verstand im Lauf der vielen Jahre in keiner Weise gelitten hatte, ihre Knochen aber inzwischen doch dem schlechten Wetter und dem Alter Tribut zollen mussten. »Sind Sie hungrig, Mylord? Ganz bestimmt nach dieser langen Reise. Ich beneide Sie um Ihre Pferde. In so einer Kutsche zu reisen ist eine einzige Mühsal.«

Er nahm lächelnd ihren Arm und geleitete sie in den Speisesaal, wo die Diener gerade dabei waren, die Tafel herzurichten. Sie hatte es nicht für nötig befunden, ihre Schuhe wieder anzuziehen und begleitete den Grafen in Strumpfsocken. Das tat ihrer Würde aber keinen Abbruch, dachte James Leslie.

Adali tauchte auf und stellte Skye einen Stuhl bereit.

»Wo ist deine Herrin?«, fragte ihn der Graf.

»Sie hat sich in ihr Schlafgemach eingeschlossen und

flucht sehr drastisch in mindestens drei Sprachen«, antwortete Adali. »Rohana und Toramelli leisten ihr Gesellschaft. Sie werden darauf achten, dass sie Belle Fleurs nicht ohne Ihre Lordschaft verlässt.«

»Und wo stecken die Kinder?«, fragte James Leslie. Ihm fiel erst jetzt auf, dass er noch keines von ihnen gesehen hatte.

»Im Kinderzimmer, Mylord. Wünschen Sie sie jetzt zu sehen oder erst nach dem Essen? Dann werden sie allerdings bereits zu Bett sein.«

»Madame Skye und ich können sie morgen besuchen, Adali«, sagte der Graf.

»Soll ich meiner Herrin das Essen in ihrem Zimmer servieren?«, fragte Adali.

»Nein. Wenn sie essen will, soll sie hierher in den Speisesaal kommen. Schließlich ist sie nicht krank. Geh zu ihr und sag ihr, wir würden uns über ihre Gesellschaft freuen.«

»Ganz wie Sie wünschen, Mylord«, antwortete der Kammerdiener, ohne eine Miene zu verziehen. Er konnte sich gut vorstellen, wie seine Herrin auf diese Einladung reagieren würde. Trotzdem war er froh über die konsequente Haltung des Grafen. In den vergangenen Monaten war Jasmine immer schwieriger im Umgang geworden. Sie hatte ihren Kindern zu viel Freiraum gelassen. Die drei älteren sprachen inzwischen eine wilde Mischung aus Französisch und Englisch. Nach dem Tod von Prinz Henry hatte sie sie in ihrer Trauer vernachlässigt. Ihre ganze Aufmerksamkeit galt nur mehr Henrys Sohn, der im vergangenen September zwei Jahre alt geworden war. Jasmine und ihren Kindern würde es gut tun, wieder einen Mann im Haus zu haben. Das Problem war nur, sie davon zu überzeugen.

Er traf seine Herrin und ihre zwei Dienerinnen beim Packen.

»Wir werden das Haus verlassen, bevor der Graf und meine Großmutter morgen früh wach sind, Adali«, sagte sie. »Kannst du ihnen etwas in den Wein geben, dass sie besser schlafen?«

Adali bedeutete den beiden Zofen, im Packen innezuhalten. »Würden Sie wirklich Ihre Kinder im Stich lassen, Mylady?«

»Niemals!«, rief sie entrüstet. »Die Kinder kommen mit uns. Warum sollte ich sie hier zurücklassen?«

»Mit Ihrer Sturheit, Mylady, widersetzen Sie sich dem Befehl des Königs und berauben Ihre Kinder der Erbschaft. Dieses Verhalten erinnert mich an Ihren Bruder, Mughal Jahangir«, sagte Adali. Seine braune Augen musterten sie eingehend. Als Junge hatte er noch seiner indischen Mutter ähnlich gesehen, nun, im mittleren Alter, glich er mehr seinem französischen Vater.

Jasmine war überrascht über diese Worte. Adali war zeit ihres Lebens an ihrer Seite gewesen, und sie hatte ihn immer als ihren besten Freund angesehen. »Du willst doch damit nicht sagen, dass ich den Grafen von Glenkirk heiraten soll?«, fragte sie erstaunt.

»Er ist keine schlechte Wahl. Ein reicher Mann – und ein Freund des Königs. Er sieht gut aus, und Sie haben vor Jahren schon einmal eine Nacht mit ihm verbracht. Ich kann mich nicht erinnern, dass Sie ihn für einen schlechten Liebhaber hielten. Er liebt Ihre Kinder und möchte eigene haben. Was können Sie mehr verlangen, Mylady? Frauen von Ihrem Stand müssen sich ihre Männer sorgfältig aussuchen, und ohne einen mächtigen Mann an Ihrer Seite sind Sie und Ihre Kinder immer gefährdet.«

»Zwei meiner Ehemänner sind eines gewaltsamen Todes gestorben, Adali«, erwiderte Jasmine. »Und Prinz Henry ging völlig unerwartet in der Blüte seiner Jahre von mir. Der Graf von Glenkirk sollte auf der Hut sein vor einer solchen Frau. Vielleicht hat mich mein Bruder aus der Ferne verflucht. Außerdem liebt mich James Leslie schon lange nicht mehr. Er will mich nur aus Loyalität seinem König gegenüber heiraten. Ich glaube, er hasst mich sogar, Adali.«

»Dann müssen Sie sich ja keine Gedanken machen, wenn er plötzlich sterben sollte wie Jamal Khan und Rowan Lindley vor ihm«, antwortete Adali ungerührt. »Und Sie haben dem Befehl des Königs gehorcht. Wenn der Fluch ihres Bruders wirklich wirksam sein sollte, so wird er auch den Grafen von Glenkirk treffen, und das wäre doch ein idealer Weg, ihn loszuwerden.«

»Du glaubst nicht an diesen Fluch, Adali. Ich sehe dir das an. Ihr seid alle gegen mich, sogar meine Großmutter. Auch sie will dem Grafen helfen, und deswegen muss ich noch heute Nacht fliehen, solange ich noch die Gelegenheit dazu habe.«

»Sie stellen Ihre Selbstsucht über das Wohl Ihrer Kinder«, ermahnte sie ihr Diener. »Sie waren zu lange allein, Mylady. Sie müssen wieder in die Welt zurückkehren, ebenso wie Ihre Kinder. Diesmal werde ich Sie nicht bei Ihrer Flucht unterstützen, und Rohana und Toramelli auch nicht. Haben Sie sich überhaupt Gedanken gemacht, wohin Sie von Belle Fleurs fliehen wollen? Das Herrschaftsgebiet von König James bleibt Ihnen verwehrt. Also können Sie nicht nach England, Schottland oder Irland. Sie müssen hier in Frankreich bleiben und sind auf Ihre Verwandten angewiesen. Doch wenn Madame Skye es nicht will, dass Sie hier bleiben, werden auch sie Ihnen nicht mehr helfen. Außerdem wird hier bald ein Religionskrieg ausbrechen, sodass Ihre Sicherheit nicht mehr gewährleistet ist. Oder wollen Sie etwa nach Indien zurück, zu Ihrem Bruder? Nein, Mylady, Ihr Platz ist an der Seite von James Leslie.« Der Gesichtsausdruck von Adali sagte ihr, wie ernst es ihm war. Und zum ersten Mal in ihrem Leben hatte sie das Gefühl, keine andere Wahl zu haben. »Soll ich seiner Lordschaft sagen, dass Sie ihm und Ihrer Großmutter beim Abendessen Gesellschaft leisten?«

Sie wollte ablehnen, doch sie hatte auch Hunger. Der Gedanke, sich allein in die Küche zu schleichen und etwas zum Essen zu holen, war wenig verlockend. Und außerdem, warum sollte sie sich von ihrem eigenen Tisch vertreiben lassen? »Ich muss mich noch umziehen«, seufzte sie. »Sag meiner Großmutter, dass ich bald nachkommen werde.«

Adali ließ sich seinen Triumph nicht anmerken. Er wusste auch genau, dass seine Herrin noch lange nicht aufgegeben hatte. Als er in den Speisesaal kam, verkündete er: »Meine Herrin wird Ihnen bald Gesellschaft leisten, sie muss sich nur noch umziehen.«

»Vielen Dank, Adali«, sagte Skye. »War sie bereits beim Packen?«

Der Diener lachte. »Ja, Madame. Aber ich habe ihr klar gemacht, dass sie sich nirgendwo mehr verstecken kann. Ihr Platz ist von nun an der Seite ihres Mannes, auch wegen der Kinder.« Adali verbeugte sich und gab dann den anderen Dienern die Anweisung, das Essen aufzutragen.

Lord Leslie betrachtete ihn mit skeptischem Blick.

»Er ist ihr mit Haut und Haaren verpflichtet«, sagte Skye leise zu dem Grafen. »Aber er widerspricht ihr auch, wenn er der Meinung ist, es trage zu ihrem Wohl bei. Wenn Sie Jasmine gut behandeln, wird er immer auf Ihrer Seite sein.«

Der Graf nickte, und dann sah er auf, als Jasmine den Saal betrat. Für einen Moment vergaß er sogar seine Wut auf sie, denn sie war so schön, wie er sie immer in Erinnerung gehabt hatte. Gekleidet in burgunderrotem Samt, der ihr schwarzes Haar leuchten ließ, schritt sie voller Würde zum Tisch. James Leslie erhob sich, nahm ihre Hand und küsste sie. Jasmine schenkte ihm nur einen flüchtigen Blick.

»Wie reizend du aussiehst, meine Liebe«, sagte Skye bewundernd.

»Die Mode hat sich geändert, Großmutter«, erwiderte Jasmine beiläufig. »Ich werde neue Kleider brauchen.«

»Du sollst alles haben, was dein Herz begehrt«, sagte der Graf. »Du weißt, das mir für dich nichts zu teuer ist.«

»Ich bin selbst in der Lage, mir neue Kleider zu kaufen«, erklärte Jasmine in eisigem Ton. »Ich habe mehr Geld als du. Und wenn wir schon darüber reden, dann sei dir im Klaren, dass vor einer Hochzeit die finanziellen Dinge geregelt sein müssen. Du wirst eine stattliche Mitgift erhalten, doch der Rest meines Vermögens bleibt in meiner Hand. Wenn du damit nicht einverstanden bist, wird es trotz des Befehls des Königs keine Heirat geben.« Das wird seinem stolzen schottischen Kopf zu denken geben, überlegte sie zufrieden.

»Natürlich, meine liebe Jasmine«, antwortete der Graf ruhig. »Dein Vermögen will ich nicht antasten. Meine und sicherlich auch deine Mutter haben ebenfalls solche Abmachungen in ihren Eheverträgen. Mein Vorschlag wäre, so schnell wie möglich ein schriftliches Abkommen auszufertigen, doch bin ich nicht sicher, ob ein von einem französischen Notar verfasstes Papier in England Gültigkeit hätte. Deswegen werden wir wohl warten müssen, bis wir wieder in England sind.«

»Bevor der Vertrag nicht unterschrieben vorliegt, wird es zwischen uns keinerlei Beziehung geben«, sagte Jasmine.

»Wie du willst«, antwortete er.

Skye nagte an einem Kaninchenbein und hörte zu, wie ihre Enkelin und der Graf von Glenkirk sich auseinander setzten. James Leslie hatte offensichtlich ihren Rat beherzigt und ging behutsam mit Jasmine um. Doch die machte es ihm nicht leicht. *Warum sieht sie in ihm nur den Feind?*, dachte Skye. *Wenn ich zwanzig Jahre jünger wäre, könnte ich mich durchaus für ihn begeistern*, überlegte sie. Sie beugte sich über den Tisch und brach ein Stück Brot vom Laib ab.

»Darauf bestehe ich«, fauchte Jasmine.

»Ich habe es gehört«, antwortete der Graf ruhig.

»Dann können wir ja morgen nach England zurückkehren«, entschied sie.

»Das werden wir nicht. Wir bleiben noch eine Woche in Belle Fleurs. Deine Großmutter braucht eine Zeit lang Ruhe. Und außerdem bin ich der Meinung, dass es für uns beide besser ist, wenn wir uns auf neutralem Boden ein paar Tage aneinander gewöhnen können.«

»Ist das nötig, mein Lieber? Was willst du über mich noch erfahren? Ich bin schön. Ich bin reich. Ich habe königliches Blut in meinen Adern. Ich hatte zwei Ehemänner und einen Prinzen als Liebhaber. Ich bin Mutter von vier Kindern. Und ich habe dir vor einigen Jahren im Bett Freude bereitet. Was brauchst du mehr?«

»Ja«, antwortete er kalt, »das stimmt alles. Aber ich will herausfinden, ob unter dieser harten und unnachgiebigen Schale, die du dir zugelegt hast, noch immer ein Rest von dem verborgen ist, was ich einst kennen gelernt habe, nämlich eine liebenswerte, zärtliche Frau.«

Skye verschluckte sich fast an ihrem Wein.

»Du arroganter schottischer Bastard«, zischte Jasmine voller Wut. »Wie kannst du es wagen, in diesem Ton mit mir zu reden?«

»Weil ich dein zukünftiger Ehemann bin und du diesen Ton vorgegeben hast.«

»Wenn wir wieder in England sind, werde ich den König bitten, seine Meinung zu ändern«, sagte Jasmine.

»Das wird er nicht, das weißt du ganz genau«, antwortete James Leslie. »Er hat seine Entscheidung getroffen und wird davon nicht abrücken, schon gar nicht, wenn eine Frau ihn darum bittet. Es geht auch nicht um dich oder um mich, Jasmine. Es geht um den erstgeborenen Enkel des Königs, um Charles Frederick Stuart. Ein Stuart kann sich nicht der königlichen Verantwortung entziehen.«

»Ich brauche keinen Mann, um meine Kinder zu erziehen.«

»Trotzdem hat der König befohlen, dass du einen haben sollst. Er weiß, dass ich diese Position nicht zu seinem Ungunsten ausnützen werde.«

»Du überheblicher Kerl!«, giftete sie.

»Du bösartiges Weib!«

»Schluss jetzt!«, rief Skye. Beide blickten voller Überraschung hoch. Skyes Gesicht war ernst. »Ihr streitet wie die Kinder.« Sie wandte sich an Jasmine. »Der König hat dir diesen Ehemann ausgesucht. Er sieht gut aus, er hat genug Vermögen, um euch alle zu versorgen. Und ich bin ihm gewogen. Das heißt in dieser Familie mehr als alles andere. Deshalb wirst du den Grafen von Glenkirk heiraten, meine liebe Jasmine. Ich wünschte, du könntest selbst die Entscheidung treffen, aber die Umstände wollen es anders. Und Sie, James Leslie«, sagte sie zu ihm gewandt »Sie werden meine Enkeltochter mit Würde und Respekt behandeln, wenn sie Ihre Frau geworden ist. Ich hoffe, ihr werdet einander mit der Zeit lieben, das ist noch immer die beste Grundlage für eine Ehe. Wenn das nicht möglich ist, werdet ihr wenigstens einander ehren und eurem Namen keine Schande bereiten.« Sie erhob sich von ihrem Sessel. »Ich bin eine alte Frau und brauche jetzt meine Ruhe. Adali!« Sie nahm den angebotenen Arm des Dieners und verließ ohne ein weiteres Wort den Saal.

James Leslie griff nach seinem Weinglas. »Wenn du willst«, sagte er leise, »dann bleiben wir bis zum Frühjahr in Frankreich und versuchen, uns aneinander zu gewöhnen. Die Überfahrt ist im Winter nicht ungefährlich.«

»Vielleicht ist das die beste Lösung«, überlegte Jasmine laut. »So hätten die Kinder die Möglichkeit, mit dir näher Bekanntschaft zu schließen. Außerdem gefällt mir nicht, wie meine Großmutter aussieht. Der Tod ihres Mannes muss sie schwer getroffen haben. Und dann noch ihre überstürzte Abreise von Queen Malvern. Wir könnten bis Mai hierbleiben.«

»Ich dachte an den ersten April«, sagte er ruhig.

»Das kann nicht dein Ernst sein«, antwortete Jasmine. Sie erinnerte sich noch genau, wie sie ihn vor zwei Jahren hingehalten hatte mit dem Versprechen, mit ihm am ersten April vor den Traualtar zu treten. Doch als er sie an diesem Tag in Queen Malvern abholen wollte, war sie mit ihren Kindern geflohen.

»Du kannst froh sein, dass ich nicht für diesen Tag unsere Hochzeit angesetzt habe.«

Ein kalter Schauer überlief sie plötzlich. »Hasst du mich wirklich so sehr?«, fragte sie. Seine abweisende Haltung machte ihr zu schaffen. Was hatte sie denn schon getan? Sie wollte doch nur mehr Abstand gewinnen und um ihren verstorbenen Mann trauern. Das musste er doch verstehen.

»Ich weiß nicht, wie meine Gefühle für dich wirklich sind, Jasmine«, sagte er nachdenklich. »Früher war ich überwältigt von deiner Schönheit und Leidenschaft. Ich war sicher, dich zu lieben. Deine Überheblichkeit verschaffte mir ein anderes Bild von dir. Ich weiß nicht, ob ich dich je lieben kann, aber aus Rücksicht auf die Kinder und die Kinder, die wir noch haben werden, müssen wir es versuchen.«

»Wir werden keine Kinder haben, James Leslie«, sagte sie, ohne einen Moment zu überlegen. »Es sei denn, wir lieben uns. Ich bin keine Zuchtstute, die dir zur Verfügung steht. Ich werde dich heiraten und niemals Schande über deinen Namen bringen und dir in allen Dingen zur Seite stehen, aber es wird keine Kinder geben – außer aus Liebe.«

»Wie edel von dir«, sagte er mit Spott in der Stimme. »Du hattest mit Westleigh drei Kinder, obwohl deine Familie die Heirat arrangiert hatte, um deinen losen Lebenswandel in geregelte Bahnen zu lenken. Hast du Rowan Lindley wirklich geliebt?«

»Natürlich!«, antwortete Jasmine entschieden. »Mein loser Lebenswandel, wie du es bezeichnest, war die Folge *deines* Begehrens, mein Lieber. Ich erinnere mich noch sehr genau an jenen Dreikönigstag. Du hast mich damals verführt, und ich habe zugestimmt, weil wir beide Trost brauchten nach dem Verlust unserer Partner. Hätte uns meine Stiefschwester Sybilla nicht ertappt und so für einiges Aufsehen gesorgt, wäre alles in Ordnung gewesen. Wir beide hätten die Affäre schnell vergessen und wären unserer Wege gegangen – was wir ohnehin getan haben.«

Er nahm ihre Hand in einen harten Griff. »Niemals hätte ich das vergessen können!«, sagte er. »Du warst die schönste und aufregendste Frau, die ich je kennen gelernt hatte. Ich werde aber auch nie vergessen, wie du mich zum Gespött des Hofes gemacht hast, als du vor zwei Jahren davongelaufen bist. Glaubst du, dein Stolz ist größer als meiner? Was weißt du wirklich über mich, Jasmine?«

»Nichts«, gab sie leise zu und löste sich aus seinem Griff.

»Dann sollst du mehr erfahren«, sagte er. »Vor langer Zeit, als König Malcolm und Königin Margret regierten, heiratete mein Vorfahre, Angus Leslie von Glenkirk, die Schwester der Königin. Die Mutter der beiden Schwestern war Agatha, eine Prinzessin aus Ungarn. Mein Urgroßvater, Charles Leslie, war ein geborener Prinz aus dem osmanischen Reich, denn sein Vater war Sultan Selim. Meine Ur-Urgroßmutter, Janet Leslie, war Sultan Selims Lieblingsfrau. Du siehst also, auch ich habe königliches Blut in meinen Adern.«

So erstaunt sie über diese Neuigkeiten war, so wenig ließ sie es sich anmerken. »Dann passen wir ja wunderbar zusammen«, sagte sie trocken und erhob sich. »Es ist spät geworden. Ich werde dich zu deinem Schlafzimmer begleiten.«

Er folgte ihr aus dem Saal, sah ihre steife Haltung und fragte sich, ob er ihr wohl trauen konnte. Und was führte ihre Großmutter im Schilde? Wollte sie ihn nur in falscher Sicherheit wiegen, damit ihre Enkelin umso ungestörter ihre erneute Flucht planen konnte? Nun, eine Ränkeschmiedin war sie vielleicht, aber sie hatte auch den Ruf, von Grund auf ehrlich zu sein. Er musste ihr vertrauen; die andere Möglichkeit wäre nur, die ganze Nacht über wach zu liegen. Und wie lange konnte er das durchhalten? War es falsch von ihm, Jasmine noch so viel Zeit zu lassen, oder sollte er nicht doch gleich morgen einen Priester bestellen, der sie beide traute? Er schüttelte den Kopf. Heirat oder nicht, wenn Jasmine ihn wieder verlassen wollte, würde sie es tun. Er hatte nur zwei Möglichkeiten: entweder sie einzusperren oder ihre Freundschaft zurückzugewinnen.

»Dein Diener erwartet dich«, sagte Jasmine, als sie vor einer schweren Eichenholztür anhielten. »Gute Nacht.«

Er nahm ihre Hand und drückte einen Kuss darauf. »Gute Nacht, meine Liebe«, sagte er und öffnete die Tür.

Jasmine zog hastig ihre Hand zurück, drehte sich mit einem Ruck um und eilte den Gang hinunter. Sie fühlte noch immer seine Lippen auf dem Handrücken. Diesen Mann musste sie nun also heiraten, einen Mann, mit dem sie vor fast zehn Jahren eine leidenschaftliche Nacht verbracht hatte, den sie aber kaum kannte. Sie wusste nicht, was er dachte, und sie hatte fast ein wenig Angst vor ihm, würde das aber niemals eingestehen, vor allem nicht vor James Leslie selbst. Er war ein Mann, das musste sie zugeben, den man nicht einschüchtern konnte oder gar provozieren sollte.

Sie hatte ihn beleidigt und bloßgestellt. Dennoch wollte er den Befehl des Königs ausführen und sie heiraten. Er war gefährlich, und wenn sie nicht einen Weg fand, ihn zu besänftigen, würde ihr Leben nicht leicht werden. Jasmine erreichte ihr Schlafzimmer, wo ihre Zofe wartete. Ihre Großmutter würde wissen, was zu tun war. Morgen wollte sie mit ihr reden, und sie sollte ihr helfen herauszufinden, wie sie James Leslies Herz rühren konnte. *Wenn er überhaupt eins hatte.*

3

Jasmine wachte auf, als ein Graupelschauer die gefrorenen Schneekristalle gegen die Fenster ihres Schlafzimmers wehte. Durch den schmalen Schlitz der Vorhänge sah sie die graue Morgendämmerung. Ein wärmendes Feuer loderte im Kamin. Sie streckte sich wohlig unter der dicken Federdecke. Sie liebte dieses alte breite Bett mit den vier geschnitzten Bettpfosten, das schon ihr Großvater benützt hatte. Es war ein wunderbarer Fluchtort vor den Sorgen der Welt …

Dann fuhr Jasmine mit einem Ruck hoch. Alles fiel ihr plötzlich wieder ein. Sie hatte in der Tat Sorgen! Diese Sorgen waren gestern in der Person von James Leslie eingetroffen. Ihr Herz schlug auf einmal schneller, und sie ließ sich in die Kissen zurückfallen. Sie musste nachdenken, und mit Skye sprechen. Es würde kein einfacher Tag werden.

Die Tür zu ihrem Zimmer öffnete sich, und ihre zwei Zofen traten ein. Rohana hielt ein Silbertablett mit einer Teekaraffe und einer Porzellantasse darauf in der Hand. Sie stellte es neben dem Bett ab und schenkte die Tasse voll mit frisch duftendem Assam-Tee. Jasmine atmete tief ein, nahm dankbar die Tasse in die Hand und trank einen Schluck, der gleich ihr Inneres wärmte.

Auf der anderen Seite des Zimmers suchte Toramalli die Kleider für ihre Herrin aus. Einen schwarzen Samtrock und ein Oberteil aus silberweißem Brokat. Die entsprechende Unterwäsche mit den Seidenstrümpfen legte sie daneben. Rohana kümmerte sich inzwischen um das kleine Badezimmer, das Jasmine hatte einrichten lassen, als sie nach Belle Fleurs gekommen war.

Jasmine trank ihre Tasse aus und stieg aus dem Bett. Der Geruch von frischem Rosenöl erfüllte den Raum, als Rohana die Essenz ins Badewasser schüttete. »Sind die Kinder schon wach?«, fragte Jasmine.

»Sie sind bereits in der Halle«, antwortete Rohana und half ihr in die Badewanne. »Die Kindermädchen wussten schon, dass Lord Leslie hier ist, und haben sie entsprechend gekleidet.«

Jasmine nickte. »Ich habe nicht viel Zeit. Als Gastgeberin muss ich bald unten in der Halle sein. Ist meine Großmutter auch schon auf?«

»Madame Skye zieht es vor, heute morgen im Bett zu bleiben«, sagte Toramalli. »Daisy, ihre alte Zofe, kam in die Küche und holte ihr Frühstück.«

Jasmine badete und zog sich dann schnell an. Sie konnte kaum ruhig sitzen, als Rohana ihr Haar bürstete. Hastig legte sie eine dicke Perlenkette um ihren Hals und eilte dann die Treppen hinunter in die Halle. Schon von weitem hörte sie die aufgeregten Stimmen ihrer Kinder. An der Tür hielt sie inne und betrachtete die Szene, die sich ihr darbot.

James Leslie, ebenfalls in schwarzem Samt, das kurze dunkle Haar straff nach hinten gebürstet, saß in einem hochlehnigen Sessel neben dem Kamin. »Ausgezeichnet, mein junger Lord Henry«, sagte er zum kleinen Marquis von Westleigh. »Deine Verbeugung wird immer besser. Du wirst deinem verstorbenen Vater und deiner Mutter gewiss keine Schande machen, wenn du dem König die Lehenstreue für Cadby versprichst. Denk immer daran, dass ein Gentleman zuerst nach seiner Abstammung und dann nach seinem Benehmen beurteilt wird.«

»Und wie steht es mit seiner Brieftasche?«, fragte die kleine Lady India.

James Leslie unterdrückte ein Schmunzeln. »Das, meine Liebe, sollte niemanden etwas angehen«, sagte er ernst. »Obwohl ich mir gut vorstellen kann, dass es eine Menge neugierige Blicke geben wird, wenn dein stattlicher Bruder eines Tages am Hof auftaucht.«

»Bringst du uns auch den Hofknicks bei?«, fragte India.

»Deine Mutter wird dafür sorgen, dass du genau über das Hofzeremoniell Bescheid weißt, bis wir nach England zurückkehren«, antwortete der Graf. »Ich werde mit ihr darüber reden.«

»Willst du Mama noch immer heiraten?«, fragte Henry.

»Ja. Der König hat es befohlen.«

»Liebst du unsere Mutter?«, wollte India wissen. »Unser Vater hat sie sehr geliebt, und sie ihn auch. Ich wünschte, der Ire hätte ihn nicht getötet. Ich vermisse ihn sehr.«

»Ich wundere mich, dass du dich überhaupt noch an ihn erinnern kannst, India. Du warst noch sehr klein, als er starb.«

»Ich erinnere mich an einen großen blonden Mann, der mich immer hochgehoben und geküsst und gekitzelt hat. Henry kann sich nicht mehr an ihn erinnern. Er war noch zu klein. Mama erzählt uns immer Geschichten von unserem Vater.«

Plötzlich fing Feathers, der kleine Spaniel, laut zu bellen an und lief durch die Halle auf Jasmine zu. Sie nahm ihn auf den Arm und versuchte, ihn zu beruhigen.

»Guten Morgen, ihr Lieben«, begrüßte sie ihre Kinder. »Ich sehe, ihr habt bereits Bekanntschaft mit unserem Gast gemacht. Guten Morgen, Lord Leslie.« Sie kam in die Halle, und James stand auf und küsste ihre Hand.

»Guten Morgen. Ich hoffe, du hast gut geschlafen.« Er begleitete sie zur Tafel, an der die Diener das Frühstück auftrugen. »Kommt, Kinder, heute dürft ihr ausnahmsweise mit uns das Frühstück einnehmen.«

Die viereinhalbjährige Lady Fortune Lindley zog ihre Mutter am Rocksaum und fragte: »Ist das mein Vater, Mama?«

Bevor Jasmine antworten konnte, sagte James Leslie: »Nein, mein Kind. Du hast denselben Vater wie dein Bruder und deine Schwester, aber ich würde gern wie ein Vater zu dir sein, wenn du das möchtest. Ein Vater für euch alle.«

»Hast du eigene Kinder?«, fragte India.

»Ja, ich hatte einmal eigene Kinder«, antwortete James Leslie, und ein Schatten legte sich über sein Gesicht.

»India!«, rief ihre Mutter, doch sie ließ sich nicht beirren.

»Und wo sind sie jetzt?«, fragte sie weiter. »Werden sie mit uns spielen, wenn du einmal unser Vater bist?«

»Meine Kinder sind im Himmel, zusammen mit ihrer Mutter und deinem Papa. Sie sind schon vor langer Zeit dorthingegangen. Ich kann mich kaum mehr an ihre Gesichter erinnern.« Er nahm einen Stuhl und bot Jasmine ihren Platz an. Dann setzte er die beiden Mädchen daneben, froh, endlich nicht mehr über dieses Thema reden zu müssen.

Jasmine wunderte sich. Ihre Kinder sprachen englisch, sogar untereinander, und sie waren sauber gekleidet und trugen Schuhe an den Füßen. Am meisten erstaunt war sie aber über ihre guten Manieren. So hatte sie sie schon seit Monaten nicht mehr erlebt.

»Ihre Tischsitten müssen noch besser werden«, sagte der Graf leise zu ihr, dann ermahnte er die Kinder, das Brot nicht einander über den Tisch zuzuwerfen, sondern es abzubrechen und ruhig weiterzureichen.

Jasmine musste ein Kichern unterdrücken. Auf der einen Seite war sie verwundert, dass ihre Kinder so schnell James Leslie angenommen hatten, ja, sie war ein wenig eifersüchtig, auf der anderen Seite fand sie es besser, wenn sie ihm nicht gleich von Anfang an Widerstand entgegensetzten. Das würde das Leben für sie alle leichter machen. Außerdem brauchten die Kinder nicht zu wissen, wie es um sie und den Grafen stand. James Leslie hatte ganz offensichtlich einen guten Einfluss auf sie, das musste sie zugeben. Vielleicht fehlte ihnen doch ein Vater. Gedankenversunken kraulte sie den kleinen Hund auf ihrem Schoß und steckte ihm ein Stückchen Brot zu.

»Du hast ihn ganz schön verwöhnt«, bemerkte der Graf.

»Rowan hat ihn mir zu meinem achtzehnten Geburtstag geschenkt«, sagte Jasmine. .»Mein wirkliches Geschenk aber war Maguire's Ford und die Ländereien. Ich kann mich noch genau erinnern, wie verärgert Onkel Padraic darüber war, dass Rowan mir dieses Geschenk machte. Damals habe ich mir noch keine Gedanken gemacht. Heute ist das anders. Ich wünschte, er hätte mir nur Feathers geschenkt.« Sie kraulte nachdenklich das seidige Fell des kleinen Hundes auf ihrem Schoß.

»Du bist seither nicht mehr in Irland gewesen?«

Jasmine schüttelte den Kopf. »Nein. Der Sohn des Vorbesitzers, Rory Maguire, ist mein Verwalter. Auf meinem Land steht sogar eine römisch-katholische und eine anglikanische Kirche, und trotzdem vertragen sich die Menschen. Rory züchtet dort Pferde für mich. Fortune wird später einmal das Land erben. Sie ist dort geboren. Das wäre doch eine schöne Mitgift für sie, was meinst du?«

»Ja, schon möglich«, sagte er. »Wir müssen unbedingt miteinander reden«, fügte er hinzu.

»Nicht vor den Kindern«, bat sie. »Wir enden jedes Mal im Streit, und ich möchte nicht, dass die Kinder das erleben.«

»Gut, meine Liebe«, stimmte er zu. »Du hast Recht, das sollten wir ihnen ersparen. Trotzdem müssen wir reden, und gerade wegen der Kinder sollten wir unsere Probleme regeln.« Seine goldgrünen Augen musterten sie ohne sichtbare Emotionen.

Sie hielt seinem Blick stand. »Sollten wir nicht unsere Bekanntschaft erneuern, bevor wir uns über ernsthafte Themen unterhalten? Und ich möchte auch noch vorher meine Großmutter um Rat fragen.«

James Leslie nahm einen Bissen von dem köstlichen Eiersalat, angemacht in Marsalawein und mit grünen Pfefferkernen gewürzt. Es schmeckte hervorragend, und er fragte sich, ob Jasmine den Koch eingestellt hatte oder ob er schon früher hier im Schloss tätig gewesen war. Er wischte sich den Mund mit einer Serviette ab. »Das letzte Mal, als du deine Großmutter um Rat gefragt hast, bis du kurz darauf aus England geflohen. Ich weiß nicht, ob ihre Ratschläge so gut für dich sind.«

»Das war nicht ihr Entschluss, sondern ganz allein meiner«, antwortete Jasmine leise. »Und sie hat nur zugestimmt, weil sie dachte, ich würde Ende des Sommers wieder zurückkommen. Ich bitte dich dringend, nicht meine

Großmutter für meine Entscheidungen verantwortlich zu machen. Glaubst du wirklich, ich bin nur eine kopflose Göre, die nicht weiß, was sie will?«

»So habe ich das nicht gemeint«, antwortete er. »Doch was, meine Liebe, hattest du im Sinn, als du vom Erneuern unserer Bekanntschaft gesprochen hast?«, fragte er, und obwohl seine Stimme ganz gelassen klang, glaubte Jasmine doch in seinem Blick Spott oder Herausforderung zu erkennen.

Sie kämpfte um ihre Haltung, wollte nicht gleich wieder wütend von ihren Kindern werden. »Wenn du mit dem Frühstück fertig bist, können wir Prinz Henrys Sohn besuchen«, sagte sie und wollte nicht weiter auf seine Anspielung eingehen.

Der Graf von Glenkirk verdrängte ein Lächeln. Sie hatte also nicht vor, seinen Köder zu schlucken. Wieder merkte er, wie wenig er sie eigentlich kannte. Für eine Zeit lang in Frankreich zu bleiben, schien wirklich eine gute Idee zu sein. Vielleicht kamen sie sich in dieser Zeit doch wieder näher. Der Gedanke war ihm plötzlich nicht mehr unangenehm. Er nahm ein Stück Schinken und goss sich noch ein Glas Cidre ein. »Geht es meinem jüngsten Mündel gut?«

»Allen meinen Kindern geht es gut«, antwortete Jasmine. »Ich habe meine Großmutter immer auf dem Laufenden gehalten, und sie hat der Königin Bescheid gesagt. Ich wollte nicht, dass Hals Eltern sich Sorgen über seinen Sohn machen mussten, gerade jetzt, wo sie so viel Kummer mit Robert Carr und seiner Frau haben.«

James Leslie war gerade dabei zu antworten, als er aus den Augenwinkeln sah, wie Henry Lindley die Halle verlassen wollte. »Mein lieber Lord Westleigh«, rief er ihm nach, »wo willst du hin?«

Henry drehte sich um. »Ich bin fertig mit meinem Frühstück«, sagte er.

»Du hast den Tisch verlassen, ohne deine Mutter um Erlaubnis zu bitten«, entgegnete der Graf. »Komm wieder zurück und hol das nach. In Zukunft erwarte ich, dass du von selbst daran denkst.«

Henry Lindley kam zurück, traf vor die Tafel, machte einen Diener und fragte höflich: »Darf ich den Tisch verlassen, Mama? Das Frühstück war ausgezeichnet.«

»Du bist entschuldigt, Henry«, erwiderte Jasmine förmlich. »Wo willst du hin?«

»Zu den Ställen. Ich muss mich um mein Pony kümmern.«

»Bring ihm einen Apfel mit«, sagte Jasmine lächelnd.

»Vielen Dank.« Henry verbeugte sich noch einmal vor ihr und James Leslie und lief dann aus der Halle.

Jetzt standen auch India und Fortune vor der Tafel. »Dürfen auch wir gehen?«, fragte India.

Jasmine nickte. »Geht zu eurer Großmutter und sagt ihr, dass ich sie bald besuchen komme.«

»Ja, Mama«, erwiderte India und machte zusammen mit ihrer Schwester Fortune einen Knicks.

»India, du brauchst gar keine Anleitung mehr von mir. Ihr beide beherrscht den Hofknicks schon ausgezeichnet.« Sie lächelte ihren beiden Töchtern aufmunternd zu, und die eilten strahlend aus dem Saal.

»Deine Kinder lieben dich«, sagte der Graf.

Jasmine blickte erstaunt auf. »Warum sollte es anders sein?«, fragte sie.

»Viele Mütter von Stand kümmern sich kaum um die Kinder. Sie ziehen die Gesellschaft am Hof vor und überlassen die Erziehung der Kinder ihren Bediensteten.«

»Meine Mutter hat das nicht getan. Obwohl sie eine Prinzessin von Mughal war und wir zahlreiche Diener hatten, hat mich Rugaiya Begum nie vernachlässigt. Und ich folge nur ihrem Beispiel. Man kann nicht erwarten, dass Kinder zu verantwortungsvollen Persönlichkeiten heranwachsen, wenn man sich nicht selbst um sie kümmert. Obwohl ich meinen Kindern hier auf Belle Fleurs viel Freiheit zugestanden habe, achtete ich immer darauf, dass sie ordentlich erzogen werden und mir keine Schande machen, wenn wir nach England zurückkehren. Immerhin sind sie noch sehr klein. Ich möchte, dass sie ihre Kindheit genießen können, bevor sie sich mit Alltagssorgen herumschlagen.« Sie stand auf. »Wollen wir gemeinsam Charles Frederick aufsuchen?«

James Leslie war beeindruckt von ihren Gedanken und ihrem Verantwortungsgefühl gegenüber der Familie. Seine Erinnerungen an sie waren beschränkt auf eine leidenschaftliche Nacht und auf ein paar Spaziergänge im verschneiten Garten ihrer Großeltern in London. Zu der Zeit hatte er noch gemeint, er würde Jasmines Stiefschwester Sybilla heiraten. Seither war viel Zeit vergangen. Ihm wurde immer mehr klar, wie wenig er sie kannte, und gleichzeitig wuchs in ihm der Wunsch, so viel wie möglich über sie zu erfahren. Immerhin sollte sie bald seine Frau werden. Er folgte ihr zu den Kinderzimmern.

Der Junge sah aus wie sein Vater; er hatte dieselben blonden Locken und leuchtend blaue Augen. Als er seine Mutter erblickte, strahlte er und streckte ihr seine Arme entgegen. »Mama!«, rief er, und die Amme übergab mit einem Lächeln das Kind in Jasmines Hände.

»Charlie, mein Lieber«, sagte sie und drückte ihm einen Kuss auf die Backe.

»Wer er?«, wollte der Junge wissen und zeigte mit misstrauischem Blick auf Lord Leslie.

»Wer ist das?«, korrigierte ihn Jasmine. »Das ist Lord Leslie. Dein Großvater, der König, hat ihn geschickt. Er soll mein Ehemann und dein neuer Vater werden. Begrüße ihn so höflich, wie ich es dich gelehrt habe. Deine Geschwister haben schon gezeigt, wie gut ihre Manieren sind.«

Der junge Prinz blickte James Leslie in die Augen, streckte die Hand aus und sagte: »Wie geht es Ihnen, Sir?« Dazu strahlte er übers ganze Gesicht.

James nahm die kleine Hand. »Und wie geht es Ihnen? Ich bin froh, endlich Ihre Bekanntschaft zu machen, mein Prinz.«

»Ball spielen!«, rief der Junge und wand sich aus den Armen seiner Mutter. Er lief ins hintere Ende des Zimmers und kam mit einem bunten Holzball zurück, den er voller Hoffnung Lord Leslie hinhielt. »Ball spielen?«, wiederholte er.

Lächelnd setzte sich James Leslie auf den Boden. »Einverstanden, spielen wir Ball«, sagte er.

Charlie rollte den Ball zu Lord Leslie hinüber, der ihn anhielt und wieder zurückrollen ließ.

»Ich lasse euch jetzt allein«, sagte Jasmine. »Meine Großmutter wartet bestimmt schon auf mich.« Mit diesen Worten eilte sie aus dem Kinderzimmer. Wiederum war sie verblüfft, wie schnell es der Graf geschafft hatte, mit ihrem jüngsten Sohn Freundschaft zu schließen. Sie war gerührt, als sie die beiden so vertraut auf dem Boden sitzen sah. James Leslie schien doch ein Herz zu haben, zumindest was ihre Kinder anbelangte. Gedankenvoll kraulte sie den Spaniel hinter den Ohren, den sie wieder hochgenommen hatte. »Was meinst du, Feathers? Ist das ein Mann, mit dem man leben könnte?«

Der Hund sah sie nur mit einem stummen Blick aus seinen braunen Augen an. Jasmine hatte das Zimmer ihrer Großmutter erreicht, klopfte an die Tür und trat ein. Skye saß mit geschlossenen Augen auf dem breiten Bett. Daisy hatte gerade das Frühstück abgetragen. »Schläft sie wieder?«, fragte Jasmine leise.

»Nein, ich bin wach, meine Liebe«, entgegnete Skye und öffnete die Augen. »Und ich habe gut geschlafen, wie immer auf Belle Fleurs.«

»Ich wollte dich im großen Schlafzimmer unterbringen, aber Adali hat mir davon abgeraten«, sagte Jasmine.

»Wie Recht er hatte«, meinte Skye. »Ich mochte dort nicht an deinen Großvater erinnert werden, Jasmine. Er wird immer in meinem Herzen weiterleben, aber ich könnte es nicht ertragen, dort zu schlafen, wo ich immer an ihn denken muss. Es ist alles schon so lange her.«

»Es tut mir so Leid, Großmutter«, antwortete Jasmine. »Ich konnte es gestern nicht sagen, weil ich so überrascht von der Ankunft Lord Leslies war. Ich war zu eigensinnig und hätte dir und Großvater auf Queen Malvern beistehen sollen. Und jetzt werde ich ihn nie wieder sehen.«

»Ich auch nicht«, sagte Skye leise. »Er war mir von allen der liebste, aber bitte erzähl das nicht weiter, Jasmine, denn sonst wären deine Onkel und Tanten traurig.«

»Ich kann dich gut verstehen«, erwiderte Jasmine. »Auch

ich habe meinen ersten Mann, Jamal, geliebt, und dennoch war meine Liebe zu Rowan Lindley größer.« Sie setzte sich neben ihre Großmutter aufs Bett. »Was soll ich nur mit Lord Leslie anfangen?«, fragte sie. »Ich weiß, dass ich ihn heiraten muss, und heute morgen war er auch sehr liebevoll zu den Kindern, aber wie soll ich mich verhalten? Er ist immer so überheblich. Er hat behauptet, von einem Sultan abzustammen. Stimmt das?«

»Ich kenne seine Vorfahren nicht«, sagte Skye. »Zweifellos ist er ein Schotte, aber irgendetwas an ihm ist anders. Vielleicht hat er Tartarenblut in den Adern.« Sie lächelte. »Wenn du ihn schon heiraten musst, solltest du versuchen, ihn für dich zu gewinnen.«

»Vielleicht kann ich den König doch noch umstimmen«, überlegte Jasmine.

»Ganz sicher nicht. James Stuart ist genauso stur wie seine verstorbene Kusine Königin Elizabeth. Außerdem brauchst du einen Ehemann, Jasmine. Auch mir wäre es lieber gewesen, du hättest ihn dir selbst aussuchen können, aber das geht nicht. Du musst dich mit Lord Leslie abfinden, und je früher du mit ihm einig wirst, desto besser ist es. Ich glaube, ich habe da eine Idee …«

»Ja?« Jasmine war voller Neugier.

»Ich bin der Meinung, es würde euch gut tun, eine Weile ohne die Kinder und ohne mich zu verbringen. In ein oder zwei Wochen fahre ich mit ihnen zu unseren Verwandten in Archambault und dann weiter nach Paris. Der ärgste Teil des Winters sollte bald vorbei sein, und ich würde dann mit meinen Urenkeln nach England weiterreisen. Du und James Leslie habt damit so viel Zeit, wie ihr wollt, euch näher zu kommen. Wenn ihr so weit seid, fahrt ihr zurück nach England, und wir alle feiern auf Queen Malvern eure Hochzeit. Ich werde dem Grafen meinen diesbezüglichen Wunsch mitteilen.«

»Er will, dass wir vor versammelten Hof heiraten«, sagte Jasmine.

»Das kam aus seiner ersten Erregung«, meinte Skye. »Wenn ich ihm Queen Malvern vorschlage, wird er damit einverstanden sein.«

Jasmine musste über den strengen Ton in der Stimme ihrer Großmutter lachen. »Selbst in deinem Alter kann dir kein Mann widerstehen, Madame. Ich wünschte mir, ich wäre so wie du.«

»Du bist mir viel ähnlicher als mir lieb ist«, entgegnete Skye mit einem Schmunzeln. »Ich hoffe, du erreichst eine gewisse Stufe von Weisheit früher als es bei mir der Fall war. Wenn ich so auf mein Leben und meine Abenteuer zurückblicke, wundert es mich, dass ich noch immer hier bin und davon erzählen kann.«

Jasmine sah sie mit ernster Miene an. »Verlass mich nie, Großmutter«, sagte sie leise.

Skye nahm ihre Hand. »Eines Tages werde ich gehen«, sagte sie. »Aber jetzt noch nicht, meine Liebe. Und auch wenn ich einmal nicht mehr bin, werde ich immer bei dir sein. Du musst nur an mich denken, und ich werde mit dir reden.« Sie lächelte. »Zumindest ein Gutes hat eine Heirat mit Lord Leslie«, sagte sie. »Ihr müsst euer Monogramm nicht verändern. Lindley und Leslie, beide beginnen mit L.«

»Du bist unmöglich«, sagte Jasmine liebevoll.

»Stimmt«, gab Skye zu. »Und du bist nicht die erste, die mir das sagt.«

»Sie hat schon kein Blatt vor den Mund genommen, als sie noch jung war und im Alter hat sie nichts dazugelernt«, mischte sich die Kammerzofe Daisy Kelly ins Gespräch ein. »Mylady, wollen sie den ganzen Tag im Bett bleiben, oder soll ich das Bad vorbereiten?«

»Das Bad, du alte Nörglerin«, sagte Skye zu Daisy, die ihre Dienerin und Freundin zugleich war. »Wo steckt *er* eigentlich?«

»Im Kinderzimmer. Er spielt mit Charlie Ball. Es ist erstaunlich, wie gut er mit den Kindern umgehen kann. Wie viele hat er eigentlich selbst gehabt, und wie kamen sie ums Leben?«, fragte Jasmine. »So hart er sein kann, mit den Kindern wirkt er ganz anders.«

»Du kannst dich aber nicht nur auf die Kinder verlassen«, meinte Skye. »Sie werden erwachsen, und dann gibt es nur noch euch beide. Bis dahin muss mehr zwischen euch sein, wenn ihr zusammenlebt wollt. Von Lord Leslies Vergangenheit weiß ich nur so viel, dass er mit einer seiner Kusinen, einer Gordon, verheiratet war. Sie hatten zwei Söhne, und seine Frau war schwanger mit einem dritten Kind. Eines Tages besuchte sie mit ihren Kindern ein nahe gelegenes Kloster, da wurde es von fanatischen Calvinisten überfallen. Sie beraubten, schändeten und ermordeten die Nonnen und Lord Leslies Familie. Obwohl der König eine Untersuchung anordnete und strengste Bestrafung der Täter verlangte, ist keiner von ihnen je gefasst worden. James Leslie war sehr verbittert darüber. Das hat sich, so fürchte ich, bis heute nicht geändert.«

»Und er hat nie wieder geheiratet«, sagte Jasmine nachdenklich.

»Seine Verwandten haben es ihm immer wieder nahe gelegt. Das alles ist nun fünfzehn Jahre her. Seine Söhne könnten schon erwachsen sein.«

»Als der König damals den Befehl gab, dass ich den Grafen heiraten sollte, sagte mir Lord Leslie, dass er schon einmal um meine Hand bei dir angehalten habe. Das war nach dem Skandal, den wir verursacht hatten, als Sybilla uns entdeckt hatte. Er sagte mir auch, dass du ihn weggeschickt hättest, weil ich bereits Rowan versprochen wäre. Weiter sagte er, du hättest empfohlen, mir nichts von seinem Besuch zu erzählen. Stimmt das, Großmutter?«

»Ja«, gab Skye ohne Zögern zu. »Der Graf hat dich nicht belogen.«

Jasmine machte ein nachdenkliches Gesicht. »Es war dumm von mir«, sagte sie dann. »Ich hätte nicht weglaufen sollen.«

»Mach dir keine Vorwürfe, mein Liebling. Du hast mehr Zeit für dich gebraucht, als sie dir Lord Leslie zugestanden hätte. Der einzige Fehler war, dass du so lange weggeblieben bist. Und auch ich fühle mich schuldig. Statt dir wirklich mit Rat und Tat zur Seite zu stehen, habe ich es genossen, Intrigen gegen den Grafen zu schmieden. Doch das ist nun vorbei, und wir sollten in die Zukunft blicken. Sieh zu, dass du mit James Leslie ins Reine kommst, das ist das Beste, was dir passieren kann. Dann besteht die Hoffnung, dass ihr eine glückliche Ehe führen werdet. Was hältst du übrigens von meinem Vorschlag, euch eine Weile allein zu lassen?«

»Bleib noch ein paar Tage auf Belle Fleurs, Großmutter«, antwortete Jasmine. »Dann tun wir dem Grafen gegenüber so, als wäre dies eine plötzliche Idee von uns beiden. Wenn er nicht damit einverstanden ist, können wir es wahrscheinlich auch nicht ändern, fürchte ich.«

»Wir dürfen nur nicht zu voreilig sein«, stimmte Skye zu. »Außerdem sollten wir die Kinder heraushalten, solange sie noch hier sind. Ich habe da eine Idee. Wir könnten einen Hauslehrer für sie bestellen, dann sind sie beschäftigt, während wir den Grafen einwickeln. Wenn er dann so weit ist, einer Hochzeit auf Queen's Malvern zuzustimmen, werde ich mit den Kindern abreisen und euch allein lassen. Dann hast du genügend Zeit, ihn zu verführen. Danach sollte einer glücklichen Ehe nichts mehr im Wege stehen.« Skye war ganz begeistert von ihrer Strategie. »Ah, schon der Gedanke daran macht mich um viele Jahre jünger.«

»Nimm dich zusammen, meine Liebe! Misch dich nicht immer in anderer Menschen Leben ein.«

Skye erstarrte. War das seine Stimme? Sie hatte doch gerade Adams Stimme vernommen, oder nicht?

»Großmutter?«, rief Jasmine voller Sorge.

Skye schüttelte sich. »Es ist alles in Ordnung«, sagte sie und wunderte sich zugleich. Wurde sie etwa verrückt? Doch schnell hatte sie sich wieder unter Kontrolle und fuhr fort, in Gedanken ihre Intrigen weiterzuspinnen. Den Grafen zu umgarnen und zu verführen, war für eine Frau wie Jasmine bestimmt nicht allzu schwer, überlegte sie. Vielleicht war es sogar *zu* einfach. Also musste ein Rivale her! Es gab nichts Besseres als ein nahezu gleichwertiger Rivale, der um die Gunst von Jasmine buhlte. Das würde den Grafen umso eifriger um sie kämpfen lassen. Und natürlich durfte Jasmine nichts davon erfahren.

Es musste ein stattlicher Mann sein, allerdings etwas oberflächlicher als der prinzipientreue Graf. Auf der anderen Seite durfte Jasmine sich auch nicht in den Falschen verlieben, also musste der Mann verheiratet sein. Ja, das war es! *Ein hervorragender Plan!*

»Geh jetzt, meine Liebe«, sagte sie zu Jasmine und wandte sich an Daisy. »Wo bleibt denn mein Bad? Ich habe ganz vergessen, wie feucht und kalt es in diesen alten Mauern wird. Leg mehr Holz aufs Feuer, Daisy, mich friert.«

»Ich bin froh, wenn wir wieder zu Hause sind«, murmelte die alte Dienerin.

»Es dauert nicht mehr lange«, versprach Skye. »Ich muss nur noch das eine oder andere regeln, dann können wir aufbrechen.«

»Sie haben wieder diesen besonderen Blick, Madame«, sagte Daisy. »Den habe ich schon lange nicht mehr gesehen.«

»Welchen Blick?«, fragte Skye unschuldig.

»Ihrem verstorbenen Gatten würde das gar nicht gefallen«, fuhr Daisy unbeirrt fort. »Warum können Sie nicht einfach Ihre restlichen Jahre im Kreise Ihrer Kinder und Enkelkinder genießen?«

»Ich werde dich überleben, du alte Nörglerin«, erklärte Skye.

»Möglicherweise, aber dann wird es niemanden mehr geben, der ein Auge auf Sie hat.«

»Was ist nun mit meinem Bad?«, fragte Skye.

»Wir sind beide zu alt für irgendwelche Intrigen«, meinte Daisy kopfschüttelnd.

»Du, vielleicht, ich nicht«, widersprach ihr Skye.

Daisy schüttelte noch einmal den Kopf. Was hatte sie nur wieder vor, und wo würde das alles enden?

4

»*Ma Chérie!*« Alexandre de Saville, Comte de Cher, begrüßte seine Schwägerin mit einem Kuss auf beide Wangen. »Ich hätte nicht gedacht, dass ich dich in diesem Leben noch einmal sehen würde, denn ich verlasse mein geliebtes Archambault kaum mehr, und ich weiß, dass es dir mit Queen's Malvern genauso geht.«

»Adam ist tot«, sagte Skye ohne Umschweife und drückte zugleich den Dienern ihren pelzbesetzten Mantel in die Hand.

»Oh, meine Arme«, sagte der Graf, und sein Gesicht drückte aufrichtiges Beileid aus. »Er war doch nicht krank?«

»Er war alt, Alexandre«, antwortete Skye. »Dreizehn Jahre älter als du und zehn als ich.«

»Wann?« Der Graf begleitete Skye in den hell erleuchteten Salon, wo ein wärmendes Feuer im Kamin brannte. Er bot ihr einen Sessel an, und sofort stand ein Diener mit einem Becher Wein bereit.

»Am Dreikönigsfest«, antwortete Skye. »Nein, er war nicht krank. Die ganze Familie saß zusammen, und er lachte noch laut über einen Witz – im nächsten Augenblick war er tot. Es war ein Schock für uns alle, am meisten wohl für Adam selbst«, fügte sie trocken hinzu.

»Was für ein schöner Tod«, bemerkte Alexandre. »Gott möge seiner Seele gnädig sein.«

Skye nahm einen Schluck von dem köstlichen Wein.

»Es war sehr aufmerksam von dir, mir persönlich diese traurige Nachricht zu überbringen, meine Liebe, aber ich kann mir vorstellen, dass dies nicht der einzige Grund ist, der dich nach Frankreich geführt hat. Du bist gekommen, um Jasmine und ihre Kinder zurück nach England zu holen, habe ich Recht?«

Skye nickte. »Es ist vorbei, Alexandre.« Dann erzählte sie, wie ihr Lord Leslie bis zum Versteck ihrer Enkelin gefolgt war. »Er hat sie früher einmal geliebt. Wie das jetzt ist, weiß ich nicht. Wenigstens kommt er mit den Kindern gut aus, das ist zumindest ein guter Anfang.«

»Aber noch lange nicht gut genug«, bemerkte der Graf. »Was führst du im Schilde, um deiner schönen Enkelin zu helfen? Ich bin sicher, du hast bereits einen Plan, dazu kenne ich dich zu gut.« Er kicherte.

Skye musste lachen. »Bin ich trotz meines hohen Alters so durchschaubar, Alexandre? Aber du hast natürlich Recht, ich werde meinem geliebten Mädchen helfen. Wenn Lord Leslie zustimmt, möchte ich mit den Kindern für eine Weile hierherziehen und dann nach England zurückkehren. In der Zwischenzeit können Jasmine und der Lord sich näher kommen. Wenn ich dann weg bin, kannst du sie nach Archambault einladen. Wer weiß, was dabei herauskommt?«

»Ah, die Liebe«, sagte der Graf voller Begeisterung. »Natürlich bist du mit den Kindern auf Archambault willkommen. Helene und ich freuen uns schon darauf. Auch wir sind schon Urgroßeltern. Unser Enkel Philippe hat einen kleinen Sohn, Antoine, genannt nach meinem Vater. Er wird sich über seine Vettern und Basen aus England freuen.«

»Ich war erschüttert, als ich vom Tod deines Sohnes erfuhr«, sagte Skye.

»Diese verdammten Religionskriege. Adam hatte nicht das Geringste damit zu tun, und trotzdem wurde er auf dem Weg zurück aus Nantes ermordet. Seine Frau Louise hat sich seither nicht mehr erholt. Ihr blieb nur Philippe, doch der hat sich prächtig entwickelt. Er hat früh geheiratet und hat auch schon zwei Kinder. Und seine Frau ist mit einem dritten schwanger. Er und Jasmine sind übrigens gleich alt. Philippe kann Lord Leslie und seine Kusine unterhalten, während wir Alten uns zurücklehnen und ihnen dabei zusehen. Manchmal hat das Alter auch Vorteile, findest du nicht auch, meine Liebe?«

»Nur wenige«, antwortete Skye lächelnd. »Wo steckt überhaupt Helene? Ich will nicht nach Belle Fleurs zurückfahren, ohne sie gesehen zu haben.«

»Komm mit«, sagte der Graf. »Ich bringe dich zu ihr. Das feuchte Wetter macht ihr zu schaffen, und sie verlässt kaum ihre Gemächer.«

»Wo warst du nur, Großmutter?«, begrüßte sie Jasmine, als Skye nach Belle Fleurs zurückkehrte. Jasmine hatte eine schreckliche Woche hinter sich. Außer den Kindern schien es keine gemeinsame Basis für sie und Lord Leslie zu geben. Jedes Gespräch endete im Streit. Und dann war auch noch ihre Großmutter ganz plötzlich verschwunden. Jasmine war fast in Panik geraten.

»Ich war auf Archambault«, sagte Skye. Sie nahm neben dem Kamin Platz und lächelte James Leslie an. »Nun, mein Lord, hatten Sie einen schönen Tag?«

»Der Regen hat für kurze Zeit nachgelassen, und so konnten wir mit den Kindern eine Zeit lang in den Garten gehen«, antwortete er düster.

»Mein Schwager, Comte de Cher, hatte eine glänzende Idee«, begann Skye mit einem strahlenden Gesicht. »Er hat vorgeschlagen, dass ich mit den Kindern eine Zeit lang bei ihm wohne, damit Sie und Jasmine mehr Zeit füreinander haben. Ich hoffe, Sie sind einverstanden. Sein Enkel, Philippe, ist gleich alt wie Jasmine, und hat einen Sohn, der nur ein wenig älter als unser kleiner Charlie ist. Den Kindern würde es sicher gut tun, die französische Seite ihrer Verwandtschaft kennen zu lernen. Wer weiß, vielleicht gibt es eines Tages eine Französin als Gemahlin des englischen Königs?«

»Wie weit ist Archambault entfernt?«

»Nur ein paar Meilen jenseits des Waldes«, antwortete Skye. »Der Comte, Alexandre de Saville, ist Adams Halbbruder. Sein Sohn wurde ermordet, und jetzt ist Philippe der Erbe. Sie sind eine reizende Familie.«

»Wie lange wollen Sie wegbleiben, Madame?«, fragte er.

»Nur ein oder zwei Wochen«, entgegnete Skye und versuchte Jasmines entsetztes Gesicht zu ignorieren.

»Ich werde es mir durch den Kopf gehen lassen«, sagte der Graf.

»Das ist doch völlig unsinnig!«, stieß Jasmine aufgeregt hervor. »Wozu soll es gut sein, dass meine Kinder die Saville-Nachkommen kennen lernen? Wenn wir in England zurück sind, spielt das keine Rolle mehr. Außerdem wird Charlie noch immer gestillt. Ich kann dich nicht mit ihnen allein lassen, Großmutter.«

»Das ist nicht meine Entscheidung, Jasmine«, meinte

Skye mit einem Blick auf Lord Leslie. »Du hast ihn schon viel zu lange gestillt, meine Liebe. Er ist fast drei, höchste Zeit also, damit aufzuhören. Und was die Saville-Verwandtschaft angeht, du weißt nie, ob du sie nicht später einmal brauchen kannst. Alexandre ist dein Großonkel, und Philippe dein Cousin. Ich glaube, sogar Lord Leslie hat Verwandtschaft in Frankreich, habe ich nicht Recht?«

»Doch, Madame. Zwei Onkel meines Vaters haben Französinnen geheiratet. Sie leben in der Nähe von Fontainbleu. Ich habe gute Beziehungen zu beiden Familien«, sagte James Leslie.

»Da siehst du es«, entgegnete Skye triumphierend.

»Ich will aber nicht getrennt von meinen Kindern sein«, beharrte Jasmine stur. Ihre türkisgrünen Augen leuchteten angriffslustig. »Ich bin ihre Mutter, und *ich* habe zu entscheiden, was mit ihnen geschieht.«

»Falsch, meine Liebe, ich bin ihr gesetzlicher Vormund«, entgegnete der Graf. »Und ich finde den Vorschlag, die Kinder nach Archambault zu schicken, ausgezeichnet. Für Charlie ist es höchste Zeit, dass er nicht mehr an der Mutterbrust hängt.«

Jasmine fuhr hoch.

»Meine Lieben«, sagte Skye schnell, die keine größeren Auseinandersetzungen zulassen wollte. »Ich möchte nicht, dass es wegen Alexandres Vorschlag zum Streit zwischen euch kommt. Sei doch mal vernünftig, Jasmine. Die Kinder sind nun schon seit Monaten hier auf Belle Fleurs. Ihnen wird der Ortswechsel gut tun. Sie haben dort gleichaltrige Spielgefährten. Und sie können ihre Manieren weiter verbessern.«

»Nun gut«, lenkte Jasmine ein. »Es liegt ja nicht weit von hier.«

»Ich bin die ganze Zeit bei ihnen«, sagte Skye. »Und es ist schon lange her, dass ich Adams Familie besucht habe. Wenn ich nur an die schöne Zeit denke, die dein Großvater und ich auf Archambault verbracht haben … Damals waren wir noch jung und lebenslustig.« Sie seufzte und drückte eine Hand auf ihr Herz.

»Übertreiben Sie es nicht, Madame!«, flüsterte ihr Lord Leslie ins Ohr.

Skyes Gesicht zeigte keine Regung. *O Gott*, dachte sie, *der Graf ist doch schlauer, als ich angenommen habe.*

»Also gut«, entschied Jasmine, »aber nicht vor einer Woche. Ich muss ihre Kleidung noch herrichten und sie auf den Umzug vorbereiten.«

»Da bin ich ganz deiner Meinung«, stimmte James Leslie zu.

»Tatsächlich?«, fragte Jasmine erstaunt.

»Ja, wir können schließlich nicht über alles streiten«, antwortete der Graf mit einem Lächeln.

Es dauerte noch zehn Tage, bis Jasmine endlich so weit war, ihre Kinder nach Archambault zu schicken. Die Koffer waren gepackt, und die Kindermädchen bekamen von Jasmine genaue Anweisungen, was sie in allen Fällen zu tun oder zu lassen hatten.

Skye wurde es schließlich zu viel. »Ich habe selbst sieben Kinder großgezogen«, sagte sie zu ihrer Enkelin. »Ich weiß, was zu tun ist. Morgen fahren wir, und ich möchte keine Verzögerung mehr.«

Der Graf von Glenkirk unterdrückte ein Lächeln. Jasmine sah so besorgt aus. Sie war eine gute Mutter, und sie konnte sich nur schwer von ihren Kindern trennen. Er hatte keinerlei Zweifel, dass diese Reise nach Archambault von Skye geplant und eingefädelt war. Sie hatte versprochen, ihm zu helfen, und lange Zeit hatte er nicht gewusst, ob er ihr wirklich trauen konnte, doch jetzt sah es danach aus, als hätte er sie an seiner Seite. Sie wollte ihm und Jasmine die Chance geben, allein die Probleme zu lösen, die ihre Beziehung belasteten. Er hatte den Verdacht, dass die Kinder nicht wieder nach Belle Fleurs zurückkehren würden. Wie die alte Intrigantin das schaffen wollte, konnte er allerdings nicht ahnen. Er war froh, sie nicht zur Feindin zu haben.

Am nächsten Morgen stand er Arm in Arm mit Jasmine vor dem Haus und sah zu, wie Skye mit den Kindern Belle Fleurs verließ. Der Regen hatte aufgehört, und der Tag war strahlend schön. Es war Ende Februar, und man konnte bereits den nahenden Frühling ahnen. Jasmine kämpfte mit den Tränen. »Du musst nicht weinen, meine Liebe«, tröstete sie der Graf. »Schau nur, wie glücklich sie sind. Verdirb ihnen nicht die Freude.«

»Ich war noch nie über längere Zeit von ihnen getrennt«, sagte sie leise und versuchte sich aus seinem Arm zu lösen, doch er hielt sie weiter fest.

»Schau nur, wie stolz Henry, India und Fortune auf ihren Ponys sitzen. Hast du ihnen das Reiten beigebracht?«

»Ja«, antwortete sie. »Mein Vater hat mich das gelehrt, als ich noch ganz klein war. In Indien ist es nicht üblich, dass Frauen auf Pferden reiten, doch meine Mutter hat das auch getan, und deswegen habe ich es ebenfalls gelernt. Mein Gott, wie viel Freiheit hatte ich dort! Ich ging auf die Jagd mit meinem Bruder Salim. Meine Schwestern haben mich immer beneidet, ihnen war das alles verboten.« Sie winkte dem kleinen Ponywagen nach, in dem Charles Frederick mit seinem Kindermädchen saß.

Behutsam führte sie der Graf zurück ins Schloss. »Wie viele Schwestern hattest du überhaupt?«, fragte er. »Ich selbst habe fünf, und drei Brüder. Zwei meiner Brüder und drei meiner Schwestern leben in Schottland, die anderen in Italien.«

»Ich war das jüngste Kind«, sagte Jasmine. »Meine Geschwister waren schon erwachsen, als ich auf die Welt kam. Ich hatte drei Brüder, zwei sind schon tot, und drei Schwestern.«

»Warum hast du Indien verlassen?«, fragte er.

»Mein Bruder Salim, der spätere Herrscher von Mughal, war in Geschwisterliebe zu mir entbrannt. Er wollte mich unbedingt zu seiner Frau machen und ließ meinen Mann umbringen, um den Weg in mein Bett frei zu haben. Mein Vater lag zu der Zeit im Sterben, und er wusste, dass meine Pflegemutter mich nicht vor Salim schützen konnte. Also beschloss er, mich heimlich nach England zu meiner Großmutter de Marisco zu schicken.« Jasmine lachte kurz auf. »Bevor ich aus Indien floh, hat mein Vater noch erfahren, dass der Priester, der meine ganze Kindheit hindurch mein Lehrer war, in Wirklichkeit mein Cousin war. Meine Großmutter hatte ihn nach Indien geschickt, damit er auf mich aufpasst. Dafür bin ich ihr noch heute dankbar.«

»Und dein Bruder wusste nicht, wohin du geflohen warst?«

»Ich glaube nicht. Mein Vater hatte alles sehr schlau geplant. Salim dachte, ich wäre in Kaschmir, um Jamals Leichnam zu beerdigen. Als er zwei Monate später nach mir sehen wollte, waren die Straßen nach Kaschmir bereits tief verschneit. Erst im folgenden Frühjahr wird er erfahren haben, dass ich mich nicht mehr dort aufhielt. Zu der Zeit war ich schon längst in England.«

»Wolltest du je wieder zurück nach Indien?«

Jasmine überlegte einen Augenblick. »Nein«, sagte sie dann. »Mein ganzes Leben dort ist mit der Erinnerung an meinen Vater und meinen Bruder verbunden, als der noch jung und unschuldig war. Dann kam meine Ehe mit Jamal Khan. Mein Vater und Jamal sind tot. Mein Bruder hat mich inzwischen hoffentlich vergessen. Die Einzige, um die es mir leid tut, ist meine Pflegemutter Rugaiya Begum. Ich war ihr einziges Kind. Und sie hätte sicher gern ihre Enkelkinder um sich. Schon allein deswegen werde ich meinem Bruder nie verzeihen, was er ihr und mir angetan hat.«

Er sah den Schmerz in ihren Augen und wollte sie trösten. »Ich werde die Köchin bitten, uns einen Picknickkorb zusammenzustellen, und dann reiten wir aus. Du kennst bestimmt eine Menge Reitpfade rund um das Schloss.«

Sie war überrascht von seinem Vorschlag, doch die vergangenen zwei Monate hatten so viel Regen und trübe Tage gebracht, dass auch sie froh war, endlich wieder aus dem Schloss in die freie Natur zu kommen. »Einverstanden, der Tag ist zu schön, um zu Hause zu bleiben.«

Unter den Augen von Lord Leslie füllte die Köchin einen Korb mit frisch gebratenem Huhn, einem Laib Brot, der noch warm war, und einem Schälchen mit in Wein eingelegtem Spargel. Dazu packte sie ein Stück Käse, zwei Birnen und einen Weinschlauch ein. Der Graf nahm ihr den vollen

Korb ab und drückte einen Kuss auf ihren Handrücken. Der guten Frau schoss die Röte ins Gesicht. Mit verklärten Augen sah sie ihm nach, als er die Küche verließ.

In der Halle wartete Jasmine bereits auf ihn. Sie hatte sich umgezogen und sah jetzt in Reitkleidung eher wie ein Junge aus. Sie erinnerte ihn sehr an seine eigene Mutter. »Du reitest nicht im Damensitz?«

»Nein, nur ganz selten. Ich habe es lieber, richtig auf dem Pferd zu sitzen. Ich hoffe, du hast nichts dagegen?«

»Nein, meine Liebe«, sagte er schnell, weil er die Herausforderung in ihren Augen lesen konnte. »Ich stimme völlig mit dir überein.«

Sie nickte nur. »Dann reiten wir los. Glücklicherweise hast du dein eigenes Pferd dabei, denn ich habe nur die Kutschpferde aus England mitgebracht. Aus Archambault habe ich eine schwarze Stute bekommen, die mir hier zur Verfügung steht. Sie ist ein zuverlässiges Tier, aber auch nicht mehr. Hätte ich gewusst, dass ich so lange in Frankreich bleibe, hätte ich meine eigenen Reitpferde mitgenommen.«

»Ich bin froh, dass du das nicht getan hast«, sagte der Graf. »Mein Pferd mag keine Konkurrenz im Stall.«

»Dann werden wir getrennte Ställe brauchen, mein Lieber«, erwiderte Jasmine lachend. »Ich werde mein Pferd nicht wegen dir aufgeben.«

»Wir haben noch genug Zeit, das zu klären«, meinte er.

Im Hof warteten bereits die Pferde. Er schwang sich in den Sattel. »Du reitest voraus«, forderte er sie auf, »du kennst hier die Wege.«

Sie führte ihn auf gepflegten Pfaden durch den Schlossgarten, wo frisch geschnittene Rosensträucher und mit Mulch belegte Beete ihren Weg säumten. Ein kleiner Teich glänzte im Sonnenlicht. James Leslie konnte sich vorstellen, wie idyllisch es hier im Frühjahr oder im Sommer aussah. Auf drei Seiten war der Garten offen, nur hinten wurde er vom Wald durch eine Mauer abgegrenzt. Ein kleines Tor war darin eingelassen, und Jasmine beugte sich hinunter, um die Pforte zu öffnen

»Verriegle sie hinter mir«, bat sie den Grafen und ritt durch.

James Leslie kam ihrer Aufforderung nach und folgte Jasmine auf einem schmalen, gewundenen Pfad in den Wald. Nach einer Weile drehte er sich um und stellte fest, dass er Belle Fleurs nicht mehr sehen konnte. Ganz in der Nähe hörte er das Plätschern eines Baches, und wenig später durchquerten sie mit ihren Pferden vorsichtig das Bachbett. Der Wald wurde immer dichter und unzugänglicher, obwohl die Bäume noch keine Blätter trugen. Erst allmählich weitete der Weg sich wieder etwas, und plötzlich war das Dickicht zu Ende, und vor ihnen lag ein breites Tal. Auf der gegenüberliegenden Seite stand auf einem Hügel ein prächtiges Schloss.

»Das ist Archambault«, sagte Jasmine und hielt ihr Pferd an. »Meine Urgroßmutter war die Comtesse de Cher. John de Marisco, ihr erster Mann, war der Vater von Adam. Es gibt Gerüchte, dass er ein Pirat war.« Sie lachte kurz auf. »Die alte Königin hat meine Großmutter sogar einmal in den Tower geworfen, weil sie der Meinung war, sie sei mit ihm im Bunde. Meine Tante Deirdre wurde dort geboren.«

»Ich bin mir nicht sicher, ob der König über deine Verwandtschaft so genau Bescheid weiß«, sagte der Graf. »Der gute alte James wäre wahrscheinlich schockiert.«

»Vielleicht würde er dir dann die Hochzeit mit mir verbieten«, entgegnete sie schnippisch.

»Selbst wenn du einäugig und zahnlos wärest, würde er auf der Hochzeit bestehen. Du bist schließlich die Mutter seines erstgeborenen Enkels.«

»So ist es wohl ein Glück für dich, dass ich nicht einäugig und zahnlos bin«, sagte Jasmine. »Würdest du mich auch heiraten, wenn ich hässlich wie die Sünde wäre?«

»Ja, meine Liebe, denn ich bin dem König loyal ergeben. Die Leslies haben immer die Befehle der Stuarts ausgeführt.«

»Und wenn der König die falsche Entscheidung trifft?«

»Die königlichen Stuarts treffen *niemals* falsche Entscheidungen«, sagte er.

»Königliches Recht?«, fragte sie lächelnd.

»Ja, königliches Recht. Würde dein Vater irgendjemand erlaubt haben, seine Befehle anzuzweifeln?«

»Nicht, solange er Herrscher war«, antwortete sie. »Doch als einfacher Mensch und Vater war er von Grund auf kompromissbereit und offen für alle Fragen. Selbst in Religionsdingen gab es für ihn keine Dogmen. Ich konnte wirklich froh sein, von so einem Mann erzogen zu werden. Ich war die jüngste und ein Kind, das er erst im Alter bekommen hat, dadurch widmete er mir viel Zeit. Ich hatte eine glückliche Jugend.« Sie deutete auf die Wiese vor ihnen. »Sollen wir hier eine Pause machen und unser Picknick einnehmen?«

Er nickte, stieg vom Pferd und half ihr aus dem Sattel. Jasmine breitete eine Decke aus, und der Graf hob den Korb vom Sattelknauf und stellte ihn auf den Boden. Dann packte er das Essen aus. Mit seinem Messer schnitt er das Brot in Scheiben und zerteilte den Käse und das Huhn. Er nahm die zwei kleinen Silberbecher und goss sie voll mit Wein.

Schweigend saßen sie da und genossen das Essen und die herrliche Aussicht. James Leslie wandte seinen Blick vom Tal ab und musterte Jasmine an seiner Seite. Sie erschien ihm noch schöner als vor zwei Jahren. Doch was gab es neben ihrer Schönheit noch, was für eine dauerhafte Beziehung nützlich wäre? Er wusste nur zu gut, dass sie jederzeit in einen heftigen Streit geraten konnten, doch er wollte nicht Zeit seines Lebens mit einer Frau leben, bei der er jedes Wort auf die Waagschale legen musste. Er hatte sie einst leidenschaftlich begehrt, und er war sicher, dass sie ihn mit Leichtigkeit wieder verführen konnte, doch das war nicht genug. Er wollte mehr von ihr, und er hoffte, dass es auch ihr so ging. Aber wie sollte er das herausfinden?

»Was willst du eigentlich?«, brach es plötzlich aus ihm heraus.

Sie war völlig überrumpelt. »Was ich *will*?«, fragte sie. »Ich verstehe nicht, was du meinst. Ich glaube, ich habe alles, was ich brauche, sogar mehr als ich brauche. Mir fehlt es an nichts.«

James Leslie schüttelte den Kopf. »Nein, Jasmine, ich meine nicht materiellen Besitz. Ich weiß, dass du eine vermögende Frau bist, aber es gibt noch andere Dinge im Leben. Willst du Macht, Vergnügen, noch mehr Reichtum, oder etwa gar *Liebe*? Was willst du wirklich?«

Plötzlich leuchteten ihre türkisfarbenen Augen überrascht auf. »*Liebe*? Ich glaube nicht, dass ich noch einmal lieben werde. Alle Männer, die ich geliebt habe, sind eines gewaltsamen Todes gestorben. Jamal und Rowan in der Blüte ihrer Jahre, und jedes Mal war ich daran Schuld. Das einemal, weil Jamals Bruder mich unbedingt für sich haben wollte, das andermal, weil der Agent des Königs mich töten wollte und stattdessen Rowan traf. Und was meinen armen Hal angeht ...« Sie seufzte tief. »Henry Stuart hätte nicht so früh sterben dürfen.«

»Doch du warst in keiner Weise für seinen Tod verantwortlich«, versuchte sie der Graf zu trösten.

»Trotzdem, er liebte mich und bezahlte dafür mit seinem Leben.«

»Würdest du mich lieben, ich sähe dem Tod gelassen ins Auge«, sagte er.

Jasmine lächelte, und sein Herz schlug schneller. »Du willst doch nur, dass wir in Zukunft besser miteinander auskommen«, erwiderte sie. Und als er nickte, fuhr sie fort: »Hast du eigentlich deine Frau Isabelle geliebt? War sie hübsch? Habt ihr zusammen gelacht oder geweint? Wodurch hat sie dich glücklich gemacht?«

Er dachte einen Moment lang nach. »Bella war ein hübsches Mädchen. Sie hatte dunkle, lange Haare. Nicht so tiefschwarz wie deine. Seit meiner Kindheit war ich ihr versprochen, und wir kannten uns gut. Für mich war sie mehr wie eine Schwester. Dann ging mein Vater auf eine Reise in die Neue Welt und kehrte nicht zurück. Der König hat ihn für tot erklären lassen, und ich wurde der neue Graf von Glenkirk. James Stuart wollte, dass ich sofort heiratete. Unsere Linie sollte nicht aussterben. In Wirklichkeit war er hinter meiner Mutter her. Indem er meinen Vater für tot erklärte und mich als Familienoberhaupt einsetzte, hatte er freie

Bahn bei meiner Mutter. Er hat sie unverzüglich an seinen Hof befohlen.«

»Nicht zu glauben«, stieß Jasmine kopfschüttelnd hervor. »Ich hatte immer gedacht, James Stuart wäre seiner Königin Anne auf ewig treu.«

»War er auch – mit Ausnahme meiner Mutter. Er hatte schon lange vor seiner Hochzeit mit Anne ein Auge auf sie geworfen. Auf jeden Fall floh meine Mutter aus Schottland und kehrte nie mehr zurück. Sie lebt im Königreich Neapel, zusammen mit meinen Halbbrüdern und Schwestern. Mein Stiefvater starb vor zweieinhalb Jahren.«

»Und sie wollte nie mehr zurück?«

»Nein. Sie fürchtet sich noch immer vor James Stuart, obwohl ich ihr versichert habe, dass er inzwischen ein ganz anderer geworden ist. Außerdem zieht sie das Wetter in Neapel dem schottischen vor. Sie hat dort glückliche Erinnerungen an ihre Zeit mit Lord Boswell.«

»Warst du mit deiner Bella auch glücklich?«

»Ja. Sie war eine gute Mutter und eine Frau, auf die ein Mann stolz sein konnte«, antwortete er.

»Du hast aber nicht gesagt, dass du sie geliebt hast«, beharrte Jasmine.

»Doch, ich liebte sie, aber auf eine jugendliche, unerfahrene Art. Wäre sie nicht so früh gestorben, ich glaube, wir wären bis ans Lebensende glücklich gewesen.«

»Genauso ging es mir mit meinem ersten Ehemann«, sagte Jasmine.

»Anders als beim zweiten?«, fragte der Graf.

Jasmine lächelte und nahm noch ein Stückchen Käse. »Ja, bei Rowan war es anders«, sagte sie dann. »Du hast ihn ja auch gekannt. Er war ein liebenswerter und großzügiger Mann. Jemand, der gerne lachte. Ich kann bis heute nicht verstehen, warum er mich und die Kinder so früh verlassen musste.«

»Und trotzdem konntest du noch einmal lieben«, stellte der Graf fest.

»Ja«, stimmte Jasmine zu, »aber er hätte Henry Stuart nicht geliebt? Alle mochten ihn. Ich habe ihn schließlich nicht verführt, im Gegenteil, ich leistete lange Zeit Widerstand, doch er war hartnäckig.« Sie lachte beim Gedanken daran. »Hal wusste, wie er mich rumkriegen konnte, und sein Sohn ist das beste Beispiel dafür. Er ist das wertvollste Geschenk, das ein Prinz seiner Geliebten machen kann.«

»Aber dieses *Geschenk* weckte das Interesse des Königs. Vielleicht wäre es besser gewesen, du hättest nur Juwelen und Titel von Henry bekommen.«

Jasmine kicherte. »Es gibt keinen Mann in ganz England, der mich mit Juwelen bestechen könnte. Schließlich habe ich selbst genug davon. Rowan wusste das, deshalb gab er mir MacGuire's Ford. Hal wusste es auch. Und was Titel anbelangt, bin ich immerhin eine königliche Prinzessin von Mughal.«

»Du hast also Ländereien, Titel und Juwelen im Überfluss, und trotzdem musst du mich heiraten. Was könnte ich dir denn geben, damit du glücklich bist?«, fragte er.

»Warum ist es wichtig für dich, ob ich glücklich bin, James Leslie? Der König hat es befohlen, also werden wir heiraten, ganz egal, ob ich dabei glücklich bin oder nicht. Du hast gesagt, du wirst den Befehl des Königs ausführen, wie es die Leslies von Glenkirk immer getan haben. Was macht es da für einen Unterschied, was ich davon halte?«

Seine Backenmuskeln arbeiteten. Jasmine schaffte es immer wieder, ihn zu verstören. Jetzt hielt er ihr ganz offen den Ölzweig hin, und sie weigerte sich, ihn anzunehmen. »Ich bin doch kein Monster, meine Liebe, das dir aufgezwungen wird, noch bist du eine Märtyrerin, wenn du mich heiratest. Es gibt eine Menge Frauen in England, die froh wären, Gräfin von Glenkirk zu werden. Vor nicht allzu langer Zeit war sogar deine Stiefschwester dieser Meinung.«

»Willst du mich nur, weil James Stuart es angeordnet hat?«, fragte Jasmine. »Es gefällt mir nicht, dass wir vielleicht nur deswegen ein Paar werden. Als ich noch jünger war, habe ich das in Kauf genommen, weil mein Vater es so wollte, jetzt ist das anders geworden.«

Er trank den letzten Schluck aus seinem Becher. »Ich kann es nicht ändern, Jasmine. Als ich vor einiger Zeit in

Belle Fleurs ankam, war ich sehr wütend auf dich. Ich war fast schon so weit, dich zu hassen, weil du mich öffentlich so bloßgestellt hast. Doch je länger ich mit dir zusammen bin, desto mehr hat sich meine Wut gelegt. Ich bewundere dich sogar, Jasmine. Du hast Mut und Stolz, und du weißt, was du willst. Es gibt sicher Männer, die diese Eigenschaften bei Frauen nicht schätzen, bei mir ist das anders. Ich weiß nicht, ob ich dir jetzt schon Liebe versprechen kann, aber auf jeden Fall Respekt und treue Partnerschaft. Du und deine Kinder, ihr werdet es gut bei mir haben, das schwöre ich beim Andenken an meine eigenen Kinder.«

»Wirst du mich zwingen, vor versammeltem Hof zu heiraten?«

Er schüttelte den Kopf. »Nein, ich will keine Rache mehr, Jasmine. Von mir aus können wir hier auf Belle Fleurs oder auf Queen's Malvern heiraten. Du hast die Wahl. Ich möchte nur, dass es möglichst bald geschieht. Wir dürfen den König nicht länger verärgern.«

»Ist er schon böse auf dich?«, fragte Jasmine.

»Ja«, sagte er mit einem Grinsen. »Er ist der Meinung, wenn ein Widder sein Schaf gefunden hat, dann darf er nicht zulassen, das es auf eine fremde Weide geht. So sind seine Worte. In letzter Zeit hat er sich allerdings nicht so sehr um mich gekümmert, trotzdem wäre es gut, wenn wir nicht mehr zu lange warten. Er will unbedingt den kleinen Charlie sehen. Der Junge ist immerhin sein Enkel.«

»Versprich mir, es nicht zuzulassen, dass er mir genommen wird«, sagte sie. »Das ist meine größte Sorge. Die Königin hat mir einmal erzählt, wie Hal in die Hände von Erziehern gegeben wurde und dass sie ihn danach nur mehr gelegentlich sehen durfte. Ich würde es nicht ertragen, von Charlie getrennt zu sein.« Ihre Augen füllten sich mit Tränen.

Er streckte die Hände aus und wischte ihr zärtlich über die Wangen. »Niemand wird ihn *uns* wegnehmen«, versprach er. »Henry Stuart war der legale Erbe, und damals war es so der Brauch. Gott sei Dank hat die Königin dafür gesorgt, dass es heute nicht mehr so ist. Außerdem, meine liebe Jasmine, ist Charlie ein königlicher Bastard. Er wird nicht die Krone erben. Für den König ist er als Enkel wichtig, nicht als Thronfolger.«

»Aber wenn sie ihn trotzdem haben wollen?«

»Sie wollen ihn doch nur kennen lernen. Ich bin Charlies Vormund, und mir werden sie vertrauen, da der König weiß, dass ich ihn nie für meine eigenen Zwecke einsetzen werde. Charlie wird bei uns in der Familie bleiben, das verspreche ich dir.«

»Ich habe trotzdem Angst«, sagte sie.

Er nahm ihre Hand. »Vertrau mir, Jasmine. Ich weiß, dass dir das schwer fällt, aber ich bitte dich trotzdem darum.« Er fühlte, wie kalt ihre Hand unter dem Handschuh war und versuchte, zwischen seinen Händen zu wärmen.

Ein Wind war aufgekommen, und die Sonne hatte sich hinter Wolkenschleiern verzogen. Es wurde kalt, fast so, als wolle der Winter noch einmal zurückkommen.

»Wir sollten aufbrechen«, sagte Jasmine und stand auf. Sie packte die Reste ihrer Mahlzeit in den Picknickkorb.

»Wirst du darüber nachdenken, was wir heute besprochen haben?«, fragte James Leslie.

»Wir heiraten im Frühjahr auf Queen's Malvern«, antwortete Jasmine mit einem leichten Lächeln. »Aber nicht am ersten April. Das wäre kein gutes Omen für den Beginn unserer Beziehung. Der fünfzehnte ist besser. Und im Mai möchte ich nicht heiraten.«

»Und was hältst du von Juni?«

»Willst du den König wirklich so lange warten lassen?«, fragte sie, als sie in den Sattel stieg. »Natürlich ist Juni ein wunderschöner Monat«, gab sie lächelnd zu.

»Hast du nicht Lord Leslie im April geheiratet?«, erkundigte er sich und schwang sich auch in den Sattel. Irgendwie gefiel ihm der Gedanke nicht, im selben Monat zu heiraten. Vielleicht war der fünfzehnte sogar genau der Tag, an dem sie mit Westleigh damals vor den Traualtar getreten war.

»Ich habe Westleigh am dreißigsten geheiratet«, entgegnete sie. »Aber wenn du Juni vorziehst, dann soll es der Juni sein.«

James Leslie hatte das Gefühl, von ihr ertappt worden zu sein. Er hatte den Juni eher aus Scherz vorgeschlagen; jetzt lag es an ihm, dem König zu erklären, warum der Hochzeitstermin so spät angesetzt wurde. Er fluchte leise, und aus den Augenwinkeln heraus sah er, wie Jasmine ein zufriedenes Lächeln zu unterdrücken versuchte, doch als er ihr in die Augen blickte, war ihr Gesicht eine Maske der Unschuld.

Sie führte ihn durch die Weingärten von Archambault auf jene Straße, die er von Paris kommend mit Fergus genommen hatte. Schweigend ritten sie nebeneinander, bis sie den schmalen Weg erreichten, der nach Belle Fleurs führte. Dort gab sie ihrem Pferd die Sporen und flog im Galopp davon. Ihr Haar hatte sich gelöst und wehte nun offen im Wind. Auch er trieb sein Pferd an und hatte sie bald eingeholt. Sie sah zu ihm herüber, lachte und ließ ihrer Stute freien Lauf. Kurz vor der Zugbrücke zügelte er sein Pferd und ließ sie zuerst passieren. Doch sie hielt nicht an, sondern preschte quer durch den Schlosshof bis vor das Eingangstor.

Jasmine sprang aus dem Sattel. »Ich habe gewonnen«, sagte sie triumphierend.

»Ich dachte, das Rennen wäre an der Brücke zu Ende«, entgegnete er.

»Warum das?«, fragte sie.

»Es war der natürliche Schlusspunkt des Wettlaufs«, sagte er.

»Unsinn«, beharrte sie und drückte einem Diener ihre Handschuhe in die Hand. »Ein Wettrennen endet immer vor der Haustür. Ich dachte, du weißt das.«

»Das wusste ich *nicht*«, antwortete er mit leichtem Unmut.

»Und warum nicht?«

»Weil du es mir nicht gesagt hast, meine Liebe!«, rief er.

»Trink einen Schluck Wein«, versuchte sie ihn zu beruhigen. »Das wird deinen Nerven gut tun. Es war schließlich nur ein kleines Wettrennen, und es ging um nichts.«

Er nahm den ihm angebotenen Becher und trank ihn halb aus. »Nicht die Spielregeln zu nennen, ist wie betrügen«, sagte er ernst. »Das ziemt sich nicht für eine Gräfin von Glenkirk.«

»Du bist wirklich ein schlechter Verlierer, mein Lieber«, erwiderte sie. »Ich wollte dich doch nur herausfordern. Du musst in Zukunft schneller sein, wenn du mit mir mithalten willst.«

»Du bist unmöglich!«, rief er entrüstet.

»Kein Grund zur Aufregung«, beschwichtigte sie ihn. »Das tut dir nicht gut. Sieh mal diese Ader hier.« Sie strich ihm mit dem Zeigefinger über seine Schläfe. »Sie ist schon ganz dick. Es gibt da einen Trick, den mich eine meiner Tanten gelehrt hat. Um sich wieder zu beruhigen, soll man ganz still sitzen und an nichts denken, nur langsam und tief ein- und ausatmen. Das beruhigt schnell die Nerven. Auch ich wende diesen Trick gelegentlich.«

Auch er fühlte die Ader an seinem Kopf und wusste, dass er jetzt nur zwei Möglichkeiten hatte, seine Ruhe wieder zu finden: Er konnte sie auf der Stelle erwürgen, und der Gedanke hatte ganz eindeutig etwas für sich, oder er musste sie küssen. Er entschied sich für die zweite Lösung, nahm sie in die Arme und drückte einen harten Kuss auf ihre Lippen. Zuerst rechnete er mit Widerstand, doch dann merkte er, wie sie nachgab und ihre Lippen seinem Drängen weich und offen folgten. Sie begegnete ihm mit so viel Zärtlichkeit, dass er die Rollen vertauscht sah. Er hatte sie erobern wollen, doch jetzt kam sie ihm mit ihrer Leidenschaft zuvor.

Sie löste sich etwas aus seinen Armen und blickte zu ihm hoch. »Am liebsten hättest du mich umgebracht, nicht wahr?«

Er nickte, unfähig, mehr dazu zu äußern.

»Versuch nur nicht, mich einzuengen, Jemmie Leslie. Dann würde es kein gutes Ende mit uns beiden nehmen.« Jasmine lächelte.

»Ich werde es im Kopf behalten. Schließlich könnte einem Mann schlimmeres widerfahren als mit einer Frau wie dir verheiratet zu sein«, versuchte er sie zu hänseln.

»Ich war immer eine gute Ehefrau«, sagte sie. »Das wirst

auch du erfahren, wenn du nicht versuchst, mich zu unterdrücken. Ich werde loyal an deiner Seite stehen und dir keine Schande bereiten.«

»Mit anderen Worten: Wenn du deinen Willen durchsetzen kannst, wird es keine Probleme mit uns beiden geben«, erwiderte er trocken.

»Ganz richtig!«, antwortete Jasmine mit strahlenden Augen. »Wie glücklich kann ich mich schätzen, einen so klugen Mann heiraten zu dürfen.«

5

Das Wetter änderte sich wieder, und der Vorfrühlingsregen setzte ein. James Leslie und Jasmine Lindley verbrachten die meiste Zeit im Château, spielten Karten und Schach und unterhielten sich. Obwohl sie einander kannten, kannten sie sich nicht wirklich. Skye hatte gut daran getan, sie allein zu lassen. Als die Kinder ungefähr zehn Tage weg waren, schlug der Graf vor, sie sollten am nächsten Tag, falls es nicht regnete, nach Archambault reiten, um Jasmines Verwandte zu besuchen und nachzusehen, wie die Kinder mit ihren Cousins zurechtkamen.

Jasmine errötete.

»Was ist los?«, fragte er.

Sie lachte leise. »Ich hatte meine Kinder fast schon vergessen«, gab sie verlegen zu. »Es war so nett hier mit dir, Jemmie, dass ich beinahe drauf und dran gewesen wäre, meine Pflichten zu vernachlässigen.«

»Du bist die beste aller Mütter«, versicherte er ihr. »Niemand könnte dir einen Vorwurf daraus machen, dass du deine Zeit ohne die Kinder genießt. Wenn wir nach Hause nach England zurückkehren, werden wir so wenig Zeit wie möglich am Hof verbringen, damit wir die meiste Zeit mit unserer Familie zusammen sein können.«

»Werden wir in Schottland leben?«, fragte sie. »Meine

Mutter hat sich dort gut eingelebt, aber sie hat immer auf ihren englischen Sommern, wie sie das nannte, bestanden. Ist Glenkirk schön, Jemmie?«

»Sehr schön«, erwiderte er, »aber wir werden nur einen Teil des Jahres dort verbringen, Jasmine. Vielleicht den Herbst und die Wintermonate. Der Herbst ist die schönste Zeit in Schottland. Im Sommer werden wir uns in Queen's Malvern aufhalten, und Henry muss dann nach Cadby fahren. Im Frühjahr werden wir an den Hof gehen, damit James nicht beleidigt ist. Ich habe mich seit einigen Jahren um seine Außenhandelsgeschäfte gekümmert, aber jetzt, wo wir heiraten wollen, möchte ich diesen Posten aufgeben. Meine eigene Familie hat seit vielen, vielen Jahren gemeinsam mit unseren Bankiers, der Familie Kira, mit Handel zu tun. Ich weiß nicht, ob deine Großmutter daran interessiert wäre, aber ein Zusammenschluss meiner Interessen mit der Handelskompanie O'Malley-Small könnte uns allen nützen. Darüber müssen sie und ich noch einmal sprechen.«

Jasmine nickte. »Das schiene mir eine vernünftige Lösung, aber ich hoffe, wir werden nicht zu lange am Hof bleiben.«

»Nur solange es unbedingt notwendig ist«, erwiderte er. »Wir müssen an die Kinder denken. Charlie ist ein Herzog und Henry ein Marquis. Ihre Schwestern sind Erbinnen und werden eines Tages auf dem Heiratsmarkt gefragte Partien sein.« Er ergriff ihre Hand und küsste die Innenseite ihres Handgelenks und ihrer Handfläche. »Und wir müssen auch an *unsere* Kinder denken, geliebte Jasmine. Vielleicht noch ein Graf, und einen Bruder und eine Schwester oder auch zwei?« Er knabberte verführerisch an ihren Fingern.

Jasmine errötete. Natürlich mussten Kinder aus dieser Ehe hervorgehen, aber bis jetzt hatte sie darüber eigentlich noch nicht nachgedacht. Wie lange war es her, seit sie mit einem Mann geschlafen hatte? Ihr jüngstes Kind war zweieinhalb Jahre alt, und einige Monate vor seiner Geburt hatten Henry Stuart und sie alle ehelichen Intimitäten eingestellt. Es war fast drei Jahre her, stellte sie erstaunt fest. Sie hatte sich an das Leben ohne einen Mann gewöhnt. *Ohne einen*

Mann in ihrem Bett. Ob sie das Spiel überhaupt noch beherrschte? Das Feuer im Kamin züngelte und knisterte, die Flammen warfen Schatten an die Wände, und draußen rauschte der Regen.

James Leslie sah die Verwirrung in ihrem Gesicht und erkannte die Gelegenheit, die sich ihm bot. Zu seiner Überraschung jedoch entzog ihm Jasmine ihre Hand. Schmerz malte sich auf ihrem schönen Gesicht ab. Sie schüttelte den Kopf und lief aus der Halle. *So,* dachte er, *sie hat es also auch gespürt.* Sie spielte nicht die Kokette, denn Jasmine Lindley war eine erfahrene Frau, und doch verspürte sie bei ihm eine gewisse Scheu, die erstaunlich war, wenn er bedachte, was für eine leidenschaftliche Liebesnacht sie vor ein paar Jahren miteinander erlebt hatten.

Er überlegte, ob er ihr folgen sollte, verwarf den Gedanken aber wieder und fragte sich, ob sie sich wohl einen Liebhaber genommen hatte, während sie hier in Frankreich war, aber er glaubte es eigentlich nicht. Der einzige Liebhaber, den Jasmine Lindley jemals in ihr Bett gelassen hatte, abgesehen von ihm und ihren Ehemännern, war Prinz Henry Stuart gewesen. Und dann stand auf einmal das Problem ganz klar vor ihm. Natürlich! Das musst es sein! Sie *hatte seit dem Prinzen keinen Mann mehr im Bett gehabt!* Er lachte leise. Jasmine, die sich nicht gerne im Nachteil fühlte, war verlegen. Er war versucht, ihr hinterherzulaufen und sie zu beruhigen, aber er wusste, dass das ein Fehler gewesen wäre. Er würde um Jasmine werben müssen, wie er noch um keine andere Frau geworben hatte. Isabelle hatte er nicht wirklich den Hof gemacht, weil sie seit der Kindheit einander versprochen gewesen waren und beide gewusst hatten, dass sie heiraten würden. Deshalb war es nicht nötig gewesen, um sie zu werben, und seit ihrem Tod hatte er sich auch um keine andere Frau bemüht.

Er fand es interessant, um eine Frau zu werben, und er würde es in diesem Fall tun müssen, um ihr Vertrauen zu erringen und den Weg in ihr Bett und ihr Herz zu finden. Was konnte er tun, um ihr eine Freude zu machen? Sie hatte ja alles. James Leslie merkte, dass er absolut keine Ahnung hatte, wie er um eine Frau werben sollte, die bereits alles besaß. Wenn sie einfach nur ein Mädchen gewesen wäre, hätte er ihr Schmuck und andere Dinge schenken können. Sie wusste, dass er ihre Kinder gern mochte, also bot sich auch da keine Möglichkeit. Was sollte er nur tun? Er würde Rat bei Madame Skye suchen. Bei dem Gedanken lachte er laut auf. Sich beraten lassen von dieser schönen und klugen alten Frau? Jawohl! Das würde er tun, denn sie kannte Jasmine am besten, und wenn man ihrem Ruf Glauben schenken durfte, dann war sie die erfahrenste und kenntnisreichste Frau, was alle Liebesdinge anging.

James Leslie schenkte sich Rotwein in einen Kelch ein, setzte sich an den Kamin und trank in kleinen Schlucken. Morgen würden sie nach Archambault reiten, und er wusste, dass Jasmine sich dort ausschließlich um ihre Kinder kümmern würde. Er jedoch würde sich von Madame Skye raten lassen, wie er ihre Enkelin gewinnen konnte.

Am nächsten Morgen benahm sie sich so, als sei zwischen ihnen nichts vorgefallen. Sie kam in Reitkleidung zum Frühstückstisch, in grünen Tuchbreeches, hohen Lederstiefeln, einer Batistbluse und einem hirschledernen Jackett mit Knöpfen aus Silber und Horn. Sie langte herzhaft zu, was ihn zugleich amüsierte und entzückte. Er mochte Frauen, die gerne aßen und nicht nur lustlos auf ihrem Teller herumpickten. Seine Mutter war eine solche Frau. Am frühen Morgen trank Jasmine nie Wein. Die Diener brachten ihr eine blauweiße Porzellantasse und gossen eine bräunliche heiße Flüssigkeit hinein, die sie wie immer voller Behagen trank.

Neugierig fragte er: »Was trinkst du da, Jasmine?«

»Es heißt Tee«, erwiderte sie. »Möchtest du einmal probieren, Jemmie? Adali, bringt dem Grafen noch ein Tasse.« Sie lächelte ihn an. »Wir überbrühen die Blätter der Teepflanze mit heißem Wasser. Sie wächst in Indien. Die Blätter werden vor Gebrauch behandelt und getrocknet. Es ist ein sehr angenehmes Getränk. Meine Mutter oder meine Tanten haben immer Nelken oder Kardamom in den Tee getan, um ihm noch zusätzlich Geschmack zu verleihen.«

Jasmines Diener stellte eine Schale vor ihn und goss aus einem Krug etwas Tee hinein. »Das ist schwarzer Tee, Mylord«, sagte er. »Der chinesische Tee ist grün.«

»Er ist delikater«, meinte Jasmine. »Unser indischer Tee ist recht herzhaft. Probier ihn, Jemmie!«

Er nippte an der heißen Flüssigkeit und befand den Geschmack angenehm, aber nicht besonders anregend oder aufregend wie Wein, Ale oder Apfelwein.

»Ich überlege, ob ich Großmutter vorschlagen soll, dass wir Tee nach England importieren«, sagte Jasmine zu ihm. »Die Holländer machen das bereits seit sechs Jahren, obwohl sie nicht wissen, wie sie ihn an die Leute bringen sollen. Bisher hatten sie jedenfalls noch keinen Erfolg damit.«

»Die Holländer sind ausgezeichnete Kaufleute«, erwiderte er.

»Das sind sie in der Tat«, stimmte sie zu, »aber deswegen wissen sie doch nicht, wie sich Tee verkaufen lässt. Tee kann man nicht wie Gewürze oder Stoffe an jede Hausfrau auf dem Markt verkaufen. Tee muss zuerst den Reichen und Mächtigen angeboten werden. Erst wenn sie ihn zu ihrem besonderen Getränk gemacht haben, werden sich auch die Massen dafür interessieren.«

Ihre Analyse der Lage überraschte ihn. Er hatte schon immer gewusst, dass Jasmine eine intelligente Frau war, hatte das jedoch ihrem gesunden Menschenverstand zugeschrieben. Bei Jasmine aber ging die Intelligenz weit darüber hinaus. »Du hast vielleicht Recht, Jasmine«, sagte er langsam. »Ja, wenn Tee zu einem Getränk für den Adel wird, dann kommt er in Mode, und die breite Bevölkerung will ihn auch haben.«

Sie stand auf. »Wir reden mit Großmama darüber«, erwiderte sie. »Komm, Jemmie, lass uns aufbrechen. Ich habe meine Lieblinge seit fast zwei Wochen nicht mehr gesehen und bin begierig darauf, wieder mit ihnen zusammen zu sein.«

Sie nahmen die direkten Weg nach Archambault, und als sie ankamen, sprang Jasmine sofort aus dem Sattel, um ihre Kinder zu umarmen, die sie auf der Freitreppe erwarteten.

Auf der obersten Stufe stand Madame Skye mit einem vornehm aussehenden Gentleman, von dem der Graf annahm, es sei der Comte de Cher. Alexandre de Saville schüttelte James Leslie die Hand und hieß ihn willkommen. Dann küsste der Graf Madame Skye auf die blassen Wangen.

»So, James Leslie«, sagte die alte Dame und schob ihre Hand unter seinen Arm, während sie ins Schloss traten, »habt Ihr bei meiner Enkelin irgendwelche Fortschritte gemacht?«

»Wir werden am fünfzehnten Juni heiraten«, erwiderte er.

»Ah, gut! Ich bin froh, dass es Euch gelungen ist, Jasmine in dieser Angelegenheit zur Vernunft zu bringen«, sagte Skye.

Sie traten in einen eleganten Salon, und er sah sofort, dass sie allein waren.

»Ich brauche Euren Rat, Madame«, sagte der Graf, »und da wir im Moment allein sind, sollte ich Euch jetzt vielleicht darum bitten.«

Sie zog eine Augenbraue hoch. »Ihr sucht meinen Rat? Wie interessant.« Ein kleines Lächeln spielte um ihre Mundwinkel. »Dann, Sir, habt Ihr offenbar beschlossen, dass ich nicht Eure Feindin bin?«

Er schmunzelte. »Ich halte Euch für eine gerissene Dame, Mylady, aber ich brauche Euren Rat trotzdem; und, nein, ich halte uns nicht für Feinde. Wir sind es nie gewesen.«

Sie setzten sich auf ein Sofa, und er ergriff ihre Hand. »Ich glaube, Jasmine ist in intimen Dingen scheu geworden, Madame Skye. Ihr ist es unbehaglich, wenn die Dinge einen gewissen Punkt überschreiten. Es liegt jedoch, wie ich glaube, nicht in ihrer Natur, kalt zu sein.«

»Hmmm«, meinte Skye.

»Ich habe andere Gründe für ihre Zurückhaltung erwogen, aber der einzige Grund ist wahrscheinlich wirklich der, dass sie seit der Zeit vor der Geburt des kleinen Charlie keinen Mann mehr gehabt hat. Ich glaube, sie fühlt sich im Nachteil.«

»Du meine Güte!«, antwortete Skye. »Was ist denn mit

dem Mädchen los? Ihr seht gut aus und seid gut gebaut, und sie hat schon einmal das Bett mit Euch geteilt und fand Euch nicht abstoßend.«

»Wir werden in unsere Pflicht gedrängt«, erwiderte der Graf. »Ich glaube, ich muss um sie werben, Madame Skye, aber wie wirbt man um eine Frau, die schon alles hat? Was kann ich tun oder sagen oder ihr schenken, das ihr nicht schon gehört oder bekommen hat? Meine erste Frau und ich waren uns schon als Kinder versprochen. Ich habe Isabelle nicht den Hof gemacht, aber wir waren auch beide jung und aneinander gewöhnt. Unsere Familien hatten unserer Heirat zugestimmt, wie es eben damals in Schottland gemacht wurde.«

Skye nickte. Hier war ein kleiner Knoten, der entwirrt werden musste. Sie hatte nicht bedacht, dass Jasmine, nachdem sie wieder vernünftig geworden war, sich auf einmal wie eine behütete Jungfrau benehmen würde und nicht wie eine Frau mit vier Kindern! Es war einfach lächerlich! »Ich werde mit meiner Enkelin sprechen«, sagte sie.

»Nein, Madame, bitte tut das nicht!«, flehte der Graf sie an. »Sie wäre entsetzt, wenn sie erführe, dass ich ihr Geheimnis kenne. Sagt mir nur, wie ich ihr gefallen kann, damit sie ihre Scheu ablegt und die Dinge sich natürlich entwickeln können.«

»Gottverdammt!«, fluchte Skye. »Was ist denn heutzutage bloß los mit den jungen Männern? Zu meiner Zeit waren die Männer kühn! Sie haben eine Frau einfach in den Arm genommen, ohne sie um Erlaubnis zu bitten. Keine meiner Töchter war wie ich, aber meine Enkelin ist es. Ihr werdet Euer Ziel erreichen, indem Ihr kühn und galant seid, und nicht, indem Ihr auf Samtpfötchen um sie herumschleicht.«

»Aber Madame Skye ...«, versuchte er sie zu unterbrechen.

»Es gibt kein *aber*, wenn es um die Liebe geht, James Leslie«, erklärte sie ihm streng. »Wisst Ihr, dass Jasmines Großvater mich verführt hat, als wir uns zum ersten Mal begegneten? Wie Jasmine betrauerte ich einen Verlust und war lange ohne Mann gewesen, aber Adam wollte mich, und er nahm mich.« Ihr Blick wurde bei der Erinnerung daran ganz verträumt. »Ich hätte schon damals merken müssen, dass er der richtige Mann für mich war, aber ich musste noch zwei Ehemänner überleben, bevor ich feststellte, dass er mit seinem furchtlosen Vorstoß den Weg zu meinem Herzen gefunden hatte. Wir hatten Glück, und in jenen Tagen sah es so aus, als ob es ewig dauern würde.« Sie schwieg einen Moment, und dann blickte sie ihn seufzend an. »Ergreift die Gelegenheit, verdammt noch mal! Zeigt meiner Enkelin wieder, was Leidenschaft ist! Nur so könnt Ihr ihre Launen überwinden.« Sie kicherte boshaft. »Ich beneide das Mädchen, Mylord.«

Er hob ihre Hand an seine Lippen und küsste sie. »Danke«, sagte er.

Sie nickte und zwinkerte ihm mit ihren klugen blauen Augen zu. Dann erwiderte sie: »Ich glaube, Ihr solltet noch ein paar Wochen mit Jasmine alleine sein, James Leslie. Was hieltet Ihr davon, wenn ich die Kinder zu einem Besuch mit nach Paris nähme und von dort aus mit ihnen nach Queen's Malvern fahre, wo wir auch Euch warten werden? Es ist schon Mitte März, und wenn ich mich auf eine Hochzeit vorbereiten und die Familie informieren muss, dann kann ich mich nicht mehr länger in Frankreich aufhalten. Die Kinder lenken ihre Mutter nur ab, also ist es vielleicht besser, wenn sie mit ihrer Urgroßmutter reisen.«

»Ich neige dazu, Euch zuzustimmen, Madame«, erwiderte der Graf. Am liebsten hätte er laut aufgelacht. Er hatte gewusst, dass die alte Dame nicht zulassen würde, dass Jasmines Kinder nach Belle Fleur zurückkehrten, aber ihm war nicht ganz klar gewesen, wie sie das hatte bewerkstelligen sollen. Madame Skye war eine brillante Taktikerin. »Ich werde den Comte bitten, Euch eine Eskorte zu geben, die Euch zuerst nach Paris und dann bis zur Küste begleitet. Die Straßen sind nicht so sicher, wie Ihr wisst, vor allem nicht, da ein neuer Krieg bevorsteht.«

»Ja, das ist klug«, stimmte Skye zu. »Alexandre wird Euch gerne Soldaten zur Verfügung stellen.«

Die Tür zum Salon flog auf, und eine erregte Jasmine trat

ein. »Was erzählt Henry mir da, Großmama? Du willst mit den Kindern nach Paris fahren? Das werde ich nicht erlauben.«

»Geliebtes Mädchen, sei nicht albern«, beschwichtigte ihre Großmutter sie. »Ja, wir fahren in ein paar Tagen nach Paris und von dort nach England, wo wir anfangen werden, die Hochzeit vorzubereiten und die Familie über deine Rückkehr zu informieren. In der Zwischenzeit habt Lord Leslie und du noch etwas Zeit, um kleine Probleme zwischen euch zu lösen und euch besser kennen zu lernen. Du hast Glück, dass ich dich zumindest eine Zeit lang von deinen Pflichten erlöse, Jasmine.«

Jasmine funkelte den Grafen finster an. »Und du bist mit diesem Plan einverstanden?«

Er wollte sie zuerst besänftigen, aber dann fielen ihm Madame Skyes Worte ein, und er sagte: »Ja, das bin ich, meine Liebe. Es mag ja selbstsüchtig sein, aber ich hätte dich gerne noch eine Zeit lang für mich allein.«

»Oh?« Ihre Wangen färbten sich rosa.

»Du weißt, dass ich deine Kinder anbete, Jasmine, aber ich heirate dich und nicht die Kleinen«, murmelte er, ergriff ihre Hand und küsste sie sehnsüchtig. »Diese Zeit allein mit dir ist kostbar, und ich möchte sie gerne nutzen, geliebte Jasmine!« *Weil ich dich haben will.* Er sprach die Worte nicht aus, aber sie verstand, was er meinte.

»So«, sagte Skye munter, »dann ist das ja geregelt. Lauf zu den Kindern und genieß den Tag mit ihnen, Liebes. Ich sollte mit deinem Verlobten eine Weile unter vier Augen reden, weil wir bezüglich seiner Familie über bestimmte Hochzeitsvereinbarungen sprechen müssen.«

Nachdenklich verließ Jasmine den Salon.

»Was für Vereinbarungen?«, fragte er, als die junge Frau gegangen war.

Skye lachte. »Es gibt keine«, erwiderte sie. »Ich wollte nur, dass Jasmine weiter abgelenkt ist. Das habt Ihr gut gemacht, Mylord. Ihr wart stark, aber liebevoll. Macht so weiter, und Ihr werdet Euer Ziel erreichen.«

Anschließend ging er zu Jasmine und den Kindern, die

sich freuten, ihn zu sehen. Sie stürzten auf ihn zu und schrien: »*Papa! Papa!*« Er schüttelte Henry die Hand und küsste die anderen. Die vier Kinder waren bei bester Gesundheit und verbrachten offensichtlich herrliche Tage bei ihren Verwandten.

»Wir fahren bald wieder nach England«, sagte Henry.

»Ich weiß«, erwiderte der Graf. »Deine Mutter und ich werden kurz darauf auch zurückkommen und dann am fünfzehnten Juni in Queen's Malvern heiraten. Willst du mein Trauzeuge sein, Henry?«

Der junge Marquis von Westleigh nickte begeistert. »Ja, Papa, das will ich gerne!« Dann fragte er ernster: »Macht es dir etwas aus, dass wir dich *Papa* nennen? Ich weiß, dass du noch nicht mit unserer Mutter verheiratet bist, aber ...«

»Es freut mich, und ich fühle mich geehrt, dass ihr mich gerne akzeptiert, Henry«, erwiderte James Leslie.

»Bringst du mir bei, wie man richtig mit einem Schwert umgeht?«, fragte Henry.

»Wir fangen diesen Sommer damit an«, versprach der Graf ihm.

Der Tag verging rasch. Sie nahmen ein üppiges Mahl mit dem Comte de Cher und seiner Frau Helene ein. Der Erbe des Comte, Philippe, seine Frau Marie-Claire und die beiden Töchter des Comte, Gaby und Antoinette mit ihren Familien, waren ebenfalls anwesend, um den Grafen von Glenkirk kennen zu lernen.

»Wir sind bekannt mit Euren Vettern, den Leslie de Peyracs«, sagte Gaby. »Möglicherweise gibt es eine Verbindung zwischen unseren Familien.«

»Möge sie vorteilhaft für beide Seiten sein«, murmelte der Graf höflich. »Der Onkel meiner Mutter ist natürlich schon lange tot, aber ich mag seine Witwe, Adele, nicht besonders. Sie führt ein strenges Regiment, heißt es.«

Gaby nickte. »Ich kenne die alte Hexe gut, aber es ist eine ihrer Urenkelinnen, die unseren mittleren Sohn heiraten will. Sie werden hier an der Loire bei uns wohnen und nicht auf Chateau Petite.«

So ging die Unterhaltung weiter. Die Familien wurden

verglichen, Klatsch wurde ausgetauscht, und es gab neugierige Fragen, wann die Hochzeit zwischen Jasmine und dem Grafen stattfinden würde. Die De Savilles bedauerten sehr, dass man nicht auf Belle Fleur feiern wollte, aber sie verstanden es und wünschten dem Paar alles Gute. Endlich konnte ihr Aufbruch nicht mehr hinausgezögert werden. Jasmine war den Tränen nahe.

»Erschrecke die Kinder nicht, Liebling«, bat der Graf sanft.

»Immer sagst du mir, ich solle wegen der Kinder nicht weinen«, giftete sie ihn an. Ihre melancholische Stimmung war schon vorüber.

»Lasst mich wissen, wann ihr nachkommen werdet«, sagte Skye fröhlich. »Es wird gut sein, euch wieder zu Hause zu haben. Denk daran, deine Mutter und deine Brüder kommen am ersten Mai. Velvet wird sich freuen, ihre Enkelkinder endlich wieder zu sehen.«

»Ich kann mir nicht helfen, aber ich habe das Gefühl, du und Jemmie, ihr habt mich irgendwie manipuliert, Großmama«, murrte Jasmine.

»Was für ein schrecklicher Gedanke, mein Liebes«, protestierte Skye. »Ich erweise dir einen großen Gefallen. Wenn du meinst, es sei einfach für eine Frau in meinem Alter, noch dazu in tiefster Trauer, mit vier lebhaften Kindern zu reisen, dann behalt sie bei dir, und bring sie selbst mit.«

»Du würdest ohnmächtig, wenn ich mich darauf einließe«, neckte Jasmine ihre Großmutter. »Nein, ich bin dir dankbar für deine Güte, aber ich werde sie vermissen.« Sie umarmte die alte Frau herzlich.

»Fort mit dir, du kluges Teufelchen«, sagte ihre Großmutter. »Wir sehen uns in England. Und trödele nicht so lange mit diesem hervorragenden Mann herum, den du heiraten willst. Allerdings könnte ich es dir nicht übel nehmen, wenn du ein paar Honigmond-Freuden auskostet, solange du noch in Frankreich bist. Es wird Frühling, Jasmine, und überall steigen die Säfte!«

Jasmine und der Graf lachten über die Bemerkung der alten Dame, als sie nach Belle Fleur zurückritten. »Kannst du dir vorstellen, wie sie in ihrer Jugend war?«, fragte Jasmine.

»Der Gedanke erschreckt mich zutiefst«, erwiderte er grinsend. Dann fragte er: »Hast du Lust, heute Abend Schach zu spielen, Madame?«

»Wenn ich gebadet habe«, sagte sie. »Bist du es nicht langsam leid, immer geschlagen zu werden, Jemmie?« Sie kicherte mutwillig und trieb ihr Pferd zum Galopp an. Eine wilde Jagd begann. Dieses Mal jedoch ließ er seinem Hengst die Zügel, bis sie in den inneren Hof des Chateaus erreicht hatten, und schlug sie um mehrere Längen.

»Die Beine deines Hengstes sind viele länger als die meiner Stute«, schmollte sie. »Warte nur, bis ich wieder meinen Hengst unter mir habe. Erst dann haben wir gleiche Chancen.«

»Ich finde uns jetzt schon ziemlich gleichberechtigt«, erwiderte er und hob sie aus dem Sattel. Dann gab er ihr einen langen Kuss, wobei seine Lippen sinnlich auf ihren verweilten. »Du musst nicht bis zur Rückkehr nach England warten, Jasmine, um deinen wilden Hengst unter dir zu haben«, murmelte er leise und knabberte an einer Haarsträhne, die sich während des Ritts gelöst hatte.

Atmete sie noch? Ja, aber kaum. Seine Hände brannten sich durch das weiche Hirschleder ihres Jacketts und den dünne Batist ihrer Bluse. In ihrem Kopf drehte sich alles. Sie legte ihm die Hände auf die Schultern und lehnte sich an ihn. »Ich glaube, du bist zu schnell für mich, Jemmie«, flüsterte sie atemlos.

»Und ich glaube, du lässt dir zu viel Zeit, Jasmine«, konterte er. »Wir sind keine Kinder mehr und kennen den Weg, den wir einschlagen.« Er lächelte sie an. »Komm, wir wetten, wie unser Schachspiel heute Abend ausgeht. Bist du bereit?«

Sie nickte. Seine Hände waren so stark. »Was schlägst du vor, Sir?« Plötzlich verspürte sie das dringende Bedürfnis, nackt vor ihm zu stehen. Und ihn nackt vor sich zu haben. Was sollte dieser verrückte Gedanke? Mühsam verdrängte sie die Bilder aus ihrem Kopf.

»Wenn ich gewinne«, sagte er leise, »dann komme ich heute Nacht in dein Bett, geliebte Jasmine.« Er blickte sie eindringlich an.

»*Und wenn du verlierst?*«, fragte sie leise.

»Dann darfst du wählen«, erwiderte er.

»Du kommst erst in mein Bett, wenn wir verheiratet sind.« Die Worte waren ausgesprochen, noch bevor sie überhaupt ernsthaft darüber nachgedacht hatte. Warum um alles in der Welt hatte sie das gesagt?, fragte sie sich. Sie fühlte sich seltsam enttäuscht, als er die Hände sinken ließ, die ihre Taille umfasst hatten. Wollte sie ihn wirklich bis Mitte Juni fern halten? Aber jetzt war es zu spät, um zu widerrufen.

Er schmunzelte. »Gut, Madame«, sagte er und führte sie ins Schloss. »Ich freue mich auf unser Spiel – und auf das, was nach dem Spiel geschieht.«

»Für einen so mittelmäßigen Schachspieler bist du ziemlich selbstbewusst, Jemmie«, erwiderte sie scharf. Sie fand sein Verhalten recht irritierend.

»Ich habe nicht vor, heute Abend zu verlieren, Jasmine«, antwortete er. »Dazu reizt mich der Preis viel zu sehr.«

Sie riss sich aus seinem Griff und lief die Treppe zu ihrem Schlafzimmer hinauf, wo sie den Dienstboten befahl, ihr ein Bad herzurichten. Rohana und Toramalli beeilten sich, ihren Wünschen nachzukommen.

»Ihr seid durcheinander«, stellte Adali fest. »Worüber habt Ihr Euch erregt, Herrin?«

»Ich habe einem Schachspiel mit Lord Leslie zugestimmt, und wir haben gewettet, um das Spiel interessanter zu machen. Ich glaube, das war dumm von mir, Adali, denn ich bin nicht sicher, ob ich gewinnen möchte.«

Adali schmunzelte, während er ihr half, sich ihrer Kleider zu entledigen. »Erzählt es mir«, forderte er sie auf. Als sie fertig war, brach er in Lachen aus. »Ah, meine Prinzessin, als vor langer Zeit Euer Vater zum ersten Mal das Bett mit Eurer Mutter teilen wollte, spielte er auch Schach mit ihr. Es war in der Königsstadt Fatehpur-Sikri. Eure Eltern standen zusammen auf einem Balkon. Der Hof darunter war wie ein Schachbrett gestaltet, mit schwarzen und weißen Marmorquadraten. Die Figuren waren lebende Sklaven, nackt bis auf den Schmuck, den sie trugen.«

»Hat meine Mutter gewonnen?«, fragte Jasmine.

Er schüttelte den Kopf. »Nein. Bei der Wette ging es allerdings nur um einen Kuss. Erst einige Nächte später erreichte Euer Vater sein Ziel, und dann auch nur mit Hilfe des Kopfkissenbuches, das Jodh Bai Eurer Mutter schenkte.«

Jetzt war es an Jasmine, zu kichern. »Also wiederholt sich die Geschichte immer wieder, Adali«, meinte sie.

»Seid Ihr sicher, dass Ihr bei ihm liegen wollt, meine Prinzessin? Ich habe gesehen, dass Ihr den Mann nur zögernd akzeptiert.«

»Ich muss ihn heiraten, Adali«, erwiderte sie, »und ich habe festgestellt, dass ich ihn mag. Er liebt die Kinder, und sie lieben ihn; außerdem möchte er, das ich ihm Söhne schenke. Das Hochzeitsdatum ist festgesetzt, und ich habe auf einmal nicht mehr das Gefühl, dass ich das Unvermeidliche hinauszögern möchte. Als wir gerade im Hof miteinander geredet haben, hatte ich sehr verwirrende Vorstellungen hinsichtlich James Leslies. Ich glaube, es ist an der Zeit, mein Zölibat zu beenden, Adali.«

»Ihr werdet sehr geschickt vorgehen müssen, meine Prinzessin«, erwiderte der vertraute Diener. »Wenn Lord Leslie auch nur einen Moment lang glaubt, Ihr ließet ihn gewinnen, wird er sehr beleidigt sein.«

Jasmine lächelte, während er ihr in die bereitgestellte Wanne half. »Mein Vater war der beste Schachspieler in ganz Indien«, erinnerte sie Adali, »und er hat es nie gemerkt, wenn ich ihn gewinnen ließ, oder?«

Adali grinste. »Nein, meine Prinzessin, der Mogul erfuhr nie, dass die Schülerin den Meister übertraf. Ihr seid sehr geschickt vorgegangen.«

»Ich habe nichts verlernt«, versicherte sie ihm.

Er verließ sie, um das Schachbrett in der Halle aufzustellen.

Rohana und Toramalli, die bei ihrem Gespräch mit Adali dabei gewesen waren, badeten ihre Herrin sorgfältig. Danach wickelten sie sie in ein Handtuch und setzten sie an den Kamin. Jasmine träumte vor sich hin, während Rohana langsam ihre langen schwarzen Haare kämmte und mit der parfümierten Bürste durch die seidige Pracht fuhr, bis sie glänzte. Sie gähnte. Es war ein langer Tag gewesen, und sie war auf einmal müde. »Gib mir ein wenig Wein, bevor ich zusammenbreche«, sagte sie zu Toramalli. »Das Bad hat mich erschöpft.«

»Was wollt Ihr tragen?«, fragte Toramalli sie, während sie ihrer Herrin den Wein brachte.

»Einen Morgenmantel, glaube ich«, war die Antwort.

Die Dienerin nickte, wählte einen pflaumenfarbenen, seidenen Morgenmantel aus und brachte ihn ihrer Herrin. Das Gewand hatte lange fließende Ärmel und wurde direkt unter Jasmines Brust mit einer kleinen Brosche, die einen Frosch darstellte, geschlossen. Rohana band die Haare ihrer Herrin mit einem Silberband zurück. Silberne Seidenslipper vervollständigten Jasmines Auftritt.

Der Wein hatte sie belebt. Jasmine wies ihre Dienerinnen an, das Bett frisch zu beziehen. »Nehmt die hübsche, lavendelduftende Leinenwäsche, die wir gerade vom Kloster geschenkt bekommen haben«, sagte sie.

Dann ging sie in die Halle, wo Jemmie sie bereits erwartete: »Ein Kilt?«, fragte sie.

»Ein Schotte trägt immer seinen Kilt in der Schlacht, Jasmine, deshalb habe ich mich auf unser Schachspiel heute Abend so vorbereitet.«

Sein Hemd war offen am Hals. Dunkle Haare kräuselten sich auf seiner Brust. Ihr Blick wanderte zu seinen langen, kräftigen Beinen, die ebenfalls mit dunklen Haaren bedeckt waren. Er hatte wohl geformte Knie. Jasmine bemühte sich, den Blick von ihm abzuwenden und ihre Gedanken zu ordnen. Sie benahm sich auf einmal wie eine läufige Hündin. Ihr war zugleich heiß und kalt. Was hatte ihre Großmutter über den Frühling und das Steigen der Säfte gesagt? »Wie immer, Mylord, bist du viel zu selbstsicher«, murmelte sie.

Er lachte wissend. »Ich verspüre größtes Verlangen«, sagte er zu ihr, »diesen kleinen Fleck zu küssen, geliebte Jasmine«, und bevor sie ihm ausweichen konnte, drückte er seine Lippen auf den Schönheitsfleck zwischen ihrem linken Nasenflügel und ihrem Mund.

»Du bist überaus kühn, Sir!«, schalt sie ihn und schob ihn weg. »Komm, wir wollen mit dem Spiel beginnen.« Sie setzte sich auf den Stuhl am Kamin. »Du hast den ersten Zug«, erklärte sie.

Ruhig begann er mit einer vertrauten und recht typischen Eröffnung. Dann sah er sie an.

»Das ist ja wohl kaum eine Herausforderung«, spottete sie, aber ihr Zug war so ähnlich wie seiner.

Jetzt wurde das Spiel ernst. Jasmine neckte ihn ununterbrochen. Sie spielte konzentriert und merkte kaum, dass sie ihm in Wirklichkeit die Möglichkeit eröffnete, ihre Königin wegzunehmen und sie schachmatt zu setzen. Nachdem sie einen Zug gemacht hatte, wollte sie ihn leise fluchend gleich wieder korrigieren, aber er hielt ihre Hand fest.

»Ich habe es aber doch nicht so gemeint«, protestierte sie. »Ich war abgelenkt. Du willst doch nicht, dass ich es so stehen lasse, Jemmie? Das ist nicht fair.«

»Du hattest schon die Hand zurückgezogen«, erwiderte er ruhig.

»Aber ich wollte es nicht, Sir! Ich war abgelenkt!«, rief sie.

»Wenn du an meiner Stelle wärst, Jasmine, würdest du mir dann erlauben, den Zug zurückzunehmen?«, fragte er.

Sie biss sich auf die Unterlippe und gab keine Antwort.

James Leslie setzte seine schwarze Onyxfigur schweigend auf das Feld, wo er ihre Elfenbeinkönigin bedrohte. Jasmine sprang auf und wollte davonlaufen, er war jedoch schneller, schlang die Arme um ihre schmale Taille und drückte sie an sich. »Nein, Madame, du darfst erst gehen, wenn du deine Wettschuld eingelöst hast«, sagte er leise, wobei er fest eine ihre Brüste umfasste. Sein warmer Atem jagte ihr einen Schauer über den Rücken. »Jasmine«, flüsterte er, »ich sehne mich so sehr danach, dich zu besitzen. Ich habe die eine Nacht, die wir vor so langer Zeit miteinander verbracht haben, nie vergessen.« Er rieb mit dem Daumen über ihre Brustwarze, bis sie hart war und prickelte.

»Die Dienstboten ...«, protestierte sie.

»Sind von Adali viel zu gut ausgebildet, um die Halle zu betreten, wenn sie nicht gerufen werden«, erklärte er gleichmütig, während er mit dem Fuß den Schachtisch beiseite schob und sie auf das Schaffell vor dem Kamin drückte. Mit seinen kräftigen Fingern öffnete er den Verschluss ihres Morgenmantels, sodass die pflaumenfarbene Seide auseinander fiel, und ihm ihren nackten Körper enthüllte. Er starrte sie an.

»Wie kommt es, dass du nach vier Kindern immer noch die Figur eines jungen Mädchens hast?«, wunderte er sich. Mit den Fingerspitzen strich er über die schwellende Rundung ihrer Brüste.

»Das habe ich doch gar nicht«, erwiderte sie leise. »Mein Bauch ist nicht mehr so flach, und meine Brüste sind viel voller als bei unserer letzten Begegnung. Ich habe den Körper einer Frau, Jemmie.«

»In meinen Augen bist du das schönste Geschöpf, das ich je gesehen habe«, versicherte er ihr. Er senkte seinen dunklen Schopf, um ihre linke Brust zu küssen. »Ich mag deine süßen Brüste«, murmelte er.

»Du kannst mich nicht länger in dieser benachteiligten Situation warten lassen«, erwiderte sie und schob ihm das Hemd von den Schultern. »Was trägt ein Schotte unter seinem Kilt, Jemmie Leslie?«, neckte sie ihn.

Grinsend stand er auf und entledigte sich des Kleidungsstücks. »Nur seine Männlichkeit, Madame«, antwortete er.

»Zieh deine Strümpfe aus«, befahl sie ihm. »Ich schlafe nicht mit einem Mann, der zwar ein bloßes Hinterteil, dafür aber Strümpfe an den Beinen hat.« Während sie sprach, schlüpfte sie aus ihren Pantoffeln.

Schmunzelnd gehorchte er ihr und legte sich zu ihr auf das Schaffell. »Erinnerst du dich an das letzte Mal?«, fragte er sie.

Jasmine lächelte. »Ja«, erwiderte sie. »Es war beim Dreikönigsfest meines Onkels. Wir haben einander verführt, und Sibby erwischte uns und machte einen solchen Aufstand. Mein Stiefvater wollte, dass wir heiraten, um meinen Ruf zu retten. Armer Alec, mit seinen beiden Mädchen. Und du begehrtest mich so sehr, so dachte Sybilla zumindest.«

»Und du wolltest mich nicht heiraten«, erinnerte er sie.

»Du sagtest, du würdest dich nicht vor den Altar zerren lassen.« Er lächelte sie an. »Aber jetzt willst du den Mann heiraten, den du vor so vielen Jahren abgelehnt hast. Ich habe mich damals in dich verliebt. Wusstest du das?«

Jasmine schüttelte den Kopf. »Nein«, erwiderte sie, »das wusste ich nicht.«

Sein Mund streifte ihre Lippen. »Nun, es war aber so, geliebte Jasmine. Ich habe mich in dich verliebt, aber als ich endlich meinen ganzen Mut zusammenraffte, um zu deinen Großeltern zu gehen, standest du kurz davor, Rowan Lindley zu heiraten. Ich war zu spät gekommen. Deshalb kann ich dich jetzt nicht mehr gehen lassen, Jasmine. *Ich werde dich nie wieder gehen lassen!*«

»Wie kühn du klingst«, sagte sie und streichelte sein Gesicht. »Habe ich gar nichts dazu zu sagen, Jemmie Leslie?«

»Nur wenn du schwörst, dass du für immer mir gehören willst«, erwiderte er, ergriff ihre Hand und küsste jeden einzelnen Knöchel. Dann drehte er ihre Hand um und drückte einen glühenden Kuss auf die Handfläche. »*Schwöre!*«, grollte er.

Jasmine lachte leise. »Noch nicht«, sagte sie. »Wenn du dir meiner zu sicher bist, Jemmie, dann lässt deine Zuneigung nach. Es ist besser, wenn ich dich ein wenig im Ungewissen lasse. Zumindest bis wir verheiratet sind.« Sie entzog ihm lächelnd ihre Hand.

»Du bist eine Hexe«, seufzte er halb amüsiert, halb ärgerlich.

»Ja«, gab sie langsam zurück. Er stützte sich auf einen Ellbogen und betrachtete ihr Gesicht, bis sie ihm einem langen, süßen Kuss gab. »Hättest du lieber eine alberne Närrin zur Frau, Mylord? Am besten ist es doch, wenn du weißt, was du bekommst. Vielleicht änderst du ja auch deine Meinung und bittest den König, die Vereinbarung rückgängig zu machen.«

»Nein, Madame«, erwiderte er und blickte in ihre türkisfarbenen Augen. »Ich bin genauso schwierig wie du. Wir passen gut zusammen, glaube ich.«

Er senkte den Kopf, nahm einen ihrer Nippel in den

Mund und begann daran zu saugen, während er mit der Hand ihre andere Brust knetete.

Ein Schauer der Lust durchfuhr ihren Körper. Sie war schon so lange nicht mehr mit einem Mann zusammen gewesen, dass es ihr beinahe wie das erste Mal vorkam. Jasmine holte tief Luft. Ihr ganzer Körper prickelte. »Hmmm«, seufzte sie und wühlte ihre Finger in seine Haare. Als sie das letzte, das einzige Mal miteinander geschlafen hatten, rief sie sich in Erinnerung, hatte James Leslie eine männerlose Zeit in ihrem Leben beendet, die mit dem Mord an ihrem ersten Ehemann, Prinz Jamal Khan, begonnen hatte. Und jetzt beendete er eine weitere Dürreperiode. Sie fragte sich, ob ihr Verlangen nach ihm daher rührte, dass sie so lange keinen Mann mehr gehabt hatte, oder ob er sich wirklich als exzellenter Liebhaber erweisen würde.

Der Graf von Glenkirk ließ Jasmines Nippel los und begann ihre duftende Haut zu lecken. Er umkreiste die Nippel mit seiner Zunge, bis sie aufrecht standen wie kleine Himbeeren. Dann widmete er sich der Haut zwischen ihren Brüsten, und während er tiefer glitt, blies er ab und zu über die feuchte Spur, die er hinterließ. Der natürliche Duft ihres Körpers vermischte sich mit dem ihres Badeöls, was zu seiner Erregung noch beitrug. Auch ihr sinnlicher Appetit wurde erregt und geweckt.

Er schob sich hoch und küsste sie. Ihre Lippen drückten sich weich an seine, und ihre Zunge glitt in seinen Mund. Ihre Münder verschmolzen ineinander, bis es keinen Anfang und kein Ende mehr gab. Sie löste ihre Haare, und dann glitten ihre Finger über seinen Nacken. Sein breiter Brustkorb presste sich an ihre schwellenden Brüste. Er stöhnte, als Jasmines Hände über seinen Rücken glitten und kurz seine Hinterbacken umfassten.

Er war schon lange hart und bereit, aber sie hielt ihn zurück, griff nach seiner Männlichkeit und begann ihn so zart und doch quälend zu streicheln, dass er fast seinen Samen verspritzt hätte. Er stöhnte.

»Geduld, Mylord«, warnte sie ihn. »Eine Frau ist nicht so rasch erregt wie ein Mann.«

Statt einer Antwort schob er ihre Hand weg, denn wenn sie ihn jetzt noch länger streichelte, wäre er verloren. Er rollte sich auf die Seite und drückte sanft auf ihren Venushügel. Sie keuchte auf, während sein Finger zwischen die Falten glitt, die ihre kleine Lustperle verbargen. Er fand das Juwel und begann die winzige Knospe zu reiben, bis sie sich unter ihm wand.

Mein Gott, dachte Jasmine in ihrem letzten klaren Moment, *er macht es wirklich gut*. Eine Lustwelle nach der anderen überrollte ihren brennenden Körper. Sie verging vor Lust und Hunger nach mehr Lust. Bevor sie jedoch zum Höhepunkt kam, hörte er auf, und noch ehe sie protestieren konnte, schob er zwei Finger tief in ihre pochende Höhle. »*Bitte!*«, schrie sie auf.

Er zog seine Hand wieder heraus, legte sich auf Jasmine und drang in ihre nasse heiße Muschel ein. Seidige Wände schlossen sich um sein pochendes Glied. Sie schlang die Beine um ihn, während er noch tiefer in sie eindrang.

Es war so lange her! Jasmine hörte ihren eigenen Herzschlag. Er füllte sie mit seiner ganzen Leidenschaft aus und stieß immer wieder in sie hinein, bis sich alles um sie drehte. Sie presste sich die Hand auf den Mund, um die Schreie zu unterdrücken, die in ihr aufstiegen, aber er zog sie wieder weg, und sie stöhnte laut: »Jemmie! Jemmie! O Gott! Ja! Ohhh!« Sie erschauerte, als ihr Höhepunkt verebbte und sie in die warme Dunkelheit der Erfüllung sank.

Sein Samen ergoss sich in sie, und auch er stöhnte wild auf. Keuchend vergrub er das Gesicht in ihren dunklen Haaren, bis er sich endlich wieder aufrichten und von ihr hinunterrollen konnte. Dann griff er nach ihrer Hand und sagte: »Madame, du hast meine Erinnerungen übertroffen. Ich bin verrückt nach dir, Jasmine! Sag mir wenigstens, ob auch du ein wenig Lust empfunden hast?«

Sie lachte leise. »Mylord, ich glaube, wir haben etwas gefunden, in dem wir übereinstimmen. Die Leidenschaft, die wir beide empfinden, ist ein gutes Vorzeichen für eine glückliche Ehe.«

»Aber es muss noch mehr zwischen uns geben.«

»Ich weiß«, sagte sie, »aber ist das nicht schon einmal ein guter Anfang?«

»Dann bist du jetzt also bereit, deine Pflicht zu tun, wie der König es befohlen hat?«, neckte er sie sanft und knabberte an ihren Fingern.

»Auch das, Mylord, haben wir gemeinsam. Wir erfüllen beide unsere Pflicht und kennen unsere Verpflichtungen der Krone und unseren Familien gegenüber«, erwiderte sie. Sie entzog ihm ihre Hand, ergriff stattdessen seine, nahm jeden einzelnen Finger in den Mund und erregte ihn damit aufs Neue. Um ihren Mund spielte ein kleines Lächeln.

»Gibt es sonst noch etwas, Madame?«, murmelte er. Gott! Das Mädchen war eine Hexe. Sie hatte ihn bereits so verzaubert, dass er kaum noch an etwas anderes denken konnte. Das Prickeln in seinen Lenden nahm stetig zu.

»Wir mögen beide Kinder und das einfache Leben«, sagte sie.

»Ja«, stimmte er ihr zu, »aber es sind *deine* Kinder, nicht meine.«

»Da können wir leicht Abhilfe schaffen«, versprach Jasmine ihm. Sie ließ seine Hand los, stand auf und zog sich ihren Morgenmantel an. »Komm, Jemmie Leslie. In meinem Bett ist es wärmer und bequemer als hier vor dem Feuer. Jetzt, wo ich Verantwortung für meine Pflichten übernommen habe, wirst du mich immer bereit finden, Mylord.« Dann drehte sie sich um und ging aus der Halle, wobei sie ihm winkte, ihr zu folgen.

Der Graf von Glenkirk stand auf, zog sich seinen Kilt an, ergriff seine übrigen Kleidungsstücke und ging hinter ihr her, ein nachdenkliches Lächeln auf dem Gesicht.

England

Frühjahr 1615

1

Sie verließen Belle Fleure, überquerten die Loire bei Tours und reisten nach Paris, wo sie sich einige Tage im Stadthaus der de Savilles ausruhten, das in der Rue Sœur Celestine lag. Obwohl Jasmines Kutsche sie begleitete, zogen sie es vor zu reiten. Außerdem hatten sie noch eine geräumige Gepäckkutsche dabei, in der Fergus More und Rohana saßen. Madame Skye, die vor zweieinhalb Wochen nach England aufgebrochen war, hatte zu Daisys großer Erleichterung Adali und Toramalli mitgenommen.

»Ihr müsst Euren Verstand verloren haben, Mylady, wenn Ihr freiwillig diese vier wilden Geschöpfe nach England begleitet«, schalt sie Skye. »Habe ich nicht schon genug damit zu tun, für Euch zu sorgen? Ihr werdet nicht einfacher im Alter, und ich bin auch kein junges Mädchen mehr, sondern nur noch eine alte verwitwete Frau.«

Ihre Herrin beruhigte Daisy sofort, indem sie ihr erklärte, dass Jasmines Diener sich um die Kinder kümmern würden. »Sie reisen doch nur mit uns, Daisy«, sagte sie. »Adali und Toramalli sorgen schon für alles.«

»Nun, das will ich hoffen«, entgegnete Daisy scharf.

Während sie neben Jemmie durch die französische Landschaft ritt, dachte Jasmine daran. Beinahe empfand sie Schuldgefühle, weil sie ihre Kinder vorgeschickt hatte und deshalb eine so wunderbare Zeit mit dem Mann, den sie heiraten wollte, verbringen konnte. Zu Beginn ihrer Reise waren sie durch die Weinberge entlang der Loire geritten. Die Weinreben entwickelten gerade das erste frische Grün. Dann wichen die Weinberge blühenden Apfelbäumen, und die Luft war erfüllt von ihrem zarten Duft. Das Wetter war schön, und die Sonne strahlte aus einem blauen Himmel warm auf sie hernieder.

Der Comte de Cher hatte ihnen eine große bewaffnete Eskorte mitgegeben. Er hatte auch dafür gesorgt, dass sie in kleinen, sauberen Gasthöfen Halt machen konnten, wo das Essen einfach, aber frisch und lecker war, und die Weine fruchtig und gehaltvoll. Fast waren sie enttäuscht, als sie endlich in Paris ankamen. Jasmine mochte die Stadt genauso wenig wie London. Aus dem Abfall in den Gossen stieg Gestank auf, die ungewaschenen Menschen auf der Straße und der Lärm, der anscheinend nie nachließ, störten sie. Sie besichtigten Notre Dame und gingen in den Louvre, wo sie den jungen König, Ludwig XIIII., beim Abendessen mit seiner neuen Königin, der Infantin Anne von Österreich sahen.

»Großmama hat Paris noch nie gemocht«, sagte Jasmine. »Sie behauptet, die Franzosen seien unberechenbar und neigten zur Gewalttätigkeit.«

»Sie hat Recht«, erwiderte der Graf. »Die Katholiken und die Protestanten fangen schon wieder an, sich zu bekämpfen. Die Königinmutter, Marie de Medici, und ihr Schwager Concini regieren noch im Namen des Königs. Kardinal Mazarin ist ein Mann, mit dem man rechnen muss, und dann gibt es auch noch einen neuen jungen Kirchenmann, Armand-Jean de Plessis de Richelieu, der sicher auch die Macht anstrebt. Frankreich ist zurzeit kein besonders sicherer Ort.«

Sie blieben nur zwei Tage und fuhren dann zur Küste, wo die *Cardiff Rose*, ein Schiff der O'Malley-Small-Handelsgesellschaft, sie erwartete. Nachmittags gingen Jasmine und James Leslie an Bord, und am nächsten Morgen lag die englische Küste vor ihnen. Sie fuhren mit der auflaufenden Flut um Margate Head herum und in die breite Mündung der Themse hinein. Am frühen Abend erreichten sie London. Zu ihrer Überraschung wartete Adali mit der Barke der de Mariscos auf sie, die sie zum Greenwood House am Strand bringen sollte. »Woher um alles in der Welt wusstet Ihr, wann wir ankommen?«, fragte Jasmine ihren treuen Diener.

»Ich habe Eure Großmutter nach Quenn's Malvern begleitet und bin dann nach London zurückgekehrt, um auf Euch zu warten, Mylady. Der Kapitän der *Cardiff Rose* hatte

Anweisung, mir mitzuteilen, wann er ablegen wollte und wann er in London eintreffen würde. Lady de Mariscos Vertreter in Paris verständigte ihren Agenten in London mittels einer Brieftaube, wann wir Euch in Dover erwarten könnten, Mylady. Der Rest war einfach«, schloss Adali. Dann wandte er sich an den Grafen von Glenkirk. »Willkommen, Mylord. Ich hoffe, Ihr hattet eine angenehme Reise.« Bevor jedoch James Leslie antworten konnte, bemerkte Adali eine Bewegung aus den Augenwinkeln und wirbelte herum. »Seid vorsichtig mit dieser Kutsche, Ihr Barbaren! Sie ist schließlich nicht durch ganz England und Frankreich gefahren, nur um von Euch zerstört zu werden! Und geht behutsam mit den Pferden um, sonst werdet Ihr meinen Zorn zu spüren bekommen!« Dann wandte er sich wieder an Jasmine. »Meine Prinzessin, ich glaube, ich muss die Vorgänge hier überwachen, damit diese Dummköpfe nicht die Kutsche ruinieren und die Pferde erschrecken. Die Barke wird Euch nach Greenwood bringen. Toramalli ist auch mit mir nach London zurückgekehrt und harrt Eurer. Alles ist bereit für Eure Ankunft. Es ist bereits eine Nachricht vom König eingetroffen. Er erwartet Euch in zwei Tagen in Whitehall, und Euer Onkel, der Graf, befindet sich zurzeit in Lynmouth House, Mylady.« Er verbeugte sich und eilte davon.

Jasmine kicherte. »Er benimmt sich mit jedem Jahr immer mehr wie eine alte Frau«, sagte sie, »aber ich wüsste nicht, wie ich ohne ihn zurechtkommen sollte.«

»Auf Schloss Glenkirk wird man sicherlich überrascht von ihm sein«, schmunzelte der Graf. »Ich mag deinen Adali, geliebte Jasmine. Er ist dir ebenso ergeben wie ich. Und er ist intelligent und fleißig, ganz zu schweigen von seiner Treue.«

»Er hat nie vergessen, dass meine Mutter, Lady Gordon, ihm die Möglichkeit gegeben hat, sich weiterzubilden, und dass mein Vater, als sie sein Reich verließ, ihm meine Sicherheit anvertraut hat. Er ist mein ganzes Leben lang bei mir gewesen. Ich kann mir ein Leben ohne Adali gar nicht vorstellen.«

Sie bestiegen die Barke und setzten sich in die kleine Kajüte mit ihren geschliffenen Glasfenstern und der mit rotem Samt gepolsterten Bank. Der Eingangsvorhang war mit einem goldenen Band zusammengebunden, sodass sie während der Fahrt hinaussehen konnten. Langsam wurde es dunkel.

Er legte den Arm um sie und sagte: »Ich kann es kaum erwarten, dem König unseren Respekt zu erweisen und London zu verlassen, damit wir endlich heiraten können. Im Herbst nehme ich dich mit nach Hause nach Schottland. Dort werden wir auf den Hügeln Rotwild jagen, und du wirst sehen, wie die Bäume mit Eintritt des kalten Wetters scharlachfarben und golden zu leuchten beginnen. Und wenn der Schnee kommt, kuscheln wir uns aneinander wie zwei Kaninchen in ihrer Winterhöhle und tun das, was Kaninchen am besten können«, schloss er verwegen, zog sie an sich und streichelte ihre Brüste, während er sie auf den Scheitel und auf die Wangen küsste, bis seine Lippen schließlich ihren Mund fanden.

Sie schnurrte und schmiegte sich mit zufriedenem Seufzen an ihn. »Hmmm«, murmelte sie, »oh, Jemmie, du weckst meine Lüsternheit, fürchte ich. Hör jetzt sofort auf, sonst sehen die Bootsleute uns noch, und der Klatsch geht los.«

Er antwortete darauf, indem er das Band am Vorhang löste, sodass sie unbeobachtet waren. Und bevor sie protestieren konnte, kniete er vor ihr, schob ihre Röcke hoch und senkte seinen Kopf zwischen ihre milchweißen Schenkel. Als seine Zunge ihre empfindliche Haut berührte, keuchte Jasmine auf. Mit den Händen schob er ihre Beine auseinander, und seine Zunge glitt rasch über ihr prickelndes Fleisch.

»Jemmie …«, seufzte sie so leise wie möglich, damit die Bootsleute nichts hören konnten. Eine Welle der Lust überrollte sie. »Ohh … lieber Himmel!«

Er hob den Kopf und blickte sie aus seinen grüngoldenen Augen entschlossen an. *»Ich will dich! Hier! Jetzt!«* Damit schob er sich wieder auf die Bank und setzte sie sich auf den Schoß, genau auf seine Männlichkeit, die er irgendwie von der Kleidung befreit hatte. Mit einem raschen Stoß drang er in sie ein.

»Ohh … jaa!«, stöhnte sie und hatte das Gefühl, sie müsse vor Lust explodieren. Sie sollten das wirklich nicht gerade hier tun. Nicht, wo nur ein Samtvorhang zwischen ihnen und vier kräftigen Bootsmännern war. »Ohhh, Jemmie!« Es war peinlich und ungezogen. Und wenn sie nun entdeckt würden? *Es war wundervoll!* Hungrig ritt sie ihn.

In seinem Kopf drehte sich alles. *Sie war geil!* Sie war köstlich. Er hatte noch nie eine Frau so sehr begehrt wie Jasmine. *Und jetzt gehörte sie ihm!* Er stöhnte und konnte sich nicht mehr zurückhalten. Sein heißer Samen tränkte ihren verborgenen Garten. Im gleichen Moment kam auch sie zum Höhepunkt, und ihr dunkler Kopf sank an seine Schulter. Er hielt sie fest an sich gedrückt und schnüffelte an ihren duftenden Haaren. »Du bist unwiderstehlich, Madame«, murmelte er leise. »Als ich nach Frankreich kam, war ich fest entschlossen, dich für deinen unglaublichen Ungehorsam zu bestrafen – ich habe dich gehasst, weil du mich zu einer lächerlichen Figur gemacht hast –, und innerhalb von drei Monaten hast du mich um den Finger gewickelt, und ich bin deinem Zauber gegenüber hilflos. Und was noch schlimmer ist, Jasmine, es macht mir gar nichts aus. Ich glaube, ich habe nie aufgehört, dich zu lieben.« Sanft hob er sie von seinem Schoß und setzte sie neben sich.

Jasmine strich ihre Röcke glatt. Ihre Wangen waren rot und brannten. Sie hatte in diesen letzten Wochen entdeckt, dass er ein unglaublicher, waghalsiger Liebhaber war – aber Liebe? Sie konnte ihn nicht anlügen, und sie wollte es auch nicht. »Ich hatte nie die Zeit, mich in dich zu verlieben«, sagte sie langsam.

»Ich weiß«, erwiderte er, »aber ich habe mich an diesem Dreikönigstag auf dem Fest deines Onkels vor so langer Zeit in dich verliebt. Leider habe ich meine Gefühle zu spät offenbart, auch vor mir selbst, Jasmine. Du hast Rowan Lindley geheiratet und dein Leben gelebt, und ich habe dich weiter im Geheimen geliebt. Als Rowan starb und Prinz Henry dich für sich beanspruchte, hast du dich auf eine neue Beziehung eingelassen, während ich mein Geheimnis in meiner Brust verschloss und nie gewagt hätte zu glauben, dass du eines Tages mein sein würdest. Jetzt bist du es, und du hast ein ganzes Leben lang Zeit, mich lieben zu lernen, geliebte Jasmine.«

»Und werde ich es?«, fragte sie leise.

Sanft drehte er ihr Gesicht zu sich. Sein Blick war eindringlich und Jasmine stockte auf einmal der Atem. »Ja, Madame«, antwortete er leise. »Du wirst es lernen, mich zu lieben.« Dann küsste er sie, und sie war einer Ohnmacht nahe.

»Greenwood!«, rief eine Stimme zu ihnen hinein.

Sofort beugte sich James Leslie vor und zog den Vorhang zurück. »Ihr wart schnell«, sagte er zu dem führenden Bootsmann.

»Wir haben immer noch Flut, Mylord«, war die Antwort, »und nur Gott weiß, wie oft wir die alte Themse schon hinauf- und hinuntergerudet sind.«

Die Bootsleute lenkten die Barke an die Anlegestelle. Als sie sie festgemacht hatten, trat James Leslie aus der kleinen Kajüte und half Jasmine hinauf. Gemeinsam gingen sie über den Rasen auf das Haus zu. Jemand kam ihnen entgegen, um sie zu begrüßen, und als Jasmine ihn erkannte, lief sie auf ihn zu, um ihn zu umarmen.

»Onkel Robin!« Sie hob ihr Gesicht, um ihn zu küssen.

Robert Southwood, der Graf von Lynmouth, umarmte seine Nichte herzlich und küsste sie auf die Wange. »Na, du unmögliches Mädchen, bist du endlich nach Hause gekommen? Der König ist begierig darauf, dich zu empfangen, aber er wird dich wohl nicht bestrafen, jetzt, wo er seinen Enkelsohn gesehen hat.« Southwood geleitete das Paar ins Haus.

»Der König hat Charles Frederick gesehen?« Jasmine war überrascht.

»Mama hat in London mit den Kindern Station gemacht, als sie vor zwei Wochen angekommen ist. Sie hat deinen Nachwuchs an den Hof gebracht. Der König war entzückt und ist mit deinem jungen Marquis und seinen beiden Schwestern genauso liebevoll umgegangen wie mit seinem eigen Fleisch und Blut. Die Manieren der Kinder waren hervorragend, und alle waren mächtig beeindruckt von ihnen,

Jasmine. Wusstest du denn nicht, dass Mama vorhatte, Whitehall einen Besuch abzustatten, bevor sie nach Quenn's Malvern reist? Nein«, der Graf beantwortete seine Frage selber, »offensichtlich wusstest du es nicht. Mama ist wohl immer noch so schlau wie eh und je. Sie hat dir einen großen Gefallen erwiesen, meine Liebe, und dem König den Wind aus den Segeln genommen. In der letzten Zeit steckt der König in Schwierigkeiten, und dein öffentlicher Ungehorsam hat nicht dazu beigetragen, seine Laune zu verbessern. Jetzt jedoch, nachdem ihm der kleine Charles Frederick vorgestellt wurde, ist er nicht mehr so gekränkt. Der Junge ist reizend, und er hat seinen königlichen Großvater völlig bezaubert.«

Jasmine schwieg, dann sagte sie: »Es sind doch alle Kinder mit Großmama nach Queen's Malvern gefahren, Onkel Robin, nicht wahr?«

»Natürlich«, erwiderte er. »Warum fragst du?«

»Jasmine fürchtet, der König könne ihr den kleinen Charlie wegnehmen und ihn zu fremden Leuten geben, die ihn großziehen, wie er das mit Prinz Henry gemacht hat. Die Königin hat Jasmine einmal vor so etwas gewarnt. Ich glaube nicht, dass sie Ruhe findet, bevor der König ihr nicht zusichert, dass dies nicht geschieht«, sagte der Graf von Glenkirk zum Grafen von Southwood.

Robin Southwood blickte ihn nachdenklich an und meinte: »Ich glaube, der König sollte ihr in der Tat sein Wort geben, dass Charles Frederick Stuart bei seiner Mutter und seinem Stiefvater bleibt. Ja! Wir brauchen eine königliche Garantie.«

»Was hast du gehört?« Jasmine war ganz blass.

»Nichts, mein Liebes«, beruhigte Robin Southwood seine Nichte, »aber es ist immer klug, nicht allzu sehr auf Könige zu vertrauen, Jasmine. Ihre Stellung lässt sie vermuten, Gott billige alle ihre Schritte, und ich glaube nicht, dass das immer stimmt. Aber – du hast natürlich nichts von dem gehört, was ich gerade gesagt habe. Ich bin ein treuer Diener des Königs und würde nie sein göttliches Recht in Frage stellen.« Er tätschelte ihr augenzwinkernd die Schulter.

Sie kicherte. »Onkel, du redest aber ziemlich respektlos über den König«, neckte sie ihn.

»Niemals, mein Liebes«, erwiderte er. »Du weißt, dass ich an einem wesentlich eindrucksvolleren Hof als diesem hier aufgewachsen bin und einer viel größeren Königin als diesem König hier gedient habe. Wie schon mein Vater bin ich der geborene Höfling. Und ich bin nur deshalb aus Devon hierher gekommen, um dich zu Hause willkommen zu heißen, Jasmine, und um dir den Weg zu ebnen, wenn du in zwei Tagen zu James Stuart gehen und dich für deinen Ungehorsam entschuldigen musst. Danach werde ich wieder zu meiner süßen Angel und zu meinen Kindern und Enkelkindern zurückkehren. Ich fürchte, ich finde an diesem Leben hier keinen Geschmack mehr. Die kleinen Passionen des Königs werden ihm zum Verhängnis werden. Zuerst Carr, und jetzt buhlen zwei neue junge Männer um seine Gunst.«

Sie traten in den Familiensaal und setzten sich an den Tisch, damit die Diener ihnen das Essen servieren konnten.

»Der König war nicht immer so, wie er jetzt ist«, sagte James Leslie. »Ich kenne ihn seit meiner Kindheit. Ich glaube, er wurde erst jetzt im Alter so närrisch.«

»Er hatte nie eine Geliebte wie so viele seiner Vorgänger«, sagte Robin Southwood. »Er ist der Königin immer treu gewesen, sieht man einmal von seinen jungen Männern ab, und die sind erst hier in England aufgetaucht.«

»Er war der Königin durchaus nicht immer treu«, meinte Glenkirk leise und trank einen Schluck Wein.

Southwood blickte ihn fasziniert an. »Nein?«

»Der König hatte einmal eine Geliebte«, warf Jasmine ein.

»Meine Mutter«, antwortete Glenkirk. »Es ist lange her. Der König entwickelte eine Leidenschaft für sie, obwohl sie ihn nie ermutigte. Er schickte meinen Vater nach Dänemark, um seine Braut nach Hause nach Schottland zu begleiten, und während mein Vater weg war, zwang James Stuart meine Mutter, ihm zu Willen zu sein. Als mein Vater schließlich davon erfuhr, zerstörte das ihre Ehe, und meine Mutter floh zu Lord Bothwell, damit er sie schützte. Es ist eine lange Geschichte, und vielleicht erzähle ich sie Euch eines Tages einmal. Der König war nicht immer so ein Narr, wie er es heute zu sein scheint. Er war skrupellos und grausam, und so hart wie einer seiner Krieger.«

»Wusste die Königin davon?«, fragte Jasmine neugierig.

»Ich weiß nicht«, erwiderte James Leslie. »Ich glaube es aber nicht, denn sie war immer sehr nett zu mir und zu meinen Geschwistern. Ich glaube nicht, dass überhaupt jemand davon weiß, außer Lord Bothwell, meinem Vater, dem König und der Zofe meiner Mutter, Ellen. Ihr müsst bedenken, wie streng der König erzogen wurde, umgeben von frömmelnden und hochmoralischen Männern, die entsetzt gewesen wären, wenn sie erfahren hätten, dass ihr König, ihr Schützling, die Frau eines anderen Mannes trotz ihrer Weigerung besessen hat.«

»Du meine Güte!«, rief der Graf von Lynmouth. »Ich hätte niemand anderem als Euch eine solche Geschichte geglaubt, Jemmie. Eure Mutter hat dann Bothwell geheiratet, nicht wahr?«

»Nach dem Tod meines Vaters«, antwortete James Leslie, »nur dass er nicht tot war. Er fuhr in die Neue Welt, und sein Schiff ging unter. Er wurde für tot erklärt, aber ein paar Jahre später tauchte er plötzlich wieder auf Glenkirk auf und erzählte wilde Geschichten über seine Abenteuer. Mittlerweile hatte der König ihn für tot erklärt, und Mama hatte wieder geheiratet und lebte mit Lord Bothwell und ihren drei Kindern in Italien. Ich überredete ihn, außer mir niemandem zu enthüllen, dass er noch am Leben war. Er sollte zum Besten aller tot bleiben. Da er sein früheres Leben nicht wieder aufnehmen wollte, willigte er ein. In der Neuen Welt wartete anscheinend eine wunderschöne junge Frau auf seine Rückkehr.« Der Graf schmunzelte. »Mein Vater war schon immer ein Charmeur.«

»Lebt er noch?«, fragte Jasmine.

»Ja. Er heiratete die wartende Dame und hat mit ihr noch ein paar Kinder bekommen«, berichtete James Leslie.

»Ihr werdet Euch in dieser Familie wohl fühlen, das sehe

ich schon«, sagte Robin Southwood. »Mein Großvater war ein Pirat. Meine Schwester Willow wurde von einem spanischen Renegaten gezeugt, der in Algier lebte. Und Jasmine ist die Tochter eines indischen Herrschers.« Er lachte. »Wir sind keine besonders ruhige Familie, aber die Leslies von Glenkirk anscheinend auch nicht.«

Während sie sich unterhielten, hatten sie zu Abend gegessen. Es war ein einfaches Mahl, das aus Lachs, gebratenem Kapaun, jungem, mit Weißwein zubereitetem Salat, Erbsen, Brot und zwei Sorten Käse bestand, einem weichen Brie aus Frankreich und einem scharfen Cheddar. Jetzt erhob sich der Graf und verabschiedete sich von Jasmine und Jemmie.

»Morgen überlasse ich Euch der Ruhe«, sagte er, »aber übermorgen werde ich Euch nach Whitehall begleiten.« Er wandte sich an seine Nichte. »Du musst demütig sein, Jasmine. Das verstehst du doch, oder? Der König ist darauf vorbereitet, dir zu verzeihen, vorausgesetzt du zeigst dich gefügig. Die Tochter des Moguls muss sich hinter der Maske einer um Verzeihung heischenden verwitweten Marquise von Westleigh verbergen. Bist du dazu bereit?«

»Ja, Onkel«, erwiderte Jasmine leise.

»So gelehrig, meine Liebe?«, neckte er sie. »Ich bin tief beeindruckt. Aber benimm dich nur so beim König, und wir werden keine Probleme mehr haben.« Dann schaute der Graf James Leslie an. »Ich würde Euch ja gerne zum Erfolg Eures Unternehmens gratulieren, Sir, aber ich sehe, dass Ihr Euch wieder in sie verliebt habt und angesichts der Reize meiner Nichte so hilflos seid wie ein Neugeborenes. Versucht vor dem alten Narren von König als Herr der Lage zu erscheinen.« Mit einer eleganten Verbeugung verließ er sie.

»Großmama sagt immer, er sei genauso wie sein Vater«, sagte Jasmine, als ihr Lieblingsonkel gegangen war. Sie trank einen Schluck Wein und nahm sich eine Erdbeere aus dem Korb auf dem Tisch. »Möchtest du auch?«, neckte sie ihn, als sie von der Frucht abbiss. »Um unser Gespräch von vorhin fortzusetzen? Das, was wir auf der Barke begonnen haben? Glaubst du, auch andere haben sich schon geliebt, während sie den Fluss hinaufgerudert sind, Jemmie?« Sie leckte sich den Saft der reifen Erdbeere von den Fingern.

»Vermutlich sind wir nicht die ersten gewesen«, bemerkte er trocken, beugte sich vor und leckte ihr den Saft aus den Mundwinkeln. »Hmm, gut«, meinte er und nahm sich auch eine Beere. Er hielt sie an ihrem grünen Stängel, fuhr provozierend mit der Zunge darüber und verschlang sie dann mit einem einzigen Bissen.

Jasmine griff nach seiner Hand. Langsam leckte sie von jedem seiner Finger den süßen Saft ab, wobei sie ihn unverwandt aus ihren türkisfarbenen Augen ansah. Dann stand sie auf und führte ihn aus der Halle. Vorher allerdings ergriff der Graf von Glenkirk rasch noch den Korb mit den Erdbeeren. Sie stiegen die Treppen hoch in den zweiten Stock, wo die Schlafzimmer lagen. Dort führte sie ihn in die Räume, die früher einmal ihrer Großmutter gehört hatten. Sie bestanden aus einem Tagesraum, einem Schlafzimmer und einem Ankleidezimmer. Rohana kam ihnen entgegen, als sie eintraten, aber als sie die unverhüllte Leidenschaft zwischen ihrer Herrin und Lord Leslie bemerkte, zog sie sich schnell und diskret zurück.

Jasmine nahm ihm den Korb aus der Hand und stellte ihn auf den Nachttisch. Ungeduldig begann sie, Jemmie auszuziehen, wobei sie fast sein Hemd zerriss. Mit einem leisen Aufschrei streichelte sie seine behaarte Brust. Ihr Appetit nach ihm wuchs. Seine Haut glühte unter ihrer leidenschaftlichen Berührung.

Er öffnete ihr Mieder und löste die Verschlüsse ihres Rockes, sodass das Kleidungsstück zu Boden fiel. Ihre Brüste reckten sich ihm üppig entgegen. Er senkte den Kopf, küsste das pulsierende Fleisch, riss ihr dann ungeduldig das Hemd herunter und warf es achtlos zur Seite. Hastig zog er seine Breeches aus, und sie zerriss seine Unterhose, wie er es mit ihrem Hemd gemacht hatte.

Ihre Lippen trafen sich in einem heißen, feuchten Kuss. Er zog sie heftig an sich, und sie wimmerte »Jemmie, Jemmie!« Wild schlang sie die Arme um ihn, umfasste seine muskulösen Pobacken, knetete das Fleisch und spürte, wie sich sein harter, dicker Stab gegen ihren samtenen Venushügel drückte.

»Oh, du Hexe!«, stöhnte er, umfasste ihr Gesicht mit den Händen und bedeckte es mit Küssen. Seine warmen Lippen glitten über ihren Mund, ihre Wangen, ihre Stirn, ihre Augenlider. Ihre Zungen tanzten einen lustvollen Tanz, während er mit den Händen in ihren Haaren wühlte und die Nadeln herauszog, sodass es wie ein ebenholzschwarzer Schleier über sie beide fiel. Dann packte er die beiden Monde ihres Hinterns, hob sie langsam hoch und senkte sie auf seine heiße Liebeslanze. »Hexe!«, schluchzte er fast.

Jasmine schlang die Beine um ihn. Du lieber Himmel! Er war so hart, dass ihr sein Eindringen beinahe wehtat. Sie warf den Kopf zurück, und sofort beugte er sich vor und leckte die schlanke Säule ihres Halses mit seiner brennenden Zunge. Sie wimmerte, während er sie durch das Zimmer trug und sie vorsichtig auf der Bettkante absetzte. Sie hob die Beine an, und er spreizte sie, um tiefer in ihre pochende Grotte eindringen zu können. Die Arme kreuzte sie hinter dem Kopf, sodass er mit ihren Brüsten tun konnte, was er wollte.

Er drückte sie hart und lächelte, als sie vor Leidenschaft aufschrie. Dann begann er, ihre Nippel zu lecken. Ihre Brüste waren schon immer ihre empfindlichste Stelle gewesen. Er reizte sie gnadenlos, indem er die zarten Nippel so lange leckte, küsste und biss, bis sie fast Schmerz verspürte, den er jedoch sofort wieder wegküsste. Und die ganze Zeit über blieb er tief in ihr.

Jasmine spürte, wie sein Glied pochte. Ihre Brüste fühlten sich geschwollen und fest an, als ob sie gleich platzen würden, doch selbst wenn das geschähe, würde sie keine Erleichterung finden. Ihre Lust trieb sie fast zum Wahnsinn. *»Stoss fester, verdammt noch mal!«*, zischte sie ihn an. *»Stoss mich richtig!«*

Er blickte sie an und lachte leise. »Sag mir, wie sehr du mich begehrst, geliebte Jasmine«, forderte er sie heraus und hielt ihre Hände fest, als sie ihn kratzen wollte. Sofort drückte er ihr den Arm wieder über den Kopf. *»Sag es mir!«*, grollte er. »Sag es mir, oder ich ziehe mich zurück. Du liebst mich vielleicht nicht, mein Liebling, aber bei Gott, du sollst mich begehren! *Sag es mir*!« Seine grüngoldenen Augen funkelten sie an.

»Du begehrst mich genauso wie ich dich!«, gab sie zurück und zog ihre inneren Muskeln um seine Männlichkeit zusammen. Es war ein alter Haremstrick, den alle Frauen aus ihrer Heimat anwendeten, um den Männern Lust zu verschaffen.

»Sag die Worte, Jasmine. Sag, dass du mich begehrst!«, drängte er sie, und es zuckte in seinem Gesicht. »Sag es!« Er nahm einen Nippel in den Mund und begann, fest daran zu saugen.

Sie schrie laut auf. Er brachte sie noch um. Er behauptete, sie zu lieben, aber er brachte sie um! Ihr ganzer Körper schmerzte, so sehr sehnte sie die Befriedigung herbei. »Ich will dich, Jemmie!«, schluchzte sie. *»Ich will dich!* Und jetzt stoß mich, bevor du mich umbringst, du Bastard!«

Fast sofort begann er, sich in ihr zu bewegen. Der Rhythmus wurde immer schneller, bis ihre Lust in einem Höhepunkt endete, der ihm den Atem raubte und sie für einen kurzen Moment lang ohnmächtig werden ließ. Jasmine schwebte so hoch, dass sie das Gefühl hatte, sie würde nie wieder zur Erde zurückkehren. Er lag mit ausgestreckten Gliedmaßen über ihr, sein Atem ging keuchend, und sein Herz hämmerte.

Sie konnte sich nicht bewegen. Sie war so erfüllt, dass sie sich auch gar nicht bewegen wollte. Und er offensichtlich auch. Sie lagen da, dösten vor sich hin und genossen die Lust, die sie einander geschenkt hatten. Als er schließlich aufstand, fragte sie schläfrig: »Hat Rohana mir ein Bad eingelassen?«

James Leslie blickte sich im Schlafzimmer um. Vor dem Kamin stand eine Eichenwanne. »Ja«, sagte er.

Jasmine kam taumelnd auf die Füße. »Ich möchte baden«, sagte sie zu ihm, zog ihre Strümpfe und Strumpfbänder aus und kletterte in die Wanne. »Es ist immer noch warm«, verkündete sie. Dann griff sie nach dem Flanellwaschlappen und der Seife und begann sich einzuseifen.

Er beobachtete sie fasziniert. Gerade hatte er den leidenschaftlichsten Moment seines Lebens erlebt. Ihr Verlangen nacheinander war beinahe gewalttätig gewesen. Und verdammt aufregend. James Leslie war immer als ein konservativer Mann eingeschätzt worden. Schon früh hatte er Verantwortung tragen müssen, die ihm von seinem unbekümmerten Vater und seiner schönen, leidenschaftlichen Mutter, deren indiskrete Affäre in einem selbst gewählten Exil weit weg von Schottland geendet hatte, aufgebürdet worden war. Seine süße Isabelle war eine reizende junge Frau gewesen, aber zwischen ihnen hatte es nie Leidenschaft gegeben. Dazu hatte er sich bis heute nicht für fähig gehalten. Doch offensichtlich steckte mehr von den Anlagen seiner Mutter in ihm, als er bis jetzt gedacht hatte.

»Jemmie.« Sie stand jetzt in der Wanne, und das Wasser rann an ihrem üppigen Körper herunter. Sie winkte ihm. »Komm, ich bade dich, Mylord.«

Er stieg in die Wanne und verharrte geduldig, während sie ihn von oben bis unten einseifte. Nur als sie seine Männlichkeit wusch, erschauerte er leicht, aber falls sie es bemerkt haben sollte, so sagte Jasmine nichts. Dann spülte sie ihn gründlich ab.

»So!«, sagte sie erfreut. »Du bist fertig. Komm, wir trocknen uns ab. Du mich und ich dich.« Sie reichte ihm ein Handtuch, nahm sich selbst auch eins und rubbelte ihn energisch trocken. »Oh, jetzt geht es mir schon viel besser«, sagte sie und kletterte eilig wieder ins Bett. »Ich hatte kein richtiges Bad mehr, seit wir Belle Fleur verlassen haben. Ich hasse es, schmutzig zu sein, und wenn man sich immer nur mit dem Schwamm abwaschen kann, ist es nicht dasselbe wie in einer schönen Badewanne.«

»Willst du dir kein Nachthemd anziehen?«, fragte er sie.

»Warum? Möchtest du, dass ich eins trage, Jemmie? Komm ins Bett, Mylord, sonst holst du dir noch den Tod.« Sie wies auf den Platz neben sich und schlug einladend die Decke zurück.

Er schlüpfte neben sie ins Bett, und Jasmine kuschelte sich sofort an ihn. Er strich über ihr langes dunkles Haar.

»Ich kann nicht aufhören, dich zu begehren«, gab er

schließlich zu. »Was ist das für ein Zauber, geliebte Jasmine, mit dem du mich eingesponnen hast wie in einem Spinnennetz?«

»Oh, verdammt«, gab sie leise zur Antwort, »mein Onkel hat Recht. Du liebst mich, James Leslie, aber das darfst du nicht! Wir müssen eine Ehe führen, die auf Respekt und Vernunft gründet. Es darf keine Liebesheirat sein!«

»Warum nicht?«, fragte er und blickte in ihr schönes Gesicht.

»Weil die Männer, die ich liebe, sterben! Das weißt du doch, Jemmie!«

»Letztendlich sterben wir alle, geliebte Jasmine. Madame Skye sind fünf Ehemänner gestorben, bevor sie deinen Großvater geheiratet und vierzig Jahre lang glücklich mit ihm zusammengelebt hat.« Er umschlang sie mit seinen starken Armen. »Du wirst mich lieben, mein Herz, und wenn du es merkst, wirst du es mir sagen.« Er küsste sie auf die besorgt gerunzelte Stirn. »Und jetzt schlaf. Dein Verlangen hat mich erschöpft, und ich muss mich ausruhen, wenn wir vor dem Morgengrauen einen weiteren Angriff von Eros genießen wollen.«

»Du bist unersättlich«, murrte sie und schmiegte sich zufrieden an ihn.

Er lachte leise.

Sie schliefen ein paar Stunden lang, und als Jasmine aufwachte, sah sie, dass das Feuer noch genau so hell brannte, wie es gebrannt hatte, als sie eingeschlafen war. Sie lag auf dem Rücken und hatte im Schlaf offenbar die Decke weggetreten. Als sie eine leichte Bewegung spürte, blickte sie an sich herunter und sah, dass er eine Erdbeere auf ihren Nabel gelegt hatte und gerade dabei war, sie zu verspeisen. Dann legte er eine zweite Beere auf die gleiche Stelle und aß auch sie.

Jasmine kicherte. »Wie lange benutzt du mich schon als Obstteller?«, fragte sie.

»Ich habe bis jetzt sechs Beeren gegessen«, gab er grinsend zu.

»Dann bin jetzt ich an der Reihe«, erklärte Jasmine und

setzte sich auf. »Leg dich hin, Sir, ich fange gleich an.« Er hatte die Stiele von allen Erdbeeren im Korb abgezupft. Sie setzte je eine Beere auf seine Brustwarzen, und legte dann ein Band von Erdbeeren über seine Brust bis zum Nabel und vom Nabel bis zu seinem Geschlecht. Seinen dunklen Busch umrahmte sie mit einem Halbkreis, und dann begann sie, die Früchte ihrer Arbeit zu genießen.

Er zwang sich, ganz still liegen zu bleiben, auch als ihre kleinen Zähne über seine Haut streiften und ihm einen Schauer über den Rücken jagten. Völlig fasziniert sah er zu, wie sie zart jede einzelne Beere mit den Lippen griff. Bald war sein Oberkörper voller Erdbeersaft, den sie ableckte. Schließlich waren nur noch die sechs Beeren übrig, die um seinen Busch lagen. Langsam aß sie jede einzelne, und als sie fertig war und den Saft aufgeleckt hatte, nahm sie ihn in den Mund. Er stöhnte vor Lust, als sie zart an ihm knabberte und ihre Zunge sein heißes Fleisch umspielte. Und als er schon dachte, er müsse vor Verlangen besten, ließ sie ihn los, kletterte auf ihn und senkte sich langsam über seine Männlichkeit. Er griff nach ihren Brüsten und streichelte beide, während sie sich auf ihm bewegte. Ihre kleinen Aufschreie bewiesen ihm, welche Lust auch sie empfand.

In Jasmines Kopf drehte sich alles. Er war so groß und hart, und sie konnte anscheinend von seiner Leidenschaft nicht genug bekommen. *Das ist keine Liebe,* redete sie sich ein. *Das ist Lust. Nichts als gesunde Lust.* Sie konnte ihn nicht lieben, denn wenn sie es täte, würde es mit ihm sicher ein genauso schlimmes Ende nehmen wie mit Jamal, mit Rowan und mit ihrem süßen Prinzen Hal. Aber, oh, er war ein unglaublicher Liebhaber! »Jemmie! Jemmie!«, schrie sie. O Gott! Es war nicht genug! *Nicht genug*!

James Leslie sah die Verwirrung und Frustration auf ihrem Gesicht und war sofort Herr der Lage. Er rollte sie auf den Rücken und stieß hart und tief in sie hinein, immer wieder und immer wieder. Sie brauchte ihn, auch wenn sie es nicht zugeben konnte, und er wusste es. *Oh, geliebte Jasmine,* dachte er, *du verliebst dich in mich, auch wenn du es jetzt noch nicht zugeben willst.*

Unter ihm wand sich Jasmine vor Lust. Sterne zerbarsten hinter ihren geschlossenen Augenlidern, und in ihrem Unterleib baute sich eine unerträgliche Spannung auf. Sie klammerte sich an seine breiten Schultern, und dann lösten sich die Spannungen mit einer Heftigkeit, die ihr bis in die Seele drang. Sie schrie auf, schlug ihm die Zähne in die Schulter, und dann kamen sie gemeinsam in einem unglaublichen Ausbruch schierer Leidenschaft. Seine heißen Säfte verbrannten sie, sie schmeckte sein Blut in ihrem Mund

»Hexe!«, stöhnte er und küsste sie so leidenschaftlich, dass ihr der Atem stockte. Schließlich rollte er von ihr herunter und lag keuchend auf dem Rücken. »Mein Gott«, stieß er schließlich hervor, »was ist mit uns geschehen? Wird es immer so … so wild sein?« Sein Herz hämmerte.

»Ich … ich … weiß nicht.« Sie schluchzte beinahe. Du meine Güte, es war wirklich wild gewesen. Sie verstand die heftige Lust zwischen ihnen nicht. Jamal, ihr erster Mann, hatte sich als ein sanfter Liebhaber erwiesen. Rowan Lindley, ihr zweiter Ehemann, war leidenschaftlich und zärtlich gewesen, genau wie Prinz Henry, als sie seine Geliebte war. Aber das hier übertraf alles, was sie je erlebt hatte. Es war eine wilde Leidenschaft, in der jeder den anderen zu beherrschen versuchte. Würde es zwischen ihnen immer so sein? Jasmine wusste es nicht.

Er ergriff ihre Hand. »Wie kannst du mich nicht lieben, wenn unsere Leidenschaft doch so tief ist?«, fragte er.

»Ich darf dich nicht lieben«, flüsterte sie. *»Ich darf es nicht!«*

»Aber du liebst mich«, beharrte er. »Ich weiß es!«

»Ich habe Angst, Jemmie!«

Er zog sie an sich. »Warum? Und sag nicht, weil die Männer, die du liebst, sterben, Liebste.«

»Aber es ist doch so, Jemmie«, erwiderte sie verzweifelt. »Jedesmal, wenn ich einem Mann gegeben wurde, erst von meinem Vater und dann von meinen Großeltern, habe ich mich verliebt und bin glücklich gewesen. Alles, was ich wollte, war, meinen Gatten zu lieben und gesunde Kinder zu gebären, die ich lieben und großziehen konnte. Als Jamal ermordet wurde, verlor ich das Kind, das ich damals trug. Als Rowan von einem Fanatiker getötet wurde, stand ich da mit zwei Kindern und erwartete das dritte. Ich bin damals fast gestorben. Und schließlich Henry Stuart. Er hätte nicht zu sterben brauchen! Er hätte am Leben bleiben müssen, um König von England zu werden! Aber er liebte mich, und er starb.«

»Der Prinz starb an einer Krankheit, die er sich zugezogen hat, als er überhitzt nach einer wilden Jagd im Fluss geschwommen ist. Das war ein unglücklicher Zufall, und du kannst nicht für Hals Tod verantwortlich gemacht werden, Jasmine; die Tatsache, dass er dich liebte, hat gar nichts damit zu tun. Dein erster Ehemann ist auf Befehl deines Bruders ermordet worden. Die Kugel, die Rowan tötete, galt dir und nicht dem Marquis. Beide Vorfälle waren beklagenswert. Jamal, Prinz Henry und Rowan Lindley hatten Pech und sonst nichts, Jasmine.« Er küsste sie auf den Scheitel. »Wir heiraten am fünfzehnten Juni, Liebling, und wir werden ein langes, glückliches Leben miteinander haben, Geliebte, weil ich etwas anderes gar nicht zulasse«, schloss der Graf von Glenkirk. »Und jetzt sag mir, dass du mich liebst, du unmögliches Weib! Ich habe lange genug darauf gewartet, dass du die Worte aussprichst.«

»Du bist zu selbstsicher, Mylord«, erwiderte sie.

»Jasmine!« Sein Tonfall war drohend.

Sie schaute ihn prüfend an. »Ich möchte ein langes und glückliches Leben mit dir führen, James Leslie. *Wirklich*!«

»Liebst du mich?«, fragte er drängend.

Jasmine nickte. »Ja, Jemmie, ich liebe dich«, sagte sie. »Für immer.«

2

Robert Carr, Baron Rochester und Graf von Somerset, ging der Gunst des Königs verlustig. Er wusste es und war verzweifelt. Seine Laufbahn am Hof hatte er als Page begonnen. Mit zwanzig war er Kammerherr, weil König James ihn bemerkt hatte, als er sich beim Turnier den Arm brach. Im Jahr darauf schenkte der König dem jungen Mann ein Tablett aus massivem Gold voller Diamanten. Drei Jahre später wurde er zum Baron ernannt. Als sein Blick auf Frances Howard, die verheiratete Gräfin von Essex fiel, wusste er, dass er sie zur Frau haben wollte.

Frances Howard war im Alter von vierzehn Jahren von ihrer Familie buchstäblich zum Altar gezwungen worden. Sie und Robert Deveraux, der Graf von Essex, verabscheuten einander. Sie war mit Prinz Henry liiert gewesen, bevor er Jasmine kennen lernte. Dann hatten sie und Carr sich ineinander verliebt. Es würde jedoch keine Scheidung geben. Frances Howard verlangte die Annullierung ihrer Ehe, indem sie behauptete, ihr Mann sei impotent, und zwar nicht nur bei ihr, sondern bei allen Frauen. Das war natürlich ein Lüge, aber der König und der Erzbischof glaubten ihr. Die Ehe wurde annulliert, und Frances heiratete Robert Carr, der mittlerweile zum Grafen von Somerset ernannt worden war. Sie war sechzehn und er war sechsundzwanzig.

Einer von Robert Carrs Freunden, Sir Thomas Overbury, hatte lauthals Einspruch gegen die Verbindung zwischen Frances und Carr erhoben. Er hatte die Lady, die er nicht ausstehen konnte, öffentlich verleumdet und war sogar beim König vorstellig geworden, um Carr vor Frances Howard zu retten. Aber seine Bemühungen waren vergeblich, und kurz darauf war das glückliche Paar miteinander verheiratet, und Sir Thomas Overbury wurde verhaftet und in den Tower geworfen. Dort blieb er die nächsten Monate, bis ihn eines Morgens einer der Gefängniswärter tot in seiner Zelle fand. Man hatte ihn vergiftet.

Der entsetzte König ordnete die Untersuchung des Falles an. Man entdeckte, dass Sir Thomas Overbury vergiftete Süßigkeiten gegessen hatte. Es dauerte eine Zeit lang, bis man herausfand, wer ihm das tödliche Naschwerk geschickt hatte, aber mittlerweile ging das Gerücht um, die Süßigkeiten stammten aus dem Haushalt des Grafen von Somerset. Man konnte nicht mehr mit Sicherheit feststellten, ob der Graf oder die Gräfin von Somerset die Naschereien geschickt hatten – die Schachtel war nach der Aussage der Wache vor dem Tower einem Straßenjungen gegeben worden, der sie Overbury aushändigen sollte. Frances Howard war dafür bekannt, dass sie ihre Geschenke an Freunde häufig in solchen vergoldeten Papierschachteln verschickte. Der Händler, der sie herstellte, erklärte sogar, er mache diese Schachteln ausschließlich für Ihre Ladyschaft und für niemanden sonst. Es war zwar möglich, dass jemand eine der Schachteln gestohlen hatte, aber das wurde für wenig wahrscheinlich gehalten. Weder der Graf noch die Gräfin standen jedoch bisher unter Anklage, weil sie nicht mit Sicherheit mit dem Verbrechen in Verbindung gebracht werden konnten.

Trotzdem war Robert Carr sich im Klaren darüber, dass er die Gunst des Königs verlor. Seit dem Overbury-Skandal ließ der König ihn immer seltener rufen und ignorierte seinen ehemaligen Favoriten. Stattdessen fielen die bernsteinfarbenen Augen des Königs auf zwei andere junge Männer, die in dieser Zeit seine Aufmerksamkeit erregten. George Villiers, ein unbedeutender kleiner Niemand vom Land errang offensichtlich rasch die Gunst seines königlichen Herrn. Wie dieser Trottel es geschafft hatte, im letzten Jahr königlicher Mundschenk zu werden, war Carr ein Rätsel. Jetzt jedenfalls gehörte er zu den Kammerherren. Oh, er sah gut aus mit seinen dunklen Augen und seinem lockigen dunklen Haar, aber Carr traute dem Emporkömmling nicht.

Und noch schlimmer war Piers St. Denis, der Marquis von Hartsfield. Mit seinem altehrwürdigen Titel schien er eigentlich die Gunst des Königs nicht zu brauchen, und doch gewann er sie genauso schnell wie Villiers. St. Denis war äußerst charmant und amüsierte den König über die Maßen. George Villiers, so hieß es, hatte das Gesicht eines Erzengels, und auch Piers St. Denis sah Aufsehen erregend gut aus. Seine Nase war gerade und hatte genau die richtige Länge, seine blauen Augen standen weit auseinander, sein Mund war groß und schmal, und eine einzelne honigfarbene Locke fiel ihm über die Stirn.

Wenn diese beiden Männer den König bezauberten und amüsierten, wie sollte Robert Carr dann die königliche Gunst seines Herrn wiedererlangen? Frances war nicht glücklich über die jüngste Wendung der Ereignisse. Sie hatte erwartet, dass ihr Gatte die königliche Gunst sein ganzes Leben lang genießen würde. Schließlich war sie eine geborene Howard. Zwei ihrer Kusinen waren Königinnen von England gewesen. Keine erfolgreichen Königinnen zwar, aber immerhin Königinnen.

»Wie konntest du nur so dumm sein, eine meiner Schachteln zu benutzen?«, fragte sie ihren Mann eines Abends in der Abgeschlossenheit des ehelichen Bettes. »Jetzt hat uns das verdammte Ding verraten. Was sollen wir nur tun, Rob?«

»Sie können uns nichts nachweisen«, erwiderte er, »es sei denn, du verrätst uns mit deiner Hysterie, Frances. Die Schachtel könnte doch genauso gut von einem deiner Dienstboten oder aus einem Laden gestohlen worden sein. *Sie können uns nichts nachweisen!*«

»Was ist mit dem verdammten Jungen?«, wollte sie wissen.

»Ich habe dir doch gesagt, dass ich ihn erwürgt habe, als er sein Geld holen wollte. Seine Leiche liegt im Fluss.« Er war doch nur ein namenloser Straßenjunge und völlig bedeutungslos. Niemand hat ihn vermisst, und wenn das zufällig doch der Fall gewesen wäre, dann ist er eben irgendeinem dieser Kämpfe auf der Straße zum Opfer gefallen – oder er ist verschwunden, um sein Glück anderswo zu suchen. Keine Spur führt von den Süßigkeiten zu uns. Wir waren vorsichtig und klug. Du hast die Näschereien hergestellt, und ich habe mich um die Zustellung gekümmert. Niemand kann die Spur zu uns zurückverfolgen, Frances. Jetzt hör auf, dir Gedanken zu machen«, sagte der Graf von Somerset zu seiner besorgten Frau. »Das mit der Schachtel sind nur Mutmaßungen.«

»Die Königin will mich nicht mehr sehen«, erwiderte Frances. »Ich darf die königlichen Gemächer nicht mehr betreten! *Ich!* Frances Howard! Ich kannte diese Gemächer schon, bevor Königin Anne überhaupt nach England gekommen ist! Es spielt keine Rolle, Rob, ob sie *beweisen* können, dass wir Overbury getötet haben. *Sie wissen es!* Wir sind ruiniert. Ich sage es dir! *Ruiniert*!«

»Es ist nur ein zeitweiliger Rückschlag, Frances«, entgegnete er. »Der König kann ohne mich nicht leben. Jamie Stuart ist mein Freund.«

»Warum musstest du Overbury auch in den Tower werfen lassen, Rob? Du meine Güte, das war so Aufsehen erregend! Habe ich dir nicht vorgeschlagen, du solltest du König dazu überreden, ihm eine kleinere Stellung in Irland anzubieten? Dann hätten wir ihn dort ermorden lassen können! Und dann hätten wir den Mord den Iren in die Schuhe geschoben! Jetzt wird man uns vor Gericht zerren. Es wundert mich, dass wir noch nicht im Gefängnis sind! Wir werden im Tower enden, Rob, und das alles nur, weil du nicht auf deine Frau hören wolltest!«

»Der König liebt mich«, beharrte Robert Carr.

»*Liebt dich?*« Frances, Gräfin von Somerset, schnaubte verächtlich. »Es ist vorbei, Rob. *Vorbei!* Er ist vernarrt in Villiers und St. Denis und beschäftigt sich nur noch mit der Frage, wen von beiden er mehr begehrt. Du hast dem König das Herz gebrochen, Rob, und das wird er dir nie verzeihen. Er wird dich ersetzen und dich vergessen. Und das hätte nicht geschehen müssen, wenn du bereit wärst, auf mich zu hören!«

»Schlaf jetzt endlich, Frances, und hör auf zu nörgeln«, giftete der Graf seine Frau an. »Morgen kehrt der Graf von Glenkirk mit der verwitweten Marquise von Westleigh an den Hof zurück. Sie werden endlich heiraten, heißt es. Jasmine Lindleys Demütigung möchte ich um nichts in der Welt verpassen.«

»Vielleicht«, überlegte die Gräfin, »lenkt eine solche Gelegenheit den König ab, und er denkt nicht mehr an uns.«

»Wenn er nicht mehr an uns denkt«, erwiderte ihr Mann, »dann haben wir auch seine Gunst verloren. Möchtest du das denn, Frances?«

»Zumindest würden wir dann am Leben bleiben«, sagte

sie. »Ich möchte nicht im Tower enden wie meine Kusinen Anne und Catherine.«

»Du machst dir viel zu viele Gedanken«, lachte er.

Aber dann kam der Morgen, und der Graf hatte nicht mehr viel zu lachen. Als er und seine Frau an den Hof kamen, um an den Ereignissen des Tages teilzunehmen, sagte man ihnen, sie sollten wieder nach Hause gehen. Sie seien auf Whitehall nicht mehr willkommen. Es wäre besser, sie würden sich in ihr Londoner Haus zurückziehen und auf die Entscheidung des Königs über ihr Schicksal warten. Verwirrt entfernten sie sich und bemerkten nicht einmal, dass Glenkirks Kutsche auf der Straße an ihnen vorbeifuhr. Ein paar Tage später wurden der Graf und die Gräfin von Somerset verhaftet und in den Tower gebracht.

»War das nicht Frances Howard mit ihrem Mann?«, fragte Jasmine und beugte sich aus dem Kutschenfenster, um dem Gefährt nachzublicken.

»Es würde mich sehr überraschen, wenn sie es gewesen wären«, antwortete James Leslie. »Robin hat mir erzählt, dass er wegen dieser Geschichte mit Overbury ziemlich in Ungnade gefallen ist. Außerdem ist der König völlig vernarrt in die beiden neuen jungen Männer, die kürzlich an den Hof gekommen sind. Nach dem heutigen Tag werden wir über die ganze Sache sicher vollständig informiert sein. Ich kann es gar nicht glauben, dass Carr so dumm war, einen Feind zu vergiften und sich erwischen zu lassen; aber ich habe ihn ja immer schon für einen Dummkopf gehalten.«

»Sehe ich gut aus?«, fragte sie ihn zum dritten Mal, seit sie das Haus verlassen hatten.

Er nickte grinsend. »Ja«, erwiderte er knapp.

Sie hatte versucht, sich so bescheiden zu kleiden, wie es einer reuigen Sünderin gebührte, aber es fiel Jasmine schwer, wirklich zerknirscht auszusehen. Dafür war sie zu schön. Zu elegant. Zu sehr die Tochter des Moguls. Aber sie hatte sich Mühe gegeben. Ihr Kleid war aus burgunderfarbener Seide und hatte einen Glockenrock. Die Taille war schmal, und die Ärmel wiesen kleine Schlitze auf, die mit schwarzer Seide unterfüttert waren. Das Oberteil lief nach unten spitz zu und war in einem geometrischen Muster mit schwarzen Perlchen bestickt. Das Mieder zeigte einen tiefen, viereckigen Ausschnitt, und um den Hals trug sie eine lange schwarze Perlenkette. An einer kürzeren Kette hing ein großer, runder Rubin, das Auge Kalins, den Jasmine aus Indien mitgebracht hatte. Ihre Haare waren zu einem eleganten Knoten geschlungen und an den Füßen trug sie schwarze Seidenschuhe mit rosafarbenen Perlen. Alle Frauen, denen sie heute begegnete, würden sie beneiden, und alle Männer würden sich nach ihr verzehren, dachte James Leslie.

Er selbst war in Schwarz und Weiß gekleidet, um seriös zu wirken. Wenigstens einer von ihnen musste reumütig aussehen, bei all den Problemen, die sie dem König verursacht hatten. Während sie den Flur zu dem Raum entlanggingen, in dem der König heute empfing, hörte James Leslie das Flüstern und Zischeln der Höflinge, an denen sie vorbeikamen. »Mut, geliebte Jasmine«, murmelte er und tätschelte ihre Hand, die auf seinem Arm lag. »Wir tragen eben zur heutigen Unterhaltung bei.«

Die Königin und der König saßen auf ihren Throne. James Stuart war alt geworden. Er war jetzt neunundvierzig. Die Königin, eine gut aussehende Frau, die jedoch nie jemand als hübsch bezeichnet hätte, war vierzig. Jasmine fand, dass sie sich nicht verändert hatte, seit sie sich das letzte Mal begegnet waren. Die Königin und ihr Gatte hatten nicht viel gemeinsam außer ihrer Liebe zur Jagd und zu ihren Kindern. Sie gingen relativ getrennte Wege, liebten einander aber doch. Was gut für James war, gefiel auch Anne, und umgekehrt. Sie schliefen schon seit einiger Zeit nicht mehr im gleichen Bett, waren aber nach wie vor sehr gute Freunde.

James Stuart blickte unbewegt auf die Neuankömmlinge, die vor seinem Thron standen. Der Graf von Glenkirk verbeugte sich elegant; die verwitwete Marquise von Westleigh machte einen tiefen Hofknicks, wobei sie den Kopf gesenkt hielt und das königliche Paar nicht ansah. Dann erhob sie sich anmutig. Im Raum war es ganz still geworden, wie jeder hören wollte, was gesagt würde.

»So, Madame, Ihr seid also endlich zurückgekehrt«, begann der König. Sein Blick war überraschend milde. »Ich habe Eure Kinder gesehen. Ihr habt sie gut erzogen, Madame. *Alle.* Unser kleiner Enkelsohn ist ein braves Kind für einen so kleinen Jungen. Er hat Französisch mit mir gesprochen.« James Stuart schmunzelte. »Und er hat gesagt, er könne mir beibringen, auf Hindi zu fluchen. Wo mag er den wohl Hindi gelernt haben?« Der König neigte fragend den Kopf.

»Höchstwahrscheinlich von meinem Diener Adali«, erwiderte Jasmine leise. »Adali erinnert den kleinen Charlie gerne daran, dass er der Enkel von zwei Königen ist.«

»Ja«, stimmte James Stuart zu. »Unser kleiner Herzog von Lundy hat viel königliches Blut in seinen Adern, *aber er ist in England geboren, Madame.* Das werdet Ihr doch nicht vergessen, oder?«

»Nein, Euer Hoheit, wie könnte ich das vergessen«, erwiderte Jasmine. »Sein Vater wird immer in meinem Herzen bleiben.«

Einen kurzen Moment lang sah der König traurig aus. »Ja«, sagte er. »In unser aller Herzen. England hat einen großen König verloren, aber vielleicht lebe ich lange genug, damit unser Charles ein guter König wird.«

»Oh, Euer Hoheit«, erwiderte Jasmine, »ich bin sicher, dass Prinz Charles Euch und der Königin viel Freude bereiten wird.« Dann warf sich Jasmine, zur Überraschung aller, vor dem König zu Boden, wobei ihre burgunderfarbenen Röcke sich kunstvoll um sie bauschten. »Euer Majestät«, sagte sie mit ihrer klaren Stimme, »ich bitte um Vergebung für meinen Ungehorsam. Als Entschuldigung kann ich Euch nur sagen, dass mein Herz wegen Prinz Henry gebrochen war und dass ich mich noch nicht bereit fühlte, so schnell wieder eine neue Ehe einzugehen. Ich bin nur eine schwache Frau, Euer Hoheit, und ich habe in meinem kurzen Leben viel erlitten. Jetzt möchte ich gerne meine Pflicht tun und den Grafen von Glenkirk heiraten; wobei ich gelobe, Eurer Hoheit nie wieder ungehorsam zu sein.« Jasmine hielt den Kopf so tief gesenkt, dass sie fast die Schuhspitze des Königs berührte. Sie verharrte in dieser Stellung und wartete darauf, dass der König das Wort ergriff.

Der König war verblüfft, aber er war auch erfreut. Die junge Frau vor ihm erkannte seine absolute Autorität an, auch wenn sie dagegen aufbegehrt hatte. Er war sehr ärgerlich gewesen, als sie vor zwei Jahren aus England geflohen war. Aber dann hatte er vor zwei Wochen seinen Enkel gesehen, und das Kind hatte sein Herz erweicht. Und jetzt hatte sich die Sünderin, die er noch vor einem Monat hatte bestrafen wollen, ihm öffentlich zu Füßen geworfen. James Stuart war äußerst erfreut und nur zu bereit, ihr zu verzeihen.

»Steht auf, Mädchen«, sagte er gutmütig. »Helft ihr, Jemmie.« Und als Jasmine wieder aufrecht vor ihm stand, fuhr er fort: »Das war eine hübsch vorgetragene Entschuldigung. Ich verzeihe euch, Madame.«

»Danke, Euer Majestät«, erwiderte Jasmine und versank noch einmal in einem Hofknicks.

»Eine Frau, von allem eine so schöne Frau wie ihr es seid«, sagte der König, »sollte einen Gatten haben, der sie leitet. Ich habe meine Wahl für Euch zu hastig getroffen, Madame, und ich merke jetzt, dass ich Euch die Wahl zwischen mehreren Männern hätte treffen lassen sollen. Dazu werde ich Euch jetzt die Möglichkeit geben.« James Stuart lächelte selbstzufrieden.

Alle im Zimmer blickten erstaunt, auch die Königin. Wütend funkelte sie ihren Gatten an, aber er ignorierte sie.

»Euer Hoheit«, sagte Jasmine rasch, »ich bin glücklich, Lord Leslie heiraten zu dürfen. Wir sind alte Freunde und sind zu einer vollständigen Übereinkunft gekommen. Unsere Hochzeit ist für den fünfzehnten Juni im Haus meiner Großmutter, in Queen's Malvern, geplant.«

»Es gibt keine Hochzeit, Madame, bis Ihr Euch nicht den Bräutigam ausgesucht habt«, entgegnete der König eigensinnig.

»*Aber das habe ich doch!*«, rief Jasmine.

»*James!*«, zischte die Königin.

Er ignorierte sie wieder und sagte stattdessen zu Jasmine: »Ihr seid ein gutes Mädchen, Madame, und wollt Euch meiner Wahl fügen. Anders als viele an diesem Hof anerkennt Ihr mein göttliches Recht über meine Untertanen. Vor zwei Jahren habe ich unüberlegt behandelt, um Euch und meinen Enkel zu schützen. Wegen meines übereilten Entschlusses seid Ihr nach Frankreich geflohen. Ich weiß zwar, dass Ihr die Gründe meines Handelns versteht, aber jetzt will ich zugeben, dass ich zu rasch vorgegangen bin. Deshalb dürft Ihr zwischen mehreren Gatten wählen, Madame. Nicht nur der Graf von Glenkirk ist ein Kandidat um Eure Hand, sondern auch Piers St. Denis, der Marquis von Westleigh, wird um Euch werben. Ich würde Euch auch meinen Steenie anbieten, aber er hat mir gesagt, dass sein Herz schon anderweitig vergeben ist. Also, Madame, habt Ihr zwei Herren, unter denen Ihr wählen könnt.« Er grinste sie an und war recht zufrieden mit sich, da er fand, er habe etwas Wundervolles getan. »Ihr werdet meinen Piers entzückend finden, und er ist Eurem Alter auch näher, was bei Glenkirk ja nicht der Fall ist.«

»Euer Hoheit ...«, setzte Jasmine an, aber der König bedeutete ihr zu schweigen, und auch Jemmie drückte warnend ihren Arm, damit sie nicht weiter protestierte.

»Piers, mein liebster Junge, wo seid Ihr? Kommt und lasst Euch der Marquise von Westleigh vorstellen«, plapperte der König, wobei sein Tonfall fast kokett klang.

Ein großer, blonder junger Mann löste sich aus der Menge der Höflinge, die um den Thron standen. Er war ganz in Blau gekleidet, und Jasmine hätte schwören können, dass die Seide genau zum Blau seiner strahlend blauen Augen passte. Er war sicherlich der schönste Mann, den sie jemals gesehen hatte, und doch zuckte sie unwillkürlich zurück, wie bei einer Kobra in Indien. Auch Kobras waren wunderschön, aber gefährlich. Der Marquis von Hartsfield verbeugte sich vor dem König. »Sire«, sagte er. Er hatte eine angenehme Stimme.

»Macht eine Verbeugung vor Lady Lindley, Piers«, ermunterte der König den jungen Mann. »Wenn Ihr ihr gefallt, nimmt sie Euch vielleicht zum Ehemann.«

Hartsfield gehorchte dem König lächelnd. Er verneigte sich vor Jasmine. »Madame«, sagte er.

»Und jetzt geht und plaudert miteinander«, wies der König ihn an. »Glenkirk, Ihr bleibt bei der Königin und gebt Eurem Rivalen eine Chance. Ihr seid einige Monate lang mit der Dame in Frankreich gewesen. Lasst Piers zum Zuge kommen. Und regt Euch nicht auf, Jemmie Leslie, wenn sie meinen Piers wählt. Ich gebe Euch eine nette Erbin zur Entschädigung.« Er kicherte selbstzufrieden.

James Leslie verbarg seinen Ärger, trat zur Königin und küsste ihr die Hand. »Ich freue mich, dass Ihr so wohl ausseht, Ma'am«, sagte er mit gezwungenem Lächeln.

»Ihr braucht nicht zu lächeln, Glenkirk«, erwiderte die Königin. »Nachdem er bekommen hat, was er wollte, richtet Jamie jetzt ein ziemliches Durcheinander an, nicht wahr? Ich wusste nichts davon, das versichere ich Euch, sonst hätte ich es ihm ausgeredet. Er will seinen jungen Männern eine Freude machen. Der junge George Villiers, den ich Piers St. Denis bei weitem vorziehe, hat sein Herz an Lady Katherine Manners, die Tochter des Grafen von Rutland, verloren. Er ist noch nicht gut genug für sie, aber Jamie will dafür sorgen, dass er bald einen kleinen Titel verliehen bekommt. Glücklicherweise war Villiers klug genug, um dem König von seinem Verlangen nach Lady Manners zu erzählen, sonst würde er sich jetzt auch in den Reigen der Bewerber um die Hand der armen Jasmine einreihen müssen.«

»Ich hätte sie in Frankreich heiraten sollen«, sagte Glenkirk wütend. »Das war mein erster Gedanke, aber sie wollte ihre Familie dabei haben, und schließlich will ich sie glücklich machen, Ma'am.«

»Ah«, erwiderte die Königin leise, »Ihr liebt sie, nicht wahr?«

»Ja«, gab er zu.

»Und liebt sie Euch auch?«

»Ja, das tut sie«, antwortete er. »Ich bin der glücklichste Mann der Welt, Ma'am. Ihr glaubt doch nicht, dass der König sie zwingen wird, diesen Marquis von Hartsfield zu heiraten, oder? Ich habe gehört …« Glenkirk brach ab, weil er nicht wusste, ob er Königin Anne von dem Klatsch, den er gehört hatte, erzählen sollte.

»Ihr habt gehört, dass Piers St. Denis und George Villiers die Gunst meines Gatten gewonnen haben«, erwiderte sie. »Das stimmt. Und ihr wisst, dass James in seinen Freundschaften sehr leidenschaftlich sein kann, Mylord. Mir macht das nichts aus, denn es ist leichter, mit diesen charmanten jungen Männern auszukommen, als mit einer *Mätresse en titre*. Ich war recht erleichtert, als Eure Mutter Schottland verließ. Wie geht es Ihr überhaupt?«

Der Graf von Glenkirk schluckte. Also hatte Königin Anne die ganze Zeit über von der jugendlichen Passion ihres Mannes für seine Mutter gewusst, und doch hatte sie nie etwas gesagt. Sein Respekt vor dieser Frau, die die meisten für albern und dumm hielten, wuchs. »Es geht ihr gut, Ma'am«, erwiderte er. »Sie ist verwitwet, hat aber beschlossen, im Königreich Neapel zu bleiben. Mein jüngerer Bruder und meine beiden Schwestern sind bei ihr. Sie sagt, nach so vielen Jahren in der warmen Sonne Neapels könne sie das raue Klima in Schottland nicht mehr ertragen.«

»Wann habt Ihr sie zum letzten Mal gesehen?«, fragte die Königin.

»Ich habe sie besucht, kurz nachdem meine Frau und meine Kinder umgebracht worden sind«, sagte er leise. »Ich brauchte damals ihren Rat, aber es ist jetzt schon viele Jahre her, seit ich das Gesicht meiner Mutter gesehen habe.«

»Die Leslies von Glenkirk werden recht erleichtert sein, dass Ihr endlich wieder heiratet«, stellte die Königin fest. »Wahrscheinlich seid Lady Lindley und Ihr bereits Liebhaber. Sie ist recht fruchtbar, und sie wird Euch gewiss Söhne schenken. Ihre Kinder sind entzückend. Nicht nur im Aussehen, sondern sie sind für so kleine Geschöpfe auch sehr klug. Mögen Sie Euch, James Leslie? Es ist wichtig, dass Ihr gut mit ihnen auskommt.«

»Ich glaube, wir empfinden sehr viel Zuneigung füreinander, Ma'am«, erwiderte er. »Sie haben beschlossen, mich

Papa zu nennen. Der kleine Henry möchte, dass ich ihm ab Sommer Fechtunterricht gebe.«

»Das ist gut«, sagte die Königin zustimmend. »Ihr werdet den jungen Lindleys und meinem Enkel ein ausgezeichneter Vater sein.« Sie bemerkte, dass er zu Jasmine und dem Marquis von Hartsfield hinüberblickte. »Wenn sie Euch liebt, braucht Ihr Euch keine Sorgen zu machen«, meinte Königin Anne, aber James Leslie sah, dass Jasmine ungeduldig wurde, und er fragte sich besorgt, wie lange es wohl noch dauern würde, bevor sie dem Marquis eine Ohrfeige gab und einen Streit heraufbeschwor.

Piers St. Denis war mit Jasmine quer durch den Raum gegangen. »Ihr seid noch viel schöner, als ich angenommen habe«, sagte er, »aber Ihr wisst natürlich selbst, wie schön Ihr seid. Es ist Euch sicher schon tausendmal gesagt worden, Madame.«

»Ich nehme Euer Kompliment an«, entgegnete sie. »Trotzdem – am fünfzehnten Juni heirate ich den Grafen von Glenkirk. Wir lieben einander. Ich habe keine Ahnung, warum der König, der auf dieser Heirat bestanden hat, jetzt auf einmal dieses Spiel mit uns treibt. Ich bin wütend!«

»Der König will mir eine Freude machen«, sagte der Marquis, »vor allem jetzt, wo dieser Trottel vom Land es gewagt hat, sein Netz nach der Tochter des Grafen von Rutland auszuwerfen. Du meine Güte! Villiers hat noch nicht einmal einen Titel. Rutland wird seine Tochter wohl kaum irgendeinem Landjunker geben«, höhnte Piers St. Denis. »Aber der alte Narr von König hat seinem Steenie versprochen, dass er alles in Ordnung bringen wird, und deshalb muss er mich jetzt auch zufrieden stellen. Habt Ihr schon mit Glenkirk geschlafen? Ihr seht aus wie eine Frau, die sehr gut geliebt worden ist. Ah, Ihr errötet. Wie reizend!«

»Warum nennt der König George Villiers *Stennie*?«, fragte Jasmine, um das Thema zu wechseln.

»Habt Ihr Villiers schon kennen gelernt? Offensichtlich nicht. Blickt mal auf die linke Seite neben dem König. Der junge Mann mit dem Engelsgesicht. Der alte Narr von König behauptet, er müsse immer an den heiligen Stephen denken, wenn er Villiers ansehe. Stennie ist eine Verniedlichungsform von Stephen. Es ist zum Erbrechen! Und nun beantwortet meine Frage, meine Schöne. Habt Ihr schon mit Glenkirk geschlafen?«

»Das geht Euch nichts an«, erwiderte Jasmine kurz.

Er packte sie am Arm. »Wenn Ihr meine Frau werden wollt«, sagte er zu ihr, »dann muss ich *alles* über Euch erfahren, meine Schöne.«

»Ich werde aber nicht Eure Frau«, erwiderte sie ärgerlich. »Lasst meinen Arm los! Ihr tut mir weh, Ihr Grobian!«

»Ah, Ihr habt also miteinander geschlafen. Nun, das spielt keine Rolle. Ihr wart ja sowieso keine Jungfrau mehr. Nicht bei vier Kindern, von denen eins ein königlicher Bastard ist«, sagte St. Denis. »Ihr seid eine wilde kleine Hexe, nicht wahr, meine Schöne?«

»Lasst meinen Arm los«, erwiderte Jasmine. »Wenn nicht, dann schreie ich und verursache einen netten kleinen Skandal, in dessen Mittelpunkt ihr stehen werdet, Mylord!«

Er ließ lachend ihren Arm los. »Das glaube ich Euch aufs Wort«, sagte er. »Nun, wenn wir erst einmal verheiratet sind, werde ich Euch schlagen, wenn Ihr Euch schlecht benehmt.«

Jasmine funkelte ihn wütend an. »Ein Mann, der seine Hand gegen eine Frau erhebt, ist überhaupt kein Mann«, entgegnete sie. »Und jetzt geht und sucht Euch eine dumme kleine Erbin zum Heiraten. Ich bin Lord Leslie versprochen.« Jasmine drehte sich auf dem Absatz um, eilte quer durch das Zimmer auf James Leslie und die Königin zu und machte einen tiefen Hofknicks vor Anne. »Ich freue mich, Euch wieder zu sehen, Ma'am«, sagte sie.

»Ihr mögt den Marquis von Hartsfield nicht, wie?«, fragte die Königin freiheraus.

»Nein, Ma'am«, erwiderte Jasmine genauso freimütig.

»Ich auch nicht«, antwortete Königin Anne.

»Wird der König mich dazu zwingen?«, fragte Jasmine.

Königin Anne schüttelte verneinend den Kopf. »Da er Villiers versprochen hat, dass er die Erbin von Rutland heiraten kann, denkt Jamie, er muss St. Denis eine gleichwertige Braut verschaffen. Das ist wirklich Eure eigene Schuld, meine Liebe. Wenn Ihr Glenkirk geheiratet hättet, als wir es von Euch erwartet haben, dann wärt Ihr jetzt nicht mehr frei für St. Denis. Aber Jamie hat ein gutes Herz, wie Ihr sehr wohl wisst. Er wird Euch nicht zwingen. Er hat vor, Euch die Wahl treffen zu lassen, aber er wird versuchen, Euch zu dem schönen Marquis zu überreden, um St. Denis eine Freude zu machen. Ich wusste nicht, dass er sich noch einmal in diese Angelegenheit einmischen wollte, sonst hätte ich mit ihm geredet. Schließlich seid Ihr ja auch, als wir uns nach dem Tod unseres lieben Henry, Gott sei seiner lieben Seele gnädig, zum ersten Mal eingemischt haben, weggelaufen. Ich möchte nicht, dass Ihr wieder mit unserem lieben kleinen Charlie weglauft.« Sie tätschelte Jasmines Hand. »Alles wird in Ordnung kommen, meine Liebe, davon bin ich überzeugt. Aber Ihr dürft nicht wieder davonlaufen, und Ihr, Jemmie Leslie, übernehmt die Verantwortung für Lady Lindley.«

Der Marquis von Hartsfield beobachtete den Wortwechsel. Er konnte zwar nicht verstehen, was gesagt wurde, hätte aber wetten können, dass seine Name gefallen war. »Was hältst du von ihr, Kipp?«, fragte er den Mann, der neben ihm stand.

»Sie muss ernstlich gezähmt werden«, erwiderte sein Gefährte, »aber ich könnte mir vorstellen, dass dir das Spaß macht, Piers.« Er lachte.

Kipp St. Denis war der uneheliche Halbbruder des Marquis. Die beiden Männer waren zusammen aufgewachsen, wobei dem Bastard absoluter Gehorsam gegenüber dem legitimen Erben seines Vaters beigebracht worden war. Kipps Mutter war die Zofe der jungen Marquise von Hartsfield gewesen. Der Gatte ihrer Herrin hatte sie eine Woche vor der Hochzeit vergewaltigt, als sie noch Jungfrau war. Nach der Hochzeitsnacht hatte der Marquis darauf bestanden, dass beide Frauen jede Nacht in sein Bett kamen. Er war ein gewalttätiger Mann ohne jede Moral. Seine Frau, eine Waise, deren Mitgift in Land bestanden hatte, das an seinen Besitz grenzte, liebte ihren Mann und war bereit, alles zu tun, was er verlangte. Der Besitz lag völlig einsam, und es konnte niemand über sie klatschen außer den Dienstboten, und auch diese taten es selten, weil sie Angst vor ihrem Herrn hatten.

Die Halbbrüder kamen im Abstand von einer Stunde im gleichen Bett zur Welt, weil die beiden Frauen nebeneinander in den Wehen lagen. Wäre Kipp ein ehelicher Sohn gewesen, hätte ihm das Erbe zugestanden, weil er der Erstgeborene war. Piers war eine Stunde später in die gleiche Wiege gelegt worden, und seitdem waren sie selten in ihrem Leben voneinander getrennt gewesen. Kipp war das Ebenbild seiner Mutter, während Piers seinem Vater wie aus dem Gesicht geschnitten war. Beide Männer jedoch ähnelten ihrem Vater im Temperament. Trotz des Unterschieds in ihrer gesellschaftlichen Stellung waren die beiden Brüder einander treu ergeben, und es gab keine Eifersucht zwischen ihnen. Kipp ging dahin, wo Piers hinging, und diente seinem Bruder als Sekretär, Kammerdiener und Vertrauter.

»Ah, Kipp, das ist keine gewöhnliche Stute, die man zähmen kann, sondern ein Vollblutgeschöpf, das eine besondere Behandlung verlangt«, sagte der Marquis. »Hast du gesehen, wie ihre Brüste aus dem Ausschnitt quellen? Sie betteln doch geradezu danach, gestreichelt zu werden.«

»Wenn du ihr Herz gewinnen willst, wirst du den Grafen von Glenkirk loswerden müssen, Piers«, entgegnete sein Halbbruder. »Solange er hier ist, hast du nicht die geringste Chance bei ihr. Ich habe gehört, was sie sagte, als sie neben dir stand. Sie ist entschlossen, ihn zu heiraten. Und, Bruder, er wohnt bei ihr in ihrem Haus am Strand – wahrscheinlich liegen sie auch im gleichen Bett und schlafen jede Nacht miteinander. Wir wollen doch nicht, dass sie von ihm schwanger wird, oder? Sag es dem König, und er wird schon etwas unternehmen, das verspreche ich dir. Schließlich liebt der alte Narr seinen Piers doch, oder?« Kipp St. Denis lachte anzüglich.

»Du hast Recht«, stimmte der Marquis zu. »Ich möchte diese Chance nicht verderben. Lady Lindley besitzt ein märchenhaftes Vermögen, und, was noch wichtiger ist, sie ist die Mutter des königlichen Enkels. Ein Bastard wie du, Kipp, aber ein königlicher Bastard. Bis der kleine Charles sich eine Frau in Spanien oder Frankreich sucht und selbst ein Kind hat, wird der kleine Herzog von Lundy der Liebling seines Großpapas bleiben. Wenn man die Macht über den kleinen Jungen hat, besitzt man wirkliche Macht, Kipp! Villiers kann seine mondgesichtige kleine Erbin haben. Ich will ein Vermögen und Macht über den König besitzen!«

»Nur wenn du Lady Lindley überreden kannst, dich zu heiraten. Ich habe schon gemerkt, dass man sie nicht drängen kann. Sie ist selbst die Tochter eines Königs, und ihre Verwandten haben großen Einfluss beim König. Ihr Stiefvater ist sein Cousin, der Graf von BrocCairn. Ihre Onkel sind der Graf von Lynmouth und Lord Burke von Clearfields. Ihre Großmutter ist die alte Gräfin von Lundy. Sie war mit Bess Tudor befreundet, Bruder, und hat diese Königin nicht nur überlebt, sondern kann auch noch viele Geschichten von ihr erzählen. Lady de Marisco hängt sehr an ihrer Enkelin, Piers, und die Familie tut, was sie ihr sagt. Wenn du Lady Lindley bedrohst, dann werden sie sich zusammenrotten, um sie zu beschützen, und dich werden sie für deine Unverschämtheit vernichten. Es ist eine sehr große Familie. Es gibt eine Tante, die mit dem Grafen von Alcester verheiratet ist, und eine weitere, die Lord Blackthornes Frau ist. Jasmine Lindley verfügt über äußerst gute Verbindungen. Du wirst sie schon mit deinem Charme in eine Ehe hineinreden müssen, und das kannst du bestimmt auch.«

»Ich muss sie haben!«, sagte Piers St. Denis heftig. »Sie erregt mich wie keine andere Frau. Ihr Reichtum, ihre Schönheit, *ihr königlicher Bastard*. Aber selbst ohne das Gör würde ich sie begehren, Kipp.«

»Kümmere dich zuerst um den Graf von Glenkirk«, riet ihm sein Bruder. »Wenn er zu dicht bei Lady Lindley bleibt, hast du keine Chance. Sieh einmal!« Er wies durch den Raum. »Der Graf und Lady Lindley gehen gerade. Rasch, Piers! Du musst sofort mit dem König reden!«

Der Marquis von Hartsfield eilte durch den Saal und versperrte dem Grafen von Glenkirk und Jasmine, die sich gerade zum Gehen wandten, den Weg. »Sire!«, sagte er laut, an den König gewandt, »wenn Lady Lindley mir eine faire Chance geben will, ihr den Hof zu machen, glaube ich nicht, dass Lord Leslie in ihrem Haus wohnen und ihr Bett teilen sollte, nicht wahr?«

»Was ist das?«, sagte der König. »Jemmie, ist das richtig? Ihr wohnt in Greenwood bei Lady Lindley?«

»Ja, Mylord«, erwiderte der Graf von Glenkirk mit zusammengebissenen Zähnen und warf dem Marquis von Hartsfield einen grimmigen Blick zu.

»Nein, nein, Jemmie, das können wir nicht zulassen«, meinte der König.

»Sire, er kann mein Gast sein«,warf der Graf von Lynmouth ein, trat vor und verbeugte sich tief. »Jemmie und ich sind alte Freunde.«

»Ausgezeichnet, ausgezeichnet«, sagte der König. »Dann wohnt Ihr also bei Robin Southwood, Jemmie, nicht wahr?«

Der Graf von Glenkirk verneigte sich vor dem König. »Natürlich werde ich Jasmine nach Hause begleiten«, erklärte er James Stuart.

»Und ich komme auch mit«, sagte der Graf von Lynmouth. »Wir bringen Euch in Lynmouth House unter.« Er warf seiner Nichte und Lord Leslie einen warnenden Blick zu, damit sie schwiegen.

»Lynmouth House liegt neben dem Haus von Lady Lindley«, flüsterte Kipp seinem Bruder ins Ohr. »Ist das nicht ein bisschen zu nahe?«

»Wenn ich noch etwas sage, sieht es so aus, als ob ich jammere«, erwiderte der Marquis leise. »Ich werde mich nicht mit weiteren Klagen demütigen.«

»Mylord«, sagte Jasmine zu St. Denis, als sie das Zimmer verließen, »Ihr verschwendet Eure Zeit und macht Euch nur zum Narren. Lasst den Dingen ihren Lauf. Der König wird Euch eine reiche Erbin suchen, wenn Ihr ihn nur nett genug darum bittet, und das könnt Ihr doch gut, oder?« Sie lächelte ihn süss an, und sein gut aussehendes Gesicht verzerrte sich vor Wut.

Plötzlich jedoch lachte Piers St. Denis auf. »Ihr fasziniert mich mit jedem Wort. Ich glaube, nicht, dass mich jemals eine Frau so wütend machen konnte wie Ihr. Ich werde nicht aufhören, um Euch zu werben. Ihr seid viel zu bezaubernd, und ich schwöre, dass ich Euch Glenkirk abjage.«

»*Niemals!*«, entgegnete Jasmine heftig.

Der Marquis von Hartsfield ergriff sie am Arm und zog sie vom Grafen von Glenkirk weg. »Madame, seid nicht so ungezogen zu mir. Ihr werdet mich mögen. Alle mögen mich, außer vielleicht Villiers – weil ich ihn als Einziger so sehe, wie er wirklich ist. Er ist nur ein Emporkömmling. Ich dagegen bin ein äußerst charmanter Mann, wie Ihr erfahren werdet, wenn Ihr mir eine Chance gebt.«

Jasmine musste unwillkürlich lachen. »Mylord«, erwiderte sie ruhig, »wir befinden uns in einer schwierigen Situation. Ich erscheine Euch wahrscheinlich wie eine Xanthippe, aber Ihr müsst verstehen, dass ich Lord Leslie seit Jahren kenne. Ich habe gelernt, ihn zu lieben, und wir passen wunderbar zueinander. Meine Kinder beten ihn an. Selbst Euer umwerfender Charme wird bei mir nichts ausrichten. Ihr befindet Euch auf verlorenem Posten, und, ehrlich gesagt, bin ich wütend, dass der König überhaupt auf eine solche Idee gekommen ist.«

»Ihr seid anbetungswürdig, wenn Ihr wütend seid«, schnurrte er.

»Verdammt noch mal!«, fluchte Jasmine.

Piers St. Denis schmunzelte, und seine blauen Augen glitzerten. »Euer kleiner Sohn hat auf Hindi geflucht«, sagte er. »Könnt Ihr auch auf Hindi fluchen? Er war entzückend, Euer königlicher Bastard.«

»Ich kann in mindestens sieben Sprachen fluchen«, erwiderte sie.

Sie hatten den Hof erreicht, wo ihre Kutsche auf sie wartete. Er lächelte sie strahlend an und half ihr hinein. »Ich werdet Euch morgen meine Aufwartung machen, Madame«, sagte er. »Wenn das Wetter schön ist, können wir vielleicht irgendwo am Fluss essen. Ich werde mit meiner Barke kommen.« Dann schlug er die Tür zu und gab den

Kutschern das Zeichen zur Abfahrt. Er winkte fröhlich hinter Jasmine her, dann drehte er sich um, nickte den beiden Grafen zu und ging zum König zurück.

»Der Bastard!«, fluchte Glenkirk. »Ich bin mit Jasmine hierher gekommen und habe kein Pferd. Wie zum Teufel soll ich zurück nach Greenwood kommen?«

»In meiner Kutsche«, sagte Robin. »Ich bin nicht hierher geritten. Geschickt von Hartsfield, wie er uns ausgegrenzt hat. Ich habe bemerkt, dass er nicht gern verliert. Er wird Jasmine ablenken, bis ihr zu Mutter fahrt.«

»Wir haben unseren Frieden mit dem König gemacht«, schnarrte Glenkirk, »und werden so schnell wie möglich nach Queen's Malvern abreisen.«

»O nein, Jemmie«, sagte Robin Southwood, als sie sich in seine Kutsche setzten. »Der König hat beschlossen, dass Jasmine ihre Wahl treffen soll. Ein bisschen spät zwar ..., aber der richtige Zeitpunkt war noch nie die Stärke des alten Narren von König. Er hat Jasmine sein Lieblingsspielzeug angeboten. Wenn Ihr nach Queen's Malvern abreist, wird der König wieder zornig werden, und Hartsfield läuft Euch am Ende noch den Rang ab. Bis zu Eurem Hochzeitstag sind es noch etwas über fünf Wochen. Bleibt am besten ungefähr vier Wochen lang hier in London. Lasst zu, dass Piers St. Denis den eifrigen Verehrer spielt, und dann wird Jasmine verkünden, dass sie schließlich doch Euch heiraten will. Erst dann könnt Ihr mit dem Segen des Königs zu Mutter reisen. Der Königin ist es lieber, wenn Ihr Jasmine heiratet. Und jetzt versprecht mir, Glenkirk, dass Ihr keine Dummheiten macht und meinen Plan befolgt.«

»Warum möchte ich eigentlich unserem hübschen Marquis so gern aufs Maul schlagen?«, grollte Glenkirk.

»Weil er ein schleimiger kleiner Dreckskerl ist«, erwiderte Robin Southwood.

»Was zum Teufel sieht Jamie bloß ihn ihm?«

»Er ist jung, amüsant und klug. Er buhlt um die Zuneigung des Königs, und im Moment scheint James Stuart diese beiden jungen Männer zu brauchen, die sich um seine Gunst und seine Aufmerksamkeit streiten. Er ist nie wirklich über Prinz Henrys Tod hinweggekommen, und Prinz Charles ist ein ernster kleiner Kerl, ganz anders als sein älterer Bruder es war. Der König bezweifelt, dass er jemals ein guter Herrscher wird, und das sagt er ihm auch bei jeder Gelegenheit. Charles ist natürlich schrecklich eifersüchtig auf Villiers und Hartsfield, weil er glaubt, sie entzögen ihm die Zuneigung seines Vaters, aber ich frage mich manchmal, wie viel Zuneigung der König überhaupt für seinen jüngeren Sohn empfindet. Also, Jemmie, Ihr werdet Euch benehmen, oder?«

»Ich fürchte, ich habe keine andere Wahl«, murrte der Graf von Glenkirk.

Robin Southwood schmunzelte. »Nun«, sagte er trocken, »wir könnten Hartsfield auf einem dunklen Feldweg auflauern und ihn erwürgen.«

»Na, das ist mal eine gute Idee!«, entgegnete James Leslie begeistert.

»Wir müssen Jasmine davon überzeugen, dass sie unser Spiel mitspielt«, meint Lynmouth.

»Dieses Privileg gebührt Euch«, entgegnete Glenkirk.

»Ihr müsst mir dabei zur Seite stehen, Jemmie«, sagte Lynmouth. »Meine Nichte kann teuflisch wütend werden, wie Ihr wisst.«

»Ich helfe Euch«, willigte Glenkirk ein, »aber wenn sie es nicht will, dann möge der Himmel uns helfen.«

»Verdammt, ich wünschte, Mutter wäre hier«, meinte Robin Southwood.

»Nun, sie ist es aber nicht, und sie wird uns dafür verantwortlich machen, wenn wir die Dinge hier nicht richten, Robin. Hoffentlich tun wir genau das, was Madame Skye von uns erwarten würde.«

»Nichts hält uns davon ab, ihr mitzuteilen, was hier vor sich geht«, sagte der Graf von Lynmouth. »Sie sollte es auf jeden Fall wissen.«

Glenkirk lachte. »Ja, das sollte sie«, stimmte er zu. »Sie hat keine Angst vor dem König. Göttliches Recht bedeutet Madame Skye nichts, nicht wahr, Robin?«

Sein Gefährte lachte. »Nein, Glenkirk, noch nie, und ich

glaube, Jasmine ähnelt mehr meiner Mutter als sonst irgendjemand.«

»Aber Jasmine hat das Göttliche Recht immer respektiert«, erwiderte Glenkirk.

»Nicht, wenn es ihren Plänen zuwiderläuft, Euch zu heiraten«, erklärte der Graf von Lynmouth spitzbübisch. »Sie hat nie aufgehört, die Tochter des Moguls zu sein. Gott gnade uns allen, wenn der König nicht endlich aufhört, sich in ihr Leben einzumischen. Das wird er noch bereuen, und Hartsfield wird zu seinem Bedauern lernen müssen, dass man unsere wilde Jasmine nicht dazu bringen kann, etwas zu tun, was sie nicht tun will.«

3

Richard Stokes, der Graf von Bartram, war äußerst besorgt. Er hatte dem König gedient, seit James in England angekommen war, und hatte die Gunst seines Herrschers durch harte Arbeit und seine nüchterne Art gewonnen. Als Protégé von Robert Cecil, dem Grafen von Salisbury und dem Sohn von Lord Burghley, der vor seinem Tod der vertrauteste Berater des Königs gewesen war, hielt sich Lord Stokes stets im Hintergrund, wenn er seine Pflicht gegenüber der Krone erfüllte. Er war oft lange von zu Hause abwesend und konnte nur wenig Zeit mit seiner Familie verbringen, aber seine Frau Mary hatte das immer akzeptiert. Nur am Sonntag stand Richard Stokes seinem König nicht zur Verfügung. Sonntag war der Tag des Herrn, und er war ein frommer Mann. Der Graf von Bartram befolgte das Gesetz, den Tag des Herrn zu heiligen.

Er trat zwar offen für Englands offiziell sanktionierte Kirche ein, insgeheim jedoch war Lord Stokes ein Puritaner. Er hatte nichts übrig für das Pfaffentum oder den abergläubischen Plunder, der die anglikanische Kirche seiner Meinung nach verdarb. Die Kirche sollte frei sein von solch unnützem Zeug. Gottes Wort war einfach und direkt, und dem sollte auch die Kirche entsprechen. Der Graf von Bartram hielt nichts vom Dogma, dem prächtigen Ritual und der geschäftsmäßigen Organisation der englischen Kirche. Die Menschen waren verpflichtet, sich an die Bibel und ihre Lehren zu halten, genauso, wie Gott es vorgesehen hatte, denn sonst hätte er es wohl kaum niederschreiben lassen. Einfach – so sollte die wahre Kirche sein.

Richard Stokes jedoch behielt seinen Glauben für sich. Er war der Überzeugung, dass der Glaube etwas sehr persönliches und privates war. Er legte keinen Wert auf Menschen, die ihre Glaubensbekenntnisse auf dem Marktplatz öffentlich feilboten und von anderen verlangten, es ihnen gleichzutun. Außerdem wurden Puritaner, die ihren Glauben zu laut kundtaten, heftig verfolgt, sogar in noch stärkerem Maße als die fehlgeleiteten Männer und Frauen, die der römisch-katholischen Kirche anhingen. Ein zurückhaltender Glaube jedoch war, zumal in Verbindung mit der offiziellen Kirche von England, vertretbar. König James erinnerte sich nur zu gut an die Probleme seiner Mutter hinsichtlich der Religion; Probleme, die ihn ihrer Gesellschaft beraubt und ihm eine kalte, gefühllose und strenge Kindheit ohne mütterliche Wärme oder liebevolle Zuneigung beschert hatten.

Leider war Lady Mary Stokes, die Frau des Grafen, in Religionsfragen nicht so vorsichtig wie ihr Gatte. Sie war eine fromme Frau, und in der letzten Zeit war sie zu einer glühenden Verfechterin ihres geheimen Glaubens geworden. Zum Teil gab Stokes sich selbst die Schuld daran. Seine Geschäfte hielten ihn die meiste Zeit des Jahres in London fest, und ihre Kinder waren alle erwachsen und verheiratet. Die älteste Tochter lebte in Cornwall, und die jüngste hatte in den Norden, nach Yorkshire, geheiratet. Ihr einziger Sohn und seine Frau lebten auf dem Familienbesitz in Bartramhalt in Oxfordshire.

Da er die meiste Zeit von morgens bis spät in die Nacht im Dienst des Königs stand, hatte der Graf vollstes Verständnis dafür, dass seine Gattin, die nichts zu tun hatte, sich ganz ihrem Glauben widmete. Mary war eine äußerst moralische

Frau, die nichts mit der Frivolität, wie sie bei Hof zur Schau gestellt wurde, zu tun haben wollte. Sie hatte keine Freunde bei Hof, und ohne ihre Familie war sie einsam. Und nun widmete sie sich auf einmal leidenschaftlich ihrem Glauben, sicher eine angemessene Beschäftigung für eine adlige Dame, aber unglücklicherweise war der Eifer, den sie dabei entwickelte, dem König zu Ohren gekommen. Wie das geschehen war, wusste der Graf von Bartram nicht, aber James Stuart zeigte sich nicht erfreut über die Neuigkeiten.

»Ich halte nichts von den Calvinisten, Dickie«, sagte er zu dem Grafen, nachdem er ihn eines Nachmittags spät zu einer königlichen Audienz bestellt hatte. »Habt Ihr von der nonkonformistischen Haltung Eurer Frau gewusst? Die Calvinisten respektieren meine göttlichen Rechte nicht, Dickie. Ihr müsst dafür sorgen, dass Lady Mary sich das aus dem Kopf schlägt und sie von ihrer Häresie abbringen«, schloss James Stuart. Er wandte sich seinen beiden Gefährten zu. »Das stimmt doch, meine Lieben, nicht wahr?« Er lächelte beide an.

»Ich fürchte, mein gutes Weib langweilt sich, da unsere Kinder jetzt ihr eigenes Heim haben, Euer Majestät«, erwiderte der Graf. »Mary meint es nicht böse.«

»Sie kommt nie an den Hof«, bemerkte der König. »Ich kann mich gar nicht erinnern, wann ich sie das letzte Mal gesehen habe, Dickie. Ist sie denn geistig überhaupt noch auf der Höhe?«

»Sie ist schüchtern und zurückhaltend, Euer Hoheit«, entschuldigte der Graf seine Frau. Fast wünschte er, sie wäre tatsächlich so verwirrt, dass er ihr Verhalten damit entschuldigen könnte.

»Jedenfalls nicht so schüchtern, Dickie, dass sie nicht vor Westminster stehen und diese aufrührerischen Traktate verteilen kann, die unsere gute Kirche verdammen«, sagte der König grimmig.

Der Graf von Bartram erbleichte. »*Was?*«, presste er hervor. Mary musste den Verstand verloren haben.

»Hört Ihr nicht mehr gut, Dickie?« Der König sah überhaupt nicht erfreut aus.

»Ich werde meiner Frau ganz bestimmt Vorhaltungen machen …«, begann er, aber der Marquis von Hartsfield unterbrach ihn.

»*Vorhaltungen machen*, Stokes? Eure Frau steht an der Schwelle zum Hochverrat, und Ihr, Seiner Majestät vertrautester Diener, Ihr wollt ihr *Vorhaltungen machen*? Ihr solltet sie verprügeln, bis sie wieder zu Verstand kommt, Mylord«, erklärte der Marquis.

»Sir«, gab der Graf ärgerlich zurück, »mein Weib ist eine gute und anständige Frau. Ich musste im Umgang mit ihr nie gewalttätig werden. Sie ist außerdem eine vernünftige Frau. Da Ihr nicht verheiratet seid, könnt Ihr Euch auch wohl kaum kompetent zu Ehefragen äußern.«

»Ihr steht also hinter ihrem Verrat?«, fragte der Marquis hinterhältig.

»Was für ein Verrat?«, erwiderte der Graf, der immer zorniger wurde. »Was ist es für ein Verrat, wenn man eine einfachere Form der Gottesverehrung bevorzugt, Mylord? Hat nicht schon die alte Königin selbst gesagt, dass es nur einen einzigen Herrn Jesus Christus gibt, und dass alles andere überflüssig ist?«

»Ach, dann kennt Ihr Euch also mit dem *Puritanismus* recht gut aus«, trieb der Marquis den Grafen von Bartram weiter in die Enge.

»Ich bin ein Mitglied von Englands Kirche«, entgegnete der Graf knapp. Er war sich plötzlich der Falle bewusst, in die man ihn so geschickt hineingetrieben hatte.

»Aber Euer Weib anscheinend nicht«, bemerkte der König. »Habt Ihr von ihrer Häresie gewusst, Dickie?« James Stuarts bernsteinfarbene Augen musterten den Grafen scharf.

Der Marquis von Hartsfield, Piers St. Denis, lächelte den Grafen über die Schulter des Königs höhnisch an. Der junge Villiers jedoch, der andere Gefährte des Königs, schien etwas mehr Mitgefühl für den geschlagenen Lord Stokes zu empfinden.

»Frauen können recht launenhaft sein«, murmelte George Villiers leise. »Hat unsere gute Königin Euch nicht auch von Zeit zu Zeit übergangen, um das zu tun, was ihr beliebte?« Er lachte gutmütig. »Offensichtlich war sich Lord Stokes dieser Angelegenheit nicht bewusst. Erlaubt ihm, die Sache unter vier Augen in seinem Heim in Ordnung zu bringen. Wie unser guter Piers bereits bemerkt hat, ist der Graf immer Euer treuester Diener gewesen, Sire.«

Der König drehte sich um und bedachte den jungen Mann mit einem liebevollen Lächeln. »Ah, Steenie, Ihr habt so ein gutes Herz, nicht wahr, Piers?«

»Jawohl, Euer Majestät«, erwiderte der Marquis von Hartsfield säuerlich und zwang sich zu einem Lächeln. Er mochte den frommen und fleißigen Richard Stokes nicht.

Stokes überwachte die Ausgaben des Königs gewissenhaft, und erst kürzlich hatte er James davon überzeugt, Piers St. Denis einen kleinen Besitz der Krone, der neben den Besitzungen des Marquis lag, nicht zu schenken, obwohl dieser schon lange damit geliebäugelt hatte. Das würde er dem Grafen von Bartram heimzahlen, wenn er die Gelegenheit dazu hatte, und heute wäre es ihm fast gelungen, wenn ihm nicht der clevere George Villiers mit seiner falschen Liebenswürdigkeit dazwischengekommen wäre. In Wirklichkeit war Villiers so liebenswürdig wie eine tollwütige Ratte, aber er war eben gerissen und trickreich. Verdammt!

»Nun gut, Dickie, geht nach Hause und sagt Eurer Lady, dass ich nichts mehr von ihren Aufwiegeleien hören will.« Mit diesen Worten entließ der König den Graf von Bartram, ohne ihm jedoch die königliche Hand zum Kuss hinzuhalten.

Richard Stokes verbeugte sich und warf George Villiers einen dankbaren Blick zu, als er sich aus den Privatgemächern des Königs zurückzog. Ihm war klar, dass er Villiers jetzt einen Gefallen schuldete, und er fragte sich, was er wohl von ihm erbitten würde. Trotzdem war er erleichtert, so einfach davongekommen zu sein. Offensichtlich hatte er sich den Marquis zum Feind gemacht, als ihm der königliche Besitz, den er so sehr begehrte, verweigert wurde. Und doch, dachte Lord Stokes, handelte er im Interesse des Königs, und das Einkommen aus diesem Besitz zu verlieren wäre nicht im Interesse von James Stuart gewesen. Die alte Königin Bess hatte die königlichen Schatztruhen gefüllt hinterlassen, aber James war dabei, sie mit seiner Großzügigkeit rasch zu leeren, ganz zu schweigen von den extravaganten Wünschen seiner Gemahlin. Seit Robert Cecils Tod war niemand mehr wirklich in der Lage, die Gier des Hofes im Zaum zu halten.

Der Graf von Bartram eilte aus dem Whitehall Palace und rief nach seiner Kutsche, als er in den offenen Hof trat. Sie fuhr rasch vor, und er wies seinen Kutscher: »Nach Hause, Simmons, und nimm den schnellsten Weg!« Dann kletterte er in das Gefährt und schlug die Tür hinter sich zu. Seine Gedanken überschlugen sich. Dieses Mal war Mary zu weit gegangen. Richard Stokes glaubte zwar nicht, dass sein Leben in Gefahr war, aber er wusste, das er unter den Höflingen des Königs nicht viele echte Freunde hatte. Normalerweise hätte ihm das nichts ausgemacht. Seine Loyalität galt einzig und allein James Stuart. Sein Wert für seinen Herrn lag in seiner unbedingten Aufrichtigkeit und seiner Verschwiegenheit. Aber diese Charakterzüge würden ihm kaum helfen, wenn jemand wie Piers St. Denis das Vertrauen des Königs in ihn untergrub. Heut war er noch von dem charmanten George Villiers gerettet worden, aber nur, weil der junge Mann etwas von ihm wollte.

Villiers war ehrgeizig, dachte der Graf, und er hatte bereits ein Auge auf die Erbin des Grafen von Rutland geworfen. Es ging das Gerücht, dass das Mädchen verrückt nach George Villiers sei. Sie sah nur sein außergewöhnlich hübsches Gesicht und seine gute Figur. Über seinen Charakter wusste sie wenig, und auch nicht, ob er ein gottesfürchtiger Mann war. Tatsächlich gab sich der neue Günstling charmant, amüsant und überaus höflich – ungewöhnliche Eigenschaften für sein Alter. Vielleicht war er wirklich so, wie er sich verhielt, aber Richard Stokes bezweifelte das. Er würde jedoch dem König empfehlen, ihm einen kleinen Adelstitel zu verleihen. Das würde dem König gefallen, vor allem, wenn der Vorschlag vom Grafen von Bartram käme.

Er brauchte nur zu behaupten, dass er bei George Villiers viel versprechende Anlagen sähe, und vielleicht stimmte das ja auch. Und gewiss würde er damit die Schuld zurückbezahlen, die entstanden war, weil Villiers ihn heute gerettet hatte.

Das Haus des Grafen lag in Kew, einer Ortschaft außerhalb der Stadt. Es stand jedoch nicht am Fluss, wie die Residenzen der meisten Reichen und Mächtigen; es war ein einfaches dreistöckiges Ziegelgebäude, das inmitten eines kleinen Parks lag. Die Kutsche fuhr durch die Tore und die Auffahrt entlang bis vor die Tür des Herrenhauses. Richard Stokes stieg aus dem Wagen und trat ins Haus. »Ihre Ladyschaft soll sofort zu mir kommen«, wies er einen Lakaien an, dann ging er in die Bibliothek, wo gegen die Kälte des feuchten Spätfrühlingstages ein Feuer im Kamin brannte. Er schenkte sich etwas Wein in einen kleinen Kristallkelch, um sich zu beruhigen, und wartete auf das Erscheinen seiner fehlgeleiteten Frau. Als sie schließlich den Raum betrat, dachte er unwillkürlich, dass sie immer noch hübsch aussah, obwohl ihre Blütezeit längst vorüber war.

»Du bist früh zu Hause heute, mein Lieber«, begrüßte Lady Stokes ihren Gatten. Ihr Blick fiel auf den Kelch in seiner Hand. »*Alkohol*, Dickon?«, sagte sie mit leicht hochgezogenen Augenbrauen. »Pastor Simon Goodfellowe sagt, Alkohol sei nicht gottesfürchtig.«

»Unser Herr Jesus hat auf der Hochzeit von Kanaan Wasser in Wein verwandelt, Mary«, erwiderte der Graf scharf. »Und wenn der Herr Wein billigte, dann sollte das Simon Goodfellowe auch tun.«

Lady Mary strich glättend über die dunkelblaue Seide ihres Gewands. Es war ein einfaches Kleidungsstück, dessen einzige Zierde aus einem gerüschten weißen Kragen bestand. Außer ihrem Ehering trug sie kein Schmuckstück. »Du magst Pastor Goodfellowe nicht, Dickon, nicht wahr?«, fragte sie.

»Nein, Mary, ich mag ihn nicht. Ich finde ihn beschränkt und gewöhnlich, und vor allem kann ich es nicht ausstehen, dass er dich wahrscheinlich dazu erwogen hat, vor Westminster religiöse Traktate zu verteilen«, entgegnete der Graf seiner verblüfften Frau. »Was in Gottes Namen hat dich veranlasst, so etwas zu tun, Weib? Hast du den Verstand verloren?«

»Das Wort Gottes muss verbreitet werden, Dickon …«, begann sie, aber er unterbrach sie ungehalten. Sein Blick war dunkel und ärgerlich.

»Du wirst diese Aktivitäten sofort einstellen, Madame. Der König betrachtet sie als verräterische Häresie. Ich bin seit zwanzig Jahren im königlichen Dienst, und heute hätte ich wegen dir beinahe meine Stellung verloren, Madame. Nur das Eingreifen dieses Welpen Villiers hat mich gerettet. Und jetzt schulde ich ihm einen Gefallen. Wenn ich Leuten wie Villiers, Madame, auch nur den kleinsten Gefallen schulde, verliere ich meine Autorität und damit meinen Nutzen für den König. Wie konntest du es also wagen, dich zu so einer aufrührerischen Handlung hinreißen zu lassen?«, verlangte der Graf zu wissen.

»Oh, Dickon«, erwiderte sie betrübt, »ich wollte dich wirklich nicht in Schwierigkeiten bringen. Ich wollte nur unseren Glauben verbreiten, denn ich liebe doch unseren Herrn und möchte, dass seine Kirche frei von allem Pfaffentum ist. Möchtest du das denn nicht auch?«

»Mary«, entgegnete er, wobei sein Ton schon ein wenig sanfter wurde, und zog sie neben sich auf ein Sofa, »du weißt, dass ich einen einfacheren Glauben bevorzuge, aber ich bin kein Märtyrer. Ich kann meinen Glauben im Stillen praktizieren und so mein Gewissen beruhigen, während ich nach außen hin das Gesetz des Königs befolge. Im Moment gibt es eben nur diese eine sanktionierte Kirche in England, und als treue Untertanen von James Stuart müssen wir nach außen hin so tun, als seien wir ergebene Mitglieder dieser Kirche. Wie soll ich denn den König beeinflussen, seine Einstellung gegenüber den Puritanern ein wenig zu mäßigen, wenn ich kein Gehör bei ihm finde? Wie du sehr wohl weißt, habe ich Englands Monarchen immer treu gedient, angefangen bei meinem Dienst während der Herrschaft von Königin Bess. Dein dummes Verhalten hat mich heute beinahe das Vertrauen und den Respekt gekostet, die ich mir in all den Jahren erworben hatte. Der Marquis von Hartsfield ist mein Feind, weil ich den König überredet habe, ihm Summerfield nicht zu schenken. Heute hat er versucht, sich dafür an mir zu rächen. Es geht ihm dabei nicht um England oder um den König. Ihm geht es nur um seinen eigenen Vorteil, selbst wenn er dabei einem einsamen und traurigen alten Mann um den Bart gehen muss. Ich habe dir jetzt mehr gesagt, als ich eigentlich sollte, aber ich weiß, dass du diskret sein wirst, wie du es immer bei unseren privaten Gesprächen warst. Und jetzt versprich mir, meine Liebe – keine aufrührerischen Handlungen mehr!«

»Oh, Dickon, es tut mir so Leid. Mir war nicht bewusst, was ich tat. Ich wollte doch nur unserem lieben Herrn dienen«, sagte Mary verzweifelt zu ihrem Gatten.

»Meine Liebe«, beschwichtigte er sie, »du bist nur eine Frau. Du konntest den Ernst deiner Handlung nicht überblicken. Auch ich bin nicht froh darüber, dass wir unseren wahren Glauben verbergen müssen, aber wenn unser Gott am Ende triumphieren soll, dann müssen wir uns jetzt bescheiden verhalten. Unserem Herrn ist am besten mit einer gehorsamen Ehefrau gedient.«

»Ich will nichts mehr mit Pastor Goodfellowe zu tun haben, mein Gatte«, versprach Lady Mary ihrem Mann.

»Gut, ich werde persönlich dafür sorgen, dass der Pastor davon unterrichtet wird, dass du an seinen Aktivitäten nicht mehr teilnimmst«, erwiderte der Graf von Bartram.

»Dickon …? Ich habe eine ganz wundervolle Idee, wie du bestimmt des Königs voller Vertrauen wiedererlangen und über den Marquis von Hartsfield triumphieren kannst. Hast du mir nicht erzählt, dass er die verwitwete Marquise von Westleigh heiraten will, die Prinz Henrys Bastard geboren hat? Wie wäre es denn, wenn du den König überreden könntest, dir die Vormundschaft über den kleinen Jungen zu geben? Wenn er dir die Erziehung seines Enkels anvertrauen würde, dann stündest du bestimmt in seiner Gunst.«

»Lady Lindley hat die Wahl zwischen dem Grafen von Glenkirk und dem Marquis. Sie zieht den Grafen vor, da sie eine gemeinsame Vergangenheit haben, Mary. Er ist der Vormund des kleinen Herzogs von Lundy. Piers St. Denis, der Marquis von Hartsfield, kann Jasmine Lindley den Hof machen, solange er will, es wird ihm doch nicht gelingen, ihre Hand zu gewinnen, auch wenn er sich für unwiderstehlich hält.«

»Aber wenn der König glaubt, dass der Marquis beleidigt ist, weil Lady Lindley den Grafen gewählt hat, dann kann es doch sein, dass er ihn dafür entschädigen möchte, und die Vormundschaft für den kleinen Herzog wäre doch bestimmt ein angemessener Preis. Du würdest Seine Majestät also davon überzeugen, dass er höchstwahrscheinlich niemanden beleidigen würde, wenn er den Jungen einer dritten, neutralen Partei übergibt. Natürlich darf der Marquis nicht leer ausgehen; er sollte auch etwas bekommen, vielleicht Summerfield, das er immer schon haben wollte.«

Der Graf von Bartram dachte eine Zeit lang nach. Die Idee seiner Frau war in der Tat äußerst klug. Der Junge würde selbstverständlich sein eigenes Einkommen haben, das rechtmässig seinem Hüter zustand. *Anders als bei den gewöhnlichen Ausgaben*, dachte Richard Stokes, *könnte ich den Überschuss seines Einkommens in die königlichen Schatztruhen fließen lassen und dadurch den Verlust von Summerfield ausgleichen. Die Summe, die vom Herzog von Lundy käme, wäre wahrscheinlich sogar größer als der Ertrag von Summerfield. Und wenn der Junge in meinem Haus aufwachsen würde, könnte ich das Kind im rechten Glauben erziehen und von der Anglikanischen Kirche fern halten.* Aber das lag noch in ferner Zukunft, und er musste sowieso ganz vorsichtig vorgehen.

»Meine Liebe«, sagte er zu seiner Frau, »heute hat sicher Gott durch dich gesprochen, und falls Lady Lindley Einwände gegen den Verlust ihres Kindes hat, dann werde ich den König darauf hinweisen, dass sie nicht dazu taugt, seinen Enkel zu erziehen. Ihr unkeusches Leben als Prinz Henrys Mätresse und ihre fragwürdige Abstammung, ganz zu schweigen von ihrer eigenen unehelichen Geburt, machen sie ganz und gar ungeeignet trotz ihres Reichtums und ihrer mächtigen Verbindungen. Der König wird das bestimmt einsehen, da bin ich mir ganz sicher. Zuerst jedoch muss ich ihm versichern, dass ich deiner Unwissenheit Einhalt geboten habe und muss ihn um Verzeihung für dein Fehlverhalten bitten. Und wenn Lady Lindley ihre Wahl öffentlich bekannt gegeben hat, werde ich den nächsten Schritt tun und versuchen, die Vormundschaft über den Herzog zu erlangen. Es wird gut sein, wieder ein Kind im Haus zu haben, nicht wahr, meine Liebe? Es wird uns ein wenig auf Trab bringen, da habe ich keine Zweifel.« Der Graf schmunzelte. »Ich erinnere mich noch gut daran, als Edward ein Junge war.«

»Dann hast du mir verziehen?«, fragte sie ihn.

»Ja, ich habe dir verziehen, Mary«, versicherte er ihr, wobei er in Gedanken schon bei den Vorteilen war, die ihm die Vormundschaft über den königlichen Bastard bringen könnte. Er wollte jedoch weiterhin im Hintergrund bleiben, denn darin hatte schon immer seine Stärke gelegen. Hierin und in seiner Verschwiegenheit. Er schmunzelte leise und überlegte, wie rachsüchtig der Marquis sich heute aufgeführt hatte. Hoffentlich wäre der Besitz von Summerfield dazu angetan, den eitlen Popanz zu besänftigen, wenn er erfuhr, dass er die Lady, ihr Vermögen und den Herzog von Lundy verloren hatte. Der Graf von Bartram beabsichtigte, dafür zu sorgen, dass er nur Summerfield bekam und dass am Tag von Piers St. Denis' Tod alles wieder an die Krone zurückfallen würde. Dafür wollte er, Richard Stokes, schon sorgen.

Während er leise lächelte, überlegte auch sein Gegner bereits seinen nächsten Schritt. Er dachte bereits nicht mehr an den Grafen von Bartram, er musste sich um wichtigere Angelegenheiten kümmern, und es blieb ihm nur wenig Zeit, seine Interessen zu verfolgen. Jasmine erwies sich als widerspenstig. Es war ihm zwar gelungen, James Leslie aus ihrem Haus zu entfernen, aber das war auch sein einziger Erfolg. Jeden Tag erschien sie mit dem Grafen von Glenkirk bei Hof, während sie ihm zwar erlaubte, sie in der Öffentlichkeit zu begleiten, ihn privat jedoch mied. Er kam überhaupt nicht weiter mit ihr, und das machte ihn langsam wahnsinnig.

Zuerst hatte er ihr den Hof gemacht wegen ihres Reichtums, ihres königlichen Bastards und ihrer einflussreichen Beziehungen. Je öfter er jedoch mit ihr zusammen war, desto mehr begehrte er sie. Er hatte noch nie nach jemandem so verlangt wie nach Jasmine Lindley. Mit ihren üppigen Formen, dem herausfordernden Blick, mit dem sie ihn aus ihren verwirrenden türkisfarbenen Augen immer bedachte, mit ihrer golden schimmernden cremeweißen Haut verhexte sie ihn geradezu. Er träumte davon, sie zu besitzen und schwor sich, sie so zu nehmen, wie noch kein Mann es jemals getan hatte. Seine Gedanken wanderten zu den Geheimzimmern, die er sowohl in seinem Stadthaus als auch auf seinem Landsitz eingerichtet hatte. Er stellte sich vor, sie zwischen die Pfosten des Betts anzuketten und wie sie um Gnade wimmern würde, während er sie bis zur Unterwerfung peitschte. Ob sie wohl besser auf den breiten Ochsenziemer aus Leder, die dünnen Haselnussgerten oder seine feste Reitgerte reagieren würde? Kipp musste ihm natürlich helfen, aber er hatte nicht vor, Jasmine mit seinem Halbbruder zu teilen. Zumindest nicht, bevor er ihrer überdrüssig würde, wenn das jemals geschehen sollte.

Er überlegte, dass Jasmine, die eine willensstarke Frau war, es vielleicht auch genießen würde, selbst jemanden zu bestrafen. Nun, er konnte ihr ja beibringen, wie man mit dem Ochsenziemer und der neunschwänzigen Katze umging, denn das war eine Kunst. Man durfte nicht einfach auf sein Opfer einprügeln, man musste sich beherrschen. Die Kunst bestand darin, die richtige Mischung aus Strenge und Zärtlichkeit zu finden. Es gab, das hatte der Marquis von Hartsfield entdeckt, Lust im Schmerz. Allerdings sah das nicht jeder so wie er. Manche Menschen betrachteten diese Dinge auch als tabu. Voller Vorfreude leckte er sich über die Lippen.

Jasmine jedoch, nachdem sie den Schock überwunden hatte, noch einen weiteren Verehrer zu haben, fand das Ganze äußerst erheiternd, vor allem, da Jemmie gezwungen gewesen war, bei ihrem Onkel Robin einzuziehen. Sie würde ihm keinesfalls erlauben, sich des Nachts durch den angrenzenden Garten in ihr Bett zu schleichen. »Nur, wenn ich Piers St. Denis auf die gleiche Weise unterhalten darf«, neckte sie den Grafen von Glenkirk.

Glenkirk war jedoch nicht so leicht zu bezwingen. »Wenn du möchtest«, entgegnete er galant. »Es wird die letzte Gelegenheit für dich sein, dir einen Liebhaber zu halten, Madame, denn wenn wir erst einmal verheiratet sind, werde ich all deine Bedürfnisse aufs Beste befriedigen, das verspreche ich dir. Außer unseren Söhnen wird es für dich keinen anderen Mann mehr in deinem Leben geben.« Er ergriff ihre Hand und drückte einen Kuss auf die Handfläche.

»Führe mich nicht in Versuchung, Jemmie«, murmelte sie und zog ihre Hand weg.

»Bist du in Versuchung geraten?«, fragte er und verspürte einen leichten Stich der Eifersucht. Das würde sie doch bestimmt nicht wagen! Sie waren schließlich miteinander verlobt!

»Nun«, überlegte Jasmine laut, »er sieht sehr gut aus. Tatsächlich frage ich mich schon, was hinter seinem Charme steckt.«

»Ich habe ein paar ziemlich unappetitliche Gerüchte gehört«, erwiderte der Graf von Glenkirk steif. »Von seinen früheren Geliebten.«

»Oh? Was für Gerüchte?« Jasmine war fasziniert.

»Nicht die Art von Dingen, die ich gerne mit dir erörtern würde«, entgegnete er. »Sagen wir einfach, er weicht in seiner Leidenschaft ein wenig vom Weg des Normalen ab, Jasmine.«

»Glenkirk«, erwiderte sie lachend, »ich war zweimal verheiratet. Ich bin keine errötende Jungfrau. Liebt er es, durch das Portal von Sodom in eine Frau einzudringen, oder ist er einer dieser bemitleidenswerten Menschen, die Schmerzen verursachen müssen, um Lust zu empfinden? Sag es mir auf der Stelle, sonst frage ich ihn selbst!«

»Das brächtest du fertig!«, erwiderte er anklagend und

musste lachen. »Nun ja, du Hexe, es ist das Letztere. Er liebt es, seine Geliebten auszupeitschen, und er teilt sie sich mit seinem Schurken von Halbbruder.«

»Ich hielt ihn für selbstbewusster«, entgegnete Jasmine nachdenklich. »Wie traurig, dass er nur Lust empfindet, wenn er anderen Schmerzen zufügt.«

»Du hältst ihn dir jedenfalls besser weiterhin vom Leib, Madame«, sagte der Graf. »Vielleicht sollten wir dieses Verwirrspiel sowieso aufgeben und dem König sagen, dass wir unseren Hochzeitstag festsetzen möchten, so wie wir es in Frankreich geplant haben.«

»Nein, noch nicht, Jemmie. Der König soll glauben, dass ich seinen Marquis in Betracht gezogen habe und dass ich nach gründlicher Überlegung die Wahl bevorzuge, die er für mich vor zwei Jahren so klug getroffen hat. Die Königin steht auf unserer Seite und wird den König milde stimmen, wenn ich sie darum bitte, und Villiers sicherlich auch, obwohl ich glaube, dass sein Versuch, sich mit mir anzufreunden, etwas damit zu tun hat, dass er meine familiären Verbindungen als nützlich für sich selbst empfindet.«

»Du bist recht deutlich in deiner Beurteilung von Villiers«, stellte der Graf fest. »Hast du denn gar keine Illusionen mehr, Jasmine?«

Sie lachte. »Wenige«, erwiderte sie, »aber du sollst wissen, dass ich George Villiers wegen seines Verhaltens nicht gram bin. Er versucht nur, weiterzukommen, und daran ist doch nichts Schlechtes, oder, Jemmie? Wir alle erwarten etwas von den Menschen, mit denen wir in unserem Leben in Berührung kommen. Die Jugend ist voller Enthusiasmus, und Villiers verfolgt seine Pläne nur eine Spur zu offensichtlich. Er ist jedoch bei weitem nicht so raffiniert, wie er jeden gerne glauben machen möchte. In diesen seelenvollen dunklen Augen liegt eine berechnende Intelligenz, die er leider nicht ganz verbergen kann.«

Nun brach Glenkirk in Lachen aus. »Du redest, als seist du eine alte Matrone, dabei ist doch Villiers nur ein bisschen jünger als du«, neckte er sie. »Er wäre wahrscheinlich nicht entzückt, wenn er erführe, dass du hinter seine mühsam errichtete Fassade blickst, die noch nicht einmal der König bisher durchschaut hat.«

»Dann erzählen wir es ihm auch nicht«, sagte Jasmine.

»Und der Marquis von Hartsfield?«, beharrte er.

»Was ist mit ihm?« Sie blickte ihn unschuldig an.

»Du hast mir versprochen, ihn dir vom Leibe zu halten«, erinnerte James Leslie sie.

»Nein, das habe ich nicht«, sagte Jasmine, »und das werde ich auch nicht tun. Noch bin ich nicht deine Frau, Jemmie, und selbst wenn ich es bin, kann ich durchaus die Verantwortung für mich selbst übernehmen, Mylord.«

»Kein Wunder, dass deine Großmutter Männer in den Wahnsinn getrieben hat«, grummelte er. »Du bist offenbar nach ihr geraten.«

»Tatsächlich?« Sie lächelte ihn an. »Nun, dann nimmst du dich besser in Acht, Mylord von Glenkirk. Madame Skye hat *alle* ihre Ehemänner *und ihre Liebhaber* überlebt. Und ist immer noch zu vielem fähig.«

Er hätte gerne gelacht, aber ihre Worte veranlassten ihn, zu schweigen. Seine Mutter war so eine Frau wie Jasmine und Madame Skye gewesen. Er war an unabhängige Frauen gewöhnt, aber Leslie James war sich nicht ganz sicher, ob er wirklich damit umgehen konnte. Seine Isabella hatte sich als schwaches Weib gezeigt, und er war ihr zwar zugetan gewesen, aber sie hatte ihn nie erregt oder bezaubert, wie Jasmine es tat. Seine Braut mochte zwar entschlossen sein, ihren eigenen Weg im Leben zu finden, aber der Graf von Glenkirk wusste auch ganz genau, dass sie nie die Absicht hätte, ihn in Verlegenheit zu bringen oder den Namen seiner Familie in den Schmutz zu ziehen. Ganz bestimmt würde sie sich den Marquis nicht als Liebhaber nehmen, sondern lediglich aus Neugier mit ihm spielen. *Und er würde es zulassen müssen, wenn er nicht ihre Liebe für immer verlieren wollte.* »Sei vorsichtig, mein Liebling«, sagte er leise zu ihr.

Sie lächelte ihn strahlend an. »Das werde ich«, erwiderte sie. Dann jedoch hatte sie Mitleid mit ihm. »St. Denis ist wie eine wunderschöne Schlange«, erklärte sie. »Ich bin fasziniert, aber ich bin nicht dumm, Jemmie.«

»Er ist ziemlich entschlossen, dich zu besitzen«, sagte der Graf.

»Dann ist er ein Narr«, entgegnete sie. »Der König hat ganz klar gesagt, dass die Entscheidung bei mir liegt, und ich habe meine Entscheidung in Frankreich getroffen.« Sie beugte sich vor und fuhr mit ihren Lippen leicht über seinen Mund. »Geh nach Hause, Mylord. Es ist spät, und ich möchte zu Bett gehen. Außerdem hat der arme Kipp St. Denis das Haus jetzt stundenlang beobachtet und ist bestimmt recht erschöpft. Er wird nicht verschwinden, bevor er nicht sicher sein kann, dass du für die Nacht bei Onkel Robin eingesperrt bist. Er ist wahrlich ein treues Hündchen für seinen Bruder.«

»St. Denis lässt dich beobachten?« Glenkirk war fassungslos.

»Er ist sehr eifersüchtig.« Sie lächelte und brachte ihn zum Gartentor. »Und jetzt küss mich, damit er heute Abend seinem Bruder etwas zu berichten hat, Jemmie, mein Liebster.« Sie schlang ihm die Arme um den Hals.

»Wo ist er?«, fragte der Graf.

»Im Schatten der Mauer, die Greenwood von Lynmouth House trennt«, erwiderte sie. »*Nein!* Schau nicht hinüber! Solange er sein Versteck für sicher hält, weiß ich immer, wo ich ihn finden kann. Wenn du hinsiehst, wird er merken, dass wir ihn entdeckt haben und wird sich ein anderes Versteck suchen, das ich vielleicht nicht so leicht finde.« Sie blickte ihn verführerisch an. »Willst du mich nicht küssen, Glenkirk? St. Denis würde jemanden umbringen, nur um mich küssen zu dürfen!«, neckte sie ihn.

Spielerisch knabberte er an ihren Lippen. »Du gehörst ins Bett, Madame«, murmelte er. Dann gab er ihr einen raschen, harten Kuss, drehte sich ohne ein weiteres Wort auf dem Absatz um und war verschwunden.

Sie fuhr sich mit der Hand an den Mund. Er fühlte sich ganz wund an. Sie blickte ihm nach, wie er rasch über den Rasen und durch den Garten ging und dann hinter der unter Efeu fast versteckten Tür verschwand. Einen Moment lang trugen sie ihre Beine kaum noch, und in ihrem Unterleib breitete sich ein süßer Schmerz aus. Seit er zu ihrem Onkel gezogen war, hatten sie nicht einmal miteinander geschlafen, und sie merkte jetzt, dass ihr die gemeinsame Leidenschaft genauso fehlte wie er selbst. Verdammter König! Verdammter Piers St. Denis! Verdammt jeder, der ihnen im Weg stand! Bis zu ihrem Hochzeitstag dauerte es noch über einen Monat! Wenn sie nicht vorher einen gestohlenen Moment füreinander fanden, würde sie bis dahin warten müssen. Sie wusste nicht, ob sie das ertragen konnte. Schließlich hatte sie sich an Leslie James in ihrem Bett gewöhnt.

Piers St. Denis ärgerte sich immer mehr über Jasmines Weigerung, ernsthaft über seinen Antrag nachzudenken. Nie bekam er sie allein zu fassen. Glenkirk war immer bei ihr, außer wenn sie schlief. In Kürze würde sie ihre Wahl bekannt geben, und er wusste, dass James Leslie der Glückliche wäre. Es sei denn natürlich, er könnte ihre Meinung ändern, aber wie sollte ihm das gelingen, da er doch nie allein mit ihr war? Er beklagte sich beim König.

»Ich habe überhaupt keine Chance bei ihr, weil Glenkirk die ganze Zeit um sie herumscharwenzelt«, nörgelte der Marquis von Hartsfield. Sie hielten sich in den königlichen Gemächern auf.

»Du meine Güte, St. Denis«, neckte ihn George Villiers, »Ihr wollt doch nicht etwa behaupten, dass Ihr Euch unsterblich verliebt habt? Das hätte ich nicht von Euch gedacht!« Seine dunklen Augen funkelten spöttisch. »Die Gerüchte lauten jedenfalls anders«, fügte er grinsend hinzu.

Piers St. Denis warf dem jungen Mann einen giftigen Blick zu. »Euer Majestät, ich kann Lady Lindley nicht den Hof machen, wenn ich sie jede Minute des Tages mit dem Grafen von Glenkirk teilen muss.«

»Mein Mann hat bestimmt, dass Jasmine die Wahl treffen soll«, sagte die Königin, ohne von ihrem Stickrahmen aufzublicken.

»Aber Madame, wie soll sie denn ihre Wahl treffen, wenn sie mich überhaupt nicht kennt?«, rief der Marquis frustriert.

»Vielleicht«, erwiderte die Königin, wobei sie ihn nachsichtig anblickte, »hat sie ihre Wahl ja bereits getroffen, Mylord.«

»Sire! Ihr habt mir eine Chance bei Lady Lindley *versprochen*«, jammerte Piers St. Denis. »Ihr *müsst* etwas unternehmen!«

»Ich werde Jemmie nach Edinburgh schicken«, antwortete der König.

»James!« Der Tonfall der Königin war zornig. Erst kurz zuvor hatte sie ihn äußerst streng darauf aufmerksam gemacht, dass es dumm von ihm wäre, sich wieder einmal in Jasmines Leben einzumischen. Würde er es denn nie lernen?

»Nun, Annie«, sagte der König, »unser Piers hat Recht mit seinen Klagen. Jemmie lässt ihn einfach nicht an das Mädchen heran. Er soll nach Edinburgh fahren, um dort unseren Besuch vorzubereiten, wenn wir vielleicht nächstes oder übernächstes Jahr dorthin fahren. Wenn er wiederkommt, darf Lady Lindley ihre Wahl treffen. Das ist nur gerecht.«

»Sie wird ihre Meinung nicht ändern, Jamie«, erwiderte die Königin, verärgert über die große Nachsicht ihres Gatten mit dem Marquis. »Du erzürnst Glenkirk nur, und möglicherweise reizt du Jasmine, überstürzt zu handeln.«

»Ich werde selber mit ihnen reden«, sagte der König. »Unser Piers muss seine Chance bei der Lady bekommen, Annie.«

»Danke, Euer Hoheit«, sagte der Marquis und küsste die Hand des Königs.

Der König lächelte den jungen Mann an und wuschelte ihm durch die honigfarbenen Haare. »Ihr seid ein braver Junge, Piers! Warum sollte sie sich nicht in Euch verlieben?«

»Nun, wir regeln das am besten gleich«, sagte die Königin rasch. »Stennie, geh bitte und hol Lady Lindley und Lord Leslie, ja?« Sie und Villiers sahen sich an, und in diesem Moment herrschte wieder einmal völliges Einverständnis zwischen ihnen beiden. Die Königin mochte George Villiers und zog ihn dem Favoriten ihres Mannes bei weitem vor. Sie hoffte, mit der Zeit den Marquis von Hartsfield völlig aus dem Umkreis des Königs entfernen zu können.

George Villiers sprang auf. »Sofort, Euer Majestät«, sagte er mit einer eleganten Verbeugung und war aus der Tür, noch bevor der König oder St. Denis irgendwelche Einwände machen konnten.

»Nun«, sagte die Königin mit süßem Lächeln, »nun, St. Denis, könnt ihr gleich damit beginnen, ihr den Hof zu machen.«

George Villiers lief durch den Palast und suchte nach Jasmine oder James Leslie. Für ihn bestand kein Zweifel daran, dass er, wenn er einen fand, auch den anderen gefunden hatte. Schließlich erwähnte ein junger Page, er habe den Grafen und seine Lady beim Kartenspiel an einem der Tische in den Galerien gesehen, die Whitehall miteinander verbanden. Diese Galerien mit ihren goldenen Decken und den Holztäfelungen, in die wunderschöne Figuren geschnitzt waren, vermittelten einem durch die Fensterreihen auf beiden Seiten das Gefühl, man säße im Freien.

»Sie sind in der Galerie, von der aus man über den Rasen und den Fluss blickt!«, rief der Page George Villiers nach.

»Was ist denn los?«, grollte Jasmine und warf ihre Karten, mit denen sie sicher gewonnen hätte, heftig auf den Tisch, als Villiers sie fand.

»Das erzähle ich Euch auf dem Weg«, antwortete Villiers und geleitete das Paar vom Spieltisch durch die Gänge zurück zu den königlichen Gemächern.

»Verdammt!«, fluchte Glenkirk. »Etwas Ähnliches hat James vor Jahren mit meinem Vater gemacht. Hat ihn einfach weggeschickt, weil er ihn gerade nicht brauchen konnte.« Mehr sagte er nicht, denn er wollte George Villiers nicht in seine Familiengeschichte einweihen. Nur wenige Menschen wussten, dass die Mutter des Grafen einmal die heimliche Leidenschaft von James Stuart gewesen war.

»Ich werde nach Queen's Malvern zurückkehren«, sagte Jasmine sofort.

»Nein, Madame, das wirst du nicht«, erwiderte der Graf. »Du musst hier bleiben und, wie du selbst schon gesagt hast, den König glauben lassen, das du den Marquis von Hartsfield ernsthaft als Verehrer in Betracht gezogen hast.«

»Wenn ich Euch irgendwie helfen kann, Lady Lindley«, warf Villiers ein, »braucht Ihr es mir nur zu sagen. Ich besitze nicht nur die Gunst des Königs, sondern auch die der Königin«, berichtete er stolz. »Sie hat ihn recht gescholten, als er mit diesem Plan ankam, dass Ihr Euch jetzt einen Ehemann aussuchen solltet. Ich glaube, sie fürchtet, dass Ihr wieder verschwindet und Charles Frederick Stuart mitnehmt; was bedeuten würde, dass sie ihren Enkelsohn nie wieder sehen wird.«

Jasmine blieb abrupt stehen. »Sir«, sagte sie ruhig, »ich bin zweimal aus meinem Heimatland geflüchtet – beim ersten Mal, um mich selbst zu retten, und beim zweiten Mal, um mein Kind zu retten. Ich möchte nie mehr gezwungen sein, noch einmal davonzulaufen. England ist meine Heimat und die Heimat meiner Kinder. Ich werde nicht zulassen, dass ihnen jemand ihr Geburtsrecht aberkennt. Es steht Euch frei, meine Worte genauso zu wiederholen.«

Er trat neben sie. »Madame«, sagte er atemlos, »ich betrachte Eure Worte als Vertrauensbeweis. Ich werde sie nicht wiederholen.«

»Wir danken Euch für Eure Freundschaft, Villiers«, sagte der Graf zu dem jungen Mann, um Jasmines Worten die Schärfe zu nehmen. »Ich weiß, dass Ihr Lady Lindleys Zorn in dieser Angelegenheit versteht.«

»Ja, Sir, das tue ich«, antwortete Villiers.

Sie waren mittlerweile an den königlichen Gemächern angelangt und eilten durch die Türen, die sich vor ihnen öffneten. Als sie eintraten, blickte die Königin auf und lächelte ihnen ermutigend zu. St. Denis jedoch stellte ein so verschlagenes Grinsen zur Schau, dass Jasmine ihn am liebsten geohrfeigt hätte. Offensichtlich war er äußerst zufrieden mit sich. Sie erwiesen den beiden Majestäten ihre Reverenz.

»Ich möchte, dass Ihr nach Edinburgh fahrt, Glenkirk«, begann der König. »Ich beabsichtige, nächstes oder übernächstes Jahr dorthin zu reisen und wüsste gern, ob ich dort willkommen bin oder nicht. Ihr müsst mit den Lairds, den Grenzlords und natürlich mit den Kirchenoberen sprechen. Es ist selbstverständlich eine inoffizielle Reise, die ihr da antretet. Und vielleicht habt Ihr sogar die Zeit, Eure eigenen Besitzungen zu besuchen.«

James Leslie lächelte. »Ich komme gerne Eurem Wunsch nach und sondiere das Klima im Norden für Euch, Mylord«, erwiderte er zuvorkommend. »Allerdings glaube ich nicht, dass ich genug Zeit haben werde, meine Ländereien aufzusuchen, wenn ich bis zum fünfzehnten Juni wieder in England sein will.«

»Während Eurer Abwesenheit hat Piers eine Chance bei Lady Lindley«, fuhr der König unbekümmert fort. »Ihr habt all ihre Zeit in Anspruch genommen, hat uns ein Vögelchen gezwitschert.«

»Wann soll ich aufbrechen?«, fragte der Graf.

»Morgen früh«, war die königliche Antwort. »Dies ist ein Privatbesuch, Glenkirk. Ihr habt keine Vollmachten.«

»Äußerst klug«, pflichtete der Graf ihm bei. »So werden mein Begleiter und ich schneller vorwärts kommen und kein Aufsehen erregen, Sire. Natürlich werde ich allen, mit denen ich spreche, Eure Grüße übermitteln, damit Schottland weiß, dass Ihr selbst hier in England an es denkt.«

»Sehr gut, Jemmie«, sagte der König erleichtert. Er hatte einen Wutausbruch des Grafen befürchtet, aber wie immer benahm sich James Leslie wie der vollkommene königliche Gefolgsmann. Aber das war eigentlich schon immer so gewesen, seitdem er die Nachfolge seines Vaters als Graf von Glenkirk angetreten und die Verantwortung für seinen Clan übernommen hatte. Der König wusste schon nicht mehr, warum er sich eigentlich Sorgen gemacht hatte. Die Leslies respektierten sein göttliches Recht, und das hatten sie immer getan. Über ihre Treue brauchte er sich keine Gedanken zu machen. Sein Blick wanderte zu Jasmine, die seltsam still war. »Jetzt habt Ihr Zeit, unseren Piers kennen zu lernen, Madame«, sagte er.

»Wie es Eurer Majestät beliebt«, erwiderte sie unbeteiligt.

Jasmine machte den König nervös. Er hatte einen Zornesausbruch erwartet, weil er Glenkirk wegschickte. Seine Frau hatte ihn in dieser Angelegenheit gewarnt, aber ein Versprechen war schließlich ein Versprechen. Und er hatte Piers eine Chance bei der schönen, reichen Frau zugesichert. »Heute Abend ist ein Maskenball«, sagte er hilflos. »Ihr kommt mit dem Marquis, Madame?«

»Leider, Sire, habe ich Kopfschmerzen«, erwiderte sie zuckersüss, »und außerdem hätte ich keine Gelegenheit mehr, mir ein Kostüm schneidern zu lassen. Ihr wisst, wie berühmt meine Familie für ihre Kostüme ist.«

»Könnt Ihr nicht die Tracht Eures Heimatlandes tragen, Madame?«, beharrte der König. »Das wäre ein exotischer Anblick für uns.«

»Bedauernswerterweise sind diese Kleidungsstücke in Queen's Malvern weggepackt«, erwiderte Jasmine.

»Oh«, antwortete der König enttäuscht. Er erinnerte sich noch sehr gut an Jasmines Erscheinung vor ein paar Jahren in einem diamantenbesetzten Kleid.

»Ich kann jedoch einen Boten zu meiner Großmutter schicken«, erbot sich Jasmine, um den König nicht zu verärgern. »Es wird doch bald noch mehr Maskenbälle geben, nicht wahr, Madame?« Ihre Frage war an die Königin gerichtet, die verschwörerisch lächelte und zustimmend nickte.

»In der Tat, Jamie, ein Salut an den Frühling, in zwei Wochen«, sagte sie zu ihrem Gatten. »Bis dahin kann sich Lady Lindley sicher ein geeignetes Kostüm beschaffen, nicht wahr, meine Liebe?«

»Bestimmt, Euer Majestät«, versprach Jasmine.

»Dann ist ja alles geklärt«, fuhr die Königin heiter fort. »Nun müsst Ihr aber nach Hause gehen, meine Liebe, und Euren schmerzenden Kopf behandeln. Solltet Ihr sie nicht besser sofort entschuldigen, Jamie? Die Ärmste!«

»Womit wollt Ihr euch behandeln, Madame?«, fragte der König misstrauisch.

»Mit heißem Tee, Sire, und Adali wird meine Schultern massieren«, erwiderte Jasmine. »Das ist für mich die beste Behandlung. Das und eine Nacht gut durchschlafen, dann geht es mir morgen gewiss wieder besser.«

»Sehr gut, Madame, dann seid Ihr entschuldigt«, erklärte er zögernd.

Jasmine knickste. Der Graf von Glenkirk verbeugte sich.

»Ihr reitet im Morgengrauen«, befahl der König, an James Leslie gewandt.

»Das werde ich, Sire«, entgegnete er, ergriff Jasmines Arm und verließ mit ihr die königlichen Gemächer.

»Nun, Piers«, sagte der König, als das Paar verschwunden war, »ich habe Euch den Weg freigemacht, aber die Lady müsst Ihr schon selber gewinnen. Ich habe versprochen, dass sie die Wahl haben soll, und dieses Versprechen werde ich halten, denn ich stehe zu meinem Wort.«

»Ich werde sie gewinnen, Sire!«, sagte der Marquis von Hartsfield fest.

»Wenn die Kühe fliegen lernen«, murmelte George Villiers leise. Königin Anne hatte ihn jedoch gehört und musste unwillkürlich lachen. Ihre Erheiterung kannte keine Grenzen, und sie lachte, bis ihr die Tränen über die Wangen liefen.

»Was ist los, Annie?«, fragte der König. »Ich habe dich seit über einem Jahr nicht mehr so lachen hören. Was gibt's, meine Teuerste? Willst du uns den Grund für deine Erheiterung nicht mitteilen?«

Aber die Königin wedelte nur hilflos mit den Händen und erstickte fast an ihrem Gelächter. »Es ... es ... war n-nur so ein Gedanke, Jamie, und nur eine andere Frau könnte ebenfalls darüber lachen. Oder vielleicht«, langsam gelang es ihr wieder, sich zu beherrschen, »vielleicht auch nicht.«

Der König wandte sich an den Marquis, und seine Frau drohte Villiers, der spitzbübisch grinste, mit dem Finger. Dann zwinkerte sie ihm zu.

»Ihr seid ein ungezogener Junge«, schalt sie ihn leise.

»Ja«, stimmte er friedfertig zu. Die Königin reichte ihm ihre Hand, und er küsste sie. »Euer Diener, Majestät«, sagte er.

Die Königin lächelte immer noch, und ein wissendes Funkeln trat in ihre blassblauen Augen. »Ihr seid unartig«, sagte sie, »aber ich bin froh, dass wir einander verstehen, Stennie.«

»Ich werde dem König nie wehtun, Majestät«, war die Antwort.

»Dann wird Euch meine Freundschaft immer sicher sein«, erwiderte die Königin leise. »Und auch in *dieser* Angelegenheit sind wir also einer Meinung?«

»Ja, Madame«, sagte er, »aber Lady Lindley ist viel zu sehr in den Grafen von Glenkirk verliebt, um ihre Meinung zu ändern. Fürchtet nichts.«

»St. Denis ist skrupellos«, warnte die Königin, »und er ist schlau.«

»Ich bin schlauer«, versicherte George Villiers ihr.

Königin Anne blickte den schönen jungen Mann mit dem Gesicht eines Engels an. »Nun, Steenie«, sagte sie nachdenklich, »das glaube ich auch.«

Er schenkte ihr ein strahlendes Lächeln.

4

Jemand kratzte leise an den Fensterläden von Jasmines Schlafzimmer. Ein leichter Wind kräuselte die Wellen auf der Themse, und der Mond schien silbern auf die Wiesen und den Fluss. Wenn jemand nach oben geblickt hätte, wäre ihm die dunkle Gestalt eines Mannes aufgefallen, der an den dicken Weinranken an der Seite des Hauses hochgeklettert war. Während er sich mit einer Hand an seinen schwankenden Stützen fest hielt, versuchte er mit der anderen Hand die Läden zu öffnen. Als ihm das gelungen war, schwang er sich über die Fensterbrüstung ins Zimmer, trat zum Bett und blickte auf die Frau hinunter, die dort lag.

Jasmine war erschreckt von dem Geräusch am Fenster und den Schritten aufgewacht. »Jemmie!«, sagte sie, als sie den Schatten an ihrem Bett erkannte. »Bist du verrückt?«

»Ja«, erwiderte er. »Verrückt nach dir, mein Liebling!« Er setzte sich auf die Bettkante, um seine Stiefel auszuziehen, dann legte er seine Kleider ab. »Hast du etwa geglaubt, ich würde für einen ganzen Monat nach Edinburgh reisen, ohne mich vorher anständig von dir zu verabschieden?« Nackt schlüpfte er unter das Laken und nahm sie in die Arme.

»Aber was ist mit Kipp St. Denis, meinem treuen Wachhund?«, fragte sie. »Er wird sofort zu seinem Bruder laufen, und anschließend beklagt sich der Marquis beim König, und weiß der Himmel, was dann geschieht«, jammerte sie.

»Kipp ist nach Hause gegangen. Ich habe einfach solange gewartet, und dann bin ich ihm bis zum Haus seines Bruders gefolgt, um ganz sicherzugehen. Wachablösung ist doch eine faire Angelegenheit, oder nicht, Jasmine?« Er drückte sein Gesicht an ihr Ohr und sog tief ihren warmen Duft ein. »Ich habe sogar noch abgewartet, bis überall in St. Denis' Haus die Lichter ausgegangen sind.« Er knabberte an ihrem perfekt geformten Ohrläppchen. »Und erst dann bin ich zu dir gekommen.«

»O, Jemmie«, seufzte sie und drückte sich an ihn. »Ich habe mich so nach dir gesehnt, und jetzt musst du mich verlassen.«

»Aber erst morgen früh, meine Süße. Bis dahin haben wir noch ein paar Stunden vor uns, und ich beabsichtige, das Beste daraus zu machen. Es war die Hölle, nicht mit dir in einem Bett liegen zu können. Ich kann es kaum erwarten, bis du endlich meine Frau bist.«

»Versprich mir, dass wir nie wieder an den Hof müssen und nie wieder etwas mit den Stuarts zu tun haben werden«, sagte sie heftig. »Ich mag es nicht, wenn andere sich in mein Leben einmischen, Jemmie. Wenn es sein muss, werden wir eben unser Leben lang in den Highlands bleiben. Ich weiß, dass der König sein Geburtsland nicht mag, aber dann stellt er uns dort wenigstens nicht nach.«

Genüsslich küsste er ihren Mund. »Wir Schotten sind ein streitlustiges Volk, Jasmine. Wir bringen es fertig unsere Könige umzubringen oder ihnen zu gehorchen. Unsere Lords, die großen wie die kleinen, sind schwer zu regieren. Jamie hatte immer Angst vor ihnen, und das mit Recht. Wenn wir in Schottland leben, wirst du merken, dass ich dich in ein aufregendes und aufrührerisches Land gebracht habe,

Liebste. Du wirst herausfinden, dass du, wie deine Mutter, jedes Jahr eine gewisse Zeit in England verbringen möchtest. Du wirst auch entdecken, dass unser Klima einzigartig ist. Der Herbst ist die beste Jahreszeit.« Seine Hand, die sich unter ihren Kopf geschoben hatte, glitt liebkosend über ihren Rücken und tiefer.

Sie schnurrte zufrieden, wand sich unter seinen Berührungen und zog seinen Kopf in das Tal zwischen ihren Brüsten. Einen Moment lang lauschte er ihrem Herzschlag. Dann umfasste er ihre Taille, legte sich auf sie und begann langsam über ihren Oberkörper zu lecken. Seine Zunge glitt über die Rundung ihrer Brüste zur Schulter und von dort zu ihrem Hals. Dann blies er, sanft wie der Flügelschlag eines Schmetterlings, die Feuchtigkeit trocken, bis sich schließlich seine Lippen um einen ihrer Nippel schlossen. Zuerst saugte er nur daran, dann begann er sanft zu beißen.

»Biest!«, murmelte sie und saugte an seiner muskulösen Schulter, wobei sie ihre Zähne tief in sein Fleisch grub.

»Kleine Hexe!«, stöhnte er und hielt ihre Hände fest. Dann wandte er seine Aufmerksamkeit der anderen Brustwarze zu. Er leckte fest daran, währen der mit der Hand die andere Brust knetete. Gleich darauf glitt seine Hand zwischen ihre Schenkel. »Gott, du bist wirklich eine heiße kleine Hexe. Nass und geil und bereit für mich, liebste Jasmine!«

Sie löste sich aus seinem Griff, schlang die Arme um ihn, streichelte ihn sanft und flüsterte heiß in sein Ohr: »Nimm mich, Jemmie! Ich sterbe, wenn du es nicht sofort tust!«

»Noch nicht!«, entgegnete er. »Ich habe gerade erst begonnen, mich an deiner Bereitschaft zu ergötzen, meine Süße.« Sein Finger fand, was er suchte, und er begann, sie an ihrer empfindsamsten Stelle zu reizen. Vorsichtig ließ er den Finger über die empfindliche Knospe gleiten und spürte sofort, wie sie unter der zärtlichen Qual anschwoll, bis sie vor Lust keuchte.

Sie grub die Finger in seine Schultern. »*Bastard!*«, zischte sie. »Ich will dich! *Ich will dich*!«

Er lachte glücklich. »Gleich, mein Liebling«, versprach er ihr. Dann küsste er sie, während er zwei Finger in ihre Muschel schob und sie so schnell hin und her bewegte, dass sie ganz durchtränkt von ihrem Honig waren. »Hier, meine Süße, das wird deinen Hunger lindern«, sagte er.

»Ich hasse dich.« Sie schluchzte beinahe, aber für den Moment hatte er ihre Sehnsucht gestillt.

»Und ich bin wild nach dir«, neckte er sie. Sie küssten sich wieder. »Jede Nacht, in der ich fern von dir bin, werde ich an heute Nacht und an alle anderen Nächte denken, in denen wir uns geliebt haben. Ich zähle die Tage, bis wir endlich verheiratet sind und du für immer mein bist, Jasmine.« Er küsste ihre Lippen, ihre geschlossenen Augenlider, ihre Nasenspitze und ihr energisches kleines Kinn. »Sag mir, dass du dich in diesen langen Wochen ebenso nach mir sehnen wirst.«

»Ja, verdammt«, keuchte sie. Was geschah mit ihr? Für gewöhnlich hatte sie sich, wenn sie sich liebten, ebenso unter Kontrolle wie er, aber heute Nacht hatte er die Führung übernommen, und sie entdeckte, wie sehr ihr das gefiel. Sie wollte, dass er sie grob nahm, sie vollkommen überwältigte, sie zur Sklavin seiner wilden Leidenschaft machte. Heute fühlte sie sich wieder wie ein ganz junges Mädchen.

Er ließ sie los und glitt an ihr hinunter, nahm einen ihrer kleinen, schmalen Füße in seine große Hand, küsste ihn, saugte leicht an jedem Zeh und leckte über ihren Spann. Seine Küsse glitten über ihren Knöchel, ihre Wade und ihr Knie bis zu ihrem Oberschenkel, und dann wanderten sie zum anderen Bein und von dort wieder hinunter.

Schließlich schob er sich hoch und begann erneut, an ihren vollen Brüsten zu saugen, während sie ihm durch die dunklen Haare fuhr. Er drückte sein Gesicht an ihren Nabel und rieb seine Wange an der seidigen Haut. Jeder Nerv in ihrem Körper pulsierte vor Verlangen. Ganz langsam glitt er tiefer hinunter. Ihre Vulva war geschwollen und schimmerte bereits nass von ihren Säften. Er leckte sie ab und lächelte, als sie wimmerte und schließlich wütend anfing zu fluchen. Dann spreizte er ihre Beine und schob mit dem Daumen die Schamlippen auseinander, bis ihre pochende Knospe sich seinem geilen Blick darbot.

»Lieber Himmel«, stöhnte er, »du bist so verdammt schön!«

»Jemmie! Du bringst mich um!, schrie sie auf.

Er beugte sich vor und leckte ein paar Mal um ihre korallenfarbene Muschel herum, dann umfasste er ihr Juwel mit den Lippen und saugte heftig daran, während sie sich wild unter ihm aufbäumte.

Eine Lust, wie sie sie noch nie erlebt hatte, überrollte sie mit einer solchen Gewalt, dass sie das Gefühl hatte, sie müsse auf der Stelle sterben. Rasch ließ er sich auf sie fallen und drang so heftig in sie ein, dass eine weitere Welle der Lust sie überschwemmte. Ihr Körper erzitterte in einem mächtigen Orgasmus; sie krallte ihm die Nägel in den Rücken, und er stöhnte laut.

Er konnte nicht genug von ihr bekommen, stieß immer wieder in sie hinein und stöhnte auf, als sie die Beine um ihn schlang, damit er noch tiefer in sie eindringen konnte. Endlich, als er schon dachte, es gäbe keine Erlösung mehr, erbebte er, und seine Säfte schossen mit einer solchen Gewalt aus ihm hervor, dass es einer Überschwemmung gleichkam. Erschöpft sank James Leslie über seiner Geliebten zusammen und schluchzte vor Erleichterung.

»Aah, du exotische Hexe«, flüsterte er. »Wir haben uns beinahe gegenseitig umgebracht!«

Jasmine lächelte. *»War es nicht wundervoll?«*, fragte sie und schlang die Arme um ihn.

»Und jetzt muss ich dich für einen ganzen Monat verlassen«, beklagte er sich.

»Beeil dich«, erwiderte sie. »Ich weiß nicht, wie lange ich St. Denis' Gesellschaft ertragen kann. Es wird schwierig und lästig werden, ihn mir vom Leib zu halten. Gott sei Dank ist die Königin meine Freundin.«

»Wenn er es auch nur wagt, dich zu berühren«, grollte Glenkirk und blickte ihr in die türkisfarbenen Augen, »dann mache ich aus ihm den ersten Eunuchen an diesem Hof. Ich hasse es, wenn dieser geile Bastard dich so ansieht, als würde er ein köstliches Mahl betrachten.«

»Wenn er auch nur einen Bissen versucht, vergifte ich

ihn«, versprach Jasmine ihm. »Ich gehöre dir, James Leslie. Mein Körper und meine Seele gehören dir. Kein anderer Mann soll mein Gatte werden. Und jetzt steig von mir herunter, du großes Tier. Ich muss Liebestücher vorbereiten, damit wir eine weitere Runde unserer süßen Leidenschaft genießen können. Es hat mir gar nicht gefallen, dass wir so lange nicht zusammen waren, und ich brauche viele Erinnerungen, um den nächsten Monat zu überstehen.«

»Du bist unersättlich!« Er grinste sie an.

»Du auch«, gab sie zurück.

»Bereite das Waschbecken vor«, wies er sie an. »Ich brauche solche Erinnerungen auch, meine Liebste.«

Als sie lange nach Sonnenaufgang am nächsten Morgen erwachte, war James Leslie fort, und sie wusste nicht einmal, wann er gegangen war. Auf dem Kopfkissen, auf dem sein dunkler Schopf gelegen hatte, lag jetzt ein halb offene, blutrote Rose. Lächelnd sog sie ihren Duft ein, und in Gedanken weilte sie bei den Erinnerungen an das, was sie vor dem Morgengrauen gemacht hatten. Diese Erinnerungen würden sie in den kommenden Wochen trösten müssen. Das Becken neben dem Bett war verschwunden, und sie merkte, dass ihre Dienstboten, diskret wie immer, bereits da gewesen waren. Sie griff nach der Klingelschnur, um zu verkünden, dass sie erwacht und bereit für ihren morgendlichen Tee war.

Kurz darauf trat Adali in ihr Schlafzimmer, das Tablett mit dem blauweißen Porzellangeschirr in der Hand. »Guten Morgen, meine Prinzessin«, sagte er und stellte das Tablett ab. Er goss den heißen, duftenden Tee aus der henkellosen Kanne in die tiefe Tasse und brachte sie ihr. »Euer Tee.« Dann nahm er die Rose entgegen, um sie in eine Vase zu stellen.

Jasmine nippte langsam an dem Getränk. »Wann ist Lord Leslie gegangen, Adali?«, fragte sie dann.

»Vor dem ersten Morgenlicht, Mylady. Der Spion war noch nicht wieder auf seinen Posten zurückgekehrt, und er ist auch jetzt noch nicht da. Wahrscheinlich braucht sein

Herr ihn jetzt nicht mehr, da der Graf nach Schottland abgereist ist. Er und Fergus More sind kurz nach Morgengrauen losgeritten.«

»Und jetzt beginnt die mühsame Aufgabe, den Marquis von Hartsfield zu überlisten, während ich so tue, als zöge ich seinen albernen Antrag in Erwägung«, murmelte Jasmine.

Adali verzog missbilligend den Mund. »Der Gentleman hat so viel Feingefühl wie ein Kampfelefant Eures Vaters«, stellte er fest. »Ein gefährlicher Kerl nach meinem Gefühl.«

»Ja«, erwiderte Jasmine. »Jemmie sagt, er habe perverse Neigungen. Ich werde sehr vorsichtig sein müssen.«

»Ihr werdet doch sicher nicht zulassen, meine Prinzessin, dass Ihr alleine mit ihm seid«, sagte Adali besorgt.

»Das muss ich schon«, entgegnete Jasmine. »Deshalb hat er ja dafür gesorgt, dass Jemmie weggeschickt wurde, damit ich alleine mit ihm sein kann. Er glaubte, er könne mich dazu überreden, ihn zu heiraten. Natürlich möchte er nur die Herrschaft über mein Vermögen erlangen, und über meinen unehelichen Stuart-Sohn. Offensichtlich hat er eine geringe Meinung von Frauen, und auch das spricht in meinen Augen gegen ihn.«

»Ihr wollt sicher baden«, sagte Adali und ließ das unangenehme Thema Piers St. Denis fallen.

»Hmm«, stimmte Jasmine zu. »Ich fühle mich köstlich zerschlagen und ganz erfüllt von der Liebe meines Lords, Adali.«

»Dann seid Ihr also wirklich glücklich darüber, James Leslie nächsten Monat zu heiraten? Ich finde nämlich, dass er der richtige Gatte für Euch ist, meine Prinzessin. Ich möchte nicht, dass ihr unglücklich werdet. Schließlich liebe ich Euch wie ein Vater und habe Euch wie ein solcher von klein an großgezogen«, sagte Adali und blickte sie aus seinen braunen Augen zärtlich besorgt an.

»Ich bin glücklich«, erklärte Jasmine. »Danke, mein liebster Adali. Ihr sollt wissen, dass ich Euch genauso sehr liebe, wie ich Akbar geliebt habe, dessen königlicher Samen mich gezeugt hat.«

Er verneigte sich tief und eilte aus dem Zimmer. Seine Gefühle überwältigten ihn so sehr, dass er nichts entgegnen konnte. Jasmine lächelte. Sie konnte sich ein Leben ohne Adali gar nicht vorstellen. Er war immer bei ihr gewesen; er und ihre beiden Zofen. Ob sie sich wohl an das Leben im weniger zivilisierten Schottland gewöhnen würden? Na, zumindest würden sie gemeinsam ihr Leben so organisieren, wie sie es immer schon getan hatten, dachte sie schmunzelnd. Adali, Toramalli und Rohana schufen überall zivilisierte Verhältnisse.

Jasmine trat gerade aus dem Bad, als Adali sichtlich verärgert in ihr Schlafzimmer kam. »Der Marquis von Hartsfield ist hier, Mylady. Lasst mich ihn wieder fortschicken. Er ist mit einem seeuntüchtigen Kahn hier angekommen und sagt, er möchte eine Bootsfahrt mit Euch machen.«

Jasmine brach in Lachen aus. »Er versucht, romantisch zu sein, Adali«, kicherte sie. »Ich werde auf sein Picknick mitkommen, und wenn wir wieder zu Hause sind, werde ich mich erkältet haben, was mir für ein paar Tage seine Gesellschaft erspart. Männer mögen keine kränkelnden Frauen.«

»Sehr wohl, Mylady«, erwiderte Adali. »Wann könnt Ihr fertig sein? Er fragt mich sicher danach. In einer Stunde? Oder in zwei?«

»Sagen wir in zwei Stunden, Adali. Da er mir seine Gesellschaft vorher nicht angekündigt hat, kann er kaum erwarten, dass ich bei seiner Ankunft gleich bereit bin. Ein Lakai soll ihm etwas Wein und Gebäck bringen, und dann lasst ihn in der Bibliothek schmoren.«

Adali verbeugte sich und ging.

Abgetrocknet, eingepudert und in einen Hausmantel gehüllt, streckte Jasmine sich auf ihrem Bett aus und überlegte, was sie anziehen sollte. »Etwas Mädchenhaftes und Ländliches«, sagte sie zu ihren Zofen.

»Ihr habt ein lavendelblaues Seidenkleid mit einem breiten Spitzenkragen«, schlug Rohana vor.

»Das Ihr mit mehreren Unterröcken und ohne Reifrock tragen könntet«, fuhr Toramalli fort. »Allerdings ist der Ausschnitt sehr tief.«

»Hmm«, überlegte Jasmine. Es wäre bestimmt lustig, St. Denis mit dem Ausblick auf etwas zu necken, das er nie besitzen würde. Sie war sehr stolz auf ihren Busen, der trotz ihrer vier Geburten immer noch fest und cremeweiß war. »Lasst mich mal sehen«, sagte sie zu Rohana.

Rohana brachte das Kleid und breitete es vor ihrer Herrin aus. Es war knöchellang und wirklich ganz einfach, nur die Schlitze an den Ärmeln waren mit cremefarbener Seide gefüttert. Den einzigen Schmuck am Mieder bildete ein gerüschter Spitzenkragen. Um die Taille wurde eine cremefarbene Spitzenschärpe geschlungen.

»Ja«, entschied Jasmine. »Haben wir passende Schuhe dazu?«

Toramalli schüttelte den Kopf. »Ihr zieht besser nicht die schwarzen an, sie könnten schmutzig werden. Ihr habt ein paar neue, die für die Gelegenheit perfekt sind, Mylady. Welchen Schmuck?«

»Die Perlenkette mit dem birnenförmigen rosa Diamanten«, erwiderte Jasmine spitzbübisch. »Er wird kaum die Augen davon abwenden können, und doch muss er die ganze Zeit so tun, als interessierten ihn weder mein Schmuck noch meine Brüste.« Sie grinste die beiden Dienerinnen an, die bei der Vorstellung in Gelächter ausbrachen.

»Ihr seid noch genauso ungezogen wie früher als kleines Mädchen, wenn Ihr Euch im Palastgarten vor Adali versteckt habt«, sagte Rohana fest.

Einen Moment lang glitt ein Schatten über Jasmines Gesicht. Wie einfach doch ihr Leben als jüngstes Kind des großen Moguls Akbar gewesen war. Doch das alles schien schon so lange her und so weit entfernt von ihrer Wahlheimat England. »Vermutlich«, sagte sie, »lebt dieses kleine Mädchen immer noch irgendwo in mir, aber sagt das niemals den Kindern, Rohana.«

»Ihnen braucht man nicht beizubringen, wie man ungezogen ist«, erwiderte Toramalli. »Es scheint ihnen angeboren zu sein. Es erstaunt mich immer wieder, wie Eure Großmutter mit ihnen fertig wird.«

Jasmine lachte. »Für Skye O'Malley kann keine Herausforderung groß genug sein«, sagte sie zu den Zofen. »Es heißt immer, ich sei wie sie. Ich höre das natürlich schrecklich gerne, aber ich glaube nicht, dass ich an ihr Format herankomme.«

»Ihr seid noch jung, meine Prinzessin«, bemerkte Toramalli, »und außerdem fließt von Eures Vaters Seite her auch das Blut der Eroberer in Euren Adern.«

Genau zwei Stunden, nachdem der Marquis von Hartsfield angekündigt worden war, stieg Jasmine die Treppe von Greenwood House herunter und trat in die Bibliothek, wo er ungeduldig auf sie wartete. Sie sah taufrisch und unglaublich unschuldig aus. Ihre Schönheit verschlug ihm buchstäblich den Atem. *Er musste sie einfach haben!*

Sie machte einen Knicks. »Guten Tag, Mylord.«

Er verbeugte sich, um Fassung ringend. »Madame, ich dachte, es gefiele Euch vielleicht, irgendwo am Fluss ein Picknick zu machen.«

»Adali sagte es mir schon. Was für eine reizende Idee, Mylord. Sollen wir gehen?« Jasmine lächelte freundlich.

»Natürlich«, erwiderte er und beeilte sich, ihr die Tür offen zu halten. »Ein Boot wartet auf uns.«

Sie traten aus dem Haus und gingen zum Fluss hinunter, wo, zur Überraschung des Marquis von Hartsfield, ein anderes Boot sie erwartete, gemeinsam mit Adali, der enge lange weiße Hosen und eine knielange weiße Jacke trug, die mit Goldfäden und Perlen bestickt war. Um die Taille hatte er eine goldene Schärpe geschlungen, in der ein juwelenbesetzter Dolch steckte. Seine grauen Haare bedeckte ein kleiner weißer Turban. Jasmine hatte ihn seit Jahren schon nicht mehr in dieser Kleidung gesehen und zog fragend die Augenbrauen hoch.

Adali verneigte sich. »Das Boot des Marquis war völlig unzureichend, meine Prinzessin«, sagte er ruhig. »Ich habe es weggeschickt.«

»Aber mein Picknickkorb war in dem Boot«, protestierte Piers St. Denis, empört über die Kühnheit des Dieners.

»Der Inhalt Eures Korbes war nicht für den feinen Gaumen meiner Herrin geeignet, Mylord. Deshalb habe ich ihn durch einen Korb aus unserer eigenen Küche ersetzt«, erwiderte Adali und half Jasmine auf das Boot.

Als auch der Marquise eingestiegen war und sich neben Jasmine gesetzt hatte, stieg Adali ebenfalls ins Boot und wies die Bootsleute mit einer gebieterischen Geste an, mit dem Rudern zu beginnen.

»*Ihr kommt mit uns?*« Piers St. Denis wurde langsam wütend. Konnte er denn nie mit Jasmine allein sein?

»Meine Herrin geht nicht mit fremden Männern aus, Mylord«, antwortete Adali. »Es ist meine Pflicht, sie zu beschützen. Ihr Vater, der große Mogul Akbar, hat sie mir persönlich als Säugling in die Arme gelegt und mir meine Anweisungen gegeben. Ich habe meine Herrin noch nie im Stich gelassen und werde das auch nie tun. Ich werde sie beschützen, bis ich sterbe.«

»Dann seid Ihr also ein Sklave?«

Adali schüttelte den Kopf. »Ich bin ein freier Mann, Mylord«, erwiderte er mit unbewegtem Gesicht. Sein Tonfall verriet deutlich, wie sehr er jemanden missbilligte, der seine Autorität und seinen sozialen Stand nicht erkannte.

»Ich werde Eurer Herrin nichts zuleide tun, Adali«, sagte Piers St. Denis versöhnlich. »Das seht Ihr doch sicher ein.«

»Meine Herrin ist eine Dame von Stand, sie ist reich und außergewöhnlich schön, Mylord. Ich bin sicher, dass Ihr ehrenhafte Absichten hegt. Dennoch ist es meine Pflicht, sie zu begleiten, bis sie wieder verheiratet ist und ihr Ehemann auf sie aufpasst. Dann werde ich wieder ihren Haushalt führen, mich aber weiter um ihre Sicherheit und um die Kinder kümmern.« Er verzog keine Miene. »Lasst Euch durch meine Anwesenheit nicht stören. Ich sehe und höre alles, aber es wird nichts in die Öffentlichkeit dringen.« Damit wandte er ihnen den Rücken zu und blieb an der offenen Kabinentür der Barke stehen.

»Es überrascht mich, dass Ihr einem Diener erlaubt, so mit Euren Besuchern zu reden«, grollte der Marquis gereizt. Adalis Auftreten war beeindruckend. Wie zum Teufel konnte er Jasmine mit Leidenschaft überwältigen, wenn dieser verdammte Kerl dauernd dabei war? Musste Glenkirk das auch ständig in Kauf nehmen? Das bezweifelte er.

»Adali ist eigentlich kein Diener«, erklärte Jasmine ihrem Verehrer ruhig. »Er war mir immer ein Freund, und ist wie ein zweiter Vater für mich. Ich vertraue seinem Urteil und seinem Instinkt. Er will nur das Beste für mich, Mylord.« Sie wechselte das Thema, lächelte ihn freundlich an und sagte: »Wo werden wir denn anhalten und essen? Ist es nicht ein wundervoller Tag? Nirgendwo ist es so schön wie in England im Frühling, nicht wahr? Wart Ihr schon in anderen Ländern? Ich glaube, ich war schon überall.«

»Ich habe England noch nie verlassen«, erwiderte er steif. »Warum sollte ich? Hier habe ich alles, was ich brauche.«

»Seid Ihr denn niemals neugierig auf andere Länder und andere Menschen gewesen?«, fragte sie ihn. »Bevor ich Indien verlassen habe, war ich nirgendwo, aber ich bin natürlich mit dem Hof meines Vaters durch unser riesiges Land gereist. In Indien ist es jedoch sehr heiß, und als ich älter wurde, verbrachte ich sehr viel Zeit in Kaschmir, in dem Palast, den mein Vater meiner Mutter schenkte. Er steht an einem See. Das Klima dort war sehr viel gemäßigter als in Lahore, Fatahpur Sikri oder Agra. So heißen einige Städte dort!«

»*Städte?*«, erwiderte er überrascht. »Ich habe Indien immer für ein recht wildes und barbarisches Land gehalten, Madame. Eure Städte könnten natürlich gegen London oder unsere anderen Städte nicht bestehen. Bei Euch gibt es doch nur Schlamm und Holzhütten, oder? England muss Euch überwältigt haben, als Ihr das erste Mal hierher gekommen seid.«

Jasmine traute kaum ihren Ohren. Wusste er denn gar nichts von der Welt außerhalb Englands? »Indien«, erklärte sie ihm, »hat eine sehr alte Kultur, Mylord. Unsere Städte sind in vieler Hinsicht sehr viel städtischer als Eure. Den Armen bei uns ist zwar ein einfaches Dasein beschieden, wie überall auf der Welt, aber die Reichen führen ein sehr viel prächtigeres Leben. Die Paläste meines Vaters übertreffen alles, was ich jemals in England gesehen habe. Die Mauern der Residenz meines Vaters in Agra sind drei Meter dick und sechzig Meter hoch. Sie ist uneinnehmbar und unglaublich prächtig, und das ist nicht einmal das größte seiner Schlösser. Akbar hat eine ganze Stadt gebaut, die er Fatahpur Sikri nannte. Sie besteht ganz aus Marmor und Sandstein und ist so schön, dass man geblendet wird, wenn man sie betrachtet.

Warum haltet Ihr Indien für zurückgeblieben? Wir haben genauso viele, wenn nicht sogar mehr Künstler, Kaufleute und Handwerker wie Ihr. Unser Land ist riesig verglichen mit diesem kleinen Inselkönigreich England. Und im Land meines Vaters ist jeder Glaube willkommen. Das ist in England oder den anderen *zivilisierten* Ländern Europas nicht der Fall. Und nicht nur das, wir haben auch eine große, glorreiche Geschichte, die über die Jahrhunderte niedergeschrieben wurde und die in den Bibliotheken in den Palästen meines Vaters fest gehalten ist. Unsere Musik, unsere Malerei und Literatur sind unübertroffen …«

Er war erschreckt über ihren Ausbruch. Er hatte angenommen, sie sei nach England gekommen, um der Barbarei in ihrem Heimatland zu entfliehen. »Wenn Ihr Indien so liebt«, sagte er, »warum habt Ihr es dann verlassen?«

»Weil«, entgegnete Jasmine unverblümt, »mein Halbbruder Salim, der jetzige Kaiser Jahangir, eine inzestuöse Beziehung mit mir wollte, Mylord. Er hat meinen ersten Mann, Prinz Jamal, den königlichen Gouverneur von Kaschmir, ermordet, um in mein Bett zu gelangen. Mein Vater lag im Sterben und wusste, dass er mich vor Salim nicht mehr beschützen konnte. Deshalb schickte er mich nach England, um den unnatürlichen Gelüsten meines Bruders ein Ende zu bereiten.« Sie lächelte ihn süss an. »Wusstest Ihr das nicht? Ich bin davon ausgegangen, dass Ihr neugierig auf mein persönliches Geschick wart, weil Ihr Euch doch für mich interessiert, aber offensichtlich ist das nicht der Fall.«

»Meine Zuneigung zu Euch, Madame, wächst mit jeder Minute, und ich merke, was für eine großartige Frau Ihr eigentlich seid.«

Adali gab ein Geräusch von sich, das wie ein scharfes Auflachen klang, drehte sich aber nicht um.

»Ihr wisst nichts von mir, Sir«, sagte Jasmine abweisend, »außer dem, was der König Euch erzählt hat. Dass ich als schwache Frau einen Gatten haben muss, weil ich nicht in der Lage bin, mein Leben allein in die Hand zu nehmen und meine Kinder großzuziehen. Und dass ich reich bin. Sogar reicher als der König. Und sicher hat der König Euch auch gesagt, dass ich schön wäre, aber bis zu dem Tag, als ich mit Glenkirk an den Hof zurückkehrte, war das alles, was Ihr von mir wusstest. Euch ist natürlich bekannt, dass ich Prinz Henrys Geliebte war und ihm einen Sohn geboren habe; aber Ihr wart nicht in London, als ich das letzte Mal hier weilte. Und als der König Euch die Gelegenheit geboten hat, mir den Hof zu machen, habt Ihr Euch noch nicht einmal die Mühe gemacht, etwas anderes über mich herauszufinden als das, was man Euch erzählte. Das finde ich nicht besonders schmeichelhaft, Mylord. Fast hat es den Anschein, als machtet ihr mir lediglich den Hof wegen meines Reichtums und wegen der Macht, die Ihr als Stiefvater meines unehelichen Stuart-Sohnes zu erlangen glaubt. Ihr wisst durchaus, dass ich Euch gar nicht haben will, und doch besteht Ihr auf diesem Spiel. Warum, Mylord St. Denis? *Warum?*«

»Alles, was Ihr sagt, ist wahr, Madame«, begann er, »aber vom ersten Moment an, als ich Euch sah, wusste ich, dass Ihr meine Frau werden müsst! Ich verzehre mich vor Verlangen nach Euch! Ihr habt mich jedoch nicht in Eure Nähe gelassen, und woher sollte ich etwas über Euch erfahren, wenn ich nicht mit Euch zusammen sein konnte? Ich wollte unsere Ehe nicht auf Gerüchten und Hörensagen, oder, noch schlimmer, auf falschen Informationen beruhen lassen. Nur Ihr könnt mir die wahre Geschichte von Jasmine Lindley erzählen.«

»Immerhin habt Ihr auch dafür gesorgt, dass Jemmie weggeschickt wurde«, beschuldigte sie ihn.

»Wie sonst hätte ich Euch näher kommen können?«, fragte er. »Es war äußerst geschickt vom Grafen, mit Euch im Schlepptau aus Frankreich zurückzukehren; und Euch zu heiraten ist für ihn der endgültige Diamant in seiner Krone. Ich jedoch möchte ihm diesen Diamanten wegnehmen und ihn selber tragen. Kein Mann auf der Welt, der die Situation kennt, würde mir daraus einen Vorwurf machen.« Er griff nach ihrer Hand und drückte einen glühenden Kuss darauf.

Jasmine zog ihre Hand weg. »Ihr vergesst Euch, Mylord!«, erklärte sie eisig. Der Kuss hatte sie vor Abscheu erschauern lassen. Etwas an ihm erinnerte sie an Salim, obwohl es absolut keine Ähnlichkeit zwischen ihrem Bruder und dem Marquis gab.

»Ich werde Euch bekommen, Jasmine«, erklärte er. Seine hellblauen Augen glitzerten dunkel. »Ihr seid dazu bestimmt, meine Frau zu werden.«

»Ich werde James Leslie heiraten«, erwiderte sie ruhig. »Und Ihr könnt nichts tun, Mylord, um meine Meinung zu ändern. Wenn Ihr mich jedoch unterhalten wollt, solange mein Jemmie in Schottland ist, so freue ich mich über Eure Gesellschaft; außerdem weiß ich, dass es den König glücklich macht. Vielleicht können wir dem König sogar eine Liste passender Mädchen präsentieren, wenn Ihr endlich eingesehen habt, dass Euer Werben um mich vergeblich ist. Ihr nehmt meinen Vorschlag besser an, Mylord. Für den König seid ihr ohnehin zu kompliziert. Am Ende wählt er noch Villiers zu seinem ersten Favoriten, und Ihr habt keinen Einfluss mehr auf ihn. Vermutlich habt Ihr nicht allzu viele Freunde, und Villiers wird es bestimmt gefallen, wenn Ihr in Vergessenheit geratet«, warnte sie ihn.

»Ihr seid äußerst schlau und eine sehr gute Beobachterin«, entgegnete er. »Bestimmt seid Ihr also eine von diesen intelligenten Frauen?«

»Ja, das bin ich«, gab Jasmine zu.

Adali, der der Unterhaltung gelauscht hatte, drehte sich um und sagte zu dem Paar: »An der nächsten Flussbiegung liegt ein hübscher Weidenhain. Mit Eurer Erlaubnis, meine Prinzessin, lasse ich die Ruderer dort anlegen.«

Jasmine nickte.

»Könnt Ihr lesen und schreiben?«, fragte der Marquis sie.

»Ja. Ich beherrsche auch die Mathematik, kenne mich in

Geschichte aus und spreche mehrere Sprachen fließend, Mylord. Ein äußerst aufgeklärter Priester, der nur zu diesem Zweck an den Hof meines Vaters kam, hat mich unterrichtet. Ich wurde als Säugling im christlichen Glauben getauft. Meine Stiefmutter hing dagegen dem Islam an, ebenso wie meine Brüder. Zwei meiner drei Schwestern sind Hindus. Ich habe Euch ja bereits erzählt, dass im Land meines Vaters jeder Glaube willkommen ist. Meine Schwestern haben eine genauso exzellente Erziehung genossen wie ich, außer der armen Aram-Banu Begum. Sie ist ein wenig langsam, aber ein süßes Mädchen.«

Sie erstaunte ihn immer mehr. Zwar hatte sie gesagt, er sei kompliziert, aber er fand auch sie äußerst vielschichtig. »Hattet Ihr und Eure Geschwister unterschiedliche Mütter?«

Jasmine lachte. Sie wusste schon jetzt, dass er über ihre Antwort schockiert sein würde. »Ja«, erwiderte sie. »Es mag Euch sehr ausschweifend vorkommen, Mylord, aber in Indien ist es Sitte, dass ein Mann mehrere Ehefrauen und Konkubinen hat. Natürlich können sich nicht alle Männer in Indien mehr als eine Frau leisten, aber mein Vater musste schon aus dynastischen und politischen Gründen mehrmals heiraten. Viele seiner Frauen waren die Schwestern und Töchter der Männer, die er besiegt hat oder mit denen er sich verbünden wollte. Meine englische Mutter war seine vierzigste Frau, und natürlich hatte er einen großen Harem voller Favoritinnen. Ich habe es oft für unfair gehalten, dass Männern das Privileg zukommt, zahlreiche Frauen zu haben, aber Frauen immer einem Mann treu sein müssen. Wie denkt Ihr darüber, Mylord?« Ihre türkisfarbenen Augen funkelten.

»Ich … ich … ich habe noch nie darüber nachgedacht«, erwiderte er langsam. Ein Mann konnte eine Frau und eine Geliebte haben, aber das gab bei Gott schon genug Ärger. *Vierzig Frauen?* Der verstorbene Kaiser von Indien musste in der Tat ein toller Mann gewesen sein.

Sie lachte fröhlich. »*Ihr seid schockiert*«, verspottete sie ihn.

Das Boot glitt an das sandige Ufer, bevor er antworten konnte. Adali sprang heraus und trug seine Herrin an Land. Der Marquis von Hartsfield musste zusehen, wie er alleine zurechtkam. Zwei der Bootsleute kletterten aus dem eleganten kleinen Schiff und brachten einige Körbe. Adali nahm eine Leinentischdecke und breitete sie auf einem grasbewachsenen Flecken unter einer besonders großen Weide aus. Dann stellte er das Essen bereit. Ein kleines, goldbraun gebratenes Hühnchen, eine Kaninchenpastete, noch warm vom Ofen in einer irdenen Pastetenform, ein halber kleiner Landschinken, frisches Brot, ein Topf süße Butter, ein Viertel harten, gelben Käse, ein kleines Silbergefäß mit zerlaufendem französischem Brie, eine Schüssel frisch gepflückte Erdbeeren und eine Karaffe Wein. Gedeckt wurde mit zwei Silbertellern, zwei venezianischen Kristallkelchen mit silbernen Schmetterlingen und dem passenden Silberbesteck mit Horngriffen.

»Habt Ihr zu essen für Euch und die Bootsleute, Adali?«, fragte Jasmine, während sie sich vorsichtig auf dem Boden niederließ.

»Ja, meine Prinzessin«, antwortete er mit einer Verneigung.

»Dann könnt Ihr uns jetzt verlassen, um selber zu essen«, sagte Jasmine. »Ich glaube, wir können darauf vertrauen, dass der Marquis sich gut benimmt, Adali.«

»Ich bleibe in Hörweite«, erwiderte Adali und ging zum Boot zurück, wo die Bootsleute auf seine weiteren Anweisungen warteten.

»Wird er immer bei uns sein?«, fragte Piers St. Denis, als er sich setze.

»Es hält Euch von Dummheiten ab, glaube ich«, neckte Jasmine ihn. »Wenn ich gezwungen wäre, mich selbst zu verteidigen, könnte ich Euch wehtun.«

Er lachte. Sie war eine der irritierendsten Frauen, die er je kennen gelernt hatte, aber sie war auch ungeheuer begehrenswert. »Jasmine … ich beabsichtigte nämlich auch ohne Eure Erlaubnis, Euch beim Vornamen zu nennen – wenn Ihr mir eine Chance geben wollt, werdet Ihr herausfinden, dass ich ein reizender Mensch bin. Ich würde einen hervorragenden Ehemann abgeben und könnte Eure Angelegenheiten genauso gut regeln wie Rowan Lindley, als er Euer Gatte war. Und jetzt werde ich ein bisschen von allem essen, denn ich bin ziemlich hungrig, und Euer Koch scheint recht gut zu sein. Adali hatte offensichtlich recht damit, meinen ärmlichen Korb zurückzuweisen; er war viel zu gewöhnlich.«

Jasmine musste unwillkürlich lachen. Sie machte ihm einen Teller zurecht und sagte: »Was das Regeln meiner Angelegenheit betrifft, so erzähle ich Euch besser gleich, dass ich geschäftliche Dinge selbst zu regeln pflege. Ich habe zwar Rowan gelegentlich um Rat gefragt, aber alle Entscheidungen, die mein Vermögen betreffen, liegen in meinen Händen. Und dort werden sie auch bleiben.« Sie reichte ihm den vollen Teller und schenkte ihm Wein in einem Kelch ein.

»Hat Glenkirk dem zugestimmt?«

»Ich würde ihn nicht heiraten, wenn er es nicht getan hätte«, erwiderte Jasmine und legte einen Hühnerschenkel, eine Scheibe Schinken und etwas Brot und Käse auf ihren Teller. »Ist der Wein gut? Er kommt vom französischen Zweig der Familie in Archambault an der Loire.« Genießerisch nahm sie einen Schluck aus ihrem Kelch.

»Ihr habt französische Verwandte?«

»Ja.« Sie knabberte an einem Hühnerflügel.

Schweigend aß er. Sie war keine einfache Frau, dachte er wieder. Sie war gebildet. Sie war unabhängig. Sie war weit gereist. Sie war die Geliebte eines Prinzen gewesen, der, wenn er noch leben würde, Englands nächster König geworden wäre. *Sie hat ihm einen Sohn geboren. Sie war unermesslich reich.* Das alles wog seine anderen Bedenken bei weitem auf, aber er brauchte Zeit, um seinen Angriffsplan neu zu überdenken.

Jasmine hatte offensichtlich keine Angst vor der Macht des Königs, und sie erstarrte auch nicht vor Ehrfurcht vor Piers St. Denis, dem Marquis von Hartsfield. Wie konnte er die Herrschaft über sie gewinnen? Wodurch könnte er ihr so viel Angst einjagen, dass sie ihm gehorchte? Wie konnte er den Zugriff auf ihr Vermögen bekommen? Glenkirk war entweder ein Idiot, oder er war auf ihre Wünsche eingegangen, um nach der Hochzeit die Hand auf Jasmines Vermögen legen zu können. *Er brauchte Zeit zum Nachdenken.*

Als sie mit dem Essen fertig waren, kehrten sie nach Greenwood zurück. Auf dem Fluss, in Anwesenheit der Bootsleute und unter den missbilligenden Blicken von Adali, konnte er sie kaum verführen. Während sie flussabwärts fuhren, begann Jasmine zu niesen. Nach einer Weile kam ein leichtes Schniefen hinzu. Ihre Augen wurden trüb, und sie war bei weitem nicht mehr so gesprächig wie zu Beginn ihres Ausflugs.

»Seid Ihr krank?«, fragte er nervös.

»Vielleicht bekomme ich eine Grippe, Mylord«, erwiderte sie unglücklich. Dann nieste sie wieder ein paar Mal hintereinander. »Es ist so feucht auf dem Fluss, und es ist immer noch Frühling. Möglicherweise war das Essen im Freien doch keine so gute Idee. Hatschi! O Gott!« Sie suchte nach ihrem Taschentuch und schnäuzte sich geräuschvoll die Nase.

»Wir sind gleich zu Hause«, sagte er irritiert. Du lieber Himmel! Eine Grippe! Und wenn es eine dieser schlimmen Grippen war? Wenn sie nun starb, und er wurde dafür verantwortlich gemacht? Du meine Güte, Villiers würde sich ausschütten vor Lachen über sein Missgeschick. Dann würde er Jasmine nie bekommen, und auch nicht ihren Reichtum und die Macht, die damit verbunden wäre, der Vormund des kleinen Herzogs von Lundy zu sein.

»Adali!« Piers St. Denis zupfte Adali an seiner Seidenjacke.

»Mylord?« Adali drehte sich rasch um.

»Eure Herrin ist krank, Adali. Sagt den Ruderern, sie sollen sich beeilen, damit sie nicht so lange in der feuchten Luft bleiben muss.«

Adali blickte mit undurchdringlichem Gesicht in die Kajüte. »In der Tat, Mylord, meine Herrin wirkt fiebrig. Eine Grippe, würde ich sagen.« Er wandte sich wieder um und erteilte den Bootsleuten die Anweisung, schneller zu rudern.

Als sie an der Anlegestelle von Greenwood ankamen, nahm Adali die Dinge sofort in die Hand. Er hob Jasmine von ihrem Sitz und trug sie über den Rasen zum Haus. »Das Boot bringt Euch dorthin, wo Ihr hinmöchtest, Mylord!«, rief er dem Marquis zu.

Piers St. Denis, der den beiden eigentlich hatte folgen wollen, blieb abrupt stehen. Adali hatte ihn in eine unmögliche Lage gebracht. Unter diesen Umständen konnte er wohl kaum hinter Jasmine herlaufen. Ihm blieb nur eine Wahl. Er drehte sich um, ging zurück zum Boot und kletterte hinein. »Whitehall«, sagte er zu den Bootsleuten.

Jasmine sah ihm aus den Fenstern der Bibliothek nach und kicherte vergnügt. »Mich aus dem Boot ins Haus zu tragen, war eine wundervolle Idee, Adali«, lobte sie ihn.

»Das fand ich auch, meine Prinzessin«, erwiderte Adali. »Wie lange gedenkt Ihr an der Grippe zu leiden?«

»Zumindest ein paar Tage, und dann werde ich dem Marquis einen kurzen Besuch am Krankenbett gewähren«, entgegnete Jasmine.

»Seid nicht zu schlau«, warnte Adali sie. »Wenn der König findet, sein junger Freund habe zu wenig Zeit, um Euch zu werben, dann ist er imstande, die Hochzeit mit Lord Leslie zu verschieben. Und ich weiß, dass weder Ihr noch Eure Familie das wollte.«

»Ich mag den Marquis nicht«, sagte Jasmine. »Ich habe Euch doch erzählt, dass er mich an Salim erinnert, und jetzt weiß ich auch, warum. Erinnert Ihr Euch, wie mein Bruder die Dinge immer als absolute Fakten hinstellte? *Ich werde Euch besitzen.* Für Salim waren das nicht nur Worte, es waren Tatsachen. Er wollte mich. Er wollte mich besitzen. Für ihn gab es nicht den leisesten Zweifel, dass er bekommen würde, was er haben wollte. Piers St. Denis benimmt sich ganz genauso. Es ist ihm egal, dass ich ihn offensichtlich nicht leiden kann, es ist ihm egal, dass meine Hochzeit mit dem Grafen von Glenkirk bevorsteht. *Er will mich haben.* Er glaubt es aufrichtig, und das irritiert mich über die Maßen, Adali.

Die Zeit, die ich sonst mit Jemmie verbracht hätte, muss

ich jetzt mit dem Marquis verbringen. Ich wollte überhaupt nicht in London bleiben, sondern lieber nach Hause fahren, um meine Kinder zu sehen, von denen ich seit Wochen getrennt bin. Ich wollte das Grab meines Großvaters besuchen und ihm Lebewohl sagen. Alles, was ich sonst getan hätte, muss jetzt zurückstehen, weil ich hier bleiben und diesem gierigen königlichen Speichellecker erlauben muss, mir den Hof zu machen. James Stuart ist ein sentimentaler alter Dummkopf, aber er hat sich das letzte Mal in mein Leben eingemischt, Adali! Ich habe es satt!«

Adali merkte, dass sich seine Herrin in eine gefährliche Stimmung hineinsteigerte. Er wusste, dass er das verhindern musste, damit sie die Situation, in der sie sich befand, nicht verschlimmerte. Wenn sie doch nur den Grafen von Glenkirk vor zwei Jahren schon geheiratet hätte, dann gäbe es jetzt nicht solche Schwierigkeiten. »Warum schickt Ihr nicht nach den Kindern?«, schlug er vor.

»*Was?*« Sie blickte ihn überrascht an.

»Wir senden morgen eine Nachricht zu Eurer Großmutter und bitten Sie, dass sie die Kinder nach London bringen lässt. Der Marquis von Hartsfield sollte meiner Meinung nach Bekanntschaft mit Eurem Nachwuchs schließen. Schließlich versucht er doch, ihr Vormund und Stiefvater zu werden.« Adalis dunkle Augen begannen zu zwinkern. »Der kleine Lord Henry und meine India werden die Situation verstehen, wenn wir sie ihnen erklären. Sie werden den Marquis genauso wenig mögen wie Ihr. Meine Lady Fortune wird sich ihren älteren Geschwistern anschließen und die ungezogenste von allen sein. Und der Jüngste, Herzog Charles, wird das alles mitbekommen. Wenn er begreift, dass seine Geschwister den Marquis nicht mögen, wird er ihn ebenfalls ablehnen, obwohl St. Denis, der sich für so schlau hält, versuchen könnte, die Gunst Eures Sohnes zu gewinnen. In diesem Alter haben Kinder ganz entschiedene Vorlieben und Abneigungen, meine Prinzessin.«

»Das ist brillant!«, rief Jasmine. »Und der König wird überaus entzückt sein, dass er mit seinem Enkel spielen kann. Schickt gleich im Morgengrauen eine Taube, Adali!«

Lachend klatschte sie in die Hände. »Ich kann es kaum erwarten, Piers St. Denis Gesicht zu sehen, wenn er meinen Kindern gegenübersteht!«

»Ich werde die Nachricht an Madame Skye selbst schreiben«, sagte Adali.

Und das tat er auch, noch vor dem Morgengrauen, wobei er langsam und genau die winzigen Buchstaben auf das Pergament malte. Es war nicht notwendig, die Matriarchin der Familie über alles zu unterrichten, was seit Jasmines Rückkehr aus Frankreich nach England geschehen war. Das hatte Adali bereits getan, da er ständig in enger Verbindung mit Skye stand, wenn sie unterwegs waren. Sie wusste von den neuen Albernheiten des Königs und davon, wie irritiert Jasmine über Glenkirks Reise nach Schottland war. Jetzt schrieb er ihr in dem Code, den sie vor Jahren vereinbart hatten, dass die Kinder ihrer Mutter helfen mussten, ihren unerwünschten Verehrer wieder loszuwerden. Bei Erhalt der Nachricht sollten sie sofort nach London reisen. Dann rollte er den Pergamentbogen zusammen und steckte die Rolle in ein kleines Silberröhrchen, das er am Bein einer Taube von Queen's Malvern befestigte. Er trat ans Fenster und ließ die Taube in den dämmernden Morgenhimmel emporsteigen. Dann sah er ihr nach, wie sie zielstrebig nach Hause flog.

In den nächsten drei Tagen erschien Piers St. Denis, mit einem Blumenstrauß bewaffnet, jeden Tag in Greenwood, nur um von Adali immer wieder weggeschickt zu werden. Seine Herrin, teilte ihm der Diener mit, sei noch zu krank, um Besucher zu empfangen. Nein, sie hätten keinen Arzt gerufen, damit er Blutegel ansetzte; seine Herrin glaube nicht ans Schröpfen. Vielleicht ginge es ihr morgen so gut, dass sie ihn empfangen könne. Am vierten Tag, als der Marquis bereits ärgerlich wurde, empfing Adali ihn mit einem breiten Lächeln und erklärte ihm, seine Herrin würde ihn gerne sehen, jedoch nur für kurze Zeit. Er führte den Besucher in den zweiten Stock zu Jasmines Gemächern.

Piers St. Denis schaute sich rasch um, während sie die

Treppe hinaufstiegen, da er noch nie in den oberen Stockwerken gewesen war. Durch eine offene Tür blickte er in eine riesige Bibliothek, aber die anderen Türen im ersten Stockwerk waren fest geschlossen. Greenwood war nicht besonders groß, und er wunderte sich über seine Lage am Ende einer Reihe von Häusern, die den Reichen und Mächtigen gehörten. Das Haus war elegant eingerichtet, aber nicht besonders prunkvoll. Er hätte es sogar als einfach bezeichnet, wären nicht die Wandbehänge, die Teppiche und das Silber von allerbester Qualität gewesen. Sie waren im zweiten Stock angekommen, und Adali führte ihn in Jasmines Gemächer. Durch einen Salon gelangten sie direkt in ihr Schlafzimmer.

»Mylord!« Sie streckte die Hände aus, um ihn zu begrüßen. Ihre dunklen Haare hingen lose um ihr Gesicht, und sie trug einen unauffälligen Morgenmantel, der hochgeschlossen war. Erleichtert sah er, dass es ihr anscheinend besser ging.

»Geht es Euch gut?« Er küsste die dargebotenen Hände und setzte sich, ohne dass er dazu aufgefordert worden wäre, auf ihre Bettkante.

»Ich bin noch schwach, aber das Fieber und der Schüttelfrost sind zurückgegangen, glaube ich«, erklärte Jasmine und entzog ihm ihre Hände. »Und ich habe wundervolle Nachrichten von meiner Großmutter erhalten. Meine Kinder kommen nach London.«

»Eure Kinder?« Der Marquis von Hartsfield sah nicht sonderlich erfreut aus. »Ich dachte, Eure Kinder würden auf dem Land aufgezogen.«

»O nein, Mylord! Meine Kinder haben immer bei mir gelebt. Ich gehöre nicht zu den Müttern, die ihren Nachwuchs ausschließlich den Dienstboten überlassen. Gottseidank nicht! Meine Kleinen sind auf dem Land, weil Großmama sie aus Frankreich zu sich geholt hat, damit Jemmie und ich ein wenig Zeit füreinander haben, aber jetzt möchte ich sie wieder bei mir haben, zumal Jemmie fort ist und ich mich einsam fühle. Außerdem, wenn Ihr mein Gatte sein wollt, dann solltet Ihr auf jeden Fall meine Kinder kennen lernen, meint Ihr nicht auch? Und der König wird natürlich absolut entzückt sein, endlich meinen kleinen Stuart wieder zu sehen.« Sie lächelte ihn strahlend an. »Ich glaube, mir geht es einfach schon deshalb wieder besser, weil ich weiß, dass meine Kinder kommen.«

Piers St. Denis war nicht erfreut. Er hatte James Leslie loswerden wollen, damit er allein mit Jasmine sein konnte, und jetzt war der Graf seit einer Woche weg, und er war noch nicht einmal ungestört mit ihr zusammen gewesen. Und wenn nun ihre Gören kamen und ihre Zeit in Anspruch nahmen, wann würde er dann endlich zu seinem Recht kommen? Aber dem König konnte er sein Leid nicht klagen, denn der König war sentimental, wenn es um die Familie ging. Er würde froh sein, seinen Enkelsohn und die anderen drei kleinen Biester um sich zu haben. Betrübt lächelte er sie an. »Natürlich sollte ich die Kinder kennen lernen«, sagte er. »Sind die beiden Ältesten nicht schon groß genug, um bei anderen Familien aufwachsen zu können? Da wir unser Leben am Hof verbringen werden, Jasmine, sollten wir uns langsam auch über die Zukunft der Kinder Gedanken machen.«

»Meine Kinder werden nirgendwo anders leben, Mylord«, erwiderte sie. »Ich halte es für eine schreckliche Sitte, den eigenen Nachwuchs anderen Familien anzuvertrauen. Meine Kinder sind reich, besitzen einen Titel und einen untadeligen Stammbaum. Wenn die Zeit gekommen ist, werden sie begehrenswerte Partien sein, und zwar ohne dass sie in andere Haushalte geschickt worden sind.«

»Vielleicht sollten wir Euren Besuch jetzt abbrechen, Mylord«, unterbrach Adali, der im Zimmer geblieben war. »Aufregung schadet meiner Lady, wie Ihr sicher wisst. Morgen seid Ihr jedoch wieder willkommen.«

St. Denis erhob sich und verbeugte sich vor Jasmine. »Die Königin lässt Euch die allerbesten Wünsche übermitteln«, sagte er. »Ich komme morgen zurück, Madame. Am Wochenende findet ein Maskenball statt, auf den ich Euch gerne begleiten würde, wenn Ihr Euch bis dahin wohl genug fühlt.«

»Wir werden sehen«, murmelte Jasmine und sank zurück in die Kissen.

»Lebt wohl, meine Liebste«, sagte er.

»Lebt wohl, Mylord«, erwiderte sie. *Seine Liebste?* Wieder glaubte sie, Salims ferne Stimme zu hören, und sie erschauerte.

5

»Ihre Majestät, die Königin«, sagte Adali und geleitete Königin Anne in Jasmines Salon.

Jasmine erhob sich rasch von ihrem Sessel am Kamin und knickste. »Ihr ehrt mich, Madame«, sagte sie.

»Lasst mich Euch ansehen, Kind«, sagte die Königin, und die junge Frau trat vor. Sie nahm Jasmines Gesicht zwischen Daumen und Zeigefinger und drehte es prüfend. »Wie ich mir gedacht habe«, erklärte Königin Anne schließlich. »Was seid Ihr doch für eine schreckliche kleine Betrügerin, meine Liebe, aber jetzt müsst Ihr mit Eurem Eigensinn aufhören, sonst kann ich Euch nicht mehr helfen. St. Denis jammert dem König bereits vor, dass er nicht genug Zeit habe, um Euch den Hof zu machen, und ich konnte lediglich verhindern, dass der König etwas sehr Dummes angeordnet hat. Ihr werdet ihm leider erlauben müssen, Euch in den nächsten Wochen auf ein paar Bälle zu begleiten.«

»Wenn der König doch nur ...«, begann Jasmine.

»Ich weiß, ich weiß«, beruhigte die Königin sie. »Wenn mein wohlmeinender Jamie doch nur nicht eingegriffen hätte, als Ihr und der Graf von Glenkirk Euch einig geworden seid. Er liebt Euch sehr, und ihr ihn auch, nicht wahr?«

Jasmine nickte.

»Wir wollen uns hinsetzen«, schlug die Königin vor. An Adali gewandt, sagte sie: »Bringt Ihr uns bitte etwas zu trinken, Adali?«

Adali verneigte sich. »Selbstverständlich, Madame.«

Sie setzten ich an den Kamin, und die Königin ergriff wieder das Wort. »Stennie und ich sind uns einig, dass wir in dieser Angelegenheit Eure Verbündeten sind, meine Liebe. Und nun kommt noch ein weiteres Element hinzu. Der Graf von Bartram hat Seiner Majestät vorgeschlagen, ihm die Vormundschaft für den kleinen Charles Frederick Stuart zu übertragen.«

»Wer ist dieser Graf?«, fragte Jasmine.

»Ein Schützling von Robert Cecil, der seit vielen Jahren im Dienst seiner Majestät steht. Er hat seine Karriere unter der verstorbenen Königin begonnen. Kürzlich hat er wegen der Gier und der Eifersucht von Piers St. Denis und der Dummheit der Gräfin von Bartram, die offensichtlich noch dümmer ist als ich, bei meinem Gatten an Gunst verloren. Er glaubt anscheinend, diese Gunst wiedererlangen zu können, wenn der König ihm das Sorgerecht und die Vormundschaft für unseren Enkel überträgt. Jamie hat natürlich keineswegs die Absicht, das zu tun, aber Ihr wisst, was er für ein weiches Herz hat. Er kann dem armen Lord Stokes diese Bitte nicht rundheraus abschlagen. Zwar will er ihm eigentlich seine Gunst nicht wieder schenken, und er will ihn auch vom Dienst entheben, da der Mann puritanische Neigungen hat, aber er denkt natürlich andererseits an die jahrelangen treuen Dienste, die Richard Stokes der Krone erwiesen hat, und sucht nach einem Weg, um ihn in den Ruhestand zu versetzen.

Inzwischen haben Steenie und ich uns jedoch überlegt, dass wir Lord Stokes für unsere Zwecke einsetzen könnten, indem wir St. Denis mitteilen, dass sich der König mit dem Gedanken trägt, Lord Stokes die Vormundschaft Eures Sohnes zu übertragen. Der Marquis wird natürlich vom König zu erfahren versuchen, ob das stimmt, aber Jamie wird solange um den heißen Brei herumreden, bis er sich klar darüber geworden ist, wie er den Grafen von Bartram auf anständige Weise loswerden kann. Das wird zu der allgemeinen Verwirrung noch beitragen. St. Denis wird nicht genug Zeit haben, um Euch den Hof zu machen, was Euch seine Gesellschaft erspart. Und er wird auch verzweifelt abwägen, was mehr zu seinem Vorteil ist: eine reiche Frau oder eine mächtige Beziehung.« Das Lachen der Königin klang durch das Zimmer; dankbar nahm sie einen Silberpokal mit fruchtigem Wein von Adali entgegen. Während sie daran nippte, erklärte sie: »Ihr habt den besten Weinkeller in ganz London, meine liebe Jasmine! Nun, was haltet Ihr von unserem kleinen Plan?«

Jasmine war sich nicht sicher, wie sie die Intrige der Königin bewerten sollte. Eine Zeit lang schwieg sie. Dann sagte sie: »Ich glaube, Ihr und George Villiers unterschätzt den Marquis vielleicht. Unter gewissen Umständen kann er äußerst gefährlich sein. Im Augenblick muss er nur mit James Leslie fertig werden, und es ist ihm gelungen, ihn fortzuschicken; aber wenn er glaubt, dass jemand anderer die Vormundschaft über meinen Sohn bekommen könnte ...« Jasmine schwieg wieder und tippte sich nachdenklich mit dem Finger auf den Arm, der auf der Sessellehne ruhte.

»St. Denis? Gefährlich?« Wieder lachte die Königin perlend. »O nein, meine Liebe. Piers St. Denis ist einfach nur ein ehrgeiziger junger Mann, der versucht, das Beste für sich zu erreichen, ganz ähnlich wie unser lieber Steenie. Am Ende heiratet Ihr Glenkirk, und wir geben St. Denis unseren königlichen Segen für eine Verbindung mit einer anderen Erbin. Dann wird er auf seinen Besitz zurückkehren, und wir werden nie wieder etwas von ihm hören.«

»Er hat mir erklärt, Madame, dass er nach seiner Heirat am Hof bleiben will«, berichtete Jasmine der Königin. »Ich denke, Ihr habt Recht, Majestät, wenn Ihr ihn für ehrgeizig haltet. Ich glaube, er ist ein Mann, der sich Macht mehr als alles andere wünscht.«

»Ach ja? Wie interessant«, erwiderte die Königin zerstreut. Sie hatte gesagt, was sie sagen wollte, und konnte sich jetzt nicht mehr auf das Thema konzentrierten. Besorgt blickte sie Jasmine an. »Ihr werdet doch mit uns kooperieren, meine Liebe, oder? Ihr müsst St. Denis nur für kurze Zeit ein wenig ermutigen. Ich glaube, wir können ihn wirklich ziemlich verwirren.«

»Selbstverständlich werde ich mit Euch zusammenarbeiten, Madame, wenn Euch daran liegt. Ich will nur eins – nämlich James Leslies Frau werden«, erwiderte Jasmine.

»Oh, gut!« Die Königin leerte ihr Weinglas und sagte, sich erhebend: »Ich muss jetzt gehen, meine Liebe. Es freut mich, dass Ihr so wohl seid, und ich erwarte Euch natürlich auf meinem Maskenball am Samstagabend in Whitehall.«

»Madame«, auch Jasmine war aufgestanden, »die Kinder kommen in ein paar Tagen aus Queen's Malvern. Es schien mir eine gute Methode, um St. Denis auf Abstand zu halten, wenn ich ihm meine kleinen Rebellen vorstelle.«

»Aber das ist ja eine geniale Idee!« Die Königin kicherte. »St. Denis wird es verabscheuen, sich mit Eurem Nachwuchs zu messen.«

»Ja.« Jasmine lächelte. »Er hat bereits vorgeschlagen, India und Henry zu Pflegefamilien zu geben. Natürlich habe ich ihm gesagt, dass ich meine Kinder auf keinen Fall Fremden anvertraue.«

»Ihr wäret ein Ungeheuer!«, erklärte die Königin mit Nachdruck. »Natürlich nicht! Ich wisst, wie ich zu Pflegefamilien stehe. Ihr hattet absolut Recht, ihm das zu sagen!« Königin Anne küsste Jasmine auf beide Wangen und verließ Greenwood House, um in den Palast zurückzukehren.

Jasmines nächster Besucher war St. Denis, der wieder einmal mit einmal bändergeschmückten Blumenstrauß ankam. Sie vergrub die Nase in die bunten Blumen, begeisterte sich über ihren Duft und dachte dabei, dass es St. Denis sichtlich an Fantasie mangelte. Ständig brachte er ihr Blumen und nichts anderes, was bedeutete, dass er entweder mittellos oder gedankenlos war. Sie vermutete eine Kombination aus beidem.

»Die Königin hat mich besucht«, sagte sie fröhlich. »Sie kam hierher, um zu sehen, wie es mir geht, und um mich auf ihren Maskenball am Samstagabend einzuladen. Wollt Ihr mich begleiten, Mylord?« Sie schenkte ihm ein Lächeln.

»Was wollt Ihr tragen?«, fragte er aufgeregt. »Wir müssen natürlich unsere Kostüme aufeinander abstimmen.«

»In so kurzer Zeit kann ich mir kein passendes Kostüm schneidern lassen, Mylord«, erwiderte Jasmine. »Ich werde ein wunderschönes königsblaues Seidenkleid tragen. Die Wahl der Maske überlasse ich jedoch Euch. Ich möchte die schönstmögliche Maske haben. Wir müssen alle anderen ausstechen, was, Mylord?«

Er konnte es kaum glauben. Sie war äußerst zugänglich und bat ihn sogar um einen kleinen Gefallen. »Ihr sollt die eleganteste Maske von ganz London bekommen«, versprach er ihr.

Wieder zu Hause angekommen, wandte er sich sofort an seinen Bruder: »Ich glaube, ihre Entschlossenheit, mich zu hassen, lässt langsam nach, Kipp. Sie war heute sehr liebenswürdig zu mir. Die Königin hatte sie gerade besucht, und wahrscheinlich hat sie Jasmine geraten, mein Werben ernsthaft zu bedenken. Ich hatte gedacht, sie habe sich mit Villiers zusammengetan, aber vielleicht habe ich mich geirrt. Wer macht die besten Masken in ganz London?«

»Ein Kerl namens Barrow, in der Nähe von St. James«, erwiderte Kipp.

»Du musst dorthin gehen und zwei seiner absolut besten Kreationen bestellen, Kipp. Sie müssen bis zum Maskenball im Palast am Samstag fertig sein«, erklärte der Marquis von Hartsfield seinem Halbbruder.

»Sie werden entsetzlich teuer sein, zumal nur so wenig Zeit für ihre Fertigstellung bleibt«, antwortete Kipp.

»Er wird den Favoriten des Königs nicht abweisen«, sagte Piers St. Denis selbstbewusst. »Außerdem, wenn ich Jasmine Lindley geheiratet habe, werde ich der reichste Mann in England sein«, fügte er grinsend hinzu.

»*Wenn* du sie heiratest«, warnte ihn Kipp.

»Ich werde sie heiraten!«, beharrte der Marquis. »Und in unserer Hochzeitsnacht werden wir beide sie für ihre Arroganz bestrafen, was, Kipp?«

»Wie?«, fragte Kipp seinen Bruder.

»Wir werden sie mit gespreizten Beinen über den Strafbalken legen. Und dann werde ich ihr den Hintern versohlen, bis er rosarot glänzt. Sie wird heftig weinen, daran zweifle ich nicht. Und während ich sie züchtige, wirst du mit ihren wunderschönen Brüsten spielen, sodass sie zwischen Schmerz und Lust hin und her gerissen ist. Bald wird sie das zweifellos mögen. Wenn ich sie für bereithalte, werde ich sie, immer noch über den Balken gebeugt, nehmen.«

»Und wirst du sie mit mir teilen, Piers, wie du das für gewöhnlich mit deinen Frauen tust?«, fragte sein Bruder.

»Nicht vollständig, jedenfalls nicht gleich, erst wenn ich genug von ihr habe; aber ich werde dir erlauben, dass sie dich mit dem Mund befriedigt, Kipp. Gemeinsam werden wir dieser stolzen Schönheit beibringen, wer der Herr ist. Und nach einem Jahr oder so, wenn sie genug gelernt hat und gehorsam ist, werden wir sie die Kunst lehren, andere zu züchtigen. Überleg dir das, Kipp! Wir drei werden schöne junge Mädchen und gut aussehende junge Männer in unser Netz verbotener Liebe locken. Es wird wundervoll werden!«

»Ich habe mir schon gedacht, dass du alles bis ins Letze geplant hast«, sagte sein Halbbruder bewundernd.

Der Marquis von Hartsfield lächelte. »Geh und bestell die Masken«, befahl er. »Und sag diesem Barrow, er wird für seine Mühen extra bezahlt. *Aber er soll sein Bestes geben!*«

»Selbstverständlich«, erwiderte Kipp und eilte davon, um den Auftrag seines Bruders auszuführen.

Jasmines Kleid für den Maskenball war eine prächtige Kreation. Es war aus königsblauer Seide mit knöchellangem Rock, und der Unterrock bestand aus Silberstoff, der spiralförmig mit winzigen, glitzernden blauen Steinen bestickt war. Der viereckige Ausschnitt war ziemlich tief, mit einem gerüschten Kragen aus zarter silberner Spitze. Durch die Ärmelschlitze schimmerte silberner Stoff, und ihre feinen Handgelenke wurden von silbernen Spitzenmanschetten betont. Die Schuhe bestanden ebenfalls aus blauer Seide mit silbernen Rosen darauf, und ihr Haar hatte sie zu einem eleganten Chignon geschlungen. Über ihrem linken Ohr ringelte sich eine Locke mit einem Silberband. Die Ohrgehänge waren Saphire, und um ihren Hals lag ihre berühmte Saphirkette.

Der Marquis von Hartsfield sperrte bewundernd den Mund auf, als er sie sah, wobei sein Blick besonders an ihrem Saphircollier hängen blieb. Wortlos reichte er ihr ihre Maske, ein exquisites Gebilde aus Silber und Gold mit weißen Federn.

»Sie werden die Sterne von Kaschmir genannt«, sagte Jasmine und fuhr sich mit der Hand an den Hals. »Mein erster Mann, Prinz Jamal, hat sie mir geschenkt. Der See, an dem ich aufwuchs und an dem unser Palast lag, hat genau diesen blauen Farbton. Als diese Steine in Ceylon geschürft wurden, fand man noch einen zusätzlichen Stein. Es war ein großer, tränenförmiger Saphir, genannt Wular Blau, nach eben diesem See. Wir haben ihn meinem Vater zur Feier seines fünfzigsten Jahres als Herrscher geschenkt.« Mit der anderen Hand nahm sie die Maske von ihm entgegen. »Sie ist reizend, Mylord, und passt hervorragend zu meinem Kleid, findet Ihr nicht?«

Er nickte. Seine Kehle war wie zugeschnürt von dem Bemühen, irgendetwas Kluges zu sagen, das ihre Zustimmung finden würde. »Ihr seid die schönste Frau, die ich je gesehen habe«, brachte er schließlich hervor, wobei ihm klar war, wie gewöhnlich das in ihren Ohren klingen musste. Sie wusste, dass sie schön war, und hatte es zweifellos tausendmal gehört.

»Wie galant Ihr seid, Mylord«, erwiderte sie anmutig. »Wenn Ihr gestattet, nehmen wir mein Boot. Es ist viel bequemer als alle anderen, mit denen ich bisher gefahren bin.«

»Natürlich«, stimmte er zu. Er versank fast in ihrem Lächeln. So hatte er es sich vorgestellt. Sie mit ihrem schwarzblauen Haar, der blassgoldenen Haut und den türkisfarbenen Augen und er, aschblond, hellhäutig und blauäugig. Sie passten perfekt zusammen! Sein Kostüm, aus cremefarbener Seide mit Silber und Gold, war die ideale Ergänzung zu ihrem königsblauen und silbernen Kleid. Sie sahen so aus, als gehörten sie zusammen, und das taten sie ja auch! Er ergriff ihren Arm und folgte dem allgegenwärtigen Adali zur Anlegestelle, wo die Barke bereits auf sie wartete. Seltsamerweise machte ihm die Anwesenheit des Dieners gar nichts mehr aus. Adali, im weißen Anzug und mit Turban, verlieh ihnen das gewisse Etwas, das niemand bei Hof besaß.

Whitehall war erleuchtet. Durch die Menschenmenge traten sie in die Halle, in der Ihre Majestäten saßen. Die Königin war, wie immer, viel zu aufwendig gekleidet, aber trotzdem eine charmante und anmutige Gastgeberin. Der König kauerte missmutig auf seinem Thron. Er hasste die Feste seiner Frau. Bestimmt würde er nur kurz bleiben und dann verschwinden, um mit ein paar Freunden Whiskey zu trinken und zu würfeln. Der Anblick von Jasmine am Arm des Marquis von Hartsfield jedoch zauberte ein Lächeln auf sein trauriges Gesicht, und er winkte sie beide zu sich heran. Sie erwiesen ihm ihre Reverenz, und als Jasmine sich aus ihrem Hofknicks erhob, sah sie Prinz Charles neben dem Stuhl seines Vaters stehen.

»Ah, Piers, Ihr habt also endlich Lady Lindley hierhergebracht«, tönte der König. »Sie ist wirklich eine seltene Schönheit, nicht wahr?«

»In der Tat, Majestät«, erwiderte der Marquis. »Ich bin Eurer Majestät äußerst dankbar für diese Gelegenheit.« St. Denis verbeugte sich vor der Königin und nickte dem Prinzen zu. Jasmine lächelte Prinz Charles an. Er war ein kleiner, aber würdevoller junger Mann, der bis zum Tod seines Bruders vollkommen in dessen Schatten gestanden hatte. »Mylord«, sagte sie, »wie schön, Euch wieder einmal zu sehen.« Dann machte sie einen tiefen Knicks.

Charles Stuart verzog seine Mundwinkel zu einem winzigen Lächeln. Für gewöhnlich zeigte er seine Gefühle nicht, aber die Geliebte seines älteren Bruders hatte er immer sehr gemocht. Jasmine hatte ihm beigebracht, sich gegen seinen brillanten Bruder mit Worten zur Wehr zu setzen und sogar Streitgespräche mit ihm zu gewinnen, sehr zu Henrys Freude, denn Henry Stuart hatte seinen kleinen Bruder geliebt. Charles hatte das jedoch erst begriffen, als Jasmine ihm den Charakter Henrys erklärt hatte. Der englische Thronfolger war fast fünfzehn, und obwohl man ihn am Hof seines Vaters für prüde hielt, mochte er, wie seine Mutter, Musik und Drama.

»Ich f-freue m-mich auch, Euch wieder zu sehen, M-Madame«, begrüsste er Jasmine. Manchmal stotterte der Prinz, weil er eigentlich recht schüchtern war.

»Danke, Euer Hoheit«, erwiderte Jasmine und knickste noch einmal. Dann sagte er: »Euer Namensvetter wird in ein paar Tagen hier sein, Sir. Darf ich Euch den Herzog von Lundy bringen, damit er seinen Onkel sieht?«

»O ja, M-Madame«, entgegnete der junge Mann. »Ich war nicht da, als Eure – Großmutter das letzte Mal m-mit ihm hier war. Ich h-habe ihn n-nur als Säugling gesehen.«

»Er ähnelt seinem Vater sehr«, erklärte sie dem Prinzen lächelnd.

»Ich mag Kinder«, erwiderte der Prinz. »Ich m-möchte eines Tages eine g-große Familie haben.«

»Dann müsst Ihr Euch die richtige Frau dafür aussuchen«, sagte Jasmine.

»Ich habe ein Auge auf die spanische Infantin geworfen«, meinte der König.

»Eine französische Prinzessin wäre besser«, murmelte die Königin. »Jasmine, meine Liebe, setzt Euch zu mir auf den Hocker, während wir uns die Maskenparade ansehen. St. Denis, Ihr könnt Euch hinter mich stellen.«

Die Maskenparade wollte ein Salut an den Frühling und den kommenden Sommer sein, war aber nicht so fantasievoll wie die Maskenfeste, an denen Jasmine und Prinz Henry vor einigen Jahren teilgenommen hatten. Es gab nur wenig erzählerische Elemente und mehr Musik und Tanz, aber die Kostüme waren reizend. Jasmine kannte niemanden von den jungen Leuten, die beteiligt waren. *Die Zeiten ändern sich,* dachte sie, *und ich werde älter.* Nachdem das Maskenfest vorüber war, wurde getanzt. Der Marquis von Hartsfield machte Anstalten, Jasmine auf die Tanzfläche zu führen, aber Prinz Charles trat vor.

»Der erste Tanz gehört mir, Mylord«, sagte der junge Mann, ohne einmal zu stottern.

»Natürlich, Euer Hoheit«, antwortete Piers St. Denis und verbeugte sich vor dem königlichen Prinzen.

Charles Stuart ergriff Jasmines Hand, und sie begannen

mit einem gemächlichen Bauerntanz. »Ihr werdet ihn doch nicht heiraten, oder, M-Madame?«, fragte der Prinz.

»Das werde ich ganz bestimmt nicht tun«, erwiderte Jasmine. »Da Euer Vater darauf besteht, muss ich es allerdings zulassen, dass Piers St. Denis mir den Hof macht, aber ich verabscheue ihn, Euer Hoheit, und ich liebe Glenkirk.«

»W-Warum seid Ihr dann davongelaufen?« Er schwenkte sie anmutig im Kreis.

»Wie Euer Hoheit bin ich das Kind eines Königs. Ich mag es nicht, wenn man mir vorschreibt, was ich zu tun habe, und ich trauerte immer noch um Hal. Ich war noch nicht so weit, um wieder zu heiraten. Nicht so schnell jedenfalls. Jetzt jedoch ist es anders. Lord Leslie hat mich schon geliebt, noch bevor ich meinen geliebten Rowan Lindley geheiratet habe. Er liebt mich immer noch, und ich habe ebenfalls gelernt, ihn zu lieben. Versucht, das Mädchen, das Ihr heiratet, zu lieben, Euer Hoheit. Es ist so wichtig für eine Frau, dass sie geliebt wird.« Sie hob ihre Röcke und machte drei zierliche Schritte.

Er hob sie hoch, wirbelte sie herum und stellte sie dann wieder auf den Boden, wo sie die letzten Schritte des Tanzes ausführten. »Ich m-mag St. Denis nicht. Er hat so etwas Unaufrichtiges. Und Villiers m-mag ich sogar noch weniger. Er entzieht mir die Aufmerksamkeit meines V-Vaters. Aber wenn ich die Wahl hätte, w-würde ich Villiers w-wahrscheinlich vorziehen. Er ist zwar gierig, aber h-harmlos.«

»Da stimme ich Euch zu, Euer Hoheit. Ihr seid sehr klug für einen jungen Mann«, lobte sie ihn. Dann knickste sie tief, und der Tanz war vorüber.

Er brachte sie zu St. Denis zurück und nickte dem Marquis knapp zu. Piers St. Denis konnte seine Erregung kaum verbergen. Die königliche Familie behandelte Jasmine, als sei sie eine der Ihren! Nicht nur das Kind, sondern auch die Mutter würde ihm Macht bringen. Mit breitem Lächeln führte er sie zum nächsten Tanz.

Er war ein ausgezeichneter Tänzer, und das machte den Abend angenehmer für sie, als sie erwartet hatte. Nach einer Weile schlug er eine kurze Pause vor, holte ihnen gekühlten Wein und führte sie zu einem mit Kissen ausgestatteten Alkoven an einem Fenster, wo sie sich niedersetzen und erholen konnten.

»Der König und seine Familie behandeln Euch mit größter Hochachtung«, sagte er anerkennend zu ihr. »Ihr werdet bald wegen Eurer hervorragenden Verbindungen eine gewisse Macht hier am Hof habe.

»Wenn ich Glenkirk heirate«, sagte sie, »werde ich nicht am Hof bleiben.«

»Warum haltet Ihr so beharrlich an dieser Fantasie fest, den Grafen von Glenkirk zu heiraten?«, fragte er ärgerlich. »Ich bin der Mann, den Ihr heiraten werdet, Jasmine. Und wir werden am Hof leben.«

»Mylord«, erwiderte sie ungeduldig, »die Wahl liegt bei mir, wie Ihr wisst. Alles andere betrifft Eure Fantasie, nicht meine.«

»Ich kann Eure Heirat unendlich verzögern, Jasmine. Der König wird tun, worum ich ihn bitte. Ich kann den König überreden, seine Meinung zu ändern und Euch mir zu geben«, drohte der Marquis.

Sie lachte. Etwas anderes blieb ihr gar nicht übrig, denn sonst hätte sie schreien müssen. »Der König ist zwar schwach, was seine Favoriten angeht, Mylord, aber er wird niemals sein Wort zurücknehmen, wenn er es öffentlich gegeben hat«, erklärte ihm Jasmine.

Statt einer Antwort drückte er sie gewaltsam gegen die steinerne Fensterbrüstung und küsste sie leidenschaftlich. Eine Hand glitt in ihren Ausschnitt und knetete ihre Brust. Wie im Rausch küsste er sie und zwang ihr seine Zunge in den Mund.

Für Jasmine kam sein Angriff völlig überraschend, und sie bemühte sich, nicht in Panik zu geraten. Sein Kuss war entsetzlich, sie erstickte fast an seiner Zunge. Und wie er ihre Brust begrapschte, war widerwärtig und tat nur weh. Sie würde blaue Flecken bekommen. Sie biss in seine Zunge und schob ihn heftig von sich, dann versetzte sie ihm eine schallende Ohrfeige.

»Wie könnt Ihr es wagen, mich anzufassen!«, zischte sie wütend.

Er versuchte, sie erneut zurückzudrücken, aber dieses Mal war Jasmine darauf gefasst, und stieß ihm heftig ihr Knie zwischen die Beine. Als er überrascht und schmerzerfüllt aufstöhnte, schob sie ihn weg, um aus dem Alkoven zu fliehen. Geistesgegenwärtig hielt er sie am Rock fest.

»Ihr werdet mein sein!«, stöhnte er. Ihm wurde übel vor Schmerzen.

»Lasst mein Kleid los, Mylord«, stieß sie mit zusammengebissenen Zähnen hervor. »Wie kann ich Euch davon überzeugen, dass mir an Eurer Werbung nichts liegt? Muss ich Euch umbringen, Mylord? Ich bin durchaus dazu in der Lage. Rowan Lindleys Mörder habe ich höchstpersönlich in der gleichen Stunde gehängt, in der mein Mann starb.« Jasmines Wut wuchs. »Ihr seid mir widerwärtig, Mylord. Am liebsten würde ich Euch im Handumdrehen den schönen Hals aufschlitzen! Ich spiele dieses Spiel nicht mehr mit! Ich werde Euch unter keinen Umständen heiraten, Mylord St. Denis!« Mit einer entschlossenen Bewegung befreite sie sich aus seinem Griff und eilte durch den Saal.

Als sie den Bereich erreiche, in dem die königliche Familie saß, sank sie in einen tiefen Hofknicks vor dem König. Sie war hochrot im Gesicht. »Euer Gnaden?«, sagte sie mit leiser, aber fester Stimme zu James Stuart.

»Ja, Mädchen, was ist los?«, fragte er.

»Mylord, ich bitte Euch, zwingt mich nicht, den Marquis von Hartsfield zu heiraten«, keuche sie und sank dramatisch auf die Knie.

»Nein, nein, Mädchen, ich habe doch gesagt, dass Ihr die Wahl habt«, erwiderte der König, offensichtlich peinlich berührt von ihrem spektakulären Auftritt.

»Dann bitte ich Euch, meine Entscheidung in dieser Angelegenheit zu akzeptieren. Euer Majestät hatten vor zwei Jahren absolut Recht, als Ihr James Leslie zu meinem Ehemann bestimmt habt. Ich brauche einen Mann, zu dem ich aufblicken kann, und ich achte den Grafen von Glenkirk. Ich brauche einen Mann, den ich lieben kann, und der mich liebt. Dieser Mann ist der Graf von Glenkirk. Ich habe mich ihm vor Gott dem Allmächtigen versprochen, und dass ich die Umarmungen eines anderen Mannes erdulden muss, der mich unter solchen Umständen zu seiner Frau machen will, kommt mir unehrenhaft vor. Bitte, ich flehe Eure Majestät an, meine Entscheidung in dieser Angelegenheit zu akzeptieren! Ich werde keinen anderen Mann zu meinem Gatten nehmen als James Leslie, den Grafen von Glenkirk!

Ich weiß, wie sehr Eure Majestät die Freundschaft des Marquis von Hartsfield schätzt, deshalb bitte ich Euch, ihm eine andere geeignete Frau zur Gattin zur geben. Wenn Ihr ihn liebt, und ich weiß, dass Ihr das tut, dann sucht ihm eine Frau, die ihn ehrt und die ihm entspricht. Diese Frau bin ich leider nicht. Ihr habt mir die Wahl meines Ehemannes überlassen, und ich kann nur sagen, dass ich James Leslie wähle.«

»Du meine Güte«, murmelte George Villiers, an die Königin gewandt. »Sie setzt alles auf eine Karte! Was für ein unglaublicher Stil!«

Der König saß da wie erstarrt. Er wusste nicht, was er tun sollte. Natürlich hatte er Jasmine die Wahl versprochen; aber er hatte auch Piers St. Denis die Gelegenheit versprochen, ihr den Hof zu machen. Und jetzt stand diese schwierige Person vor ihm und weigerte sich, weiter mitzuspielen. Sie hatte in aller Öffentlichkeit deutlich gemacht, dass sie St. Denis, den armen, süßen Jungen, nicht haben wollte; er konnte sie wohl wirklich nicht mehr zwingen, die Avancen des Marquis' weiter zu erdulden.

»*Vater?*«, sagte der junge Charles Stuart leise.

Der König zuckte zusammen. »Ja, mein Junge, was ist?«

»Lady Lindley hat zwar ihre Entscheidung früher getroffen, als du eigentlich wolltest, aber ich denke, du wusstest, dass sie am Ende Glenkirk wählen würde. Der Marquis ist dumm, wenn er etwas anderes geglaubt hat, denn in seinem Herzen ahnte er es sicher auch. Sei gnädig und großzügig, wie nur du es sein kannst, Vater. Ich mag Lady Lindley, und Hal liebte sie sehr. Er würde wollen, dass du ihr deinen Segen gibst, und ich weiß auch, dass er Glenkirk mochte.«

»Der Junge hat Recht«, warf die Königin leise ein.

»Ja, Mylord, für jemanden, der noch so jung ist, zeigt er

sich bemerkenswert weise«, sagte Villiers und ignorierte den abweisenden Blick, den der Prinz ihm zuwarf. Es war ganz eindeutig, dass er Villiers' Hilfe weder wollte noch brauchte. Villiers zwang sich zu einem Lächeln. Prinz Charles war eifersüchtig auf ihn, das wusste er wohl, aber trotzdem traute er sich zu, die Zuneigung des jungen Mannes zu gewinnen. James Stuart stand am Ende seines Lebens, und Charles Stuart würde Englands nächster König sein. George Villiers hatte vor, auf der richtigen Seite zu stehen, wenn die Thronfolge akut wurde.

Der König hörte sie alle. Er blickte Jasmine an, die in ihrem königsblauen Kleid vor ihm kniete, den dunklen Kopf gesenkt. Was war sie doch für eine schwierige Person, dachte er, aber sein Sohn hatte Recht. Henry Stuart hatte sie angebetet. Er würde wollen, dass sie glücklich heiratete, und wenn Glenkirk der Mann war, der sie glücklich machte, dann sollte es ebenso sein. »Nun gut, Lady Lindley«, grummelte er, »dann soll es also Glenkirk sein, und Gott möge dem Ärmsten beistehen bei so einer eigensinnigen Frau. Aber vermutlich weiß er, was er bekommt. Ihr werdet jedoch den Hof nicht verlassen, bis er aus Schottland zurückkehrt. Bevor Ihr beide wieder nach Norden geht, will ich endlich einmal meinen Enkelsohn wieder sehen.« James Stuart streckte seine Hand aus, und Jasmine küsste sie dankbar.

»Danke, Euer Majestät«, sagte sie. *»Danke!«*

»Stennie, bitte, helft Ihr auf und tanzt mit Ihr. Lady Manners wird nichts dagegen haben, weil es ein königlicher Befehl ist. Ich habe für heute Abend genug und gehe jetzt zu Bett.«

»Aber mein liebster, liebster Herr!« Der Marquis von Hartsfield hatte sich wieder erholt und stand wie ein begossener Pudel vor dem König.

»Regt Euch nicht auf, Piers«, sagte der König. »Wir finden ein anderes nettes Mädchen mit Vermögen für Euch.«

»Ich will Lady Lindley, Sire!«

»Ihr könnt sie aber nicht haben, Piers. Und jetzt hört auf zu jammern, mein Junge, und vertraut darauf, dass die Alten das schon richten!« Er erhob sich. »Kommt und helft mir zu Bett, Piers. Diese ganze Aufregung hat mich erschöpft.« Er stützte sich schwer auf den jungen Mann.

»Ich gehe mit euch«, sagte die Königin und stand rasch auf, wobei sie dem Marquis ein reizendes falsches Lächeln voller Anteilnahme schenkte.

»Ich möchte nicht mehr tanzen, Steenie«, sagte Jasmine. »Bringt mich zu meinem Boot. Mein Diener wartet dort.« Sie ergriff seinen Arm, und sie schritten durch den vollen Saal. Die Menschen wichen vor ihnen zur Seite, und der ganze Saal summte vor aufgeregtem Flüstern.

»Nun, meine Liebe«, sagte Villiers mit einem unterdrückten Lachen, als sie endlich draußen waren. »Ihr habt heute Abend wahrhaftig den hinreißendsten Skandal verursacht. Was in aller Welt hat Euch dazu getrieben? Es war gefährlich und hätte auch übel für Euch ausgehen können.«

»Zunächst einmal kann ich St. Denis nicht ausstehen«, erklärte Jasmine dem jungen Favoriten des Königs, »aber außerdem hat er versucht, sich mir unzüchtig zu nähern, und das fand ich widerwärtig. Da wusste ich, dass ich dieses Spiel nicht eine Minute länger mitspielen konnte. Stellt Euch nur vor, ich hätte mir St. Denis so lange vom Leib halten müssen, bis mein Jemmie zurückkehrt. Und schließlich hatte der König ja betont, dass ich die Wahl hätte.«

»Verdammt gut, dass er das gesagt hat«, bemerkte Villiers. »Piers St. Denis scheint von Euch vollkommen besessen zu sein. Vermutlich wäre er bereit gewesen, fast alles zu tun, um Euch zu bekommen, wenn der König die Entscheidung nicht ausschließlich in Eurem Sinne getroffen hätte.«

»Danke, für Eure Hilfe, Steenie«, sagte Jasmine, als sie die Anlegestelle erreichten und ihre Barke rasch herangerudert wurde. »Ich vergesse meine Freunde nicht, und auch meine Familie vergisst diejenigen nicht, die ihnen einen Dienst erwiesen haben.« Sie ergriff Adalis ausgestreckte Hand und trat auf ihr Boot. »Eilt zurück zum König ins Schlafzimmer, sonst sticht der schreckliche St. Denis Euch noch aus!«

»Nicht, solange die Königin dabei ist«, erwiderte Villiers lächelnd. Er küsste ihre Hand. »Gute Nacht, Lady Lindley.

Ihr habt hervorragend gespielt, und ich bewundere Euch sehr. Und die Krönung war, wie effektvoll Ihr Eure Röcke um Euch drapiert hattet.« Er drehte sich um und ging schmunzelnd weg.

Jasmine blickte ihm lachend nach. Ein äußerst geschickter junger Mann. Aber das war ihr ja schon früher aufgefallen. Ihm entging nichts.

»Adali«, sagte sie, »wir sind den Marquis von Hartsfield endlich los.« Und dann erzählte sie ihrem Diener in allen Einzelheiten, wie der Abend verlaufen war, ohne zu wissen, dass Adali sich im Saal aufgehalten und alles gesehen hatte.

»Können wir dann nach Queen's Malvern zurückkehren, Mylady?«, fragte Adali und legte ihr einen Umhang um die Schultern, damit sie sich im kühlen Wind auf dem Fluss nicht erkältete.

»Der König möchte, dass ich dableibe, bis Jemmie zurückkehrt, damit er den Herzog von Lundy wieder sehen kann«, erwiderte sie.

»Mit Eurer Erlaubnis, Mylady, werde ich zusätzlich bewaffnete Männer anheuern, die Greenwood bewachen können. Der Marquis von Hartsfield scheint mir kein besonders guter Verlierer zu sein. Ihr habt ihn öffentlich zurückgewiesen. Wenn mich nicht alles täuscht, wird er versuchen, sich zu rächen.«

»Es dauert ja nur noch ein paar Wochen, Adali, und dann sind wir weg«, beruhigte Jasmine ihn, »aber es schadet sicher nichts, vorsichtig zu sein. Stellt die zusätzlichen Männer ein, um den Park und das Haus zu bewachen.«

»In ein paar Wochen wird sie für mich verloren sein, Mylord«, sagte Piers St. Denis zum König. »Ich bitte Euch, Eure Meinung zu ändern und sie mir zu geben!«

»Nein, mein lieber Piers, ich habe mein Wort so öffentlich gegeben, dass ich es nicht zurücknehmen kann, und das möchte ich auch nicht. Lady Lindley ist zu kompliziert für Euch. Überlasst sie Glenkirk. Es ist besser so.«

Der Marquis von Hartsfield verzog ärgerlich den Mund und wandte sich ungezogen vom König ab.

»Wir finden schon eine nette junge Frau mit Vermögen für Euch«, versprach ihm die Königin. »Ich bin sicher, das wird Euch für Eure Enttäuschung entschädigen.«

»Nein!«, erwiderte St. Denis heftig. »Wenn Ihr mich glücklich machen wollt, mein lieber Herr, und wenn ich Jasmine Lindley schon nicht haben kann, dann gebt den Herzog von Lundy in meine Obhut. Erst dann kann ich sicher sein, dass ich Eure Gunst nicht verloren habe. Halst mir keine unschuldige junge Frau auf und schickt mich weg, ich bitte Euch!« Er ergriff die Hand des Königs und küsste sie inbrünstig.

»*Was?* Ihr wollt ebenfalls die Vormundschaft über meinen Enkel?«, fragte der König.

»*Ebenfalls?*«, wiederholte Piers St. Denis.

»Ja. Ihr seid schon der zweite, der mich um den Jungen bittet. Der Graf von Bartram ist erst gestern mit dem gleichen Anliegen bei mir gewesen, Piers.«

»Diesem Mann würdet Ihr den Jungen doch sicher nicht geben, mein lieber Herr?« Der Gram von Piers St. Denis schwand in dem Maße, in dem sein Überlebenswille und sein Ehrgeiz erwachten.

»Er hat mir brav gedient«, stellte der König fest, »und es wäre ein schönes Geschenk für den Ruhestand, wenn ich beschließen würde, meinen Enkelsohn der Obhut seiner Mutter zu entziehen – aber ich habe noch keine Entscheidung getroffen, mein lieber Junge. Regt Euch jetzt nicht mehr auf. Ich werde Euch gewiss mit etwas sehr Schönem für Euren Verlust entschädigen.«

»Was hat St. Denis verloren, Euer Gnaden?«, fragte George Villiers, der gerade das Schlafzimmer des Königs betrat.

»Lady Lindley«, erwiderte der König.

»Aber er hat sie doch noch nie besessen, Sire«, gluckste Villiers. »Da hat doch nur ein gefräßiger Kater die Krallen nach einer Schönheitskönigin ausgestreckt.«

Der König musste unwillkürlich lachen. Auch die Königin ließ ihre Erheiterung freien Lauf und kicherte, sehr zum Missfallen des Marquis.

»Ihr seid ein böser Junge, Steenie, den armen Piers so zu necken«, schalt ihn der König halbherzig. »Er hat einen großen Verlust erlitten.«

»Ja, den Verlust von Lady Lindleys großem Vermögen«, verspottete Villiers seinen Rivalen und grinste unverschämt.

Die Hand des Marquis von Hartsfield fuhr zu seinem Schwert, aber dann ließ er sie wieder sinken. In der Gegenwart des Königs zu kämpfen, war Hochverrat. »Ich habe große Zuneigung zu der schönen Jasmine empfunden«, sagte er steif.

»Große Zuneigung zu ihrem Schmuck, würde ich wetten«, gab Villiers zurück. »Als Ihr heute Abend mit ihr tanzen durftet, habt Ihr nicht sie angesehen, sondern dieses unglaubliche Saphircollier, das sie trug.«

»Wenn der König nicht dabei wäre, würdet Ihr es nicht wagen, so mit mir zu sprechen«, schnarrte der Marquis, »weil Ihr wüsstet, dass ich dann meine Ehre rächen würde, die Ihr so leichtfertig in den Schmutz zieht, Villiers.«

»Dann kommt«, forderte George Villiers ihn heraus, »lasst uns nach draußen gehen, Mylord. Ich freue mich darauf, mit Euch zu kämpfen.«

Der König wirkte erschüttert, und die Königin schaute die beiden erschrocken an.

»Ich mache mir die Hände nicht schmutzig an Euch, Villiers. Ein Marquis von Hartsfield schlägt sich nicht mit jemandem aus dem gemeinen Volk, wie ihr es seid.« Dann verbeugte er sich vor dem König. »Mit Erlaubnis Eurer Majestät werde ich mich jetzt zurückziehen.«

»Ja, geht nach Hause und beruhigt Eure Nerven, Piers, mein Lieber«, sagte der König. »Ich denke über Eure Bitte nach.«

Die Gentlemen des Königs brachten ihn zu Bett, und nachdem sie das Zimmer verlassen hatten, setzte sich die Königin auf die Bettkante. »Du wirst den kleinen Charles Frederick Stuart weder Stokes noch St. Denis geben, Jamie, nicht wahr? Er sollte bei seiner Mutter bleiben.«

»Ja, das weiß ich auch, Annie«, erwiderte der König.

»Nennt man mich nicht den klügsten Narren der Christenheit?«

»Warum hast du es dann St. Denis nicht gesagt?«, fragte sie.

»Ach, Annie, dann hätte er nur noch mehr genörgelt und an mir herumgezerrt. Du hattest Recht. Ich hätte ihm gar nicht die Gelegenheit geben sollen, Lady Lindley den Hof zu machen, vor allem nicht, nachdem sie bereits eingewilligt hatte, James Leslie zu heiraten. Ich habe nur seine Hoffnungen genährt, und dann habe ich alles noch schlimmer gemacht, indem ich Jemmie nach Schottland geschickt und Jasmine dadurch betrübt habe. Er war ernsthaft beleidigt heute Abend, als Lady Lindley so laut und in aller Öffentlichkeit gesagt hat, dass sie ihn nicht zum Mann haben will.«

»Er hat es verdient«, sagte die Königin. »Ich habe gesehen, wie er sie in einem Alkoven bedrängt hat. Jasmine war über seine plumpen Annäherungsversuche nicht gerade erfreut, Jamie.«

»Ach, das hat sie also so aufgebracht«, bemerkte der König. »Nun, jetzt geht alles seinen Gang, Annie. Mach dir keine Sorgen. Ich habe nicht vor, unseren Enkel seiner Mama und Glenkirk wegzunehmen. Sie werden ihn gut erziehen. Stokes ist ein Dummkopf mit seinem Geschwätz über den unzüchtigen Lebenswandel von Lady Lindley, und mein guter Piers unterschätzt mich, wenn er denkt, ich merke nicht, dass er unseren Enkel haben will, um sich an Jasmine zu rächen. Außerdem glaubt er, der Junge verleihe ihm hier bei Hof und über uns Macht.« Lachend fuhr der König fort: »Vielleicht hat er heute Abend sein Schicksal besiegelt, Annie. Ich glaube, ich bin es langsam leid, ständig zwischen ihm und Steenie hin und her gerissen zu sein. Stennie ist viel angenehmer, findest du nicht auch? Es war ungezogen, Piers so gnadenlos zu necken, aber Piers hat auch überhaupt keinen Sinn für Humor, wenn es um ihn selber geht.«

»Dann hast du also wirklich vor, St. Denis wegzuschicken?« Königin Anne konnte ihre Erregung kaum verbergen.

James Stuart nickte. »Ich werde alt, Annie. Ich brauche keine Aufregungen mehr in meinem Leben. Es ist nicht leicht, König zu sein. Im Moment habe ich kein Parlament, das mich ärgert. Zwischen Spanien und Frankreich herrscht Frieden. Sicher, die Puritaner und die schottischen Presbyterianer versuchen, mir Schwierigkeiten zu machen, aber ich glaube, ich habe sie ganz gut im Griff. Bessie und ihr Frederick scheinen glücklich zu sein, wenn man ihren Briefen Glauben schenken darf. Und unser Charles wird einmal König von England werden. Zwar nicht so ein König, wie Henry es gewesen wäre – Gott sei seiner lieben Seele gnädig –, aber wir haben ja keine andere Wahl, Annie.

Ständig sind Menschen um mich herum, wie um alle Könige, die Anforderungen an mich stellen. Bartrams Zeit ist abgelaufen, und er ist nicht mehr nützlich für mich. Er muss seinen Abschied nehmen, und außer meinem Dank muss ich ihm noch etwas mitgeben, damit man sieht, dass er meine Gunst nicht verloren hat. Um zu etwas anderem zu kommen: Ich hege keinen Zweifel daran, dass der arme Sir Thomas Overbury ermordet worden ist, und höchstwahrscheinlich haben der Graf und die Gräfin von Somerset dahinter gesteckt. Er und seine Frances müssen im Tower bleiben, und wenn ich sie letztendlich begnadige, werde ich sie vom Hof verbannen. Ich will sie beide nie mehr wieder sehen.«

Der König seufzte tief. »Ach, Annie, ich habe meinem Robbie so viel gegeben, und sieh nur, wie er mich betrogen hat. Piers St. Denis ist aus dem gleichen Holz geschnitzt. Er ist blind von Ehrgeiz, und das macht ihn gefährlich. Wir werden eine gute Frau für ihn suchen, und dann muss er sich auf seinen Landsitz zurückziehen. Ich brauche einen fügsameren Jungen um mich. Ich weiß, dass auch Steenie ehrgeizig ist, aber er ist von Natur aus liebenswürdiger und gehorsamer. Ich denke, wenn er mich um etwas bäte, und ich würde es ihm nicht geben, dann würde er mich trotzdem noch lieben. Er erinnert mich ein bisschen an unseren armen Henry.«

»Was bei St. Denis wirklich nicht der Fall ist«, erwiderte die Königin. »Du bist gut beraten, Jamie, wenn du St. Denis eine reiche Erbin zur Frau gibst und ihn nach Hause schickst. Vorher würdest du keinen Frieden finden – vor allem wenn Glenkirk wieder aus Schottland zurück ist und Jasmine heiratet.«

»Jemmie will nicht am Hof bleiben, das hat er mir erklärt«, sagte der König zu seiner Frau. »Er sagt, er will den Herbst und den Winter auf Glenkirk und Frühjahr und Sommer auf den Gütern seiner Frau verbringen. Er muss Rücksicht auf den jungen Marquis von Westleigh nehmen und zumindest einen Teil des Jahres auf seinem Besitz bleiben. Und Jemmie möchte auch noch eigene Kinder haben.«

»Ja«, erwiderte die Königin. »Seine Söhne wären jetzt fast erwachsen, wenn sie nicht vor so langer Zeit mit ihrer armen Mutter hätten sterben müssen. Es ist so schrecklich, Jamie, und man hat die Mörder nie gefasst, nicht wahr?«

Der König schüttelte den Kopf. »Gott kennt sie, Annie, und eines Tages wird sie ihre gerechte Strafe ereilen. Er wird ein härteres Urteil über die Männer fällen, die ein Kloster niedergebrannt haben, nachdem sie die Frauen und Kinder darin vergewaltigt und ermordet hatten. Es war ein entsetzliches Verbrechen!«

Das königliche Paar schwieg einen Moment lang. Sie dachten am James Leslies liebenswürdige erste Frau, Isabella Gordon, und ihre beiden Söhne. Dann erhob sich die Königin vom Bett ihres Mannes und gab ihm einen zärtlichen Kuss.

»Gute Nacht, mein Lieber«, sagte sie. »Gott möge dir eine gute Nachtruhe schenken.« Sie knickste vor ihm und ging aus dem Zimmer. »Der König schläft jetzt«, sagte sie zu dem Gentleman vor dem Schlafzimmer, der die Nacht über Wache hielt. »Sorgt dafür, das er nur im äußersten Notfall gestört wird.«

»Jawohl, Euer Majestät«, sagte der Gentleman und öffnete die Tür, damit die Königin nebenan zu ihren eigenen Gemächern gelangen konnte. »Gute Nacht, Madame.«

»Gute Nacht«, sagte die Königin, ohne sich noch einmal umzublicken.

»Villiers wartet auf Eure Majestät«, sagte Lady Hamilton,

eine ihrer Kammerfrauen, die die Königin begrüßte. »Ich habe ihn in Euer Privatgemach geführt, Madame.« Sie knickste.

»Sehr gut, Jane. Ich will ihn noch rasch empfangen, dann möchte ich für die Nacht bereit gemacht werden. Es war ein sehr langer Tag.« Die Königin trat in den kleinen holzgetäfelten Raum, in dem George Villiers auf sie wartete. Er saß am Kamin und wärmte seine Füße, sprang aber rasch auf, als er sie erblickte, und verbeugte sich. »Nun, Steenie«, sagte die Königin lächelnd, »St. Denis wird sich in Kürze auf dem Weg nach Hause befinden. Ihr werdet jedoch dem König gegenüber nichts erwähnen, bevor es nicht eine vollendete Tatsache ist. Er ist im Stande, seine Meinung von heute auf morgen zu ändern, wie Ihr wisst.«

»Das Geheimnis ist bei mir sicher aufgehoben«, erwiderte George Villiers. Angesichts des bevorstehenden Sieges schlug sein Herz schneller. Er würde den König nicht so enttäuschen wie sein Rivale oder wie Robert Carr.

»Wenn Ihr Euch gut benehmt«, fuhr die Königin fort, »und damit meine ich, dass Ihr Eurer Majestät absolut ergeben seid, dann könntet Ihr an Weihnachten Baron sein, Steenie. Und danach, wer weiß? Der Graf von Rutland und seine Tochter werden ebenfalls sehr erfreut sein, wenn Ihr vorwärts kommt, was?« Die Königin lächelte kokett.

»Eines Tages möchte ich mehr Bedeutung erlangen, als Rutland«, sagte George Villiers. Seine dunklen Augen funkelten.

Königin Anne lachte. »Was Ihr doch für ein böser Junge seid, Steenie, obwohl Ihr so engelhaft ausseht. Wenn Ihr das Spiel weiter so geschickt spielt wie bisher, könntet Ihr wahrscheinlich eines Tages wirklich höher steigen als der Graf von Rutland. So hoch, dass es ihm wie eine große Ehre vorkommen wird, wenn Ihr seine Tochter heiratet«, schloss die Königin.

»Nein, Madame, Kate, würde ich eines Tages auch heiraten, wenn sie kein großes Vermögen besäße«, erklärte George Villiers.

»Aber was ist es doch für ein großes Glück für Euch, dass

sie ein großes Vermögen besitzt«, erwiderte die Königin neckisch.

George Villiers grinste. »Ja, Madame, in der Tat, nicht wahr?«

Und beide lachten.

6

»Sie hat mich abgelehnt! In aller Öffentlichkeit! Ich bin am Hof zur Zielscheibe des Spotts geworden, Kipp! Die Hündin muss für ihr unerhörtes Verhalten bestraft werden – bei Gott, ich will sie leiden sehen!« Der Marquis von Hartsfield warf seinen Mantel quer durchs Zimmer, ergriff den großen Silberpokal mit Wein, den sein Bruder ihm hinhielt, und leerte ihn fast in einem Zug.

»Du wusstest, wie gering deine Chance war, dass sie dich Glenkirk vorziehen würde«, erinnerte Kipp St. Denis seinen Bruder. »Ich weiß, dass du gesagt hast, du würdest gewinnen, aber verdammt, Piers, du hättest wissen müssen, dass sie ihre Meinung nicht ändern würde. Du bist doch kein Dummkopf, Bruder. Und jetzt erzähl mir, was der König gesagt hat.«

»Er sagte, er würde eine reiche junge Frau für mich suchen, oder vielmehr die Königin hat es gesagt. Das ist auch so eine Hexe, Kipp. Wenn mich nicht alles täuscht, steckt sie mit Villiers unter einer Decke.«

»Eine vermögende Frau, vom König höchstpersönlich ausgesucht, ist kein kleines Geschenk, Bruder«, versuchte Kipp ihn zu beruhigen. »Denk doch an den Spaß, den wir mit ihr haben werden!«

Piers St. Denis leerte seinen Pokal vollends und reichte ihn Kipp, damit er ihn wieder füllte. »Spaß mit einer hochwohlgeborenen und wahrscheinlich auch noch frommen Jungfrau? Eine Nacht, und sie ist gefügig wie ein Lamm, Kipp. Wo ist denn da der Spaß? Jasmine Lindley zu brechen wäre eine Herausforderung gewesen, weil sie feurig, leidenschaftlich und erfahren ist. Keine Jungfrau kann mit einer solchen Frau mithalten.«

»Du kannst eine Frau, die der König für dich aussucht, nicht ausschlagen, Piers«, warnte Kipp ihn. »Und wenn sie nur gut dazu ist, um dir einen Erben zu schenken. Wir können uns mit allen möglichen anderen Frauen amüsieren, wie wir das immer getan haben.«

»Ich habe den König um ihren Sohn gebeten«, sagte der Marquis von Hartsfield zu seinem Bruder. »Ich sagte ihm, wenn er mich glücklich machen wolle und ich Jasmine nicht haben könne, dann solle er mir seinen Enkel anvertrauen.«

»Du bist wahnsinnig!«, rief Kipp aus, verblüfft über diese Kühnheit.

»Nein! Wenn ich den Jungen bekomme, habe ich Macht über Jasmine, auch wenn sie mich nicht heiraten will. Ihre Schwäche sind ihre Kinder, Kipp. Sie wird tun, was ich will, um ihr Kind zu beschützen, auch wenn sie mit Glenkirk verheiratet ist. Ich kann die Hündin in aller Offenheit zu meiner Geliebten machen und diese Ehe zerstören, die sie so sehr will. Und als Vormund des einzigen Enkels des Königs, auch wenn er auf der falschen Seite des Kissens geboren wurde, habe ich auch eine gewisse Macht über James Stuart.« Seine blauen Augen glitzerten böse in Erwartung seines Sieges.

»Der König wird dir den Herzog von Lundy niemals geben«, erwiderte Kipp. »Schlag es dir aus dem Kopf, Piers, sonst erleidest du eine weitere bittere Enttäuschung.«

»Der Graf von Bartram hat ebenfalls um den Jungen gebeten«, erzählte der Marquis seinem überraschten Bruder.

»Und hat der König es ihm abgeschlagen?« Kipp St. Denis füllte den Silberpokal seines Bruders erneut.

»Der König hat sich noch nicht entschieden«, erwiderte der Marquis und nahm gedankenverloren einen Schluck Wein. »Vielleicht sollten wir ihm ein bisschen auf die Sprünge helfen – und zugleich die Leslies von Glenkirk schachmatt setzen.«

»Wie?« Kipp St. Denis blickte seinen Bruder interessiert

an. Vielleicht war er ja wirklich in der Lage, seine Niederlage in einen Sieg zu verwandeln.

»Was wäre, wenn Bartram ermordet würde und der Verdacht auf James Leslie und seine junge Frau fiele?«, fragte der Marquis.

»Das würdest du dir zutrauen?«, erwiderte sein Bruder nachdenklich. »Das müsste aber äußerst gut geplant werden, Piers.«

»Ja, natürlich«, kam die Antwort, »aber wie gefällt dir denn meine Idee? Hältst du das für möglich, Kipp? So könnten wir alle beiden Vormünder für den Herzog von Lundy auf einen Schlag außer Gefecht setzen.«

»Aber das würde noch immer nicht bedeuten, dass der König dir den Jungen auch gibt«, erwiderte der praktisch veranlagte Kipp.

»Wem denn sonst, Bruder? *Wem sonst?*«, fragte der Marquis.

»Lady Lindleys Großmutter, der alten Gräfin von Lundy«, entgegnete Kipp. »Sie ist das Oberhaupt der Familie. Einer ihrer Söhne ist der Graf von Lynmouth, der andere Lord Burke von Clearfields. Ihr Schwiegersohn, der Graf von BrocCairn, ist sogar der Cousin des Königs. Der König mag die starke alte Frau, weil sie ihm schmeichelt. Er könnte den Jungen ihr oder jedem anderen ihrer Kinder geben.«

»Sie ist zu alt, um den Jungen großzuziehen«, sagte der Marquis. »Ihre Zeit ist bereits abgelaufen, und was ihre Kinder angeht, so ist sich der König ihrer Liebe und Loyalität sicher. Er braucht weiter nichts für sie zu tun, aber für mich muss er etwas tun, um mich für meine öffentliche Demütigung und große Enttäuschung zu entschädigen.«

»Ich frage mich, ob du für den König wirklich so wichtig bist, wie du denkst, Piers«, überlegte sein Bruder. »Villiers, dein großer Rivale, bezaubert den König mit seinem liebenswürdigen und gutherzigen Wesen. Du dagegen benimmst dich jedes Mal wie ein verwöhntes Kind, wenn du deinen Willen nicht bekommst. Bis jetzt hat der König dein kindisches Verhalten großzügig übersehen, aber wie lange wird seine Güte noch anhalten? Er ist nicht so dumm, wie die meisten glauben. Als Bartram ihm abgeraten hat, dir einen Besitz der Krone zu geben, was hast du da getan? Du hast so lange geschmollt und gejammert, bis der König gezwungen war, dir etwas anderes von größerem Wert anzubieten, in diesem Fall die Chance, die Hand von Lady Lindley zu gewinnen. Und das alles nur, um dich zum Schweigen zu bringen. Er hätte es nicht tun müssen, aber er wusste nicht, wie er dich sonst zufrieden stellen sollte, also gab er dir und Villiers eine Gelegenheit.

Dein Rivale hatte so viel Verstand, das Angebot des Königs mit Anstand abzulehnen, indem er ihm erklärte, dass er schon anderweitig gebunden sei und sein Herz für die überaus reiche Lady Katherine Manners schlüge. Du, Piers, hattest nicht so viel Verstand. Und nun, da es dir nicht gelungen ist, den angebotenen Preis zu erringen, schmollst du schon wieder. Der König wird deines Verhaltens überdrüssig werden, Bruder, vor allem angesichts Villiers' sehr viel umgänglicherer Art.«

»Villiers ist ein Opportunist von niederer Geburt«, erklärte der Marquis ärgerlich.

»Vielleicht«, erwiderte Kipp, »aber er verfügt über beträchtlichen Charme, und der König ist seinem Zauber beinahe schon erlegen, wie mir scheint.«

»Ein weiterer Grund für uns, rasch zu handeln«, erklärte Piers St. Denis. »Wenn ich wirklich die Gunst des Königs verliere, dann schlage ich am besten zu, solange ich noch die Chance habe, das zu bekommen, was ich haben will. Wenn erst einmal der Herzog von Lundy unter meiner Obhut steht, dann soll Villiers ruhig die ungeteilte Aufmerksamkeit des Königs genießen. Das spielt dann für mich keine Rolle mehr, Kipp. Vielleicht sollte ich mich Prinz Charles mehr widmen. Er ist schrecklich eifersüchtig auf Villiers, weißt du, und er ist der zukünftige König. Ja, das ist es! Ich werde ein Band zwischen dem jungen Charles und seinem königlichen Onkel schmieden. Wenn der Ältere König wird, werden mir beide dankbar sein!«

»Das ist wahrlich ein besserer Grund, um die Vormundschaft über den Jungen zu erlangen«, sagte Kipp. »Seine

Mutter ist nicht wirklich von Bedeutung, aber der Junge! Er bedeutet echte Macht, Bruder!«

»Wir sind uns also einig?«

»Ja.«

»Dann lass uns überlegen, wie wir den Grafen von Bartram am besten umbringen und die Schuld den Leslies von Glenkirk in die Schuhe schieben können, Kipp.«

»Lady Lindley sollte erfahren, dass der Graf von Bartram versucht, ihr das Kind wegzunehmen«, schlug Kipp vor.

»Ja!«, rief der Marquis begeistert aus. »Und entweder sie oder Glenkirk oder vielleicht auch alle beide sollten Bartram öffentlich darauf ansprechen. Wenn er dann unter seltsamen Umständen tot aufgefunden wird, fällt der Verdacht natürlich auf die Leslies von Glenkirk. Das wird den König veranlassen, seinen Enkel solch gefährlichen Menschen wegzunehmen, und – *voilà! – Ich gewinne!* Selbst wenn Glenkirk und Jasmine der Tod von Richard Stokes nicht bewiesen werden kann, dann sollte allein der Verdacht ausreichen, genauso wie es bei Somerset und seiner Frau gewesen ist.«

»Wir brauchen einen genauen Plan. Wie viel Zeit haben wir?«, fragte Kipp. »Wann kommt Glenkirk aus Schottland zurück?«

Piers St. Denis dachte einen Moment lang nach. »Ich weiß es wirklich nicht, aber er ist jetzt seit fast drei Wochen weg. Vielleicht ist er in zehn Tagen oder so wieder da. Er war schließlich auf der reinsten Narrentour.«

»Ich werde am Hof darüber Nachforschungen anstellen«, sagte Kipp. »Diskret natürlich. Du wirst keinen Ton mehr über den Herzog von Lundy verlauten lassen, Piers, damit du nicht mit diesem Verbrechen in Zusammenhang gebracht wirst. Das verstehst du doch, oder? Du kannst dich noch nicht einmal vor Villiers damit brüsten, dass dir die Vormundschaft über den Enkel des Königs zugesprochen wird. Kein anderer als der König weiß davon, und es muss auch kein anderer wissen.«

Adali hatte die Wachen um Greenwood House und das parkähnliche Grundstück mehr als verdoppelt. Ob seine

Herrin wohl jemals ganz in Sicherheit wäre, fragte er sich. Vielleicht würde ihnen Schottland den Schutz bieten, den sie alle so sehr brauchten? Er betete darum.

Die Kinder waren aus Queen's Malvern angekommen, und abgesehen von James Leslies Abwesenheit war Jasmine wieder glücklich. Ihre beiden ältesten Kinder glichen sehr ihrem Vater, obwohl sie beide dunkles Haar hatten. India jedoch besaß Rowans goldene Augen, während Henrys Augen wie ihre eigenen türkisfarben waren. Ihre zweite Tochter, Fortune, schien der Schwan unter den Enten zu sein.

Fortune hatte rotgoldene Haare, und Skye behauptete, ihre Großmutter wäre mit derselben Haarfarbe gesegnet gewesen. Da das Kind auch Skyes blaugrüne Augen hatte, musste Jasmine annehmen, dass die Kleine nach ihren keltischen Vorfahren geriet, und in der Tat sah sie aus wie die Kinder, die in MacGuire's Ford, dem Dorf auf Jasmines irischem Besitz, gespielt hatten, und überhaupt nicht wie ihre älteren Geschwister.

Der Jüngste, Charles Frederick, war jeder Zoll ein Stuart mit seinen braunen Locken und den gleichen bernsteinfarbenen Augen wie sein Großvater, der König. Er war jetzt fast drei Jahre alt und besuchte mit seinen Geschwistern den Hof, gekleidet in einen orangefarbenen Satinanzug mit einem breiten Kragen aus zarter irischer Spitze. Er trug ein Miniaturschwert bei sich mit einem goldenen Knauf, besetzt mit winzigen Smaragden und Topasen, das extra für ihn angefertigt worden war. Schwungvoll riss er sich den weichen Hut mit den drei weißen Federn vom Kopf und verbeugte sich vor dem König und der Königin, während seine stolze Mama, hocherfreut über die hervorragenden Manieren ihres Jüngsten, zusah. Manieren, die Jasmine ihrem kleinen Sohn nicht beigebracht hatte, wie sie wusste. Insgeheim dankte sie ihrer Großmutter.

Hinter dem Herzog von Lundy, der wegen seines höheren Rangs seine Geschwister anführte, kam Henry Lindley, der Marquis von Westleigh, gefolgt von seinen Schwestern Lady India und Lady Fortune Lindley. Der junge Marquis war genauso gekleidet wie sein kleiner Bruder, nur dass sein Anzug aus türkisblauem Satin und sein Schwert mit Diamanten und Aquamarinen besetzt war. Seine Schwestern trugen Kleider aus rosa- und lavendelfarbener Seide. Als ihre älteren Brüder sich verbeugten, knicksten sie tief und erhoben sich dann langsam und anmutig, sehr zum Wohlgefallen der Königin und der Hofdamen.

»Wir freuen uns sehr, Euch wieder zu sehen, meine Lieben«, sagte der König lächelnd. Dann beugte er sich zu seinem Enkel. »Komm zu mir, Charlie, mein Junge«, bat er, und als der Kleine auf seinen Großvater zutrat, hob James Stuart ihn auf seinen Schoß und drehte ihn so, dass er Prinz Charles ansehen konnte. »Das ist dein Onkel«, sagte er zu Jasmines Jüngstem. »Du bist nach ihm genannt worden. Er heißt auch Charles. Eines Tages, wenn ich tot bin, Charlie, dann wird dieser Charles dein König sein, und du musst ihm treu dienen. Du bist ein Stuart, Junge, und wir Stuarts streiten uns vielleicht manchmal, aber wir sind einander treu bis in den Tod.«

»Ja, Sire«, antwortete der kleine Junge. Dann fragte er den Prinzen: »Warum siehst du mich so an?«

»Weil du deinem Vater sehr ähnlich bist, Charlie. Dein Vater war mein großer Bruder, so wie Henry dein großer Bruder ist«, erwiderte der Prinz. Tränen standen in seinen Augen.

Charles Frederick Stuart, der Herzog von Lundy, hob seine kleine Hand und wischte Prinz Charles eine Träne von der Wange. »Nicht weinen«, sagte er mit seiner Kinderstimme, »nicht weinen, Onkel.«

Der König zog ein seidenes Taschentuch hervor und schnaubte sich die Nase, und alle, die um den Thron herumstanden und das Gespräch mitangehört hatten, schnieften ebenfalls vernehmlich. Auch die Königin kämpfte mit den Tränen.

»Wollen wir Ball spielen?« Das Kind blickte seinen Onkel hoffnungsvoll an.

Zum Erstaunen aller lächelte Prinz Charles, was äußerst selten vorkam, hob das Kind vom Schoß seines Vaters und ergriff die kleine Hand. »Ja, ich möchte Ball mit dir spielen«, sagte er. »Lasst uns in den Hof gehen, mein Herzog.« Er befahl dem am nächsten stehenden Lakaien: »Holt uns einen Ball, Mann!«, und dann gingen die beiden Charles Stuarts Hand in Hand aus dem Saal und schwatzten dabei, als würden sie einander schon lange kennen.

»Er ist ein lieber kleiner Junge, Madame«, sagte der König zu Jasmine. »Alle Eure Kinder sind gut geraten.«

»Ich danke Eurer Majestät für Eure Freundlichkeit meinen Kindern gegenüber, und vor allem danke ich Euch für die Gunst, die Ihr dem Herzog von Lundy erwiesen habt«, erwiderte Jasmine aufrichtig. Dann knickste sie vor dem Königspaar und verließ mit ihren drei älteren Kindern ebenfalls den Saal.

»Gut gemacht, meine Liebe«, sagte George Villiers, der kurz darauf zu ihnen stieß. »Dafür, dass Ihr so gerissen seid, habt ihr gutgeratene Kinder«, meinte er mit spitzbübischem Grinsen.

Jasmine lachte und stellte Villiers ihre Kinder vor. »Der Herr wird bald der alleinige Favorit des Königs sein«, sagte sie später zu ihnen. »Es kann nicht schaden, ihn zum Freund zu haben, aber er ist nicht so liebenswürdig und einfach, wie man vielleicht glauben mag.«

»Er hat keinen Titel«, stellte ihr ältester Sohn fest.

»Er wird einen bekommen«, erwiderte Jasmine. »Der König wird ihn großzügig belohnen, und der junge Villiers hat ein Auge auf eine Erbin aus exzellenter Familie geworfen. Er muss die gleiche soziale Stellung wie ihr Vater oder sogar eine noch höhere haben, bevor sie ihn heiraten darf, aber ich bezweifle nicht, dass dies der Fall sein wird.«

»Er ist sehr schön«, sagte Lady India Lindley.

»Gut aussehend«, korrigierte ihre Mutter sie. »Ein Mann ist gut aussehend, und eine Frau ist schön, mein Püppchen.«

India schüttelte den Kopf. »Er ist mehr als gut aussehend. *Er ist schön!* Ich bin auch eine Erbin, und wenn er mir einen Antrag machen würde, hätte ich nichts dagegen, ihn auch ohne Titel zu heiraten.« Sie blickte George Villiers bewundernd nach.

»Ich mag seine Augen nicht«, meinte Lady Fortune Lindley.

»Warum nicht?«, fragte Jasmine ihre jüngere Tochter neugierig. Sie fand, dass das eine recht interessante Beobachtung für ein so kleines Mädchen war.

»Sie sind wie deine schwarzen Perlen, Mama. Sie spiegeln das Licht wider, aber ich kann nichts darin sehen«, bemerkte Fortune.

»Du bist wirklich dumm, Fortune!«, spottete India. »Ich finde seine dunklen Augen wie eine samtige Nacht voller Sterne.«

»Du meine Güte!«, sagte Jasmine. »Du bist ein sehr romantisches Kind, India. Ich werde von jetzt an ein scharfes Auge auf dich haben müssen, Miss!« Sie fand die Beobachtungen ihrer Töchter in Bezug auf George Villiers interessant. Zwar fand sie selbst ihn amüsant und bestimmt nützlich, neigte jedoch dazu, ihrer jüngeren Tochter zuzustimmen. Rowans nachgeborene Tochter war schon von Geburt an sensibel gewesen, überlegte sie nachdenklich. India dagegen hatte, ähnlich wie Jasmines Bruder, der jetzt Großmogul von Indien war, etwas eigensinnig Wildes an sich. Hoffentlich würde sich das noch auswachsen.

Prinz Charles bat darum, dass sein kleiner Neffe ein paar Tage bei ihm am Hof bleiben dürfe. Es wäre unhöflich von Jasmine gewesen, ihm die Bitte abzuschlagen, und auch der kleine Charlie wollte unbedingt bei seinem Onkel sein. Adali persönlich brachte eine Truhe mit den Kleidern des Jungen in die königlichen Gemächer. Der Prinz, der sehr religiös war, begann damit, seinem Neffen seine Gebete und die Schrift beizubringen. Das kleine Kind, das eine rasche Auffassungsgabe besaß, war ein hervorragender Schüler, sehr zum Entzücken seines königlichen Onkels.

»Es ist genauso wie am Hof Eures Vaters; die Höflinge bemühen sich ständig um die Aufmerksamkeit und die Gunst des Königs«, bemerkte der kluge Adali. »Wahrscheinlich sind alle Königshöfe gleich, Mylady. Unser kleinstes Kind passt recht gut hierher, bestimmt fühlt er sich wohl bei seinem Onkel.«

»Seine beiden Großväter sind Könige«, erwiderte Jasmine, »und beide Onkels sind oder werden Könige sein. Wenn mein unehelicher Stuart als Erbe seines Vaters zur Welt gekommen wäre, dann wäre er eines Tages auch König geworden.«

»Als Herzog wird er ein sehr viel unbeschwerteres Leben führen«, sagte Adali lächelnd, und seine Herrin lachte.

»Wie kannst du so fröhlich sein, wo ich doch weg war?«, fragte James Leslie, der gerade den Raum betrat und sie beide überraschte.

»*Jemmie!*«, schrie Jasmine und flog in seine Arme. »Du bist zurück! Oh, jetzt können wir London verlassen und nach Queen's Malvern zurückkehren! Wie schön! Wie schön!« Sie küsste ihn leidenschaftlich und schmiegte sich an ihn. »Hast du mich vermisst, Mylord?«, murmelte sie und drückte ihr Gesicht an seinen Hals. Er war feucht und roch nach Pferden, aber sie entdeckte auch den Geruch von James Leslie, ihrem Jemmie.

Es war so gut, sie in den Armen zu halten. Gott, er hatte sie so sehr vermisst! Er hob ihr Gesicht an und sagte: »Noch einen Kuss, Madame! Ich komme um vor Sehnsucht nach dir.« Dann senkte sich sein Mund auf ihren, er schmeckte ihre weichen Lippen, und der Duft ihres Parfüms, des nachtblühenden Jasmins, hüllte ihn verführerisch ein. Sie presste sich fest an ihn, und als er sie endlich losließ, grinste er glücklich. »Darf ich annehmen, dass du mich auch vermisst hast, Madame?«

Sie nickte. »Und außerdem habe ich inzwischen den Marquis von Hartsfield davongejagt, Jemmie! Und zwar in aller Öffentlichkeit. Er wird mir nicht mehr zu nahe kommen, das schwöre ich dir!«

»*Und was ist mit dem König?*«, fragte er besorgt.

»Oh, der König hat mich vollkommen verstanden, als ich es ihm erklärt habe«, erwiderte Jasmine fröhlich. »Und die Kinder sind alle hier! Der kleine Charlie ist am Hof bei Prinz Charles geblieben, der unseren kleinen Jungen lieb gewonnen hat, und Henry, India und Fortune haben ebenfalls alle einen sehr guten Eindruck hinterlassen. Jetzt können wir endlich nach Hause fahren!«

Der Graf von Glenkirk wandte sich zu Adali. »Was sollte

ich noch wissen?«, fragte er. »Oder besser, was hat sie mir nicht gesagt?«

»Jemmie!« Jasmine blickte ihn vorwurfsvoll a.

Adali grinste. »Eigentlich, Mylord, ist es genauso, wie sie gesagt hat. Ihr wart kaum weg, da stand der Marquis vor der Tür. Er wollte meine Herrin zu einem Picknick einladen. Selbstverständlich habe ich sie begleitet. Dann hat sich meine Lady draußen auf dem Fluss eine Erkältung zugezogen, die sich zu einer Grippe auswuchs, und sie konnte den Marquis leider mehrere Tage lang nicht empfangen.«

Glenkirk schmunzelte. Was war Jasmine doch für ein kluges Mädchen.

»Und dann gab die Königin einen Maskenball«, fuhr Jasmine fort, »und der Marquis hat meinen Zorn erregt, indem er mich in einen Alkoven gelockt und mich angefasst hat, als wenn ich ihm gehörte! Ich war gezwungen, drastische Maßnahmen zu ergreifen, Jemmie.«

Der Graf von Glenkirk zuckte zusammen, als er sich die Maßnahme vorstellte, mit der Jasmine ihren unerwünschten Verehrer in die Schranken gewiesen hatte.»Hast du ihn für alle Zeit unschädlich gemacht?«

»Nur für kurze Zeit«, erwiderte Jasmine. »Ich ging sofort zum König und bat ihn, mich von St. Denis' unerwünschten Aufmerksamkeiten zu erlösen.«

»Sie kniete nieder«, sagte Adali. »Sie hat sich Ihren Majestäten zu Füßen geworfen. Es war recht dramatisch, Mylord, und der König war sehr bewegt. Das konnte ich sogar von meinem Platz auf der anderen Seite des Saales sehen.«

»Jasmine!« James Leslie wusste nicht, ob er ärgerlich sein sollte oder nicht.

»Nun, es war nicht gerecht«, erklärte Jasmine. »Ich liebe einen Mann, den ich in zwei Wochen heiraten will, und dann wird mir ein unerwünschter Verehrer aufgedrängt, Jemmie, der mich ständig anstarrt und mich begrapscht wie ein Stalljunge das Milchmädchen. Ich hatte genug davon, dass mir jeder vorzuschreiben wagte, was ich tun sollte! Wenn ich London verlasse, komme ich nie wieder zurück! Ich hasse den Hof mit all seinem falschen Getue! Und ich schätze auch die meisten Leute nicht, die den Hof bevölkern. Ich habe meines Vaters Hof nicht gemocht, und diesen hier mag ich genauso wenig, Jemmie. Ich will einfach nur deine Frau und die Mutter meiner Kinder sein. Und natürlich möchte ich mich um Großmamas Handelsgesellschaft kümmern. Wir müssen Tee nach England bringen und ihn hier so populär machen, wie es die Spanier mit der Schokolade gemacht haben, die ich im übrigen für ein abscheuliches Getränk halte. Und wir müssen uns auch um die Pferdezucht in MacGuire's Ford kümmern. Und dann gibt es ja auch noch Schloss Glenkirk. Wir haben so viel zu tun, Jemmie, da bleibt keine Zeit für den Hof und all die lächerlichen Höflinge. Und irgendwann wollen wir ja schließlich auch noch eigene Kinder haben«, schloss sie.

»Ja«, stimmte er ihr zu. »Wir sollten in der Tat noch ein paar Kinder haben, Madame. Es freut mich, dass du dich bei all deinen wundervollen Plänen hinsichtlich Teeimport und Pferdezucht auch an deine Pflichten als Gattin erinnerst«, schmunzelte er.

»Oh, Jemmie, die Kinder kommen zuerst, ich schwöre es«, versprach sie.

»Gut!«, erwiderte er. »Und jetzt, Adali, möchte ich ein heißes Bad und ein gutes Abendessen, und ich will meine Kinder sehen. Und dann, Madame, werden wir früh zu Bett gehen«, meinte er viel sagend.

»Die Kinder zuerst, Mylord«, erwiderte Adali. Er wusste, wenn erst das Bad und das Essen an der Reihe wären, dann würde nichts mehr das Verlangen von Jasmine und James Leslie aufhalten können. Sich verbeugend eilte er davon, um Henry, India und Fortune zu holen, die sich freuten, als sie erfuhren, dass der Graf von Glenkirk von seiner Reise nach Schottland zurückgekehrt war.

Sie stürzten in die Bibliothek, wo ihre Mutter und der Graf sie erwarteten. »Papa! Papa!«, kreischten sie, warfen sich alle zugleich auf ihn und wurden lachend umarmt. »So, ihr freut euch also, mich zu sehen, meine Frechdachse«, sagte er vergnügt. »Nun, ihr habt mir auch gefehlt.«

»Wir waren bei Hof, Papa!«, sagte Henry. »Charlie hat

uns hereingeführt, und der König persönlich hat uns begrüßt. Er sieht so traurig aus, aber ich mag ihn. Und ich habe mich so verbeugt, wie du es mir beigebracht hast.«

»Und die Mädchen haben einen wundervollen Hofknicks gemacht«, warf Jasmine ein.

»Hast du uns aus Schottland etwas mitgebracht, Papa?«, fragte India.

»Papa war auf Befehl des Königs unterwegs«, erwiderte Henry. »Wenn ein Mann für den König unterwegs ist, dann bleibt keine Zeit für Geschenke.«

»Oh?« Der Graf blickte Henry gespielt überrascht an. »Dann willst du das Geschenk also gar nicht, das ich dir mitgebracht habe, Henry?«

»Du hast uns wirklich etwas mitgebracht?«, fragte Henry Lindley aufgeregt. »Was denn, sag schon!«

»Einen guten Dolch für dich, Henry, und Silberkettchen für die Mädchen«, entgegnete der Graf und zog die Geschenke aus seiner Tasche.

»Und für mich nichts?«, neckte Jasmine ihn.

»Dein Geschenk bekommst du später, wenn wir allein sind«, sagte James Leslie und blickte ihr tief in die türkisfarbenen Augen. Vorsichtig legte er India und Fortune ihre Ketten um. »Seht her, Mädchen, jedes Kettenglied trägt einen winzigen Amethyst, geformt wie eine Blüte.«

»Ich werde meine Kette immer tragen«, sagte Fortune und blickte den Mann, der bald ihr Vater werden sollte, anbetend an.

Er umarmte sie und küsste sie leicht auf die Wange.

»Das hast du gut ausgesucht, Papa«, bemerkte India. »Ich mag Schmuck.«

»Das tun die meisten Frauen, wie ich herausgefunden habe«, erwiderte er und küsste und umarmte auch sie. Sein Blick fiel auf Henry Lindley, der entzückt den kleinen Dolch mit Silberscheide und geschnitztem Elfenbeingriff untersuchte.

Der Junge blickte auf. »Das ist eine gute Waffe, Sir«, sagte er langsam. »Zeigst du mir, wie man sie benutzt? Und du vergisst auch nicht meine Fechtstunden?«

»Wir fangen damit an, sobald wir in Queen's Malvern sind«, sagte der Graf. »Und wenn wir diesen Winter in Glenkirk sind, wirst du jeden Tag außer Sonntag Unterricht bekommen, Henry.«

»Jetzt kommt, Kinder«, mahnte Adali. »Euer Papa hat einen langen Ritt hinter sich und ist müde. Er möchte baden, etwas essen und dann ins Bett. Sagt euren Eltern gute Nacht.« Er führte sie aus der Bibliothek.

»Wie gut du zu ihnen bist«, sagte Jasmine. »Dafür liebe ich dich noch mehr, Jemmie Leslie. Ich werde dir wunderbare Söhne schenken, denn offenbar bist du ein Mann, der Kinder mag.«

»Für Charlie habe ich einen bunten Ball, den ich an einem Straßenstand in Edinburgh gefunden habe«, erwiderte er. Dann zog er sie auf seinen Schoß. »Du hast mir gefehlt«, sagte er zu ihr. »Und du hast wirklich Recht, wir brauchen nicht wieder nach London zu kommen. Wirst du dann auch bestimmt glücklich sein, Jasmine? Ich liebe dich so sehr, dass der Gedanke daran, du könntest unglücklich sein, mir Schmerzen verursacht, mein wildes Mädchen.« Er fuhr mit seinen Lippen über ihren dunklen Scheitel.

Sicher. Das Wort kam ihr auf einmal in den Sinn. Sie war endlich in Sicherheit. Aber sie war auch mit Rowan in Sicherheit gewesen, bis ein Wahnsinniger seinem Leben ein Ende gesetzt hatte. Zwei Ehemänner hatte sie auf gewaltsame Weise verloren, und einen jungen Geliebten durch einen unnötigen und zu frühen Tod. Dieses Mal würde bestimmt alles gut gehen. Hatte nicht ihre eigene Großmutter auch fünf Gatten verloren, bis sie Adam de Marisco geheiratet hatte? *Alles würde gut gehen.* »Du riechst nach Pferd, und ich jetzt auch«, sagte sie und glitt von seinem Schoss. »Adali hat bestimmt dein Bad schon vorbereitet.«

»Also muss ich nicht nach Lynmouth House zurück?«, neckte er sie.

»Ich will nie wieder von dir getrennt sein, Jemmie Leslie«, erwiderte sie, ergriff seine Hand und ging mit ihm nach oben in ihre Gemächer, wo die große alte, eisengefasste Eichenwanne bereits vor dem Kamin im Tagesraum stand. »Ich helfe dir beim Ausziehen, Sir«, sagte sie und zog ihm die Stiefel und seine feuchten Wollsocken aus.

»Ich dir auch«, erwiderte er, setzte sie hin und streifte ihr die Schuhe von den schmalen Füßen.

Jasmine stand wieder auf und zog ihm die Weste und das Hemd aus. Er schnürte ihr Mieder und ihr Hemdchen auf und zog sie kurz an sich, um ihre weichen Brüste an seiner dunkelgelockten Brust zu spüren. Widerstrebend löste Jasmine sich von ihm, knöpfte seine Reithosen auf und streifte sie über seine schmalen Hüften bis zu den Knöcheln hinunter. Er trat heraus und schob sie mit dem Fuß weg. Dann öffnete er die Verschlüsse ihres Rocks und ihrer zahlreichen Unterröcke und hob sie heraus, als sie um ihre Knöchel lagen. Nackt bis auf die Strümpfe zog Jasmine ihm die Unterhose herunter. Er kniete sich hin, löste ihre Seidenstrümpfe über die Zehen.

Dann presste er heftig atmend sein Gesicht an ihren weichen Bauch, stand wieder auf, nahm ihr Gesicht in die Hände und sagte: »Ich kann nicht mehr warten, geliebte Jasmine. Ich muss meinen Hunger nach dir stillen. Es war der längste Monat meines Lebens.«

»Für mich auch«, erwiderte sie und streichelte ihn. Sein Schaft war eisenhart und pochte vor Verlangen. Jasmine zog ihn auf den Boden zwischen dem Kamin und der Wanne, legte sich auf den Rücken und öffnete einladend die Beine für ihn.

Stöhnend drang er in sie ein. Zu seinem Entzücken war sie heiß und nass und hieß ihn willkommen. »Ah, wie schön!«, stöhnte er, als er tief in sie hineinstieß und sie die Beine um ihn schlang. Sein Hunger schien eher noch größer zu werden, als sie beide zum leidenschaftlichen Rhythmus ihrer Liebe fanden.

Jasmine seufzte auf, als sein Glied in die tiefsten Tiefen ihres Seins drang. Schamlos genoss sie das Zusammensein mit ihm; ihre inneren Muskeln zogen sich zusammen; ließen ihn wieder los – und er schrie auf vor Lust.

»Es ist zu viel«, schluchzte er fast, und dann explodierte er in ihr, aber Jasmine folgte ihm und kam selber zum Höhepunkt, während sich ihre Lippen in einem leidenschaftlichen Kuss begegneten.

Danach lagen sie mit ineinander verschränkten Händen auf dem Teppich, gestanden sich gegenseitig leise ihre schamlosen Gedanken und lachten glücklich.

»Jetzt brauchen wir aber wirklich ein Bad«, murmelte Jasmine. Ihre Schenkel glänzten von seinem Liebessaft, der reichlich geflossen war. Wenn ihr jemals der Gedanke kommen sollte, dass James Leslie ihr vielleicht untreu würde, wenn er fern von ihr war, dann wurde dieser Verdacht rasch zerstreut durch das, was sie sah, und durch seine Leidenschaft.

Irgendwie gelang es ihm, aufzustehen und sie mit sich hochzuziehen. »Ich habe noch eine Frau so sehr begehrt wie dich, geliebte Jasmine«, sagte er zu ihr. »Und ich bin mir noch nicht einmal sicher, dass mein Verlangen gestillt sein wird, wenn ich erst einmal mit dir verheiratet bin.«

Jasmine kletterte in die Wanne und bedeutete ihm, sich zu ihr zu gesellen. »Du schmeichelst mir, Jemmie Leslie«, sagte sie. »Ich bin nur eine Frau.«

Der Graf von Glenkirk lachte. »Du wirst nie *nur* eine Frau sein, meine geliebte Jasmine«, erwiderte er. »Und jetzt, Madame, wasch mir den Rücken wie eine gute Ehefrau, und danach werde ich dich für deine Mühen belohnen.«

Jasmine kicherte. »Ich bin noch nicht deine Ehefrau, Mylord. Ich würde viel lieber wie eine gute Geliebte belohnt werden. Geliebte, habe ich mir sagen lassen, haben viel mehr Spaß als Ehefrauen.«

»Nicht in meinem Haus«, antwortete er vergnügt.

Adali betrat in Begleitung von Rohana und Toramalli die Gemächer. Er trug ein silbernes Becken mit parfümiertem Wasser und einige kleine weiße Leinentücher, die er ins Schlafzimmer brachte. Die Zofen trugen Tabletts mit Essen, die sie auf einen rechteckigen Tisch stellten.

»Oh …«, schnüffelte Jasmine. »Das riecht ja köstlich. Was habt ihr uns gebracht?« Sie stieg aus der Wanne, um sich von Rohana abtrocknen zu lassen.

»Die Köchin hat verschiedene Gerichte zubereitet, M'lady«, sagte Rohana, während sie Jasmine abtrocknete und einpuderte. »Sie dachte, M'lord würde vielleicht gerne etwas Herzhaftes zu sich nehmen, da er laut Fergus More, der gerade in der Küche sitzt und isst, einen langen Ritt hinter sich hat.« Sie half Jasmine in einen cremefarbenen Hausmantel. Dann eilte sie Toramalli zu Hilfe, die gerade den leicht verlegenen Lord Leslie abtrocknete, der sich nicht ganz daran gewöhnen konnte, dass ihm hübsche Frauen nach seinem Bad behilflich waren.

Jasmine begann die Deckel von den Gerichten zu nehmen. Es gab kalte, rohe Austern auf gestoßenem Eis, Kanincheneintopf in einer brauen Weinsauce mit Karotten und jungen Erbsen, einen gebratenen Kapaun, eine mittelgroße Forelle auf einem Kressebett, in Weißwein gedämpft, einen kleinen Schinken, eine Schüssel mit Salat aus dem Küchengarten, frisches Brot, das noch ofenwarm war, süße Butter, ein Viertel Tortenbrie, der auf seiner Silberplatte bereits zerlief, und schließlich eine Schüssel winziger neuer Erdbeeren mit einem Klecks Sahne. Sie summte zustimmend. »Sagt Mrs. David, dass wir ihr Menü sehr zu schätzen wissen, Adali«, bat Jasmine.

»Soll ich Euch servieren?«, fragte er höflich.

»Ja«, erwiderte sie zu seiner Überraschung. »Sagt den Lakaien, sie sollen die Wanne leeren und wegbringen. Dann wollen wir essen.«

Die Diener kamen, jeder mit zwei Eimern, und die Wanne wurde rasch geleert und entfernt. Rohana und Toramalli stellten den Tisch vor den Kamin, und Adali servierte seinem Herrn und seiner Herrin zu essen und zu trinken. Dann zog er sich mit den Frauen zurück. James Leslie und Jasmine aßen mit gutem Appetit. Sie füllte seinen Kelch mehrere Male mit Wein, und bald übermannte ihn die Müdigkeit.

»Komm«, sagte sie und stand auf. »Du musst schlafen, mein Lieber.« Sie führte ihn ins Schlafzimmer, und kaum hatte sein Kopf das Kissen berührt, war er auch schon eingeschlafen. Nachsichtig lächelnd deckte Jasmine die Glut im Kamin ab, zog die Decke über ihn, legte sich neben James Leslie ins Bett und kuschelte sich an ihn. Automatisch glitt sein Arm über sie und er zog sie in seine Umarmung.

Als der Graf von Glenkirk erwachte, stand die Sonne schon hoch am Himmel, und Jasmine war bereits angezogen. Adali reichte ihm eine Tasse mit dampfend heißem Tee, den er zu seiner Überraschung äußerst erfrischend fand. Während der Diener ihm beim Anziehen half, schwatzte Jasmine glücklich mit ihm.

»Wir müssen heute früh an den Hof gehen und uns vom König und der Königin verabschieden, Jemmie. Bereits morgen können wir die Reise nach Queen's Malvern antreten; die Diener packen schon. Ich nehme das Personal mit, da ich nie wieder nach London zurückkehren will. Großmama wird sie sicher unterbringen können, und ich will sie nicht einfach hier lassen, nachdem sie der Familie jahrelang treu gedient haben. Greenwood House wird dann abgeschlossen. Vielleicht verkaufe ich es sogar eines Tages, wenn es mir gehört.«

»Wenn du es verkaufst«, bemerkte der Graf, »dann weiß deine Familie nicht, wo sie unterkommen soll, wenn sie nach London kommt, Jasmine.«

»Sie können doch in Lynmouth House wohnen«, erwiderte sie.

»Möchtest du wirklich, dass deine Tante Willow mit deinem Onkel Robin zusammenwohnen muss?«, neckte er sie. »Falls sie beide gleichzeitig in der Stadt sein müssen?«

Sie dachte einen Moment lang nach, dann lachte sie. »Ja, du hast Recht, Jemmie, aber ich schließe das Haus trotzdem ab, und wenn es jemand benutzen will, muss er es eben auf eigene Kosten herrichten. Der Hausmeister und seine Frau sollen sich darum kümmern und dafür sorgen, dass der Park in Ordnung gehalten wird. Und jetzt beeil dich und zieh dich an, Mylord.«

»Ich habe schon wieder Hunger«, beschwert er sich. »Ich werde nirgendwohin gehen, bevor ich nicht etwas zu essen bekomme.«

»Toramalli, hol Lord Leslie etwas zu essen«, befahl Jasmine, und als das Frühstück kam, aß sie mit genauso großem Appetit wie er.

Ihre Kutsche fuhr vor, und der Graf von Glenkirk und Jasmine ließen sich nach Whitehall bringen. Sie waren elegant, aber konservativ gekleidet. Der Graf in dunkelgrünen Seidenbreeches, die Weste cremefarben und golden gefüttert. Jasmine trug ein apfelgrünes Goldbrokatkleid mit einem breiten cremefarbenen Spitzenkragen; um ihren Hals lag eine goldene Kette mit Topasen.

Das Gesicht des Königs hellte sich auf, als sie den Saal betraten. »Jemmie!«, rief er. »Ihr seid wieder zurück, wie ich sehe!«

Der Graf von Glenkirk verbeugte sich vor dem König, und Jasmine knickste.

»Das bin ich, Euer Gnaden, und ich freue mich, Euch mitteilen zu können, dass Schottland den Besuch von James Stuart gespannt erwartet«, sagte James Leslie. »Jetzt, Euer Majestät, komme ich, um Abschied von Euch und Ihrer Majestät der Königin zu nehmen. In wenigen Tagen findet meine Hochzeit statt, und ich muss nach Queen's Malvern zurückkehren, bevor die alte Gräfin von Lundy eine Suchmannschaft nach mir ausschickt.«

Der König nickte. »Lady Lindley hat uns bereits in aller Deutlichkeit mitgeteilt, dass ihre Wahl auf Euch und keinen anderen fällt, Jemmie. Ist das nicht so, Madame?« Seine bernsteinfarbenen Augen funkelten.

»Ja, Euer Gnaden«, erwiderte Jasmine sanftmütig.

»Ha!«, bellte der König. »Als Ihr es mir vor ein oder zwei Tagen gesagt habt, wart Ihr nicht so milde. Und Ihr habt dem armen Piers St. Denis das Herz gebrochen, Madame. Jetzt muss ich ihn mit irgendetwas entschädigen, und ich weiß gar nicht, was ich dem armen Jungen anbieten soll.«

»Es stimmt«, fiel der Graf von Glenkirk ein, bevor Jasmine etwas sagen konnte, das sie vielleicht in Schwierigkeiten gebracht hätte, »meine Braut ist ein unschätzbares Juwel; trotzdem wird sicher *alles*, was Eure Majestät für den Marquis von Hartsfield aussucht, mehr wert sein als Jasmines Hand, da es doch von Eurer Majestät kommt.«

Der König lächelte bei James Leslies Worten. Er wusste, das man ihm schmeichelte, und doch würden die öffentlich ausgesprochenen Worte des Grafen seinen Liebling Piers dazu zwingen, alles anzunehmen, was James Stuart ihm als Entschädigung wegen Jasmine anbieten konnte. Er nickte dem Grafen zu und murmelte: »Gut gemacht, Jemmie. Ihr werdet mir fehlen.« Lauter fuhr er fort: »Wir sind traurig, dass Ihr beide geht, aber wir verstehen, das Ihr uns verlassen müsst.«

»Wir sind die treuen Diener Eurer Majestät, und wann immer Ihr uns braucht, kommen wir zurück«, versprach der Graf von Glenkirk dem König.

»Gut, gut!« Der König erhob sich. »Kommt mit mir, Jemmie Leslie. Ich möchte einen ausführlicheren Bericht unter vier Augen.« Er blickte Jasmine an.»Dann habt Ihr Zeit, Madame, Euch von Euren Freunden zu verabschieden, nicht wahr?«

Jasmine knickste wieder. »Danke, Euer Majestät«, erwiderte sie.

»Ich komme zu dir zurück, wenn ich fertig bin«, sagte der Graf zu Jasmine. »Versuch bitte, nicht in Schwierigkeiten zu geraten, während ich bei Seiner Majestät bin, ja?« Er warf ihr eine Kusshand zu und folgte dem König, der bereits durch den Saal ging.

Die Königin hatte seine Bemerkung gehört und lachte leise. »Er kennt Euch gut, nicht wahr, meine Liebe? Wenn Ihr einander aushaltet, werdet Ihr eine sehr interessante Ehe führen.«

»Ich werde Eure Majestät vermissen«, sagte Jasmine. »Ihr seid die einzige Freundin, der ich bei Hof Auf Wiedersehen sagen möchte, Madame.«

»Was? Bin ich nicht ebenfalls Euer Freund?«, fragte George Villiers und tat so, als sei er beleidigt. Er stand zwischen dem Thron des Königs und dem der Königin.

Jasmine lachte. »Oh, Steenie, natürlich seid auch Ihr mein Freund. Ich hätte gerne zugesehen, wie Ihr große Höhen erklimmt, aber ich verspreche, Euch manchmal zu schreiben. Werdet Ihr mir auch schreiben und mir von all Euren Triumphen berichten?« Sie reichte ihm die Hand. »Früher einmal, so wurde mir erzählt, galt mein Onkel Conn als der bestaussehendste Mann am Hof. Ich glaube, Sir, diese Ehre gebührt nun Euch. Er war jedoch nicht so umsichtig wie Ihr. Die Königin musste ihn heiraten, um ihn vor Schwierigkeiten zu bewahren.«

George Villiers ergriff ihre Hand, küsste sie und sagte: »Ihr könnt darauf vertraue, dass ich Euer Freund bleibe, Madame, und wenn Ihr so freundlich seid, mir zu schreiben, werde ich bestimmt antworten und Euch all den reizenden Klatsch erzählen, der Euch bei Eurem Leben auf dem Land sicher fehlen wird. Wollt Ihr wirklich die Winter in Schottland verbringen?«

Sie nickte. »Ja.«

»Mögt Ihr Regen und Nebel?«, fragte er erstaunt.

»Warum?«

»Weil mir erzählt wurde, dass es häufig neblig ist in Schottland, und es regnet auch ziemlich viel. Stimmt das nicht, Majestät?« Er wandte sich an die Königin.

Königin Anne nickte. »Ihr werdet Euch daran gewöhnen«, meinte sie.

»Was für eine reizende Szene«, ertönte eine schnarrende Stimme neben ihnen.

Jasmine, die den Marquis von Hartsfield erkannte, drehte sich nicht um. Ihre Augen jedoch funkelten.

»Ich wünsche Euch einen guten Tag, Euer Majestät«, sagte Piers St. Denis, wobei er George Villiers ausdrücklich ignorierte.

»Guten Tag, Mylord«, erwiderte die Königin höflich. Sie fragte sich, was er wohl wollte. Wahrscheinlich Ärger verursachen, dachte sie. Er war wirklich ein schlechter Verlierer.

»Und wo ist Euer Liebhaber, Madame?« Die Stimme war schneidend.

»Mylord ist beim König, das geht Euch jedoch nichts an, Sir«, antwortete Jasmine, ohne sich umzudrehen.

»Zweifellos erzählt der König ihm, dass Euer kleiner Bastard jemandem anvertraut wird, der *geeigneter* als Ihr ist, um ihn großzuziehen«, sagte der Marquis bissig. »Ich selbst habe ihn um das Kind gebeten, und ich wäre ein hervorragender Vormund, Madame, da ich ihn hier am Hof bei seinen Großeltern und seinem Onkel, der sich um ihn kümmern kann, erziehen würde. Ich würde ihn nicht in die wilden Weiten von Schottland entführen, wo er wahrscheinlich wie ein Barbar aufwachsen müsste, und nicht wie der Sohn eines Prinzen.«

Jasmine erbleichte, und dieses Mal drehte sie sich um und schaute Piers St. Denis direkt ins Gesicht. »*Geeignet?* Ihr haltet Euch für geeignet, *meinen* Sohn großzuziehen. *Ihr*? Ein Mann, der bei einer Frau nur dann Lust empfinden kann, wenn er sie missbraucht? Ich würde Euch umbringen, wie jeden anderen auch, der versuchen sollte, mir meinen Sohn oder eins meiner anderen Kinder wegzunehmen?«, sagte Jasmine in schneidendem Tonfall. »Ihr, Mylord, seid überhaupt nicht dazu geeignet, *irgendein* Kind großzuziehen!«

Der Marquis von Hartsfield errötete, als sie in aller Öffentlichkeit enthüllte, was er für sein geheimes Laster gehalten hatte, aber bevor er etwas erwidern konnte, ergriff die Königin das Wort.

»Jasmine, meine Liebe, hört nicht auf ihn. Der König überlässt keines Eurer Kinder Piers St. Denis. Er ist sich der Schwächen und Unzulänglichkeiten des Marquis sehr wohl bewusst.« Sie streckte die Hand aus, um die junge Frau zu trösten. Dann wandte sie sich zornig an den Marquis. »Sir, Ihr geht zu weit!«

Piers St. Denis war empört über die Zurechtweisung und sein Zorn wuchs, und doch hatte die Königin ihm unwissentlich in die Hände gespielt. »Wenn ich es nicht bin, Madame«, sagte er, »dann wird vielleicht der Graf von Bartram den Jungen bekommen. Ich habe selbst gehört, wie er den König um die Vormundschaft gebeten hat.« Er blickte Jasmine wieder an. »Lord Stokes hält Euch für unzüchtig, Madame. Er sagt, eine Frau mit Mischlingsblut dürfe nicht den Sohn eines christlichen Prinzen erziehen, ganz gleich, ob ehelich oder unehelich. Er stellt sogar Euren Erbanspruch in Frage, denn hat Eure Mutter Euch nicht Eurem Vater geschenkt, als sie noch mit dem Grafen von BrocCairn verheiratet war? Das würde Euch auch zu einem Bastard machen, nicht wahr?«

Sie gab ihm eine Ohrfeige, und der große, prächtige, ovale Golconda-Diamant, den sie am Mittelfinger der rechten Hand trug, schlitzte das Gesicht des Marquis von Hartsfield vom rechten Augenwinkel bis zum rechten Mundwinkel auf. »Ich bin eine rechtmäßige Prinzessin von Indien, Mylord«, sagte sie zu dem blutenden Mann mit eisiger Stimme, ohne laut zu werden. »Ich fürchte, Ihr seid der Bastard! Und ich wiederhole noch einmal für Euch und für alle, die es hören wollen, ich werde jeden Mann töten, der versucht, mir meine Kinder, *jedes meiner Kinder*, zu stehlen. *Ich* bin ihre Mutter. *Ich* bin ihr Vormund, und niemand ist geeigneter als ich, um sie großzuziehen!« Sie lächelte den Marquis von Hartsfield an. »Ich fürchte, Ihr werdet nie mehr wieder so gut aussehen wie früher, nachdem Ihr heute mir begegnet seid. Wie schade.« Dann wandte Jasmine sich um, knickste vor der Königin und wandte sich zum Gehen. Ihr Herz klopfte heftig vor Wut. Wie konnte James Stuart es wagen, sich wieder einmal in ihr Leben einzumischen? Sie hörte nicht, wie die Königin hinter ihr herrief, weil in diesem Augenblick gerade der Graf von Bartram mit seiner sonst sehr zurückgezogen lebenden Frau am Arm den Saal betrat.

Jasmine versperrte ihnen den Weg. »Wie könnt Ihr es wagen, mir meinen Sohn stehlen zu wollen, Mylord!«, schrie sie ihn an. »Nun, weder Ihr noch Eure puritanische Gattin werdet ihn bekommen!« Damit drängte sie sich an dem Paar vorbei und verließ den Saal.

Die Gräfin von Bartram fiel beinahe in Ohnmacht, so sehr hatte sie die Erscheinung mit den türkisfarbenen Augen erschreckt. Später würde sie bei der ewigen Verdammnis schwören, dass Höllenfeuer aus Jasmines Augen geschlagen sei. Ihr Mann bemühte sich zu verhindern, dass seine Frau auf dem Fußboden zusammenbrach; unnötigerweise, denn Mary Stokes war nicht mehr so ein zartes Mädchen wie früher.

Königin Anne hätte am liebsten gelacht, und sie merkte

es Steenie deutlich an, dass auch ihm nach Lachen zu Mute war, aber irgendwie gelang es beiden, sich zu beherrschen. Sie reichte dem blutenden Marquis von Hartsfield ihr Taschentuch. Seine Weste war bereits ruiniert. »Ihr werdet am Leben bleiben, Mylord«, sagte sie trocken.

»Ich will, dass sie eingesperrt wird!«, schrie er.

»Nein«, erwiderte die Königin unerbittlich. »Ihr habt ihr absichtlich die Unwahrheit gesagt, Mylord. Und Ihr habt das einzig und allein getan, um Ärger zu machen. Ihr seid wütend, weil sie Euch zugunsten von Jamie Leslie abgewiesen hat, aber Ihr hättet Euch über ihre Gefühle klar sein müssen, als mein liebster Gatte Euch noch einmal eine Chance bei ihr eingeräumt hat. Steenie wusste es, und war klug genug, das Angebot abzulehnen, Ihr jedoch nicht. Eure Gier, nicht nur nach Lady Lindleys Reichtum, sondern auch nach der Nacht, die ihr glaubtet zu besitzen, wenn ihre Kinder die Euren wären, hat Euch in diese unglückliche Lage gebracht, die Ihr absolut verdient. Ihr besitzt meine Freundschaft nicht mehr, Mylord. Und ich werde ganz gewiss dem König von Eurem Hang zur Perversität erzählen. Ich werde meinem Gatten rate, Euch kein junges Mädchen aus guter Familie anzuvertrauen, Mylord. Gott allein weiß, was ihr in Eurer Obhut passieren könnte! Und jetzt geht mir aus den Augen!«

George Villiers versuchte mannhaft, Haltung zu bewahren, als er zusah, wie der Marquis von Hartsfield aus dem Saal schlurfte. *Ich habe gewonnen!*, dachte er glücklich. *Und ich musste kaum etwas dafür tun. St. Denis ist ein Narr, sich selbst so außer Gefecht zu setzen. Natürlich hätte er nie die Hand von Jasmine Lindley gewonnen, aber er hätte eine reiche Frau für sich dabei herausschlagen können, der blöde Trottel – und ich musste nichts unternehmen, um das alles so zu arrangieren!* Er konnte ein Kichern nicht unterdrücken.

»Beherrscht Euch, Steenie«, sagte die Königin leise. »Selbstgefälligkeit steht Euch nicht an, Sir.«

»Ja, Majestät«, erwiderte George Villiers sanftmütig, war aber trotzdem berauscht von seinem Sieg.

7

»Habe ich dich gewarnt, du sollst den Mund halten, kleiner Bruder?«, schalt Kipp St. Denis den Marquis von Hartsfield. »Du hast Königin Annes Gunst verloren, und jetzt wirst du wahrscheinlich auch die des Königs verlieren. Nichts hast du von diesem Aufenthalt am Hof, der uns so viel gekostet hat! Du hattest alle Möglichkeiten, Piers, und du hast sie leichtfertig verspielt, weil du Lady Lindley belästigen wolltest, die jemand anderen dir vorgezogen hat. Schon Vater sagte immer, du seist ein kindischer Narr.«

»Es war unser Vater, der unser ganzes Vermögen verschleudert und Mutter buchstäblich mittellos hat sterben lassen«, schnarrte Piers St. Denis. »Und außerdem ist keineswegs alles verloren. Ich kann den König immer noch um Verzeihung bitten. Mittlerweile bin ich ein Fachmann im Betteln geworden, Kipp. Und denk daran, wir haben unseren Plan noch nicht durchgeführt.«

»Du hast das Spiel verloren«, erwiderte Kipp. »Der Herzog von Lundy wird beim Grafen und der Gräfin von Glenkirk bleiben.«

»Nicht, wenn man sie für die Mörder von Lord Stokes hält«, sagte der Marquise leise. »Und Jasmine hat uns direkt in die Hände gespielt, indem sie öffentlich erklärt hat, sie würde jeden umbringen, der versucht, ihr die Kinder wegzunehmen. Findet man Stokes tot auf, wird sie die Erste sein, die man des Mordes verdächtigt, und Lord Leslie wird als ihr Komplize gelten. Man wird ihr Kind ihrer Obhut entziehen, und sie werden gewiss wie Somerset und seine zänkische Frau im Tower landen.«

»Selbst wenn du das erreichst, ist das noch keine Garantie dafür, dass man dir den Herzog von Lundy gibt, vor allem jetzt, wo die Königin laut und deutlich ihren Abscheu vor dir bekundet hat, Piers. Versuch, mit dem König ins Reine zu kommen, damit du irgendetwas aus dieser Angelegenheit gewinnst, bevor wir den Hof verlassen müssen. Mach wenigstens einen kleinen Sieg aus dieser Niederlage!«

»*Ich will das Kind haben!* Du hättest den selbstgefälligen Ausdruck auf Villiers Gesicht sehen sollen, Kipp. Wenn die Königin nicht dabei gewesen wäre, hätte ich ihn erwürgt. Ich muss das Kind bekommen, Kipp! Sein Einkommen wird uns retten. Du weißt selbst, wie wenig Geld noch übrig ist. Ich will nicht den Hof verlassen und nach Hartsfield Hall zurückkehren. Ich hasse das verdammte Landleben! Ich will hier sein, im Mittelpunkt des Weltgeschehens, wo so viel Aufregendes passiert. Nur am Hof ist man lebendig, Kipp!«

»Wir haben nicht die Mittel, um noch länger hier zu bleiben, Piers«, rief ihm sein Bruder ins Gedächtnis. »Wenn du nicht wenigstens eine Erbin heiratest, sind wir ruiniert! Schließlich sind wir deshalb an den Hof gekommen, und es war ein Geschenk Gottes, dass du dem König aufgefallen bist. Du brauchst eine reiche Frau, um Hartsfield Hall restaurieren *und* am Hof bleiben zu können. Ansonsten sind wir verloren. Der König ist deine einzige Hoffnung, um an eine vermögende Frau zu gelangen! Ich verstehe, dass du wütend bist und dich am Grafen von Glenkirk und Jasmine Lindley rächen willst, und vielleicht bekommst du ja eines Tages auch deine Rache, *aber jetzt ist nicht der richtige Zeitpunkt dafür.*«

»Du hast doch den Grafen von Bartram beobachtet, Kipp«, sagte der Marquis, als habe er die Worte seines älteren Bruders gar nicht gehört. »Geht er abends aus? Das wäre natürlich der beste Zeitpunkt, um ihn aus dem Weg zu schaffen. Wir sollten es selber machen, damit es keine Zeugen gibt.«

»Es wäre sinnlos, jetzt ein solches Verbrechen zu planen, Piers«, sagte Kipp in einem letzten Versuch, seinen Bruder zu überzeugen. »Jetzt, wo der Graf von Glenkirk aus Schottland zurückgekehrt ist, wird er mit Lady Lindley sicher in das Haus ihrer Großmutter in Worcestershire fahren, um die Hochzeit vorzubereiten.«

»Wir werden den Grafen von Bartram heute Abend umbringen«, sagte der Marquis von Hartsfield ruhig. »Und heute Abend werden Glenkirk und seine Hexe noch da sein.«

Kipp St. Denis wusste, dass er seinen Bruder nicht mehr von seinem Plan abbringen konnte. Er würde sicher fehlschlagen, aber Piers würde ihn durchführen, und Kipp konnte sich nicht weigern, ihm zu helfen. Wenigstens musste er aber sicherstellen, dass der Marquis von Hartsfield nicht mit dem Verbrechen in Verbindung gebracht würde, damit der König wenigstens seinen früheren Favoriten mit einer reichen Frau belohnen konnte. Kipp glaubte nicht eine Sekunde lang, dass sie die Vormundschaft über den kleinen Herzog von Lundy bekommen würden. Die Königin hatte mehr Einfluss auf ihren Gatten, als die jungen Männer um James Stuart glaubten. Das war der Irrtum seines Bruders gewesen. Er hatte es nicht sehen wollen und sich Königin Anne zur Feindin gemacht. George Villiers dagegen hatte die Lage richtig eingeschätzt und sein Wissen klug genutzt. Kipp wusste, wie arrogant und gedankenlos Piers sein konnte. Am Ende würde der Marquis einsehen müssen, dass es für ihn keine Zukunft bei Hof gab. Dann konnten sie nach Hause gehen und die reiche Erbin mitnehmen.

Am nächsten Morgen war der König gerade aufgestanden und hatte in das Silberbecken gepinkelt, das einer seiner Kammerdiener zu diesem Zweck unter ihn hielt, als ihm die Nachricht überbracht wurde, dass man den Graf von Bartram heute früh vor den Toren seines Hauses ermordet aufgefunden hatte. James Stuart war zutiefst schockiert und verlangte eine sofortige Erklärung. Ihm wurde gesagt, dass niemand etwas wisse.

»Wie ist er getötet worden?«, fragte der König.

»Mit einem Messer, Euer Gnaden, das ihm durch die Rippen ins Herz gedrungen ist«, war die Antwort. »Der Torhüter schwört, er habe keinen Laut gehört.«

»Wer ist dafür verantwortlich?«, war die nächste Frage des Königs.

»Das ist nicht bekannt, Sire.«

»Was hat er denn vor seinen Toren getan?«, fragte sich der König. »Es war doch Nacht.«

»Lady Mary sagt, er habe eine handschriftliche Nachricht

erhalten, als sie gerade zu Bett gehen wollten. Daraufhin erklärte der Graf, er müsse rasch noch etwas erledigen und würde in Kürze zurück sein. Er sagte zu seiner Frau, sie solle schon zu Bett gehen, was sie als pflichtbewusste Gattin auch tat. Als sie heute früh erwachte, sah sie, dass ihr Mann nicht zurückgekommen war und sandte nach dem Torhüter, um ihn zu fragen, ob er Seine Lordschaft gesehen habe. Der Torhüter erinnerte sich, dass er Lord Stokes hinausgelassen und beobachtet hatte, wie er um die nächste Straßenbiegung gegangen war. Während er auf die Rückkehr seines Herrn wartete, ist er eingeschlafen. Nachdem seine Herrin ihn befragt hatte, ging der Torhüter ebenfalls die Straße entlang. Er fand Lord Stokes direkt hinter der Straßenecke tot auf.«

»Und wo ist die Nachricht, die Lord Stokes aus der Sicherheit seines Hauses gelockt hat?«, fragte der König. »Wo ist sie?«

»Sie wurde nicht gefunden, Euer Majestät. Lady Mary erinnert sich, dass er sie nicht ins Feuer geworfen hat. Sie glaubt, er habe sie in die Tasche gesteckt, aber sie ist sich nicht sicher. In seiner Tasche fand sich jedoch nichts.«

»Es sieht so aus«, sagte der König, »als ob Dickie einen Feind gehabt hat, nicht wahr? Nun, wer hätte den armen Mann töten wollen?«

»Lady Lindley sagte, sie würde jeden Mann töten, der ihr ihre Kinder wegnehmen würde, Mylord«, piepste der Page des Königs. »Ich habe gehört, wie sie das geäußert hat!«

Ein allgemeines Murmeln erhob sich im Schlafzimmer des Königs, während seine Gentlemen ihm beim Ankleiden halfen. »Ja, ja … ich habe es auch gehört!«

»Jedermann bei Hof hat es gehört«, meinte der König schmunzelnd. »Jasmine Lindley hat ein aufbrausendes Temperament, aber ich glaube nicht, dass sie den armen Dickie wirklich umbringen wollte. Sie hat keinen Grund dazu, Gentlemen.«

»Es ging das Gerücht, Ihr wolltet den Herzog von Lundy in die Obhut des Grafen von Bartram geben, Euer Gnaden«, sagte einer der Herren.

»Das Gerücht ist falsch«, erklärte der König. »Sie stürmte aus dem Saal in meine Privatgemächer und wollte wissen, ob es stimmte. Ich versicherte ihr, dass es keineswegs so sei und dass sie keine Angst zu haben brauche; sie solle ihre Kinder selbst aufziehen, solange sie meine königliche Autorität respektiere. Ich habe dann mein Gespräch mit Glenkirk beendet und ihn angewiesen, mit ihr nach Hause zu fahren, sie zu heiraten und ihr ein paar Kinder zu machen, damit sie beschäftigt ist«, schloss der König schmunzelnd.

»Außerdem«, warf George Villiers ein, »ist Lady Lindley eine schlanke Frau und vermutlich nicht besonders stark. Wie hätte sie den armen Stokes mit einem Messer ermorden sollen? Sie hätte ihn vielleicht verwunden können, aber es heißt doch, das Messer habe den sofortigen Tod verursacht. Welche Frau kann so geschickt mit einer solchen Waffe umgehen, meine Herren?«

»Sie ist eine Ausländerin«, sagte einer der Gentlemen. »Und was ist mit ihrem Diener mit dem Turban? Es sieht ziemlich gefährlich aus.«

»Lady Lindley ist Engländerin, ganz gleich, wo sie geboren wurde«, sagte der König. »Ich bin Englands König, und ich bin in Schottland geboren. Und was ihren Diener angeht, Adali, so ist er ihr zwar äußerst ergeben, aber er ist kein Mörder. Er ist ein Eunuch, meine Herren, und wir wissen, dass ein kastrierter Mann nie wild, sondern eher zartfühlend ist, wie ein Mädchen. Nein, nein, meine Lieben, es war nicht Adali.«

»Wer war es dann?«

»Vielleicht sollten wir nach jemandem Ausschau halten, der vom Tod des armen Lord Stokes einen Gewinn hat«, schlug Villiers vor. »Oder jemand, der dachte, es brächte ihm einen Vorteil, wenn der Graf von Bartram nicht mehr unter den Lebenden weilt.«

»Steenie«, sagte der König, »ihr müsst mit Dickies armer Witwe sprechen. Vielleicht kann sie ja die Angelegenheit erhellen.«

Aber George Villiers erfuhr nichts von Mary Stokes, das ihnen bei ihrer Suche nach dem Mörder helfen konnte. Die arme Frau hatte sich eingeredet, unterstützt von dem Geistlichen, der bei ihr war, dass Jasmine Lindley für den Tod von Richard Stokes verantwortlich sei. Der Favorit des Königs erklärte der hysterischen Witwe vorsichtig, der König sei überzeugt davon, dass es nicht Jasmine gewesen sei, und er erläuterte ihr auch die Gründe dafür.

»Lady Lindley hatte keinen Grund, Eurem Gatten etwas anzutun, Madame«, schloss er. »Sie hatte keinen Streit mit ihm.«

»Sie bedrohte meinen Dickon, weil der König uns den Herzog von Lundy geben wollte, damit wir ihn anständig erziehen«, weinte Lady Mary.

»Bevor Lady Lindley gestern den Hof verlassen hat, erklärte ihr der König, dass dieses Gerücht nicht stimme, Madame; ich selbst war dabei, als er Eurem Gatten sagte, der Junge bliebe bei seiner Mutter und seinem Stiefvater. Ich sage Euch noch einmal, dass Lady Lindley keinen Grund hatte, jemanden umzubringen. Der König hält sie und alle, die mit ihr verbunden sind, für unschuldig in dieser Angelegenheit.«

»Wir müssen die Meinung des Königs akzeptieren, meine gute Lady«, sagte der Geistliche zu Mary Stokes. »James Stuart mag zwar fehlgeleitet sein, aber er ist ein guter Mann.«

»Wenn diese schreckliche Frau meinen Dickon nicht umgebracht hat, Pastor Goodfellowe, wer war es dann?«, jammerte die Witwe.

»Diese Frage kann ich Euch nicht beantworten, Madame, aber Gott kennt den Missetäter und wird ihn mit ewigem Höllenfeuer bestrafen! Ihr müsst diese Angelegenheit denen überlassen, die dafür zuständig sind, Madame. Jetzt solltet Ihr Euch auf Euer eigenes Heil konzentrieren, denn der Tod kommt dann, wenn wir ihn am wenigsten erwarten, wie der arme Lord Stokes erfahren musste. Ihr müsst bereit sein, wenn Ihr vor Euren Schöpfer tretet, Lady Mary«, sagte der Pastor streng.

Ein Puritaner, dachte George Villiers, *und zwar einer von der gefährlichen Sorte. Vielleicht ist er ja der Schuldige. Ich war doch dabei, als Richard Stokes Seiner Majestät gesagt hat, er würde den Geistlichen seiner leicht beeindruckbaren Frau wegjagen. Lord Stokes war kein Lügner. Jetzt ist er jedoch tot, und blitzschnell ist der unruhestiftende Puritaner in seinem Haus, obwohl die Leiche noch nicht einmal kalt ist. Stokes hatte sich bestimmt ein wenig für seine alten Tage zur Seite gelegt. Einen Teil davon wird seine Witwe erben, und vielleicht möchte der Puritaner ja für seine Zwecke an dieses Geld herankommen. Ich glaube, ich muss den König informieren, und der neue Graf von Bartram muss so schnell wie möglich hierher kommen, um seine Mutter zu beschützen.*

Noch vor Ende des Tages wurde Pastor Simon Goodfellowe festgenommen und in den Tower gebracht, wo man ihn zum Tod des Grafen von Bartram verhörte. Er stritt jede Beteiligung an dem Verbrechen ab und erklärte seine Unschuld. Sein Alibi wurde überprüft, und tatsächlich hatte er den Abend im Gebet bei seiner Familie verbracht, deren einziger Sohn schwer krank war. Das Kind war im Morgengrauen gestorben, und der Geistliche hatte das Haus erst verlassen, nachdem sein Diener ihn an die Seite der Gräfin von Bartram gerufen hatte. Es lag auf der Hand, dass er mit dem Mord nichts zu tun haben konnte.

»Sollen wir ihn freilassen?«, fragte der wachhabende Offizier George Villiers, der sich auf Geheiß des Königs im Tower aufhielt.

»Noch nicht«, erwiderte der junge Mann. »Ein Puritaner ist er ganz gewiss. Peitscht ihn aus, setzt ihn für eine Woche auf Wasser und Brot, peitscht ihn noch einmal aus, und dann könnt Ihr ihn laufen lassen. In der Zwischenzeit wird der neue Graf in London angekommen sein, und seine trauernde Mutter wird von solchen Menschen wie Pastor Goodfellowe in Sicherheit sein.«

»Jawohl, M'lord«, erwiderte der Captain der Wache.

Mit einem Nicken wandte George Villiers sich ab, wobei er dachte, dass ihm der Klang der Bezeichnung *M'lord* gut gefiel. Er wusste, dass er geduldig sein musste; die Königin hatte ihm den Titel bis Weihnachten in Aussicht gestellt. Alles in seinem Leben hätte so vollkommen sein können, wenn nicht dieser Piers St. Denis ständig versuchen würde, beim König wieder in Gnaden aufgenommen zu werden. Villiers war klar, dass der Marquis eine reiche Frau brauchte, und nur der König konnte ihm eine verschaffen. Die Königin jedoch war fest entschlossen, kein anständiges Mädchen in die Nähe von Piers St. Denis gelangen zu lassen.

»Es heißt, er habe unnatürliche Veranlagungen«, sagte sie zum König. »Mir wurde erzählt, dass er seine Frauen sogar mit seinem niederträchtigen Halbbruder teilt, Jamie. Du kannst ihm nicht so ein armes junges Mädchen anvertrauen.«

»Aber ich werde ihn doch nicht los, wenn ich ihm nicht eine Braut aussuche«, beklagte sich der König bei seiner aufgebrachten Frau.

»Natürlich wirst du ihn los«, erwiderte die Königin. »Schließlich bist du der König. Ist dein Wort nicht Gesetz?«

»Ich habe den Jungen jetzt seit Monaten begünstigt, Annie. Wenn ich ihn mit leeren Händen wegschicke, dann hält man mich für gemein, und das will ich nicht sein. Wir müssen eine Frau für ihn finden.«

»Vielleicht eine vermögende Witwe?«, schlug George Villiers vor. »Natürlich eine, die noch jung genug ist, um ihm einen Erben zu schenken, aber doch alt genug, um sich von ihm und seinem Bruder nicht einschüchtern zu lassen.«

»Ja!«, stimmte der König begeistert zu. Er wandte sich an seine Frau. »Ich überlasse dir die Angelegenheit, Annie, aber die Braut muss Geld haben und ihm Kinder schenken können.«

»Nun gut, Mylord, ich tue, worum du mich bittest, aber wenn es nach mir ginge, würde ich ihn mit leeren Händen wegschicken«, erwiderte die Königin. »Ich traue deinem Marquis nicht. Er ist viel zu begierig darauf, die Schuld an Richard Stokes' Tod Jasmine und James Leslie in die Schuhe zu schieben.« Die Königin erhob sich. »Er ist zu sehr auf seine Rache bedacht, und ich glaube, er hält es immer noch für möglich, dass wir ihm unseren Enkel anvertrauen.«

»Nein, nein, Annie«, sagte der König. »Er ist ein empfindlicher Junge, unser Piers, aber er hat ein gutes Herz. Er ist einfach nur enttäuscht, weil er Jasmine Lindley verloren hat.«

»Der König war immer schon zu gutmütig«, sagte die Königin am Abend zu George Villiers. »Ich hatte geglaubt, St. Denis würde jetzt entlassen und nach Hause geschickt. Wie hat er es nur eingefädelt, die Gunst meines Gatten wieder zu erlangen, Steenie?«

»Wahrscheinlich, während ich mich auf Geheiß des Königs um diesen puritanischen Pastor gekümmert habe«, erwiderte George Villiers. »Ich glaube, der König fühlt sich schuldig wegen der Geschichte mit Lady Lindley. Er weiß, dass es ein Fehler war, St. Denis zu ermuntern, ihr den Hof zu machen, damit der Marquis nicht schlecht von ihm denkt. St. Denis hat so darauf beharrt, Glenkirk habe mit Lord Stokes' Tod zu tun, dass der König eine Nachricht an James Leslie und seine Braut diktiert hat, in der er beide bittet, in England zu bleiben, bis der Fall gelöst ist. Der Marquis hat es persönlich übernommen, die Botschaft des Königs nach Queen's Malvern zu schicken. Das war bestimmt nicht das Hochzeitsgeschenk, das Braut und Bräutigam erwartet haben«, schloss Villiers.

»Verdammter Kerl!«, rief die Königin zornig. »Ich kann mir vorstellen, was Jemmie und Jasmine sich gedacht haben mögen, als sie diese Nachricht erhielten. Nun, ich hoffe, die Angelegenheit wird geklärt, bevor sie im Herbst nach Schottland reisen wollen.«

»Wann findet ihre Hochzeit statt?«, fragte Villiers.

Königin Anne dachte einen Moment lang nach und sagte dann: »Nun, ich glaube, sie ist morgen, Steenie. Morgen ist doch der fünfzehnte Juni, nicht wahr, mein lieber Junge?«

»Ja«, stimmte er zu.

»Dann ist sie morgen. Oh, ich hoffe, dass sie glücklich werden, Steenie! Jasmine hat in ihrem Leben schon so viel Kummer erfahren. Ich möchte einfach nur, dass sie glücklich wird. Unser Hal würde das auch wollen, Gott sei seiner lieben Seele gnädig.«

»Amen«, sagte George Villiers, der Prinz Henry nur vom

Hörensagen kannte. »Und mögen Lady Lindley und Lord Leslie ein langes, glückliches Leben miteinander führen.«

»Amen, Steenie«, erwiderte die Königin.

»Ein langes und glückliches Leben, meine Lieben«, sagte Robin Southwood, der Graf von Lynmouth, und erhob seinen Kelch auf seine Nichte und James Leslie.

Sie war wieder eine verheiratete Frau, dachte Jasmine und lächelte glücklich, als sie den Trinkspruch und die guten Wünsche ihrer Familie entgegennahm. Während sie vor dem anglikanischen Priester stand und zum drittenmal, mit dem dritten Ehemann, ihr Hochzeitsgelöbnis sagte, betete Jasmine, gleichzeitig, dass diese Ehe nicht wie ihre zwei vorigen ein gewaltsames Ende nähme. Sie wollte unbedingt glaube, was Jemmie und ihre Großmutter sagten: dass der Tod von Jamal Khan und Rowan Lindley nur unglückliche Zufälle gewesen waren, und nichts weiter. Hatten sie Recht? Sie war mit beiden Ehemännern glücklich gewesen, und jetzt hatte sie eine dritte Chance bekommen. Obwohl die Drei ihre magische Zahl war? Jasmine Leslie betete darum, dass es so sein möge.

»Du bist die schönste Braut, die ich je gesehen habe«, flüsterte ihr der Graf von Glenkirk ins Ohr.

»Ich konnte ja auch schon oft genug üben«, neckte sie ihn mit strahlendem Lächeln.

Sie traten aus der kleinen Kapelle in Queen's Malvern. Wieder einmal, wie bei ihrer Hochzeit mit Rowan Lindley, hatten die vier geschnitzten Eichenbänke nicht ausgereicht, um alle Familienmitglieder aufzunehmen, und viele waren draußen im Saal geblieben. Ihre Hochzeit mit Rowan hatte im Morgengrauen stattgefunden; die aufgehende Sonne hatte durch die bunten Glasfenster geschienen, farbige Schatten auf den Marmoraltar mit dem irischen Spitzentuch geworfen und sich an dem goldenen Kruzifix und den großen Kerzenleuchtern gebrochen. Heute jedoch hatte man für die Trauung die Mittagszeit vorgesehen, und draußen fiel leise der Regen. Jemand machte eine Bemerkung darüber, er hoffe nicht, dass es Unglück bringe, aber Jasmine lachte die Besorgnis einfach weg. Bei ihren ersten beiden Hochzeiten hatte jedes Mal die Sonne geschienen, und jede Ehe hatte mit einem gewaltsamen Tod geendet. Ein grauer Tag machte ihr überhaupt nichts aus.

Das Hochzeitsfest, das ursprünglich auf dem Rasen hatte stattfinden sollen, war jetzt in die Halle verlegt worden, und die Diener eilten geschäftig mit Essen und Getränken hin und her. Skye hatte für dieses Fest keine Kosten gescheut. Weil es Sommer war, waren alle ihre Kinder gekommen, um der Hochzeit ihrer Nichte mit dem Grafen von Glenkirk beizuwohnen. Sogar Ewan O'Flaherty und seine Frau, Gwynneth Southwood, waren aus Irland angereist. Der Herr von Ballyhennessy war neunundfünfzig, ein schwerer Mann mit gerötetem Gesicht und eisengrauem Haar. Er war ein einfacher irischer Landjunker – und genau das wollte er sein. Sein Bruder Murrough, achtundfünfzig Jahre alt, fuhr jetzt nicht mehr zur See; er lebte friedlich in Devon und überwachte von dort aus die Fahrten der Handelsflotte der O'Malley-Smalls. Seine Frau, Joan Southwood, war froh, ihren Mann nach all den Jahren auf See wieder zu Hause zu haben; doch trotz seiner häufigen Abwesenheit war es Murrough gelungen, drei Söhne und drei Töchter zu zeugen.

Willow, die Gräfin von Alcester, und ihr Gatte, James Edwards, waren ein paar Tage früher mit vier ihrer acht Kinder, drei Schwiegerkindern und diversen Enkeln eingetroffen. Nur ihr jüngster Sohn, William, war noch unverheiratet, aber er war auch erst zwanzig. William war der einzige von Willows Kindern, dem man die spanischen Vorfahren ansah. Er ähnelte Willows Vater sehr. Bei seinem Anblick fühlte Skye sich immer um Jahrzehnte zurückversetzt in die Zeit, als sie die angebetete Frau von Khalid el Bey, dem Herrn aller Huren von Algier gewesen war, der in Wirklichkeit als spanischer Renegat agiert hatte. Gräfin Willow wusste natürlich nichts von der farbigen Geschichte ihres Vaters und hielt ihn für einen Kaufmann, der den Kontakt zu seiner Familie abgebrochen hatte. Skye beobachtete ihre spröde und ordentliche englische Tochter, die immer versuchte, alles in den Griff zu bekommen und an jedem herummäkelte. Verschmitzt dachte sie daran, dass sie Willow eines Tages, bevor sie starb, noch von Khalid el Bey erzählen musste. Das würde sie ein wenig von ihrem Sockel herunterholen.

Nach der fünfundfünfzigjährigen Willow kamen Robin Southwood, der Graf von Lynmouth, der jetzt zweiundfünfzig war, und seine immer noch schöne Frau Angel. Dann erschienen Deirdre Burke, siebenundvierzig, mit ihrem Mann, Lord Blackthorne, und ihrem Bruder Padraic, Lord Burke, sechsundvierzig, sowie seine Frau Valentina, und natürlich zum Schluss Velvet de Marcisco, die Gräfin von BrocCairn, zweiundvierzig, das jüngste von Skyes Kindern, mit ihrem Mann Alexander Gordon, dem Grafen von BrocCairn. Sie hatten Jasmines fünf Halbbrüder mitgebracht, die im Alter von fünfzehn bis zweiundzwanzig waren. Sybilla, Jasmines Stiefschwester, die Gräfin von Kempe, und ihr Mann, Tom Ashburne, waren ebenfalls zur Hochzeit gekommen, zusammen mit Jasmines Großonkel Conn, Lord Bliss, und seiner Frau Aidan. Und natürlich nahmen auch Jasmines ergebener Diener Adali mit Toramalli und Rohana teil.

Willow hatte sich ihren Geschwistern gegenüber besorgt darüber geäußert, dass das Hochzeitsfest in der Halle unglückliche Erinnerungen für Skye heraufbeschwören könnte. Damit wäre die Familie zum ersten Mal wieder vollständig versammelt nach Adam de Mariscos unerwartetem Tod vor fünfeinhalb Monaten. »Sie ist alt, und es könnte sie schmerzen«, sagte Willow, aufrichtig besorgt um ihre Mutter.

»Keine Sorge, sie hat alles selber geplant, Schwester«, unterbrach sie Deirdre sanft. »Warum sollte sie auch die Halle für immer meiden, nur weil Papa dort gestorben ist, Willow.«

Willow öffnete den Mund, um ihre Schwester mit scharfen Worten zurechtzuweisen, aber ihr Bruder Robert Southwood kam ihr zuvor.

»Willow«, sagte er ernst, aber mit einem spitzbübischen Grinsen, »du warst niemals so jung, wie unsere Mutter selbst heute noch ist.«

»Wie gewöhnlich, Robert, sprichst du in Rätseln«, erwiderte Willow.

»Du bist schon als alte Frau auf die Welt gekommen«, teilte er ihr unverblümt mit. »Mama wird, unabhängig von ihrem Alter, *niemals* alt sein. Ihr Herz ist jung. Das ist es immer gewesen, und es wird es immer sein. Sie wird nie in der Vergangenheit leben, wie es so viele aus ihrer Generation tun. Adam, Gott sei seiner großzügigen Seele gnädig, ist tot und von uns gegangen. Aber Mama lebt noch, und sie wird solange leben, bis Gott sie zu sich ruft. Ich weiß, dass du es gut meinst, aber behellige sie nicht mit dem Hochzeitsfest in der Halle. Wo sonst sollte es bei dem Wetter stattfinden?«

»Nun, ich weiß sowieso nicht, warum ein solcher Aufwand getrieben werden muss«, murrte Willow. »Schließlich ist es Jasmines dritte Ehe, und wir sind eine Familie, die um ihren Vater trauert.«

»Der Aufwand wird getrieben«, sagte James Edwards, Willows Gatte, in einem seltenen Zornesausbruch, »weil Adam es so gewollt hätte, und das weiß unsere Lady Skye. Und jetzt hör auf, herumzunörgeln, meine Liebe. Ich kann es nicht mehr hören. Am besten, ich mache jetzt einen Spaziergang im Garten, Madame, und du wirst mich begleiten.«

»Aber es regnet doch!«, protestierte Willow.

»Es nieselt vielleicht ein bisschen«, korrigierte der Graf von Alcester seine Frau. »Das tut deinem Teint gut, Madame. Komm jetzt!« Er ergriff sie fest am Arm und schob sie beinahe aus dem Raum hinaus, wo sie sich alle vor dem Hochzeitsgottesdienst versammelt hatten. »Wenn der Gottesdienst beginnt, sind wir wieder zurück, meine Liebe.«

Natürlich waren sie das auch, denn nun versammelte sich die Familie in der Halle von Quenn's Malvern, um die Hochzeit zu feiern, die gerade stattgefunden hatte. Die Tische bogen sich unter den Zeichen von Skyes Gastfreundschaft. Es gab eine Rinderhälfte, die am Spieß gebraten worden war; Platten mit Lammstücken, Kapaune in Pflaumensauce und Ente in Orangensauce; einen riesigen Landschinken, knusprige Pasteten aus Wildvögeln und Kaninchen; Flussforellen auf Kressebett; zwei Kisten Austern in

Meerwasser; Aal in Gelee; Schüsseln voll mit jungen Erbsen oder winzigen Karotten in Sahnesauce; Salate aus dem Küchengarten, ein Rad Cheddarkäse und ein Rad Brie aus der Normandie; Steintöpfchen mit süßer Butter und runde Laibe frisch gebackenen Brotes. Zum Trinken gab es Wein, Ale und Apfelwein. Und als Nachtisch Erdbeeren, geschlagene Sahne und kleine Zuckerwaffeln, die mit süßem Marsalawein gereicht wurden, eine alte Tradition, um Braut und Bräutigam dabei viel Glück zu wünschen.

Zahlreiche Trinksprüche wurden auf James und Jasmine Leslie ausgesprochen, manche herzlich und liebevoll, andere neckend und frech. Mit jedem Kelch Wein, den Jasmine trank, wurde sie sentimentaler. Sie dachte an ihre Hochzeit mit Jamal Khan. Damals hatte sie Scharlach und Gold getragen, und ihre Kleidung war übersät gewesen mit Diamanten und Rubinen, wie es sich für eine königliche Mogulprinzessin geziemte. Dreizehn Jahre war sie alt. Als sie mit Rowan Lindley, dem Marquis von Westleigh, verheiratet wurde, hatte sie das Hochzeitskleid getragen, in dem schon ihre Mutter und ihre Großmutter vor den Altar getreten waren; ein Kleid aus apfelgrüner Seide mit goldener Stickerei. Damals war sie sechzehneinhalb.

Jetzt war sie fast fünfundzwanzig und hatte zum dritten Mal geheiratet. Ihr Brautkleid bestand aus schwerem cremefarbenem Seidenbrokat. Der tiefe viereckige Ausschnitt war mit winzigen Perlen bestickt, über die ein zarter Spitzenkragen fiel. Das Unterkleid war am Saum mit schmalen Silberbändern gerafft. Der Rock war glockenförmig und schmal in der Taille. Die Ärmel des Kleides hatte man mit schmalen Silberbändern unterteilt und in den Schlitzen mit Silberstoff unterlegt. Die Manschetten bestanden aus weicher Spitze. Unter dem knöchellangen Kleid trug Jasmine ein Hemd mit Bändern, verschiedene Schichten seidener Petticoats und Seidenstrümpfe, die mit winzigen Bienen bestickt waren. Ihre cremefarbenen Brokatschuhe waren mit Perlen geschmückt, und um den Chignon auf ihren dunklen Haaren hatten die Zofen schmale Silberbänder und perlengefasste Seidenrosen gewunden.

»Träumst du?«, flüsterte ihr Ehemann ihr ins Ohr. »Hoffentlich von mir, geliebte Jasmine.« James Leslie ergriff Jasmines Hand und drückte einen leidenschaftlichen Kuss in ihre Handfläche. Heute war der glücklichste Tag seines Lebens. Er erinnerte sich daran, wie er ihr zum ersten Mal begegnet war. Er war mit dem König nach Queen's Malvern gekommen, und man war davon ausgegangen, der verwitwete Graf von Glenkirk sei ein passender Ehemann für Sybilla Gordon, Jasmines Stiefschwester, die glaubte, in ihn verliebt zu sein. Er war jedoch Jasmine vorgestellt worden und hatte sich auf der Stelle in sie verliebt. Das lag nun zehn Jahre zurück. Er zog ihre Hand an die Lippen und knabberte an ihren Fingern. »Wie lange müssen wir denn noch aushalten?«, flüsterte er.

»Es wird noch getanzt«, erwiderte sie leise.

»Oh?«

»Und dann gibt es auch noch irgendeine Unterhaltung, glaube ich«, sagte sie.

»Könnten wir uns nicht selber unterhalten«, schlug er vor.

»Jemmie!«, schalt sie ihn scherzhaft. »Diese Hochzeit bedeutet Großmama so viel. Du musst Geduld lernen, Mylord. Schließlich ist es ja nicht so, dass wir unsere sinnlichen Gelüste nicht schon befriedigt hätten.« Sie versuchte, ihm ihre Hand zu entziehen, aber er ließ sie nicht los.

Stattdessen saugte er an jedem ihrer Finger, und als er damit fertig war, zog er ihre Hand unter den Tisch mit der weißen Leinentischdecke und drückte sie gegen seinen Schritt. »Wie du siehst, Madame, bin ich sehr hungrig. Ich wette, deine Großmutter würde meine Gefühle verstehen.«

Er war hart wie ein Fels, und Jasmine stieg die Röte in die Wangen, aber sie konnte ihre Hand nicht wegziehen. Also streichelte sie ihn eine Weile, wobei sie sich auf ihrem Stuhl wand, weil ihr frühere Begegnungen in den Sinn kamen. Sie erschauerte. *»Mylord!«*, flehte sie leise.

Er lachte. »Du bist genauso heiß nach mir wie ich nach dir, meine geliebte Jasmine. Nun gut. Wir werden tanzen und uns ansehen, was deine Großmama vorbereitet hat;

aber wenn alles vorbei ist, Madame, werde ich mit dir zu Bett gehen und all deine Gedanken an andere und anderes aus deinem Kopf vertreiben!« Jetzt erst ließ er ihre schmale Hand los.

»Du wirst für deine Frechheit teuer bezahlen, Mylord!«, versprach sie ihm und zog zögernd ihre Hand zurück.

»Ebenso wie du, geliebte Jasmine, weil du mich warten lässt«, erwiderte er drohend, wobei er sie mit seinen grüngoldenen Augen lachend anblickte. »Gleichgültig, wie viele Jahre wir verheiratet sind, ich werde deiner niemals überdrüssig werden.«

»Ein kühnes Versprechen, aber du bist ja auch ein kühner Mann, Jemmie Leslie«, sagte Jasmine.

Plötzlich wurde der Raum von schrillen und unheimlichen Geräuschen erfüllt. James Leslie blickte rasch auf. Ein Mann in einem grünen Kilt mit einem schmalen roten und einem schmalen weißen Streifen, genau wie der, den James Leslie an diesem Tag trug, kam in die Halle. Während er mit gemessenen, würdigen Schritten vortrat, spielte er Dudelsack. Vor dem Podest, auf dem die Brautleute saßen, blieb er stehen und intonierte eine zu Herzen gehende melancholische Weise. Als er fertig war, verbeugte er sich tief vor dem Grafen von Glenkirk.

»Alpin More!«, rief James Leslie lächelnd. »Wie kommt Ihr denn heute hierher? Es ist ein weiter Weg von Glenkirk!«

»Eure Geschwister dachten, ich sollte heute hier sein, Mylord, und Lady de Marisco willigte ein. Sie hat meine Reise nach Süden arrangiert. Ich habe in der Tat einen weiten Weg zurückgelegt, aber wir konnten Euch doch nicht ohne Euren Dudelsackpfeifer heiraten lassen, Mylord. Ich habe für Euch gespielt, als Ihr Lady Isabelle – Gott möge ihrer Seele den ewigen Frieden gewähren – geheiratet habt, und jetzt habe ich für Euch und Eure neue Lady aufgespielt. Gott möge Euch beide segnen!« Er verbeugte sich erneut.

»Jasmine, das ist Alpine More, mein Dudelsackpfeifer«, sagte James Leslie zu seiner Braut. »Alpin, meine Frau, Lady Jasmine Leslie.«

»Ich habe noch nie jemand den Dudelsack so wundervoll spielen hören, Alpin More«, sagte Jasmine. »Ich hoffe, Ihr werdet bald uns wieder einmal mit einer Melodie erfreuen.«

Der Dudelsackpfeifer verbeugte sich noch einmal vor seiner neuen Herrin. Sie war viel schöner als die erste Frau des Grafen. Er hoffte nur, dass sie Kinder bekommen konnte, denn sein Herr brauchte einen Erben. Die Braut war zwar nicht mehr jung, aber sie war auch noch nicht zu alt, und sie hatte schon Kinder, so hatte man ihm jedenfalls erzählt. »Ich wünsche Euch ein langes Leben und viele Kinder«, sagte er galant lächelnd zu Jasmine.

»Was für ein schöner Wunsch, Alpin More!«, erwiderte Jasmine. »Ich möchte meinem Lord viele Söhne schenken, und möget Ihr auch für sie eines Tages spielen.«

Der Dudelsackpfeifer grinste breit, erfreut von ihren Worten, die er nach seiner Rückkehr auf Glenkirk allen wiederholen würde. Vielleicht trug sie ja bereits den Erben der Leslies in sich, wenn der Graf seine Frau nach Schottland brachte? Das würde sicher allen gefallen.

»Da ihr den Dudelsackpfeifer jetzt gehört habt«, sagte Skye leise zu dem Brautpaar, »wollt ihr die Halle wohl verlassen?«

»Aber Großmama, hast du nicht noch Tanz und andere Unterhaltungen geplant?«, fragte Jasmine überrascht.

»Mein liebstes Kind, willst du wirklich hierbleiben, wo dein Gatte solches Verlangen nach dir hat?«, meinte ihre Großmutter lachend. »Ich bin bestimmt heute Abend die Älteste hier, aber mein Gedächtnis ist noch intakt. Eine Hochzeitsnacht, ob es nun die erste oder die dritte ist – und ganz gleich, ob ihr Euch vorher schon geliebt habt –, ist immer noch eine wundervolle Nacht. Ich erinnere mich an all meine Hochzeitsnächte bis ins kleinste, köstliche Detail, sogar an die unglücklichen. Zwar ist es jetzt im Juni noch recht hell draußen, und die Nacht dauert nur kurz, aber möchtest du diese Zeit nicht lieber allein mit James Leslie verbringen? Wenn ich du wäre, täte ich es!«

Der Graf von Glenkirk erhob sich und zog seine Braut

mit hoch. Er verbeugte sich vor der Gräfin von Lundy, ergriff ihre Hand und sagte: »Madame, Ihr seid eine überaus empfindsame Frau, ich verneige mich vor Euch!« Dann küsste er ihre Hand. »Ich freue mich, dass ich mich mit meiner Frau von diesem prächtigen Fest, das Ihr uns geschenkt habt, zurückziehen darf.« Er ließ ihre Hand los, verbeugte sich noch einmal und verließ dann mit seiner errötenden Braut im Schlepptau die Halle. Hinter ihnen brandeten die Jubelrufe seiner neuen Verwandten auf.

Skye sah ihnen nach. Ihre blauen Augen waren verschleiert, und ein nachdenkliches Lächeln lag auf ihren Lippen. *Nun, alter Mann, bist du jetzt zufrieden?*, dachte sie. *Ich habe sie sicher mit Lord Leslie verheiratet, und nächstes Jahr um diese Zeit gibt es bestimmt einen neuen Abkömmling dieser Linie. Ach Gott, ich wünschte, du wärest noch hier bei mir, Adam! Es heißt, die Zeit lindert den Schmerz, aber wahrscheinlich vermisse ich dich heute Abend mehr als an dem Abend, an dem du mich so plötzlich verlassen hast. Und es dauert noch etwas, bis ich zu dir kommen kann, Adam. Ich spüre es, und ich weiß nicht, ob ich traurig oder glücklich darüber sein soll.«*

Ein Arm legte sich ihr um die Schultern, und sie lächelte ihren gut aussehenden Sohn Robin an. Er beugte seinen Kopf herunter und küsste sie auf die Wange.

»Es würde ihm gefallen, Mama. Genau das wollte er für Jasmine«, sagte der Graf von Lynmouth. »Er wollte, dass sie in Sicherheit ist, und das ist sie jetzt.«

»Ich weiß«, antwortete sie.

»*Aber?*«, forschte er.

»Ich weiß nicht«, sagte sie leise. »Da ist irgendetwas. Ich spüre es, Robin. Doch ich weiß nicht was, und ich kann es mir auch nicht vorstellen.«

»Vielleicht bildest du es dir nur ein, Mama. Schließlich war es ein schwieriges Jahr für dich, angefangen mit Adams Tod, und dann deine Reisen nach Frankreich. Du bist schließlich nicht mehr die Jüngste.«

»Du klingst wie Willow«, warf sie ihm vor.

»Gott bewahre!«, rief der Graf von Lynmouth aus.

»Nein, Robin, irgendein Schatten lauert hinter Jasmine«,

sagte Skye. »Und das sind nicht nur die Einbildungen einer alten Dame.«

»Wenn es denn so weit kommt, Mama, werden wir uns, wie wir es immer getan haben, alle zusammenschließen und das Problem lösen«, erwiderte Robin Southwood.

Skye lächelte ihren dritten Sohn an. »Ja, mein Lieber, das werden wir vermutlich. Bis dahin beabsichtige ich, den Sommer mit meiner Tochter und meiner Enkelin zu genießen. Und im Herbst werde ich genauso froh sein, wenn sie nach Schottland fahren, wie ich mich gefreut habe, als sie nach Queen's Malvern gekommen sind«, schmunzelte sie. »Dann können Daisy und ich einen ruhigen Winter verbringen, was meiner alten Freundin gefallen wird. Ich war immer zu anstrengend für sie, Robin, und ich fürchte, sie ist mittlerweile zu alt, um mich zu ertragen.« Skye kicherte. »Schließlich ist sie näher an achtzig als ich.«

»Langeweile hat dir nie gefallen, Mama«, sagte Robin. »Du kommst bestimmt wieder in irgendeine missliche Lage, daran habe ich keinen Zweifel.«

Skye O'Malley de Marisco lachte über seine Bemerkung. »Ja«, stimmte sie ihm zu. »Das werde ich wahrscheinlich, Robin.«

Schottland

Herbst 1615 – Herbst 1618

1

Jasmine Leslie sah Schloss Glenkirk zum ersten Mal an einem sonnigen Nachmittag Ende August. Es war ein befestigtes Schloss aus dunkelgrauem Stein mit vier Türmen, einem an jeder Ecke, und lag oben auf einem Hügel, umgeben von Wald. Die schwere Zugbrücke aus Eiche war zu ihrem Willkommen heruntergelassen, und Jasmine Leslie wusste tief in ihrem Herzen, dass sie zu Hause angekommen war. Welch unglaubliche Offenbarung für eine Prinzessin, die am kaiserlichen indischen Hof aufgewachsen war und weit größere Paläste als dieses kleine Steingebäude auf dem grünen Hügel gesehen hatte. Und doch wusste sie es! *Glenkirk war ihr Zuhause!* Wie lange hatte sie darauf gewartet? Ihr Herz schlug schneller, und dann hörte sie, wie Adali nur ein einziges Wort sagte.

»*Ja!*«

Sie wandte sich um und sah, dass er auch den Zauber spürte. Sie lächelten einander an.

»Was meinst du?«, fragte ihr Mann nervös. »Kannst du hier fast sechs Monate im Jahr glücklich sein, geliebte Jasmine?«

Sie wandte sich ihm zu und nickte. »Ja, Jemmie. Ich kann überall glücklich sein, solange du bei mir bist. Das Schloss ist wunderschön. Welch herrlicher Ort für die Kinder.«

»Du siehst es heute unter besten Bedingungen«, sagte er. »Der Herbst ist Schottlands schönste Zeit. Doch das übrige Jahr gibt es viele graue Tage mit Regen und Nebel.«

»Das macht mir nichts aus«, erwiderte sie. »Das Land, das Schloss, der Wald, sie alle heißen mich willkommen, Mylord. Regen oder Sonnenschein, für mich spielt das keine Rolle. *Ich bin nach Hause gekommen.*«

Der Graf von Glenkirk strahlte übers ganze Gesicht. Er hätte über ihre Worte nicht glücklicher sein können, hatte er sein Heim doch immer geliebt. Aber nachdem Isabella und die Kinder tot waren, war es ihm auf einmal leer und ungemütlich vorgekommen, obwohl er hier mit seinen drei jüngeren Brüdern und seinen fünf jüngeren Schwester aufgewachsen und viele Jahre lang glücklich gewesen war. Und jetzt würde es mit Jasmine, ihren Kindern und den Kindern, die sie zusammen bekommen würden, wieder so werden wie damals. Seine Laune hob sich, und sein Lächeln wurde noch breiter.

»Auf den Wällen stehen Krieger!«, rief der junge Henry Lindley aufgeregt aus. »Oh, Papa, es ist ein großartiges Schloss!« Sein Pferd tänzelte nervös neben dem Hengst des Grafen. »Kann ich vorausreiten, Sir?«, fragte er seinen Stiefvater.

»Nein, Junge«, griff Fergus More ein. »Der Graf kommt zum ersten Mal seit vielen, vielen Jahren wieder nach Hause. Er muss der erste sein, der in Glenkirk einreitet.«

»Aber ich könnte doch schon einmal vorausreiten und ihnen sagen, dass wir kommen«, erwiderte der Junge hoffnungsvoll.

»Das wissen sie bereits«, sagte Fergus More und wies zum Schloss.

Menschen strömten aus dem Hof über die Zugbrücke die Straße entlang, die sich von den Hügeln auf die kleine Reiterschar zuwand. Clansmänner, Leslies Clansmänner. Beritten und zu Fuß, mit wehenden Bannern, begleitet von einer Truppe von Dudelsackpfeifern, angeführt von Alpin More, der mit Fergus verwandt war. Die wilde Freude der Musik erfüllte die Luft, und unwillkürlich strafften sich die Schotten in den Sätteln. Der Graf war heute so gekleidet wie jeden Tag, seit sie die Grenze überschritten hatten, in Reithose und hohen Stiefeln, einer Lederweste über seinem Leinenhemd und einer Kappe mit seinem Häuptlingsabzeichen. Jasmine schien es, als sei es lange her, seit es den eleganten englischen Höfling James Leslie gegeben hatte.

»Sieh das grünweiße Banner, Jasmine«, sagte er und wies darauf. »Das sind die Leslies von Sithean. Wir stammen alle vom ersten Grafen von Glenkirk ab, aber der Schwester des zweiten Grafen ist es gelungen, Sithean für ihren Sohn und seine Nachkommen in unseren Besitz zu bringen. Und ich sehe meinen Onkel Patrick, der vor seinen Leuten herreitet – und auch meinen Cousin, seinen Erben, bei seinem Vater. Hinter dem rot-weiß-grünen Banner folgen die Leslies von Glenkirk. Alle meine Onkels und Brüder sind da.« Seine Stimme klang richtig aufgeregt.

»Du hättest schon längst wieder nach Hause kommen sollen, Jemmie«, sagte Jasmine und ergriff seine Hand.

»Eimal habe ich es fast getan, aber dann jammerte der König, er bräuchte meinen Scharfsinn, da der arme Cecil tot wäre, und deshalb bin ich geblieben, um James Stuart zu dienen«, erwiderte der Graf. »Aber auch wegen des englischen Sommers, geliebte Jasmine, werde ich Schottland nie wieder verlassen. Mein Herz ist ganz erfüllt von der Freude, mich umblicken und dem Klang der Dudelsäcke lauschen zu können, die mich willkommen heißen.«

Jetzt hielten sie an, um die Clansmänner zu begrüßen. Mit Freudenschreien umringten die Gefolgsleute die Reiterschar, glücklich darüber, dass der Graf zu ihnen zurückgekehrt war und eine neue Gräfin mitgebracht hatte. Sie griffen nach den Händen des Grafen und seiner Frau, und Jasmine folgte dem Beispiel ihres Gatten und drückte die rauen Hände, die ihr entgegengestreckt wurden. Sie lächelte, und ihre türkisfarbenen Augen funkelten vor Entzücken. Offen zeigte sie allen ihre Freude darüber, bei ihnen sein zu können. Als sie gehört hatten, er habe eine Engländerin zur Frau genommen, hatten sie eine hochnäsige Mylady erwartet, ein nervöses Geschöpf, das vor ihrer lärmenden Robustheit zurückschrecken würde, aber dies hier war kein zartes Pflänzchen, das war eine echte Frau, und die Clansmänner waren begeistert.

Der Graf und die Reiterschar wurden in den Schlosshof begleitet. Bevor der Graf oder Adali Jasmine vom Pferd helfen konnten, wurde sie von einem großen, bärtigen Clansmann heruntergehoben, der sie mit einer höfischen Verbeugung und breitem Grinsen vorsichtig auf die Füße stellte.

»Und wer seid Ihr?«, fragte Jasmine augenzwinkernd.

»Red Hugh More, Madame, Sohn und Enkel desselben«, erwiderte er mit einer weiteren Verbeugung. »Ich bin der Captain Eurer Wache.«

»Der Schlosswache?«, fragte Jasmine.

»Nein, Madame, *Eurer Wache*«, war die Antwort.

»Ich habe meine eigene Wache?« Jasmine war überrascht.

»Genau wie jede Gräfin von Glenkirk vor Euch«, erwiderte er. »Wir sind hier in Schottland, und Schottland ist nicht immer friedlich.«

»Das hat mein Gatte mir bereits gesagt«, entgegnete Jasmine lachend. »Nun, Red Hugh More, das hier ist Adali, der seit meiner Geburt für mein Leben verantwortlich war. Ihr werdet sicher zusammen helfen, was meine Sicherheit angeht, nicht wahr?«

Red Hugh More musterte Adali, der halb indisch, halb französisch war. Es war eine rasche, aber kenntnisreiche Prüfung, die freundlich erwidert wurde. »Er sieht so aus, als ob er sich zur Wehr setzen könnte«, sagte er schließlich.

»Ich kann einen Mann mit der Schlinge erdrosseln, ohne dass er merkt, dass ich das Zimmer hinter ihm betreten habe«, sagte Adali leise. »Es ist ein rascher, leiser Tod.«

Ein langsames Lächeln breitete sich auf Red Hughs Zügen aus. »Wir werden gut miteinander auskommen«, erwiderte er. »Ich mag Männer, die töten können, ohne dass man hinterher eine Menge Blut aufwischen muss.« Dann verbeugte er sich vor Jasmine und zog sich mit einem respektvollen Nicken zu Adali, zurück.

James Leslie überraschte seine Frau damit, dass er sie hochhob und ins Schloss hineintrug. »Es ist eine alte Sitte, die Braut über die Schwelle zu tragen, Jasmine«, sagte er, als er sie wieder hinstellte. Dann ergriff er ihre Hand und führte sie die breite Treppe hinauf in den ersten Stock des Schlosses. Die Kinder, Adali, Rohana und Toramalli folgten ihnen. Der Graf führte sie vier Stufen hinauf in ein Vorzimmer, und dann noch einmal über vier Stufen in die Große Halle von Schloss Glenkirk.

Jasmine riss die Augen auf. Es war ein absolut großartiger Raum. An jeder Wand erhoben sich riesige Kamine, flankiert von großen Bogenfenstern. Von den Deckenbalken hingen seidene Banner herunter, die in den zahlreichen Schlachten, die der Leslie-Clan über die Jahrhunderte hinweg ausgefochten hatte, vorausgetragen worden waren. An der gegenüberliegenden Wand stand ein T-förmiger Tisch, eingerahmt von Fenstern. Über jedem Kamin hing ein Porträt. Das Gemälde an der rechten Wand stellte einen gut aussehenden Mann in der vollen Blüte seiner Jahre dar. Auf dem Gemälde zur Linken war ein wunderschönes junges Mädchen mit unschuldigen, jedoch Respekt einflößendem Ausdruck zu sehen.

»Wer ist das?«, fragte Jasmine ihren Gatten.

»Der Mann ist Patrick Leslie, der erste Graf von Glenkirk, der Botschafter König James IV, im Herzogtum San Lorenzo. Er war mein Ur-Ur-Großvater. Die Dame ist Janet Leslie, seine Tochter, meine Ur-Urgroßmutter. Sie trägt ihr Hochzeitskleid, weil sie den Erben von San Lorenzo heiraten sollte, aber stattdessen wurde sie, wie ich dir schon erzählt habe, entführt. Sie brachte es zur Favoritin eines Sultans und wurde die Mutter eines späteren Sultans. Ihren jüngsten Sohn, Prinz Karim, schmuggelte man als kleinen Jungen aus dem ottomanischen Reich heraus. Aus ihm wurde später Charles Leslie, der erste Graf von Sithean.«

»Sie ist wunderschön«, sagte Jasmine.

»Ja, das muss sie gewesen sein. Mein Vater erinnerte sich noch an sie, den sie starb erst, nachdem sie seine Hochzeit mit meiner Mutter arrangiert hatte, die damals noch ein winziger Säugling war. Sie hat immer alles arrangiert«, schmunzelte er.

»Ein bisschen wie meine Großmama.« Jasmine lächelte.

»Ja, wahrscheinlich hätten sich Madame Skye und Janet Leslie hervorragend verstanden«, stimmte er zu.

»Mylord, willkommen zu Hause!« Ein alter Mann trat vor.

»Vielen Dank, Will. Das ist Eure neue Herrin, Lady Jasmine Leslie. Jasmine, das ist Will Todd, der Verwalter des Schlosses. Er hat sich treu um Glenkirk gekümmert in meiner Abwesenheit.«

»Und ich freue mich sehr, Euch endlich wieder zu sehen, Euer Lordschaft«, sagte Will Todd. »Jetzt kann ich mich mit der Erlaubnis Eurer Lordschaft, und wenn ich nicht länger benötigt werde, in mein kleines Cottage zurückziehen und den Lachs fischen, der während der Abwesenheit Eurer Lordschaft fett genug geworden ist.«

»Was?«, neckte der Graf den alten Mann. »Gibt es immer noch Lachse in meinen Flüssen? Ich dachte, sie alle seien mittlerweile den Wilddieben zum Opfer gefallen, Will.«

»Es gibt viele schöne Lachse für Eure Lordschaft. Was die Wilddiebe angeht, so ist das schwer zu sagen, weil wir die Fische nie gezählt haben«, erwiderte der Verwalter.

»Ja, Will«, sagte der Graf, »Ihr könnt zurück in Euer Cottage gehen, und für den Rest Eurer Tage soll es Euch an nichts mangeln, das verspreche ich Euch. Aber bevor Ihr geht, muss ich Euch noch ein letztes Mal um Eure Hilfe bitten.« James Leslie schob Adali vor. »Das ist Adali, der im Dienst meiner Herrin steht, seit sie auf der Welt ist. Er wird jetzt Schloss Glenkirk für uns verwalten, aber in den nächsten Monaten wird er dabei Eure Hilfe brauchen, damit er weiß, was zu tun ist, wo alles ist, wem er vertrauen kann und wer hart arbeitet und wer nicht. Wollt Ihr ihm helfen, Will Todd?«

»Ja, Mylord!«, erwiderte der Verwalter, und während er Adalis Hand schüttelte, musterte er ihn von oben bis unten. »Habt ihr jemals ein so großes Haus geführt, Master Adali? Eins, das so groß ist wie dieses hier, meine ich?«

Adali unterdrückte ein Lächeln und erwiderte ernst: »Ja, Master Todd. Das Haus, in dem meine Lady aufgewachsen ist, war ein großer Haushalt.«

»Gut! Gut! Dann werdet Ihr keine Schwierigkeiten haben, alles zu lernen, und ich kann umso schneller fischen gehen«, schnarrte er.

»Ich habe noch nie gefischt, Master Todd«, sagte Adali.

»Will, mein Name ist Will, Master Adali, und ich bringe es Euch gerne bei. Unsere Lachse und unsere Forellen sind würdige Gegner, und außerdem schmecken sie sehr gut, wenn sie über kleinem Feuer gebraten werden«, schmunzelte er.

»Ich freue mich darauf«, erwiderte Adali. »Und für Euch bin ich Adali, Will Todd, denn wir sind in diesem Haushalt gleichgestellt.«

Der alte Mann nickte. Ihm gefielen Adalis gute Manieren und die Tatsache, dass dieser Fremde nicht versuchte, ihm etwas vorzumachen. Es war gut für alle Diener, dass ihr neuer Herr nicht nur höflich, sondern offensichtlich auch ein netter Mensch war. Dann fiel sein Blick auf die Kinder. Einen Moment lang sah er ein wenig verwirrt aus, aber der Graf klärte ihn auf.

»Dies sind die Kinder meiner Frau aus ihrer früheren Ehe – Lord Henry Lindley und die Ladies India und Fortune Lindley, Will. Der Kleinste ist ein ganz besonderes Kind.« Er nickte dem Kindermädchen des Herzogs von Lundy zu, die daraufhin mit dem Kind auf dem Arm vortrat. »Dieser kleine Junge, Will, ist Prinz Henrys Sohn, Charles Frederick Stuart. Wir nennen ihn Charlie. Der König hat mir eine große Ehre erwiesen, indem er mir seine Mutter zur Frau gegeben hat, und er hat seinen einzigen Enkel unter meinen Schutz gestellt.«

»Prinz Henrys Junge?« Will Todd stiegen die Tränen in die Augen. »Ach, es ist traurig, Mylord, es ist traurig …, aber das Kind wird hier bei uns in Glenkirk in Sicherheit sein. Der König hat uns wirklich eine große Ehre erwiesen, aber waren nicht schließlich die Leslies den Stuarts auch immer treu ergeben?«

»Immer, Will«, bestätigte James Leslie.

»Die Kinder sind müde nach unserer langen Reise, Mylord«, unterbrach Jasmine ihn. »Ich glaube, sie sollten ihr Abendessen bekommen und zu Bett gehen. Morgen können sie alles hier in Glenkirk erforschen, aber für heute ist der Tag für sie vorbei.«

»Ich zeige ihnen ihre Zimmer«, sagte Will Todd eifrig.

»Ich komme mit«, sagte Adali, »und kehre dann zurück. Die Reise war auch für Euch lang, meine Prinzessin«, fügte er hinzu.

Sie nickte.

»Komm, wir setzen uns an den Kamin«, sagte der Graf.

»Toramalli, auf der Anrichte steht Wein. Bringt uns doch bitte jedem einen Pokal. Ich kann schön hören, wie die Familie die Treppe hinaufstürmt. Wir werden noch einige Stunden lang keine Ruhe haben, geliebte Jasmine, aber wir können uns wenigstens ein bisschen erfrischen.«

Die Kinder und ihre Diener folgten Adali und Will Todd aus der Halle, doch schon drängte eine Schar von Menschen herein. Es würde eine Weile dauern, bis Jasmine alle ihre neuen Verwandten kannte, aber wenigstens konnte sie jetzt schon die Leslies in der Menge ausmachen. James Leslies Onkel väterlicherseits kam allen voran herein – James, der Herr von Hay; dann Adam, der dem Vater des Grafen am nächsten gestanden hatte; und Michael, der jüngste Bruder, ein großer Mann mit rötlichem Gesicht Mitte fünfzig. Da war auch der Cousin seines Vaters, der alte Graf von Sithean, der mit der Schwester seines Vaters verheiratet war, und sein Sohn Charles, der James Leslies Schwester Amanda zur Frau hatte. Und natürlich waren auch seine beiden Brüder da: Colin der Herr von Greyhaven, und Robert Leslie von Briarmere Moor. Sie klopften dem Grafen von Glenkirk auf die Schultern und umarmten ihn glücklich.

»Das ist meine Frau, Jasmine«, stellte er sie vor und hob sie auf den Tisch, damit alle sie sehen konnten.

»Du hast genauso ein Auge für Schönheit wie dein Vater«, erklärte sein Onkel Adam Leslie. Augenzwinkernd verbeugte er sich vor Jasmine.

»Ja, schön ist sie, aber kann sie uns auch den nächsten Grafen von Glenkirk schenken?«, fragte sein alter Cousin von Sithean unverblümt.

»Ich habe meinem zweiten Mann einen Sohn und zwei Töchter geboren, und ich habe Prinz Henry einen unehelichen Sohn geschenkt, Mylord«, verteidigte sich Jasmine.

Die Männer blickten sie verblüfft an, aber dann lachten sie, und Colin Leslie sagte bewundernd: »Sie ist genauso kühn wie unsere Mutter, Jemmie.«

»Ja«, sagte sein Onkel Adam, »ich glaube, sie ist genauso kühn wie jedes Mädchen, das in Schottland geboren wurde. Ihr werdet starke Kinder bekommen.«

»Aber wann?«, beharrte der alte Graf von Sithean. »Ihr seid schon seit ein paar Monaten verheiratet, und wenn du so bist wie alle Männer in dieser Familie, dann hast du regelmäßig bei ihr gelegen. Sie sollte mittlerweile deinen Samen schon in sich tragen!«

»Wäre Ende des Winters früh genug für Euch, Sir – oder sollte ich besser sagen alte Forelle?«, fragte Jasmine und lachte, als sie die überraschten Gesichter sah, vor allem das ihres Ehemanns. »Und jetzt hol mich hier herunter, Glenkirk! Deine Familie hat mich gesehen. Wo zum Teufel sind eigentlich die Frauen in dieser Familie?«

Sein Bruder brach in dröhnendes Gelächter aus, und die anderen Männer fielen ein.

Der Graf von Glenkirk hob seine Frau vom Tisch. »Warum hast du es mir nicht gesagt?«, flüsterte er ihr grinsend zu.

»Ich wollte es dir heute Abend im Ehebett erzählen, aber als dieser alte Mann mich so gezwiebelt hat, dachte ich, jetzt sei ein ebenso guter Zeitpunkt. Ich wollte nicht, James Leslie, dass jemand auf die Idee kommt, du hättest deine Pflicht nicht erfüllt.«

»Einen Stuhl für die Gräfin!«, rief der Graf von Sithean, und seiner Forderung wurde augenblicklich Folge geleistet. »Setzt Euch hin, meine Liebe«, forderte er sie auf. »Ihr tragt eine äußerst kostbare Last, Ihr müsst auf Euch aufpassen, Mädchen«, sagte er besorgt.

»Ich habe bereits vier Kinder geboren, Mylord«, beruhigte sie ihn.

»Ja, ja, aber Ihr seid jetzt auch schon ein bisschen älter, Mädchen«, erwiderte er. »Hattet Ihr jemals eine Fehlgeburt?«

»Bei meinem ersten Kind«, sagte sie. »Es war der Schock darüber, dass mein erster Mann ermordet wurde. Ich war damals vierzehn. Aber seitdem habe ich keine Probleme mehr gehabt, Mylord, und dieses Kind sitzt ganz fest.«

Der alte Graf lächelte. »Ja, es ist ein Leslie«, sagte er.

»Und jetzt sagt mir, Sir«, meinte Jasmine, »wo sind die Frauen?«

»Sie kommen morgen, wenn Ihr Euch ausgeruht habt«, erwiderte Adam Leslie. »Alle Tanten und Eure Schwägerinnen brennen darauf, Euch kennen zu lernen, obwohl sie vielleicht ihre Meinung ändern, wenn sie erfahren, wie schön Ihr seid«, neckte er sie. »Meine Fiona ist ebenfalls eine Schönheit«, sagte er, dann senkte er verschwörerisch die Stimme und fügte hinzu: »Aber von den Frauen meiner Brüder kann ich das Gleiche nicht behaupten. Als sie jung waren, schienen sie alle hübsche Geschöpfe zu sein, aber der Zahn der Zeit hat an ihnen genagt. Jemmies Schwestern sind jedoch hübsche Mädchen.«

»Ihr seid ziemlich frech, nicht wahr?«, fragte Jasmine neckisch.

»Das kommt von all den Jahren, in denen ich mit Fiona zusammengelebt habe«, erwiderte er. »Als sie und Jemmies Mutter jung waren, benahmen sie sich eine Zeit lang wie Rivalinnen, aber dann wurden sie Freundinnen. Beide waren willensstarke, schwierige Mädchen. Meine Fiona ist ein bisschen weicher geworden, und ich werde im Alter immer frecher«, meinte er schmunzelnd. »Und Ihr, seid Ihr auch frech, Jasmine?«

»Manchmal«, erwiderte sie. »Aber das müsst Ihr Jemmie fragen. Er wird es Euch schon erzählen. Ich glaube, manchmal ist es einfach lustiger, ein wenig frech zu sein, als immer nur brav, Onkel Adam, findet Ihr nicht auch?« Ihre Augen funkelten.

»Ja«, stimmte er ihr zu. »Es freut mich, dass Ihr so viel Feuer habt, Mädchen. Jemmies erste Frau war ein süßes Kind, aber ungefähr so aufregend wie eine Schüssel mit Weizengrütze. Ihr seht so aus, als ob das Blut heiß durch Eure Adern fließt, und genau so eine Frau braucht er.«

»Flirtest du mit meiner Frau, Onkel?«, fragte der Graf von Glenkirk.

»Nein, Junge«, erklärte Adam Leslie. »Sie flirtet mit mir, die hübsche Hexe. Du bist ein glücklicher Mann, Junge.«

»Er hat mein Herz gewonnen, weil er genauso heißt wie Großpapa«, sagte Jasmine zu ihrem Gatten. »Du kennst doch meine Schwäche für Männer namens Adam.«

»Vielleicht sollten wir unseren Sohn Adam nennen«, meinte James Leslie.

»Nein«, erwiderte Jasmine. »Unser erster Sohn wird Patrick heißen, nach dem gut aussehenden Mann über dem Kamin. Unser zweiter Sohn soll dann Adam heißen und der dritte James, Mylord.«

»Gott segne mich!«, schnaubte der alte Graf von Sithean. »Das Mädchen zeigt Ehrgeiz in dem Verlangen, unseren Clan mit Söhnen zu versorgen. Das findet meine volle Zustimmung!« Begeistert stampfte er mit seinem knorrigen Stock auf den Boden der Halle.

Später, als die Männer alle gegangen waren und sie am Tisch saßen und ein leichtes Abendessen, bestehend aus gebratener Forelle, geröstetem Käse und Äpfeln zu sich nahmen, sagte James Leslie: »Du hast großen Eindruck auf meine Brüder, Onkel und Cousins gemacht, Madame. Und meine Clansmänner werden dir auf ewig ergeben sein, weil du ihre jubelnde Begrüßung erwidert hast, Jasmine.«

»Ich habe oft zugesehen, wie mein Vater seinen Untertanen die Hände schüttelte, wenn er durch ihre Städte ging. Alle wollten unbedingt den Mogul anfassen. Es bedeutete ihnen so viel. Und als heute deine Clansmänner auf uns zukamen und uns so herzlich willkommen hießen, da habe ich nur dasselbe gemacht, was mein Vater immer getan hat, und die Hände nach ihnen ausgestreckt. Daher habe ich plötzlich festgestellt, Jemmie, dass du hier in den Highlands so etwas wie ein kleiner König für deine Leute bist. Vielleicht ist es den Schotten deshalb immer schwer gefallen, einem einzigen König zu dienen, weil jedes Clanoberhaupt selbst ein König auf seinem Besitz ist. Wirklich eine aufregende Erfahrung.«

Er nickte. »Du hast uns ziemlich schnell begriffen, aber kein Land kann neben seinen Nachbarn ohne einen starken Monarchen überleben.« Er nahm ihre Hand und fuhr mit den Lippen über ihre Finger. »Wir konnten noch keinen Moment ungestört miteinander reden«, sagte er, »seitdem du deine unerwartete Ankündigung gemacht hast. Wir sind meine Verwandten erst losgeworden, als Adali und Will

Todd uns zum Essen gerufen haben.« Er drehte ihre Hand um und küsste die Innenseite ihres Handgelenks. »Wann wirst du meinen Sohn zur Welt bringen, Madame?« Er sah sie eindringlich an.

»Irgendwann gegen Ende des Winters«, erwiderte sie. »Ende Februar oder Anfang März. Es ist in dieser ersten Nacht passiert, als du von deiner dummen kleinen Reise nach Edinburgh zurückgekehrt bist.« Sie packte seine Hand und begann, an seinen Fingern zu saugen.

»Ich möchte dem Kind nicht schaden«, sagte er ein wenig verlegen.

»Darüber müssen wir uns jetzt noch keine Gedanken machen, Mylord«, erklärte sie ihm. »Ich kann immer noch meine beiden Hengste reiten, denn zweibeinigen so gut wie den vierbeinigen.« Sie streichelte sein Gesicht. »Ich habe noch nie einen Mann so sehr gewollt wie dich, Jemmie. Ständig habe ich Verlangen nach dir –, und es war eine so lange Reise von England hierher. Wir haben seit Wochen nicht mehr in einem richtigen Bett geschlafen. Hast du nicht auch Sehnsucht nach mir?«

Er umfasste ihren Kopf mit den Händen und küsste sie. Ihre Brustwarzen zeichneten sich unter der Seide ihres Hemdes ab, und er erstickte fast vor Verlangen. »Ja!« stieß er hervor.

»Ich weiß gar nicht, wo wir hingehen sollen«, flüsterte sie.

»Aber ich!«, stöhnte er, zog sie vom Stuhl und hinter sich her durch die Große Halle und das Vorzimmer. Als sie die große Treppe erreichten, hob er sie hoch und rannte förmlich nach oben, wo die Gemächer des Grafen und der Gräfin von Glenkirk lagen. Mit dem Fuß stieß er die Tür auf und trat mit ihr ein. Dann stellte er sie vorsichtig auf die Füße. »Lass mich nicht zu lange warten, Madame«, sagte er.

»Jesus!«, flüsterte Fergus More, an Adali gewandt. »Mit Lady Isabelle war es nicht so. Ich weiß nicht, ob ich mich an die brennenden Blicke und diese Intensität gewöhnen kann. Sie können ja kaum die Hände voneinander lassen!«

»Leidenschaft zwischen einem Mann und einer Frau ist etwas Gutes«, murmelte Adali beruhigend. »Habt Ihr niemals solche Gefühle für eine Frau empfunden?«

Der Schotte schüttelte den Kopf. »Nein«, erwiderte er, »aber es könnte vielleicht bei Mistress Toramalli so sein. Wenn ich sie sehe, läuft mir ein Schauer über den Rücken«, gab er zu. »Glaubt ihr, sie mag mich, Adali?«

»Ich werde mich vergewissern, ob Avancen von Eurer Seite bei Toramalli auf Gegenliebe stoßen würden«, antwortete Adali diplomatisch. »Und jetzt wartet Ihr besser Eurem ungeduldigen Herrn auf, Fergus More.«

Er trat in das Schlafzimmer seiner Lady, wo die beiden Zofen Jasmine gerade beim Entkleiden halfen. »Wir haben viel zu tun, um das Schloss wieder bewohnbar zu machen, meine Prinzessin«, sagte er. »Es war die meiste Zeit, die der Graf in England verbracht hat, buchstäblich abgeschlossen. Will Todd hat sein Bestes getan, aber es gibt noch eine Menge Arbeit.«

»Immerhin ist es nicht so schlimm wie Jamals Haus in meiner Hochzeitsnacht«, erwiderte Jasmine lachend. »Das werde ich niemals vergessen. Ich habe große Befriedigung dabei empfunden, all diese schrecklichen Frauen in seinem Harem wegzuschicken.« Nackt stieg sie in die Wanne, die für sie vorbereitet worden war, und wusch sich rasch ohne Hilfe ihrer Dienerinnen.

»Für heute Abend und morgen Früh liegt genug Holz am Kamin bereit«, sagte Adali. »Ich habe auch dafür gesorgt, dass auf der Anrichte im Tagesraum Wein steht, und neben Eurem Bett befindet sich ein Becken mit Liebestüchern, Mylady. Rohana und Toramalli haben Euer Bett mit Euren eigenen Leintüchern und Federbetten gemacht. Ihr werdet es bequem haben, und ab morgen wird es dann besser. Die Zimmer riechen ein wenig muffig, aber da ist unter den Umständen nicht überraschend.«

»Es ist ein wundervolles Schloss«, sagte Jasmine leise. »Wir sind endlich nach Hause gekommen, Adali. Ihr habt es auch gespürt, nicht wahr?«

Er nickte lächelnd. »Ja, meine Prinzessin. Ich hätte nicht

gedacht, dass dieser Steinhaufen in den Hügeln von Schottland uns dieses Gefühl vermitteln würde, aber es ist so.« Augenzwinkernd wechselte er das Thema. »Wäre es Euch unangenehm, Mylady, wenn Toramalli einen Verehrer hätte? Fergus More hat erklärt, er würde gerne um sie werben, wenn sie es zuließe, und mit Eurer Erlaubnis natürlich.«

»*Toramalli?*«, fragte Jasmine ihre Dienerin. »Es ist Eure Entscheidung.«

»Der unverschämte Kerl!«, rief Toramalli, die sehr heißblütig war.

»Er ist ein netter Mann«, erwiderte ihre Schwester Rohana. Du hast Glück. Und er hat um Erlaubnis gefragt, bevor er sich dir nähert. Ein Beweis für Taktgefühl, Schwester.«

»Wahrscheinlich meint er dich und kann uns nur nicht auseinander halten«, murrte Toramalli, während sie ihre Herrin abtrocknete, aber sie lächelte dabei.

»Wenn du das glaubst, dann soll Adali ihn auffordern, sich der Lady zu nähern, um die er werben möchte«, schlug Jasmine vor, während Rohana ihr ein Nachtgewand über den Kopf streifte. Es war aus weißer Seide mit rundem Halsausschnitt und langen Ärmeln.

»Ein hervorragender Vorschlag«, sagte Adali. »Kommt, meine Damen, wir tragen die Wanne aus dem Zimmer.« Das Trio schleppte die kleine Eichenwanne aus Jasmines Schlafzimmer.

Nachdem sie das Wasser in den steinernen Ausguss im Vorraum geleert hatten, verstauten sie die Wanne und kehrten ins Tageszimmer zurück. Fergus More trat gerade aus dem Schlafzimmer des Grafen. Erwartungsvoll blickte er Adali an.

»Toramalli fragt sich, ob Ihr wirklich den Unterschied zwischen ihr und ihrer Zwillingsschwester kennt, Fergus More«, sagte Adali. » Wenn ja, dann ist es Euch gestattet, Toramalli den Hof zu machen, sagt sie.«

Die Zwillinge standen nebeneinander. Sie sahen vollkommen gleich aus, bis auf einen winzigen Unterschied. Beide waren dunkelhaarig und hatten dunkle Augen und goldene Haut, und jede hatte einen wie eine Blume geformten Geburtsfleck im Augenwinkel; Toramalli auf der rechten Seite und Rohana auf der linken. Ohne Zögern ging Fergus More direkt auf die richtige Zwillingsschwester zu und stellte sich vor sie.

»Natürlich weiß ich, dass Ihr es seid, Mistress Toramalli«, sagte er ruhig.

»Nun«, antwortete Toramalli ihm schnippisch, »wenn Ihr so klug seid, den Unterschied zwischen Rohana und mir zu kennen, dann dürft Ihr mir vermutlich für eine Weile Gesellschaft leisten, Fergus More.«

»Kommt jetzt mit mir in die Küche, Mädchen«, lud er sie ein, »und wir trinken einen Becher Ale zusammen. Eure Schwester kann auch mitkommen«, fügte er nach kurzem Nachdenken hinzu.

»Geht nur«, erwiderte Rohana. »Ich bin viel zu müde, aber ich danke Euch für die Einladung, Fergus More.« Sie gähnte demonstrativ.

Die beiden verließen die Gemächer, und auch Adali blieb nur noch kurz, um die Kerzen zu löschen und das Feuer mit Asche zu bedecken. Rohana wünschte Adali eine gute Nacht und ging in ihr eigenes Schlafzimmer, das zwischen den gräflichen Gemächern lag.

James Leslie war durch die Verbindungstür zwischen ihren Zimmern in das Schlafzimmer seiner Frau getreten. Jasmine stand schweigend am Fenster und blickte auf die mondbeschienenen Hügel hinaus. Als sie ihn hereinkommen hörte, drehte sie sich lächelnd um und breitete die Arme aus. »Mylord«, sagte sie leise und umarmte ihn.

Wortlos streichelte er ihr Gesicht und betrachtete sie, als sähe er sie zum ersten Mal. Anbetend blickte er sie aus seinen grüngoldenen Augen an, schob beide Hände in ihre Haare und küsste sie leidenschaftlich. »Ich liebe dich«, sagte er schließlich. »Das habe ich vom ersten Augenblick an getan. Ich weiß, dass ich dir das schon oft gesagt habe, aber ich werde es immer wieder sagen, damit du niemals denkst, ich könnte deiner überdrüssig werden. Ich werde dich immer lieben, geliebte Jasmine.«

»Oh, Jemmie«, erwiderte sie, »mein Herz und meine Seele fließen über vor Liebe zu dir. Ich liebe dich auch. Ich wäre die schlimmste Kreatur auf der Welt, wenn ich nicht den Mann wiederlieben würde, der mich so sehr liebt, aber deine Liebe ist so überwältigend, dass ich mich frage, ob ich ihrer überhaupt wert bin. Ich bin so glücklich, ein Kind zu tragen, das aus einer solchen Liebe entstanden ist.«

Er hob sie hoch und legte sie auf das Bett. Dann nahm er sie in seine Arme. »Danke«, sagte er nur und küsste sie erneut. Seine Lippen waren zunächst zärtlich, dann jedoch wurden sie fordernder, als die Leidenschaft wuchs. Er löste die Bänder ihres Nachtgewands und glitt mit den Händen unter den zarten Stoff, um ihre Brüste zu liebkosen. Sie stöhnte, als er ihre empfindlichen Nippel streichelte und sie dann in den Mund nahm, um daran zu saugen.

Fast konnte sie die Berührung seiner Lippen nicht ertragen. Sie erschauerte vor Lust, streichelte seine dunklen Haare und wickelte die dichten Strähnen, in denen schon einzelne silberne Haare schimmerten, um ihre Finger. Die Augen schließend seufzte sie tief auf, als er von ihren Brüsten abließ. Er zog ihr das Nachtgewand aus, streichelte ihren schlanken Körper und küsste ihren Bauch, bis Schauer der Erregung sie überrieselten.

»Ich möchte dich besser spüren«, sagte sie leise.

Jemmie zog ebenfalls sein Nachthemd aus und nahm sie wieder in die Arme. Jasmine rieb zart seinen Liebesstab. Er war warm und fest unter ihrer Hand. »Liebe mich, Jemmie«, schnurrte sie.

»Ich möchte dir nicht wehtun«, entgegnete er ängstlich.

Jasmine glitt aus seiner Umarmung und kniete sich über ihn. Sein hartes Glied glitt tief in sie hinein. »Noch brauchen wir uns nicht die Lust aneinander zu versagen, Jemmie, mein Geliebter. Wenn wir vorsichtig sind, haben wir noch viele Monate ungetrübten Genusses vor uns. Ich weiß, wie es am besten geht, und ich habe in dieser Beziehung mehr Erfahrung als du, also vertrau mir. Rowan und ich haben uns immer geliebt, wenn ich seine Kinder trug.« Sie kreist mit den Hüften, und er stöhnte vor Lust, streichelte ihre Brüste und beobachtete sie mit halb geschlossenen Augen, während sie sich auf ihm bewegte. »Gefällt dir das, Mylord?«, fragte sie ihn neckend.

»Hexe!« Er kniff sie in die zarte Haut ihrer Brust.

»Hmmm!«, murmelte sie. Ihr Höhepunkt nahte. Sie dachte, er sei noch nicht so weit, aber dann spürte sie, wie er seine Liebessäfte in sie verströmte, und schluchzend vor Erleichterung sank sie über seiner Brust zusammen.

»Aahh!«, stöhnte er. »Du bist hinreißend, Madame!« Eine Weile lagen sie eng aneinander gekuschelt da, dann richtete er sich auf und rückte die Kissen zurecht. Er umarmte sie erneut und legte seine Hand auf ihren schwach gewölbten Bauch.

Seine großen Hände lagen unglaublich warm über ihrem ungeborenen Kind. O Gott, wie sicher sie sich fühlte! Wie geborgen das Baby sich unter den Händen seines Vaters fühlen musste, die es so zärtlich beschützten. Jasmine schlief ein, eingehüllt in die große Liebe ihres Mannes und in der sicheren Gewissheit, dass sie endlich zu Hause angekommen war. Sie würde nie mehr weglaufen oder durch die Welt irren müssen. *Glenkirk war ihr Zuhause. Für jetzt. Für immer!*

2

Gegen Mittag des folgenden Tages fiel die Familie des Grafen von Glenkirk in das Schloss ein, um Jasmine kennen zu lernen. Seine Onkel väterlicherseits, James, der Herr von Hay, und seine Frau Ailis; Adam und seine Frau Fiona; Michael von Leslie Brae mit seiner Isabelle. Der alte Graf von Sithean kam mit seinen Frauen. Und natürlich James Leslies Geschwister: seine Schwester Bess und ihr Mann Henry Gordon; seine beiden Brüder, Colin, der Herr von Greyhaven, mit seiner Frau Euphemia Hay; und Robert von Briarmere Moor, der mit Euphemias Schwester Flora verheiratet war. Jemmies Schwester Amanda war mit dem Erben des Grafen von Sithean verheiratet, und seine Schwester Morag war die Frau des jungen Malcolm Gordon. Sie alle umringten den Grafen von Glenkirk, umarmten ihn und überschüttete ihn mit Küssen.

Schließlich schrie Fiona Leslie: »Genug! Genug! Unseren Jemmie kennen wir doch alle. Wir sind hierher gekommen, um seine Braut zu sehen. Tritt vor, Jasmine Leslie!« Als Jasmine vor ihr stand, musterte sie sie kritisch, und dann lächelte sie breit. »Willkommen auf Glenkirk, Madame.« Dann blickte sie ihren Neffen an und sagte: »Deine Mutter würde zufrieden sein, und deine Wahl …«

»Fiona!«, warnte sie ihr Mann.

Fiona Leslie funkelte ihren Gatten finster an. »Ich wollte doch nur sagen, dass Jemmie eine genauso gute Wahl getroffen hat wie seine Mutter vor vielen Jahren.« Dann lächelte sie süß.

Erleichtertes Gelächter erschallte. Fiona Leslie war die beste Freundin ihrer Schwägerin gewesen, allerdings erst, als sie älter waren. Bis dahin hatte sich ihre Beziehung zueinander eher schwierig gestaltet. Sie nahm kein Blatt vor den Mund, und sie wussten alle, das sie Isabella Gordon für ein nettes Dummchen gehalten hatte, aber da der Bruder des unglücklichen Mädchens mit Jemmies Schwester verheiratet war, wurde öffentliche Kritik an ihr nicht geduldet.

»Ich freue mich, Eure Zustimmung zu finden, Madame«, erwiderte Jasmine und lächelte Fiona, die sie sofort mochte, mutwillig an. Trotz ihres Altersunterschiedes würden sie Freundinnen werden.

»Du hast Cats Zustimmung gefunden, und das ist viel wichtiger. Wie mir gesagt wurde, bist du bereits schwanger«, meinte Fiona. »Nun, du hat viel Familie um dich herum, wenn das Kind auf der Welt ist. Ist deine Mutter schon aus England zurück?«

Jasmine schüttelte den Kopf. »Noch nicht. Sie ist dieses Jahr länger geblieben, weil sie dachte, Großmama sei vielleicht einsam, jetzt, wo Großpapa tot ist; aber ich bin sicher, dass Großmama nichts lieber tun würde, als Mama so schnell wie möglich nach Dun Broc zurückzuschicken, damit sie ein bisschen Ruhe hat.«

»Ha!« Fiona schmunzelte. »Deine Großmama klingt wie eine Frau nach meinem Herzen. Deine Mutter ist jedoch sicher eine freundliche Frau und meint es nur gut.«

»Wer ist deine Mutter?«, fragte Bess Gordon.

»Sie ist die Gräfin von BrocCairn«, sagte Fiona ungeduldig zu ihrer Nichte. »Weißt du eigentlich überhaupt nichts, Bess?«

»Nun, Jemmie war in England, deshalb wusste ich es nicht«, erwiderte Bess heftig. Sie wandte sich an Jasmine. »Niemand erzählt mir etwas!«

Adali und Will Todd boten den Gästen Wein an. »Ich hatte noch keine Zeit, das Schloss herzurichten«, erklärte Jasmine.

»Oh, ich hoffe, es wird bei euch wieder so wie damals, als Patrick und Cat und unsere Eltern hier residierten, James Leslie«, sagte der Herr von Hay wehmütig.

»Ja!«, stimmte Fiona begeistert ein. »Es war so prächtig damals, Jasmine.« Sie schaute ihre Schwäger, ihre Nichten und Neffen an. »Ihr müsst Jasmine dabei helfen. Sie darf sich nicht zu sehr anstrengen, da sie jetzt mit dem nächsten Grafen von Glenkirk schwanger ist.«

»Ich bin kein Schwächling«, protestierte Jasmine. »Ich habe schon vier Kinder, und sie sind stark und gesund.«

»Ja, du hast vier Kinder, aber keins von ihnen ist ein Leslie von Glenkirk«, erklärte Fiona.

»Tante, gib's auf«, fiel Jemmie ein. »Meine Frau ist nicht die Zuchtstute der Familie. Wir bekommen ein Kind, ein Mädchen oder einen Jungen, es wird auf Glenkirk willkommen sein, aber das ist nicht der Grund, warum ich meine geliebte Jasmine geheiratet habe. Ich habe sie geheiratet, weil ich sie liebe, und das schon seit vielen Jahren. Ich bin dankbar, dass sie mich zu ihrem Gatten genommen hat. Und jetzt lasst uns feiern, das wir wieder zusammen sind«, schloss der Graf von Glenkirk.«

»Ja! Ja!«, schrien die Anwesenden.

Plötzlich entstand hinten in der Großen Halle Tumult. Als sie sich umdrehten, sahen sie zwei kleine Jungen, die mit den Fäusten aufeinander einschlugen und sich wild heulend auf dem Fußboden wälzten.

»Das ist Connor«, sagte Morag Gordon entsetzt.

»Und Henry!«, rief Jasmine und blickte ihren Ehemann an.

Der Graf von Glenkirk eilte hin, um seinen Stiefsohn und seinen Neffen gewaltsam zu trennen. Er packte die sich windenden und strampelnden Kinder fest am Kragen. »Was ist los?«, fragte Jemmie Leslie die beiden Missetäter.

»Er hat gesagt, ich wäre ein Wilder und würde komisch reden«, erklärte Connor Gordon und funkelte seinen Gegner finster an.

»Du hast gesagt, ich sei ein Schlappschwanz«, verteidigte Henry Lindley sich. »Ich habe meine Schwestern in die Halle begleitet, Papa, als dieser Junge kam. Er hat India und Fortune beleidigt.«

»Was genau hat er gesagt, Henry, dass du dich bemüßigt gefühlt hast, mit den Fäusten auf ihn loszugehen? Übrigens, dies ist mein Neffe, Connor Gordon.«

»Er hat gesagt«, erklärte Henry mit klarer Stimme: »›Seht euch einmal den kleinen Schlappschwanz mit der gelbäugigen Bohnenstange und dem Mädchen mit den Karottenhaaren an.‹ Deshalb habe ich den rotznasigen Wilden verprügelt. Ich lasse meine Schwestern nicht verhöhnen!« Wütend starrte er seinen Widersacher mit blitzenden Augen an.

»Connor«, sagte der Graf, »weißt du, wer ich bin?«

»Ja, M'lord«, erwiderte der Junge.

»Das ist mein Stiefsohn, Henry Lindley, der Marquis von Westleigh, und seine Schwestern, Lady India und Lady Fortune. Du wirst dich jetzt bei deinem neuen Vetter und deinen Kusinen für deine schlechten Manieren entschuldigen.« Er ließ den Jungen los.

Connor Gordon klopfte seine Kleidung ab und verbeugte sich. »Ich hoffe, ihr nehmt meine Entschuldigung an, Lady India und Lady Fortune. Ich habe noch nie ein Mädchen mit gelben Augen gesehen.«

»Meine Augen sind golden wie die meines Vaters«, sagte India herablassend.

»Und meine Haare sind rotgolden, nicht karottenfarben«, piepste Fortune.

Jemmie Leslie ließ Henry ebenfalls los. »Und jetzt, meine Herren, reicht euch die Hände«, befahl er den Jungen. »Wir sind alle eine Familie, und ich dulde kein Gezanke. Habt ihr mich verstanden?«

Die beiden nickten. Connor streckte eine nicht mehr ganz saubere Hand aus, und Henry Lindley ergriff sie und schüttelte sie.

»Ich habe ein Pony«, sagte Connor. »Du auch?«

»Ja«, erwiderte Henry misstrauisch. »Warum?«

»Wir könnten zusammen ausreiten«, schlug Connor vor. »Wie alt bist du?«

»Sechseinhalb«, war die Antwort.

»Du meine Güte!«, sagte Connor Gordon »Ich bin acht, und du bist schon genauso groß wie ich! Und du hattest keine Angst vor mir! Du bist überhaupt kein Schlappschwanz, sondern ein toller Kerl, trotz deines Englisch.«

Henry Lindley sah seinen Stiefvater an. »Was bedeutet *toll*?«, fragte er misstrauisch.

»Er macht dir ein Kompliment, Henry. Toll bedeutet tapfer«, erwiderte der Graf.

»Schenk uns so einen, Mädchen«, sagte der alte Graf von Sithean und stieß mit seinem Stock auf den Boden. »Englisch oder nicht, er ist ein guter Junge.«

»Jetzt lauft und spielt, ihr zwei«, wies Jemmie die beiden Jungen an. Dann nahm er India und Fortune bei der Hand und stellte sie seinen Tanten und Schwestern vor, die aufgeregt schnatternd die Schönheit und Intelligenz der beiden Mädchen bewunderten.

»Mama bekommt wieder ein Baby«, vertraute Fortune Fiona an.

»Ich weiß« erwiderte Fiona lächelnd. Fiona war als Einzige unter allen Leslie-Frauen kinderlos, abgesehen von einem unehelichen Sohn, den sie lange bevor sie ihren ersten Ehemann heiratete bekommen hatte. Das Kind war sofort nach seiner Geburt zu einer Pflegefamilie gegeben worden. Dort hatte der Junge gelebt, bis er drei war, und dann war er im Winter an einem Fieber gestorben. Es war eine schwere Geburt gewesen, und Fiona konnte danach keine Kinder mehr bekommen. Adam Leslie hatte sie geheiratet, obwohl er das wusste, denn er liebte sie. »Du hast die gleiche Haarfarbe wie meine Urgroßmutter«, sagte sie zu Fortune. »Sie war eine wirklich große Dame.« Spielerisch zupfte sie an einer von Fortunes Locken.

»Mama sagt, ich bin ein Wildfang«, erwiderte Fortune.

»Ich auch«, gestand Fiona dem kleinen Mädchen mit einem Augenzwinkern und hatte damit gleich eine Freundin gewonnen.

Das Essen war einfach, denn Jasmine hatte noch keine Zeit gehabt, Dienstboten einzustellen, und Will Todd hatte zusammen mit Adali gekocht.

»Macht euch keine Sorgen«, sagte Adam Leslie. »Alle wissen schon Bescheid, dass der Graf wieder zurück ist, und bis zum Ende der Woche werdet ihr genügend Dienstboten haben. Die, die früher hier waren und noch nicht zu alt zum Arbeiten sind, werden wieder kommen, und die, die zu alt sind, werden ihre Kinder schicken, damit sie ihre Stellungen einnehmen.«

Seine prophetischen Worte trafen zu, und innerhalb weniger Tage war das Schloss wieder mit genügend Personal ausgestattet. Will Todd blieb, um Adali im Anfang zu unterstützen und um ihm dabei zu helfen, die richtigen Leute auszuwählen.

»Ich bleibe den Winter über«, sagte Will Todd. »Im Schloss ist es dann sehr behaglich, aber wenn der Frühling kommt, ziehe ich wieder in mein winziges Cottage mit dem hübschen Fluss davor, wo die Lachse nur so darum betteln, gefangen zu werden.« Er grinste Adali an. »Sie respektieren Euch bereits, was für einen Ausländer beachtlich ist. Ihr werde keine Probleme mit ihnen haben.«

Innerhalb weniger Tage war das Schloss wieder sauber; man hatte die Böden gewischt und die Teppiche und Wandbehänge aus dem Lager geholt. Die Kamine waren gereinigt und zogen einwandfrei. Die Fenster wurden geputzt und blitzten im Herbstsonnenschein, und die Möbel waren poliert und glänzten wieder. Auf den Anrichten standen Silber und schöne Porzellanschalen, die Adali in einem Lagerraum im westlichen Schlossturm gefunden hatte. An den Kaminen war Feuerholz aufgestapelt. In allen Zimmern standen auf den Anrichten Kristallkaraffen mit Wein, und überall im Wohnbereich des Schlosses hatte man Blumen verteilt. Es gab sogar einen Plan für die Mahlzeiten, die jetzt zu festen Zeiten aufgetragen wurden.

Einer der letzten verbliebenen Mönche aus der Abtei von Glenkirk kam, um die Kinder zu unterrichten. Früher einmal war das Kloster ein anerkannter Ort der Lehre gewesen, aber es hatte schwere Zeiten durchgemacht. Der alte Glaube wurde in Schottland nur noch im Geheimen praktiziert; jetzt hatten die Presbyterianer und die Anglikaner die Übermacht. Religiöse Häuser wurden kaum noch geduldet. Auf Glenkirk jedoch standen die Leslies, obwohl sie Anhänger der neuen Religionen waren, der Abtei und den Mönchen tolerant gegenüber. Der letzte Abt war einer ihrer Vettern gewesen. Inzwischen gab es nur noch ungefähr ein Dutzend Mönche, die meisten davon alt, und drei in mittleren Jahren. Früher hatte es einmal eine Schule in der Abtei gegeben, die aber mittlerweile aus Mangel an Schülern aufgelöst worden war. Deshalb waren die Mönche hocherfreut, dass einer der Ihren die Stiefkinder des Grafen unterrichten sollte.

Jasmine, die selbst von einem Priester unterrichtet worden war, sagte zu Adali: »Sorgt dafür, dass der Abtei Wild für die Vorratskammer geschickt wird, und Will Todd soll auch ein paar Fische für die Mönche fangen. Und wenn wir einmal in der Woche backen, schickt ihnen frisches Brot, ein Rad Käse und einen Korb mit Äpfeln und Birnen.«

Er nickte. »Bruder Duncan wird sich freuen.«

Der Herbst schritt vorwärts, und auf den Bergen färbten sich die Bäume. Die roten Eichen leuchteten aus dem Gold der Espen und Birken und dem tiefen Grün der Pinien. Rote Heidelbeeren, Haselnüsse, Myrte und Efeu mit ihren rosafarbenen, gelben und glänzend grünen Blättern und den hellroten Beeren bildeten die Farbtupfer im Wald. Auf den Hügeln blühte die Heide. Die Nächte waren kühl und klar geworden; noch nie hatte Jasmine so viele Sterne gesehen wie vom Wehrgang von Schloss Glenkirk. Ihr Gatte hatte nicht gelogen, als er sagte, der Herbst sei die schönste Jahreszeit in Schottland.

Jasmines Mutter, ihr Stiefvater und ihre Halbbrüder kehrten Mitte Oktober aus England zurück. Die Gräfin von BrocCairn brachte beunruhigende Nachrichten mit. Anscheinend hatte der König dem Grafen und der Gräfin von Glenkirk eine Einladung zum Weihnachtsfest am Hof geschickt. »Ich war nicht da, als der Bote kam«, sagte Velvet Gordon zu ihrer Tochter. »Wir hielten uns gerade in Blackthorne Hall auf und haben uns von Deirdre und John verabschiedet.«

»Wie seltsam«, bemerkte der Graf von Glenkirk. »Jamie wusste doch, dass wir im Spätsommer nach Schottland zurückkehren wollten.«

»Großmama hat sich bestimmt darum gekümmert«, meinte Jasmine zuversichtlich.

Und tatsächlich befand sich Skye O'Malley de Marisco, die sich eigentlich ein wenig Ruhe und Frieden erhofft hatte, da Jasmine nun wieder verheiratet und ihre jüngste Tochter mit ihrer Familie nach Schottland zurückgekehrt war, in einer Situation, wie sie in jüngeren Jahren oft erlebt hatte. Sie hatte den Boten des Königs zurück nach Winchester, der königlichen Herbstresidenz geschickt, und ihm eine Nachricht mitgegeben, in der sie dem König mitgeteilt hatte, dass ihre Enkelin und deren Mann für den Herbst und die Wintermonate bereits nach Schottland zurückgekehrt seien. Daher war ihre Überraschung groß, als einige Wochen später der schönste junge Mann, den sie seit ihrem dritten Ehemann, Geoffrey Southwood, je gesehen hatte, vor ihrer Tür stand und in die Bibliothek geführt wurde, wo sie gerade lesend am Kamin saß. Sie stand auf, als er näher trat.

Der junge Mann verbeugte sich elegant, und wieder wurde sie an Geoffrey erinnert. »Baron Villiers, zu Euren Diensten, Madame.«

»Also Ihr seid George Villiers«, sagte Skye. »Meine Enkeltochter hat mir nur nette Dinge über Euch erzählt. Setzt Euch. Möchtet Ihr Wein?« Sie schenkte ihm bereits einen Pokal ein. Dann reichte sie ihm den Kelch und fragte: »Was verschafft mir die Ehre Eures Besuches, Mylord? Ihr wisst doch sicher, dass Jasmine und Jemmie auf Glenkirk sind.«

»Warum haben sie denn das Land verlassen, obwohl der König es ausdrücklich verboten hat, bis der Mord an Lord Stokes aufgeklärt ist?«, erwiderte George Villiers. »Der König ist wütend auf sie, und dieser verdammte Piers St. Denis drängt Seine Majestät, einen Haftbefehl für den Grafen und die Gräfin von Glenkirk auszustellen. Die Königin konnte bis jetzt ihren Gatten daran hindern, und sie sandte mich zu Euch, um herauszufinden, ob Ihr den Grund für die Ungehorsamkeit der Leslies wisst, damit sie sie gegen die Anschuldigungen des Marquis von Hartsfield verteidigen kann. Er sagt, sie seien geflohen, weil sie wissen, dass ihre Schuld an Lord Stokes Tod bald aufgedeckt wird.«

»Wann hat der König Jasmine und Jemmie befohlen, in England zu bleiben, Mylord? Sie haben mir gegenüber nichts davon erwähnt. James Leslie war immer ein treuer Untertan der Stuarts. Er würde unter keinen Umständen die Autorität des Königs anzweifeln. Das liegt gar nicht in seiner Natur. Außerdem dachte ich, der König sei überzeugt, das weder Jasmine noch Jemmie etwas mit dem Mord an diesem armen Mann zu tun hätten«, sagte Skye.

»St. Denis überredete den König, vor der Hochzeit Eurer Enkelin einen Boten hierher nach Queen's Malvern zu schicken, um Glenkirk und sein Braut anzuweisen, in England zu bleiben. St. Denis glaubt immer noch, er kann sich an ihnen rächen und die Vormundschaft über den kleinen Herzog von Lundy erhalten. Der König bringt es nicht fertig, St. Denis loszuwerden, bis eine Frau für ihn gefunden ist, und die Königin bringt es nicht über sich, St. Denis eine unschuldige junge Erbin anzuvertrauen, weil es heißt, er habe abartige Neigungen. Ich glaube, die Königin hofft immer noch, dass St. Denis einfach verschwindet, aber das wird er natürlich nicht tun. Und der König hat ein zu weiches Herz, um ihn wegzuschicken. Er fürchtet, seinen Freund zu verletzen und selbst als der Böse dazustehen. Also bleibt Piers St. Denis am Hof und bereitet allen Schwierigkeiten«, schloss der junge Viscount Villiers.

»Weder vor noch nach der Hochzeit meiner Enkelin ist ein Bote des Königs nach Queen's Malvern gekommen. Eigentlich ist es ein völlig ereignisloser Sommer gewesen, mit einer Ausnahme. Jasmine wird gegen Ende des Winters ein Kind bekommen«, sagte Skye zu George Villiers. »Wenn ein Bote gekommen wäre, hätten sich die Leslie sicher dazu entschlossen, hier zu bleiben, aber es ist niemand eingetroffen, also sind sie nach Schottland gereist.«

George Villiers nippte nachdenklich an seinem Wein und rief sich den Tag ins Gedächtnis, als der Marquis von Hartsfield den König überredet hatte, den Grafen und die Gräfin von Glenkirk in England fest zu halten. Der Marquis hatte angeboten, die Nachricht des Königs selbst zu einem der königlichen Boten zu bringen und war mit dem Päckchen davongeeilt. *»Aber er hat es ihm nicht ausgehändigt!«*, sagte der Baron laut. Er blickte Skye an. »St. Denis wollte die Nachricht selbst zu einem der königlichen Boten bringen, Madame. Offensichtlich hat er das aber nicht getan, weil er wusste, dass Jasmine und Jemmie dann nach Norden reisen würden. Es war auch seine Idee, sie zu den Weihnachtsfeierlichkeiten im Dezember wieder an den Hof zu holen! Er hat alles ganz genau geplant, der schlaue Teufel, und ich habe ihn unterschätzt! Ich dachte, wir hätten ihn geschlagen. Was für ein Narr bin ich doch, und Jasmine hat mich noch gewarnt!«, rief Villiers verzweifelt.

»Kein so großer Narr, Mylord«, beruhigte Skye den jungen Mann. »Ihr seid nicht erfahren genug in Hofintrigen, um zu wissen, dass ein verzweifelter Mann zu jeder Maßnahme greift, um überleben zu können.« Sie blickte an ihm vorbei durch die Fenster auf den dunkler werdenden Himmel. »Es ist zu spät für Euch, um heute noch zurückzureisen. Ihr bleibt über Nacht, und morgen fahren wir zusammen an den Hof, um dem König zu erklären, dass dieser Bote nicht angekommen ist. Wir werden jedoch niemanden beschuldigen, dafür haben wir keine Beweise, aber Ihr werdet sofort nach Eurer Rückkehr den obersten königlichen Boten aufsuchen, um zu erfahren, ob irgendjemand seit Juni aus dem königlichen Dienst ausgetreten ist. Wenn nicht, werdet Ihr jeden Boten befragen, ob er mit der königlichen Nachricht betraut war. Wenn Ihr Recht habt, wird es keiner bestätigen können«, sagte Skye, »und dann habt Ihr den Beweis für St. Denis' Unehrenhaftigkeit und das Gift, das er über meine Enkelin versprüht.«

»Und wenn ein Bote den königlichen Dienst seit letzem Juni verlassen hat?«, fragte Villiers.

»Dann«, erwiderte Skye, »haben wir keinen Beweis gegen St. Denis. Wir können jedoch nicht weiter planen, bis wir alles wissen, was wir wissen müssen, mein lieber Junge; es sei denn, St. Denis macht einen unbedachten Schritt.«

»Ihr seid verrückt!«, sagte Daisy Keller zu ihrer Herrin, als Skye ihr mitteilte, dass sie am Morgen nach Winchester aufbrechen wolle. »Seit der Herr gestorben ist, seid Ihr wieder genauso unruhig wie früher, und wir sind einfach nicht mehr jung genug für Eure anstrengenden Unternehmungen!«

»Damit kannst du ja wohl nur dich meinen, du alte Närrin!«, schnappte Skye. »Glaubst du etwa, ich kann diesem Kerl von St. Denis erlauben, das Leben meines geliebten Mädchens zu ruinieren? Außerdem kommst du gar nicht mit nach Winchester.«

»*Was?*«, kreischte Daisy empört.

»Ich nehme Bramwells Tochter Nora mit. Du musst hier bleiben und zusammenpacken, was wir für den Winter in Schottland brauchen«, erwiderte Skye ruhig. »Für morgen benötige ich nicht besonders viel. Ein paar Reisekleider und ein anständiges Gewand für meine Audienz beim König.«

Zum ersten Mal in den über sechzig Jahren, die sie nun schon zusammen waren, war Daisy sprachlos. Murmelnd machte sie sich daran, die Anweisungen ihrer Herrin auszuführen, obwohl sie alles gründlich missbilligte.

Als sie sich am Morgen von Skye verabschiedete, fragte

sie: »Wann reisen wir in den Norden?« Ihr Ton war scharf, und ihre Lippen waren fest zusammengepresst.

»Wenn ich zurückkehre, möchte ich mich einen Tag lang ausruhen«, erwiderte Skye. »Aber am Tag danach fahren wir. Wir sind noch nie in Schottland gewesen, Daisy«, versuchte sie ihre treue Dienerin aufzumuntern. »Du kannst Pansy und ihre Familie besuchen. Möchtest du sie denn nicht wieder sehen?«

»Ich habe meine Tochter den ganzen Sommer über gesehen«, erwiderte Daisy säuerlich.

»Ich bin so schnell wie möglich wieder zurück«, sagte Skye, als sie in ihre große, bequeme Reisekutsche stieg.

»Das bezweifle ich nicht«, erwiderte Daisy.

George Villiers war erstaunt, dass die Kutsche auch Platz für ihn bot. Anscheinend war die alte Lady de Marisco eine unerschrockene Reisende. Sie fuhren, bis es dunkel wurde, dann nahmen sie ein herzhaftes Mahl zu sich und gingen zu Bett. Im ersten Morgengrauen fuhren sie weiter. Sie reisten direkt von Queen's Malvern, das in der Nähe von Worcester lag, über Glouster, Swindon und Andover bis nach Winchester. Gott sei Dank brauchten sie nicht bis nach London zu fahren. Der König und die Königin liebten es, im Herbst im nahe gelegenen Wald zu jagen.

»Sie werden nicht in der Stadt sein«, sagte Villiers zu Skye, »sondern in ihrem Jagdhaus außerhalb. Sie genießen es, dass es dort nicht so steif zugeht, aber für die Höflinge, die keine Häuser hier besitzen oder sich keine mieten können, ist es ein wenig schwierig. Viele schlafen in Scheunen oder Heuschobern«, kicherte er, »und waschen sich im eisigen Flusswasser.«

»Der Preis dafür, dem Hof zu folgen«, erwiderte Skye trocken. »Könnt Ihr dieser alten Dame denn einen Platz besorgen, an dem sie ihr müdes Haupt betten kann, hübscher Junge?«

»Madame, Ihr könnt meinen Verschlag im königlichen Jagdhaus haben«, sagte er galant. »Er ist schrecklich winzig, aber Ihr könnte zumindest Eure Kleider wechseln und in Ruhe schlafen.«

»Wenn ich zwanzig Jahre jünger wäre, mein Junge, müsstet Ihr Euer Bett nicht aufgeben, sondern könntet es einfach mit mir teilen«, neckte sie ihn.

»Ich bedauere zum ersten Mal meine Jugend«, erklärte er, und Skye lachte laut auf, entzückt über seine Schlagfertigkeit und das reizende Kompliment, das er ihr gerade gemacht hatte.

»Ihr seid viel gefährlicher als St. Denis, glaube ich«, sagte sie.

Seine dunklen Augen blitzten auf, dann erwiderte er: »Ich glaube ihr überschätzt mich, Madame.«

»Nein, Villiers. Ich glaube, ihr werdet unterschätzt, aber sie werden es schon noch lernen«, erwiderte Skye ruhig und lächelte ihn an. Was war er doch für ein scharmanter Kerl, dachte sie, und äußerst ehrgeizig, aber daran war nichts Falsches. Sie war in ihrer Jugend, als sich das Leben so herrlich intensiv genießen ließ und sie kaum den nächsten Tag erwarten konnte, auch ehrgeizig gewesen.

Für ihre Audienz beim König trug sie schwarz. Schließlich war sie noch immer in Trauer um ihren geliebten Adam. Ihr dunkles Haar mit den beiden Silbersträhnen an der Seite war zu dem üblichen Chignon gewunden. »Gebt mir ein wenig Farbe auf die Wangen«, bat sie Nora, die Zofe, die mit ihr gereist war.

»Gerne«, erwiderte Nora. »Ihr habt wunderschöne Haut für eine ältere Frau, Mylady. Wir legen nur ganz wenig Farbe auf. Zu viel, und die Wirkung stimmt nicht mehr.« Sie tupfte die Farbe ganz vorsichtig auf und verteilte sie so, dass Skyes Wangen in einem Hauch von Rosa schimmerten. »Perfekt«, verkündete sie und hielt ihrer Herrin den Reisespiegel vor, damit sie sich selbst überzeugen konnte.

Skye blickte in den Spiegel. Überrascht stellte sie fest, dass sie zerbrechlich aussah. Eine elegante, zerbrechliche alte Frau blickte sie an. *Wer ist das?*, fragte sie sich. *In meinem Kopf fühlte ich mich doch nicht alt. Nur meine Gelenke schmerzen. Kein Wunder, dass Bess im Alter nirgendwo mehr Spiegel zugelassen hat. Aber sie lebte jetzt bereits schon länger als Elizabeth Tudor, und, verdammt, sie sah besser aus!*

Der König starrte die Frau vor sich an. Sie war äußerst modisch gekleidet, und ihr Schmuck war unglaublich, vor allem die Diamanten und Perlen, die sie trug. Ihre blauen Augen blickten ihn kurz an, bevor sie mit steifem Rücken eine Hofknicks machte, wobei sie den Kopf gerade tief genug senkte. Dann erhob sie sich und wartete auf seine Erlaubnis, das Wort an ihn zu richten.

»Steenie hat mir erzählt, dass Ihr ihn sehr gut behandelt habt, Madame«, begann der König. »Er hat mich gebeten, Euch anzuhören, und das will ich tun. Mit welcher Entschuldigung können die Leslies von Glenkirk ihren Ungehorsam mir gegenüber erklären, Madame?« Der König blickte die elegante alte Frau finster an. Trotz ihres Alters war sie immer noch eine Schönheit, und irgendwie fand er diese Tatsache indezent. »Nun, Madame?«, bellte er.

»Baron Villiers hat mir gesagt, Eure Majestät habe eine Nachricht an meine Enkelin und ihren Gatten nach Queen's Malvern geschickt, aber den ganzen Sommer über ist kein Bote eingetroffen. Ende August sind sie wie geplant nach Schottland aufgebrochen. Euer Majestät weiß, dass James Leslie, wenn er Eure Anweisungen erhalten hätte, heute hier vor Euch stünde, sodass ich nicht für ihn oder meine Enkeltochter zu sprechen bräuchte«, sagte Skye fest.

»Er hat meine Nachricht nicht bekommen? Wollt Ihr damit sagen, Madame, dass kein königlicher Bote eingetroffen ist? Sollte das der Grund für seinen Ungehorsam sein?« Der König blickte sie verwirrt an.

»Es ist kein Bote eingetroffen«, wiederholte Skye.

»Das ist äußerst seltsam«, rätselte der König.

»Vielleicht hat Lady de Marisco die Ankunft des Boten nur nicht mitbekommen«, warf Piers St. Denis ein und verwirrte damit den König noch mehr.

Skye wandte den Kopf und schenkte dem Marquis von Hartsfield einen durchbohrenden Blick. »Ich kenne Euch nicht, Sir«, sagte sie in eisigem Tonfall, »aber seid versichert, dass *nichts* in meinem Haushalt geschieht, von dem ich nichts weiß. Wenn ich sage, dass kein königlicher Bote auf Queen's Malvern eingetroffen ist, dann ist das so. Meine

Aussage in dieser Angelegenheit weiter anzuzweifeln, würde bedeuten, dass ich lüge. Meint Ihr das, Sir?« Ihr schönes Gesicht war steinern.

»Madame, in Eurem Alter …«, setzte er an, aber sie unterbrach ihn.

»*Mein Alter?* Sir, Ihr vergesst Euch!«, sagte Skye. »Mein Alter hat nichts mit dieser Angelegenheit zu tun. *Wer seid Ihr?*«

»Ich bin der Marquis von Hartsfield«, erwiderte er, allerdings hatte sie das bereits gewusst.

»Und ich, Mylord, bin die verwitwete Gräfin von Lynmouth und Lundy, *und* die verwitwete Herzogin von Beaumont de Jaspre. Wie könnt Ihr es wagen, meine Ehre anzuzweifeln! Befänden wir uns nicht in der Gegenwart eines Königs, dann würde ich Euch vor die Tür bitten. Ich bin eine hervorragende Schwertkämpferin, und ich glaube, es würde mir das größte Vergnügen bereiten, Euch die Kehle aufzuschlitzen, Ihr arroganter Welpe! Es überrascht mich nicht, dass meine Enkelin dem Grafen Glenkirk Euch vorgezogen hat. Es ist ein Unterschied wie zwischen Wasser und edlem Wein.« Sie wandte sich an den König. »Mylord, Ihr wisst, dass ich die größte Hochachtung Für Euer Majestät empfinde, aber muss ich mich hier von dieser *Person* so beleidigen lassen?«

Es war eine großartige Vorstellung. Der Blick der Königin fiel auf Villiers, und sie sah, dass er nahe daran war, seine mühsam bewahrte Haltung zu verlieren. Der Marquis von Hartsfield wirkte völlig verblüfft über diesen Angriff. Der König, der an Lady de Mariscos Alter dachte, hatte Angst, sie würde in seiner Gegenwart einen Herzanfall erleiden, und als sie leicht schwankte, oder zumindest bildetet er sich das ein, rief er aus: »Ein Stuhl für Madame Skye!« Ein Lakai eilte mit einem kleinen Stuhl herbei, den er hinter sie stellte.

Mit offensichtlicher Dankbarkeit sank sie darauf nieder. »Danke, Euer Majestät«, murmelte sie schwach, die Hand auf die Brust gepresst.

»Wein!«, rief der König, und sofort wurde Wein gebracht.

Sie trank langsam, lächelte den Monarchen schwach an und nickte dankbar.

»Meine liebe Madame Skye«, begann der König, »ich möchte nicht, dass Ihr das Gefühl habt, Eure Familie sei bedroht, den das ist nicht der Fall. Wenn ihr mir sagt, mein Bote sei nicht eingetroffen, dann glaube ich das natürlich, denn bei allem, was ich über Euch gehört habe, als Lügnerin hat Euch noch nie jemand bezeichnet. Im Gegenteil, es heißt immer, wenn Ihr Euer Wort gebt, dann gilt es unverbrüchlich.«

»Ja, Euer Majestät«, erwiderte Skye ruhig. Dies hier war viel zu einfach. Bess Tudor wäre nie so leicht zu schlagen gewesen, dachte sie, und doch war James Stuart ein netter Mann. Während sie saß, konnte sie Piers St. Denis besser mustern. Er erholte sich langsam von dem Schlag, den sie ihm versetzt hatte, und sie sah ihm an, dass er bereits den nächsten Schritt überlegte. »Wenn Euer Majestät wünscht, werde ich eine Nachricht nach Glenkirk schicken, und die Leslies werden nach England kommen, aber Euer Majestät sollten wissen, dass meine Enkelin ein Kind erwartet. James Leslie wird endlich, nach all diesen Jahren, einen Erben haben.« Das würde St. Denis davon abhalten, ihre Rückkehr zu verlangen. Der König hatte ein weiches Herz und würde das Baby nicht gefährden wollen.

»Nein! Nein!«, sagte James Stuart, wie sie insgeheim erwartet hatte. »Wir können nicht zulassen, das Jemmies Kind etwas geschieht, Madame. Ich akzeptierte Euer Wort in dieser Angelegenheit. Sie ist jetzt erledigt.«

»Danke, Euer Majestät«, sagte Skye liebenswürdig. Es freute sie, den Marquis von Hartsfield schachmatt gesetzt zu haben. Sie erhob sich und knickste erneut vor dem König. »Euer Majestät wird mich hoffentlich entschuldigen. Ich bin weit gereist und recht müde. Morgen Früh werde ich zeitig die Rückreise antreten.«

»Ja, Madame Skye, Ihr habt unsere Erlaubnis, Euch zurückzuziehen. Geht mit unserem Segen, und wenn Ihr Eurer Enkeltochter schreibt, so sagt ihr, wir haben uns sehr gefreut, von ihrer Schwangerschaft zu erfahren. Steenie! Begleitet die Lady!«

Baron Villiers trat vor und bot Skye seinen Arm. Sie nahm ihn an und ging anmutig mit ihm zur Tür. Dort jedoch versperrte ihnen der Marquis von Hartsfield den Weg. Er blickte Skye mit unverhüllter Wut an, und sie lachte.

»Ihr verfügt nicht über die Fähigkeiten, mein Spiel zu stören, Mylord« sagte sie spöttisch zu ihm. »Ich habe es von Bess Tudor selbst gelernt.«

»Sie ist mittlerweile tot«, erwiderte er drohend.

»Ich aber nicht«, erwiderte Skye kühn und verließ mit George Villiers den Raum. Als sie durch den Gang schritten, meinte Skye zu ihm: »Ich wäre nicht überrascht, wenn Piers St. Denis Lord Stokes umgebracht hätte. Er ist gefährlich und verzweifelt genug.«

»Glaubt Ihr das wirklich, Madame?« *Aber natürlich! Warum war er nicht schon selber darauf gekommen.* St. Denis war der Schuldige, schließlich hatte er das meiste zu gewinnen.

»Ja. Versucht, ihn mit dem Verbrechen in Verbindung zu bringen, und die Probleme des Königs werden gelöst sein, mein ehrgeiziger junger Lord«, sagte Skye. »Die arme Königin muss kein Braut für ihn suchen, und der König kann ihn ins Gefängnis werfen und sich so von seiner Gesellschaft befreien.

»Aber wie?«, dachte Villiers laut nach. »Er hat keine Freunde.«

»Irgendjemand muss es doch geben«, sagte Skye.

»Nur seinen Halbbruder«, antwortete Villiers.

»Kann man ihn beeinflussen, mein kleiner Baron?« Sie standen jetzt in einem Alkoven.

George Villiers schüttelte den Kopf. »Ich glaube nicht.«

»Irgendetwas muss es doch geben, was der Mann nicht besitzt«, sagte Skye. »Jeder von uns hat eine Schwäche, junger Freund.«

»Was ist Eure?«, fragte er lächelnd.

Sie lachte. »Ich bin nicht mehr verführbar. Ich bin reich, gesund, habe Kindern, Enkel und Urenkel und sehe für mein Alter viel besser aus, als ich eigentlich sollte, so sagt mir zumindest meine älteste Tochter – und sie lügt nie. Das einzige, was mir fehlt, kann mir niemand geben. Ich möchte, dass mein Adam wieder bei mir ist. Noch nie habe ich einen Menschen so sehr vermisst wie ihn. Es kommt mir so vor, als sei er immer schon in meinem Leben gewesen. Aber wir stehen hier nicht wegen mir so verschwörerisch zusammen. Wie müssen mit St. Denis fertigwerden. Jüngere Brüder beneiden die älteren immer, und dieser hier wird keine Ausnahme sein.«

»Er ist nicht jünger, sondern ein paar Stunden älter«, entgegnete der Baron. »Er ist der Bastard und Piers St. Denis der legitime Erbe. Aber er ist absolut loyal und würde seinen Bruder nie verraten.«

»Und wenn er legitimiert werden könnte und Marquis an Stelle seines Bruders würde?«, schlug sie vor. »Er ist nur ein Mensch, dieser Bastard, und es mag zwar so aussehen, als habe er sein Schicksal akzeptiert, aber wenn er es ändern könnte, würde er wahrscheinlich darauf eingehen. Vor allem, wenn eine reizende und reiche junge Frau dazu gehört, oder? Überlegt doch mal, Sir. Nur ein Zufall hat diesen Mann daran gehindert, Marquis von Hartsfield zu werden. Glaubt Ihr nicht, dass er in der Stille der Nacht manchmal darüber nachdenkt?«

»Ihr seid eine Teufelin, Madame«, sagte George Villiers bewundernd.

»Ich bin eine praktisch veranlagte Frau, lieber Junge«, erklärte sie. »Wenn ich etwas haben will, das vielleicht unerreichbar scheint, dann suche ich nach einem Weg, um es zu bekommen. Bringt den Bruder des Marquis' dazu, die Wahrheit über den Mord an Lord Stokes zu erzählen, und Ihr habt, was Ihr wollt. Freie Bahn beim König und eine Zukunft voller Reichtum und Titel – *alles, was Ihr Euch wünscht*.«

»Jasmine hat mir von Euch erzählt«, schmunzelte er. »Euer Rat ist hervorragend, Madame Skye, und ich werde ihn Wort für Wort befolgen.«

»Ich zweifle nicht daran, dass Ihr siegen werdet«, entgegnete sie.

»Sagt Jasmine, dass ich Ihr schreibe«, erwiderte er. »Ich habe es versprochen.« Und damit war George Villiers verschwunden.

Am nächsten Morgen fuhr Skye zurück nach Queen's Malvern, wo Daisy sie erwartete. Sie war auch nach zehn Tagen noch wütend wegen der bevorstehenden Reise.

»Wenn der König Eure Entschuldigung angenommen hat, warum fahren wir dann eigentlich?«, wollte sie von ihrer Herrin wissen, nachdem sie den Bericht von Skyes jüngstem Abenteuer gehört hatte.

»Der König ist nicht das Problem«, erwiderte Skye. »Ich habe Angst vor dem Marquis von Hartsfield. Er ist nicht bereit aufzugeben und wird das wahrscheinlich erst tun, wenn er in der Hölle schmort. Zwar denkt er nicht mehr daran, Jasmine für sich zu gewinnen, aber er will die Macht haben, die ihm die Vormundschaft über Charlie verleihen würde. Einen Rivalen hat er schon beseitigt, ohne dass er dafür belangt worden wäre. Jetzt will er Jasmine und Jemmie austricksen, und ich muss sie warnen«, schloss Skye, als sie ins Bett stieg.

»Warum sendet Ihr nicht einfach einen Boten?«

»Erinnere dich doch, mein Mädchen, dass der Bote des Königs nie hier angekommen ist«, erwiderte Skye. »Es ist weit einfacher, einen Boten zu beseitigen als mich. Nein! Morgen ruhe ich mich aus, und übermorgen fahren wir! Wenn du lieber hier bleiben möchtest, liebste Daisy, dann sei es dir erlaubt. Ich zwinge dich nicht zu einer Reise, die du nicht antreten möchtest.«

Daisy stieß einen tiefen Seufzer aus. »Ihr lasst mich nicht hier zurück«, entgegnete sie resigniert. »Bin ich nicht immer bei Euch gewesen, Mylady? Allerdings spüre ich mein Alter mehr als Ihr. Wir werden Nora mitnehmen, damit sie mir ein bisschen zur Hand gehen kann.«

»Was für eine gute Idee!«, sagte Skye begeistert. Sie wagte es nicht, ihrer alten Dienerin zu erzählen, dass sie Nora bereits gebeten hatte, sie auf der Reise zu begleiten, um Daisy zu helfen.

»Gut!«, erwiderte Daisy. »Dann ist es abgemacht. Und jetzt ruht Euch aus, Mylady. Wir werden schnell fahren, nehme ich an, weil Ihr nicht wollt, dass der Marquis von Hartsfield uns zuvorkommt, nicht wahr?«

Es ging doch nichts über das eigene Bett, dachte Skye, als sie sich in ihr Federbett kuschelte. »Ja«, stimmte sie Daisy zu. »Ich weiß nicht, was er als Nächstes vorhat, aber noch ist er nicht geschlagen«, sagte sie. »Er plant irgendetwas Unangenehmes, ich spüre es in den Knochen.«

Und wie immer trog Skye ihr Instinkt nicht. Piers St. Denis wusste, dass er am Hof nur geduldet war, doch er blieb, denn der König brachte es nicht über sich, ihn zu entlassen und nach Hause zu schicken. Die Königin, die angeblich damit befasst war, eine geeignete Frau für den Marquis zu suchen, schwatzte unablässig über eine mögliche Auswahl heiratsfähiger Frauen und Mädchen. Und Villiers, den man jetzt in den Rang eines Barons erhoben hatte, war unerträglich ekelhaft zu ihm.

»Man sollte meinen, er sei ein königlicher Herzog, und nicht nur ein Pickel auf dem Arsch des Königs«, wütete er bei seinem Halbbruder.

»Wenn er keinen ernsthaften Fehler macht, wird er eines Tages Herzog sein«, entgegnete Kipp nachdenklich. Villiers war zwar in der Tat wütend auf Piers, aber gegenüber dem Hartsfield-Bastard, wie Kipp bei Hof genannt wurde, benahm er sich distanziert höflich. Kipp bewunderte George Villiers auf seltsame Weise. Er ließ nicht zu, dass sich ihm jemand in den Weg stellte, und sein Charme hatte ihm zahlreiche einflussreiche Freunde unter den Mächtigen gewonnen, anders als bei Piers, dessen Arroganz seinen Charme bei weitem übertraf. Piers hasste es, zu verlieren, und er hielt sich nur an den König. Villiers war viel klüger und bezog den ganzen Hof ein, und das zahlte sich für ihn sicher aus. Kipp wünschte, sein Bruder wäre mehr wie er. In der letzten Zeit hatte sein Hunger nach Rache und Macht seine Geschicklichkeit und seinen gesunden Menschenverstand ausgeschaltet. Kipp hatte versucht, ihn zu warnen.

»Ich brauche keinen Rat von dir, wie ich mich benehmen soll«, schnarrte Piers. »Selbst jetzt bin ich noch in der Lage, dieses Spiel zu gewinnen. Pack unsere Sachen. Wir fahren nach Schottland.«

»Was hast du denn vor?«, fragte Kipp neugierig.

Piers St. Denis lächelte grausam, griff in seine Weste und zeigte seinem Halbbruder ein zusammengerolltes Stück Pergament. »Das«, erwiderte er.

Kipp rollte das Pergament auf und las es. Er war verblüfft. »Wie hast du denn den König dazu gebracht?«, fragte er.

»Der Haftbefehl war bereits bis auf die Namen ausgestellt, und der König hatte schon unterschrieben. Ich habe es vom Schreibtisch seiner Schreibstube gestohlen. Wenn wir nach Schottland kommen, werde ich entscheiden, ob wir beide, Jasmine und ihren Mann, oder nur James Leslie eintragen. Ich könnte mir vorstellen, dass die Lady mein Besitz und mein Spielzeug wird, während sie um das Leben ihres Mannes verhandelt«, sagte er grimmig. »Dann werde ich dafür sorgen, das James Leslie im Namen des Königs gehängt wird, und anschließend werde ich sofort seine Witwe heiraten, und bekomme so ihr Vermögen und ihre Kinder. Der Plan ist narrensicher, Kipp. Die Schotten werden den Befehl des Königs akzeptieren. Sie wissen ja nicht, was wirklich hier in England passiert. Der alte Narr von König wird zwar danach weinen und protestieren, aber seine Unterschrift unter diesem Haftbefehl kann er nicht abstreiten.« Er lachte kalt. »Ich habe immer gesagt, dass sie mir gehört, und das wird sie auch, auch wenn ich ein wenig länger darauf warten muss. Auch diese alte Frau, ihre Großmutter, wird mich nicht aufhalten.«

»Piers, Piers«, warnte ihn sein Bruder. »Du spielst ein gefährliches Spiel. Die Leslies besitzen viel Einfluss in Schottland. Du hast schon einen Mord verübt. Versuch nicht, noch einen weiteren zu begehen, ich bitte dich. Sie werden dich sicher fangen!«

»Ich musste Stokes töten«, sagte St. Denis. »Du hast es ja nicht gemacht, du Schwächling! Zum ersten Mal in deinem Leben hast du mir nicht gehorcht, aber ich habe dir verziehen, Kipp. Wegen des bäuerlichen Bluts deiner Mutter bist du nicht so stark wie ich, und du kannst nichts dafür. Man wird mich nicht fangen, großer Bruder! Weißt du nicht? *Ich werde nie erwischt!* Wie oft bist du für meine Sünden verprügelt worden, als wir Kinder waren?«, lachte er.

»Du kannst nicht immer Glück haben, Piers«, warnte Kipp ihn.

»Warum nicht?«, fragte der Marquis von Hartsfield. »Vielleicht werde ich sie nicht heiraten. Vielleicht werde ich sie auch hängen lassen, aber erst *nachdem* wir beide unser Vergnügen mit ihr genossen und ihr die Freuden des Schmerzes beigebracht haben. Ihren Reichtum und ihre Kinder kann ich trotzdem kontrollieren. Vielleicht nehme ich ja ihre älteste Tochter zur Frau. *Ja!* Wir können uns die kleine Hündin heranziehen. Das ist ein viel besserer Plan, Kipp, was?«

»Ich halte ihn für zu gefährlich«, entgegnete Kipp offen. *Alles* wurde viel zu gefährlich, außerdem hatte Piers so einen irren Ausdruck in den Augen. Hochwohlgeborene Damen zu verführen und Bauernmädchen zu vergewaltigen, war ein Spaß, aber als Piers von Mord geredet hatte, war er der Meinung gewesen, das hinge damit zusammen, dass er zum ersten Mal in seinem Leben verloren hatte und sich deshalb frustriert fühlte. Sein Bruder genoss es, Macht über andere Menschen zu haben, und daher rührte auch sein Verlangen, Frauen auszupeitschen, bis sie um Gnade flehten. Das schien Piers weit mehr zu erregen als einfach nur mit einer schönen, aufregenden Frau, die seine Leidenschaft teilte, ins Bett zu gehen.

Aber Mord! Als Piers das Thema zum ersten Mal aufgebracht hatte, war es ihm undenkbar erschienen, dass er den Plan wirklich durchführen würde, und deshalb hatte Kipp auch keine Einwände gehabt. Dann hatte Piers von ihm verlangt, Stokes zu töten, und er hatte es nicht gekonnt, war aber von Piers gezwungen worden, die Tat mit anzusehen. Er würde niemals den überraschten Ausdruck in Richard Stokes' Augen vergessen, als er merkte, dass man ihn töten wollte. Piers hatte es offensichtlich genossen, das Messer seinem Opfer tief in die Brust zu stoßen, und er hatte es langsam umgedreht, damit er ihm auch noch Schmerzen bereitete. Kipp hatte sich abgewandt und sich in die Büsche übergeben, hatte Entsetzen und Schuld empfunden. Piers dagegen blieb gleichgültig. Er hatte einen Rivalen beseitigt, und das machte ihn überglücklich.

Und jetzt plante sein Bruder einen weiteren Mord, nein, zwei weitere Morde. Er konnte ihn nicht verraten, aber er wusste, dass er eigentlich zum König gehen und um Gnade für Piers bitten müsste. Offensichtlich war er genauso wahnsinnig geworden wie seine Mutter, nachdem sie einige Jahre mit seinem Vater verheiratet gewesen war. Piers mochte sich lustig machen über Kipps Mutter, aber sie hatte die Hauptlast damit gehabt, die beiden Söhne ihres Geliebten aufzuziehen und für seine zarte Frau zu sorgen, die in geistiger Umnachtung lebte, bis sie mit dreißig Jahren starb.

Kipp seufzte. Zwar würde er mit Piers nach Schottland fahren müssen, aber er wusste, was er tun musste. Er würde seinem Bruder den königlichen Haftbefehl stehlen, damit er keine weiteren Morde begehen konnte. *Ich sollte der Marquis sein*, überlegte Kipp, so wie er es oft insgeheim und voller Schuldbewusstsein gedacht hatte. *Ich habe viel mehr Verantwortungsgefühle als mein Bruder.* Dann seufzte er wieder. Er musste treu zu Piers stehen. Das war der letzte Wunsch seines Vaters auf dem Sterbebett gewesen, *und er hatte es versprochen.*

3

Die Reisekutsche der de Mariscos war am St. Andreastag, dem letzten Tag im November, in den Hof von Schloss Glenkirk gerumpelt. Die Sonne ging bereits rotgolden hinter den westlichen Bergen unter. Sie hatten über drei Wochen von Queen's Malvern gebraucht, und die meiste Zeit war das Wetter schlecht gewesen. Thistlewood, der auf dem Kutschbock saß, war noch nie glücklicher über das Ende einer Reise gewesen, zumal er wusste, dass sie erst im Frühling oder im Frühsommer wieder zurückreisen würden. Daisy redete während der ganzen Reise ständig davon, dass sie beide schließlich nicht jünger würden. Sie schaute dann immer ganz betont Skye an, die sie jedoch ignorierte und alle bei Laune hielt. Aber man sah ihr deutlich an, dass auch sie erschöpft und müde war.

»Holt den Grafen!«, rief Thistlewood einem Lakaien zu, während er die Kutsche anhielt, und kurz darauf trat James Leslie aus dem Portal.

Als er die Kutsche erkannte, eilte er hin und riss die Tür auf. Überrascht sah er, dass Jasmines Großmutter in einer Ecke der Kutsche döste. »Madame Skye?« Er war höchst erstaunt.

Sie schlug ihre blauen Augen auf, lächelte und sagte: »Gott sei Dank, wir sind endlich da Jemmie!«

»Sie ist ziemlich erschöpft«, kam Daisys Stimme aus dem dämmrigen Inneren des Gefährts. »Sie wollte ja auch nicht in einem vernünftigem Tempo reisen. Nein! Sie nicht!«

Der Graf von Glenkirk schlang seine starken Arme um Skye, hob sie heraus und rief Daisy zu, sie solle ihnen folgen. Dann trug er Jasmines Großmutter vorsichtig in das Schloss, die Treppe hinauf in die Große Halle, wo er sie in einen Sessel an einen Kamin setzte. Sie erhob keinen Einwand, und das zeigte ihm, wie geschwächt sie war. Er trat an die Anrichte, schenkte ihr Rotwein in einen Pokal ein und drückte ihn ihr in die Hand. »Der Wein ist aus Archambault«, sagte er. »Trinkt ihn aus!«, befahl er sanft. Als Adali auftauchte, wies er ihn an: »Holt sofort Eure Herrin. Sagt ihr, ihre Großmutter sei hier.« Er wandte sich wieder Skye zu, die dankbar den Wein trank.

Als sie den Pokal geleert hatte, blickte sie ihn an und meinte: »Whiskey wäre besser gewesen. Sagt mir jetzt nicht, es wäre keiner da, denn ich bin sicher, das Ihr welchen habt, mein lieber Junge.«

Er lachte. »Du wirst es überleben«, erwiderte er, war aber besorgt über die tiefen Schatten unter ihren Augen. Sie war aus einem bestimmten Grund hierher gekommen, und sie war schnell gereist, denn sie hatte ihre Ankunft nicht angekündigt. Das bedeutete nichts Gutes, aber er würde warten, bis sie es ihm erzählte, wenn sie wieder zu Kräften gekommen war. Er ergriff ihre Hand und küsste sie. »Jasmine wird so glücklich sein, Euch zu sehen.« Dann setzte er sich neben sie, hielt ihre Hand und stellte fest, dass er diese alte Frau und ihren unbezwingbaren Lebenswillen, der hoffentlich auf seine Kinder übergehen würde, liebte, wie er Jasmine liebte.

»*Großmama!*« Jasmine flog förmlich in die Halle und eilte zu Skye.

»Mein geliebtes Mädchen«, sagte Skye und streckte ihre Arme aus. Jasmine kniete sich vor ihre Großmutter.

»Warum um alles in der Welt hast du bei diesem Wetter diese lange Reise gemacht?«, fragte Jasmine. »Und warum hast du uns nicht gesagt, dass du kommst?«

»Dazu war keine Zeit«, erwiderte Skye. »Ich musste bei euch sein, bevor dieser Schurke St. Denis noch mehr Unheil anrichtet, mein Liebling.«

»Der Marquis von Hartsfield?«, fragte Jasmine. »Was hat er denn damit zu tun?«

»Möchtet Ihr noch Wein?«, fragte der Graf.

Skye blickte ihn fragend an.

»Whiskey?«, schlug er vor und unterdrückte ein Lachen.

Sie nickte, und als sie ein wenig von der bernsteinfarbenen Flüssigkeit getrunken hatte, begann sie mit ihrem Bericht.

Daisy und Nora erzählten Adali die gleiche Geschichte. Adali lauschte den beiden Frauen. Er freute sich, das Madame Skye Nora mitgebracht hatte; das Mädchen war die Tochter der Haushälterin und des Majordomus von Queen's Malvern, der Bramwells. Sie war keine Schlampe, und man konnte ihr vertrauen. Alle würden sie einen kühlen Kopf brauchen, dachte Adali, bis diese Geschichte mit dem Marquis von Hartsfield ein für alle Mal ausgestanden war.

Skye richtete sich im Schloss Glenkirk ein. Adali brachte sie in den Gemächern im Westturm unter, in denen einst die sagenumwobene Janet Leslie gelebt hatte. Sie erstreckten sich über drei Stockwerke. Im ersten Stock befanden sich ein Vorraum und zwei kleine Schlafzimmer, in denen Daisy und Nora sich etablierten. Im zweiten Stock gab es ein Esszimmer mit einer Küche und einen reizenden Tagesraum, in dem früher einmal die Mahlzeiten für Lady Janet zubereitet worden waren. Im obersten Stock lagen ein reizendes, luftiges Schlafzimmer und ein Ankleidezimmer. Alle Räume außer dem Ankleidezimmer hatten Kamine. Es dauerte einige Tage, bis diese Räume wieder bewohnbar waren. Die Vorhänge an den Fenstern und um die Betten mussten herbeigeschafft, ausgebürstet und aufgehängt werden. Man entfernte die Schutzbezüge von den hübschen alten Eichenmöbeln, die man polierte. Aus den Lagerräumen des Schlosses holte man wundervolle Orientteppiche und legte sie auf die Böden. Sie hatten Lady Janet gehört, und als sie ihr neuerbautes Schloss in Sithean bezogen hatte, waren sie irgendwie vergessen worden. Skyes Kleidung wurde im Ankleidezimmer aufgehängt. Mit ihrem Federbett, ihren Kissen und ihren persönlichen Leintüchern wurde das Bett gemacht, und das restliche Leinen legte man in eine mit Zedernholz eingefasste Eichentruhe. Silberne Kerzenleuchter und glänzende Messinglampen wurden in die Zimmer gestellt, und vor den Kaminen stapelte man Holz, das jeden Morgen und jeden Nachmittag ersetzt wurde. Eine Kristallkaraffe mit Wein und eine mit Whiskey standen zusammen mit vier Silberpokalen auf der Anrichte im Tagesraum, auf der sich auch eine Schüssel mit würzigem Gebäck befand.

»Es erstaunt mich, dass sie Queen's Malvern verlassen hat«, sagte der Graf von Glenkirk zu seiner Frau, als sie zufrieden in ihrem Bett lagen. Draußen heulte der Nordwestwind, und ein eisiger Regen schlug an die Fensterscheiben.

»Mich erstaunt es nicht«, erwiderte Jasmine ruhig und kuschelte sich an die Schulter ihres Mannes. »Sie möchte die Weihnachtsfeiertage dieses Jahr nicht in Queen's Malvern verbringen, Jemmie. Kannst du das verstehen? Und sie würde nie zu einer meiner Tanten oder einem meiner Onkel gehen, weil dann alle wieder von Adams Tod reden würden, und das würde ihr das Herz brechen. Ich bin die einzige, die nicht dabei war, und deshalb ist sie hierher gekommen. Ich freue mich so darüber! Bisher war Großmama bei jeder meiner Geburten in der Nähe, um auf mich aufzupassen.«

Er legte die Hand auf ihren Bauch und spürte, wie das Kind sich unter der Berührung regte. »Er ist stark, Jasmine.«

»Du bist ganz sicher, dass es ein Junge ist?«, neckte sie ihn.

»Ja«, erwiderte er überzeugt.

»Ich auch«, meinte sie leise und legte ihre Hand über seine. »Patrick, der sechste Graf von Glenkirk. Er steht in einer stolzen Tradition von Leslies, Jemmie. Und er wird ein großer Mann werden.«

»Wie unsere anderen Jungen«, antwortete ihr Ehemann. »Es kann ja gar nicht anders sein mit dir als Mutter. Jasmine, meine geliebte Jasmine!« Er küsste sie zärtlich. Zwar wollte er sie jetzt nicht lieben, weil ihr Zustand es untersagte, aber sie genossen es, sich gegenseitig zu streicheln und zu küssen. Ihre Brüste waren groß und von blauen Adern durchzogen. Er fand den Gedanken aufregend, dass sie mit diesen wunderschönen Brüsten bald seinen Sohn stillen würde. Auch eine Amme hatten sie bereits für das Kind gefunden.

Die Kinder hatten sich in Glenkirk gut eingelebt und hatten sich rasch mit den anderen Kindern aus dem Schloss und dem Dorf angefreundet. India, die im März acht wurde, und Henry, im April sieben, wurden zusammen mit der kleinen Fortune täglich von Bruder Duncan unterrichtet. Der kleine Charles Frederick Stuart, der jetzt dreieinhalb war, war noch zu jung, aber er war intelligent, und Bruder Duncan meinte, er könne ihm vielleicht im nächsten Herbst, wenn er vier geworden wer, Lesen und Schreiben beibringen. Dem kleinen königlichen Bastard schien die Wartezeit nichts auszumachen.

»Er ist ein echter Stuart«, sagte der Graf von seinem Stiefsohn und Mündel. »Charmant wie sein Vater, und ein Lächeln, mit dem er einen Engel rühren könnte.«

Am zwölften Dezember feierten die Leslies Skyes sechsundsiebzigsten Geburtstag mit einem Familientreffen. Jasmines Großmutter hatte sich von ihrer langen Reise gut erholt. Die Leslies hatten zum ersten Mal Gelegenheit, Skye kennen zu lernen, und man hieß sie warm willkommen. Die

Dudelsackpfeifer, die Skye aus ihrer Kindheit in Irland kannte, spielten auf, und die Clansmänner tanzten für sie, sehr zu ihrem Entzücken.

»Ich mag Männer mit schönen Beinen«, bemerkte sie, »und ihr Leslies scheint alle mit guten Waden ausgestattet zu sein.«

»Und auch mit anderen Körperteilen«, sagte eine weibliche Stimme jammernd, worüber die anderen Frauen des Clans in herzliches Lachen ausbrachen.

India Lindley mit ihren glänzenden dunklen Locken blickte ihre Urgroßmutter mit ihren goldenen Augen an und fragte: »Bist du *sehr* alt, Großmama?«

Skye nickte. »Ich bin sehr alt, India.«

»War Opa Adam auch sehr alt?«

»Er war vierundachtzig, India«, erwiderte Skye leise. Verdammt! Sie vermisste ihn so sehr, dachte sie traurig.

»Wirst du auch so alt werden wie Opa Adam, Großmama?«, fragte India beharrlich. »Ich mag gar nicht, dass er von uns gegangen ist.«

»Ich auch nicht, India«, antwortete Skye dem Kind. »Und die Frage danach, wie lange ich lebe – nun, das liegt in Gottes Hand, meine Kleine.«

»Ich hoffe, Gott lässt dich ewig leben, Großmama!«, erwiderte India.

»Danke, mein Kind, aber so wird es nicht sein. Wir werden geboren, um zu sterben, India. Es ist unser Schicksal, und niemand lebt ewig. Das würde auch keiner wollen. Wenn ich sterbe, werde ich wieder mit denen vereint sein, die ich geliebt habe und die vor mir gestorben sind. Ich werde nicht traurig sein.«

»Ich aber«, meinte India betrübt.

Skye lachte. »Du wirst dich an mich erinnern, Kind, und du wirst wissen, weil ich es dir heute Abend erzählt habe, dass ich glücklich bin, weil ich wieder mit meinem Adam vereint sein kann. Aber genug jetzt, India! Wir feiern heute meinen Geburtstag und wollen uns darüber freuen! Gib mir doch bitte noch ein Stück Apfelkuchen mit Sahne!«

»Sie ist ein großartiges altes Mädchen«, bemerkte der alte

Graf von Sithean zu seinem Neffen Glenkirk. »Bleibt sie hier?«

»Ich weiß nicht«, erwiderte James Leslie. »Zumindest über den Winter und das Frühjahr. Und ganz bestimmt will BrocCairn auch, dass sie sie besuchen kommt, wo sie schon einmal hier ist. Seitdem Velvet mit Alex verheiratet ist, war sie noch nie in Schottland. Sie kommen Weihnachten hierher, wenn es nicht zu heftig schneit. Und Onkel Adam und Tante Fiona reisen aus ihrem Haus in Edinburgh an. Wir werden ein volles Haus haben.«

Am 20. Dezember kamen die Gordons von BrocCairn mit vieren ihrer fünf Söhne an. Sandy, der älteste, war mit seiner schwangeren Frau und deren Familie auf DunBroc geblieben. Jasmines Lieblingshalbbruder, Charlie, der jetzt zwanzig war, hob sie hoch und schwenkte sie herum, während die achtzehnjährigen Zwillinge Rob und Henry und der fünfzehnjährige Neddie laut jubelnd dabeistanden.

»Lass mich sofort wieder herunter, du Blödmann«, schalt Jasmine ihn, aber sie musste dabei lachen.

Sanft stellte er sie hin. »Du bist so dick wie eine einjährige Färse«, neckte er sie. »Wie geht es meinem Namensvetter?«

»Er ist auch nach Prinz Charles benannt«, erinnerte Jasmine ihren Bruder. Sie zog den kleinen Herzog von Lundy vor, der hinter ihren Röcken diese vier großen Kerle betrachtete, von denen seine Mama sagte, sie seien seine Onkel. »Sag Guten Tag zu deinem Onkel Charlie, Charliejunge«, ermunterte sie ihn.

»Charlie ist *mein* Name«, erklärte der Herzog von Lundy trotzig und blickte den lachenden Mann an.

»Mein Name war es zuerst«, erwiderte Charlie Gordon, nahm den Kleinen auf den Arm und kitzelte ihn. »Sollen wir ihn uns teilen?«

»Ich habe schon einen Onkel Charles«, widersprach der kleine Junge kichernd.

»Ja, Junge, das stimmt. Den königlichen Charles, der eines Tages unser König sein wird. Gott segne ihn! Aber ich bin nicht *Charles*. Wie du bin ich einfach nur Charlie, und ich freue mich darüber, meinen Namen mit dir teilen zu können, Junge«, schloss Charles Gordon und zwinkerte seinem kleinen Neffen zu.

»Ich bin nicht einfach«, erwiderte Charlie. »Ich bin ein Herzog.«

»Was ist das?«, fragte sein Onkel spitzbübisch.

Das Kind schüttelte den Kopf. »Ich weiß nicht«, erwiderte es unter dem Gelächter der Familie.

»Na gut«, sagte sein Onkel zu ihm, »du hast noch viel Zeit, um alles darüber zu lernen, was es heißt, ein Herzog zu sein, Junge. Im Moment bist du wahrscheinlich sowieso viel lieber ein kleiner Junge, was? Hast du ein Hündchen?«

Charlie schüttelte wieder den Kopf. »Nein«, antwortete er. »Mamas Feathers gehört uns allen, aber sie ist ein dummes altes Ding.«

Charlie wandte sich an seinen jüngsten Bruder. »Neddie, wo ist das Geschenk, das wir unserem kleinen Neffen mitgebracht haben?«

Neddie Gordon griff in seine Jacke und zog einen kleinen schwarzgoldenen Welpen hervor, den er seinem älteren Bruder reichte.

»Das ist für dich, Charliejunge«, sagte Charlie Gordon und drückte ihm den Welpen in die Arme. »Es ist ein Gordon Setter, und wenn er erst einmal groß ist, wird er ein guter Jagdhund sein.« Sein Neffe riss die Augen auf und nahm den Welpen vorsichtig entgegen. Sein Onkel setzte ihn mit seinem Geschenk auf den Boden, dann wandte er sich an seinen Bruder und sagte: »Neddie?«, und dieser zog einen weiteren Welpen aus seiner Jacke. Er reichte ihn Henry Lindley, der ganz neidisch über das große Glück seines Bruders zugesehen hatte. »Wir haben dich nicht vergessen, Henry«, erklärte Charlie seinem entzückten älteren Neffen.

»Und was ist mit uns?«, fragte Fortune kühn.

Robert und Henry Gordon zogen ebenfalls Welpen aus ihren Jacken und gaben sie ihren äußerst erfreuten Nichten.

»Das ist der ganze Wurf«, sagte Charlie Gordon zu seiner Halbschwester.

Sie seufzte. »Das war nett von dir«, erwiderte sie und beobachtete mit gemischten Gefühlen, wie India quietschte, als ihr Hündchen auf ihr Mieder pinkelte. Ihr Spaniel Feathers hatte sich hinter ihre Röcke verzogen und knurrte die unruhigen Eindringlinge in sein Territorium drohend an. Drei der Welpen, die hastig zu Boden gesetzt worden waren, jagten hinter den beiden alten Katzen her, Fou-Fou und Jiin, die mit erstaunlicher Behändigkeit fauchend auf die Anrichte sprangen, während Jasmine prächtiger blaugoldener Papagei Hiraman kreischte *»Räuber! Räuber!«* und auf seiner Stange am Kamin wild mit den Flügeln schlug.

Die Kinder rannten kichernd hinter ihren Welpen her und purzelten jauchzend übereinander, während die Erwachsenen in Lachen ausbrachen.

»Dies ist bestimmt ein sehr ordentlicher Haushalt«, neckte Velvet Gordon ihre Tochter.

»Das war er auch, bevor deine Söhne dieses Chaos angerichtet haben«, jammerte Jasmine. »Alles war ruhig, bevor du gekommen bist, Mama.«

»Was gibt es zum Abendessen?«, fragte ihr Stiefvater, der Graf von BrocCairn, grinsend. »Es war ein verdammt langer und kalter Ritt von Dun Broc hierher. In ein paar Tagen wird es einen ordentlichen Schneesturm geben. Ich spüre es in der Luft. Wir werden einen ziemlich harten Winter bekommen.«

»Hoffentlich erreichen uns Onkel Adam und Tante Fiona heil und gesund, bevor der Sturm losbricht«, sagte James Leslie.

»Ich möchte, dass Mama nach Dun Broc kommt und bei uns bleibt«, meinte Velvet. »Alex und ich sind jetzt schon fast seit einem Vierteljahrhundert miteinander verheiratet, und du hast mein Heim noch nie gesehen, Mama.«

»Im Frühjahr«, versprach Skye. »Für den Moment bin ich genug gereist.«

»Gott sei Dank!«, murmelte Daisy.

»Ach was, Daisy« neckte Velvet die Gefährtin ihrer Mutter. »Ihr hattet doch seit Jahren schon nicht mehr so viel Spaß, gebt es doch zu! Euer Leben war schrecklich langweilig.«

»Ich schätze Langeweile sehr, Mistress Velvet«, erwiderte Daisy.

»Nun, jetzt hast du eben keine mehr«, sagte Skye, »und ich finde, du siehst zwanzig Jahre jünger aus!«

Am 22. Dezember kamen Adam und Fiona Leslie an einem grauen Vormittag aus Edinburgh an. Gegen Mittag begann es zu schneien, und in der Dämmerung türmte sich der Schnee auf den Hügeln und um das Schloss herum. Kein Laut war zu hören, während leise und unablässig die Flocken fielen.

An diesem Abend teilte Adam Leslie seinem Neffen in der Halle ein paar beunruhigende Neuigkeiten mit. »Vor unserer Abreise habe ich Gordon McFie getroffen. Er erzählte mir, er habe gehört, dass ein Engländer in der Stadt wegen dir herumschnüffelt. Der Kerl behauptet offensichtlich, einen Haftbefehl für dich zu haben, unterschrieben vom König persönlich, sagte Gordie.«

»St. Denis!«, schrie Jasmine auf und wurde blass.

»Hat McFie diesen Engländer beobachtet, seinen Namen erfahren oder vielleicht sogar den Haftbefehl gesehen?«, fragte der Graf von Glenkirk seinen Onkel.

Adam schüttelte den Kopf. »Nein, ich habe ihn gefragt.«

»Es ist bestimmt St. Denis!«, wiederholte Jasmine. »Was ist bloß los mit ihm, dass er nicht aufgibt? Hat der König nicht uns und auch Großmama sein Wort gegeben, dass wir von den Machenschaften des Marquis von Hartsfield erlöst wären? Wie kann dann Piers St. Denis einen Haftbefehl für dich haben, Jemmie? *Warum?*«

»Es ist eine Fälschung, geliebte Jasmine«, beruhigte er sie.

»Woher weißt du das?«, fragte sie. »Anscheinend kann man sich auf das Wort des Königs nicht verlassen, wenn es um St. Denis geht.«

»Hier in Glenkirk sind wir in Sicherheit«, sagte der Graf zu seiner Frau.

»Woher willst du das wissen?«, rief Jasmine angstvoll. Ihre Hände fuhren zu ihrem Bauch, als wolle sie ihr Kind beschützen.

»Mädchen, Mädchen«, sagte Adam und kniete sich neben sie. »Jemmie sagt die Wahrheit. Der Winter hat begonnen, und bis zum Frühjahr kann niemand in die Highlands reisen. Der Schnee hat bereits die wenigen Straßen, die wir haben, versperrt. Fiona und ich hatten Glück, dass wir überhaupt hier angekommen sind, und bis im Frühjahr die Straßen wieder offen sind, werden wir nicht nach Edinburgh zurückkehren können. Wenn dieser Engländer die Stadt nicht vor uns verlassen hat, dann kommt er bis zum Frühjahr auch nicht hierher. Und wenn er hierher käme, was könnte er schon machen? Das hier ist das Gebiet der Leslies und der Gordons. Glaubst du, wir würden zulassen, dass dem Grafen von Glenkirk oder seiner Familie etwas angetan wird? Ich habe nicht gehört, dass der Kerl eine Armee bei sich hat. Er ist allein. Und wir sind genug Männer, um Euren Gatten zu verteidigen. Habt keine Angst, Mädchen! Ihr und die Euren seid sicher in Glenkirk.«

»Ich werde nicht weglaufen!«, erwiderte Jasmine heftig. *»Dieses Mal nicht!«*

»Ihr braucht nicht wegzulaufen, Mädchen«, sagte Adam ruhig. »Wir Leslies verteidigen das, was uns gehört, und wir werden nicht zulassen, dass unser Graf ungerechterweise verschleppt wird.«

Am Weihnachtsabend hörte es endlich auf zu schneien, und sie gingen zur Christmette in die Schlosskapelle. Der anglikanische Gottesdienst wurden von Ian Leslie abgehalten, einem Cousin in mittleren Jahren, der vom Grafen ein Gehalt bezog.

Die Große Halle war mit Stechpalmen und anderem Grün geschmückt. Ein riesiger Tannenbaum war hereingeschleppt worden, unter begeisterter Anteilnahme der Kinder und ihrer Hündchen. Zu trinken gab es heißes Bier und Glühwein, und auf einer riesigen Silberplatte, die von sechs Clansmännern getragen werden musste, wurde ein gebratenes Wildschwein mit einem Apfel im Maul hereingebracht. Die Kinder bekamen Säckchen mit Süßigkeiten und Rosinen. Sie spielten Verstecken und Scharade, während ihre Eltern sich zufrieden und satt zurücklehnten und ihnen zusahen.

Auch die Dudelsackpfeifer kamen an diesem Abend in die Halle und bekamen jeder ein Silberstück geschenkt, nachdem sie aufgespielt hatten. Wie an Skyes Geburtstag tanzten die Männer. Die Kilts der Leslies und Gordons wippten im Rhythmus der Musik, und die Gesichter waren gerötet vom Whiskey und vor Vergnügen.

Am ersten Januar beschenkte sich die Familie gegenseitig. Die Kinder bekamen Ponys, für die sie, wie der Graf ihnen mitteilte, persönlich sorgen mussten, sogar der kleine Charlie. Henry Lindley wurde angewiesen, seinem Bruder zu helfen, bis er ein bisschen größer wäre.

»Wenn euch etwas gehört«, sagte der Graf zu seinen vier Stiefkindern, »dann seid ihr verantwortlich dafür. Mit eurem Grundbesitz und euren Familien wird es einmal genauso sein. Ihr werdet verantwortlich sein für das Land und die Leute, *eure* Leute. Und ihr Mädchen, wenn ihr eines Tages verheiratet seid, dann obliegt euch die Sorge für euren Haushalt und eure Bediensteten. Ihr werdet euch um ihre Gesundheit und ihr Wohlergehen kümmern müssen. Ist es einmal so weit, dann werdet ihr es leichter haben, wenn ihr jetzt schon mal mit der kleinen Verantwortung für ein Pony angefangen habt.«

»Er ist ein guter Vater«, bemerkte der Graf von BrocCairn zu seiner Frau. »Und für unsere Enkel ist das wichtig. Man darf die Kinder nicht einfach wild aufwachsen lassen.«

James Leslie hatte ein besonderes Geschenk für seine Frau. Er schenkte ihr *A-Cuil*, ein kleines Haus in den Hügeln über Loch Sithean, das seiner Mutter gehört hatte. »Es ist nicht viel, nicht wie MacGuire's Ford mit seinem kleinen Schloss und dem Land. Es ist nur ein winziges Steinhaus auf einem Hügel. Wir fahren im Frühjahr dorthin, damit du es sehen kannst, und danach wird es dein privater Zufluchtsort sein, wenn du dich einmal zurückziehen möchtest.«

»War das nicht früher Gordon-Land?«, fragte Velvet ihren Mann.

»Jemmies Urgroßmutter war eine Gordon«, antwortete er. »Sie hat es Cat hinterlassen. Als die Heirat zwischen ihr und Jemmies Vater vereinbart war, gab Cats Vater *A-Cuil* zur Mitgift seiner Tochter dazu. Cat jedoch weigerte sich zu heiraten, bevor er nicht *A-Cuil* wieder zu ihrem alleinigen Besitz erklärte, und das tat er, so hat man mir erzählt, genau an dem Tag, an dem Jemmie geboren wurde. Er kennt die Geschichte besser als ich dachte«, sagte der Graf von Broc-Cairn zu seiner Frau.

Am Dreikönigstag zog sich Skye in ihre Gemächer im Westturm des Schlosses zurück. Sie konnte es nicht ertragen, dem Fest beizuwohnen, aber sie wollte es ihren Kindern auch nicht verderben. Am Nachmittag erhielt sie Besuch von ihrer Tochter und ihrer Enkelin, und gemeinsam weinten sie um Adam de Marisco, der jetzt genau seit einem Jahr tot war.

»Als Willows Vater starb«, sagte Skye zu ihnen, »dachte ich, ich würde auch sterben, aber um Willows willen musste ich tapfer sein. Als Geoffrey Southwood starb, trauerte ich um ihn und um unseren Sohn. Ich verlor jeden Lebenswillen. Adam de Marisco holte mich wieder zurück. Dann verlor ich Niall Burke, aber zu diesem Zeitpunkt hatte ich mich bereits an den Tod gewöhnt, und wieder war Adam da. Ich schwor, ich würde nie wieder heiraten. Ich hatte damals bereits fünf Ehemänner begraben. Er aber war der festen Überzeugung, das käme nur daher, weil er der einzige Ehemann für mich wäre. Er versprach mir, immer bei mir zu bleiben und mich nicht zu verlassen, wie es die anderen getan hatten.« Sie stieß einen tiefen Seufzer aus. »Aber wir leben nicht ewig, und mir waren über vierzig Jahre mit diesem wundervollen Mann vergönnt. Jetzt kann ich nur noch auf den Tod warten.«

»Mama! Sag so etwas nicht!«, flehte Velvet ihre Mutter an.

»Wenn du noch hier bist, Großmama«, sagte Jasmine ruhig, »liegt es vielleicht daran, dass Gott noch eine Aufgabe für dich vorgesehen hat. Hast du nicht immer mit mir geschimpft, weil ich gegen mein Schicksal angekämpft habe? Bekämpfe du auch deines nicht, was immer es für dich bereithält.«

Leise lächelnd verzog Skye die Mundwinkel. »Wie klug von dir, Jasmine, mit meiner eigenen Logik gegen mich vorzugehen«, sagte sie zu ihrer Enkelin.

»Niemals *gegen* dich, Großmama«, erwiderte Jasmine. »Ich brauche dich!« Sie ergriff die Hand ihrer Großmutter und legte sie auf ihren Bauch. »Und Patrick Leslie braucht dich. Auch die Kinder, die nach ihm kommen werden. Ich kann keine Kinder bekommen, ohne dass du bei mir bist, Großmama. Geh nicht mehr nach Queen's Malvern zurück, nur noch im Sommer, wenn Mama und ich auch dorthin kommen. Bleib hier in Schottland bei mir auf Glenkirk.«

»Glenkirk ist dein Zuhause, Jasmine«, erwiderte Skye. »Queen's Malvern ist meins. Ich werde im Frühjahr dorthin zurückkehren, und ich werde es nie wieder verlassen, wenn ich erst einmal heil dort angekommen bin. Dort will ich sterben, wie Adam, und ihr sollt mich neben ihm am Hügel begraben.«

Velvet begann zu weinen. »Rede nicht so, Mama.«

Skye schüttelte gereizt den Kopf, und ihre Augen begegneten denen ihrer Enkelin. Jasmine verstand sie; sie würde dafür sorgen, dass man ihre Wünsche erfüllte. Arme Velvet. In ihrem Leben hatte es nur ein einziges Abenteuer gegeben. Wie sollte sie sie denn verstehen? Und doch war aus diesem Abenteuer ihre großartige Enkelin entstanden. Sie ergriff Jasmines Hand und drückte sie. Jasmine lächelte sie an.

Ein paar Tage nach dem Dreikönigstag hörte es auf zu schneien, und die Gordons von BrocCairn ergriffen die Gelegenheit, um die wenigen Meilen nach Dun Broc zurückzulegen.

»Vor dem Frühjahr kann ich wahrscheinlich nicht wieder kommen«, sagte Velvet zu ihrer Tochter. »Aber du brauchst mich auch nicht, um deine Kinder auf die Welt zu bringen, Jasmine. Anscheinend kannst du das ganz gut alleine, und außerdem ist ja Mama bei dir.« Sie war dick in mehrere Fuchs- und Wolfspelze eingehüllt und saß in dem schweren Schlitten, mit dem sie vor Weihnachten auch angekommen waren. Drei von Jasmines Halbbrüdern saßen bei ihrer Mutter, und Charlie hockte mit seinem Vater auf dem Kutschbock.

»Ich werde versuchen, euch irgendwie zu benachrichtigen«, versprach James Leslie seinen Schwiegereltern. »Ich zünde ein Feuer auf dem Hügel an, damit ihr wisst, wann Jasmine entbunden hat. Wenn es zwei Nächte lang durchgehend brennt, ist es ein Junge. Eine Nacht für ein Mädchen.«

»Es ist auf jeden Fall ein Junge«, sagte Jasmine eigensinnig.

Jetzt blieben nur noch Adam und Fiona Leslie in Glenkirk bei ihnen, und Jasmine freute sich über die Gesellschaft von Jemmies Tante, die im Alter zwischen Jasmine und Skye stand. Sie war eine kluge, humorvolle Frau, und von ihr erfuhr Jasmine alles über die Mutter ihres Gatten. Sie bedauerte es, das sie Cat nicht mehr kennen gelernt hatte.

»Sie würde dich mögen, obwohl du ganz anders bist als die Frau, die sie für Jemmie ausgesucht hat. Sie hat es allerdings nur gut gemeint, weil sie ihn auf diese Weise mit dem mächtigeren Zweig des Gordon-Clans zusammengebracht hat. Isabelle jedoch hatte nicht mehr Verstand als ein Huhn«, erklärte Fiona unverblümt. »Nur ein Narr wäre an diesem Tag zum Margaretenkloster gegangen. Die Covenanter stifteten in der ganzen Gegend Unruhe und verfolgten die armen Priester der alten Kirche und deren Anhänger. Es war eine besonders skrupellose Bande, die schon mehrere grausige Verbrechen im Namen Gottes begangen hatte. Sie hatten geplündert und gebrandschatzt und Priester gekreuzigt. Jemmis sagte ihr, sie solle zuhause bleiben, aber sie bestand darauf zu gehen, weil die Nonnen irgendwelche Leintücher für sie genäht hatten, die sie abholen wollte. Also ging sie und nahm ihre beiden Jungen mit – und den Rest der Geschichte kennst du.« Fiona bekreuzigte sich. »Gott sei ihren Seelen gnädig«, sagte sie.

»Und sie haben die Mörder nie gefasst?«, fragte Skye.

Fiona schüttelte den Kopf. »Als das Verbrechen entdeckt wurde, hatten sie sich schon längst wieder in ihre Schlupflöcher zurückgezogen«, erwiderte sie.

»Ich verstehe nicht, warum manche Menschen denken,

eine Religion könne mehr wert sein als die andere, aber ich bin ja auch am Hof meines Vaters aufgewachsen, und der war ein äußerst toleranter Mann«, sagte Jasmine zu Fiona.

Der Winter erreichte seinen Höhepunkt; der Schnee lag meterhoch und verhinderte jede Reise. In manchen Nächten konnten sie die Wölfe auf den Bergen heulen hören. Nur daran, dass die Tage langsam länger wurden, merkte man, dass die Jahreszeit voranschritt. Der Januar verging. Dann der Februar. Sie führten ein friedliches, normales Leben. Jasmine kümmerte sich mit Adalis Hilfe um den Haushalt. Die Kinder hatten am Morgen und am frühen Nachmittag Unterricht bei Bruder Duncan und spielten danach mit ihren Welpen, die rasch wuchsen. Sie ritten auf ihren Ponys im Schlosshof herum, und Jasmine hatte ihre Kinder noch nie so glücklich gesehen. Endlich führte sie ein normales Leben, und das hatten sie James Leslie zu verdanken.

Am späten Vormittag des fünften März verkündete Jasmine ihrer Großmutter und Fiona, dass die Wehen eingesetzt hätten. Der Geburtstisch wurde vom Speicher heruntergeholt und im Tagesraum der Glenkirks aufgestellt. Rohana, Toramalli, Adali und die beiden älteren Frauen standen bereit.

»Was kann ich tun?«, fragte der Graf seine Frau und küsste sie auf die feuchte Stirn. »Ich weiß, wie schwer eine Geburt sein kann. Ich erinnere mich noch gut an Isabelles Wehen, als Jamie und George auf die Welt gekommen sind.« Zum ersten Mal hörte Jasmine ihn seinen beiden toten Söhne beim Vornamen nennen.

»Du und Onkel Adam, ihr kümmert euch am besten um die Kinder«, erwiderte sie, zog seinen Kopf zu sich und küsste ihn leicht. »Meine Geburten sind verglichen mit denen anderer Frauen ein Kinderspiel, wie Großmama behauptet.«

»Das stimmt auch, abgesehen von Fortune, die verkehrt herum lag und mit den Füßen zuerst kam. Wir waren in Irland, wie du weißt, Jemmie, und wenn nicht meine verstorbene Schwester Eibhlinn aus dem Kloster gekommen wäre und das Kind im Mutterleib gedreht hätte, wäre es übel ausgegangen. Jasmine und das Baby hätten sterben können. Und natürlich kam Fortune dann gesund auf die Welt! Dieses Kind hier liegt ganz richtig«, beruhigte Skye ihn rasch.

»Und wird in Kürze da sein«, erklärte Jasmine ihrem Ehemann lächelnd. Sie zuckte zusammen, als eine Wehe sie überfiel. »Der kleine Kerl hat es verdammt eilig, Mylord. Noch ein entschlossener Leslie auf dieser Welt!«

Patrick Leslie, der der sechste Graf von Glenkirk werden sollte, kam drei Minuten nach Mitternacht am sechsten März zur Welt. Er war das Ebenbild seines Vaters, mit seinem schwarzen Haarschopf und Augen, die trotz ihres Babyblaus bereits erkennen ließen, dass sie später einmal grüngolden werden würden.

Als er gebadet und gewickelt war, wurde er an die Brust seiner Mutter gelegt, und von Anfang an saugte er so kräftig, dass seine Mutter ihn einen kleinen Löwen nannte. Als sie dies sagte, hörte der Säugling einen Moment lang auf zu saugen und schaute seine Mutter mit einem seltsam intelligenten Blick an, dann wandte er sich wieder der Brustwarze zu.

»Du meine Güte!«, sagte Jasmine leise.

Ihr Gatte schmunzelte. »Er ist jetzt schon ein Leslie. Momentan hat er mich sehr an meinen Vater erinnert, der kleine Teufel!«

»Seltsam«, erwiderte Jasmine. »Mich hat er an meinen erinnert.«

Da der neue Erbe von Glenkirk Patrick heißen sollte, wurde er am siebzehnten März, dem St. Patrickstag, getauft. Jasmine bat Skye, Patricks Patin zu sein. Sein männlicher Pate war der kleine Henry Lindley. Das Baby brüllte laut, als man ihm vorsichtig Wasser über den Kopf goss, ein Zeichen dafür, dass der Teufel jetzt aus ihm entflohen war.

Mitte April wurde Patrick in die Obhut seiner Amme gegeben, die, wie alle Ammen Jasmines, von Adali ausgesucht worden war. Adali schien überall, wo sie sich aufhielten, immer alles zu wissen, was vor sich ging. Als Jasmine ihn deswegen neckte, lächelte er.

»Wenn ich Euch und die Euren beschützen soll, muss ich alles wissen«, sagte er zu ihr. »Mary Todd ist Wills angeheiratete Nichte. Ihr Mann starb kurz nach der Geburt ihres Kindes. Will hat sie nach Glenkirk geholt, damit sie sich um ihn kümmern kann. Ich wusste, dass ihr Kind um die Zeit, in der Ihr Euer Kind geboren habt, entwöhnt sein würde. Ihre Milch fließt reichhaltig. Sie ist ein gutes, gesundes Mädchen, und sie ist froh darüber, hier im Schloss wohnen zu können, bis Euer Lord Patrick ihre Milch nicht mehr braucht. Und Ihr, meine Prinzessin, braucht Euch nicht von Eurem Sohn zu trennen. Das ist doch eine äußerst perfekte Lösung, oder?«

»Du bist perfekt, Adali«, lachte Jasmine. »Ich weiß nicht, was ich ohne dich täte.«

»Ich bete zu Gott, meine Prinzessin, dass Ihr Euch darüber nie Gedanken machen müsst«, erwiderte er ernst.

Mitte April schmolz der Schnee auf den Bergen, und Adam und Fiona beschlossen, nach Edinburgh zurückzukehren.

»Findet heraus, ob Piers St. Denis noch herumlungert«, sagte Jasmine.

»Wenn es St. Denis war«, murmelte James Leslie.

»Du weißt genau, dass er es war!«, erwiderte Jasmine ärgerlich. Dann sagte sie: »Ein Mann von Glenkirk wird euch begleiten, Onkel Adam. Er hat einen Brief für meinen Freund George Villiers dabei, der am Hof ist. Steenie wird sicher Bescheid wissen über das, was vor sich geht. Pass auf, dass er sicher aus Edinburgh heraus auf die Straße nach England kommt.«

Adam Leslie nickte. »Das mache ich, Mädchen. Wir sollten *alle* gut vorbereitet sein, falls wir uns gegen diesen Engländer verteidigen müssen.«

Das Frühjahr begann, und die Hügel wurden grün. Die Straßen waren wieder frei, und Skye begann an einen Besuch in Dun Broc zu denken, um ihre Tochter Velvet wieder zu sehen.

»Ich bleibe ein paar Wochen bei Velvet«, verkündete sie ihnen, »und wenn der Sommer beginnt, können wir alle zusammen nach Queen's Malvern fahren. Es wird gut sein, wieder nach Hause zu kommen.«

Sie hat den Schock über Adam de Mariscos Tod endlich überwunden, dachte Jasmine. Sie würde zwar den Rest ihres Lebens um ihn trauern, aber das Schlimmste war jetzt vorbei, und sie konnte endlich ihr altes Leben wieder aufnehmen. Jasmine empfand das als Erleichterung, denn so konnte auch sie wieder leben, wie sie wollte. Sie wusste nicht, ob sie von nun an jeden Sommer nach England reisen würde, denn sie hatte Glenkirk lieb gewonnen, aber solange Skye lebte, würde sie sicher dorthin fahren.

Bevor jedoch Skyes Dienerinnen anfangen konnten, die Truhen für ihre Reise nach Dun Broc zu packen, traf ein Bote von Adam Leslie ein. Piers St. Denis, der Marquis von Hartsfield, war tatsächlich noch in Edinburgh, und Adam hatte den Haftbefehl mit der Unterschrift des Königs, der die sofortige Festnahme des Grafen und der Gräfin von Glenkirk wegen Hochverrats forderte, selbst gesehen.

»Hochverrat?« James Leslie war außer sich. »Was für ein Hochverrat?«

»Das steht nicht in dem Haftbefehl«, berichtete der Bote, »aber Master Adam sagt, der Engländer käme nach Glenkirk, und er habe eine Truppe bezahlter Männer bei sich.«

»Es ist ein gefälschter Haftbefehl«, sagte der Graf, »aber bis wir das beweisen können, werden wir fliehen müssen.«

»Das schlägt Master Adam auch vor«, sagte der Bote. »Er hat mir aufgetragen, Eurer Lordschaft mitzuteilen, dass Euer Bote auf dem Weg nach England und sicher schon über die Grenze ist.«

»Ich werde nicht weglaufen!«, sagte Jasmine zu ihrem Gatten. *»Dieses Mal nicht!«*

»Mit Sicherheit wirst du das!«, antwortete er. »Weißt du eigentlich, in welcher Gefahr wir uns befinden, Jasmine? St. Denis ist ein Wahnsinniger, aber irgendwie ist es ihm gelungen, die Unterschrift des Königs auf diesem verdammten Dokument zu erhalten, oder er hat sie gefälscht. Das spielt keine Rolle, weil er im Moment anscheinend das Gesetz auf seiner Seite hat. Ich habe nicht vor, hier in Glenkirk zu warten, bis er uns holen kommt.«

»Dieses Schloss ist so stark, dass es jeder Belagerung widerstehen kann«, sagte sie.

»Ja, wenn wir die Zugbrücke hochziehen könnten«, erklärte er. »Leider ist sie jetzt bereits seit so vielen Jahren heruntergelassen, dass der Mechanismus wahrscheinlich gar nicht mehr funktioniert. Außerdem ist es jetzt die falsche Jahreszeit, uns ins Schloss zurückzuziehen. Nach dem langen Winter haben wir keine Vorräte mehr. Und was ist mit meinen Leuten? Ich habe nicht vor, sie St. Denis und seinen Söldnern auszusetzen. Die Söldner könnten die Felder verwüsten und mein Vieh und meine Schafe abschlachten. Das werde ich nicht zulassen! Wir haben keine andere Wahl, als zu fliehen.«

»Wir können doch die Kinder hier nicht zurücklassen«, protestierte sie, »wir können sie aber auch nicht auf die Flucht mitnehmen, vor allem nicht das Baby. Glaubst du, St. Denis würde sie verschonen? Er wird sie bestimmt gegen uns einsetzen!«

»Nur der Erbe von Glenkirk und der Stuart-Bastard haben wirklich Wert für ihn«, mischte sich Skye ein. »Schick sie mit Mary Todd und Adali in die Abtei. Deine kleinen Lindleys können mit mir nach Dun Broc kommen. Dort sind sie in Sicherheit bei ihren Großeltern. So könnt ihr beide, Jemmie und du, Verstecken mit St. Denis spielen. Er ist im Nachteil hier in den Highlands.«

»Ja«, erwiderte der Graf. »Er könnte mit einer ganzen Armee anrücken und würde uns doch nie finden. Meine Familie ist groß, und alle wären bereit, uns aufzunehmen. St. Denis kennt sie gar nicht, und niemand wird ihm etwas erzählen, wenn wir erst einmal erklärt haben, dass er ein Feind ist.«

»Aber werden denn seine Söldner nicht trotzdem plündern und brandschatzen, wenn sie uns nicht finden?«, fragte Jasmine besorgt.

Der Graf von Glenkirk schüttelte den Kopf. »Das ist sehr

unwahrscheinlich, geliebte Jasmine«, beruhigte er sie. »Er ist vielleicht befugt, nach uns zu suchen und uns sogar festnehmen zu lassen, wenn er uns findet«, sagte James Leslie, »aber wenn er versucht, in seiner Wut das Land zu verwüsten oder seinen Männern erlaubt, unsere Leute zu bestehlen, dann wird er Probleme bekommen. Außerdem ist er ja nicht zum Zeitvertreib hier. Er ist wegen uns gekommen. Pferde werden gestohlen. Kehlen werden bei Nacht durchgeschnitten. Es gibt nichts zu essen. Auch wenn er von einer kleinen Truppe unterstützt wird, können wir ihn unter Kontrolle halten, Liebste.«

»Ich reise mit Velvet und ihrer Familie nach England, wenn sie ihre jährliche Pilgerfahrt machen«, teilte Skye ihnen mit. »Die Lindleys müssen den Sommer im Haus ihres Vaters verbringen, und alles muss ganz normal aussehen.«

»Sag meinem Bruder Charlie, dass er bei den Kindern bleiben soll, wenn sie in Cadby sind. Sie dürfen nicht ohne Schutz sein«, sagte Jasmine.

Skye warf ihr einen empörten Blick zu. »In der Tat«, erwiderte sie.

»Oh, Großmama, es tut mir so Leid«, rief Jasmine. »Du hättest natürlich die Kinder nicht ohne Schutz zurückgelassen.«

»Ich habe dieses kleine Spiel schon viele Male gespielt, mein liebes Mädchen«, erklärte ihre Großmutter. »Du musst dir jedoch über eins im Klaren sein: Du darfst dir zu keinem Zeitpunkt erlauben, Angst zu haben. St. Denis versucht ein großes, gefährliches Spiel zu spielen in seinem vergeblichen Bemühen, Macht und Reichtum zu erlangen. Sein Vorhaben wird fehlschlagen, denn der König steht nicht hinter ihm, und der König ist allmächtig. St. Denis wird für seine Unehrenhaftigkeit und seine gefährlichen Machenschaften bestraft werden. Die Kinder sind in Sicherheit. Die Abtei von Glenkirk liegt sogar noch abgelegener als dieses Schloss. Niemand wird Charlie und den kleinen Patrick dort suchen, selbst wenn sie von der Abtei erfahren. Henry, India und Fortune sind bei mir in Sicherheit. Selbst wenn St. Denis erfährt, wo sie sind, kann er nichts tun. Er hat keine

Rechte über deine Kinder. Und um ihn von deinen Kindern abzulenken, müsst ihr Katz und Maus mit dem Schurken spielen. Es sollte jedoch nie so ausgehen, als ob du dich vor ihm versteckst. Du wirst dich hier und dort aufhalten, und immer wenn er denkt, er hat dich, wirst du schon wieder weg sein. Das ist doch eigentlich recht lustig, mein Liebes. Es sieht nicht so aus, als ob der Marquis von Hartsfield sehr geduldig oder ein guter Verlieren wäre. Und wenn ein Mann wütend ist, macht er Fehler, er vergisst, klug und vorsichtig zu sein. Du dagegen wirst beides beherzigen. Ihr müsst nur an euch und eure Sicherheit denken. Und was am wichtigsten ist, Jasmine: Glaube keinem Gerücht! St. Denis wird versuchen, dir Angst einzujagen, indem er behauptet, er habe die Vormundschaft über deine Kinder. Glaub ihm nicht, mein Liebes. Es ist eine Lüge, wie alles andere, was er verbreitet. Wenn du von mir nichts anderes hörst, sind deine Kinder in Sicherheit. *Hast du mich verstanden?*«

Jasmine nickte. »Ja, Großmama.«

»Sehr gut«, erwiderte Skye. Ihre Gedanken überschlugen sich. Sie konnte spüren, wie das Blut durch ihre Adern strömte. Es war wie früher!

»Ich kenne diesen Blick«, flüsterte Daisy Nora zu. »Wir können uns vielleicht auf was gefasst machen, das kann ich dir sagen, Mädchen! Ich war fast mein ganzes Leben an ihrer Seite, und dieser Blick verheißt nichts Gutes, das kann ich dir versprechen.«

»Was bedeutet er denn?«, flüsterte Nora zurück.

»Er bedeutet, dass sie bereit ist zu kämpfen, und sie zieht nicht in die Schlacht, um zu verlieren, das kann ich dir sagen!«

»Aber wir fahren doch zurück nach England«, meinte Nora.

»Ha!«, sagte Daisy. »Bevor wir dorthin fahren, wird einiges geschehen, Mädchen. Darüber mache ich mir Sorgen. *Bevor wir dorthin fahren!*«

»Was habt ihr beiden da zu murmeln?«, fragte Skye scharf.

»Ich habe Nora nur gesagt, dass es mir gerade so wie früher vorkommt« erwiderte Daisy.

»Ja, nicht wahr?«, meinte Skye O'Malley de Marisco und lächelte spitzbübisch.

4

Adali beobachtete vom Wehrgang des Schlosses aus, wie Piers St. Denis, der Marquis von Hartsfield, sein Bruder Kipp und eine Truppe von zwanzig Männern über die Hügelstraße auf das Schloss zuritten. Abgesehen von St. Denis und seinem Bruder hatten die Männer schlechte Pferde und waren auch nicht besonders gut ausgerüstet. Abschaum aus den Straßen von Edinburgh, dachte Adali verächtlich. Er hatte sie bestimmt mit Whiskey und Geld gekauft, und jeder, der ihnen mehr Whiskey und mehr Geld bot, konnte sie abwerben. Dennoch war St. Denis ein gefährlicher Mann, und Adali würde ihn bestimmt nicht unterschätzen. Als die ersten Pferdehufe auf den soliden Eichenbohlen der Zugbrücke klapperten, eilte Adali hinunter in den Hof, um die Besucher zu begrüßen.

Piers St. Denis nahm alles um sich herum genau wahr, als sie in Glenkirk einritten. Das Schloss war alt, aber in hervorragendem Zustand. Die Männer auf den Wehrgängen wirkten kampferprobt. Dieser Graf Leslie war offensichtlich sehr reich. Der Marquis dachte einen Moment lang über die Möglichkeit nach, beide Vermögen zu kontrollieren – das von Jasmine und das von ihrem Ehemann. Und Rowan Lindley war auch nicht gerade arm gewesen. *Drei Vermögen!* Und wenn eins der Kinder vor dem Erwachsenenalter starb, nun, dann konnte er dessen Vermögen doch auch noch haben, oder? Der König würde ihm ganz sicher vergeben. Schließlich hatte Piers St. Denis trotz der Königin und dieser arroganten Schlange Villiers noch immer seinen Platz an der Seite des Königs inne. James Stuart liebte ihn. Er war zwar in der letzten Zeit dem Marquis von Hartsfield gegenüber recht gleichgültig und apathisch gewesen, aber er war sich trotzdem seiner Zuneigung sicher. Er würde ihm verzeihen, auch wenn Kipp das Gegenteil behauptete.

Neuerdings vertraute er nicht mehr darauf, dass sein Bruder ihm treu ergeben war. Kipp hatte die unangenehme Angewohnheit entwickelt, jeden seiner Schritte in Frage zu stellen. Die Männer, die Piers in Edinburgh angeheuert hatte, waren ihm nicht Recht gewesen. Er hatte behauptet, sie seien armselige Gesellen, die beim ersten Anzeichen von Gefahr davonlaufen würden. Er hatte sogar mit ihm darüber gestritten, weil er diesen Straßenratten einen Teil des Lohns schon vorher gegeben hatte, aber der Marquis wusste, dass es ihm unmöglich gewesen wäre, seine kleine Truppe zusammen zu bekommen, wenn er nicht schon vorher Geld auf den Tisch gelegt hätte.

»Ehrenhafte Männer würden dir vertrauen«, sagte Kipp.

»Ich will keine ehrenhaften Männer«, erwiderte Piers. »Ehrenhafte Männer haben ein Gewissen. Das kann ich nicht brauchen. Diese Geschöpfe werden mir allein schon deshalb gehorchen, weil sie den Rest ihres Silbers haben wollen.«

»Sie könnten dir auch eines Nachts einfach die Kehle durchschneiden«, bemerkte Kipp trocken. »Du hast dein Geld verschwendet, Piers. Wir hätten nur in Edinburgh bleiben und dem Grafen von Glenkirk befehlen müssen, dass er im Namen des Königs zu uns kommt. Falls er diesen Befehl nicht gefolgt wäre, hätte die schottische Regierung ihre eigenen Männer ausgeschickt, um ihn festzunehmen. Sie hätten gewusst, wie man mit ihm fertig wird. Du marschierst einfach mit zwanzig Männern von zweifelhaftem Ruf auf sein Gebiet und glaubst, du kriegst ihn? Die Regierung hier hätte schon gehandelt, wenn du ihnen nur den königlichen Haftbefehl gezeigt hättest.«

»Ich durfte nicht riskieren, dass jemand hier die Unterschrift sieht«, sagte der Marquis von Hartsfield zu seinem Bruder. »Wenn nun jemand die Unterschrift des Königs kennen würde, Kipp?«

Kipp St. Denis war entsetzt. »Du hast mir gesagt, der König habe den Haftbefehl unterschrieben und nur die Namen noch nicht eingesetzt«, erwiderte er. »Soll das jetzt heißen, dass der König gar nicht unterschrieben hat?«

»Ich habe ihn darum gebeten, aber er hatte angeblich nie Zeit«, war die verblüffende Antwort. »Ich kenne seine Handschrift gut, und deshalb habe ich für ihn unterschrieben und die Schrift ein wenig verwischt. Dann habe ich sein Siegel genommen und es mit dem Siegelwachs halb darüber gestempelt.« Piers St. Denis lachte albern. »Glaubst du, er wird böse auf mich sein, Kipp? Der alte Narr hat mir noch immer verziehen, wenn ich ungezogen war. Er mag meine Ungezogenheiten, weil er sie dann mit seiner *Weisheit* korrigieren kann.«

Die jüngste Untat seines Bruders traf Kipp St. Denis wie ein Schlag ins Gesicht. Piers hatte den Namen des Königs auf einem Dokument gefälscht, mit dem er zwei unschuldige Menschen umbringen konnte. Das war Hochverrat! Verstand Piers das nicht? Nein: Er wusste nur, dass er etwas haben wollte und es um jeden Preis bekommen musste, weil er immer alles bekam, was er sich wünschte. *Und er entging immer der Strafe für seinen Untaten.* Aber dieses Mal nicht, dachte Kipp. Gott helfe ihm. Dieses Mal war sein Bruder zu weit gegangen und würde der Strafe nicht entkommen können.

»Wenn man entdeckt, dass die Unterschrift des Königs gefälscht ist«, sagte er zu Piers, »wirst du wegen Hochverrats angeklagt, und wenn du den Leslies von Glenkirk etwas zu Leide tust, auch wegen Mord.«

»Wer soll es denn entdecken?«, fragte Piers.

»Du kannst nicht den Grafen und die Gräfin von Glenkirk umbringen und erwarten, dass der König sie nicht rächt. In Gottes Namen, Piers, James ist mit dem König verwandt! Sein ganzer Clan wird nach Whitehall marschieren und Rache fordern. Du hast das Spiel verloren. *Es ist vorbei!* Jasmine de Marisco Lindley hat James Leslie zu ihrem Ehemann gewählt und ihm mittlerweile ein Kind geboren. *Es ist vorbei!* Lass uns nach England zurückkehren, bevor es zu spät ist. Niemand muss etwas von dem Haftbefehl erfahren.

Wir behaupten einfach, es sei nur ein Gerücht gewesen, und verbrennen das verdammte Dokument, bevor es uns jemand stehlen kann. Wenn du dich mit der Königin gut stellst, wie Villiers es getan hat, dann wird sie nachgeben und eine Frau für dich suchen. Sie ist zwar eitel, aber gutwillig. Und du könntest dann wieder die Gunst des Königs erlangen. Wirf nicht alles weg, was du erreicht hast, nur weil du von Rache besessen bist. Das ist es nicht wert, Piers. *Du wirst alles verlieren!* Komm wieder zu Verstand, Bruder, ich flehe dich an!«

»Du wirst lästig, Kipp«, erwiderte Piers verdrossen. »Ah, sieh mal! Der Inder, Adali, erwartet uns.«

Adali hatte gesehen, dass Kipp heftig auf seinen Bruder einredete, während die beiden Männer näher kamen. Er hätte zu gern gewusst, was die beiden Männer zu besprechen hatten. Der treue Hund des Marquis' wirkte äußerst angespannt. Interessant. Sie blieben vor der Treppe, die zur Eingangstür des Schlosses führte, stehen. »Willkommen, Mylord«, sagte Adali freundlich. »Willkommen auf Schloss Glenkirk. Unsere Wachen werden Euren Männern ihre Unterkünfte zeigen. Dougie, mein Junge, bring die Pferde der Herren in den Stall«, wies er einen Stallknecht an. »Wenn Ihr mir bitte folgen wollt.« Er führte sie in die Große Halle, klatschte in die Hände und befahl dem Diener, der herbeieilte: »Wein für Mylord St. Denis und unseren anderen Gast. Setzt Euch doch bitte an den Kamin, Sirs. Ein grauer Tag wirkt immer irgendwie kälter.« Er nahm das Tablett von dem Diener entgegen und bot ihnen persönlich die Silberkelche mit Rotwein an.

Der Marquis von Hartsfield schnüffelte genießerisch. »Ah«, sagte er, »Wein aus Archambault. Das ist der Beste!«

»In der Tat, Mylord«, stimmte Adali zu und beobachtete sie aufmerksam, während sie tranken. Als sie ihre Pokale geleert hatten, sagte er: »Und wie kann ich Eurer Lordschaft zu Diensten sein?«

»Ihr könnt dem Grafen und seiner Gattin mitteilen, dass ich sie gern sprechen möchte«, erwiderte der Marquis von Hartsfield.

»Das kann ich leider nicht, Mylord. Der Graf von Glenkirk und seine Gräfin sind im Moment nicht hier.«

»Wo sind sie? Wann kommen sie wieder?«, verlangte Piers St. Denis zu wissen.

»Ich weiß nicht genau, wo sie sich im Augenblick aufhalten, Mylord«, erwiderte Adali, »und auch nicht, wann sie zurückkommen. Glenkirk ist natürlich jederzeit für sie bereit, und im Allgemeinen schicken sie einen Boten, damit das Essen vorbereitet werden kann, aber der Bote kommt immer erst ein paar Stunden vor der Ankunft meines Herrn und meiner Herrin.«

»Wie lange sind sie schon weg?«, fragte der Marquis.

»Dieses Mal? Einige Tage, glaube ich. Es ist so friedlich hier, dass die Tage ineinander übergehen, und ich vergesse oft die Zeit«, sagte Adali.

»Ich begreife nicht, warum gerade Ihr, der Ihr so sorgfältig über die Sicherheit Eurer Herrin wacht, nicht wisst, wo sie sich aufhält«, meintet Piers St. Denis skeptisch.

»Ich fürchte nicht um die Sicherheit meiner Herrin, wenn sie bei ihrem Gatten ist«, erwiderte Adali. »Und was ihren Aufenthaltsort angeht, so war der Graf mehrere Jahre lang nicht mehr zu Hause. Er hat, wie ich entdeckt habe, eine äußert große Familie und einen großen Clan, in dem viele entfernt mit ihm verwandt sind. Wir sind letzten Herbst hier angekommen, und kurze Zeit später hat der Winter begonnen, sodass die Straßen bis vor kurzem unpassierbar waren. Der Graf wünschte, dass seine Frau jetzt seine Familie und seinen Clan kennen lernt – er möchte ihnen seine Gattin vorstellen und alte Bekanntschaften erneuern.«

»Wo sind die Kinder?«, fragte St. Denis misstrauisch.

»Sie besuchen ebenfalls die Verwandtschaft«, erwiderte Adali.

»Ich habe einen königlichen Haftbefehl für den Grafen und die Gräfin von Glenkirk«, knurrte der Marquis von Hartsfield. »Wenn Ihr mir nicht sagt, wo sie sind, dann werdet Ihr wegen Widerstand gegen die Staatsgewalt ebenfalls festgenommen, Adali!«

»Mylord, ich habe Euch die Wahrheit gesagt. Ich habe

keine Ahnung, wo sie sind. Ich bin fremd in diesem Land und weiß nur wenig darüber, weil ich bis jetzt noch keine Zeit hatte, mich darum zu kümmern. Wie meine Herrin respektiere ich jedoch den König. Der alte Mann, der vor mir hier Verwalter war, lebt in einem Cottage in der Nähe. Vielleicht kann er Euch etwas über den Aufenthaltsort meines Herrn und meiner Herrin sagen. Kommt, ich führe Euch zu ihm.«

Adali brachte sie aus der Großen Halle wieder in den Hof.

»Wo sind meine Männer?«, fragte der Marquis nervös.

»Sie sind neben den Stallungen untergebracht und bekommen gerade etwas zu essen«, erwiderte Adali freundlich, während sie über die Zugbrücke gingen und vom Hauptweg auf einen kleinen Pfad abbogen, der kaum sichtbar durch den Wald führte.

»Wohin gehen wir?«, fragte St. Denis.

Adali blieb stehen. » Dies ist der Weg zu Will Todds Cottage, Mylord. Er lebt an einem Gebirgsbach, und wahrscheinlich wird er gerade fischen, wenn wir dort ankommen. Ihr habt nichts zu befürchten, Mylord.«

»Ich *fürchte* nichts, ich war nur neugierig«, giftete der Marquis.

Adali lächelte und ging weiter. Eigentlich gab es einen einfacheren Weg zu Wills Cottage, aber er hatte den umständlicheren gewählt, um die beiden Männer zu verwirren. Es war ein steiniger Pfad, der über einen Hügel führte und von stacheligen Büschen zugewuchert war. Die beiden Männer hinter ihm fluchten, als ihre Kleider in den Dornen hängen blieben, er jedoch bewegte sich so geschmeidig, dass weder seine weiße Hose noch seine weiße Jacke von einem Zweig gestreift wurden. Schließlich hörten sie einen Bach, der über die Felsen plätscherte, aber das war noch nicht Wills Bach, erklärte Adali ihnen, während er rasch von Stein zu Stein sprang. Wieder fluchten seine Begleiter, als sie es ihm ohne Erfolg nachzutun versuchten und ins Wasser traten. Er schmunzelte.

Schließlich kamen sie aus dem Wald heraus und gingen

über eine Wiese, auf der Kühe mit großen Hörnern grasten. »Pass auf, wohin Ihr tretet!«, warnte Adali, während sie versuchten, den Kuhfladen auszuweichen. Fast hätte er laut aufgelacht, als er den angewiderten Aufschrei des Marquis von Hartsfield hörte.

»Wie weit ist es noch?«, rief Kipp.

»Wir sind fast da«, erwiderte Adali ruhig.

Am anderen Ende der Wiese lag das Cottage. Ein Bach rauschte daneben. Als sie näher kamen sahen sie einen Mann, der fast bis zu den Hüften im Strom stand und eine Angel in der Hand hielt.

»Hallo!«, rief Adali laut. »Ich bin es, Adali, Will Todd, und ich habe Besuch mitgebracht.«

Der Mann drehte sich langsam um, offensichtlich verärgert darüber, dass er um diese Tageszeit gestört wurde. Dann kam er zögernd näher zum Ufer, stieg allerdings nicht aus dem Wasser und unterbrach auch seine Tätigkeit nicht. »Was wollt Ihr?«, fragte er. Sein schottischer Akzent klang für die Ohren der beiden Engländer sehr rau.

»Guten Tag, Will Todd«, sagte Adali fröhlich. »Diese beiden Herren suchen Seine Lordschaft. Ich wusste nicht, was ich ihnen sagen sollte, aber Ihr könnte ihnen sicher helfen.«

»Hier«, Will Todd trat näher ans Ufer heran und reichte Adali seine Angelrute. »Lasst sie nicht fallen, Mann! Ich kann nicht reden, wenn ich sie in der Hand halte.« Er blickte die beiden Fremden durchdringend an. »So, Ihr sucht also Seine Lordschaft? Nun, ich kann Euch nicht sagen, wo er sich gerade jetzt aufhält, aber habt Ihr schon einmal in Sithean nach ihm gesucht? Er könnte dort sein. Oder er ist mit seinem Mädchen nach Hay House oder Greyhaven gefahren. Vielleicht allerdings auch nach Briarmere Moor oder Leslie Brae. Habt Ihr Euch dort schon überall erkundigt, Sir?«

»Was sagt er?«, fragte St. Denis angespannt. Er konnte kaum etwas verstehen.

»Er hat doch ganz deutlich geredet«, erwiderte Adali. »Allerdings höre ich den Leuten auch schon seit ein par Monaten zu, und ich habe ein ziemlich gutes Ohr für Dialekte.«

»Ja! Ja!«, schrie St. Denis. »Aber was zum Teufel hat er gesagt? Für mich klang das alles wie Kauderwelsch.«

»Will Todd sagte, der Graf von Glenkirk und seine Frau könnten in Sithean sein und den Grafen von Sithean besuchen, der Lord Leslies Onkel ist. Er könnte sich aber auch in Hay House oder Leslie Brae aufhalten und dort seine Onkel besuchen, oder er wäre vielleicht in Greyhaven oder Briarmere Moor, bei seinen Brüdern.«

»Oder bei den Gordons«, meinte Will Todd. »Er könnte auch bei den Gordons sein, denn unsere Morag ist mit einem Gordon verheiratet.«

»Also könnte er möglicherweise auch bei den Gordons sein, bei der Familie seiner verstorbenen Frau. Ihr jüngster Sohn ist mit der jüngsten Schwester des Grafen verheiratet«, übersetze Adali rasch.

»Oder er ist bei den Spielen«, fügte Will Todd hinzu. »Er könnte bei den Spielen sein, aber diesen Sommer finden mehrere statt. Zwei oder drei, ich weiß nicht genau.« Er ergriff erneut seine Angelrute und trat wieder in den Fluss zurück. »Mehr kann ich Euch nicht sagen«, meinte er abschließend.

»Spiele?« Der Marquis von Hartsfield war verwirrt.

»Weil die Winter so lang und hart sind«, erklärte Adali, »halten die Schotten in den Sommermonaten athletische Wettkämpfe ab. Dort treffen sich die Clans; die Männer messen sich im Pfahlwerfen oder im Steineschleudern, Mylord. Die Frauen schwatzen miteinander. Es wird getanzt, und die Dudelsackpfeifer sind auch da. Will hat allerdings Recht. Diesen Sommer finden wohl mehrere Spiele statt, und der Graf könnte zu jedem von ihnen gefahren sein, denn er ist durch seine Verbindungen mit den Stuarts mit vielen Clans verwandt.«

»Wie barbarisch«, schnarrte St. Denis.

»Lass und nach Edinburgh zurückkehren«, sagte Kipp. »Eher würdest du eine Nadel in einem Heuhaufen finden als Glenkirk. Wenn du nach ihm im Namen des Königs schickst, muss er zu dir kommen, sonst begeht er Hochverrat.«

»Oh, ich bin sicher, Ihr findet den Grafen auch, wenn Ihr es wirklich wollt«, forderte Adali den Marquis von Hartsfield heraus und wartete gespannt auf seine Reaktion.

»Edinburgh ist am besten für uns«, drängte Kipp St. Denis.

»*Nein!*«, erwiderte der Marquis. »Jetzt sind wir hier, und es kann doch nicht so schwer sein, diese Orte aufzusuchen, von denen der alte Mann geredet hat.«

»Und vergesst nicht die Spiele, Mylord«, sprang Adali ihm hilfreich bei. Kipp St. Denis blickte ihn scharf an.

»Wisst Ihr, wo sie abgehalten werden?«, fragte der Marquis.

»Nun, ich glaube … ich glaube … sie finden in Inverness statt, in Narin und auch in Loch Lomond, Mylord.«

»Ihr werdet alles aufschreiben und uns den Weg beschreiben«, sagte der Marquis von Hartsfield. »Wir bleiben über Nacht, und morgen Früh brechen wir wieder auf.« Piers St. Denis war viel zu erregt, um über Adalis bereitwillige Unterstützung nachzudenken, aber Kipp St. Denis machte sich seine Gedanken.

»Was habt Ihr vor?«, fragte er den Schlossverwalter, als sie schließlich in der Großen Halle allein waren. Der Marquis hatte sich in ein Gästezimmer zurückgezogen.

Adali blickte ihn ausdruckslos an. »Master St. Denis?«, fragte er.

»Ihr wisst, was ich meine«, erwiderte Kipp. »Warum unterstützt Ihr meinen Bruder so? Eure Ergebenheit zu Eurer Herrin ist legendär.«

Adali lächelte. »Sir, Euer Bruder hat einen königlichen Haftbefehl bei sich. Für mich wäre es Hochverrat, nicht zu gehorchen. So wie meine Herrin das göttliche Recht der Könige respektiert, tue ich es auch. Ich muss König James gehorchen, auch wenn es um meine Herrin geht.«

Kipp gab sich mit dieser Antwort nicht zufrieden. »Ihr habt irgendetwas vor«, sagte er misstrauisch. »Ihr würdet Eure Herrin nie verraten, das weiß ich!«

Wieder lächelte Adali. »Wenn ich glaube, Sir, Euer Bruder habe auch nur die kleinste Chance, meinen Lord und meine Lady zu fangen …« Er ließ den Rest des Satzes unausgesprochen.

»Sie wussten, dass er kam!«, keuchte Kipp.

»Meine Herrschaft wusste den ganzen Winter über, dass er sich in Edinburgh aufhielt«, erwiderte Adali. »Schottland ist ein sehr kleines Land, Sir, und ich erinnere Euch noch einmal daran, dass der Graf von Glenkirk mit vielen Menschen hier verwandt ist. Wir haben schon vor Weihnachten davon erfahren, aber dann setzte sofort der erste Schneesturm ein, und die Straßen waren für die nächsten Monate versperrt. Man sagte uns jedoch, dass der Marquis von Hartsfield uns einen Besuch abstatten würde, sobald die Straßen wieder frei wären. Leider konnten der Graf und seine Frau nicht darauf warten, da sie selber diesen Sommer so viele Besuche machen müssen.«

»Er wird sie bis in die Hölle und wieder zurück jagen«, entgegnete Kipp verzweifelt.

»Wenn er auf sie trifft, *falls er jemals auf sie trifft*«, erklärte Adali seinem Gast, »werden mein Herr und meine Herrin nicht mehr in Gefahr sein, aber ich fürchte, für Euren Halbbruder besteht dann große Gefahr.«

»Sie haben dem König eine Nachricht geschickt …«, flüsterte Kipp.

»Der König ist ein ehrenhafter Mann«, sagte Adali. »Er würde sein Wort gegenüber dem Grafen und der Gräfin von Glenkirk nie brechen.«

»Ich habe ihn gewarnt«, murmelte Kipp. *»Ich habe ihn gewarnt!«*

»Dann seid Ihr sicher klüger als Euer Bruder«, meinte Adali. Leise fuhr er fort: »Es ist noch Zeit, um Euch selbst zu retten, Sir.«

»Ich habe unserem Vater auf seinem Totenbett geschworen, dass ich auf Piers aufpassen würde«, erklärte Kipp verzweifelt.

»Ihr habt versucht, Euren Bruder von diesem Wahnsinn abzuhalten, nicht wahr?«, fragte Adali sanft. »Ich habe es selbst beobachtet.«

»Seit vielen Jahren«, vertraute Kipp Adali an. »Ich bin

immer in der Nähe meines Bruders geblieben. Er war einfach nur ehrgeizig, und ich fand es nicht schlimm, als er die Aufmerksamkeit des Königs erregte. Und über die Jahre hinweg habe ich ihn von vielen Untaten abgehalten, obwohl ich dabei nicht immer Erfolg hatte. Zumindest habe ich dafür gesorgt, dass die Frauen, die er so gerne missbrauchte, erfahren in den Liebeskünsten waren. Nur drei- oder vier Mal benutzte er eine Unschuldige, aber es waren Mädchen ohne Bedeutung, und danach war ich nett zu ihnen und gab ihnen Geld, damit sie sich nicht bei den Behörden beklagten.«

»Aber Ihr habt an seinen abartigen Praktiken teilgenommen, wurde mir gesagt«, verwies ihn Adali, der nicht gewillt war, ihm seine Missbilligung vorzuenthalten.

»Ja«, gab Kipp zu, »aber dadurch habe ich viele Frauen vor größerem Schaden bewahrt. Ich nehme meine Schuld an, Adali. Unser Vater hat uns als junge Männer zu diesen Praktiken ermuntert, denn mit fortschreitendem Alter wurde es für ihn immer schwieriger, sich an einer Frau zu erfreuen, ohne ihr wehzutun. Ich weiß noch, wie ich es meiner Mutter erzählt habe. Sie war diejenige, die mich warnte, das ich zu meinem eigenen Heil mitspielen müsse, sonst würde ich die Gunst meines Vaters verlieren.«

»Nun ist Euer Vater aber seit langem tot«, erinnerte Adali ihn. »Und Euer Bruder ist mittlerweile völlig unter der Herrschaft des Bösen. Für ihn gibt es kein Zurück mehr, Kipp St. Denis, aber Ihr seid noch nicht völlig ins Dunkel eingetaucht. Ihr habt ein Gewissen, und Ihr habt jetzt die Chance, Euch zu retten, während Ihr Euren Bruder nicht mehr retten könnt. Würde Euer Vater denn *beide* Söhne verlieren wollen, wenn er eine Entscheidung treffen müsste? Würde er wollen, dass sein stolzer Name von der Erde getilgt wird?«

»Ich bin nur sein Bastard«, entgegnete Kipp.

»*Aber er hat Euch seinen Namen gegeben,* und er hat Euch in seinem Haus großgezogen und Euch genauso behandelt wie seinen legitimen Erben«, widersprach Adali. »Ich glaube, Euer Vater hat auch Euch geliebt.«

»Wenn ich nicht bei Piers bleibe«, sagte Kipp, »dann wird er noch schlimmere Untaten begehen, Adali.«

»Er wird so weitermachen wie bisher«, erwiderte Adali. »Ihr seid nicht für sein Verhalten verantwortlich. *Rettet Euch, solange Ihr noch könnt!* Ihr habt Euer ganzes Leben lang nur im Schatten von Piers St. Denis gelebt. Jetzt lebt Euer eigenes Leben. Wenn Ihr den König um Gnade bittet, würde er sie Euch gewähren. König James ist ein freundlicher Mann mit einem großen Herzen. Er könnte unter Umständen Eure rechtzeitige Abkehr sogar belohnen.«

Nur ein Zufall hatte ihn daran gehindert, der Marquis von Hartsfield zu werden, dachte Kipp insgeheim. Konnte er darauf hoffen, das zu ändern? War es möglich? Konnte er Piers verraten? War es wirklich ein Verrat? Ja, er hatte ihrem Vater versprochen, sich um seinen jüngeren Halbbruder zu kümmern, aber Piers wollte gar nicht mehr, dass er sich um ihn kümmerte. *Er hat nie wirklich auf meine guten Ratschläge gehört*, dachte Kipp, *und weil ich immer bei ihm war, hat er mich mit in die Gosse gezogen. Sie werden ihn fangen, wenn er versucht, sich an den Leslies zu rächen und ihr Vermögen in seinen Besitz zu bringen.*

Und warum vertraute Piers darauf, dass der König ihm die Vormundschaft über die Kinder gegen würde? Die Königin verachtete ihn doch so offen, dass sie es nicht einmal über sich brachte, eine Frau für ihn zu suchen! Sie würde wohl kaum zulassen, dass ihr einziger Enkel oder die anderen Kinder in Piers St. Denis Obhut kämen. Wahrscheinlich würde die Königin sich eher sogar umbringen lassen, als dass eins dieser Kinder nach Hartsfield House käme!

Außerdem – was war mit den Leslies von Glenkirk? Und dieser alten, mächtigen Gräfin von Lundy? Würden sie zulassen, dass ihre Kinder in die Hände eines Mannes wie Piers St. Denis gerieten? Es war Wahnsinn, auch nur daran zu denken, und doch hatte sein Bruder nicht nur daran gedacht, sondern er war davon ausgegangen, dass es so sein würde, weil er es wollte. *Aber es würde nicht so sein!* Plötzlich wurde Kipp St. Denis klar, dass er mit seinem Bruder untergehen würde, wenn er jetzt nicht handelte. Warum sollte er

Piers' Schicksal teilen? Wie oft hatte er für Piers die Schläge eingesteckt, als sie Kinder waren, und Piers hatte es nur lustig gefunden. Aber es war nicht lustig gewesen. Manchmal hatte Piers sogar absichtlich etwas Böses getan, damit sein Bruder bestraft wurde.

»Ich besitze weder Geld noch mächtige Freunde, die für mich eintreten könnten«, sagte er zu Adali.

»Ich gebe Euch das Silber, das Ihr benötigt«, erwiderte Adali. »Und was Verbündete angeht, Sir, so geht zum König und sagt ihm die Wahrheit in dieser Angelegenheit, dann werde Ihr jede Menge Freunde finden. Und nicht nur am Hof, wo sich diejenigen mit Euch anfreunden werden, die Euer Bruder sich zu Feinden gemacht hat, sondern auch in der Familie meiner Herrin. Ein Wort zum König, und Ihr könntet eine größere Belohnung bekommen, als Ihr vielleicht erwartet, Kipp St. Denis.«

»Wie könnt Ihr so sicher sein?«, fragte Kipp.

Adali richtet sich auf und sagte ernst: »Ich bin Adali, der Vertraute und Freund der königlichen Mogulprinzessin, die Ihr als Jasmine kennt. Ich lüge nicht, und ich verleihe auch meine Gunst nicht leichtfertig. Wenn ich Euch sage, dass es so sein wird, dann wird es so sein! Trefft Eure Entscheidung, bevor es zu spät ist, Kipp St. Denis, oder erleidet zusammen mit Eurem Bruder ein schlimmes Ende.« Damit drehte er sich auf dem Absatz um und wollte die Halle verlassen.

»*Wartet!*«

Adali wandte sich um.

»Wenn ich gehe, *muss* ich Geld haben«, erklärte Kipp.

Adali griff in eine Geheimtasche in seiner weißen Jacke und zog einen kleinen Lederbeutel heraus. »Es ist Gold und Silber darin«, sagte er ruhig und reichte den Beutel Kipp. »Mehr als genug, um nach England zu kommen, und noch ein bisschen für die Zeit danach.«

Kipp nahm den Beutel entgegen. »Wenn ich meine Meinung ändere«, versprach er, »dann gebe ich Euch das Geld zurück, Adali. Was ist mit meinem Pferd?«

»Euer Pferd steht für Euch bereit, wann immer Ihr es

wollt«, erwiderte Adali. »Ich werde dafür sorgen, dass Ihr nicht verfolgt werdet, aber beeilt Euch.«

Die beiden Männer verabschiedeten sich. Es war interessant, dachte Adali, dass Kipp St. Denis ihm den Geldbeutel zurückgeben wollte, wenn er seinen Bruder doch nicht im Stich ließ. *Er hat tatsächlich ein Gewissen*, dachte der Verwalter, *aber ich frage mich, ob seine Treue zum Marquis wohl größer ist als sein Verlangen, sich selbst zu schützen? Wir werden sehen. Wir werden sehen.*

Adali eilte in die Küche, um sicherzustellen, dass das Essen von erlesenster Qualität war. Der Marquis von Hartsfield musste gut zu essen und reichlich Wein zu trinken bekommen. In die letzten Pokale würde Adali ein Schlafmittel geben, das ihn bis zum nächsten Nachmittag durchschlafen ließ. Als Nächstes ging Adali zu den Ställen und wies den obersten Stallknecht an, dafür zu sorgen, dass Kipp St. Denis' Pferd seinem Herrn bei Bedarf ausgeruht und gefüttert zur Verfügung stand.

»Er hat ein lockeres Hufeisen, Master Adali«, sagte er Stallknecht. »Es dauert aber nicht lange, das zu richten. Der Schmied arbeitet daran.«

»Er soll alle vier Hufeisen erneuern«, erwiderte Adali. »Und, Dugald, das bleibt unser kleines Geheimnis, ja?«

»Ja, Master Adali«, entgegnete Dugald augenzwinkernd.

»Die Pferde, die dem Marquis und den anderen Männern gehören«, fuhr Adali fort, »sollten vielleicht auf die obere Weide geschickt werden, bis man sie benötigt.«

»Ja, Master Adali«, sagte der Stallknecht grinsend. Der neue Verwalter des Grafen war zwar kein Schotte, aber er dachte wie einer, überlegte Dugald. Zumindest, wenn es um Engländer ging.

Piers St. Denis genoss es, am Kopfende der Tafel in der Großen Halle zu sitzen. Er ließ seine Blicke über die Banner schweifen, die von den Deckenbalken herunterhingen; Banner, die anzeigten, in wie vielen Schlachten die Leslies gekämpft hatten, und er betrachtete auch die wundervollen Wandbehänge, die ihre Frauen geschaffen hatten. Er bewunderte das schwere Silber auf der Anrichte, die beiden großartigen Porträts über den Kaminen, und registrierte, dass in den Lampen reinstes Duftöl brannte und dass alle Kerzen aus Bienenwachs und nicht aus Talg waren.

Das Essen war köstlich. Es gab eine fette Ente in Pflaumensauce, eine kleine, in Weißwein gekochte Forelle, die auf einer Silberplatte auf einem Kressebett angerichtet war, eine weitere Silberplatte mit Lammbraten, in Wein gedämpfte Artischocken mit zerlassener Butter, ofenwarmes Brot und einen hervorragenden Käse. Zum Nachtisch wurde eine Apfeltorte mit Sahne gereicht. Adali hatte sich pflichtschuldigst erkundigt, ob Seine Lordschaft Wein, Ale oder Apfelwein trinken wolle, und der Marquis hatte sich natürlich für den edlen Wein entschieden, den er bei Jasmine immer getrunken hatte. Abgesehen von seinem Bruder Kipp, der seltsam schweigsam war, hatte niemand an der Mahlzeit teilgenommen.

Jetzt jedoch fühlte er sich langsam schläfrig. Das war keine Überraschung, wenn man die lange Reise von Edinburgh hierher bedachte. Gähnend stand er auf, sank aber sofort wieder auf seinen Stuhl zurück, weil seine Beine nachgaben. Trunken begann er zu lachen.

»Ich helfe dir«, sagte Kipp und eilte an seine Seite.

»Komm, wir nehmen uns ein Dienstmädchen mit, Kipp, und vergnügen uns ein bisschen«, murmelte der Marquis. »Ich finde die da drüben mit den großen Titten und dem großen Hintern gut. Sieht so aus, als würde sie ordentlich quietschen, was? Wir können sie von beiden Seiten benützen, Bruder.« Lachend stützte er sich auf Kipp.

»Vielleicht später, Piers, wenn du dich ausgeruht hast«, entgegnete Kipp.

»Ich werde sie ordentlich auspeitschen«, sagte der Marquis, »genauso wie ich es mit Jasmine tun werde. Peitschen und ficken, was, Kipp? So muss man eine Frau behandeln. Wie alt ist ihre Tochter, Kipp? Wir peitschen sie auch aus und bringen ihr bei, wie man einem Mann einen bläst. Sie ist noch zu klein zum Ficken, aber wir können sie andere Sachen lehren.«

Kipp half seinem Bruder ins Schlafzimmer, zog ihm Jacke

und Stiefel aus und brachte ihn zu Bett. Er war betäubt worden, daran zweifelte Kipp nicht. Jetzt lag die Entscheidung bei ihm. Das Gerede über die kleine India Lindley hatte ihn angewidert. Sie hatten *nie* einem Kind etwas zu Leide getan, aber wenn sein Bruder das vorhatte, würde er es auch durchführen. *Ich kann es nicht billigen,* dachte Kipp, *und wenn ich bei ihm bleibe, kann ich es nicht verhindern. Nur wenn ich gehe, kann ich mich selbst retten, und letztendlich vielleicht sogar meinen Bruder.* Er ging noch einmal zu Adali.

»Ihr habt meinem Bruder etwas in den Wein getan«, sagte er.

»Er wird bis morgen Nachmittag schlafen«, erwiderte Adali. »Ihr habt Euch also entschieden?«

»Könnt Ihr dafür sorgen, dass ich geweckt werde? Ich möchte beim ersten Tageslicht aufbrechen«, sagte Kipp. »Ich habe eine lange Reise vor mir.«

Adali nickte. »Was hat Euch zu Eurer Entscheidung bewogen?«, fragte er neugierig.

»Er redete davon, Lady Jasmines älteste Tochter zu verführen und zu erniedrigen«, erwiderte Kipp. »Allein schon die Vorstellung stößt mich ab. Ich kann nicht mehr bei einem Bruder bleiben, der solche Gemeinheiten in Betracht zieht.«

»Er wird ihr nichts antun«, sagte Adali, »und meiner Herrin und ihrer Familie auch nicht. Ich würde ihn am liebsten noch heute Nacht umbringen, aber der Graf hat beschlossen, die Angelegenheit gemäß den Gesetzen des Königs zu regeln. Alle Welt soll sehen, was für eine korrupte Kreatur der Marquis von Hartsfield ist, Kipp St. Denis. Ihr seid klug, dass Ihr Euch jetzt von ihm trennt, solange Ihr noch die Möglichkeit dazu habt.«

Eine Stunde vor Morgengrauen weckte Adali Kipp, gab ihm in der Küche etwas zu essen und überreichte ihm seinen Reiseproviant. Er erklärte ihm auch eine Abkürzung über die Berge, die nur die Einheimischen kannten. Dadurch würde seine Reise zwei Tage kürzer werden. Dann ging er mit ihm in den Stall und half ihm, sein Pferd zu satteln.

»Ich habe seine Hufeisen richten lassen«, sagte er zu dem überraschten Kipp. »So werdet Ihr besser vorwärts kommen. Habt keine Angst, dass Euch die Männer Eures Bruders sehen könnten. Wie Ihr Herr werden sie heute gut schlafen.« Leise lachend führte er das Pferd aus dem Stall.

Unter dem Portal stieg Kipp St. Denis auf sein Pferd. Er sah Adali an und sagte: »Ich bin traurig, Adali, aber ich weiß, dass ich die richtige Entscheidung getroffen habe, so schwer es gewesen sein mag. Mein Bruder existiert für mich nicht mehr.«

»Eine Tür schließt sich, eine andere wird weit geöffnet«, erwidert Adali weise. »Gott möge Euch behüten, Kipp St. Denis.« Dann griff er in seine Jacke und holte eine kleine, versiegelte Pergamentrolle heraus. »Gebt das Baron Villiers, wenn Ihr wollt, und Eure Sicherheit wird Gewähr leistet sein.« Adali versetzte dem Pferd einen Schlag aufs Hinterteil und blickte Kipp nach, während er davonritt. »Ihr habt nichts gesehen«, sagte er ruhig zu der Wache.

»Ja, Master Adali«, erwiderte der Soldat.

Der Tag auf Glenkirk begann wie alle Tage. Ein Bote wurde zum Grafen geschickt, um ihn über die Ankunft von St. Denis und über Adalis Erfolg bei Kipp, der offensichtlich über eine Abkehr von seinem Bruder schon eine Weile nachgedacht hatte, zu informieren. Gegen Nachmittag taumelte der Marquis in die Große Halle und schrie nach seinem Bruder, nach Adali oder wem auch immer.

»Ah, Mylord, Ihr seid endlich aufgewacht«, sagte Adali, als er herbeieilte. »Habt Ihr Hunger? Was kann ich für Euch tun?«

»Wo zum Teufel ist mein Bruder?«, wollte St. Denis wissen.

»Euer Bruder?« Adali blickte ihn verwirrt an. »Ist er nicht bei Euch, Mylord? Ich dachte, er sei immer bei Euch.«

»Nein, er ist nicht da, sonst würde ich ja nicht fragen«, giftete der Marquis. »Bringt mir Wein! Ich habe einen Geschmack im Mund wie eine Hurenfotze!«

»Ich habe Euren Bruder zum letzten Mal gestern Abend gesehen, als er Eure Lordschaft zu Bett gebracht hat. Diese

Reise hat Euch viel Kraft gekostet, da Ihr nicht daran gewöhnt seid. Das Leben bei Hof bereitet einen auf solche Anstrengungen nicht vor, Mylord.« Er schenkte St. Denis einen großen Pokal mit Wein ein und reichte ihn ihm. »Euer Wein, Mylord.«

Der Marquis leerte den Pokal rasch. »Wie spät ist es?«

»Fast vier Uhr nachmittags«, erwiderte Adali fröhlich.

»Wo sind meine Männer?«

»Wie Ihr, Mylord, haben sie geschlafen wie die Toten«, erwiderte Adali.

»Sucht meinen Bruder!«, befahl der Marquis, und Adali verneigte sich und eilte aus der Halle.

Nach einer halben Stunde kam er zurück und teilte Piers St. Denis mit: »Anscheinend hat Euer Bruder das Schloss verlassen, Mylord, denn sein Pferd steht nicht mehr im Stall. Es muss sehr früh gewesen sein, denn der Stallbursche hat ihn nicht wegreiten sehen. Wahrscheinlich war es um die Zeit, als die Nachtwache von der Tagwache abgelöst wurde. Die Nachtwache glaubt, sie habe einen Mann wegreiten sehen, aber der Mann ist sich nicht sicher, und die Tagwache hat gar nichts gesehen. Leider kann ich Euch nicht mehr sagen.« Adali verbeugte sich.

»Wenn Ihr ihm etwas angetan habt ...«, begann Piers St. Denis, aber Adali unterbrach ihn.

»Mylord«, sagte er ärgerlich, »Ihr steht unter dem Schutz des Grafen von Glenkirk. Niemand würde Euch oder den Euren etwas antun, solange Ihr hier seid. Wenn wir Euch etwas hätten zu Leide tun wollen, wärt Ihr, Euer Bruder und Eure Männer letzte Nacht in Euren Betten ermordet und bereits in den Bergen vergraben worden. Niemand hier hat Eurem Bruder etwas getan. Ich weiß nicht, wohin er geritten ist oder warum er Euch verlassen hat. Möchtet Ihr jetzt etwas zu essen, Mylord?«

»Er wird schon wieder zurückkommen«, murmelte der Marquis, der Kopfschmerzen hatte und sich unwohl fühlte. Er aß allein und wurde nur von Männern bedient. Frauen waren überhaupt nicht zu sehen. Schließlich rief er nach Adali und sagte: »Ich will eine Frau, verdammt noch mal!

Holt mir das Mädchen, das gestern Abend in der Halle war. Die Rothaarige mit den großen Titten!«

»Ich bedauere, Mylord, aber auf Glenkirk stehen für unsere Gäste keine Huren zur Verfügung«, erwiderte Adali ruhig, aber bestimmt.

St. Denis stampfte aus der Halle in sein Schlafzimmer. Er war zwar nicht müde, schlief aber trotzdem ein und erwachte im Morgengrauen. Schnell kleidete er sich an und ging zurück in die Halle. »Ich reise heute ab«, sagte er zu Adali. »Habt Ihr die Namen der Orte aufgeschrieben, an denen sich der Graf und Jasmine aufhalten könnten? Und die Wegbeschreibungen?«

»Ja, Mylord«, versicherte Adali ihm. Er bediente den Marquis persönlich; es waren keine anderen Dienstboten in der Halle zu sehen. Adali stellte dem Marquis eine Schüssel mit Hafergrütze hin, einen Kanten Brot, ein Stück Käse und einen Pokal mit Apfelwein.

Als Piers St. Denis gegessen hatte, griff er nach dem Pergament mit den Namen und nach der Karte und lief hinaus in den Hof, wo seine Männer herumstanden. »Hat einer von euch meinen Bruder gesehen?«, fragte er, aber alle schüttelten nur verneinend den Kopf. Sein Pferd wurde gebracht, und er stieg auf. Dann blickte er sich um. »Wo sind die Pferde meiner Männer, Adali?«

»Wir konnten sie nicht alle in den Ställen unterbringen, deshalb haben wir sie auf die obere Weide geschickt«, war die Antwort. »Sie liegt auf Eurem Weg nach Sithean, Mylord. Wenn Eure Männer ihre Sättel und das Zaumzeug bis zu der Weide auf dem Berg tragen, können sie dort sofort ihre Pferde satteln, und Ihr kommt schneller voran. Müssten wir sie jetzt erst herunterholen, würdet Ihr einen weiteren Tag verlieren, und ich weiß, dass Ihr Euch sofort auf die Suche nach meinem Herrn und meiner Herrin machen wollt.« Er lächelte.

Piers St. Denis fluchte unterdrückt. Er hatte den Verdacht, dass Adalis Höflichkeit nur den erfolgreichen Versuch bemäntelte, ihn in seiner Verfolgung des Grafen und der Gräfin von Glenkirk zu behindern. Allerdings hatte Adali ihm sehr geholfen, und so konnte der Marquis von Hartsfield ihm nichts nachweisen, auch wenn sein Instinkt ihm etwas anderes zuflüsterte. »Falls mein Bruder zurückkehren sollte«, begann er, »werdet Ihr ihm doch sagen, wohin wir geritten sind, Adali, nicht wahr?«

»Natürlich, Mylord. Wenn Ihr meiner Liste folgt – von Sithean nach Greyhaven und Hay House, von dort nach Leslie Brae und Briarmere Moor und weiter nach Huntley, dem Besitz der Gordons –, weiß ich immer ganz genau, wo Ihr gerade seid. So kann ich Master St. Denis direkt zu Euch schicken, falls er zurückkommt.«

»Aber was ist mit den Orten, an denen die Spiele stattfinden?«, fragte der Marquis.

»Mylord, Ihr habt wahrscheinlich meinen Herrn und meine Herrin vorher gefunden. Wenn nicht, kann ich nur sagen – Inverness, Loch Lomond oder Nairn. Ich weiß weder wo sie hinreisen werden, noch wann. Das müsst Ihr leider alleine herausfinden.«

Piers St. Denis zerrte an den Zügeln und ritt ohne Abschiedsgruß oder Dank los. Seine Männer folgten ihm.

»Guten Ritt!«, murmelte Will Tood, der auf einmal neben Adali stand.

»Er ist ein Narr«, sagte Adali, »aber ein gefährlicher Narr, Will. Was könnt Ihr von Kipp St. Denis berichten? Ist er schon weg?«

»Er ist geritten, als sei der Teufel hinter ihm her«, erwiderte der alte Mann. »Die Wachen auf den Bergen haben alle Bericht erstattet. Gestern hat er das Land der Leslies verlassen. Ich glaube, er könnte in ein paar Tagen in Edinburgh sein. Master Adam wird uns eine Taube schicken, wenn er die Stadt erreicht, und er wird dafür sorgen, dass der junge St. Denis sicher über die Grenze nach England kommt. Wo ist der Graf jetzt?«

»Er macht einen kurzen Besuch bei seinen Schwiegereltern auf Dun Broc«, erwiderte Adali. »Wohin er als Nächstes fährt, hängt von unserem Marquis und seiner Geduld ab. Wenn er klug ist, verteilt er seine Männer auf alle Orte, die ich ihm gesagt habe. Dadurch würde er Zeit sparen. Wir konnten ihm seinen einzigen wirklichen Verbündeten nehmen, indem wir seinen Bruder aus dem Gefecht gezogen haben. Diese Straßenratten, die er angeheuert hat, sind weder loyal noch hilfreich, sondern lediglich gierig.«

»Unsere Clansmänner werden jeden seiner Schritte beobachten, Adali. Wir sind ihm voraus, das verspreche ich Euch. Wann, glaubt Ihr, hören wir von Jamie Stuart?«

»Unser Bote müsste mittlerweile beim König angekommen sein«, meinte Adali. »Und wenn Kipp St. Denis dort eintrifft, wird der König, der immer so unentschlossen ist, hoffentlich etwas unternehmen, Will. Dann muss seine Entscheidung in Schottland bekannt gemacht werden, und wir können St. Denis einsperren und fest halten.«

»Wir spielen also Katz und Maus«, stellte Will fest.

»Ja«, stimmte Adali zu.

»Ah, es ist gut, wenn der Graf endlich wieder zu Hause ist«, erwiderte Will. »Es ist langweilig auf Glenkirk, wenn er nicht da ist.«

»Im Moment ist es nicht gerade langweilig«, schmunzelte Adali.

»Ja, das stimmt«, meinte Will und lächelte über sein ganzes faltiges, wettergegerbtes Gesicht. »Es ist wie in alten Tagen.«

»In alten Tagen?«, fragte Adali verwirrt.

»Ja«, erklärte Will, »als der jetzige Graf noch ein kleiner Junge war. Seine Mutter, Mistress Catriona, wurde von ihrem Ehemann und dem Grafen von Bothwell geliebt, und Jamie Stuart, der jetzt auf dem Thron sitzt, stellte ihr ebenfalls nach. Das war damals eine aufregende Zeit, obwohl wir Clansmänner es eigentlich nicht wissen durften. Wir wussten es aber trotzdem. Es war ein ständiges Kommen und Gehen. Der König wollte die Mutter des jetzigen Grafen zur Mätresse, und ihr Gatte war auf See verschollen, und sie war so verliebt in den Grafen von Bothwell, der der Cousin des Königs war. Sie nannten ihn den *Ungekrönten König von Schottland,* und Jamie Stuart hatte so viel Angst vor ihm, dass er ihn der Hexerei bezichtigte; aber Mistress Catriona hat er deswegen doch nicht bekommen. Sie hat ihre Pflicht im Clan getan, ihre Kinder großgezogen, und dann ist sie zu ihrer wahren Liebe geflohen. Das waren Zeiten, Adali! Die momentane Situation erinnert mich sehr daran. Die Leslies von Glenkirk sind kein ruhiger Clan.«

Adali lachte. »Es sieht so aus, Will Todd, aber auch meine Herrin ist immer wieder in Schwierigkeiten geraten. Ich würde sagen, der Graf und seine Gattin passen hervorragend zusammen, wenn es um Probleme geht.«

»Ja, und deswegen müssen wir sie umso mehr vor diesem Engländer schützen. Wir haben bereits eine Gräfin Leslie böser Machenschaften wegen verloren, aber eine weitere werden wir nicht verlieren, Adali. Eine weitere nicht!«

5

Adali hatte dem Marquis von Hartsfield natürlich nicht den günstigsten Weg beschrieben. Sithean lag zwar in der Nähe von Glenkirk, aber schon sein nächstes Ziel Greyhaven würde ihn weit weg bringen; dann musste er wieder zurück und anschließend wieder weit weg. Da er mit der Gegend jedoch nicht vertraut war, würde Piers St. Denis nicht merken, dass man ihn getäuscht hatte. Er vermisste die Gesellschaft seines Bruders und fühlte sich bei diesen Halsabschneidern aus Edinburgh nicht sicher. Aber jetzt blieb ihm nichts anderes übrig, als alleine mit ihnen fertigzuwerden. Kipp war nicht mehr da. Wohin mochte er bloß gegangen sein? *Er sollte bei mir sein und sich um mich kümmern, wie er es unserem Vater versprochen hat, verdammt!* dachte der Marquis wütend. Der Gedanke, dass sein Bruder ihn für immer verlassen haben könnte, kam ihm nicht.

Auch auf Sithean wurde er mit großer Herzlichkeit von dem alten Grafen und seiner Frau begrüßt. Er bekam gut zu essen, wurde bequem untergebracht, und auch seine Männer und die Pferde wurden versorgt; nur James Leslie und seine Frau waren nicht auf Sithean. Waren sie dort gewesen?

»O ja«, erwiderte der alte Graf. »Sie waren vor ein paar Wochen hier, Mylord. Nicht wahr, meine Liebe?« Er wandte sich an seine Frau.

»Ja«, erwiderte sie.

»Ein reizendes Mädchen, die junge Gräfin. Kennt Ihr sie?« Sithean lächelte Piers St. Denis freundlich an.

»Ich habe einen königlichen Haftbefehl für Euren Neffen und seine Gattin«, sagte der Marquis gereizt. »Versteht Ihr denn nicht, dass ich im Namen des Königs unterwegs bin?«

»Oh, ja, ja«, erwiderte der alte Graf. »Wie geht es Jamie Stuart denn, Mylord? Er wird immer gleich so hektisch und stellt irgendwelche Haftbefehle aus. Schon als Kind war er so unruhig und nervös. Er liebt seine Heimat nicht.«

Hier ist offensichtlich nichts zu holen, dachte der Marquis ärgerlich. »Ich reite heute weiter«, teilte er seinen Gastgebern mit.

James und Jasmine Leslie beobachteten ihren Feind, als er Sithean verließ. Sie hielten sich in den Hügeln über Sithean in A-Cuil auf. Adali war in Glenkirk geblieben, um dort aufzupassen und die Informationen zu verteilen. Rohana war in der Abtei mit Mary Todd, Charlie und dem kleinen Patrick. Toramalli war mit Skye und den Kindern nach Dun Broc gefahren. Nur Fergus More und Red Hugh waren bei ihnen geblieben, was ein Glück war, da Jasmine nicht kochen konnte, Red Hugh sich aber Gott sei Dank damit auskannte.

A-Cuil war kein großes Jagdhaus. Es lag in den Hügeln über Loch Sithean, war aus Stein gebaut und trug ein Schieferdach. Im Parterre befanden sich ein kleiner Aufenthaltsraum und eine Küche. Unter dem Dach, im ersten Stock, gab es ein einziges Schlafzimmer. Das von Pinienwald umgebene Haus war auf einen Felsvorsprung gebaut, und von dort hatte man eine wunderbare Aussicht über Sithean, Glenkirk und die Landschaft. Das Haus selbst jedoch war kaum zu erkennen, weil es völlig mit der Umgebung verschmolz. Jasmine gefiel es hier, und trotz der Anwesenheit von Red Hugh und Fergus More fand sie es romantisch. Der Kammerdiener und der Soldat schliefen in zwei kleinen Verschlägen in dem Stall, der zu A-Cuil gehörte.

»Ich könnte immer hier leben«, sagte Jasmine zu Jemmie.

Er lachte. »Und wo würden wir die Kinder unterbringen, ganz zu schweigen von Adali und den Zwillingen, Madame?«

»Wenn wir hier leben würden, hätten wir weder Kinder noch Dienstboten«, erwiderte sie einigermaßen unlogisch.

»Und du würdest kochen lernen?«, neckte er sie. »Mit diesen beringten Fingern würdest du Brotteig kneten und Karotten putzen?« Er ergriff ihre Hand und küsste sie, wobei er spielerisch an ihren Fingern knabbert.

»Biest!« Sie zog ihre Hand weg. »Wenn ich es wollte, könnte ich durchaus kochen«, erklärte sie.

James Leslie lachte. »Jasmine, meine geliebte Jasmine, du hast absolut kein Talent für die kulinarischen Künste – was jedoch die Liebeskünste angeht, so bist du äußerst geschickt.« Er zog sie auf seinen Schoß und küsste sie. Dann löste er die Bänder an ihrem Hemd und ließ seine Hand zu ihrer Brust gleiten.

»Ich wusste gar nicht, dass du Karotten putzen kannst«, murmelte sie und knabberte an seinem Hals. Seine Zunge glitt in ihren Mund, während er mit Daumen und Zeigefinger an ihrem Nippel spielte. »Hmm«, erwiderte er und küsste sie leidenschaftlich.

Die Haustür sprang auf, und der Graf von Glenkirk ließ seine Frau fast zu Boden fallen, als Red Hugh, der von einem Ohr zum anderen grinste, mit ein paar Kaninchen hereinstampfte.

»Abendessen«, schmunzelte er. »Vielleicht sollte ich sie draußen abhäuten, Mylord.« Er ging in die Küche.

Jasmine band kichernd ihr Hemd wieder zu. »Vielleicht ist es doch keine so gute Idee, immer hier leben zu wollen, Jemmie«, sagte sie. »Und bleibt nichts besonders viel Intimsphäre, wie?«

»Nein«, brummte er. Verdammt, er war scharf auf sie! A-Cuil war nett für ein paar Tage, aber jetzt wollte er langsam wirklich wieder nach Hause. Seine Schwiegereltern waren bereits nach England und Queen's Malvern abgereist, aber er und seine Frau würden den ganzen Sommer über vor diesem verdammten Piers St. Denis weglaufen müssen.

»Warum gehen wir nicht einfach nach Hause?«, meinte Jasmine plötzlich, als ob sie seine Gedanken lesen könnte.

»Nach Glenkirk? Das können wir nicht«, erwiderte er.

»Warum nicht?«, entgegnete Jasmine. »St. Denis ist doch schon da gewesen und jagt jetzt wie ein Irrer im ganzen Land hinter uns her. Wir lassen ihn ja beobachten, und wenn er wieder nach Glenkirk kommt, erfahren wir das früh genug, Jemmie. Ich will nur nicht, dass die Kinder bei uns sind, jedenfalls nicht, bevor diese Angelegenheit geregelt ist. Wir beide jedoch können mit Leichtigkeit fliehen, falls der Marquis von Hartsfield wieder in Richtung Glenkirk unterwegs ist.«

Er überlegte einen Moment und fand dann, dass sie Recht hatte. »Wir verbringen noch eine Nacht hier, Madame«, sagte er, »aber ich schicke Fergus More und Red Hugh schon einmal nach Glenkirk, damit sie Adali davon unterrichten, dass wir unsere Pläne geändert haben.«

»Erst nach dem Abendessen«, kicherte sie, und er lachte zustimmend.

Als sie ihre Mahlzeit eingenommen hatten, die aus gebratenem Kaninchen, Haferkuchen, Käse und Apfelwein bestand, schickten sie Fergus und Red Hugh mit einer Nachricht für Adali zurück nach Glenkirk. Dann setzten sie sich vors Haus, um den Sonnenuntergang zu betrachten.

Jasmine kuschelte sich an ihren Mann und seufzte glücklich. »In Indien waren die Sonnenuntergänge ganz anders«, sagte sie. »Die Farben waren üppiger und exotischer, aber nicht so leuchtend und klar wie hier. Ich liebe unsere schottischen Sonnenuntergänge, Jemmie. Ich liebe Schottland. *Es ist mein Zuhause!* Ich fühle mich hier wohl wie an keinem anderen Ort, seit ich Indien verlassen habe.«

»Und doch ist es hier so anders«, erwiderte er.

»Ja«, sagte sie. Es bedurfte keiner weiteren Erklärung mehr.

Sie legten sich ins Gras und lauschten dem Gesang der Vögel, während die Sonne langsam unterging und die ersten Sterne am Himmel über ihnen erstrahlten. Und dann stieg der Mond über den Bergkamm.

»Es ist ein Grenzmond«, sagte Jemmie leise.

Ein Grenzmond? Jasmine war verwirrt. »Was bedeutet das?«

»Wenn er groß und voll ist, nennen die Schotten an der Grenze ihn so. Bei Grenzmond haben sie immer angegriffen. Mein Stiefvater kam von der Grenze. Er hat meine Mutter einmal bei einem Angriff mitgenommen.«

»Hat er ihr gefallen?«, fragte Jasmine.

»Ja«, gab er zu.

»Mir würde es wahrscheinlich auch gefallen«, sagte Jasmine zu ihrem Mann.

Eine Wildkatze auf der Jagd schrie im Wald hinter ihnen, und der Graf von Glenkirk stand auf, wobei er seine Frau mit sich zog. »Komm«, sagte er, »lass uns zu Bett gehen, geliebte Jasmine.«

Sie vergewisserten sich, dass die Stalltür fest verschlossen war, damit den Pferden nichts passierte. Dann legten sie den schweren Eichenriegel von innen vor die Haustür, dämmten das Feuer im Salon und in der Küche und kletterten die schmale Treppe in ihr Schlafzimmer hinauf. James Leslie legte noch ein Holzscheit auf das Feuer in dem kleinen Kamin neben der Tür.

An der linken Wand neben der Tür waren zwei Fenster, die Jasmine einen Spalt weit öffnete. Rechts befand sich ein einzelnes rundes Fenster, und darunter ein kleiner Tisch. Über dem Kamin hing ein Spiegel, und daneben stand ein Stuhl. Das Baldachinbett und die Kleidertruhe waren die einzigen richtigen Möbel im Schlafzimmer. Sie zogen sich aus und schlüpften unter die Bettdecke.

Er nahm sie in die Arme und streichelte ihr Gesicht. »Weißt du eigentlich, wie sehr ich dich liebe?«, fragte er leise.

»Mindestens so sehr, wie ich dich liebe«, erwiderte sie und schlang die Arme um ihn.

Langsam und zärtlich begann er ihr Gesicht zu küssen. Seine Lippen glitten über ihre Wangen, ihre Augenlider und ihre Stirn, bis sie schließlich bei ihrem Mund ankamen. Ihre Leidenschaft wuchs.

Sie war ganz benommen von seinen Küssen. Mit der Zungenspitze fuhr sie neckend über seine Lippen, die sich öffneten, so dass sie in die warme Höhle eindringen konnte. Stöhnend bog sie sich ihm entgegen.

Er schob sie leicht zurück und streichelte mit einer Hand ihre Brust. »Wunderschön! Wunderschön!«, murmelte er, und sie seufzte. Sein dunkler Kopf beugte sich über ihre zarte Haut.

»Ah, Jemmie, mein Geliebter ...«, seufzte sie leise.

Als er den Kopf wieder hob, glänzten seine Augen vor Verlangen, und sie entwand sich ihm und schob ihn auf den Rücken. Er lächelte sie an.

»Jetzt bin ich an der Reihe«, sagte sie, hockte sich hin, löste ihren Zopf und kämmte sich mit den Fingern durch die Haare. Als sie wie ein Vorhang aus Ebenholz herunterhingen, neigte sie den Kopf und begann ihn mit sinnlichen Bewegungen mit ihren Haaren zu streicheln. Manchmal beugte sie sich so tief herunter, dass sie seinen Körper mit ihrer heißen kleinen Zunge ablecken oder ihn küssen konnte. Immer tiefer neigte sie ihren Kopf, bis sie schließlich seine Männlichkeit in die Hand nahm. Sie zog die Vorhaut zurück und fragte: »Behandelt man eine Karotte so, Mylord?« Dann ließ sie ihre Zunge rasch um seine Eichel kreisen, bevor sie den ganzen Schaft in den Mund nahm und daran saugte.

Er bog sich ihr entgegen, packte ihren Kopf und bestimmte zunächst ihren Rhythmus, dann hielt er sie fest, damit er nicht in wilder Lust explodierte. Sie blickten sich an, und in ihren Augen stand eine solche Lust, dass er sie hochhob und auf seinen pochenden Stab setzte. Als er vollständig in sie eingedrungen war, schloss Jasmine die Augen. Tief aufseufzend lehnte sie sich zurück und zog ihre inneren Muskeln so fest zusammen, dass er vor Lust stöhnte.

Ganz langsam bewegte sie sich auf ihm, um ihrer beider Feuer noch mehr zu schüren und ihre Befriedigung umso größer zu machen. Schließlich jedoch rollte er sich über sie, ohne aus ihr herauszugleiten, und hob ihre Beine an, damit er noch tiefer in sie eindringen konnte. Sie biss ihn in die Schulter, und ihre Nägel kratzten über seinen Rücken, als er immer fester und schneller zustieß.

»Jemmie! Jemmie!«, keuchte sie. »Du bringst mich um!« Und doch zwang er sie immer noch höher dem Gipfel entgegen, bis sie spürte, wie die Welle langsam über ihr zusammenschlug. Sie grub ihre Nägel tiefer in sein Fleisch.

»Hexe!« Er packte ihre Hände und stieß stöhnend noch fester in sie hinein. Jasmine war die erregendste Frau, die er je gekannt hatte, und er wollte, dass sie genauso viel Lust empfand wie er.

Oh ...! Ah ...! Die Welle war fast da. Sterne explodierten vor ihren Augen. *»Jemmmmie!«* Jetzt schlug die Welle über ihr zusammen, und sie wurde in einen Strudel von Wärme und Erfüllung hineingezogen. *»Ahhh ...!«*

»Ah ... lieber Himmel! *Oh! Oh! Oh!«*, schluchzte er, als sein eigener Höhepunkt ihn überwältigte. Keuchend sank er über ihr zusammen. »Jesus, Frau, du hättest mich fast umgebracht!« Dann küsste er sie, rollte sich von ihr und ergriff ihre Hand. »Ich liebe dich, geliebte Jasmine«, sagte er und küsste leidenschaftlich ihre Fingerspitzen.

»Ich liebe dich auch, Jemmie Leslie«, erwiderte sie. »Wag es nicht, dich wie der arme Jamal und Rowan ermorden zu lassen! Und du darfst auch nicht plötzlich sterben wie mein süßer Hal! Das verbiete ich dir!«

Er lachte leise. »Du hast dein Bett mit mir gemacht, Madame, und du wirst immer darin liegen müssen. Ich werde dich nie verlassen, meine geliebte Frau. Es braucht schon mehr als diesen Narren St. Denis, um uns voneinander zu trennen. Abgesehen davon beginnt es mich jetzt langsam zu ärgern, dass er unser Leben so stört. Ich werde wohl nicht umhin können, ihn zu töten.«

»Gut!«, erwiderte sie. »Ich helfe dir!«

»Du bist schon jetzt eine gute Highland-Frau«, neckte er sie.

Jasmine kuschelte sich an ihn. »Deine Tante Fiona sagt, die Frauen der Leslies seien genauso hart und kühn wie die Männer der Leslies«, erklärte sie ihm. »Außerdem verdient

St. Denis es wirklich, dass man ihn hart bestraft, weil er so ein schlechter Verlierer ist und uns so viele Probleme bereitet.«

»Da stimme ich dir zu«, erwiderte ihr Mann, »aber wahrscheinlich lassen wir besser den König über das Schicksal des Marquis entscheiden – es sei denn, uns bleibt keine andere Wahl, um uns zu schützen. Ich glaube jedoch, dass wir ihm im Moment aus dem Weg gehen können.«

Am nächsten Morgen ritten sie nach Glenkirk zurück und richteten sich dort wieder ein. Man unterrichtete sie regelmäßig über den Verbleib ihres Widersachers; er besuchte alle Häuser, die Adali ihm aufgelistet hatte, und reiste zum Schluss, nachdem er nirgendwo Erfolg gehabt hatte, sogar noch weiter nach Norden zu den Gordons. Der Sommer stand in voller Blüte, und sie genossen die Zeit.

»Lass uns nach Edinburgh fahren«, schlug der Graf eines Tages vor. »Es führt nur eine Straße aus England dorthin, und wenn wir unserem Boten auf seinem Rückweg aus England nicht begegnen, warten wir dort auf ihn.«

»Ja, das sollten wir vielleicht machen«, stimmte Jasmine zu. »Es wird das Beste sein, dieses Thema so öffentlich wie möglich zu regeln und so der ganzen Geschichte ein Ende zu setzen. Fast empfinde ich Bedauern für St. Denis. Was wird er tun, wenn er uns nicht mehr belästigen und verfolgen kann? Er wird nie wieder bei Hof willkommen sein, und das machte doch sein ganzes Leben aus. Und er wird in keine anständige Familie einheiraten können. Er könnte genauso gut tot sein.«

»Sein Hass wird ihn letztendlich zerfressen«, entgegnete James Leslie.

Am nächsten Morgen brachen sie nach Edinburgh auf, wo sie ein paar Tage später ankamen. Adali begleitete sie zusammen mit einer jungen Dienerin namens Maggie, Fergus More und Red Hugh. In Edinburgh gehörten den Leslies von Glenkirk zwei Häuser. Fiona, die Tante des Grafen, hatte Leslie House geerbt und wohnte dort mit seinem Onkel Adam, wenn sie nicht gerade ihre zahlreichen Verwandten im Norden besuchten. Die andere Residenz, Glenkirk House, hatte James Leslies Mutter gehört. Es war ein Geschenk von seinem Vater, dem früheren Grafen, gewesen.

Das Ziegelhaus war fünf Stockwerke hoch und hatte einen tiefen Keller, in dem sich die Küchen, die Vorrats- und Lagerräume, die Waschräume und die Dienstbotenkammern befanden. Mit den angebauten eigenen Stallungen stand es in einem großen Garten. Im Gegensatz zu den anderen Stadthäusern in Edinburgh verfügte Glenkirk House sogar über innenliegende Sanitäreinrichtungen.

Nachdem sich der Graf und seine Frau eingerichtet hatten warteten sie darauf, dass etwas geschah. Die meisten der großen Familien, die in der Stadt lebten, waren in den Norden oder in ihre Häuser an der Grenze gefahren, da es Hochsommer war. Das Wetter zeigte sich feucht und mild, aber in den Hügeln über der Stadt und über den Türmen des Schlosses von Edinburgh hing der Nebel.

Weiter südlich, in Queen's Malvern, freute sich Skye darüber, wieder zu Hause zu sein. Ihr Enkel, Charles Gordon, hatte die Lindley-Kinder zum Sitz des jungen Henry in Cadby mitgenommen und passte dort auf sie auf. Der ungeduldige Graf von BrocCairn war zum Hof geritten, um sich zu vergewissern, ob der König gewillt war, weiteres Unheil abzuwenden. Nur Velvet und ihre drei jüngsten Söhne blieben bei Skye. Ihre Tochter war so beschäftigt mit ihrem ungebärdigen Nachwuchs, dass sie ihre Mutter viel sich selbst überließ. Skye verbrachte viele Stunden auf einer kleinen Steinbank, die sie an Adams Grab am Hügel hatte errichten lassen. Es war friedlich dort, und sie fühlte sich getröstet, obwohl um sie herum alles in Aufruhr war.

»Ich kann es nicht mehr allen recht machen, Adam. Werde ich jetzt alt?«, sagte sie laut zu seinem Grabstein und seufzte tief. »Unser geliebtes Mädchen ist in Gefahr, und der König kann sich offenbar nicht entscheiden. Ach, Adam! Bess hätte solche Vorkommnisse niemals toleriert, auch nicht bei ihren Favoriten, abgesehen von Dudley natürlich. Dudley durfte immer alles tun. Wir können nur beten, dass unser Schwiegersohn den armen alten Jamie Stuart zum Handeln bewegt, bevor es zu spät ist.«

Der Graf von BrocCairn fand den König in seinem Jagdhaus in der Nähe von Winchester und suchte sofort um eine Audienz nach. Als er sich unter die wartenden Höflinge mischte, entdeckte ihn George Villiers und fragte sich, wer wohl der große, distinguiert aussehende Mann im Kilt sein mochte. Er erkundigte sich bei der Königin.

Queen Anne wandte sich um, und ihre Augen leuchteten auf. »Das ist der Cousin des Königs, der Graf von BrocCairn. Was er wohl hier tun mag?« Sie winkte ihm zu und bedeutete ihm, näher zu kommen.

Er trat auf sie zu, verbeugte sich und küsste ihr die Hand. »Madame, ich freue mich, Euch wieder zu sehen.«

»Alex, was macht Ihr hier? Ich dachte, Ihr seid auf Dun Broc ... Ach nein, es ist ja Sommer, da haltet Ihr Euch mit Eurer Familie ja immer in Queen's Malvern auf. Oh, ich bin ungezogen! Das ist George, Baron Villiers, den wir Steenie nennen.«

Der Graf von BrocCairn verbeugte sich höflich vor Villiers, und dann sagte er: »Ich muss dringend mit dem König sprechen, Madame, denn der Marquis von Hartsfield verursacht viel Ärger. Könnt Ihr meinen Cousin bitten, dass er mir sein Ohr leiht, Madame? Euer Einfluss auf ihn würde auch von unserer Familie sehr geschätzt werden.«

Villiers war fasziniert. Er folgte der Königin in die Privatgemächer ihres Gatten und trat gerade ein, als sie sagte: »Hier ist dein Cousin BrocCairn, Jamie, und er bringt schlechte Nachrichten. Du musst ihn sofort anhören!«

Baron Villiers drückte sich in eine Nische, um zu lauschen.

»Alex!« Der König kam langsam auf ihn zu; seine Gelenke waren steif von dem feuchten Wetter. Fast war es wie zu Hause in Schottland, dachte er gereizt. »Was für Neuigkeiten gibt es, Mann? Du kommst nur noch selten an den Hof, also muss es etwas Ernstes sein, das dich bewogen hat, die lange Reise nach Süden zu machen, was?«

Alexander Gordon verbeugte sich tief vor dem König

und küsste die ausgestreckte Hand seines Cousins. »Es ist sehr ernst, Jamie«, erwiderte er.

»Setz dich! Setz dich!«, forderte der König ihn auf, und sie ließen sich auf einer Bank am Kamin nieder. »Und jetzt erzähl mir von deinen Problemen!«

»Der Marquis von Hartsfield hält sich seit Beginn des letzten Winters in Schottland auf. Er hat einen königlichen Haftbefehl mit Eurer Unterschrift dabei, Jamie. Er ist auf meine Stieftochter und ihren Mann wegen Hochverrats ausgestellt. Nun, ich glaube nicht, dass Ihr ein solches Dokument unterzeichnet habt oder unfreundliche Absichten gegenüber den Leslies von Glenkirk hegt, aber St. Denis scheint immerhin im Besitz eines Dokuments zu sein. Wenn er Jasmine und ihren Jemmie erwischen sollte, dann wird das Gesetz auf seiner Seite stehen.«

»Oh, dieser Teufel!«, schrie die Königin. »Jamie, du musst sofort etwas unternehmen! Die arme Jasmine! Der arme Jemmie! Haben sie in den vergangenen Jahren nicht schon genug Schwierigkeiten gehabt?«

»Ich habe keinen Haftbefehl unterschrieben«, sagte der König langsam. »Piers wollte mich zwar viele Male dazu überreden, aber ich habe es nicht getan.«

»Wer in Schottland wird schon mit Gewissheit sagen können, dass das Dokument nicht Eure Unterschrift trägt, Jamie?«, erwiderte BrocCairn. »Hast du denn keine Nachricht aus Glenkirk bekommen? Wir haben vor Wochen einen Mann nach Süden geschickt und wissen mit Sicherheit, dass er heil bis nach Queen's Malvern gekommen ist. Der Rest der Reise müsste dann doch recht einfach gewesen sein. Und er wusste, wo er Euch finden konnte.«

»Steenie, holt Barclay zu mir«, sagte der König, dann wandte er sich wieder an seinen Vetter. »Er ist mein Sekretär, und er wird wissen, welche Nachrichten gekommen sind. Leider funktioniert meine Administration seit dem Mord an Lord Stokes nicht mehr so gut, Alex.«

Als der Sekretär des Königs eintrat, wurde er sofort befragt, ob eine Nachricht vom Grafen von Glenkirk eingetroffen sei.

»Aus Schottland?« Barclay schniefte. »Einer meiner Assistenten hätte das wohl beachten müssen … War eine Antwort erforderlich? Wenn ja, hätten wir dem Boten gesagt, er solle hier bei Hof warten.«

»Findet diese Nachricht auf der Stelle!«, donnerte der König in einem seltenen Wutausbruch. »Wie könnt Ihr es wagen, sie mir vorzuenthalten! Es geht um Leben und Tod, Barclay. Das lasse ich nicht durchgehen. Diese Ungeschicklichkeit ist zu viel!« Und als Barclay davoneilte, um die Nachricht zu suchen, murmelte der König: »Da muss sich etwas ändern, das sehe ich schon.«

»Mylord?«

»Ja, Steenie, mein Lieber?«, erwiderte der König.

»Gestern hat Kipp St. Denis um Audienz bei mir nachgesucht«, sagte Baron Villiers. »Glaubt Ihr, das hat etwas mit dieser Angelegenheit zu tun? Ich habe ihn nicht empfangen, weil ich Euch nicht beleidigen wollte, aber ich weiß, dass er am Hof ist, Mylord. Soll ich ihn suchen lassen?« Er blickte den König besorgt an, als fürchtete er, etwas falsch gemacht zu haben.

Der König nickte. »Was erhofft sich mein armer Piers davon, wenn er die Leslies von Glenkirk einsperren lässt?«, grübelte er laut.

»Er will sie umbringen, Cousin«, sagte BrocCairn unverblümt. »Er glaubt, dadurch Euren kleinen Enkel zu bekommen und Macht über Euch zu erlangen, der verdammte Narr! Und er hat Jasmine immer noch nicht verziehen, dass sie Glenkirk ihm vorgezogen hat. Warum um alles in der Welt habt Ihr sie ihm überhaupt angeboten, Cousin?«

»Weil er ein alter Narr ist, der sich in alles einmischt!«, giftete die Königin.

Der König zuckte hilflos mit den Schultern. Anscheinend stimmte er mit der scharfen Beurteilung seiner Frau überein. »Das ist ja jetzt vorbei«, sagte er.

»Nicht für den Marquis von Hartsfield«, erwiderte BrocCairn. »Jasmine war gezwungen, sich von ihren Kindern zu trennen, Jamie. Wir haben die kleinen Lindleys nach Cadby gebracht, und mein Charlie ist bei ihnen. Unseren gemeinsamen Enkelsohn und den kleinen Erben von Glenkirk mussten sie aus Angst vor St. Denis in der Abtei von Glenkirk verstecken. Sie sollten nicht von ihrer Mutter getrennt sein, Cousin, aber in dieser Situation konnten wir nichts anderes tun. Ihr müsst St. Denis aufhalten, bevor er ernsthaften Schaden anrichtet.«

Der Sekretär des Königs, Barclay, kehrte zurück und händigte dem König zerknirscht eine ungeöffnete Nachricht aus Glenkirk aus. James Stuart funkelte ihn finster an, erbrach das Siegel und las die Botschaft. Er war gerade damit fertig geworden, als sein Favorit mit Kipp St. Denis erschien.

St. Denis kniete mit gesenktem Kopf vor dem König nieder.

»Sprecht«, sagte der Monarch.

»Ich erbitte Eure Vergebung, Euer Gnaden«, sagte Kipp St. Denis leise und blickte den König an. »Ich bin nur der Bastard meines Vaters, aber er hat mir seinen Namen gegeben, und ich bin zusammen mit seinem Erben aufgewachsen. Ich versprach meinem Vater auf dem Sterbebett, dass ich immer für Piers sorgen würde. Jetzt bleibt mir keine andere Wahl mehr, als mein Gelübde zu brechen, Euer Gnaden, denn mein armer Bruder muss wahnsinnig gewesen sein, als er das tat, was er getan hat. Habt Gnade mit ihm.«

»Und was hat er getan?«, fragte der König sanft.

»Als wir nach Schottland reisten, wusste ich nicht, dass die Unterschrift auf dem königlichen Haftbefehl gefälscht war, Euer Gnaden. Erst in Glenkirk hat mein Bruder dies mir gegenüber zugegeben. Sein Wunsch, sich an den Leslies zu rächen, ist so überwältigend, dass er darüber sicherlich den Verstand verloren hat. Er nahm den Haftbefehl vom Schreibtisch Eures Sekretärs, unterschrieb ihn, trug die Namen von James und Jasmine Leslie ein und versiegelte ihn mit Eurem Siegel. Ich wusste dies nicht, als ich mit ihm nach Schottland reiste und bin auch nur mitgekommen, um ihn zu beschützen, so wie ich ihn immer vor sich selbst beschützt habe.

In Edinburgh wurden wir den Winter über fest gehalten,

und ich wollte ihn während dieser Zeit dazu überreden, von seinem Vorhaben abzulassen, aber es gelang mir nicht. Er heuerte eine Truppe von Tunichtguten an, und als die Straßen im Frühling wieder frei waren, ritten wir nach Norden. In Glenkirk trafen wir die Leslies allerdings nicht an, und mir wurde klar, dass wir sie niemals finden würden, wenn sie nicht gefunden werden wollten. Ich dachte, mein Bruder bekäme die Angelegenheit schließlich satt, und er würde versuchen, wieder an den Hof zurückzukommen, aber Piers sprach von immer schlimmeren Dingen, und als er davon redete, die Leslies zu hängen und die kleine Lady India Lindley zu seiner Frau zu machen, als er meinte, dass ihr Bruder vielleicht die Kindheit nicht überleben würde und dass er dann sein Vermögen verwalten könnte, da wusste ich, dass ich keinen Einfluss mehr auf ihn hatte, dass er völlig wahnsinnig geworden war.

Ich bat Master Adali, den Schlossverwalter, um Hilfe, und er sorgte dafür, dass ich sicher zu Eurer Majestät gelangen konnte. Ihr dürft nicht zulassen, dass mein Bruder weiterhin seine bösen Pläne verfolgt, Euer Gnaden. *Ihr dürft es nicht zulassen!*«

»Ach, mein armer Piers«, jammerte der König. »Ich glaube, Ihr habt zu große Bedenken wegen der Handlungen Eures Bruders. Nie habe ich erlebt, dass er wirklich schlimme Dinge getan hätte, Kipp St. Denis; ich kann es einfach nicht glauben, dass dieser nette Junge zum Mörder würde, auch nicht, wenn sein armes Herz gebrochen ist.«

»Euer Gnaden«, erwiderte Kipp St. Denis ruhig, »mein Bruder Piers hat den Grafen von Bartram mit seinen eigenen Händen umgebracht. Er hat ihm vor den Toren seines Hauses aufgelauert und ihm ein Messer ins Herz gestoßen, weil er fürchtete, Ihr könntet Lord Stokes die Vormundschaft über Euren Enkel Charles Frederick Stuart übergeben. Er hat seinen Rivalen kaltblütig beiseite geschafft, und dann hat er versucht, den Leslies von Glenkirk die Schuld zuzuschieben. Glücklicherweise war Euer Majestät zu klug, um so etwas Schlechtes von ihnen zu glauben. Dann sorgte Piers dafür, dass die Nachricht, in der Ihr die Leslies aufgefordert habt, in England zu bleiben, nie weggeschickt wurde. Deshalb hatten sie England bereits verlassen, als Euer Majestät sie, wiederum auf den Vorschlag meines Bruders hin, wie Ihr Euch sicher erinnert, zurück an den Hof holen wolltet.«

»Oh, dieser Teufel!«, schrie die Königin wieder.

George Villiers jedoch empfand eine gewisse Bewunderung für die Machenschaften des Marquis von Hartsfield. Niemand, außer der klugen alten Madame Skye, hatte in ihm den Schuldigen an Stokes' Ermordung vermutet. Er wäre auch davongekommen, wenn sein Bruder kein Geständnis abgelegt hätte. Und vielleicht wäre er auch davongekommen, wenn er nicht so besessen seinen Rachegedanken nachgegeben hätte. Das war ein Lehrstück. Manchmal musste man mit der Rache eben warten, auch wenn es sehr lange dauerte.

»Cousin«, sagte der Graf von BrocCairn, »wir müssen etwas unternehmen, sonst werden Jasmine und Jemmie noch von St. Denis umgebracht!«

»Ihr müsst dem Gouverneur in Edinburgh schreiben, dass die Leslies unschuldig sind und dass der Marquis von Hartsfield ein Verräter ist«, drängte die Königin.

»Ich werde diese Nachricht selbst für Euer Majestät überbringen«, sagte George Villiers. »Die Angelegenheit erfordert mehr Autorität als einen einfachen königlichen Boten, mein liebster Herr.«

»Ich werde ihn begleiten«, fügte Alexander Gordon hinzu. »Man kennt in Edinburgh Euren hübschen Favoriten nicht, Jamie, aber mich kennen sie.«

»Barclay!«, gellte der König. »Wo seid Ihr, Mann?«

»Hier, Mylord!«, erwiderte der Sekretär und trat rasch vor.

»Ihr habt alles gehört«, sagte der König. »Schreibt es auf, aber macht es einfach, denn meine Schotten sind ein einfaches Volk. Tut es sofort, und dann bringt es mit meinem Siegel wieder her, damit ich es unterschreiben kann.« Er stützte sich schwer auf seinen Cousin. »Ich bin erschöpft, Alex. Ich kann all diese Aufregungen nicht mehr ertragen. Ich fürchte, ich spüre langsam mein Alter.« Er schaute Kipp St. Denis an, der immer noch vor ihm kniete. »Ihr könnt Euch erheben, Mann. Ich weiß, wie schwer es Euch gefallen ist, zu mir zu kommen, aber es war richtig von Euch, dass Ihr Eurem König Eure Treue gezeigt habt. Ihr werdet es nicht bereuen, mein Junge.«

»Ich bitte nur um Gnade für Piers, Euer Gnaden«, sagte Kipp. »Lasst mich ihn mit nach Hause nehmen und für ihn sorgen. Seine Mutter hatte eine schwache geistige Gesundheit, und ich fürchte, er hat ihre Veranlagung geerbt.« Er klopfte sich den Staub von den Knien.

»Wir werden sehen«, erwiderte der König. »Wir werden sehen. Im Moment solltet Ihr besser am Hof bleiben, Master St. Denis, damit ich mit Euch sprechen kann, wenn ich Euch brauche. Beantwortet mir noch eine Frage, bevor ihr geht. Warum habt Ihr Lord Stokes nicht für Euren Bruder getötet?«

Kipp St. Denis zuckte zusammen. »Ich konnte einem unschuldigen Wesen nichts antun, Euer Gnaden«, sagte er. »Ich habe mich danach erbrochen, denn Piers bestand darauf, dass ich ihn begleitete. Niemals werde ich den Ausdruck in den Augen des Grafen von Bartram vergessen, als ihm klar wurde, was geschah.« Beschämt senkte er den Kopf. »Gott möge mir vergeben, dass ich meinen Bruder nicht von seiner bösen Tat abhalten konnte.«

Der König nickte. »Ihr könnt jetzt gehen«, entließ er ihn. »Ob er wohl die Wahrheit sagt?«, meinte er fragend, als Kipp sich zurückgezogen hatte.

»Ich habe gehört«, erwiderte Viscount Villiers, »dass es Kipp war, zu dem sich die Damen oft hingezogen fühlten, und nicht Piers. Er soll, abgesehen von der Verbindung zu seinem Bruder, ein anständiger Mann sein. Was für eine Schande, dass er nicht der legitime Sohn ist, mein liebster Herr. Wie traurig, dass das Haus St. Denis jetzt aussterben wird. Ich habe mir sagen lassen, es sei ein alter Name.« Dann schenkte er Wein in einen Pokal und reichte ihn dem König. »Trinkt, Mylord, damit Ihr wieder zu Kräften kommt«, sagte er liebevoll. Anschließend wandte er sich der Königin zu, während der König mit seinem Cousin BrocCairn plauderte.

»Was für einen Plan habt Ihr ausgeheckt, Steenie?«, fragte die Königin.

Die dunklen Augen des Barons glitzerten, und er strich sich eine Strähne seines kastanienbraunen Haars aus der Stirn. »St. Denis mag wahnsinnig sein oder nicht, Madame, aber ich wette, seine Stellung vergisst er niemals. Es ist jedoch unwahrscheinlich, dass er jemals eine Ehe eingehen kann, und deshalb wird der Name mit ihm oder seinem Bruder sterben.«

»Es sei denn …?«

Die Königin lächelte und zwinkerte ihm zu. »Was habt Ihr Euch jetzt schon wieder ausgedacht, mein guter Junge?«

»Kipp St. Denis ist der Erstgeborene, Madame, und kürzlich meinte jemand zu mir, es gäbe vielleicht etwas, das er unbedingt haben möchte, aber nie bekommen würde.«

»Er ist ein Bastard«, erwiderte die Königin.

»Das ist Euer Enkel, Charles Frederick Stuart, auch«, entgegnete Villiers mutig, »und doch hat Prinz Henry dafür gesorgt, dass er adelig wurde und hat ihm einen Herzogtitel verliehen. Glaubt Ihr nicht, dass Kipp St. Denis schon oft über den Zufall seiner Geburt nachgedacht hat? Er müsste ein Heiliger sein, wenn es nicht so wäre, und ich glaube nicht, dass er ein Heiliger ist, Madame.«

»Schlagt Ihr etwa vor, dass der König Piers St. Denis seinen Titel und sein Erbe entzieht, um es auf seinen Halbbruder zu übertragen?«

»Der Marquis ist wahnsinnig und eine Gefahr für sich selbst und alle anderen, und er ist eine Beleidigung für den König. Er muss eingesperrt oder hingerichtet werden, Madame. Der König hat keine andere Wahl.«

»Ja«, stimmte Königin Anne zu, »es gibt keine andere Wahl, als Piers St. Denis einzusperren oder hinzurichten.«

»Wir sollten Kipp nicht vergessen, Madame. Wenn der König ihn zum Marquis von Hartsfield macht, dann braucht die Familie nicht auszusterben. Ich habe sogar eine mögliche Braut für ihn. Margaret Grey, die verwitwete Gräfin von Holme. Sie ist gerade erst neunzehn, besitzt ein bescheidenes Erbe von ihrem verstorbenen Gatten, das als Aussteuer dienen könnte, und sie hat eine zweijährige Tochter, was beweist, dass sie Kinder bekommen kann.«

»Was für eine Großzügigkeit des Herzens, mein lieber Steenie«, murmelte die Königin. »Warum macht Ihr Euch Gedanken darüber, was mit Kipp St. Denis oder dem Familiennamen geschieht?«

»Weil, Madame«, sagte Baron Villiers, »ich mir keine größere Rache an Piers St. Denis für all seine Arroganz und Unfreundlichkeit denken kann, als ihm klar zu machen, dass seine Titel, sein Erbe, sein Besitz und selbstverständlich auch die Braut, die Ihr für ihn aussuchen wolltet, ihm weggenommen und seinem Halbbruder übergeben werden.«

»Wird er das überhaupt begreifen, wenn er doch wahnsinnig ist?«, fragte die Königin.

»Er mag zwar wahnsinnig sein, Madame, aber er ist nicht unempfindlich dem gegenüber, was um ihn herum vorgeht«, erwiderte George Villiers. »Es wird jeden Tag seines Lebens an ihm nagen, und er wird nicht in der Lage sein, etwas daran zu ändern oder seinen früheren Status wieder zu erreichen. Das wäre das Schlimmste, was ihm passieren könnte, Madame. Richtet man ihn hin, ist alles vorbei für Piers St. Denis. Nimmt man ihm weg, was ihm gehört, und gibt es Kipp St. Denis, dann wird diese subtilste aller Strafen sich in seine Seele brennen.«

»Ihr seid grausam«, seufzte die Königin.

»Ja«, stimmte er zu.

»Ich werde darüber nachdenken.«

»Überzeugt unseren Herrn davon, und der neue Marquis wird auf ewig sein ergebener Diener sein«, fuhr Viscount Villiers eifrig fort.

An diesem Punkt des Gesprächs kehrte Barclay zurück und überreichte dem König das Dokument zur Unterschrift. George Villiers hielt sich sofort bereit. Der König las das Pergament langsam und sorgfältig durch und unterzeichnete es dann. Barclay faltete es, der König träufelte das heiße rote Wachs darauf und presste dann zuerst das königliche Siegel und schließlich noch seinen eigenen Ring fest auf das schnell abkühlende Wachs. Barclay wartete einen Moment lang, bis das Wachs hart war, und rollte das Pergament dann zur einer Rolle zusammen, die er noch einmal mit dem königlichen Siegel versah; anschließend reichte der Sekretär Baron Villiers das Dokument.

»Wir können heute noch aufbrechen«, sagte der Graf von BrocCairn zu dem jungen Engländer, »wenn es Euch nichts ausmacht, Junge.«

Villiers nickte. »Gebt mir eine halbe Stunde, um mich bereit zu machen«, erwiderte er. Dann kniete er sich hin und küsste die Hand des Königs.

James Stuart streichelte über das seidige Haar des jungen Mannes. »Ach, Steenie«, meinte er, »müsst Ihr wirklich gehen? Kann mein Cousin BrocCairn das nicht alleine übernehmen? Was soll ich denn ohne meinen hübschen Jungen machen?«

»Ich habe den Leslies meine Freundschaft gelobt«, erwiderte George Villiers. »Es wäre armselig, wenn ich ihnen jetzt nicht helfen würde, Mylord. Ich werde mich jedoch nicht unnötig in Schottland aufhalten, und ich kehre zu Euch zurück, sobald ich kann.« Er küsste die Hand noch einmal, stand auf und verließ die königlichen Gemächer.

»Er ist ein bisschen zu hübsch für meinen Geschmack«, sagte BrocCairn unverblümt, »aber Jasmine und Jemmie meinen er sei ein guter Mann. Jetzt sagt mir, Cousin, wie geht es dem jungen Charles? Meint Ihr, ich könnte ihm noch meine Aufwartung machen, bevor ich Euch heute verlasse?«

»Denkt Ihr an die Zukunft, Alex?«, neckte ihn der König.

Alex Gordon blickte ihn verwirrt an, dann lachte er. »Wahrscheinlich«, erwiderte er. »Sandy ist verheiratet, wie Ihr wisst, aber mein Charlie braucht jetzt langsam etwas, womit er sich seinen Lebensunterhalt verdienen kann. Sich bei Eurem Sohn aufzuhalten, könnte genau das Richtige für ihn sein. Außerdem fürchte ich, da Ihr Stuarts jetzt in England seid, dass unsere große Familie voneinander getrennt wird. Wir haben einen gemeinsamen Großvater, Jamie, obwohl mein Name Gordon ist. Zum Wohle meiner Familie möchte ich die Bindung zu den königlichen Stuarts nicht lockern. Ich brauche einen Sohn in England, und für Charlie gibt es in Schottland nur wenig zu tun. Die Frau seines Bruders hat uns bereits einen Erben geschenkt.«

»Aufrichtig wie immer«, erwiderte der König lächelnd. »Ihr habt noch Zeit, die Bekanntschaft mit dem königlichen Charles zu erneuern, bevor Ihr nach Edinburgh zurückkehrt. Annie, bringst du unseren Cousin zum Prinzen? Und macht Euch keine Sorgen, Alex. Wir finden schon etwas für Euren Jungen, bevor der Sommer vorbei ist. Lebt wohl – und Gott segne Euch.« Der König streckte seine Hand aus.

Der Graf von BrocCairn ergriff sie und küsste sie. »Lebt wohl, Cousin«, sagte er zum König, »Und Gott segne auch Euch! Wenn Ihr nicht rechtzeitig eingegriffen hättet, dann wäre in Eurem Namen ein großes Unrecht geschehen.«

6

Der Bruce-Clan veranstaltete seine Sommerspiele auf der anderen Seite des Flusses in Edinburgh. Jetzt im Spätsommer war das Wetter warm und sonnig geworden.

»Wir gehen dorthin«, beschloss Jemmie Leslie. »Du hast bereits alles gesehen, was Edinburgh zu bieten hat, geliebte Jasmine, hast das Schloss und die Kapelle der Königin Margaret betrachtet, warst auf den Märkten und am King's Cross, wo mein Stiefvater, Francis Stewart-Hepburn, Lord Bothwell, von seinem Cousin, unserem König James, zum Gesetzlosen erklärt worden ist. Jetzt fahren wir über den Fluss zu den Bruce-Spielen, dann gehen wir wieder nach Edinburgh, packen und kehren zurück nach Glenkirk.«

»Was ist mit St. Denis?«, fragte Jasmine. »Wir haben noch nichts aus England gehört, Jemmie. Ist es denn klug, jetzt schon wieder nach Hause zu fahren?«

»St. Denis ist im Norden und jagt Schatten nach«, erwiderte ihr Gatte. »Wir haben nichts von ihm zu befürchten, Liebste. Und unser Bote wird höchstwahrscheinlich nach Glenkirk kommen, wenn er uns hier nicht antrifft.«

Mit der Tante und dem Onkel des Grafen fuhren sie mit dem Schiff über den Forth.

»Adam liebt die Spiele immer noch«, sagte Fiona. »Er hat Jemmie Pfahlwerfen beigebracht, aber meistens gewinnt er trotz seines Alters selbst, wenn er an den Wettkämpfen teilnimmt. Die Spiele werden dir gefallen. Sie dauern ungefähr vier bis fünf Tage.«

Die Dienerschaft war bereits vorausgefahren, um die Zelte vorzubereiten, in denen sie wohnen würden. Das Banner der Leslies wehte an der Spitze des Hauptzeltes, und man konnte es von weitem schon erkennen. Fiona hatte Jasmine angewiesen, wie sie sich anziehen solle, damit sie unter den Clansleuten nicht auffiel. Alle Männer trugen Kilts, Leinenhemden, gestrickte Strümpfe, breite Ledergürtel und Lederschuhe. Die Frauen stellten knöchellange Röcke und weiße Blusen mit karierten Schals in den Clansfarben zur Schau, sowie Strickstrümpfe und Lederschuhe. Die Kleidung war einfach, aber bequem.

Auch ihre Unterbringung war bescheiden, und doch gemütlich. Feldbetten aus Holz und Leder mit federgefüllten Matratzen wurden aufgestellt. In jedem Zelt gab es ein Kohlebecken zum Heizen. Unter dem Vordach standen zwei Stühle. Die Diener schliefen auf Pritschen, die, je nach Entscheidung ihrer Herren, drinnen oder draußen standen. Der Graf von Glenkirk hielt es nicht für ratsam, die Dienerin seiner Frau draußen schlafen zu lassen, da sie dort überfallen werden konnte, deshalb schlief Maggie im Zelt, während Fergus und Red Hugh außen am Zelteingang untergebracht wurden, wo sie ihren Herrn und ihre Herrin bewachen konnten.

Jasmine hatte noch nie an einem solchen Ereignis wie den Spielen teilgenommen und hatte auch nur ein einziges Mal in ihrem Leben in einem Zelt übernachtet, als sie vom

Hof ihres Vaters nach Cambay an der Küste gereist war. Das war damals ein gefährliches Abenteuer gewesen, jetzt allerdings fand sie den Aufenthalt hier lustig. Ihre Gastgeber, die Bruces, sorgten für Essen und Trinken. Große Kochfeuer brannten Tag und Nacht. Die Mahlzeiten waren einfach. Heiße Hafergrütze, Haferkuchen und Apfelwein am Morgen. Lamm, Haferkuchen und Ale am Nachmittag. Viele Gäste steuerten eigenes Essen zu dieser eher spartanischen Kost bei. Auch die Leslies hatten ein halbes Rad Käse, frisches Brot, einen fetten gebratenen Kapaun, Wein, Äpfel und Birnen mitgebracht.

»Von dem vielen Hafer bekomme ich immer Blähungen«, beklagte sich Adam Leslie. »Wenn wir nach fünf Tagen hier unsere Hintern dem Meer entgegenstrecken, können wir genug Wind erzeugen, um die französische Flotte wieder in die Normandie zurückzuschicken!«

So etwas wie die Spiele hatte Jasmine noch nie erlebt. Es gab Rennen; die Männer zogen ihre Hemden aus und rannten über verschiedene Distanzen. Es gab Ringkämpfe; der Mann, der besiegt werden musste, war der Champion der Erskines, ein großer, fleischiger Kerl mit bloßer Brust im rotgrünen Kilt. Die jungen Männer aus den Clans der Bruces, MacDuffs und Lindsays traten gegen ihn an, unterlagen aber. Black Ewen Erskine blieb der Champion für die Dauer dieser Spiele. Dann gab es das Steineschleudern, bei dem mit einer Hand schwere, glatte, runde Steine über ein Feld geschleudert wurden. Glücklicherweise gewann der gastgebende Clan diesen Wettbewerb. Danach war das Pfahlwerfen an der Reihe. Jeder Wettbewerbsteilnehmer lief ein paar Schritte mit seinem Pfahl in der Hand und schleuderte dann das schwere Holz so weit er konnte. Adam Leslie, der von den jüngeren Teilnehmern beinahe schon als alter Mann angesehen wurde, warf seinen Pfahl weiter als jeder andere. Aber es blieb noch ein Teilnehmer übrig; sein Neffe, der Graf von Glenkirk, schleuderte seinen Pfahl weiter als den von Adam Leslie.

»Ich erkläre James Leslie zum Sieger im Pfahlwerfen«, sagte Jock Bruce, der Leiter der Spiele.

Der Graf grinste. »Zumindest bleibt es in der Familie«, neckte er seinen Onkel.

»Du musst mich dreimal hintereinander schlagen, Junge, bevor ich an dich übergebe«, erwiderte Adam lachend. »Das war reines Glück, das schwöre ich dir, Jemmie. Nächsten Monat finden die Spiele in Sithean statt. Dann wollen wir mal sehen.«

»Wenn du so weitermachst, dann passiert dir noch was«, murrte Fiona.

Adam Leslie legte den Arm um seine Frau. »Nichts, worüber du dir Sorgen machen müsstest, Liebling«, sagte er galant.

James Leslie nahm auch am Wettbewerb im Bogenschießen teil. Jasmine stand aufgeregt neben ihm; ihr Vater und ihre Brüder hatten ihr Bogenschießen beigebracht. »Warum dürfen eigentlich Frauen nicht an den Spielen teilnehmen?«, fragte sie ihren Gatten. »Ich bin ein ebenso guter Bogenschütze wie jeder Mann, verdammt!«

»Frauen kommen nicht wegen des Wettkampfs zu den Spielen«, erwiderte der Graf.

»Nun, an den meisten Sportarten würde ich ja auch gar nicht teilnehmen wollen«, sagte Jasmine. »Sie sind viel zu rau. Aber Frauen jagen doch auch. Sie wissen, wie man mit einem Bogen umgeht. Ich finde, man sollte sie zu den Wettkämpfen im Bogenschießen zulassen.«

»Demnächst will sie auch noch an den Tänzen teilnehmen«, kicherte Adam Leslie. »Mädchen, Mädchen, bleib an deinem Platz!«

»An meinem Platz?« Jasmines türkisfarbene Augen blitzten, die Mogultochter kam zum Vorschein. »Und was, guter Onkel, ist *mein Platz?«*

Adam Leslie war höchst erschrocken über die heftige Reaktion der Frau seines Neffen. Er holte tief Luft und erwiderte: »Nun ja, Mädchen, du sollst Jemmie Leslie eine gute und gehorsame Frau sein und der Familie gesunde Kinder schenken.«

Fiona begann zu kichern. Der Graf stöhnte auf.

»Mit anderen Worten, Onkel, ich soll den Mund halten,

mich den Wünschen meines Gatten beugen und mein Leben als Schwangere verbringen!« Sie entriss ihrem Mann den Langbogen und legte einen Pfeil ein. Dann spannte sie die Sehne, der Pfeil schnellte davon – und traf mitten ins Schwarze. Sie zog einen weiteren Pfeil aus dem Köcher und schickte ihn dem ersten hinterher. Er spaltete den ersten Pfeil. Während sie den Bogen wieder ihrem Gatten reichte, sagte sie scharf: »Jeder Mann, der genauso gut schießt, bekommt fünf Goldstücke von mir. Möchte es irgendjemand versuchen?« Sie blickte die verblüfften Männer an. »Niemand?« Damit drehte sie sich um und spazierte davon.

»Jesus!«, rief Jock Bruce bewundernd. »Sie ist sogar eine noch stärkere Frau, als deine Mutter war, Jemmie Leslie! Wo zum Teufel hat sie so schießen gelernt? Und warum will eine Frau überhaupt schießen?«

»Sie war das jüngste Kind ihres Vaters, der schon ziemlich alt war, als sie zur Welt kam. Er und ihr ältester Bruder haben sie verwöhnt. Sie brachten ihr Schießen bei, damit sie mit ihnen auf die Jagd gehen konnte«, erwiderte der Graf von Glenkirk.

»Was für ein tolles Mädchen! Sie wird dir starke Söhne gebären«, sagte der Gastgeber der Spiele, »und bei einer Belagerung ist sie bestimmt auch von Nutzen.«

Seine Bemerkung löste die Spannung, die Jasmines Zorn verursacht hatte, und die Männer lachten herzlich, aber der Graf von Glenkirk war nicht wirklich erheitert. Seine Frau hatte ihn in der Öffentlichkeit bloßgestellt, weniger durch das, was sie getan hatte, als durch ihre scharfen Worte. Er drehte sich um und ging zu seinem Zelt. Dort saß Jasmine und trank einen Becher Wein. »Stellen indische Frauen ihre Gatten öffentlich bloß, Madame?«, fragte er.

»Wir sind hier nicht in Indien«, entgegnete sie.

»Nein, Madame. *Wir sind hier in Schottland!* Und in Schottland maßregeln Frauen ihre Männer nicht in Gegenwart anderer«, sagte er.

»Du bist nur wütend, weil ich mit dem Langbogen besser geschossen habe als du«, erwiderte sie. Eigentlich fühlte sie sich jetzt wesentlich besser.

»Ja, das hast du«, stimmte er zu, »aber deine Worte waren noch wesentlich schärfer als deine Pfeile, und hier reden Frauen nicht öffentlich so mit ihren Männern.«

»Ich war ja nicht wütend auf dich«, erwiderte Jasmine, »sondern auf deinen Onkel Adam. Er meint, alle Frauen sollten demütig und schwach sein und viele Kinder haben.«

»Mein Onkel ist einer vom alten Schlag«, sagte der Graf. »Er ist der Ansicht, dass Frauen ihren Männern gehorchen müssen.«

»Wie deine Tante Fiona?«, erwiderte Jasmine schneidend. »Sie führt ihn doch an der Nase herum, Jemmie.«

»Ja, aber er weiß es nicht«, sagte der Graf. »Ich möchte dir etwas erzählen, das nur wenige Menschen wissen. Meine Tante Fiona war in ihrer Jugend ein wildes Geschöpf. Es heißt, ihr Temperament habe ihren ersten Gatten früh ins Grab gebracht, aber er war auch ein schwächlicher Mann. Als sie Witwe wurde, warf sie ein Auge auf meinen Vater, und warum auch nicht? Sie besaß einen genauso guten Stammbaum, weil sie die Tochter eines Grafen war. Eines Abends betrat mein Vater sein Schlafzimmer und fand dort Fiona nackt auf seinem Bett vor. Sie wollte ihn kompromittieren, damit er meine Mutter nicht mehr heiraten konnte. Onkel Adam, der sich bei meinem Vater aufhielt, hatte Fiona schon immer begehrt, also schlief mein Vater in dieser Nacht im Zimmer seines Bruders, während Adam seine Fiona zähmte. In den ersten Jahren ihrer Ehe war Fiona ihm sklavisch ergeben, aber dann merkte sie, dass er sie genauso brauchte wie sie ihn. Von diesem Moment an hat meine Tante meinen Onkel manipuliert, aber sie macht es so, dass er immer noch glaubt, es habe sich nichts geändert und er sei immer noch der Herr im Haus. Fiona ist sehr klug, geliebte Jasmine.«

Jasmine stellte ihren Silberpokal ab. »Willst du damit sagen, dass ich dich auch *manipuliere,* Mylord?« Sie lächelte verschmitzt.

Er musste unwillkürlich lachen. »Mach dich nicht lustig über mich, Madame«, schalt er sie. »Mein Onkel stammt aus einer anderen Zeit und sieht Frauen noch so wie vor vierzig

Jahren. Wie im Übrigen die meisten Männer heute in Schottland ihre Frauen sehen. Wir sind hier nicht in England, geliebte Jasmine. Was sich zwischen uns abspielt, ist unsere Privatsache, aber ich glaube, ich bitte dich nicht um etwas Unmögliches, wenn ich möchte, dass du in der Öffentlichkeit meine männliche Überlegenheit anerkennst.« Seine grüngoldenen Augen zwinkerten bei den letzten Worten. »Und du musst versuchen, mit meinem Onkel auszukommen, meine Süße.« Er ergriff ihre Hand und küsste sie.

Sie schenkte ihm ebenfalls Wein ein und reichte ihm den Pokal. »Was soll ich zu ihm sagen?«, fragte sie. »Dass ich vielleicht schon wieder schwanger bin?«

»Stimmt das denn nicht?«, fragte er wissend.

»Vielleicht«, entgegnete sie. »Ich bin mir noch nicht ganz sicher. *Woher wusstest du es?«*

Er zog sie von ihrem Stuhl hoch, setzte sich selbst hin und nahm sie auf den Schoß. »Weil es nichts gibt, geliebte Jasmine, was ich von dir nicht weiß; es gibt keine Nuance an dir, deren ich mir nicht bewusst bin. Du bist der Atem, den ich atme; du bist der Herzschlag meines Herzens; ein Teil meiner Seele.« Er küsste sie langsam und innig.

Seufzend kuschelte sie sich an ihn. »Jemmie! Jemmie!«, murmelte sie atemlos, aber dann entzog sie sich ihm. »Das ganze Lager kann uns sehen! Wir sind nicht allein! Was werden sie sagen?«

»Sie werden sagen, dass der Graf von Glenkirk verrückt nach seiner wunderschönen Frau ist, die viel zu viel redet«, erwiderte er und küsste sie erneut. »Und dass der Graf von Glenkirk seiner wunderschönen Frau gelegentlich den Hintern versohlen sollte, damit sie gefügig bleibt und sich seinem Willen unterwirft.«

»Du würdest mich nie schlagen«, sagte Jasmine.

»Nein«, gab er zu, »aber wenn du dich hier bei den Spielen nicht benimmst, könnte ich versucht sein, dir einen Klaps auf dein hübsches Hinterteil zu geben, Madame.«

Sie sprang auf. »Das würdest du nicht wagen!«

James Leslie blickte sie träge an, zog sie wieder zurück auf seinen Schoß und küsste sie leidenschaftlich. »Eine

Frau, die sagt, *das würdest du nicht wagen,* obwohl sie genau weiß, dass ich es wagen würde, fleht entweder darum, das Hinterteil versohlt zu bekommen, oder sie ist dumm. Bittest du darum, Madame?«, murmelte er und knabberte an ihrem Nacken.

»Nein!« Sie kicherte hilflos unter seiner Berührung.

»Dann bist du dumm, geliebte Jasmine«, neckte er sie, öffnete ihr Hemd und ließ seine große Hand auf ihre Brust gleiten. Sie passte genau in seine Handfläche.

»Das bin ich nicht!«, protestierte sie. O Gott! Ihre Brüste waren so empfindlich. Sie war bestimmt wieder schwanger. Er rieb ihren Nippel, bis er vor Verlangen ganz hart wurde. *»Jemmie!«,* schrie sie leise auf, als er seinen Kopf senkte und an ihrer Brust zu saugen begann. »Gleich kommt jemand und sieht uns! Oh … lieber Himmel!« Sie konnte die Nässe zwischen ihren Beinen spüren.

Er hob den Kopf und zog sie mit sich ins Zelt. Sie brauchten nichts zu sagen; sie wussten beide, was sie wollten. Jasmine kauerte sich auf dem Grasboden im Zelt auf alle viere. Jemmie kniete sich hinter sie, schob ihre Röcke hoch und blickte bewundernd auf ihren Hintern. Langsam drang er in ihre heiße, pochende Grotte ein und stöhnte vor Lust, als sie die Muskeln zusammenzog. Einen Moment lang genoss er es nur, ganz von ihr umschlossen zu sein. Dann zog er sich zurück – um gleich darauf wieder fest zuzustoßen. Sie bog sich ihm entgegen und presste ihre Pobacken an seinen Bauch.

»Oh, du Hexe!«, stöhnte er und hielt sich an ihren Hüften fest, während er begann, sich wild hin und her zu bewegen. Wenn sie nicht bereits schwanger war, würde sie es bald sein, dachte er geil.

Sie bot ihm ihren Körper in einer Stellung völliger Unterwerfung dar – und doch hatte sie nicht das Gefühl, sich ihm ergeben zu haben, dachte Jasmine. Sie hatten einander plötzlich begehrt, und sie hatte die Stellung gewählt, hatte sich hingekniet und sich ihm angeboten, und jetzt empfand sie dabei genauso viel Lust wie er. Sein Liebesstab war so stark, und sie konnte jeden einzelnen seiner Finger spüren, die sich in die zarte Haut ihrer Hüften drückten. Für einige Tage würde sie wohl gezeichnet sein, denn ihre cremefarbene Haut war sehr empfindlich.

Die Hitze seines Körpers verbrannte sie fast. Er stieß tief in sie hinein, zog sich zurück und stieß erneut zu. »Hör nicht auf«, bat sie schamlos. »Oh, Jemmie, hör nicht auf!«

Er versuchte, ihr Lust zu bereiten, sich Lust zu bereiten, *ihnen beiden Lust zu bereiten.* Immer wieder stieß er zu, bis er plötzlich spürte, dass er kurz vor dem Höhepunkt stand, bis er auch bei Jasmine die Wellen der Erregung kommen fühlte. Da konnte er sich nicht mehr zurückhalten und spritzte seinen Liebessaft mit einem lauten Stöhnen in sie. *»Ahhh! Ahhhh! Ah! Ah! Ahhhhh!«* Danach rollte er sich auf den Rücken, während sie mit dem Gesicht nach unten auf dem weichen grünen Gras zusammenbrach.

Eine Zeit lang lagen sie keuchend da, dann sagte Jasmine mit schwacher Stimme: »Du wirst mich trotz all deiner Leidenschaft nicht beherrschen, Mylord.«

James Leslie brach in Lachen aus. »Und ich dachte, du wolltest mich mit deiner beschwichtigen«, neckte er sie.

»Du Biest!«, rief sie aus und tat so, als wolle sie ihn schlagen.

Er zog sie in die Arme und küsste sie. »Madame! Madame! Es ist unpassend, seinen Ehemann zu schlagen.«

Zufrieden lag sie in seinen Armen. »Du bist einer der schlimmsten Männer auf der Welt, Jemmie Leslie. Welch Glück für dich, dass ich dich so sehr liebe, denn sonst müsste ich dich umbringen!« Sie rieb ihr Gesicht an seiner Brust und küsste ihn.

Er streichelte ihr über die dunklen Haare. »Ich habe noch nie zuvor eine Frau vor allem anderen gebraucht, meine kostbare Liebste, aber dich brauche ich«, gab er zu. »Bevor ich dich zum ersten Mal gesehen hatte, wusste ich nicht, was Glück ist. Jetzt bin ich eifersüchtig auf jeden Mann, der dich anblickt. Ich bin traurig über all die Jahre, die wir nicht zusammen verbracht haben. Meine Liebe gehört dir allein.«

»Oh, Jemmie! Manchmal denke ich, ich bin es nicht wert, von einem solchen Mann so geliebt zu werden. Ich bin verwöhnt und herrschsüchtig, und ich verletze, ohne es zu wollen, aber ich liebe dich, mein geliebter Mann!«, erklärte Jasmine leidenschaftlich und küsste ihn.

»Ach, hier seid ihr zwei«, hörten sie plötzlich die Stimme von Adam Leslie. Der Graf stand rasch auf und zog seine Frau mit hoch. Adam zwinkerte ihnen zu.

»Onkel«, Jasmine klopfte das Gras von ihren Röcken und bemühte sich, ihre Haare zu glätten, »ich möchte mich für meinen Zorn vorhin entschuldigen.«

»Ach, Mädchen, keine Ursache«, erwiderte er freundlich. »Du bist wieder schwanger, nehme ich an, und eine schwangere Frau ist ab und zu ein bisschen zickig. Ich verzeihe dir. Und jetzt komm her und gib mir einen Kuss.« Er streckte die Arme aus.

Lachend trat Jasmine auf ihn zu und küsste ihn auf die Wange. »Bleibt eigentlich in Schottland nichts geheim?«, fragte sie.

»Sehr wenig«, entgegnete ihr Onkel schmunzelnd.

Am Abend tanzten die Männer zu den Klängen des Dudelsacks unter dem vollen Augustmond. Jemmie erklärte ihr die unterschiedlichen Karostoffe der verschiedenen Clans. Der Kilt der Bruces war rot mit weißen Linien, und in jedem roten Quadrat erkannte man ein kleineres grünes Karo mit roten Linien. Die MacDuffs trugen ihre Jagdfarben – ein dunkelblaues, grünes, mittelblaues und rotes Karo. Der Kilt der Erskines war Rot mit Schwarz, der der Lindsays sah ähnlich aus, war aber in Rot und Grün gehalten. Jasmines Schal hatte die Jagdfarben der Leslies – mittelblaue und grüne Karos mit breiten dunkelblauen und schmalen roten und gelben Streifen.

Am letzten Abend der Spiele stand Jasmine mit Fiona Leslie zusammen und sah den Männern beim Tanzen zu. Anmutig traten sie zwischen die gekreuzten Schwerter, ohne die Klingen auch nur einmal zu berühren. Die Dudelsäcke erklangen, und ein leichter Wind trug den Duft des Heidekrauts von den Hügeln herunter. Wie hoch die Flammen der Feuer züngelten! Wie wundervoll wild und einfach alles war. Jasmine war tief bewegt und gerührt.

Als jedoch der Morgen anbrach, war der Himmel, der seit Tagen hell gewesen war, auf einmal verhangen, und es sah nach Regen aus. Das Lager wurde abgebrochen, und die Wiese der Bruces sah wieder aus wie eine gewöhnliche Wiese, als sie ihre Habseligkeiten eingepackt hatten und sich darauf vorbereiteten, nach Edinburgh zurückzukehren.

»Ihr könnt einen Tag sparen, wenn ihr direkt von hier aufbrecht«, schlug Adam Leslie seinem Neffen vor. »Wir kommen in ein paar Tagen nach und bringen Adali mit. Er kann Glenkirk House verschließen. Ohne die Gepäckwagen seid ihr viel schneller zu Hause.«

Der Graf wandte sich an seine Frau. »Jasmine?«

»Es wäre leichter, aber ich muss noch einmal zurück in die Stadt, Mylord. Ich muss mit meinem Bankier sprechen, und das sollte ich persönlich erledigen.«

Also überquerten sie wieder den Firth of Forth und ritten in die Stadt zurück. James Leslie machte sich direkt auf den Weg nach Hause, aber seine Frau begab sich zu ihrer Bank in der Goldsmith Alley, einer Seitenstraße der High Street, damit sie möglichst bald die Stadt verlassen und nach Glenkirk zurückkehren konnte. Als sie ihre Geschäfte erledigt hatte und wieder auf die Straße trat, fand sich Jasmine plötzlich von einigen recht übel aussehenden Männern umringt. Eine vertraute Stimme begrüßte sie schnarrend.

»So, Madame, da sehen wir uns also wieder«, sagte Piers St. Denis, der Marquis von Hartsfield. »Ich habe einen Haftbefehl für Euch. Ergreift sie und setzt sie aufs Pferd!«, befahl er seinen Männern.

Maggie, die hinter ihrer Herrin stand und nicht gesehen worden war, drückte sich in den Hauseingang. Zu ihrer Überraschung ergriff jemand ihren Arm und zog sie wieder in das Innere des Hauses. Verblüfft drehte sie sich um. David Kira, der Bankier, stand hinter ihr und legte warnend einen Finger auf die Lippen. Dann führte er sie in einen Nebenraum.

»Warum habt Ihr meiner Herrin nicht geholfen?«, fragte Maggie.

»Ein einzelner Mann und dazu noch ein Jude? Das hätte

mich das Leben gekostet, Mistress. Ich habe jedoch Euch gerettet. Ich lasse Euch durch die Hintertür hinaus, und Ihr müsst zu Eurem Herrn laufen und ihm erzählen, was geschehen ist. Euer Pferd lasse ich am Abend nach Glenkirk House zurückbringen«, sagte er. Dann öffnete er eine kleine Tür an der Außenwand des Raumes und drängte sie hinaus. »Geht die Gasse entlang, dann findet Ihr schon zurück auf die High Street. Von dort wisst Ihr ja den Weg.«

Maggie nickte. »Danke, Sir«, sagte sie und schenkte ihm ein Lächeln.

»Beeilt Euch!«, drängte er. »Ich denke, Ihr dürft keine Zeit verlieren.«

Die Tür schloss sich hinter ihr, und Maggie tat, was der Bankier ihr geraten hatte. Sie lief die Gasse hinunter auf die High Street, konnte jedoch nicht direkt nach Glenkirk House gehen, da es außerhalb lag. Also rannte sie zum Leslie House, da es näher war. Master Adam konnte ihr sicher ein Pferd geben. Als sie das Haus erreichte, schlug sie mit aller Kraft gegen die Tür.

Der Diener, der ihr öffnete, blickte sie naserümpfend an. »Ja?«, sagte er hochmütig.

Maggie drängte sich einfach an ihm vorbei. »Master Adam! Master Adam!«, schrie sie, und Adam und Fiona Leslie traten aus der Bibliothek. »Meine Herrin«, keuchte Maggie, »sie haben sie entführt!« Und dann begann sie zu weinen.

Fiona ergriff das Mädchen am Arm und führte sie in die Bibliothek. Adam schenkte ihr ein kleines Glas Whiskey ein.

»Trinkt das, Mädchen. Das wir Euch gut tun. Trinkt es und erzählt uns dann, was passiert ist«, sagte er.

Maggie hustete und spuckte, aber schließlich gelang es ihr, die bernsteinfarbene Flüssigkeit hinunterzuschlucken. Sie holte tief Luft und berichtete: »Wir waren bei Master Kira, und als wir herauskamen, stand da dieser Mann mit dem seltsamen Akzent, er war kein Schotte, auch nicht aus dem Süden. Er sagte, meine Herrin sei verhaftet, und seine Männer setzten sie auf ein Pferd, und dann ritten sie weg. Sie haben mich nicht gesehen, weil Master Kira mich wieder ins Haus gezogen und dann durch die Hintertür geschickt hat, damit ich nach Hause laufe und es meinem Herrn erzähle, aber zu Fuß ist es sehr weit bis nach Glenkirk House, und Ihr wart näher, und ich brauche ein Pferd, weil ich meins dalassen musste, und Master Kira hat gesagt, er schickt es heute Abend zu uns zurück, aber ich brauche jetzt eins …!« Sie hielt inne, als ob sie Luft schöpfen wollte.

»Verdammt!«, fluchte Adam Leslie. »Das war dieser verfluchte Engländer! Warum nur wussten wir nicht, dass er wieder in Edinburgh ist?«

Maggie begann jetzt richtig zu weinen. Sie schluchzte laut, und die Tränen strömten ihr über die Wangen.

»Hör auf zu heulen, Mädchen!«, dröhnte Adam Leslie. »Ich muss nachdenken, verdammt noch mal!«

»Du musst vor allem Jemmie erreichen«, sagte Fiona und legte die Arme um die weinende Maggie. »Schon gut, schon gut, Mädchen. Du hast es absolut richtig gemacht, dass du zuerst hierher gekommen bist.« Sie wandte sich wieder an Adam. »Adam, verdammt noch mal! Steig endlich auf dein Pferd und such den Grafen!«

James Leslie hatte das Gefühl, der Kopf müsse ihm platzen, so groß war seine Wut, als er erfuhr, dass Piers St. Denis seine Frau entführt hatte. Er zwang sich jedoch ruhig zu bleiben, vor allem mit Hilfe Adalis, der Whiskey in den Tee des Grafen schüttete.

»Atmet langsam, Mylord, wie ich es Euch beigebracht habe«, sagte Adali. »Wut verursacht nur Verwirrung der Gedanken. Ihr dürft nicht zulassen, dass Euer Zorn Euren Verstand verwirrt. Wir haben es mit einem Wahnsinnigen zu tun, der mit allen Wassern gewaschen ist.«

James Leslie nickte und trank den heißen Tee.

»Was soll der Unsinn?«, fragte Adam Leslie ungeduldig. »Wir sollten unsere Männer zusammentrommeln und den Bastard finden, damit wir ihn für seine unglaubliche Anmaßung, Hand an die Gräfin von Glenkirk zu legen, umbringen können!«

»Nein«, erwiderte der Graf ruhig, »wir müssen diesen Wahnsinnigen ausfindig machen, bevor er Jasmine etwas zu Leide tun kann. Ich habe schon einmal eine Frau an Wahnsinnige verloren, ich will nicht noch eine verlieren.«

»Wohin könnte der Marquis meine Lady gebracht haben?«, fragte Adali.

»Wenn er immer noch diesen verdammten Haftbefehl hat, ist er vielleicht ins Schloss gegangen. Das wäre ein Glück für uns, denn ich kenne den Gouverneur. Er ist ein vernünftiger Mann, und er wird keine übereilten Entscheidungen treffen, bevor er nicht selbst ganz sicher ist«, sagte Adam Leslie. »Ich gehe dorthin, auf den Hügel, aber du bleibst hier. Auf dem Haftbefehl stehen eure beiden Namen, Junge. Warum zum Teufel ist denn unser Bote noch nicht aus England zurückgekehrt? Er sollte mittlerweile längst wieder hier sein!«

Adam Leslie ging ›auf den Hügel‹, wie er es ausgedrückt hatte, zum Schloss von Edinburgh. Dort suchte er seinen Freund Robert Chrighton auf, der zur Zeit der Gouverneur des Schlosses war, aber der hatte Piers St. Denis seit dem Frühjahr nicht mehr gesehen. Er war entsetzt über Adams Bericht.

»Er hatte in der Tat einen Haftbefehl. Daran kann ich mich erinnern«, sagte der Gouverneur.

»Eine Fälschung«, entgegnete Adam. »Sein Halbbruder hat es dem Verwalter von Glenkirk gegenüber zugegeben, bevor er den Marquis verlassen hat. Ihr kennt die Unterschrift des Königs, Robbie?«

»Es ist einige Zeit her, seit Jamie das letzte Mal hier war«, meinte der Gouverneur. »Er ist älter geworden, und seine Hand ist vielleicht nicht mehr so sicher.«

»Ach so«, sagte Adam Leslie triumphierend, »Ihr habt also Verdacht geschöpft?«

»Das Siegel war in Ordnung«, erklärte der Gouverneur seinem Freund.

»Aber die Unterschrift nicht! Regt Euch nicht auf, Robbie. Wir haben einen Boten nach England geschickt, der dem König berichten sollte, was hier vor sich geht. Er wird bald zurück sein. Wenn St. Denis die Gräfin ins Schloss bringt, sagt Ihr mir sofort Bescheid, ja?«

»Ja, und ich werde Eure Ladyschaft bequem und sicher unterbringen.«

»Ihr übergebt sie uns!«, erwiderte Adam scharf.

»Das kann ich nicht, bevor diese Angelegenheit mit dem Haftbefehl nicht geklärt ist, Adam«, sagte sein Freund.

Bevor Adam Leslie protestieren konnte, ertönte ein Klopfen an der Tür, und ein Diener trat ein, um zu verkünden: »Der Graf von BrocCairn und Viscount Villiers, Mylord.«

»Na großartig!«, schnaubte Adam Leslie. »Da ist schon die Antwort, Robbie. BrocCairn, gut, Euch zu sehen. Habt Ihr es schriftlich, dass dieser Engländer ein Lügner und Verräter ist? Er hat heute Jasmine entführt!«

»O Gott, bin ich froh, dass Velvet nicht hier ist«, stöhnte Alexander Gordon. »Mylord Gouverneur, Adam Leslie, ich darf Euch Baron George Villiers vorstellen, der einen Haftbefehl des Königs für den Marquis von Hartsfield bei sich trägt. Die Fälschung, mit der Hartsfield Unheil anrichten will, ist ungültig, und sie ist noch nie gültig gewesen, Mylord Gouverneur.«

George Villiers händigte Robert Chrighton die Pergamentrolle aus. »Ihr findet in der Rolle auch eine persönliche Botschaft von Seiner Majestät, Mylord«, sagte er und verneigte sich.

Adam Leslie starrte George Villiers erstaunt an, weil er noch nie einen so schönen jungen Mann gesehen hatte. Er war groß und wirkte sehr männlich mit seinen blitzenden dunklen Augen und dem lockigen kastanienbraunen Haar. Seine Kleidung war äußerst modisch, und man sah ihr überhaupt nicht an, dass der Man einen scharfen Ritt hinter sich hatte. Sie war makellos und jede Falte schien messerscharf. »Ihr seid also die neue Liebe des Königs, wie man hört?«, fragte er freimütig.

George Villiers brach in Lachen aus. »Ich habe das Glück, die Gunst und die Zuneigung Seiner Majestät zu besitzen«, erwiderte er dem knorrigen Highlander.

»Sein Ur-Urgroßvater mochte ebenfalls Jungen«, entgegnete Adam Leslie nüchtern. »Könnt Ihr mit dem Schwert umgehen, mein Lieber?«

»O ja,«, erwiderte Villiers, und dann meinte er vergnügt: »Der Ur-Urgroßvater Seiner Majestät muss aber auch die Damen gemocht haben, sonst gäbe es Seine Majestät heute nicht.«

»Ja, das hat er, genau wie unser Jamie«, erwiderte Adam, der sich von dem engelhaften Aussehen des Engländers nicht im Geringsten beeindrucken ließ.

»Wo ist Jasmine?«, fragte der Graf von BrocCairn.

»Wir wissen es nicht«, erwiderte Adam. »Ich bin hierher gekommen, weil ich dachte, er hätte sie mit seinem gefälschten Haftbefehl vielleicht hergebracht, aber Robbie sagt, dass er den Bastard seit dem Frühjahr nicht mehr gesehen hat.«

»Wo ist Glenkirk?«, fragte BrocCairn.

»Zu Hause«, erwiderte Adam. »Ich wollte nicht, dass er das Haus verlässt, damit der Engländer ihn nicht auch noch fängt.«

»Dies ist jetzt eine Angelegenheit der Krone, Sir Robert«, sagte Alexander Gordon. »Ihr müsst Männer ausschicken, um die Gräfin von Glenkirk zu suchen, die von diesem Mann entführt wurde. Wie dürfen keine Zeit verlieren. Der Kerl ist gefährlich.«

»Ich nehme an«, sagte George Villiers, »dass er Jasmine nicht hierher ins Schloss gebracht hat, weil er fürchtet, dass mittlerweile die Wahrheit an den Tag gekommen ist. Bestimmt hat er nicht erwartet, fast ein Jahr lang hinter ihr herjagen zu müssen. Jetzt konnte er nicht das Risiko eingehen, dass Sir Robert inzwischen eine Nachricht vom König bekommen hat, die besagt, dass St. Denis sich rächen will und keineswegs im Namen des Königs unterwegs ist. Lord Gordon hat Recht, wenn er sagt, dass der Marquis von Hartsfield gefährlich ist. Wir haben erst kürzlich von seinem Halbbruder erfahren, dass er Lord Stokes umgebracht hat«

»Gottverdammter Bastard!«, fluchte Adam Leslie.

»Er wird versuchen, Edinburgh zu verlassen«, sagte Lord

Gordon. »Wir müssen erfahren, in welche Richtung er geritten ist, denn er hat sicher Jasmine bei sich.«

»Wie sollen wir das anstellen?«

»Zuerst suchen wir Kira auf, den Bankier in der Goldsmith Alley. Er wird uns alles sagen, was er weiß, und dann reden wir mit seinen Nachbarn, um zu erfahren, ob sie etwas gesehen haben. Irgendjemand wird schon *irgendetwas* beobachtet haben«, erwiderte Lord Gordon. »Schließlich war es heller Tag.« Er wandte sich an Adam Leslie. »Wenn wir bei Kira waren, reiten wir nach Glenkirk House und sagen meinem Schwiegersohn, was wir tun wollen. Dann verfolgen wir diesen St. Denis – und werden nicht aufgeben, bis wir unsere Jasmine zurückhaben.« Er wandte sich wieder um. »Sir Robert, gebt Ihr uns Männer mit, die uns bei der Suche unterstützen?«

»Ja«, erwiderte der Gouverneur langsam, wobei er sich fragte, was es ihn wohl kosten mochte, seine Männer auszusenden. Ein Teil seines Lebensunterhalts bestand in dem, was er von der jährlichen Unterstützung aus der königlichen Schatztruhe für Schloss Edinburgh beiseite legen konnte.

»Der König wird von Eurer bereitwilligen Unterstützung erfahren, Mylord«, sagte Baron Villiers mit charmantem Lächeln. Sein Instinkt hatte ihm verraten, welche Richtung die Gedanken des Gouverneurs gerade nahmen. »Ich persönlich werde ihn über Eure großzügige Hilfe unterrichten.« Schwungvoll verbeugte er sich vor Sir Robert.

Die drei Männer verließen die Privatgemächer des Gouverneurs, und Adam Leslie sagte mit seiner charakteristischen Freimütigkeit: »Ihr seid gar kein so alberner Welpe, wie Ihr ausseht, Sir!«

»Nein, Sir, das bin ich nicht«, erwiderte George Villiers grinsend. Dann fragte er den alten Schotten: »Seid Ihr immer so unverblümt, Sir?«

»Ich kann nicht anders«, antwortete Adam ehrlich.

George Villiers schüttelte den Kopf. »Auf eine Art beneide ich Euch ja, Sir«, sagte er, »aber bei Hof würdet Ihr mit einer solchen Haltung keinen Erfolg haben.«

»In diesem Sündenpfuhl?«, entgegnete Adam verächtlich. »Niemals! Ich hatte vom Hof des Königs schon genug, als Jamie hier in Schottland war. Nachdem er dann so begeistert nach Süden gezogen ist, habe ich zugesehen, wie alle diese speichelleckenden, ehrgeizigen Mitglieder meines Standes hinter ihm hergestürzt sind, um an seinem Glück teilzuhaben. Es heißt, dass viele von ihnen jüngere Söhne waren, die mitgegangen sind, um zu Geld zu kommen, aber ich war auch ein jüngerer Sohn. Ich habe eine nette Frau, ein kleines Haus in Edinburgh, und Schloss Glenkirk wird immer mein Zuhause in den Highlands sein. Zwar bin ich kein reicher Mann, aber ich habe mehr als genug, denn ich lebe hier in meiner Heimat. Ich bin in Schottland geboren, und hier will ich sterben, mein feiner junger Herr. Nein, ich bin kein Höfling, aber jeder Mann muss seinen eigenen Weg im Leben finden. Dies ist meiner.«

Das Trio verließ das Schloss und ritt die High Street zur Goldsmith Alley hinunter. David Kira erwartete sie bereits. Er bat sie in seine Bibliothek, und George war überrascht von der prächtigen Einrichtung des Hauses, das von außen eher ärmlich wirkte.

»Ich habe Euch bereits erwartet«, sagte der Bankier ruhig. Dann erzählte er: »Ein Dienstmädchen hat alles von einem der Fenster im oberen Stockwerk aus beobachtet. Bei dem Lord waren acht Männer. Sie ritten mit der Gräfin zurück auf die High Street, aber sie konnte nicht erkennen, welche Richtung sie eingeschlagen haben. Der Lord führte das Pferd Ihrer Ladyschaft am Zügel, und sie hatten ihr die Hände an den Sattelknauf gebunden, damit sie ihnen nicht entkommen konnte, damit aber auch niemand auffiel, dass sie entführt wurde. Es war geschickt gemacht.«

»Warum hat sie nicht geschrien?«, fragte sich Adam Leslie laut.

»Weil man ihr ein kleines seidenes Taschentuch in den Mund gestopft und es festgebunden hat. Dann haben sie ihr den Kopf mit einem Schal bedeckt, damit es nicht bemerkt wurde«, sagte David Kira.

»Danke, Master Kira«, sagte Lord Gordon und erhob sich

mit seinen Gefährten. »Wir fragen auf der High Street, ob jemand die Männer und eine Frau gesehen hat.«

Auf der High Street machten sie schließlich einen Bettler ausfindig, der tatsächlich neun Männer und eine Frau gesehen hatte. »Sie sind in die Leith Road geritten, meine Herren«, meinte er und hielt ihnen seine schmutzige Hand entgegen.

Der Graf von BrocCairn warf eine Silbermünze in die Handfläche. »Vertrinkt nicht alles«, riet er ihm, bevor er weiterritt. Er wandte sich an Adam Leslie. »Reitet jetzt nach Glenkirk House und sagt Jemmie, dass wir auf der Leith Road sind. Sagt auch Sir Robert Bescheid. Villiers und ich reiten zum Hafen, obwohl ich mir nicht vorstellen kann, warum zum Teufel er gerade in diese Richtung geritten ist.«

»Wahrscheinlich weil er dachte, dass dort niemand nach ihm suchen würde«, erwiderte Baron Villiers, während Adam Leslie schon unterwegs nach Glenkirk House war. »Zu Sir Robert wagte er sich nicht, weil er vermutete, dass das Spiel vorüber ist. In ganz Schottland gibt es keinen Flecken, an dem er mit der entführten Gräfin von Glenkirk sicher wäre. Die meisten Männer in seiner Lage würden in Richtung Grenze fliehen; er jedoch verhält sich nicht wie die meisten Männer. Er wird versuchen, ein Schiff nach England zu bekommen und sich so einer Verfolgung entziehen zu können. Das glaubt er jedenfalls.« George Villiers schmunzelte. »Es wird ihn einige Zeit kosten, Jasmine zu zwingen, ein Schiff zu betreten, wenn ihm das überhaupt gelingt.«

Alexander Gordon schnaubte. »Ja, sie ist wie ihre Mutter und hat ziemlich viel Temperament, obwohl Velvet behauptet, Jasmine habe ihr Temperament von ihrem Vater, dem Mogul, geerbt. Der bedauernswerte Piers St. Denis hat einen größeren Bissen genommen, als er schlucken kann, und das wird er zu seinem Entsetzen bald feststellen.«

Grimmig lachend ritten die beiden Männer das kurze Stück Straße entlang, das Edinburgh von seinem Hafen in Leith trennte.

7

Sie hatten Jasmine völlig überraschend überfallen, als sie aus David Kiras Haus in die Goldsmith Alley getreten war. Ein kleines Stück Stoff wurde ihr in den Mund gestopft, bevor sie schreien konnte, dann banden sie ihr eine Schnur fest um den Kopf, was es ihr unmöglich machte, den Knebel wieder auszuspucken. Sie hoben sie auf ihr Pferd und banden ihr die Hände am Sattelknauf fest, sodass sie sich nicht zur Wehr setzen konnte. Dann zogen sie ihr ihren Schal über den Kopf und führten sie weg.

Jasmine wusste sofort, wer ihr Entführer war, und wenn es ihr möglich gewesen wäre, ihn umzubringen, dann hätte sie das nur zu gerne getan. Als sie sie knebelten und fesselten, hatte sie sich bemüht, nicht zu Master Kiras Haus zurückzublicken. Maggie war nur einen Schritt hinter ihr gewesen, aber als sie rasch und verstohlen zur Tür sah, stellte sie fest, dass Maggie nicht mehr da war. Kluges Mädchen, dachte Jasmine erleichtert. Wenn sie beide gefangen genommen worden wären, wer hätte es dann Jemmie berichten können? Aber Maggie würde sich beeilen müssen, sonst fanden sie die Spur nicht mehr!

Sie waren auf die High Street hinausgeritten und nach kurzer Zeit in eine andere Straße abgebogen. Leith hatte auf dem Straßenschild gestanden, wie Jasmine sehen konnte. Leith? Natürlich! Das war der Hafen von Edinburgh, aber wohin mochte er sie wohl von Leith aus bringen? Zurück nach England? Das bestimmt nicht. Mittlerweile wusste der Hof über St. Denis' Täuschung Bescheid, und der König hatte sicher bereits etwas unternommen. Aber wohin dann? Keine ihrer Fragen würde beantwortet werden, bevor sie nicht anhielten und sie diesen verdammten Knebel aus dem Mund bekam. Sie drückte mit der Zunge dagegen. Die Schnur hielt ihn nicht allzu fest, aber ihr Mund wurde langsam trocken. Jasmine konzentrierte sich auf ihre Atmung, um sich zu beruhigen. Eigentlich war sie eher wütend als ängstlich.

Nach einem kurzen Ritt über die Leith Road kamen sie an einen Gasthof und hielten an. Es war ein ziemlich verkommener Ort; Jasmine hörte Betrunkene grölen. Die Männer, die sie begleiteten, stiegen ab und streckten und kratzten sich. Sie banden ihre Pferde an einen Pfosten und blickten den Marquis an.

»Wir verlassen euch hier«, sagte er. »Ich gebe euch die Pferde. Macht damit, was ihr wollt.«

»Und unser Silber?«, fragte ein grobschlächtiger Kerl. »Ihr habt uns für unsere Dienste auch Silber versprochen, M'lord. Ohne unser Silber lassen wir euch und die Lady nicht gehen«, meinte er drohend.

Piers St. Denis zog einen Beutel aus seiner Jacke und warf ihn dem Mann verächtlich hin. »Hier«, schnaubte er.

»Das ist nicht genug«, beklagte sich der Mann. »Ihr habt uns über den Tisch gezogen, Engländer. Warum sollten wir es für die hübschen Jungen des alten Königs Jamie billiger machen?« Drohend trat er einen Schritt näher.

Der Marquis von Hartsfield griff nach seinem Schwert, zog es aus der Scheide, galoppierte auf den Mann zu und rammte es ihm in die Brust. Sein Opfer stürzte zu Boden. Er zog das Schwert wieder heraus, wischte es an der Kleidung des toten Mannes ab und steckte es in die Scheide. »Möchte noch jemand mit mir darüber reden?«, fragte er kühl. Dann wendete er sein Pferd und trabte aus dem Hof des Gasthauses, wobei er Jasmines Pferd am Zügel hinter sich her zog. Die sieben verbleibenden Männer stürzten sich auf die Leiche, griffen nach dem Beutel mit den Münzen und stritten sich darüber, was mit seinem Pferd passieren sollte.

»Ummm! Mmmmm!«, versuchte Jasmine sich verständlich zu machen.

Lächelnd wandte er sich ihr zu. »Möchtet Ihr, dass ich den Knebel aus Eurem Mund nehme, meine Süße?«, fragte er.

Sie nickte eifrig.

»Versprecht Ihr mir auch, nicht zu schreien oder die Aufmerksamkeit anderer Leute zu erregen?«

Wieder nickte sie. »Mmmm! Mmmmm!«

»Nein«, entgegnete er ungerührt. »Dies ist Eure erste Lektion in Gehorsam, meine Süße. Ich mag keine widerspenstigen Frauen. Ich bin Euer Herr, und Ihr werdet schon merken, wo Euer Platz ist. Ihr hättet wirklich mich wählen sollen, Jasmine. Jetzt muss ich Euch und James Leslie für die öffentliche Beleidigung, die Ihr mir zugefügt habt, bestrafen. Ich hätte Euch beide hängen lassen können, denn ich bin im Besitz eines königlichen Haftbefehls, aber zunächst einmal benutze ich Euch dazu, den Grafen von Glenkirk zu mir zu bringen. Heute Abend werde ich ihm einen Brief schreiben und ihm mitteilen, dass ihr Euch geirrt habt und lieber bei mir bleiben möchtet. Wie er leiden wird! Natürlich folgt er mir sofort, um sich zu überzeugen, ob das stimmt. Dann werde ich ihn töten, und Ihr werdet für immer mein sein! Ich habe Euch gesagt, dass Ihr eines Tages mir gehört!« Seine hellen Augen glitzerten bei seinen Worten.

Er ist vollkommen wahnsinnig! dachte Jasmine. Völlig wahnsinnig! Das machte ihn nur noch gefährlicher. Sie musste die erstbeste Gelegenheit wahrnehmen, um zu fliehen. Sicher wusste Jemmie mittlerweile, was geschehen war, aber woher sollte er wissen, wo er zu suchen hatte? Deshalb musste sie Piers St. Denis entkommen, bevor er sie beide umbrachte. Sie konnte das Meer riechen, als sie sich dem Hafen näherten, aber er ritt nicht mit ihr in die Stadt hinein. Stattdessen bog er auf einen Trampelpfad ab, der zu einem kleinen Hügel führte. Oben stand ein offenbar verlassenes Cottage. Dort hielt er an, stieg von seinem Pferd und hob sie herunter. Sie blickten auf Leith und auf das Meer. Obwohl sie sich heftig wehrte, zog er sie an ihren Fesseln in das Häuschen.

Zu ihrem Entsetzen ohrfeigte er sie. »Du bist hier, um Gehorsam zu lernen, und vorher lasse ich dich nicht wieder weg!« Er zerrte sie in das kleine Haus.

Als sie drinnen waren, nahm er ihr den Knebel aus dem Mund. »*Bastard!*«, keuchte Jasmine. »Ihr habt mich fast mit diesem Ding erstickt!«

Piers St. Denis schlug sie erneut. »Dank mir lieber dafür, dass ich so großzügig war, ihn dir abzunehmen, du Hündin, oder ich stopfe ihn dir wieder in den Mund!«, schnarrte er. »Dass ich ihn dir abgenommen habe, verdankst du nur der Tatsache, dass ich endlich wieder einmal den Klang deiner Stimme hören wollte ..., aber wenn du weiter so respektlos mit mir sprichst, kneble ich dich solange, bis du Respekt gelernt hast.« Er packte ihre dunklen Haare und zwang sie, ihn anzusehen. »Verstehst du mich, Jasmine?«

»Ihr tut mir weh, Mylord«, presste sie zwischen zusammengebissenen Zähnen hervor.

»*Verstehst du mich?*«, wiederholte er.

»Ja, ich verstehe Euch«, erwiderte sie und unterdrückte ihre Wut. Er war durchaus in der Lage, sie umzubringen.

»Gut«, schnurrte er und ließ seine Hand über ihre Brust gleiten. »Ich will dich nackt«, sagte er. »Ich habe dich noch nie so gesehen, wie die Natur dich schuf, und ich verspüre großes Verlangen danach.«

Sie erschauerte vor Widerwillen bei seinen Worten, aber er hielt ihr Zittern für Angst und war äußerst erfreut. »Was glaubt Ihr damit zu erreichen, Mylord?«, fragte sie. »Ihr habt das Vertrauen des Königs missachtet, und er wird Euch sicherlich dafür bestrafen.«

Piers St. Denis lachte. »Nein, er wird mir vergeben. Der alte Narr vergibt mir jedes Mal, denn er liebt mich. Ich werde für meine Fehler nie bestraft, das war schon immer so. Als wir Kinder waren, ist ständig Kipp für meine Vergehen verprügelt worden. Da ich meinen Bruder liebte, dachte mein Vater, ich würde mich besser benehmen, wenn er Kipp bestrafte und nicht mich, aber mir gefiel es, wenn mein Vater Kipp mit der Rute züchtigte. Einmal habe ich meinen Bruder sogar selbst verprügelt, und es hat mir großen Spaß gemacht, meine Liebe. Den König durfte ich natürlich nie schlagen, aber er ließ es ab und zu geschehen, dass ich ihn ausschimpfte. Dann weinte er. Insgeheim mögen es wahrscheinlich auch Könige, wenn sie beherrscht werden, so wie ich dich beherrschen werde, meine Süße.« Er streichelte wieder über ihre Brust, und als sie versuchte, ihm auszuweichen, packte er sie fester an den Haaren und kniff sie heftig in die Brustwarze.

Sie zuckte vor Schmerz zusammen, und zu ihrem Schrecken lächelte er.

»Bist du jemals ausgepeitscht worden?«, fragte er sie. »Die Schotten haben ein hübsches Instrument, das neunschwänzige Katze genannt wird. Sie besteht aus einzelnen Lederriemen, von denen jeder mit ein paar Knoten versehen ist. Wenn man geschickt damit umgeht, bringt es einen feinen, rosafarbenen Glanz auf den Hintern und wärmt die Haut, wie du es sicher noch nie erlebt hast. Du wirst lernen, die Wärme und den Schmerz zu genießen.« Er näherte sein Gesicht dem ihren. »Öffne deinen Mund für mich, Jasmine, und empfange meine Zunge«, befahl er.

Sie spuckte ihn an.

Das Gesicht des Marquis von Hartsfield verdunkelte sich für einen kurzen Augenblick, als er ihren Speichel von der Wange wischte, dann lächelte er. »Du wirst mir viel Vergnügen bereiten«, sagte er. »Bestimmt ergibst du dich nicht so leicht, und das ist gut.« Er kniff wieder mit grausamer Härte in ihren Nippel, bis sie aufschrie.

Jasmine hatte versucht, ihre Wut im Zaum zu halten, aber das wurde ihr zu viel. »Narr!«, zischte sie ihn an. »Glaubt Ihr wirklich, dass Ihr mich unterwerfen könnt! Außerdem irrt Ihr Euch, wenn Ihr denkt, der König würde Euch vergeben. Mein Gatte und mein Schwiegervater sind beide mit König James durch Blutsbande verwandt. Der König ist auch ein Schotte. Blutsbande, habe ich gelernt, sind für die Schotten von größter Bedeutung. Lasst mich frei, solange Ihr noch die Gelegenheit dazu habt; Mylord, und dann flieht! Wenn Euch der König nicht fängt und hinrichten lässt, werden mein Gatte und seine Familie Euch durch die ganze Welt jagen und Euch töten, wo immer sie Euch finden!«

Statt einer Antwort hob er sie hoch und hängte sie an den Fesseln um ihre Handgelenke an einen Haken, der an den Balken in der Hütte befestigt war. Sie hing nicht sehr hoch, war aber völlig hilflos. »So«, sagte er. »Jetzt können wir beginnen, meine Süße.« Obwohl sie nach ihm trat, zog er ihr die Lederschuhe von den Füßen. Dann band er mit dem

Stück Schnur, mit dem der Knebel fest gehalten worden war, ihre Knöchel zusammen. »Warum bist du wie eine Bäuerin angezogen?«, fragte er.

»Ich war bei den Spielen, die Lord Bruce veranstaltet hat«, erwiderte sie. »Selbst adelige Frauen kleiden sich bei den Spielen so, Ihr Nichtswisser!«

»Wie angenehm für mich«, spottete er. »Deine einfache Kleidung macht es mir wesentlich leichter, dich auszuziehen.« Er löste die Bänder ihres Rockes und ihrer Unterröcke, zog sie herunter und warf sie auf den einzigen Stuhl in der Hütte. Langsam ging er um sie herum und betrachtete die anmutige Linie ihres Rückens und die runde Wölbung ihrer Pobacken. Seine Hand glitt über die Rundungen, und er streichelte sie gierig, während er sich am Anblick ihrer cremeweißen Haut weidete. Fast konnte er das befriedigende Klatschen der neunschwänzigen Katze schon hören. Lächelnd leckte Piers St. Denis sich über die Lippen.

Dann trat er wieder vor sie, kniete nieder und zog die Strumpfbänder von ihren Beinen. Langsam rollte er die dunklen Strickstrümpfe herunter. Er löste die Schnur um ihre Knöchel und band nur noch ein Bein an einem Nagel in der Wand hinter ihr fest. Seine Hände glitten über ihr freies Bein, drückten und kneteten es. Sein Atem kam stoßweise.

Jasmine hatte das Gefühl, dass ihre Haut kribbelte, als er die Innenseite ihrer Schenkel berührte. Sie zwang sich mit aller Macht, nicht vor Abscheu und Ekel aufzuschreien. Er würde es für einen Angstschrei halten, und genau das wollte er ja, dass sie Angst vor ihm hatte. Lieber Himmel! Wie er sie an ihren Halbbruder Salim erinnerte, mit seinen weichen Händen und seiner weichen Stimme; aber sie war keine verwirrte, unerfahrene Dreizehnjährige mehr.

»Magst du das?«, fragte er und fuhr mit den Fingern über ihr Vlies.

»Ihr seid widerwärtig!«, erklärte sie ihm kalt.

»Dein Widerwille erregt mich nur umso mehr«, sagte er und öffnete seine Hose; seine Männlichkeit drückte bereits schmerzhaft dagegen. Dann riss er ihr die Bluse und das Unterhemd herunter, um sie vollends zu entblößen. Fast wimmernd vor Erregung betastete er die weichen Hügel. »O Gott, du bist wirklich schön!«, stöhnte er. »Ich kann mich kaum noch zurückhalten, und das ist mir noch nie passiert, meine Süße. Du bist in der Tat ein seltener Preis, und du gehörst mir!«

»Ich gehöre niemandem, Ihr abscheuliche, Mitleid erregende Kreatur!«, erwiderte sie. »Ich bin James Leslies Frau, aber nicht sein Besitz, ebenso wenig, wie er mir gehört.«

»Ich werde deinen Gatten töten«, sagte Piers St. Denis und knetete erregt ihre Brüste. »Wie kannst du mich ablehnen, meine Süße?« Er zog sein aufgerichtetes Glied aus der Hose, damit sie es betrachten konnte. »Siehst du, was allein schon der Gedanke daran, dich zu besitzen, bei mir anrichtet?«

Sie lachte verächtlich auf. »Ihr seid nichts weiter als ein unerfahrener Junge«, erwiderte sie. »Ihr werdet Euren Samen auf den Boden spritzen, bevor Ihr überhaupt in mich eindringen könnt, Mylord.« Sie lachte erneut, obwohl ihr in ihrer hängenden Position nicht danach zu Mute war.

»Sag das nicht!«, kreischte er. »Du kennst mich nicht! Ich werde dich bis zur Bewusstlosigkeit hernehmen, bevor ich so weit bin, du stolze Hündin!« Wieder schlug er sie.

Jasmine lachte nur noch lauter. »Seht doch hin! Die Flut ist nahe, bemitleidenswerter Weichling! Ihr könnt es gar nicht zurückhalten, denn Ihr seid ein so unnatürlicher Mann, dass Ihr gar nicht wisst, wie man es wirklich macht.«

»Hündin!«, heulte er, als er seine Niederlage bemerkte und auf den schmutzigen Fußboden spritzte.

Jasmine stieß einen leisen Seufzer der Erleichterung aus. Für den Moment hatte sie ihre Vergewaltigung verhindert. Jetzt musste er sie aus dieser unbequemen Position erlösen. »Meine Arme werden taub«, beklagte sie sich. »Wenn Ihr mich umbringt, werdet Ihr den schmerzhaftesten aller Tode erleiden, sobald die Leslies Euch finden!«

Piers St. Denis blickte auf seine schrumpfende Männlichkeit und wurde wütend. Sie war schuld an seiner Demütigung, sie war stärker, als er gedacht hatte. Für gewöhnlich reichte der Anblick seiner Männlichkeit, damit sein Opfer zu schluchzen und um Gnade zu bitten begann. »Jetzt wirst du hier hängen bleiben, bis es mir gefällt, dich loszubinden, Hündin!«, keuchte er, trat hinter sie und band ihre Knöchel wieder zusammen. Dann ergriff er die Peitsche und sagte kalt: »Du wirst jetzt für dein ungezogenes Betragen bestraft werden, meine Süße. In Zukunft solltest du gehorsamer sein.« Die Lederriemen klatschten geräuschvoll auf ihren Hintern …, dann ein zweites Mal. Und ein drittes und viertes Mal.

Jasmine war darauf vorbereitet gewesen. Sie hatte tief Luft geholt und die Zähne zusammengepresst, um nicht aufzuschreien. Der erste Peitschenhieb schmerzte, und mit jedem Schlag brannte ihre Haut mehr, aber kein Laut entschlüpfte ihr. *»Hündin!«*, murmelte er, während er ein fünftes und ein sechstes Mal zuschlug. Offensichtlich war er entschlossen, sie zum Schreien zu bringen. Vielleicht wäre er dann zufrieden und würde sie endlich von diesem Haken herunternehmen, an dem sie hing wie ein Schinken in der Vorratskammer. Ihre Arme wurden mittlerweile wirklich taub, und schließlich wollte sie doch seine bestialische Behandlung überleben. Jasmine öffnete den Mund und schrie laut auf.

Ein siebtes und ein achtes Mal sauste die Peitsche auf ihren Hintern nieder, wobei der Marquis von Hartsfield vor Anstrengung grunzte. »Genau, du stolze Hexe, du sollst um Gnade betteln!« Zwei weitere Schläge folgten, und bei Jasmines Mitleid erregenden Schreien kräuselte ein zufriedenes Lächeln seine Lippen. *»Bitte mich aufzuhören, du Hündin!«*, sagte er.

»Hört auf!« Sie tat so, als ob sie schluchzte. *»Oh bitte,* hört auf! Ich brenne!«

Noch zweimal klatschte die neunschwänzige Katze auf ihren Hintern, dann warf er sie zu Boden und stellte sich wieder vor sie. Jasmine kniff die Lider zusammen und drückte ein paar Tränen hervor. Als er die Fesseln an ihren Knöcheln löste, zwang sie sich, nicht nach ihm zu treten. Ohne seine Hilfe konnte sie nicht von dem Haken herunter.

»O bitte, lasst mich herunter, Mylord!«, wimmerte sie.

Zu ihrem Entsetzen kniete er sich jedoch vor sie, spreizte gewaltsam ihre Beine und näherte sich mit der Zunge ihrem Spalt. Sofort fand er ihr empfindliches Juwel und begann zu lecken. Es gelang ihm sogar, sie zu erregen, aber gleichzeitig war Jasmine aufs Äußerste angewidert von seinem Tun. Ihr war jedoch klar, dass er von ihr irgendeine Gefühlsäußerung erwartete. »Oh!«, schrie sie auf. »Bitte nicht! Bitte nicht!«

Er lachte und blickte sie wild an. »Genau, Hündin«, flüsterte er. *»Du sollst betteln!* Aber du täuschst mich nicht, meine Süße! Gleich allen Frauen bist du eine geborene Hure. Wie meine Mutter, die sich an den Meistbietenden verkauft hat, und wie Kipps Mutter, die sich einfach an ihren Herrn verkaufte, damit sie wie eine Dame leben konnte. Aber sie hatten es wenigstens nicht gern, bestiegen zu werden. Du dagegen genießt es vermutlich, wenn ein Mann zwischen deinen Beinen liegt.« Er erhob sich und trat von ihr weg.

»Ja«, erwiderte Jasmine kühn. »Das tue ich.«

Er drehte sich um und blickte sie überrascht an. Noch nie hatte er gehört, dass eine Frau so etwas einfach zugab. Alle Frauen, die er in seinem Leben kennen gelernt hatte, jammerten und beklagten sich und erfanden Ausflüchte. »Du wirst gerne hergenommen?«, fragte er fasziniert.

»Natürlich«, erwiderte Jasmine. »Die meisten Frauen haben es gerne, wenn man sich ihnen richtig nähert. Lasst mich jetzt herunter, Mylord. Ihr könnt mich ja weiter fesseln, aber ich spüre meine Arme nicht mehr, und ich glaube nicht, dass das gut ist. Man muss eine Frau nicht unbedingt missbrauchen, um ihre Gunst zu erlangen. Euch hat doch heute schon allein der Anblick meines nackten Körpers erregt, nicht wahr?«

Das stimmte! Zum ersten Mal in seinem Leben war er vor Lust angeschwollen, obwohl er eine Frau nur anblickte. Er hätte sie gar nicht auspeitschen müssen. Das hatte er nur nachher in seiner Enttäuschung getan, und er hatte es zwar genossen, aber es hatte ihn nicht erregt. Er dachte nach.

»Lasst mich herunter«, wiederholte Jasmine.

Wortlos hob Piers St. Denis sie vom Haken; dann nahm er ein breites Lederhalsband und legte es ihr um. Mit einer

Kette befestigte er es an einem Ring in der Wand, bevor er ihre Hände losband. »Setz dich«, befahl er ihr und warf ihren Rock und die Unterröcke achtlos auf den schmutzigen Fußboden.

Jasmine setzte sich vorsichtig auf ihre Kleider. Ihr Hintern war wund, und als sie leicht mit den Fingern darüber fuhr spürte sie die Striemen, die die Peitsche verursacht hatte. Sie rieb sich die Arme. »Mir ist kalt«, sagte sie zu ihm. »Zündet ein Feuer an, wenn Ihr wisst, wie das geht, oder könnt Ihr das auch nicht?«

»Kein Feuer!«, schnappte er. »Man hält die Hütte für verlassen, und ein Feuer könnte jemanden herlocken, der dich sucht. Das wäre doch wirklich schade, oder nicht?«

»Dann lasst mich zumindest meine Kleider anziehen, sonst sterbe ich am Ende noch an der Grippe. Ihr wisst ja, wie empfindlich ich auf Feuchtigkeit und Kälte reagiere.« Sie nieste, um ihre Worte zu unterstreichen. »An einer kranken Frau werdet Ihr wenig Freude haben, Mylord.«

Er gestattete es ihr, wenn auch nicht besonders freundlich. »Nun gut«, stimmte er zu und warf ihr ihre Strümpfe hin. »Aber keine Schuhe, Madame, damit du mir nicht wegläufst.« Spöttisch lächelte er sie an.

Jasmine zog rasch ihre Wollstrümpfe an und befestigte sie mit den Strumpfbändern. Dann schlüpfte sie in Unterröcke und Rock, dankbar dafür, dass zwei ihrer Unterröcke aus Flanell waren. Sie versuchte auch ihr Unterhemd und die Bluse anzuziehen, aber die Sachen waren so zerrissen, dass sie nicht zusammenhielten. »Gebt mir meinen Schal«, bat sie ihn. »Wenn ich eine Lungenentzündung bekomme, werde ich sterben, und Ihr werdet einen noch grässlicheren Tod erleiden als den, den die Leslies Euch für meine Entführung zugedacht haben.«

Er warf ihr den Schal mit kaum verhüllter Wut hin. »Wie kommst du auf den Gedanken, dass deine Leslies mich überhaupt finden könnten? Zunächst werde ich James Leslie töten, und dann kehre ich mit dir nach England zurück, wo der König schließlich gezwungen sein wird, dich mir zur Frau zu geben!«

»Sie werden uns finden«, erwiderte Jasmine fest. »Und wie oft muss ich Euch noch erklären, Mylord, dass König James einer Ehe zwischen uns *niemals* zustimmen wird. Meine Familie würde es nicht zulassen, und ich würde mich eher umbringen, als euch als Herrn anzuerkennen.«

»Ich habe bereits die Herrschaft über dich erlangt, mein Spielzeug«, erwiderte er. »Haben nicht gerade eben erst deine Liebessäfte meine Zunge benässt und hast du nicht vor Lust aufgeschrien?« Er lachte. »Du bist eine viel größere Eroberung, als mir zunächst klar war, denn ich habe entdeckt, dass ich dich nicht auspeitschen muss, um von dir erregt zu werden. Ich werde es jedoch trotzdem weiter tun, nur um mein Vergnügen zu haben. Und wenn wir nach England zurückkehren, wird sich auch mein Bruder Kipp zwischen deinen milchweißen Schenkeln ergötzen, während ich meinen Schwanz ganz woanders hin stecke. Hast du schon jemals zwei geile Hengste zur gleichen Zeit befriedigt, mein Spielzeug? Ich habe mir sagen lassen, es sei eine unvergessliche Erfahrung für alle drei Beteiligten.« Er setzte sich einen Moment lang neben sie. »Du bist ja eine starke Frau, meine Süße. Ich bin auch stark, aber Kipp ist schwach. Ich werde dir beibringen, ihn mit der neunschwänzigen Katze und der Gerte zu züchtigen. Du wirst ihn mit deinem sinnlichen Körper und deinem Mund necken, und dann werden wir die Qual für ihn noch größer machen, indem wir uns vor seinen Augen vereinigen, bis er vor Verlangen schluchzt. Wenn er sich zurückhalten kann, dann gönne ich ihm vielleicht auch, sich bei dir zu befriedigen. So wie ich dein Herr bin, werde ich dir erlauben, die Herrin Kipps zu sein. Wie ich hat er einen schönen großen Schwanz, der dir viel Lust bereiten wird.« Er begann sie zu streicheln.

Jasmine blickte an ihm vorbei durch das Fenster. Es war dunkel geworden; sie konnte kaum noch das Gesicht ihres Entführers erkennen. Ihn schien die Dunkelheit jedoch nicht zu stören. »Ich bin hungrig«, sagte sie, »und durstig.«

»Ich habe auch Hunger«, murmelte er, drückte sie nach hinten und begann an ihren Brüsten zu saugen.

Ärgerlich schob sie ihn weg. »Wollt Ihr mich verhungern

lassen, Mylord?«, giftete sie ihn an. »Wollt Ihr mir etwa so Eure Zuneigung zeigen?«

»Ich müsste in die Stadt reiten, um uns etwas zu essen und zu trinken zu besorgen«, meinte er mürrisch.

»Dann tut das!«, befahl Jasmine herrisch. »Wer weiß, was vielleicht geschehen könnte, wenn Ihr mich erst einmal mit einem guten Essen zufrieden gestellt habt, Mylord Marquis.« Sie schnurrte wie eine Katze.

»Hündin!«, schnarrte er plötzlich und stand auf. »Willst du mich mit deinen verführerischen Worten einlullen? Wenn ich dir glauben soll, muss du mir schon jetzt ein bisschen Lust bereiten«, sagte er.

»Was soll ich tun?«, fragte sie, wobei sie sich überlegte, was ihm jetzt schon wieder Übles eingefallen war. Wollte er sie etwa noch einmal auspeitschen? Sie glaubte eigentlich nicht, dass er schon wieder fähig war, sie zu besteigen, aber sie war sich nicht sicher.

»Auf die Knie!«, befahl er streng. Dann zog er seine schlaffe Männlichkeit aus seiner Hose. »Nicht so fest, dass du mich entmannst«, warnte er sie, »aber geschickt genug, um mir etwas Lust zu verschaffen, damit mein Ausflug nach Leith angenehm wird.« Er packte sie an den Haaren und zog ihren Kopf nach vorne. »Öffne deinen Mund, mein Spielzeug, und zeig mir, wie ernst du es gemeint hast. Oder lügst du etwa?«

Jasmine nahm ihn in den Mund. Einen Moment lang war sie nicht in der Lage überhaupt etwas zu tun, aber dann begann sie an ihm zu saugen und ihn mit der Zunge und den Zähnen zu bearbeiten, um ihn zu erregen. Wenn sie dadurch eine Chance erhielt, dachte sie, dann war es das bestimmt wert. Sie saugte fest an ihm, und er begann zu stöhnen. Seine Finger wühlten in ihren Haaren, und er drückte ihren Kopf immer enger an sich. Gott, dachte sie. Wie lange noch? Jeden Augenblick würde er in ihrem Mund explodieren, und sie glaubte nicht, dass sie diese Qual ertragen konnte.

»*Genug!*«, stieß er endlich hervor, und sie sank zurück. Er blickte erstaunt auf sein Glied. Es war größer, als er es jemals gesehen hatte. »Du bist eine Zauberin«, sagte er leise. »Ich habe noch nie eine Frau gekannt, die es einem Mann so gut besorgen konnte.«

»Ich habe meinen Teil des Handels eingehalten«, erwiderte sie. »Nun geht und holt etwas zu essen und Wein, Mylord, bevor ich vor Hunger und Kälte sterbe.«

»Nun gut«, sagte er und band ihre Hände wieder zusammen. »Ich möchte keine unangenehmen Überraschungen erleben, wenn ich zurückkomme«, erklärte er ihr schmunzelnd.

»Geht«, sagte sie kalt. »Ich werde von Minute zu Minute schwächer.«

Er ließ sie in der Dunkelheit ohne Feuer und ohne Kerze zurück. Als er endlich weg war, begann Jasmine sofort, ihre Handgelenke gegeneinander zu reiben, um sich der Fessel zu entledigen. Draußen ertönte der gedämpfte Hufschlag des Pferdes, mit dem Piers St. Denis den Hügel hinunterritt. Sie hatte keine Ahnung, wie lange er wegbleiben würde und wie viel Zeit sie hätte, um ihm zu entkommen. Schließlich lockerte sich die Fessel. Jasmine holte tief Luft, um ihr heftig schlagendes Herz zu beruhigen und einen klaren Kopf zu bewahren. Es gelang ihr, eine Hand frei zu bekommen. Rasch schob sie die Fessel auch vom anderen Handgelenk. Die Haut an den Gelenken war rau und aufgeschürft von den Misshandlungen, denen sie ausgesetzt gewesen war.

Vorsichtig tastete sie den Lederkragen ab, den er ihr um den Hals gelegt hatte. Er war im Nacken mit einem Eisenschloss verschlossen, an dem eine Kette hing, die in der Wand befestigt war. Ohne den Schlüssel für das Schloss oder ohne ein Messer würde sie ihn unmöglich entfernen können. Sie musste also irgendwie die Kette aus der Mauer lösen. Als sie jedoch die Wand abtastete, hätte sie vor Enttäuschung fast aufgeschrien. Nur Steine. Dann jedoch erfühlte sie den Ring, an dem die Kette hing, und sie begann zu lächeln. Der Bolzen steckte in dem Mörtel, der die Steine zusammenhielt. Der Mörtel war alt und trocken und zerkrümelte unter ihrer Berührung. Sie zog an dem Ring und rüttelte daran, aber er hielt fest.

Ich brauche etwas, um den Mörtel zu lockern, dachte sie entmutigt. Falls es etwas Nützliches im Cottage gab, so konnte sie es nicht sehen, und außerdem besaß sie mit der Kette überhaupt keine Bewegungsfreiheit. In ihrer Reichweite lag nichts. Sie erschauerte und zog ihren Schal fester um die Schultern; da spürte sie plötzlich das Clanabzeichen, das Jemmie ihr gegeben hatte. Es war an ihren Schal geheftet. Fast hätte sie vor Erleichterung gelacht.

Rasch entfernte sie das Abzeichen und löste mit der Nadel den bröckelnden Mörtel. Sie musste sich zwingen, vorsichtig zu arbeiten, denn das Abzeichen war ihr einziges Hilfsmittel. Die Stadt war mindestens zwei Meilen weit entfernt. Es würde zumindest zwei Stunden oder sogar länger dauern, bis Piers St. Denis in der Stadt ankam, ein Gasthaus fand, etwas zu essen und zu trinken bekam und wieder zurückreiten konnte. Wenn sie jetzt nicht in Panik geriet und die Nadel beschädigte, dann hatte sie genug Zeit. Jasmine kratzte unermüdlich am Mörtel und rüttelte von Zeit zu Zeit am Ring, um festzustellen, ob er sich schon lockerte. Sie musste St. Denis unbedingt entkommen, und das hier war ihre letzte Chance, das spürte sie. Wenn er sie weiter missbrauchte, könnte sie Jemmie nie wieder in die Augen blicken. Und was war, wenn der Marquis durch seine Brutalität das Kind verletzte, das sie trug?

Schließlich, als sie schon kaum noch an ihr Glück glauben wollte, rutschte der Bolzen mit dem Ring auf einmal aus dem Mörtel heraus, und ihre Kette fiel laut klirrend zu Boden. Jasmine stand mit zitternden Knien auf und raffte die Kette, so gut es ging, zusammen. *Ihre Schuhe? Wo waren ihre Schuhe?* Sie tastete den Boden ab, und schließlich hatte sie alle beide gefunden. Sie setzte sich auf den Stuhl, zog die Schuhe rasch an und überlegte den nächsten Schritt. Sie musste das Cottage verlassen, aber wohin sollte sie gehen? Die Leith Road hinunter? Und wenn sie erst einmal dort war, wohin dann? Nach Leith oder zurück nach Edinburgh?

Zuerst einmal musste sie aber die Hütte verlassen, also ergriff Jasmine ihre Kette und trat aus der Tür. Ihr Pferd stand ungesattelt in einem kleinen Unterstand an der Rückseite der Hütte, aber sie würde es nicht nehmen. Dem Marquis sollte zunächst nichts auffallen, wenn er zurückkam. Jasmine eilte den Weg hinunter, der zur Straße führte. Als sie dort war, zögerte sie kurz. Wenn sie zum Hafen ging, würde sie wahrscheinlich Piers St. Denis begegnen, aber wenn er zum Cottage zurückkam und sie dort nicht mehr vorfand, würde er sich wahrscheinlich denken, dass sie auf der Straße nach Edinburgh davonlief und dorthin reiten.

Jasmine wandte sich in Richtung Leith. Wenn sie einen Reiter kommen hörte, konnte sie sich im Graben neben der Straße verstecken. Es war eine mondlose, trübe Nacht, und sie begegnete niemanden. Bestimmt würde sie die Stadt erreichen und jemanden um Hilfe bitten können. Zuerst einmal wollte sie dieses verdammte Halsband loswerden; es rieb ihre empfindliche Haut auf. Sie ging schnell, und während des Gehens überlegte sie, wie sie Piers St. Denis umbringen könnte, denn ihr war ganz klar, dass sie nie wieder in Sicherheit sein würde, solange er noch am Leben war.

Jammerschade, dass dies alles nicht in Indien geschah. Dort hätte sie ihn in ein Loch mit einem Dutzend Kobras werfen lassen ... Genüsslich malte sie sich seinen entsetzten Gesichtsausdruck aus. Aber sie war nicht in Indien. Vielleicht sollte man ihn nach England zurückbringen und ihn hinter einem der Handelsschiffe ihrer Großmutter durchs Meer schleppen. Das wäre doch bestimmt ein entsetzlicher und langsamer Tod. Aber die verabscheuungswürdige Kreatur, die so verrrückt gewesen war, die Tochter des Moguls zu missbrauchen, hatte nichts Besseres verdient. Die Leslies hingegen würden den Bastard wahrscheinlich einfach nur hängen, wie sie den Mann gehängt hatten, der ihren zweiten Gatten Rowan Lindley umgebracht hatte.

Die Lichter der Stadt kamen langsam näher, und sie überlegte krampfhaft, was sie als Nächstes tun musste. Sie würde einen seltsamen Anblick bieten mit ihrem Lederhalsband, an dem noch die Kette hing. Einen Moment lang blieb sie stehen und raffte, so gut es ging, ihre Bluse zusammen. Dann wickelte sie sich die Kette um die Taille und zog sich den Schal über den Kopf, um das Halsband zu verbergen.

Bei Tageslicht hätte es nicht genügt, aber in den schwach beleuchteten Straßen von Leith würde es ausreichen. Als sie in die Stadt kam, fragte sie eine Frau, die Kräuter verkaufte, in welcher Richtung der Hafen lag.

»East Street, Mistress«, erwiderte die Frau und wies in die Richtung.

Jasmine eilte die schmale Straße hinunter. Ihr war gerade eingefallen, dass ja vielleicht ein Schiff der O'Malleys im Hafen lag, und dort wäre sie in Sicherheit. Sie erreichte die Docks. Vor dem Büro des Hafenmeisters war eine Holztafel befestigt, auf der mit Kreide die eingelaufenen Schiffe verzeichnet waren. Jasmine blieb stehen und fuhr mit dem Finger die Namen entlang. Sie weinte fast vor Nervosität und Enttäuschung, bis sie schließlich zum letzten Namen auf der Liste kam. *Lord Adam!* Der kleine Küstenfrachter, den ihre Großmutter nach ihrem Großvater benannt hatte, weil er nicht wollte, dass ein großes Schiff seinen Namen trug. Das hätte Adam de Marisco als Anmaßung empfunden. Sie prägte sich den Liegeplatz ein und eilte dorthin. Wer war der Kapitän des Frachters? Sie wusste es nicht. Jasmine lief über die Holzplanke. Nur ein einzelner Junge hielt Wache, aber in der Kabine des Kapitäns brannte Licht. Als der Junge sie sah, kam er auf sie zu.

»Frauen sind an Bord nicht erlaubt, Mistress«, sagte er fest.

»Ich bin Jasmine de Marisco Leslie, die Gräfin von Glenkirk«, sagte Jasmine. »Wo ist Euer Kapitän? Ich muss ihn sofort sprechen!«

Der Junge blickte Jasmine kritisch an. »Ihr seht mir nicht wie eine Gräfin aus, Mistress«, erwiderte er.

»Aber ich bin eine«, erklärte Jasmine und richtete sich stolz auf. »Und jetzt bringt mich zum Kapitän, bevor ich Euch die Ohren lang ziehe, anmaßender Kerl! Eure Manieren sind unverschämt, und ich werde es ihm sagen. Und Ihr solltet mich mit *Mylady,* nicht mit Mistress anreden. Versteht Ihr mich?«

»Ja, Mis … Mylady«, erwiderte der Junge. »Wenn Ihr mir bitte folgen wollt.« Nun, es war ja nicht sein Fehler, wenn sie irgendeine Hure aus der Stadt war, dachte er. Der Kapitän würde schon mit ihr fertigwerden.

Jasmin folgte dem Jungen über das Deck. Er stieß die Tür zum Kabinenhaus auf, und als Jasmine die Kajüte betrat, überkam sie die Erleichterung mit solcher Wucht, dass ihr die Knie zitterten und sie sich am Tisch fest halten musste. »*Geoff!,*« brachte sie mit letzter Kraft hervor. »Gott sei Dank, du bist es!«

Kapitän Geoffrey O'Flaherty drehte sich beim Klang ihrer Stimme um. Seine Augen weiteten sich vor Überraschung. »*Jasmine?* Um Himmels willen! Du?« Als er ihren Zustand bemerkte, legte er die Arme um sie. »Kusine, was ist los? Warum bist du hier? Was ist geschehen? Was zum Teufel hast du da um den Hals? Ewan!«, rief er nach dem Jungen. »Hol Wein für Eure Ladyschaft.« Er drückte sie in einen Stuhl und wartete, bis sie sich etwas erholt hatte. »Und jetzt erzähl mir alles, Kusine«, forderte er sie auf, als der Pokal geleert war, den der Junge ihr gebracht hatte, »aber zuerst lass mich dieses Lederding von deinem Hals entfernen.« Vorsichtig schnitt er das Halsband mit seinem Messer durch und ließ es mitsamt der Kette zu Boden fallen.

Jasmine holte tief Luft. Was um alles in der Welt war ihr geschehen? Sie war so stark gewesen bis zu dem Augenblick, als sie ihren Cousin gesehen hatte. »Ich dachte, du wärst auf Ostindienfahrt ...«, begann sie und rieb sich den Hals.

»Das bin ich auch«, erwiderte er, »aber der Kapitän dieses Schiffes stürzte und brach sich das Bein. Ich lag mit der *Cardiff Rose* fest, weil wir ein paar Wochen lang auf Ladung gewartet haben. Wir hatten keinen anderen Kapitän, und da Mutter nicht wollte, dass Vater mit der *Lord Adam* die Küste hinauffuhr, habe ich es gemacht. Das ist mein Sohn Ewan. Es ist seine erste Reise, und wenn es ihm gefällt, kommt er nächstes Jahr mit mir nach Ostindien. Aber du bist ja nicht hierher gekommen, um mich zu besuchen, Kusine. Sag mir, was geschehen ist.«

»Was weißt du von meinem Leben, seit ich aus Frankreich zurück bin?«, fragte sie.

»Ziemlich wenig«, antwortete er. »Als ich wieder in England war, habe ich erfahren, dass du zurückgekommen bist und Lord Leslie geheiratet hast. Was ist sonst passiert?«

Und Jasmine erzählte es ihm. Sie berichtete von der dummen Idee des Königs und davon, dass Piers St. Denis sich geweigert hatte, seine Zurückweisung hinzunehmen, was zu Mord und Verrat geführt hatte. »Jemmie und ich sind den ganzen Sommer über kreuz und quer durch Schottland gereist, um ihm nicht zu begegnen, bevor unser Bote aus England angekommen ist. In den letzten Tagen waren wir auf der anderen Seite des Forth bei den Spielen von Lord Bruce, und wir hatten vor, morgen wieder nach Glenkirk aufzubrechen. Ich musste jedoch vor unserer Abreise noch bei David Kira vorbeischauen, und als ich aus seinem Haus trat, wurde ich vom Marquis und seinen Männern entführt«, berichtete Jasmine. Dann erzählte sie von ihrem Aufenthalt in dem Cottage, wobei sie jedoch die unangenehmen Details ausließ. Sie wollte am liebsten sowieso nicht mehr daran denken.

»Jemmie muss außer sich sein«, meinte Geoffrey O'Flaherty.

»Maggie, meine Zofe, war bei mir. Sie haben sie nicht gesehen, und ich weiß, dass sie direkt zu meinem Mann gelaufen ist.«

»Aber woher wusste St. Denis, wo er dich findet?«

»Ich glaube, ich hatte einfach Pech«, entgegnete Jasmine. »Es war der pure Zufall, dass ich gerade das Haus in der Goldsmith Alley verließ, als St. Denis vorbeikam. Ich weiß nicht, was ich getan hätte, Geoff, wenn keines von Großmamas Schiffen im Hafen gelegen wäre. Ich habe einfach auf den Zufall gehofft, und dieses Mal hatte ich das Glück auf meiner Seite. Nicht nur ein Schiff, sondern sogar mein Cousin, der mich kennt!«

»Hier bist du in Sicherheit«, sagte er, »denn ich bezweifle, dass dieser Marquis auf den Gedanken kommt, du könntest hier Zuflucht gesucht haben. Und du hast Recht, er wird wahrscheinlich davon ausgehen, dass du dich auf den Weg nach Edinburgh gemacht hast. Was glaubst du, wo dein Gatte ist, Jasmine?«

»Wahrscheinlich in Edinburgh, Geoff. Er konnte ja nicht wissen, dass St. Denis mich nach Leith gebracht hat. Die Leslies denken wahrscheinlich, dass er mit mir in Richtung Grenze geritten ist. Sie haben sicher alle ihre Freunde dort verständigt.«

»Ich möchte hier bei dir bleiben«, sagte Geoff O'Flaherty, »aber Ewen ist ein ausgezeichneter Reiter, und ich kann ihn nach Edinburgh schicken, um dem Grafen mitzuteilen, wo du bist, und dass sich St. Denis immer noch in Leith aufhält, wenn er nicht geflohen ist.«

»Ich bin so müde«, sagte Jasmine, der bereits die Augen zufielen.

Er brachte sie in seine Koje und sagte leise zu seinem Sohn: »Geh zum Hafenmeister und sag ihm, Kapitän O'Flaherty braucht ein Pferd. Dann reite zur Straße und nach Edinburgh. Es ist nicht weit.«

»Wie finde ich den Grafen in Edinburgh?«, fragte Ewan.

»Frag nach Glenkirk House«, murmelte Jasmine schläfrig. »Es liegt in einer Seitenstraße in Richtung Cannongate.« Ihr Kopf sank wieder auf das Kissen.

Ewan O'Flaherty ging gehorsam zum Hafenmeister und bat um ein Mietpferd. »Ich muss nach Edinburgh zum Grafen von Glenkirk reiten«, sagte er wichtigtuerisch zum Hafenmeister.

»Du wirst seine Lordschaft nicht in der Stadt antreffen«, erwiderte der Hafenmeister. »Er ist hier in Leith, Junge, denn er hat mich gerade heute Abend noch gefragt, welche Schiffe heute oder morgen Früh auslaufen. Seine Männer und er waren hier an den Docks und haben die beiden Schiffe, die heute Abend den Hafen verlassen, durchsucht«, erklärte der alte Mann.

»Oh, Sir«, entgegnete Ewan aufgeregt, »Könnt Ihr mir Bitte sagen, wo der Graf jetzt ist? Es ist äußerst wichtig, dass ich ihn finde.«

»Ja, Junge, du findest ihn in der *Meermaid,* hinter den Docks«, meinte der Hafenmeister und zeigte ihm die Richtung.

»Danke, Sir!«

Ewan lief zu dem Gasthaus, stürzte in den Schankraum und rief: »Ich suche den Grafen von Glenkirk! Ist er hier?«

James Leslie erhob sich von dem Tisch, an dem er mit seinem Schwiegervater, seinem Onkel und ein paar anderen Männern gesessen hatte. »Das bin ich, Junge«, sagte er. »Was willst du?«

Ewan O'Flaherty eilte zu dem Tisch und verbeugte sich, wie seine Mutter es ihm beigebracht hatte. »Mein Vater, Kapitän O'Flaherty, möchte wegen einer wichtigen Angelegenheit mit Euch sprechen, Mylord.«

»Und wer ist Kapitän O'Flaherty?«, fragte der Graf den Jungen. »Ich kenne ihn nicht.«

»Er ist der Enkel meiner Urgroßmutter«, erwiderte der Junge, »und Ihr kennt meine Urgroßmutter gut.«

»Wer ist denn deine Urgroßmutter?«, erkundigte sich der Graf lächelnd.

»Lady de Marisco«, erwiderte Ewan und sprang erschreckt zurück, als der Graf aufsprang.

»Junge! Warum hast du das nicht gleich gesagt?« Er schubste Ewan leicht. »Bring mich zu deinem Vater!«

»Wir gehen mit dir, falls das eine Falle ist«, sagte Adam Leslie.

Die Männer folgten dem Jungen zum Ankerplatz der *Lord Adam.* Als er die schweren Schritte auf dem Oberdeck hörte, stürzte Geoffrey O'Flaherty mit gezogenem Schwert aus seiner Kajüte.

»Nein, Vater«, rief der Junge, »das ist der Graf von Glenkirk! Er war hier, und der Hafenmeister hat mir gesagt, wo ich ihn finden konnte.«

Geoffrey O'Flaherty steckte sein Schwert zurück in die Scheide und streckte James Leslie die Hand entgegen. »Jasmine ist in meiner Kajüte«, sagte er ohne weitere Erklärung.

Der Graf sah ihn verblüfft an und rannte an dem Kapitän vorbei in die Kajüte. Jasmine lag auf der Koje und schlief. Er trat zu ihr, kniete sich hin und küsste sie auf die Wange. »Geliebte Jasmine«, murmelte er leise, »ich bin gekommen, um dich nach Hause zu bringen.«

Die türkisfarbenen Augen öffneten sich langsam. Jasmine lächelte. »Jemmie! Ich wusste, dass du mich finden würdest!«

8

Alle kehrten sie nach Schloss Glenkirk zurück. Piers St. Denis, der Marquis von Hartsfield, war wie vom Erdboden verschluckt. Er tauchte weder in England noch in Schottland auf. BrocCairn und Adam Leslie waren noch einmal in das Cottage gegangen, in dem Jasmine fest gehalten worden war. Bis auf einen Krug Wein, einen trockenen Laib Brot und ein wenig Käse auf dem Tisch war es leer. Die Weinkaraffe war voll, und weder von dem Brot noch von dem Käse war etwas gegessen worden. Offensichtlich war St. Denis zurückgekehrt, hatte Jasmine nicht mehr vorgefunden und sich sofort auf die Suche nach ihr gemacht. Und als er sie nicht fand, war er ebenfalls verschwunden.

George Villiers ritt wieder nach England, nachdem er den Auftrag des Königs erfolgreich erfüllt und sein einziger Rivale um James Stuarts Aufmerksamkeit sich in Luft aufgelöst hatte. Kurz nach Neujahr verlieh der König, auf Drängen der Königin, Villiers den Titel eines Grafen von Buckingham. Außerdem erklärte der König Kipp St. Denis zum legitimen Erben seines Vaters, da dieser ihm von vornherein gestattet hatte, seinen Namen zu führen. Kipp wurde der Marquis von Hartsfield, da er der Erstgeborene der beiden Söhne war.

Die Königin, die Kipp zu ihrem besonderen Liebling erklärt hatte, da dieser ihr viel Zeit, Respekt und Aufmerksamkeit schenkte, fand auch eine geeignete Frau für ihn. Kipp hatte, wie die Königin gerne betonte, ein gutes Herz, und er hatte unter der Bösartigkeit seines Bruders viel erleiden müssen. Die Braut, geachtete Bastardtochter eines der Favoriten am Hof, besaß eine ansehnliche Mitgift. Sie war entzückt über ihr Glück und ihrem Ehemann, der sie sehr mochte, treu ergeben.

Der König verbrachte die Wintermonate damit, Pläne für seine Rückkehr nach Schottland im kommenden Sommer zu schmieden, auch wenn seine Familie und Ratgeber dagegen waren. Er ordnete an, dass Holyrood Palace für den Besuch komplett renoviert werden solle, und er schickte eine Nachricht nach Glenkirk, dass er James und Jasmine Leslie sofort zu sehen wünsche, wenn er in Edinburgh ankäme. Auch die Königin und Prinz Charles würden anwesend sein.

»Wann kommt er?«, fragte Jasmine.

»Wahrscheinlich Mitte Juli«, antwortete ihr Mann. »Wie ich Ihre Majestäten kenne, werden sie im August und September auf die Jagd gehen wollen. Die Reise wird allerdings schon Anfang Juli beginnen.«

»Und jede Familie auf dem Weg wird ihr Kommen sowohl fürchten als auch freudig erwarten«, lachte Jasmine. »Vor allem, da sie mit dem gesamten Hofstaat reisen. Es ist unglaublich teuer, königliche Hoheiten zu empfangen, auch wenn es nur für eine einzige Mahlzeit oder eine Nacht ist. Großmama hat gesagt, es hat Monate gedauert, bis der Rasen in Queen's Malvern sich wieder erholt hat, nachdem vor vielen Jahren die alte Königin einmal zu Besuch gekommen ist. Aber als der König sich nach Charlies Geburt angemeldet hat, waren er und die Königin allein.«

»Mich erleichtert der Gedanke, dass wir die königlichen Stuarts nicht unterbringen müssen«, sagte Jemmie. »In die Highlands wird er nicht reisen.«

»Wo will er denn jagen?«, fragte Jasmine.

»Er bleibt in Holyrood. Es ist sicherer für ihn«, schmunzelte Jemmie. Er ergriff ihre Hand und küsste sie. »Du bist reizend, wenn du meine Kinder unter dem Herzen trägst«, sagte er.

»Nur in Holyrood?«, beharrte Jasmine.

»Vielleicht auch in Falklands und Perth«, erwiderte er. »Ist es wieder ein Sohn, Jasmine? Ich meine mich erinnern zu können, dass du mir zumindest drei Söhne versprochen hast.« Er legte ihr die Hand auf den Bauch, der gerade begann, sich zu runden.

»Das liegt in Gottes Hand«, neckte sie ihn. »Aber ich muss zugeben, dass er sich bereits wie ein Junge benimmt, und er wird auf der Welt sein, bevor der König anreist. So habe ich wenigstens meine Figur wieder, damit mir die neuen Kleider passen, die du mir kaufen wirst, damit ich dich bei Hof nicht blamiere.«

»Ich dachte, du wolltest nicht an den Hof gehen?«, sagte er.

»Ich will nicht am Hof in England wohnen«, erklärte sie, »aber der König hat darum gebeten, dass wir ihm in Edinburgh Gesellschaft leisten, und ich sehe keinen Grund, warum wir nicht für kurze Zeit dorthin reisen sollten.«

»Das bedeutet aber, dass du deinen englischen Sommer verpasst«, sagte er.

»Mama und BrocCairn auch«, erwiderte sie. »Wir werden Großmama nach Glenkirk einladen. Ihr gefällt es hier, und du magst sie.«

»Ja«, gab er zu. Dann neckte er sie: »Du hast schon alles genau geplant, nicht wahr, Madame? Sag mir, werden die Kleider teuer?«

»Sehr teuer«, erwiderte sie lachend, und als er sie in die Arme zog und küsste, dachte Jasmine, dass sie noch nie in ihrem Leben so glücklich gewesen war. Einige Wochen nach ihrer Flucht vor St. Denis hatte sie noch Albträume gehabt. Zunächst war sie nicht in der Lage gewesen, Jemmie zu erzählen, was er ihr angetan hatte. Sie hatte ihm lediglich versichert, dass er sie nicht vergewaltigt habe. Sie wusste, dass sie keine Schuld an St. Denis' Verhalten trug, aber die entsetzlichen Demütigungen, die sie erlitten hatte, belasteten sie. Die Striemen und blauen Flecke heilten rasch, aber die Verletzung ihres Stolzes wog weitaus schwerer als die Peitschenhiebe.

Schließlich jedoch erzählte sie ihm alles, nur ein einziges Detail ließ sie aus. Jasmine würde ihrem Gatten nie berichten, dass St. Denis sie gezwungen hatte, sich vor ihn zu knien und sein Glied in den Mund zu nehmen. Das brauchte James Leslie nicht zu wissen, und sollten sie jemals diesem Verbrecher wieder gegenüberstehen und er würde damit prahlen, dann wollte sie es leugnen. James Leslie würde ihr eher glauben als St. Denis. Sie hatte es tun müssen, um ihr Leben zu retten – aber ob Jemmie das wirklich verstehen konnte? Sie wagte es nicht, dieses Risiko einzugehen und das größte Glück ihres Lebens dadurch zu zerstören.

Adam John Leslie kam am 14. Mai 1617 zur Welt. Er hatte die dunklen Haare seiner Eltern, und seine Augen versprachen rauchblau zu werden. Er war ein dickes, fröhliches Kind, das nach einem Monat ohne Probleme von der Brust seiner Mutter an die der molligen Bauersfrau überwechselte, die als seine Amme eingestellt worden war. Seine Schwestern, jetzt neun und sieben, und seine Brüder, die acht, fünf und ein Jahr alt waren, schienen sich über ihr Geschwisterchen zu freuen. Und James Leslie war ganz aus dem Häuschen über die Geburt eines weiteren Sohnes.

Jasmine hatte ihr sechstes Kind mit der gleichen Leichtigkeit geboren wie die meisten ihrer anderen Kinder.

»Ihr wirkt so zufrieden und habt Eure Ruhelosigkeit verloren«, bemerkte Adali. »Ihr seid wie Eure Mutter, glaube ich.«

»Welche?«, fragte Jasmine lächelnd. »Rugaiya Begum oder Lady Gordon?«

»Beide«, erwiderte er. »Die Begum wäre so glücklich, wenn sie Euch jetzt sehen könnte, meine Prinzessin.«

»Sie sieht uns, Adali«, entgegnete Jasmine. »Sie und mein Vater auch.« Im vergangenen Jahr hatte sie vom Tod von Jasmines indischer Stiefmutter, der Gemahlin von Akbar, Jasmines Vater, erfahren.

Adali nickte. Tränen traten ihm in die braunen Augen. Dann fasste er sich wieder und sagte: »Wir müssen uns jetzt auf Eure neue Garderobe konzentrieren, meine Prinzessin. Der König ist bereits auf dem Weg nach Norden.«

Das war er in der Tat, obwohl seine englischen Berater James Stuart angefleht hatten, sein Budget nicht noch mit dieser zusätzlichen Extravaganz zu belasten. Ihr Rat war zwar gut gemeint, in Wirklichkeit jedoch fürchteten sie die lange Reise nach Schottland und wieder zurück nach England. Sogar Villiers hatte gemeint, dass eine solche Reise vielleicht nicht besonders klug wäre.

»Was soll das, Steenie?«, schnarrte der König. »Habt Ihr Angst, dass eine solche Ausgabe meinen Staatsschatz dermaßen belastet, dass es keine kleinen Geschenke mehr für Euch gibt? Seid nicht so selbstsüchtig! Ich bin wie ein Lachs, der im Alter noch einmal in seine Ursprungsgewässer zurückkehren muss. Lasst mich damit in Frieden und sagt den anderen, ich will nichts mehr davon hören. Wir reisen am ersten Juni!« Und dann tat der König etwas, was er noch nie getan hatte. In seiner Wut schleuderte er eine Vase nach seinem Favoriten, und der Graf von Buckingham trat hastig den Rückzug an.

Ein königlicher Besuch in Schottland war ein gewaltiges Unterfangen. Der Weg musste festgelegt werden, und er hing davon ab, in welchen großen Häusern der König übernachten konnte. Der Hof hatte selbst für seine Unterbringung zu sorgen, was bedeutete, dass Gasthäuser und Scheunen ausgewählt und Zelte mitgenommen werden mussten, in denen der König bei Bedarf auch selber schlief. Das Bett des Königs wurde komplett mitgeführt, mit Matratzen, Federbett, Kissen und Leintüchern. Falls dem königlichen Gast kein geeignetes Bett angeboten werden konnte, musste es jede Nacht für Seine Majestät aufgebaut werden. Auch Teppiche, Bienenwachskerzen, feines Porzellan, Tischdecken und Silber wurden eingepackt. Da der König gerne weiches Obst aß wie Kirschen, Pfirsiche, Aprikosen, Trauben und Melonen, schickte man auch diese nach Norden, damit sie ständig zur Verfügung standen.

Der König, der seinerzeit Schottland nur allzu gern verlassen hatte, wurde nun mit jeder Meile, die sie hinter sich brachten, immer sentimentaler. Die Königin verdrehte entnervt ihre sanften blauen Augen. Die Höflinge murrten über die Unbequemlichkeiten und die Kosten, die dieses Unternehmen mit sich brachte. Endlich überquerten sie die Grenze. Die Vertreter der großen Grenzfamilien kamen ihnen zur Begrüßung entgegen – die Armstrongs, Douglases, Eliots, Hamiltons, Hays, Johnsons, Lindsays, Homeses und Hepburns hießen den König mit wehenden Bannern und Dudelsackklängen zu Hause willkommen. Viele englische Höflinge in Seide und Spitze blickten entsetzt auf die Schotten mit ihren bloßen Beinen in ihren Kilts.

William Drummond von Hawthornden trat vor und verbeugte sich vor dem König. Es hatte in Schottland zwei Drummond-Königinnen gegeben, die Frau Davids II., Margaret, und Annabella Drummond, die Frau von Robert III. und die Mutter von James I. Die Drummonds waren seit jeher den Stuarts treu ergeben, und so entbot der Drummond von Hawthornden James Stuart einen besonderen Willkommensgruß:

»Und warum der Glanz für Isis allein?
Glänzt nicht der Forth ebenso rein?
Der Reichtum von Isis betört Euch sehr,
der Forth jedoch liebt Euch noch mehr.«

»Was bedeutet das?«, fragte Prinz Charles leise.

»Isis ist England, und der Forth Schottland«, erwiderte Villiers, der mittlerweile ein guter Freund des Prinzen war. »Und er sagt, dass Schottland Euren Vater mehr als England liebt. Es ist ziemlich klug gedacht, Eurer Hoheit.«

»Ja«, meinte die Königin, »die Schotten sind klug, aber sie sind auch eigensinnig. Wartet ab. Es wird nicht lange dauern, und dann streiten sie sich über irgendetwas mit deinem Vater, mein Sohn. Beobachte sie gut, denn du wirst eines Tages mit ihnen umgehen müssen, und sie sind ein stolzes und schwieriges Volk. Du kannst sicher sein, dass ihm die Presbyterianer Schwierigkeiten bereiten werden.«

Der König jedoch war entzückt darüber, wieder zu Hause zu sein. Er war geschmeichelt von den vielen Delegationen, die ihn mit freundlichen Worten begrüßten, und von der schönen Statue, die man von ihm errichtet hatte. Seine von England ausgehende Herrschaft hatte seinem Heimatland neuen Wohlstand gebracht, und der Frieden und die

Ordnung, um die er sich so bemüht hatte, als er nur Schottlands König gewesen war, hielten immer noch stand.

Der Hof wollte sich in Holyrood, eine Meile von Schloss Edinburgh entfernt, einrichten; ursprünglich war es eine Abtei aus dem 12. Jahrhundert gewesen. Das Gästehaus der Abtei war zum bevorzugten Wohnsitz der schottischen Könige geworden. Hochzeiten, Beerdigungen, Geburten und andere festliche Gelegenheiten fanden dort statt. Schließlich beschloss James IV., dass aus dem Gästehaus ein königlicher Palast werden sollte. Natürlich musste es dazu erweitert und renoviert werden.

James IV. baute einen großen Turm mit Zinnen, der Jasmine an die Schlösser an der Loire erinnerte. Dann fügte er an den Turm noch einen Südflügel an, dessen Haupttür von zwei halbrunden Türmen flankiert wurde. Holyrood wirkte sehr elegant. Es lag inmitten von hübschen Gärten und einem ausgedehnten Park mit alten Bäumen, der von Thomas Fentoun, dem königlichen Parkverwalter, gepflegt wurde.

Die königliche Suite befand sich im nordwestlichen Turm. Die Königin wohnte im ersten Stock, in den Räumen, die einst ihrer verstorbenen Schwiegermutter Mary, Königin der Schotten, die sie nie gekannt hatte, zu Eigen gewesen waren.

Als die königliche Reisegesellschaft in den Park von Holyrood kam, erwarteten sie zahlreiche Highland-Familien, darunter auch die Leslies von Glenkirk. Jasmine und Jemmie waren bereits früher angekommen, und der Palastverwalter hatte ihnen mitgeteilt, ein Schlafzimmer stünde für sie bereit, da der König ausdrücklich angeordnet habe, sie sollten in Holyrood wohnen, solange er da wäre.

»Wir besitzen ein Haus ganz in der Nähe«, sagte der Graf zu dem Verwalter. »Gebt unser Zimmer jemand anderem.«

»Es tut mir Leid, Mylord, aber ich habe meine Anweisungen. Seine Majestät wünscht, dass Ihr während seines Aufenthalts in der Nähe seid«, erwiderte der Verwalter.

»Wie nett von ihm«, fiel Jasmine lächelnd ein. »Und welche Ehre, Mylord, im Haus des Königs zu wohnen.«

James Leslie bemerkte den warnenden Unterton in der

Stimme seiner Frau. »Nun gut, geliebte Jasmine«, erwiderte er. »Ich wollte nur dem königlichen Verwalter helfen, schließlich muss er den gesamten Hof unterbringen, ganz zu schweigen von all den Besuchern, die aus den Highlands gekommen sind.«

»Euer Lordschaft ist äußerst rücksichtsvoll«, erwiderte der königliche Verwalter. »Eure Dienstboten können in den Dienstbotenkammern schlafen.«

Sie wurden in ihr Zimmer im Südflügel geführt. Es war winzig, mit einem Fenster nach Süden und einem Kamin in der Ecke. Als einziges Möbelstück war ein Eichenbett vorhanden.

»Wo um alles in der Welt sollen wir unser Gepäck hinstellen?«, jammerte Jasmine.

»Welche Ehre, im Haus des Königs zu wohnen«, spottete Jemmie.

»Mir ist nicht in den Sinn gekommen, dass der König so winzige Gästezimmer haben könnte«, murrte Jasmine. Dann sagte sie: »Wenn wir das Bett unter das Fenster schieben, wäre es möglich, an der entgegengesetzten Wand zwei Kleidertruhen aufzustellen. Nirgendwo ist ein Platz, um meine Kleider aufzuhängen. Toramalli und Rohana werden meine Kleider jeden Tag von Glenkirk House hierherbringen müssen, und sie können auch dort schlafen.« Als sie sich umdrehte, stieß sie mit Red Hugh zusammen.

»Entschuldigung, M'lady«, sagte er.

»Red Hugh, Ihr müsst aufhören, ständig hinter mir herzulaufen«, schalt sie ihn. »Es war nicht Eure Schuld! Wie oft soll ich es Euch denn noch sagen?«

»Ich habe meine Pflichten vernachlässigt, M'lady«, erklärte er. »Wenn ich an jenem Tag bei Euch gewesen wäre, hätte Euch dieser englische Mistkerl nicht entführen können. Gott sei Dank seid ihr nicht verletzt worden, aber es wäre möglich gewesen, und das war meine Schuld, denn ich habe mich von Euch wegschicken lassen, anstatt bei Euch zu bleiben. Das werde ich nie wieder tun!«

»Bei meinem Gatten bin ich in Sicherheit«, erwiderte Jasmine. »Und jetzt reitet nach Glenkirk House und sagt Adali, dass wir Vorhänge, Leintücher und Bettzeug brauchen. Dann kommt mit ihm zurück und zeigt ihm dieses Zimmer. Hört Ihr nicht, wie die Menge bereits jubelt? Der König ist schon in Edinburgh. Er wird in Kürze hier sein, und mein Gatte und ich müssen ihn begrüßen, Red Hugh. Jetzt geht, und wenn Ihr Adali dieses Zimmer gezeigt habt, dann könnt Ihr meinetwegen wieder kommen und Euch erneut an meine Fersen heften«, neckte sie den Highlander sanft. Er war über ihre Entführung außer sich gewesen.

Sie verließen den Palast, stiegen wieder auf ihre Pferde und ritten zurück in den Park, wo sie sich unter die anderen Familien mischten, die auf den König warteten. Als er endlich eintraf, erfüllten die Jubelrufe der Edinburgher die Luft. Der König wirkte ein wenig müde nach seiner langen Reise, aber äußerst erfreut darüber, in Schottland zu sein. Sobald er die Leslies von Glenkirk erblickte, machte er die Königin und den Prinzen auf sie aufmerksam und nickte ihnen grüßend zu.

Der schottische Adel schloss sich dem englischen Adel an, und gemeinsam ritten sie durch den Park zum Palast, wo die Stallknechte bereits darauf warteten, die Pferde in Empfang zu nehmen. Als die Leslies im Hof ankamen, war der König bereits im Haus verschwunden. Sie waren jedoch kaum abgestiegen, als der Graf von Buckingham auch schon auf sie zueilte und sich schwungvoll vor ihnen verbeugte.

»Steenie, herzlichen Glückwunsch«, sagte Jasmine. »Schon wieder einen Schritt höher auf der Karriereleiter, was?« Sie lachte.

George Villiers zog amüsiert die Augenbrauen hoch und küsste Jasmine die Hand. »Ihr seid hinreißend, wie immer, Madame. Es hat Eurer Schönheit überhaupt nicht geschadet, dass ihr in der schottischen Einöde lebt. Jetzt seid ihr wieder Mutter geworden, sagte man mir? Wie viele sind es nun, Madame? Sechs? Und doch habt Ihr noch immer Eure Figur behalten.« Er musterte sie ausgiebig, dann lachte er. »Hoffentlich hat meine süße Kate auch so viel Glück.«

»Seid Ihr denn noch nicht verheiratet?«, fragte der Graf.

»Ihr Vater meint, ich müsse noch ein wenig höher klettern«, erwiderte George Villiers leise. »Er fürchtet, dass ich die Gunst des Königs verlieren könnte, wenn ich seine Tochter zu früh heirate. Und er möchte, dass seine Tochter jemand Besseren als einen Grafen ehelicht.« Villiers's Stimme wurde noch leiser. »Nächstes Jahr darf ich mich Marquis nennen.« Er hängte sich bei ihnen ein. »Lasst uns hineingehen. Es ist so hübsch hier. Ich freue mich darauf, alles zu erforschen, und ich bin erleichtert, dass wir erst einmal nicht mehr reisen müssen. Der König hat Euch für heute Abend zu einem Abendessen im kleinen Kreis in seinen Gemächern eingeladen. Morgen beginnen dann die offiziellen Bankette, aber der heutige Abend soll nur alten Freunden gewidmet sein.«

Zu Jasmines Überraschung war es tatsächlich so. Die großen Familien waren sich selbst überlassen, während der König ein einfaches Mahl einnahm, bestehend aus Lachs und Kaninchenpastete und umgeben nur von der engsten Familie und ein paar Verwandten, zu denen auch der Graf von Glenkirk und sein Schwiegervater BrocCairn gehörten. Die Königin sah erschöpft aus, und sie gab es auch offen zu.

»Der Himmel weiß, wie gerne ich reite«, sagte sie, »aber ich bin den ganzen Weg von England hierher geritten, und mein Hinterteil ist ganz wund.« Seufzend trank sie einen Schluck von ihrem Wein.

»Wir könnten Euch ein Schaffell auf den Sattel legen, Madame, wie wir das hier im Nordosten zu tun pflegen«, erwiderte der Graf von Glenkirk lächelnd. »Ihr werdet doch nicht die Jagdsaison verpassen wollen! Ich weiß, wie gerne Ihr jagt, und Ihr werdet Euch gewiss noch erinnern, wie gut die Saison hier in Schottland ist.«

Die Königin schenkte ihm ein Lächeln. »Daran erinnere ich mich in der Tat. Wenn wir uns ausgeruht haben, wird uns Holyrood Palace nicht mehr ausreichen. Wir werden nach Falklands und auch ins Perthshire gehen.«

»Ach du lieber Himmel«, stöhnte Villiers leise. »Noch mehr Reisen.«

Die Königin achtete nicht auf ihn. »Bekommen wir denn

auch unseren Enkel zu sehen?«, fragte sie Jasmine. »Wie geht es dem kleinen Charlie?«

»Er gedeiht, Madame, und er ist sehr froh darüber, nicht mehr der Jüngste in der Familie zu sein. Er geht in seiner Rolle als großer Bruder von Patrick und Adam förmlich auf. Wenn wir genau wissen, wann Ihr plant, nach Falklands zu gehen, lassen wir die Kinder aus Glenkirk holen, damit Ihr sie alle sehen könnt«, erwiderte Jasmine.

Am nächsten Tag begannen die Festlichkeiten. Der König empfing die Oberhäupter der Clans, die aus den Highlands und von der Grenze gekommen waren, um ihn willkommen zu heißen. Er jagte im Park, und abends gab es Staatsbankette. Die Königin veranstaltete ein paar Maskenbälle, an denen der englische Hof teilnahm, und die Schotten rissen Mund und Augen auf, denn als sie noch alleine ihre Königin gewesen war, hatte sie nie solche Bälle gegeben. Die exquisiten Kostüme, die Bühnenaufführungen, die Musik, all das erstaunte sie über die Maßen, und sie wussten nicht recht, ob sie diese teuren Extravaganzen billigen sollten.

James Stuart hatte aus sentimentalen Gründen zurück nach Hause gewollt, aber er hatte natürlich auch andere Dinge zu tun, und dazu gehörte die Entpuritanisierung der schottischen Kirche. So wie er ein einiges Großbritannien wollte, wollte er auch nur eine einzige Staatskirche. Fünf neue Artikel sollten in der schottischen Kirche verankert werden, damit sie dieselbe Linie wie die englische Kirche verfolgte. Es waren einfache Änderungen, wie zum Beispiel das Knien bei der Kommunion und das Einhalten christlicher Feiertage. Der König sprach mit seinen schottischen Höflingen offen über die fünf Artikel. Manche waren entschieden dagegen. Sie hielten es für eine weitere englische Einmischung in die schottischen Traditionen und betrachteten es als Rückfall in die Römisch-Katholische Kirche, die vor hundert Jahren Schottland noch fest im Griff gehabt hatte und von der sie sich ganz alleine befreit hatten. Zur Erheiterung der Engländer und zur Besorgnis der Königin entstanden Streitigkeiten.

»Habe ich es dir nicht gesagt«, meinte sie zu ihrem Sohn. »Dein Vater wird es noch erleben. Er hat vergessen, dass die Schotten ihm widersprechen werden. Er ist an die Engländer gewöhnt, die sein göttliches Recht achten. Sieh hin und lerne deine Lektion, Charles.«

Nach ein paar Wochen reiste der König zum Falkland Palace, der am Fuß der Lomond Hügel lag. Bei ihrer Hochzeit hatte James der Königin Falkland geschenkt, und sie hatten dort häufig gejagt. Es war der Lieblingspalast seiner Mutter gewesen. Die Wälder um den Palast waren berühmt als Jagdgebiet und voller Wild und Vögel.

Hier feierte Charles Frederick Stuart seinen fünften Geburtstag in Anwesenheit seiner königlichen Großeltern. Als echter kleiner Schotte trug er seinen Jagdkilt, ein Seidenhemd und eine Jacke aus Rehleder mit Silberknöpfen. Er zog seine schwarze, mit Federn geschmückte Samtkappe von den braunen Locken und verbeugte sich zuerst vor James, dann vor Anne und schließlich vor seinem Onkel, Prinz Charles.

»Ich freue mich, dass Eure Majestäten so wohl aussehen«, sagte er und fügte hinzu: »Habt Ihr mir vielleicht etwas mitgebracht?«

»Charlie!«, rief Jasmine verlegen.

Der König jedoch schmunzelte nachsichtig. »Seht es ihm nach, Madame, er ist ja noch ein kleiner Junge. Was hättest du denn gern, Charlie?«

Der Junge überlegte einen Moment lang, und dann erwiderte er: »Etwas, das meinem Vater gehörte, damit ich mich immer an ihn erinnern kann, Euer Gnaden.«

Der König blickte ihn verblüfft an, und die Königin keuchte leise auf. Sie blickte fragend zu Jasmine, aber Jasmine schüttelte den Kopf. Auch sie war überrascht. Der König konnte nichts erwidern, so sehr überwältigten ihn seine Gefühle. Da trat Prinz Charles vor, zog einen Ring von seinem Finger und reichte ihn dem Kind. Er war aus Gold mit einem Rubin, in den das Wappen von Henry Stuart mit seinem Motto, *Virescit Vulnere Virtus,* eingraviert war.

»Dieser Ring hat dem gehört, der dich zeugte, Neffe«, sagte der Prinz zu Charles Frederick Stuart. »Weißt du, was das Motto bedeutet, oder gehst du noch nicht zur Schule?«

»Der Mut wächst mit jeder Wunde«, übersetzte das Kind. »Ich habe letztes Jahr mit meinen Studien begonnen, Euer Hoheit. Danke.« Er verbeugte sich.

»Sehr gut!«, entgegnete der Prinz. »Eines Tages wirst du zu mir kommen und mir dienen, Neffe.« Er blickte Jasmine an. »Ihr habt es sehr gut gemacht, Madame, und Ihr auch, mein Cousin von Glenkirk. Er ist ein lernbegieriges Kind mit guten Manieren. Ich schätze das sehr.« Mit diesen Worten trat der Prinz wieder neben seinen Vater.

Der König hatte sich von seiner Verblüffung erholt und sagte: »Ihr seid jetzt schon seit zwei Jahren verheiratet, und ich habe Euch noch nichts zur Hochzeit geschenkt, James Leslie.«

»Sire, als Ihr mir Jasmine zugesprochen habt, habt Ihr mir das größte Geschenk überhaupt gemacht«, erwiderte der Graf von Glenkirk galant.

»Sehr hübsch, in der Tat sehr hübsch«, meinte der König mit einem Lächeln, »aber Ihr müsst trotzdem ein kleines Geschenk von uns bekommen. Da ich nicht zulassen kann, dass ein rangniederer Mann als der Herzog von Lundy meinen Enkel aufzieht, James Leslie, mache ich Euch zum ersten Herzog von Glenkirk. Das ist ein gutes Geschenk, und es kostet mich nichts, weil Ihr die Ländereien und das Schloss bereits besitzt«, schloss er schmunzelnd.

»Du meine Güte«, rief Jasmine überrascht.

»Ja, Madame, Ihr habt unter Eurem Stand geheiratet, aber das habe ich jetzt auch gerichtet, was? Ihr seid jetzt die Herzogin von Glenkirk!«, erklärte der König lächelnd.

James Leslie war wie vom Donner gerührt. *Er war der Herzog von Glenkirk!* Mein Gott, wie stolz seine Eltern auf ihn wären! Er sank vor dem König auf die Knie, ergriff seine Hände und küsste sie. Tränen standen ihm in den Augen. *Der Herzog von Glenkirk!* Eine solche Ehre hatte er nie erwartet! »Danke, Jamie«, flüsterte er so leise, dass nur der König ihn hören konnte, und dann sagte er lauter: »Danke, Euer

Majestät.« Er stand auf, verbeugte sich tief, und Jasmine machte einen Hofknicks.

Danach umringten ihn sein Schwiegervater BrocCairn, seine Onkel und seine Brüder, gratulierten ihm und klopften ihm auf den Rücken. Seine Gedanken überschlugen sich. Sein ältester Sohn Patrick würde eines Tages der zweite Herzog von Glenkirk sein, und wenn es Gottes Wille war, würde seine Linie sich über die Jahrhunderte fortsetzen, so wie sie sich seit Patrick, dem ersten Grafen von Glenkirk, fortgesetzt hatte; seit König James IV. aus einem einfachen Laird aus den Highlands einen Grafen gemacht hatte.

Die Leslies von Glenkirk verabschiedeten sich einige Tage später vom König und kehrten nach Hause zurück. Jasmine konnte es kaum erwarten, ihrer Großmutter von der Ehre zu schreiben, die Jemmie zuteil geworden war. Sie hätte es gerne gehabt, wenn Skye diesen Sommer nach Schottland gekommen wäre, aber ihre Großmutter hatte es abgelehnt, weil sie des Reisens überdrüssig war. Jasmine vermisste Skye. Ihre Großmutter war eigentlich ihre beste Freundin, und sie hatte ihr doch so viel zu erzählen.

»Nächstes Jahr möchte ich den englischen Sommer nicht noch einmal versäumen«, sagte sie zu ihrem Mann.

Der König und der Hof kehrten im Spätherbst nach England zurück. Der Winter kam. Ein Jahr ging zu Ende, und ein neues begann. Endlich wurde es Frühling, der Schnee schmolz auf den Bergen, und Jasmine reiste nach England, um sich auf Queen's Malvern mit ihrer Familie zu treffen. Sie war erleichtert, als ihre Großmutter, die jetzt achtundsiebzig war, gesund und munter auf sie zukam. Jasmine sprang von ihrem Pferd und flog in Skyes geöffnete Arme.

»Na, na, mein geliebtes Mädchen«, sagte Skye glücklich, »aber ich freue mich auch so sehr, dich zu sehen.« Sie umarmte ihre Enkelin und wandte sich dann an James Leslie. »Komm her, Mylord Herzog, und gib mir einen Kuss. Der letzte Herzog, der mich geküsst hat, so weit ich mich erinnere, war mein unglückseliger fünfter Gatte, Gott sei seiner armen Seele gnädig.«

»Du hattest fünf Ehemänner, Oma?«, fragte die zehnjährige India Lindley ungläubig.

»Ich hatte sechs, mein Kind, und dazu noch einige charmante Liebhaber«, erklärte Skye dem Mädchen. »Ich weiß ja, India, dass du mich nur als alte Dame in Erinnerung haben wirst, aber früher einmal war ich so jung und hübsch wie deine Mutter.«

»Ich finde, du bist immer noch schön, Oma«, erwiderte India.

»Gott segne dich, mein Kind, ich danke dir.« Skye lachte. »Du hast bestimmt den Charme deines Urgroßvaters geerbt. Aber kommt ins Haus, meine Lieben«, forderte sie alle auf. »Es fängt gleich an zu regnen, und ich möchte mir deine Kleinen genau ansehen, Jasmine. Du meine Güte! Ist das Patrick? Er wird ein großer Junge.« Sie blickte auf den Zweijährigen, der auf dem Arm seines Kindermädchens saß. »Wie geht es dir, Patrick Leslie?«, fragte Skye. »Ich bin deine Urgroßmutter, und ich war bei deiner Geburt dabei. Wo ist der andere Junge? Der, der nach meinem Adam benannt ist. Ah«, sagte sie mit zufriedenem Lächeln, als er ihr gezeigt wurde. »Er hat *seine* Augen, nicht wahr?«

»Von Geburt an, Großmama«, erwiderte Jasmine.

»Wenn es morgen aufgehört hat zu regnen, kannst du dir das Monument ansehen, das ich auf seinem Grab habe errichten lassen«, erklärte Skye.

Sie richteten sich in Queen's Malvern für den Sommer ein. In ein paar Wochen würden Henry Lindley und seine beiden Schwestern nach Cadby aufbrechen. Adali sollte die Kinder begleiten und bis zum Ende des Sommers bei ihnen bleiben. Dann würden sie wieder nach Queen's Malvern zurückkehren und alle gemeinsam nach Glenkirk zurückfahren. Auch die Großeltern Gordon wollten bei ihnen bleiben. James Leslie bestand jedoch darauf, seine Stiefkinder persönlich nach Cadby zu begleiten.

»Dann haben wir wenigstens etwas Zeit nur für uns zwei«, sagte Skye zu Jasmine, als alle weg waren. Es war Abend, und sie saßen in der Halle am Kamin. Die jungen Leslies schliefen in ihren Wiegen. Der kleine Charlie, der nicht gerne von seinen Geschwistern getrennt war, hatte mit dem Herzog mitreiten dürfen. Er kam sich sehr erwachsen vor. »Du bist natürlich glücklich«, sagte Skye, »und das macht mich auch glücklich, geliebtes Mädchen. Wirst du noch mehr Kinder bekommen?« Sie trank einen Schluck Wein.

»Ich habe Jemmie drei Söhne versprochen«, erwiderte Jasmine lächelnd, »und ich selbst hätte ganz gerne noch eine Tochter, wenn Gott es zulässt.«

»Hast du den Trank genommen, den ich dir gegeben habe?«

Jasmine nickte. »Zwei Söhne in zwei Jahren ist fürs Erste genug. Ich möchte mir ein bisschen Ruhe gönnen, damit ich nicht vor der Zeit verbraucht bin wie die meisten Frauen.«

»Gut, gut.« Die alte Frau nickte. »Nach Ewan und Murrough habe ich das Gleiche getan. Sein Sohn hat dich letztes Jahr gerettet, habe ich gehört?«

»Ich lief zum Hafen von Leith, in der Hoffnung, dass eins deiner Schiffe dort vor Anker lag. Glücklicherweise war Geoffrey O'Flaherty der Kapitän. Weiß der Himmel, ob mir irgendein Fremder diese abartige Geschichte geglaubt hätte. Sein kleiner Sohn hielt mich für vollkommen verrückt oder für eine Hure, die Geschäfte machen wollte. Ich war wie eine einfache Schottin gekleidet, da wir gerade von den Spielen des Bruce-Clan gekommen waren.«

»Und man hat Piers St. Denis nie gefunden?«, fragte Skye.

Jasmine schüttelte den Kopf. »Ich habe immer noch Angst, dass er eines Tages zurückkommt und versucht, mich meiner Familie wegzunehmen. Er ist wahnsinnig, Großmama.«

»Du brauchst keine Angst zu haben, geliebtes Mädchen. Denk nicht mehr an ihn, er ist bestimmt außer Landes geflohen«, erwiderte Skye.

»Angst, Madame, ist aber ein hervorragendes Mittel, um mit widerspenstigen Frauen fertigzuwerden«, sagte eine vertraute Stimme. Piers St. Denis trat aus dem Dunkel ins Zimmer. Er war gekleidet wie ein einfacher Kaufmann; nur ein kleiner weißer Rüscheneinsatz lockerte das strenge Schwarz ein wenig auf.

»*O Gott!*«, flüsterte Jasmine, und ihr Herz begann zu rasen.

»Wie seid Ihr in mein Haus gekommen?«, fragte Skye ohne jede Angst. Er war wahnsinnig, daran zweifelte sie nicht, aber er erinnerte sie auch an ihren ersten Ehemann, Dom O'Flaherty, und vor Dom hatte sie nie wirklich Angst gehabt.

»Die Haustür war offen, Madame, und es war kein Dienstbote da, um mich aufzuhalten. Nun, nun, so eine Sorglosigkeit«, spottete er.

»*Verschwindet!*«, herrschte Skye ihn an.

Piers St. Denis lachte. Zu schade, dass sie alt und vertrocknet war. In ihrer Jugend war sie angeblich großartig im Bett gewesen. Ihre Enkelin jedoch war genauso viel versprechend.

»Woher wusstet Ihr, dass ich hier bin?« Jasmine hatte endlich ihre Stimme wieder gefunden, und nachdem sie den ersten Schock überwunden hatte, war auch ihre Furcht verschwunden. Sie war einfach nur noch wütend.

»Es ist wohl bekannt, dass Ihr und Eure Mutter im Sommer gerne nach Queen's Malvern zurückkehrt. Letztes Jahr seid Ihr natürlich nicht hierher gekommen, weil der König in Schottland war, aber dass Ihr diesen Sommer hier sein würdet, war mir klar. Ich musste nur warten, bis Eure Eltern und Euer Gatte die jungen Lindleys nach Cadby brachten. Ich bin sehr geduldig, mein Spielzeug, und Ihr seid eine sehr kluge Frau. Ich werde Euch nie wieder unterschätzen. Natürlich war ich sehr überrascht, dass Ihr bei meiner Rückkehr in unser kleines Liebesnest verschwunden wart. Und wie geistesgegenwärtig von Euch, nach Leith zu gehen, statt, wie ich es annahm, nach Edinburgh zu fliehen. Das habt Ihr gut gemacht, mein Spielzeug.«

»Was wollt Ihr hier?«, fragte Skye.

»Ich dachte, das sei offensichtlich, Madame. Ich bin hier um Euch beide zu töten, und dann werde ich die beiden Leslie-Kinder, die in diesem Haus sind, umbringen. Es tut mir nur Leid, dass ich nicht auch Euren kleinen Stuart-Bastard töten und damit das Herz des alten Narren von König brechen kann. Ihr seht, Madame, ich habe alle Hoffnung aufgegeben, Euch jemals zu besitzen; aber nur Ihr seid schuld, dass ich alles verloren habe. Wenn Ihr mich nicht abgewiesen hättet, wäre ich noch heute der Marquis von Hartsfield, mit einer reichen Frau an meiner Seite, die mir die Königin ausgesucht hätte, und der König wäre immer noch mein Freund. Ihr, und nur Ihr allein seid verantwortlich für mein Unglück, und dafür werdet Ihr bezahlen.«

»Nein!«, schrie Jasmine ihn an. *»Ihr* selbst seid verantwortlich für Euer Schicksal, Sir. Ich habe Euch von Anfang an gesagt, dass ich James Leslie liebe und mit ihm verlobt bin. Ihr wolltet ja nicht zuhören! Ihr habt mich weiter bedrängt und seid trotz allem, was ich sagte, davon ausgegangen, dass ich Euch gehören würde. Ihr seid mir sogar nach meiner Hochzeit und nach der Geburt meines ersten Leslie-Sohnes nach Schottland gefolgt, und Ihr habt die Kühnheit besessen, mich zu entführen. Wegen Eures Starrsinns habt Ihr alles verloren, nicht wegen mir. Und jetzt geht, solange Ihr noch die Möglichkeit dazu habt, sonst hole ich die Bediensteten, damit sie Euch zum Sheriff bringen. Auf Euren Kopf ist eine Belohnung ausgesetzt, die viele gerne hätten.«

Er trat auf die beiden Frauen zu. »Dieses Mal lasse ich mich von meinem Vorhaben nicht abbringen, Madame«, sagte er. »Wisst das und fürchtet meine Macht. Mein verräterischer Halbbruder ist jetzt Witwer. Wenn er nicht in London gewesen wäre, als ich in Hartsfield Hall ankam, hätte ich ihn auch umgebracht. Seine Gattin war eine recht reizende Frau. Ich habe sie ausgepeitscht, bis ihr Rücken nur noch rohes Fleisch war und sie um Gnade bettelte. Dann zwang ich sie wie Euch, mir zu dienen, aber ihr Mund und ihre Zunge waren nicht annähernd so geschickt wie Eure, mein Spielzeug. Als sie fertig war, nahm ich sie. Wie sie geschrien hat, vor allem, als ich in ihrem Tempel von Sodom eingedrungen bin. Anscheinend hat mein Bruder dies nie getan. Und als ich genug von ihr hatte, habe ich ihr die Kehle aufgeschlitzt und sie sterbend in ihrem Blut zurückgelassen. Meine letzte Tat, bevor ich mein Haus verlassen habe, war, ihren neugeborenen Sohn zu erwürgen. Ich werde es nicht zulassen, dass ein Bastard unsere Linie fortführt.«

»Und wo waren die Dienstboten, als ihr all das getan habt, Sir?«, fragte Skye, die sich nicht sicher war, ob sie ihm glauben sollte.

»Auf einem Markt im Ort«, erwiderte er. »Sie hatte ihnen allen freigegeben, das dumme, weichherzige Geschöpf. Aber ich habe bereits viel zu viel Zeit hier verschwendet. Ich muss meine Rache vollenden und dann für immer verschwinden. Der Schmuck, den Ihr tragt, Madame Skye, wird mir für einige Zeit ein bequemes Leben sichern.« Lächelnd trat er näher und griff nach der schweren Goldkette mit dem Saphiranhänger.

Jasmine war völlig benommen von der Geschichte, die Piers St. Denis ihnen gerade erzählt hatte. Wie durch einen Nebel hörte sie die Stimme ihrer Großmutter:

»Ich habe Euch schon einmal gesagt, Sir, dass Ihr nicht klug genug seid, um mein Spiel zu spielen«, erklärte Skye. Dann bewegte sich ihre Hand so rasch, dass Jasmine nicht glauben konnte, was sie sah. Der Dolch tauchte aus dem Nichts auf und drang direkt in Piers St. Denis' Herz. Skye lächelte ihm ins Gesicht und drehte ihre Waffe noch einmal, um die Wunde zu vergrößern und den Tod rasch herbeizuführen. »Ich werde nicht zulassen, dass Ihr jemals wieder das Leben meines geliebten Mädchens ruiniert«, sagte Skye entschlossen. Dann trat sie einen Schritt zurück.

Er brach auf dem Boden zusammen, ungläubige Überraschung auf dem Gesicht. Dann wich das Licht aus seinen hellblauen Augen, und Piers St. Denis tat seinen letzten Atemzug. Er war tot.

Jasmine atmete hörbar aus. *»Großmama!«*, stieß sie hervor.

Red Hugh kam in die Halle gerannt, und als er die Leiche sah, fluchte er. »Verdammt! Wie kommt es nur, M'lady, dass ich nie da bin, wenn Gefahr von diesem Kerl droht? Ist er tot?« Er kniete sich neben die Leiche.

»Er ist tot«, erwiderte Skye. »Er ist hereingekommen,

weil die Tür offen und kein Diener in der Eingangshalle war. In Zukunft sollte sich dort immer jemand aufhalten.« Schwerfällig setzte sie sich. »Holt mir einen Schluck Wein, Mann. Ich habe gerade den Sohn des Teufels getötet.«

Er stand auf. »Whiskey wäre besser, Madame«, meinte er und goss ihr einen ordentlichen Schluck ein. »Hier! Trinkt ihn aus, und dann gebe ich Euch noch einen.«

Skye befolgte seinen Befehl. Ihr war ganz schwach vor Erleichterung.

Er schenkte ihr einen weiteren Whiskey ein. »Noch einen«, sagte er. Die alte Dame war blass. »Das habt Ihr sehr gut gemacht, Madame«, erklärte er. »Er hatte keine Chance mehr, sich zu wehren. Ich wusste gar nicht, dass Ihr eine Waffe bei Euch tragt.«

»Alte Gewohnheiten legt man schwer ab«, stellte Skye fest. »Seit meiner Kindheit in Irland habe ich immer einen Dolch dabei.« Fast gleichgültig blickte sie auf die Leiche von Piers St. Denis. »Schafft ihn weg, Red Hugh. Bringt ihn zum Leichenbestatter im Ort und lasst ihn in ungeweihter Erde verscharren. Er war ein böser Mann, und Gott mag ihm vielleicht vergeben, aber wir hier nicht.« Sie erhob sich mühsam. »Komm, geliebtes Mädchen, hilf mir nach oben. Ich habe für heute genug Aufregung gehabt. Ob es wohl jemals einen vollkommen friedlichen Tag in meinem Leben geben wird? Nein, ich weiß die Antwort ja selber, und ich kann hören, wie dein Großvater über meine dumme Frage lacht. Für Skye O'Malley gibt es erst Frieden, wenn sie tot und begraben ist.«

»Bist du sicher, dass du dann Frieden findest?«, neckte Jasmine ihre Großmutter, während sie gemeinsam die Treppe hinaufstiegen.

»Wahrscheinlich nicht, meine liebe Herzogin, wahrscheinlich nicht«, erwiderte Skye und stimmte in das Lachen ihrer geliebten Jasmine ein.

Queen's Malvern

Mittsommernachtsabend 1623

[illegible] Nachwort [illegible]

[illegible] magisch [illegible] Schöpfer und Vater [illegible]

[illegible]

[illegible] Magie [illegible]

[illegible]

und [illegible]

[illegible]

Epilog

Die alte Frau lag im Sterben. Sie hatten es ihr natürlich nicht gesagt, aber warum sonst hatten sich all ihre Kinder mit ihren Ehegatten, Kindern und Enkelkindern um ihr Bett in Queen's Malvern versammelt? Selbst ihr ältester Sohn, der bereits siebenundsechzig war, hatte die lange Reise von Irland hierher gemacht, um sich von ihr zu verabschieden. Du meine Güte! War es schon so lange her, dass sie Ewan in diesem zugigen Turmhaus zur Welt gebracht hatte, das die O'Flahertys ihr Zuhause nannten? Ihre Schwester, Eibhlin, hatte ihr damals geholfen, und zehn Monate später war Murrough zur Welt gekommen.

So viele Jahre waren vergangen. So viele wundervolle Abenteuer. Sie hatte sie alle überlebt. Ihre Ehemänner. Ihre Liebhaber. Bess Tudor. Was für eine großartige Freundin ihr die Königin gewesen war. Und was für eine erbitterte Feindin. Sie bedauerte absolut nichts. Ja, sie hatte ihr Leben voll ausgekostet, hatte ihre Kinder gut erzogen und ein Handelsunternehmen gegründet, das sie alle reich gemacht hatte. *Und sie hatte geliebt.* Von ihrer ersten unschuldigen Liebe Niall Burke, dem Vater von Deirdre und Padraic, bis hin zu ihrer letzten Liebe, Adam de Marisco. Ja, sie hatte geliebt und war wiedergeliebt worden.

Die Vorhänge an ihrem Bett waren auf ihre Bitte hin zurückgezogen worden, damit sie durch die offenen Fenster hinaussehen konnte. Willow hatte natürlich gewollt, dass die Vorhänge zugezogen und die Fenster geschlossen wurden, aber Skye duldete es nicht; und Robin, ihr geliebter Robin, hatte seiner älteren Schwester widersprochen, was den anderen Geschwistern Mut machte, sich hinter ihn zu stellen. Willow wurde immer altjüngferlicher, je älter sie wurde. *Ich habe ihr nicht die Wahrheit über ihren Vater gesagt,* dachte die alte Frau, *aber ich glaube, ich erspare ihr lieber das Wissen, dass der ›ehrwürdige spanische Kaufmann‹ in Nordafrika, den sie für ihren Erzeuger hält, in Wahrheit ein Renegat war, der den Namen Khalid el Bey annahm und den man den Herrn der Huren von Algier nannte.* Die alte Frau lachte leise. Dieses Wissen würde die arme, ordentliche Willow fast umbringen, und *das* wollte sie nicht auf dem Gewissen haben, wenn sie vor ihren Schöpfer trat. *Es schadet niemandem, wenn meine Tochter nicht Bescheid weiß, und immerhin habe ich dieses Geheimnis ja dreiundsechzig Jahre lang gewahrt. Selbst meine geliebte Daisy wusste nichts davon.*

Daisy Kelly, ihre treue Dienerin und liebste Vertraute und Freundin. Sie war vor über einem Jahr ganz plötzlich gestorben, und seitdem war alles anders. Eines Abends war sie zu Bett gegangen und am Morgen nicht mehr aufgewacht. Die junge Nora hatte sich für die alte Frau dann als großer Trost erwiesen, aber es war nicht das Gleiche. Nora war mit ihrer Herrin nicht jung gewesen, sie hatte nie ihre Abenteuer oder ihre Geheimnisse geteilt. Nein, es war nicht mehr das Gleiche gewesen, und es würde auch nie mehr so sein. Ihre Zeit war abgelaufen. Sie blickte aus dem Fenster. Die Sonne würde gleich untergehen. Der Himmel färbte sich schon langsam. Es war der schönste Sonnenuntergang, den sie je gesehen hatte. Bald würden die Mittsommernachtsfeuer auf den Hügeln aufflammen. Es war eine magische Nacht.

»Großmama?« Jasmine küsste sie auf die Stirn. »Wie geht es dir?«

»Ich bin müde«, antwortete sie der jungen Frau. *Jasmine.* Geliebte Jasmine nannte ihr Gatte sie. Ihre Lieblingsenkelin, obwohl sie nie jemanden bevorzugt hatte, bis Jasmine in ihr Leben getreten war. Sie schämte sich nicht, weil sie Jasmine am meisten von allen liebte. Sie war vor einem Monat mit ihrem geliebten Jemmie und ihren acht Kindern zu ihrem Sommeraufenthalt hierher gekommen. India mit ihren fünfzehn Jahren war bereits eine große Schönheit; Henry, jetzt vierzehn, war seinem Vater wie aus dem Gesicht geschnitten; Fortune wurde mit ihren dreizehn Jahren langsam erwachsen und würde bald so schön wie ihre ältere Schwester sein; Charlie, der Bastard-Stuart, elf Jahre, und wie sein älterer Bruder *seinem* Vater sehr ähnlich. Dann die vier kleinen Leslies: Patrick, Adam, Duncan und der jüngste Abkömmling der Familie, Janet Skye, die an Skyes zweiundachtzigsten Geburtstag vor sechs Monaten zur Welt gekommen war.

Sie blickte wieder aus dem Fenster, und da kamen sie ihr aus dem Sonnenuntergang entgegen … Niall Burke, wie sie ihn damals kennen gelernt hatte, sein glatt rasiertes, gebräuntes Gesicht, sein kurzes Haar so dunkel wie ihres. Ihr Vater und Eibhlin, die sie anlächelte. Und Khalid el Bey mit seinem schmalen ovalen Gesicht, dem gestutzten schwarzen Bart und seinen hinreißenden bernsteinfarbenen Augen unter den dichten Wimpern, um die sie ihn immer beneidet hatte. Und da war Geoffrey Southwood, schlank, blond und gut aussehend, mit lachenden grünen Augen. *Und ihre geliebte Daisy!* Nicht alt und runzelig, wie sie es vor einem Jahr gewesen war, sondern mit Apfelbäckchen und blitzenden Zähnen und wieder jung. Die alte Frau bemühte sich, jeden Einzelnen zu erkennen, aber es fehlte noch jemand.

»Komm, kleines Mädchen, wir müssen jetzt gehen.« Ihre Augen weiteten sich – mit diesen Worten stand er vor ihr und streckte seine Hand aus.

»Adam!«, sagte sie und ergriff seine Hand. Jasmine blickte sie besorgt an.

Skye richtete sich in ihrem Krankenbett auf und blickte jeden von ihnen lange und liebevoll an. Ihr Herz floss über vor tiefem, reinem Glück. Sie würde ihre Kinder und Enkel natürlich vermissen, aber eines Tages durften sie sich alle wieder sehen. Jetzt öffnete sich eine andere Tür. Ein weiteres wundervolles Abenteuer lockte sie, und sie nahm die Aufforderung an. *»Los, meine Herren!«*, rief sie. Dann hängte sie sich bei Adam de Marisco und Geoffrey Southwood ein und eilte dem Sonnenuntergang und der Ewigkeit entgegen, ohne einen Blick zurück zu werfen.

»Jemmie!« Jasmine griff sich ans Herz. Bekümmert blickte sie ihren Gatten an.

»Ja, sie ist von uns gegangen, geliebte Jasmine«, sagte er

leise und legte die Arme um sie. »Sie ist von uns gegangen. Weine nicht, Geliebte. Sie würde es nicht wollen. Sie würde wollen, dass du genauso tapfer bist, wie sie es war.«

»Alle sagen, ich sei wie sie«, schluchzte Jasmine, »und ich wünschte, es wäre so, aber so ist es nicht. Es wird nie wieder eine Frau wie Skye O'Malley geben, Jemmie. *Nie wieder!*«

Jemmie Leslie, der Herzog von Glenkirk, schloss der alten Frau sanft die blauen Augen. Auf ihrem Gesicht lag ein Lächeln. Sie war freudig gegangen, dachte er. O ja – es würde nie wieder eine Frau wie Skye O'Malley geben. *Gott segne dich, Skye,* dachte er. *Gott segne dich, bis wir uns wieder begegnen!*